El Juego… Jade

Rocío Blisswealth

El Juego…Jade/Rocío Blisswealth
ISBN-13: 979-8-9914613-7-5
 979-8-9914613-8-2

Edición: Vanessa Blisswealth
Library of Congress Control Number: 2024927218
Impreso en Estados Unidos de América
www.blisswealth.net

Si al llegar hasta el final de mi historia, te identificas con ella, y créeme que ruego porque no sea así, tú decidirás si para ti es una historia de romance, de terror, o un señalamiento de 'próxima salida,' desde el camino que recorres actualmente, lo más horrible de tus realidades. Espero, de todo corazón, no haberte alcanzado demasiado tarde.

Jade

Capítulo I
Daniel Montalvo

HOY

Por primera vez, me encamino a enfrentar a mis verdugos. Después de todo, es agradable darme cuenta de que tengo las agallas suficientes para enfrentarlos, pese a la altísima probabilidad de morir en el intento. Eso tal vez se deba a que el resultado de mi lucha puede dirigirse en dos sentidos diametralmente opuestos. Podría morir, es verdad, pero, por primera vez, tengo la probabilidad, escasa, pero probabilidad al fin, de recuperar todo cuanto he perdido. No obstante, quisiera correr, huir de ellos, pero ¿a dónde? ¿En qué lugar podría esconderme para que no me encontraran? Ya no hay tiempo, no existe otra salida. Siempre me han vencido, si lo hacen de nuevo, no pienso salir viva de aquí. Honestamente, prefiero la muerte, a esta vida que ya no tolero. Me dispongo a pelear, por aquello que aún vale la pena.

Monterrey, a mis diecisiete años.

Diez semáforos, cuatro señalamientos de alto, uno más. Contar no me sirve en lo absoluto, para controlar la inmensa cantidad de ansiedad que recorre mis venas. De hecho, no tengo la más mínima idea de cómo he conseguido dominar mi cuerpo, para que se comporte con cierta naturalidad durante las últimas horas. El descontrol dio inicio cuando me enteré, por medio de la televisión, que Daniel Montalvo venía a mi ciudad. Daniel Montalvo, el solo hecho de que su nombre aparezca entre mis pensamientos, desata cientos de mariposas en mi estómago, y ese es solo uno de los inconvenientes. En fin, continúo con mi relato.

Siempre he sido increíblemente tímida, lo cual no es un hecho fortuito, tengo mis razones para serlo, mismas que les explicaré más adelante, la situación es que, aproximadamente a las once de la noche, algo se apoderó de mí. Un algo que, sin la menor timidez o miedo a las consecuencias que sus acciones pudieran acarrearle, se dedicó a buscar por cielo, mar, y tierra, al empresario que lo trae a la ciudad. La sorpresa que me provocó el no poder poner freno a mi locura, tampoco me permitió considerar que, en cuanto tuviera al señor en la línea, todavía debía convencerlo de que me concediera unos segundos con Daniel Montalvo, para pedirle un autógrafo. Ya lo sé, créanme, lo sé mejor que nadie, todo esto es un disparate. Sin embargo, encontré al señor Carlos Garza, cerca de las tres de la mañana.

La hora resulta completamente irrespetuosa para una llamada telefónica hacia una persona a la que jamás he visto, no obstante, mi abuela me enseñó que cuando las llamadas son de vida o muerte, la hora puede hacerse a un lado, y mi llamada era así, de vida o muerte, más o menos, bueno, lo era para mí. El señor Garza, que para mí, cae en la categoría de santo, me contestó muy amablemente, tosió dos veces, rio otras tantas. Por favor no me pidan que les repita lo que dije porque, en primer lugar, solo me acuerdo de algunas partes y en segundo, fueron tantas tonterías, que muero de la vergüenza si tengo que repetírselas. El caso es que, accedió a recibirme hoy a las cinco de la tarde, y hacia allá me dirijo.

La primera vez que vi a Daniel fue en un programa de televisión española, hace aproximadamente tres años. Durante mis catorce años de edad en aquel entonces, nunca había visto a un hombre, cantante, o actor, que me impactara a tal grado. Aunque, la locura que me provoca está plenamente justificada por su arrebatador atractivo masculino. La perfección se dio una cita larga y detallada en el momento de su creación, asegurándose de que lo terminaran con atractivo hasta en el menor de los detalles. Su estatura es de 1.88 metros. Su cabello es negro azabache, el tono perfecto para establecer un maravilloso contraste con su piel de color blanco cera, su cara es angulosa, sus ojos de un intensísimo color azul y de mirada dulce. Su boca, bueno, es poseedor de la sonrisa más extraordinaria que he visto, y el resto de su atlética figura, forma con su rostro, el conjunto perfecto. Es simplemente, un poema en movimiento. Si, además de eso, contamos con que canta y según parece, tiene un cerebro que le permite hablar con un alto grado de inteligencia, es decir, sin decir la sarta de estupideces que otras personas dicen en cuanto tienen una cámara enfrente, o, peor aún, sin tenerla, bueno, que todo esto lo convierte en un ser absolutamente perfecto. ¿Ahora me entienden?

Sigo sin entender qué fue lo que se apoderó de mí, me gusta muchísimo, es verdad, pero, si me conocieran un poco, sabrían que este tipo de arranques jamás hacen presa de mi persona. De hecho, creo que los únicos arranques que yo he padecido desde chica son los de timidez, miedo y angustia, y las combinaciones que quieran establecer entre ellos. Por lo tanto, no me lo explico, llamé al empresario, conseguí que aceptara, y voy en camino, cosa por demás inaudita, ya que durante el resto de las horas que me quedaban entre que el señor Garza dijo sí, y la bendita cita, mi mente ha luchado en contra mía, tratando de convencerme de desistir, sin lograrlo. Aunado a eso, mi hermana estuvo repitiéndome durante un buen número de horas, que estoy loca. ¡Qué novedad! Y, que este tipo de cosas no le pasan a alguien tan insignificante como yo.

Como si yo necesitara de su ayuda para sentirme más poca cosa de lo que ya me siento, bueno, mi autoestima ya se encuentra bajo el nivel de tierra, y sus palabras no lograron gran efecto para hacerme sentir peor, al menos ese crédito debo concederme, esta vez no ha logrado hacerme desistir de lo que quiero hacer. Ya habrá tiempo de que se burle de mí, a sus anchas, cuando regrese a casa sin haber conseguido el autógrafo que sería la prueba de mi éxito, pero, por ahora, la nube en que yo viajo está tan fuera de su alcance, que escuché sus palabras, pero no dolieron, al menos por ahora, estoy extrañamente anestesiada contra ese dolor.

A través del parabrisas del auto puedo ver los jardines del hotel en el que se hospeda, completamente llenos de chicas que lo esperan. Por supuesto, ¿cuántas de ellas lo habrán visto ya? ¿Cómo no se me ocurrió venir aquí desde el amanecer para verlo pasar y acariciarlo con la mirada? Creo que lo que se apoderó de mí no tenía idea de que eso podía hacerse.

De pronto, aparezco en la recepción del hotel. Está bien, no fue así exactamente, pero, la verdad, no sé cómo llegué aquí. Pregunto por el señor Carlos Garza y al joven de recepción se le dulcifica el rostro, debe estar harto de que le pregunten por Daniel. Se comunica a su habitación y menciona que me espera. Mis piernas parecen saber perfectamente hacia dónde deben dirigirse, qué bueno, porque yo no tengo la más mínima idea.

Toco la puerta y un señor alto, blanco, de bigote, y con una absoluta cara de santo, abre y me observa largamente sin decir nada.

"¿Señor Garza?"

"Jade, ¿no es cierto? Chica, ¿qué fue lo que dijiste para convencerme? Yo nunca hago estas cosas, acompáñame."

Trato de seguirle el paso, me lleva a la recepción del hotel, pide que espere a Daniel, y, apresuradamente, da órdenes a los agentes de seguridad de no sacarme de ahí. Siento que el mundo se me viene encima, ¿qué quiere decir con eso? ¿Acaso no es él quien debe presentármelo? Ríe de mí abiertamente.

"Si se da cuenta que yo te dejé entrar, estaré en serios problemas, quédate aquí y pórtate bien." 'Pórtate bien', cómo se nota que no me conoce, no sé portarme de otra forma, ni queriendo. Se detiene un segundo y voltea a verme de nuevo.

"Solo tengo un consejo para ti, cuídate de su representante, es una perra." Lo siento, palabras textuales. Y, sin más, se fue, sin darme oportunidad de agradecerle. y dejándome sumida en el más profundo de los terrores.

Rocío Blisswealth

Todavía no sé cómo, la espantosa timidez que, hasta ahora ha sido mi más fiel compañera, se ha adormecido lo suficiente, o quizá está tomando unas vacaciones de su tarea de atormentarme, como para permitirme llegar hasta aquí, pero ¿enfrentarlo sola? ¡Imposible!

Solo que ahora tengo otro problema, mi cerebro quiere que corra, y mis piernas hacen caso omiso de sus órdenes. Tal parece que la sangre, que las recorría con increíble rapidez hace solo unos minutos, ahora las inunda de plomo. Las observo sentada en un enorme sillón color café, como si le pertenecieran a otra persona, así exactamente, como si les estuviera ordenando a las piernas de la persona de al lado que corrieran. Es por demás, ni por las buenas, ni por las malas, me obedecen.

Recorro en mi mente los peores escenarios de lo que está por suceder en cuanto su representante atraviese la puerta y me vea aquí sentada. ¿Qué me detiene aquí? Debería irme, solo para librarme de los nervios que recorren mi espina dorsal, y me provocan las náuseas más terribles que jamás he sentido. Pero no puedo, lo necesito, así es, y debo admitirlo, necesito esos segundos que podré verlo, para llenar mis ojos de él, aunque solo sea una vez, no aspiro a más.

Repentinamente, hace su aparición por la puerta del hotel, es más alto de lo que lo había imaginado, sus ojos son profundamente azules y dulces, me mira y, sin saber cómo, las piernas por fin me responden y voy a su encuentro, al tiempo en que trato de pensar en algo que decir, que no suene demasiado estúpido. Claro, ya descarté, por completo, la idea de poderle decir algo que suene medianamente inteligente.

Lleva puesto un pantalón de mezclilla azul que hace juego con sus ojos y una camisa blanca con los puños doblados casi hasta los codos. Se acerca a mí, ¡dioses! Creo que los felinos deben haberle copiado la forma de andar, no puede haber sido de otra manera, porque ejecuta esos pasos con absoluta perfección. Me dedica la sonrisa más espectacular que yo hubiera visto, y me envuelve entre sus brazos. Debo estar soñando, aunque, si lo analizo bien, mi corazón late con tal rapidez que parece que se me va a salir del pecho… Si, ¡me está abrazando!

Por una fracción de segundo me siento entre los brazos de un ángel, y estoy agradecida con la vida por ser yo. ¿Cuántas veces he deseado ser alguien más? ¿Bella, brillante, simplemente diferente? Pero no, en este momento no me cambiaria siquiera un lunar del lugar en el que está, porque es a mí, tal cual soy, a quien él tiene entre sus brazos.

Una terrible duda me asalta y me saca de mi delirio, ¿y si me está confundiendo con alguien más? ¿Y si él esperaba a otra persona? Se llevará una desilusión al saber que no soy quien espera. Un escalofrío me recorre la espalda y me libero de sus brazos para verlo a la cara, o más bien, para que él pueda ver la mía, y justo entonces, sonríe y pregunta mi nombre. Siento gran alivio, e intento recordar la respuesta a esa complicadísima pregunta.

"Jade." Contesto. "Me llamo Jade."

Justo en ese instante, se acerca su representante. No, ¡por favor! Pero si apenas estoy coordinando mis pensamientos para recordar cómo me llamo y, ahora resulta que mi racha de buena suerte está llegando a su fin. Daniel gira hacia ella.

"Mira, Sara, ella es Jade." Como si la pobre mujer debiera tener una idea de quién soy. Extiende la mano para saludarme y yo hago lo mismo, creo que mis reflejos ya están regresando.

"Jade, es un placer, me voy, te dejo en buenas manos."

¡¿Qué acaso todo el mundo se ha vuelto loco?! ¿Esa era la perra de quien debía cuidarme? Mis segundos, los que yo pedí, los mejores de mi vida, se terminaron hace ya buen rato, sin embargo, parece que entré en la dimensión desconocida. Todo está a mi favor, no obstante, siempre se me ha dicho que no ponga a prueba a mi suerte y, este no es un buen momento para hacerlo, así que, con dificultad, vuelvo a mi plan original. No, eso no es cierto, jamás llegué al punto de formular uno, pero, supongamos que si lo hice y eso es lo que hago. Saco un pedazo de papel de mi bolsa y le pido un autógrafo. Su respuesta me desconcierta muchísimo.

"¿Te importa si te lo doy más tarde? Tengo una junta con mis músicos. ¿Quieres acompañarme?" Me quedo sin aliento, no es posible lo que pasa, escucho una voz que, por mera coincidencia, habla a través de mis labios, que le responde que no quiero molestar.

"Tú jamás molestas."

Esa es su respuesta, ya no me cabe la menor duda, tengo dos opciones, me volví completamente loca, o estoy soñando. Alarga su brazo y me toma de la mano… Mi mano entre la suya. De acuerdo, estoy soñando y disfrutaré este sueño mientras dure. Entramos en el salón y los músicos clavan sus miradas en mí, uno de ellos se levanta y acerca su silla para que me siente.

"No te preocupes, me siento aquí." Señalo un pequeño taburete. Finalmente, para lo que pienso hacer, que es contemplarlo por el tiempo que este sueño dure, cualquier lugar me da igual.

Daniel sonríe y me deposita en la silla del joven, toma asiento junto a mí y deja su mano descansar sobre mi brazo. Muy bien, esto da un giro a mi teoría. No es un sueño, estoy oficialmente loca, ¡qué más da! También lo disfrutaré mientras dure, las teorías se debían solo a mi curiosidad, en realidad, cualquiera de las dos me cae bien.

Por más esfuerzos que hago, no logro concentrarme en lo que dicen, yo solo ocupo el tiempo en recorrer su atlética silueta con mi suertuda vista, y repaso, una y otra vez, sus palabras, 'Tu jamás molestas.' Esas palabras me parecen el mejor elogio que alguien me haya hecho, pero, algo dentro de mí, grita que solo me ha conocido por unos cuantos minutos, ¿cómo entonces puede saber si yo molesto o no? No importa, nada más importa.

Terminada la junta, llego a la triste conclusión de que ha llegado la hora de despedirme. Quisiera quedarme aquí el resto de los días de mi vida, pero él se ve agotado, y aún le falta el concierto. Ríe de buena gana cuando le pido mi autógrafo de nuevo.

"¿Por qué te vas?"

"Para que descanses para el show de esta noche."

"¿Sabes? Estás utilizando mis argumentos, eso debería decirlo yo. ¿Te doy mi dirección de correo electrónico para que me escribas?" Sonríe pícaramente, no es justo, yo jamás podría corresponder a esa sonrisa.

Definitivamente, el haber estado expuesta a la apariencia de su espectacular anatomía, me afectó el cerebro, no estoy pensando con cordura. ¿Cómo un hombre así, casi un dios, quiere darme su dirección? Claro que, en mi mente, ya casi tengo redactada la primera carta. Mi hermana se va a infartar, y, repentinamente, me escucho contestar en voz baja.

"No pienso escribirte nunca."

¡¿Cómo?! ¡¿De dónde sale semejante estupidez?! Aquí estoy yo, otra vez ante dos opciones. El hecho de que mi hermana me repitiera todos los días de mi vida, en serio, sin faltar uno, lo tonta que soy, ya ha revelado su efecto en mi cerebro, o bien, la grabación mental de las palabras de mi abuela de "no ser una chica fácil" se ha activado en mi cerebro. ¡Mal momento! ¿Y qué importa si soy fácil? Él es Daniel Montalvo, si hay algún tiempo para ser fácil es este, pero, ya lo he dicho.

"¿Por qué no quieres escribirme? Pensaba darte mi dirección de correo personal, no la del club de fans." Se acerca a mí, frunciendo el entrecejo.

Mi lengua parece actuar por sí sola. Mi cerebro la abandonó a su suerte, y a mí también, y me escucho hablar.

"No quiero ser una carta más, entre los miles que recibes por semana, y si me das tu dirección acabaré por enviarte unas líneas, prefiero quemar mis barcas y no conocerla, así, por grande que sea la tentación, nunca voy a escribirte."

¡Justo lo que me hace falta, darme importancia! Me observa como tratando de leer algo escrito en mi cara con letra muy pequeñita, y yo siento el letrero de E S T Ú P I D A aparecer en mi frente.

"De acuerdo." Trata de entenderme. "Entonces, dame tu correo electrónico y yo te escribiré."

¿Con cuánta velocidad pueden las vías de esta conversación llevarme hacia lugares a los que no quiero ir? No tengo dirección de correo electrónico, por la simple razón de que, no tengo nadie con quien comunicarme o de quién recibir mensajes, pero, si se lo digo, no va a creerme. ¿Qué hago ahora? No hay más remedio, decirle la verdad, no tengo otra opción.

"No tengo." Respondo en voz baja. Me observa con ojos de incredulidad. ¡Por supuesto! Soy rara, ya lo sé.

"¿En serio?" Pregunta con calma.

"Si, en serio."

"¿Por qué?" Cuestiona verdaderamente intrigado.

"Soy anticuada, supongo." Sonríe con dulzura, no quiero pensar qué es lo que se está imaginando.

"Bien, entonces dame la dirección de tu casa y yo te escribiré." Opto por cerrar la boca. ¡Bendito sea dios! Pienso, 'claro, le daré un papel con mi dirección y lo arrojará en el primer cesto de basura que encuentre' y, estando sumergida en esa imagen, como si pudiera leer mis pensamientos, me pasa su agenda.

"Anótala en la J, Jade, no olvides ningún dato." Me congelo, afortunadamente eso sirve para que mis labios permanezcan como están, cerrados y, una vez que la anoto, pregunta.

"¿Ahora si quieres la mía? Para que me contestes." Sonríe.

¿Quién lo enseñaría a sonreír de esa forma? No creo que alguien pueda lograrlo con tal maestría sin asistir a algún seminario de "sonrisas maravillosas."

"Inclúyela cuando me escribas, así la tendré." Le provoco una sonora carcajada. Me entrega el autógrafo y dice que me acompañará al auto.

"¡¿Estás loco?! ¡Está lleno de fanáticas allá afuera!" Mi cara es de absoluta incredulidad.

"No te preocupes, tengo seguridad, además, quiero cerciorarme de que llegas con bien al vehículo."

Sujeta mi cintura y camina conmigo hacia el auto, mismo que no recuerdo dónde quedó. Eso era de esperarse, ya que ni siquiera sé cómo llegué a la recepción del hotel. No obstante, parece que mis piernas recuerdan el camino, bueno, se dirigen con aplomo hacia algún lado, de modo que, eso supongo. El fresco olor de su loción me rodea, e intento dar dos pasos por cada uno que él da. Solo puedo ver borrones coloridos formando una valla en medio de la cual caminamos, deduzco que son las chicas ansiosas por verlo, bueno, finalmente creo que fue mejor mi idea. Justo ahora, no quisiera estar dónde ellas están, prefiero mi sitio entre sus brazos, escuchando su pausada respiración. Afortunadamente me lleva sujeta, porque creo que mis pies ya no tocan el suelo.

Por fin encuentro el auto y me abre la puerta, ¿a qué hora le di la llave? No lo sé. Cuando me dispongo a entrar me doy cuenta de que él no se ha movido. En lugar de hacerse a un lado para que yo aborde el vehículo, me observa sonriendo, ¡Dioses! Debe haberme preguntado algo y espera que le responda, seguramente eso es. ¿Qué le digo? Levanta su mano y me toma por la nuca, dirijo mi mirada hacia sus ojos, luego a su sonrisa, cada vez está más cerca de mí. No me muevo, simplemente no me es posible, mientras se me acerca des- pa- ci- to yo solo puedo pensar en una cosa. Jade, pase lo que pase, ¡no cierres los ojos!

Oprime sus labios contra los míos, me da un beso más fuerte y más largo de lo que yo me hubiera atrevido a desear, y desde ese momento mí vida cambia, mi imaginación no es lo suficientemente grande para calcular cuánto.

Ahora me encuentro recostada en mi cama, observando el techo. No, no hay nada en él digno de verse, es solo que me sirve para proyectar mis imágenes mentales sin interrupciones. Como era de esperarse, no recuerdo el camino hacia el lugar del espectáculo, y el show, pese a lo maravilloso que me pareció, solo lo recuerdo en pequeños trozos. Únicamente su atractivo rostro, su perfecto cuerpo y su beso, permanecen grabados a fuego en mi mente, eso es bastante.

Seis meses después, mi madre entra a mi habitación, donde paso la mayor parte del tiempo, y me entrega una carta. El remitente dice: Daniel Montalvo.

Monterrey, día de mi nacimiento.

Nací a las 7 de la mañana del 5 de marzo. Mamá tiene mucho miedo de que me cambien por otro bebé, creo que ha visto demasiadas películas, y le hace toda clase de recomendaciones al personal de la clínica. La enfermera le indica que eso es imposible, yo soy la única niña que ha nacido en el hospital en este día, todos los demás alumbramientos han sido varones.

A los dos días de nacida, me llevan a la casa de mis abuelos, en donde hemos vivido desde que tengo memoria, y me acuestan en una cuna en la habitación de mamá. No pasa mucho tiempo antes de que ella se dé cuenta de que algo extraño sucede conmigo.

Debajo de la cuna empieza a escucharse algo que se repite con regularidad. Mamá lo describe como el tic-tac de un reloj despertador antiguo, aunque este es un poco más fuerte que el de uno de esos relojes. Echa un vistazo para ver qué es lo que lo provoca, y nada. No obstante, no le agrada en lo absoluto ese sonido, similar a una bomba de tiempo. Intenta cambiar la cuna de lugar, conmigo dentro de ella, pero sabe que despertaré si lo hace, por lo tanto, me levanta con un brazo, después trata de moverla con el otro, y el ruido cesa, de forma por demás repentina. Así como este se detiene, mi llanto da inicio.

Al ver que, después de todo, ya estoy despierta, cambia la cuna hacia el otro extremo de la recámara y me acomoda dentro. Tres segundos transcurren, tal vez cuatro, y el tic-tac empieza de nuevo, y yo duermo plácidamente.

Se aterra, no quiere dejarme ahí, así que abre la puerta para llamar a mi abuela. Ella llega inmediatamente y lo escucha, empezando de nuevo con la rutina de buscar su procedencia, para después levantarme de la cuna y dar inicio con mi potente llanto. Dos horas después, se resignan a ponerme, de nuevo, dentro de ella y el sonido empieza fuerte y claro.

Mamá no quería pensar siquiera que algo amenazara la vida de su bebé porque, de ser así, ¿qué o quién lo hace? Y, ¿por qué? Sin respuesta a sus preguntas me deja ahí. Durante los siguientes años de mi temprana infancia el tic-tac habrá de acompañar mi sueño, y el de mi madre.

Monterrey, a mis diecisiete años.

La vida cambió para mí desde que lo conocí, cambié como persona, me siento más fuerte, segura, especial. Dos días después del concierto, mi hermana empezó a molestarme, ni siquiera recuerdo qué fue lo que dijo, bastante raro en mí, que solía guardar sus comentarios, y repetirlos en mi mente incontables veces, hasta que formaran parte de mi ADN. Ya no.

Mientras Mara trata de hablarme, yo solo escucho bla, bla, bla. Quiere que haga algo, lo reconozco por la forma en que su voz sube una octava cuando da una orden y quiere disfrazarla de favor, giro hacia ella y respondo.

"No." Así, con calma.

"¿Por qué no?" Pregunta con la voz todavía más aguda de su nivel normal.

"Porque no quiero."

La sorpresa no le permite decir nada más, mi madre me ve incrédula y mi abuela dice:

"Vaya, este día tenía que llegar." Como si hubiera estado rezando para que sucediera.

Mamá se dio cuenta ese día, de que la niña que tenía miedo de ser castigada por dios, si se portaba mal, ya no existía. Y así era, a partir de esos días, me hubiera dado igual el castigo divino, ya había estado en el cielo.

He convertido mi habitación en, ¿cómo describirlo? ¿Un altar? Sí, creo que algo así. He colocado en las paredes todos los carteles de Daniel pude conseguir, hasta que se me acabaron los carteles, ¡y las paredes! En cualquier dirección que volteo veo su rostro, su sonrisa, ¡sus ojos! Este es mi lugar feliz, hasta ahora no tengo un recuerdo mejor, y trataré de conservar este vivo en mi mente mientras pueda.

Entra mamá a la habitación con la carta en las manos y me la entrega. En menos de tres segundos siento el corazón en la garganta, y sus consistentes y acelerados latidos ahogando los sonidos, todo el cuerpo me hormiguea, y sigo observando la carta mientras la sostengo en las manos. No puedo hacer otra cosa sino observarla, tengo que convencerme primero de que es real. Muy en el fondo de mis oídos, igual que si me hablara desde dentro de una lata, escucho la voz de mi madre.

"¿Qué te pasa?"

Dame unos segundos mamá. Todavía no lo sé, aunque puedo suponer que me encuentro abrumada, sorprendida, emocionada hasta casi hacerme hiperventilar. ¿Qué me pasa? El hombre más guapo del mundo acaba de enviarme unas líneas, justo como dijo que lo haría, mismas palabras que no le creí. ¡Por supuesto que no le creí! Ese habría sido un gesto de ingenuidad que no me habría permitido. Las cosas tan buenas nunca me pasan, sin embargo, aquí está el sobre para probarme que estoy equivocada, al menos esto, si me está pasando. Por increíble que parezca, pensó en mí. Por un minuto al menos, quizá más. Mi madre sigue viéndome, debo responderle algo, lo que sea.

"Nada mamá, todavía no despierto." Me deshago de ella para poder leer, sin interrupciones, la bendita carta.

Hola Jade:

La gira ha transcurrido bastante bien, ya sabes, concierto, desveladas, entrevistas, y comenzamos de nuevo en otra ciudad. Ya estoy de regreso en Madrid preparando la promoción del disco.

Quiero decirte que Carmen, mi tía, estará en contacto contigo cuando yo no pueda estarlo·

Te envió mi dirección como acordamos, espero tu carta·

¡Recibe un beso muy fuerte!

Daniel Montalvo

Estas líneas de su puño y letra son un regalo de los dioses. Qué maravillosa anestesia me provoca sentirlo tan cerca, me siento capaz de cualquier cosa, claro, menos de escribirle. ¿Por qué? No lo sé. Supongo que mi mente, en su búsqueda de disfrutar de todas estas sensaciones, no deja espacio para la locura que me permitiría contestarle. No, yo no espero nada, por esa razón no podrá defraudarme, y soy feliz, solo feliz, no cabe otro sentimiento en mí y eso, es más que suficiente.

Monterrey, a mis cuatro años.

Este es la primera noche en que siento verdadero miedo, me apresuraron para que fuera a dormir. A mis cuatro años de edad tengo la costumbre de acostarme cuando me da sueño, ni un minuto antes. Con mamá trabajando siempre, mi abuela se ha preocupado por darnos la mejor educación posible, en cuanto a modales se refiere, pero tiene con nosotros ciertas concesiones, como el no tener un horario fijo para ir a la cama. Lograron que me fuera a dormir y, desafortunadamente, despierto poco tiempo después, en la obscuridad, escuchando las voces de mi mamá y mi hermana, que hablan con alguien más, a quien yo no logro ver, pero que me causa miedo. Empiezo a temblar, guardo silencio, y pongo atención.

"No me contesta." Susurra mi madre.

"A mí sí." Es la voz de mi hermana, Mara, cinco años mayor que yo. "Yo le preguntaré. Golpea dos veces para 'si' y una para 'no,' ¿de acuerdo?"

Se escuchan dos golpes bajo mi cama, ella ríe complacida, yo tiemblo con más fuerza. Por primera vez soy consciente del sonido bajo mi cama, y no me gusta nada. Están sentadas juntas en la cama de mamá que está junto a la mía. Yo estoy sola, hundida entre mis cobijas, que no parecen servirme para alejar este terror que me hace sentir helada.

"Quiero saber con quién está saliendo." Se escucha la voz de mi madre.

"No, así no, es solo si, o no, ¿recuerdas?" Contesta mi hermana.

"¿Está saliendo con alguien?"

Rocío Blisswealth

Se escuchan dos golpes, ya no soy capaz de controlar este terror, tengo un grito en la garganta y por fin lo dejo salir.

"¡Ya no! ¡Ya no le pregunten! ¡No quiero oírlo, me da miedo!" Exclamo entre sollozos. Por supuesto las asusto y mi hermana grita molesta.

"¡Ya no llores, no hace nada!"

Mamá pide que vuelva a dormir, dice que ya no van a preguntar nada, no le creo. Todas las historias de monstruos bajo la cama son para mí, desde hoy, la única realidad en esta habitación. Ya nadie podrá decirme que ahí no hay nada, porque yo escuché a mi madre y a mi hermana hacerle preguntas y a él, lo que fuera, contestarles.

Con voz queda llamo a mi abuela, no me escucha. Que alguien me saque de aquí, por favor. Mi hermana se burla de mí, mamá no se mueve de donde está. Puedo sentir su ansiedad. Quisiera, de alguna forma, obligarme a dormir de nuevo para seguir preguntando. Le pido que se recueste conmigo un minuto mientras se me quita el miedo, no lo hace, pide que cierre los ojos e intente dormir, y no se mueve de donde está. La observo, el pánico trepa por mis cobijas y me envuelve.

Empiezo a rezar, es lo único que se me ocurre, ni siquiera sé bien el Padre Nuestro que mi abuela ha tratado de enseñarme con tanto empeño. Busco desesperadamente con la mirada alguien que me abrace, alguien que me saque de esta historia de horror.

Y entonces, lo veo entre la penumbra de mi cuarto. Un joven, alto, ataviado con pantalón de mezclilla y camiseta blanca, que parece haber atravesado la pared. Camina hacia mí, y, lentamente, se sienta a los pies de mi cama. Puedo sentir el movimiento de su cuerpo al hacerlo, mis ojos se abren cada vez más, contengo la respiración.

Sonríe, ¡qué sonrisa tan dulce! Acerca su mano y la coloca sobre mi pie, aun cuando estoy bajo las cobijas puedo sentir su calor, no me hará daño, lo sé. Bendita edad que no me permite entender que, el sonido bajo mi cama, y el joven sentado a los pies de ella, podrían ser dos versiones del mismo ser, sin embargo, este último me tranquiliza.

"¿Cómo estás?" Nadie más parece escucharlo.

"Tengo mucho miedo." Contesto muy quedamente, entre sollozos.

"¿A qué le tienes miedo?" Pregunta con dulzura en la voz.

"A lo que hace ese ruido bajo mi cama."

"¿Ya no quieres oírlo?" Sigue preguntando.

"Por favor, dile que ya no." Espero que él pueda hacer algo.

"Ya no más." Menciona con autoridad y se acerca para acariciar mi cabeza, se acuesta a mi espalda y me rodea con sus brazos. Sujeto con fuerza a su mano,

El Juego... Jade

que apenas logro rodear con las mías, el miedo ha desaparecido. Cuánta paz, tengo mucho sueño, escucho la voz de mi hermana al hablarle a mamá.

"Parece que ya duerme."

Él comienza a contarme un cuento, ya no alcanzo a escucharlo, duermo por primera vez entre los brazos de mi ángel, o mi demonio.

El sonido bajo mi cama desapareció ese día, dejando a mi madre con miles de preguntas sin contestar. Por cierto, la siguiente vez que ella trató de tomarme entre sus brazos hui de ella.

Monterrey, a mis dieciocho años.

Desde hace casi seis meses, trabajo como recepcionista en un despacho de ingenieros. Esta mañana, al abrir el periódico, me entero, en la sección de espectáculos, que Daniel regresa a México, pero no viene a Monterrey. Había jurado que una noticia de ese tipo no habría de impactarme, como se imaginarán, mi juramento no sirvió de mucho. Mi corazón ha decidido hacer exactamente lo opuesto, se acelera de una forma que me es imposible controlarlo.

Quiero verlo, sé que resultará imposible que lo vea como la última vez, eso sería un verdadero milagro, pero si, tal vez, consiguiera reunir el dinero suficiente para el viaje en autobús y la entrada para el concierto, podría verlo de nuevo. Mentalmente hago una revisión de mis ahorros. Sí, me alcanza, aunque, no para pagar un hotel. No importa, tengo familiares en la ciudad de México, ni siquiera los recuerdo bien, pero, no creo que tengan objeción en recibirme, finalmente se trata solo de dos días.

No han pasado ni cinco minutos desde que leí la nota y ya decidí que voy, puedo reconocer la ansiedad, ya no me detendré. Ahora recuerdo que, en una vieja revista, vi el teléfono del club de admiradoras de Daniel en México, ¿y si las llamo? Necesito alguien ahí, alguien con quien asistir al concierto.

Al llegar a casa busco el número y lo marco, me contesta una chica llamada Patricia, que resulta ser la presidenta del club de fans. ¿En qué consistirá su cargo? No tengo la menor idea, sin embargo, muy amablemente se ofrece no solamente a acompañarme y a comprarme el boleto junto a ella, me pide que me hospede en su casa y yo, por supuesto, acepto.

Todo sale a pedir de boca, de la mía por supuesto, pues tan pronto mi madre y mi hermana se enteraron de mis planes, porque, en algún momento debía hacerlas partícipes de mi viaje, trataron por todos los medios de convencerme de quedarme. Recuerdo perfectamente las palabras de Mara, es así porque son los mismos argumentos que me desfilaron por el cerebro sin su ayuda.

"¿Sinceramente crees que él se acuerda de ti? Además, supongamos que sí lo hiciera, nunca contestaste su carta y ahora te presentas, no hará otra cosa que agredirte, yo lo haría."

¡Lo sé, lo sé! Es por eso que solo pienso ver el show, para recordar el día más feliz de mi vida, nada más. Mamá repite que estoy loca. Que la ciudad de México, además de estar a mil kilómetros de distancia, es una jungla de asfalto en la que me esperan los más terribles peligros. ¿Peores que los que he vivido en mi habitación? ¡Lo dudo!

Nada logra convencerme, el viernes por la tarde, saliendo del trabajo, tomo el autobús hacia la Ciudad de México. Creí que estaría nerviosa, pero no, estoy extrañamente calmada. Finalmente, solo veré el show.

Llego a la ciudad a las 8:00 a.m. aproximadamente. Paty cumplió su promesa de venir por mí, es bajita, delgada y sumamente simpática. Me recibe con una pregunta.

"¿Lo conoces en persona?" Respondo con una mentira.

"No, solo lo vi en el show." ¿Para qué decirle que sí? Que incluso me escribió una carta. Ya podría yo oír su carcajada. Incluso a mí, con la carta en el cajón de mi cómoda como prueba, me sigue sonando increíble. Llegamos a su casa y, después de darme un baño, me arreglo y Paty me urge para que salgamos de prisa.

"Pero ¿a dónde vamos?" La verdad tenía la esperanza de descansar al menos un par de horas. Su respuesta me deja impresionada.

"Daniel ofrece una rueda de prensa en media hora y he conseguido que nos dejen entrar." ¡¿Cómo?! Pero yo solo vine a ver el show, no importa, mis pies ya me llevan corriendo junto a ella.

Llegamos al hotel y, tal como Paty me lo había anunciado, entramos a la rueda de prensa. Nunca me he explicado cómo hacen las fanáticas para entrar en todos lados. No solo eso, tenemos asientos de primera fila, ¡perfecto! Si este hombre maravilloso quiere reparar su ego lastimado, podrá hacerlo, muy de cerca, y nada menos que con todos los representantes de la prensa de mi país como testigos. Dado que las piernas no me responden, y que Paty me aconseja que por ningún motivo me mueva de donde estoy, esperaré aquí mi castigo.

Se escucha un aplauso. Daniel desliza toda su guapura por una puerta enorme y toma asiento frente a nosotras, ¡horror! ¡Que no me vea, por favor! Obvio, eso es demasiado pedir, Paty salta de la silla haciendo señales para que mire hacia acá. ¡¿Qué hay del consejo de no moverse?! Supongo que era solo para mí. Él responde saludando y con una de sus maravillosas sonrisas, creo que me ha visto, no, no, claro que no.

Mi habitación está casi completamente cubierta con su imagen, sin embargo, el verlo en persona me deja sin aliento, los reporteros lo bombardean con preguntas mientras él sonríe, con esa bendita sonrisa que parece hipnotizarme. Disfruto terriblemente de estos minutos de que dispongo para admirarlo, para observar a detalle, cada atractiva característica que posee. Justo antes de que termine la rueda de prensa Paty me interrumpe para pedirme que tome mis cosas y que la acompañe. Bueno, ¿qué locura se le ha ocurrido ahora a esta chica? ¿No se da cuenta que me está privando de segundos que valen oro para mí? Pues no, no se da cuenta, ya corremos por el lobby del hotel.

"Entra." Se abre la puerta del elevador. "Vamos a interceptarlo para que te dé un autógrafo." Sonríe.

¿Cómo me puedes dictar sentencia de muerte con una sonrisa en los labios? Tiemblo de pies a cabeza, y antes de que tenga tiempo para nada más, se abre la puerta y, con una fracción de segundo de diferencia, se abre el elevador al otro lado del pasillo. Entonces lo veo, a metro y medio de distancia. ¡Dioses! ¡Pero qué manera de ser guapo! Como en cámara lenta recorro su cabello. ¿Cuántas veces he soñado con acariciarlo? Dormida y despierta, es mi sueño recurrente, el arco de sus cejas, su nariz y me topo con sus ojos, no hay más remedio, me ha visto. Procuro controlar mi terror, probablemente no se acuerde de mí.

Paty sale a su encuentro, él no la ve, igual que un felino que localizó su presa, no separa su vista de mí. Un segundo más y ya lo tengo enfrente, cerrándome el paso, no recordaba lo alto que es, y ese olor, ¡huele delicioso! Estoy frente al pelotón de fusilamiento, pero si su imagen es lo último que verán mis ojos, muero en paz.

"¡Jade!" Casi me grita. "¿Por qué no me escribiste?"

Mi alma, que no sé a dónde se había ido a esconder, ¡cobarde! Me vuelve al cuerpo, y veo a Paty dejar caer la mandíbula hasta el suelo.

"Porque te dije que no lo haría." Respondo en voz baja, y con el último aliento que me quedaba en los pulmones. Me abraza tan fuerte, que mi pecho y el suyo retumban con sus sonoras carcajadas.

"¿Ya comiste?" Pregunta sin soltarme. ¿Comer? si son solo las 11 de la mañana, claro, la diferencia de horario.

"No, yo…" Alcanzo a responder cuando me interrumpe.

"Excelente, comerás conmigo." Empieza a caminar por el pasillo hacia su suite, sujetándome por la cintura.

Rocío Blisswealth

"Pero, Paty…" Logro decir, bueno, tal parece que las frases completas se me quedaron en el autobús, no consigo articular ni una.

"Ahhh, Paty, pues que nos acompañe." Responde y le indica a su asistente. "Raúl, desencanta esa estatua y tráela por favor." Refiriéndose a Paty que estaba petrificada a mitad del pasillo. Entramos a la habitación, aún no me suelta, ¡ojalá no lo haga nunca!

Monterrey, a mis cinco años.

No sé si el descubrir los sonidos bajo mi cama me hizo más consciente de lo que hay a mi alrededor, o si fue eso lo que abrió la puerta para cuanto ser quisiera llegar de visita, pero, a partir de entonces mi vida ha estado, ¿cómo decirlo? Llena de emociones.

Disfruto mucho las tardes lluviosas como hoy, hace frío, muchísimo, no fui al Jardín de Niños. Tal vez sea fin de semana, no lo sé. No tengo muchas amiguitas, mamá dice que soy una niña muy aislada, mencionó la palabra ensimismada, aunque no sé qué es eso. Dice que soy una niña tan buena, que tiene miedo que me muera, es verdad, procuro ser buena, portarme bien. Mi abuela me ha dicho que dios castiga a quien no le obedece, y si el castigo es caer en manos de los monstruos, que hasta ahora solo parecen quererse divertir conmigo, prefiero no merecer tal cosa.

Paso mucho tiempo con mi abuela, relata unos cuentos buenísimos, y hoy quiero que termine el que dejó pendiente ayer. Me subo a su cama y me acomodo bajo las cobijas junto a ella, me reclama por no quitarme los zapatos, demasiado tarde, pero, me los quito.

La casa está vacía y, siendo tan grande, pareciera que estamos en una pequeña isla. La lluvia resbala por los vidrios de las ventanas y el viento silba con fuerza, dice mi abuelo que al viento le gusta este clima y que, como se pone contento, pues silba.

Se escucha la puerta de entrada en la planta baja, después las escaleras, uno a uno los escalones de madera, que son catorce, ya sé contarlos, realizan su muy característico rechinido, los pasos siguen por el pasillo, ¡Dioses! Quienquiera que seas, ¿podrías apurarte y dejar de interrumpir? Mi abuelo asoma la cabeza y sonríe, se acerca y me besa, me trajo un dulce para la hora de mi cuento. Creo que no podría amarlo más, me acurruco junto a mi abuela y el cuento da inicio.

Van pasando los minutos, mismos que mi abuelo aprovecha para leer el periódico, sentado en el sillón frente a la cama. Me gustan las sombras que se producen en el techo al ir cambiando la luz, parecen nubes. De repente lo veo, un demonio va saliendo del closet, es pequeño y regordete, su piel parece de rana. Mis abuelos no lo ven, como de costumbre. Tira de mis cobijas, tratando que mis movimientos pasen desapercibidos, peleo con él.

"Deja de molestar." Murmuro, mi abuela voltea a verme.

"Estás muy inquieta, ¿quieres ir al baño?"

"No, sigue, no te detengas." Respondo y pienso, sigue, o no acabarás nunca, no voy a temblar, no tengo miedo, no tengo miedo.

Mi abuelo enciende la lámpara para seguir leyendo, no, por favor, solo harás que lo vea con más claridad. Así es, empiezo a temblar.

"¿Quieres ir al baño?" Pregunta mi abuela de nuevo.

¿Qué tienen que ver las ganas de ir al baño con este temblor que no puedo controlar? Se llama miedo, abuela, no ganas de ir al baño. El sapo, de alguna forma tengo que llamarlo, se acerca más a mí, toca mi dulce con su sucio dedo, ya no lo quiero, sonríe y se va, de regreso al closet.

"Sigue abuela, sigue." La convenzo de, por fin, terminar el cuento. Ya es hora de la cena y bajaremos a la cocina.

"Ve al baño primero." Ordena mi abuela.

Está bien, iré, pero ¡no tengo ganas! Me asustó el sapo, eso es todo. Mi abuelo, con la sonrisa que lo caracteriza, dice.

"Vamos, yo te prendo la luz." No sé qué tiene este hombre con la luz.

Ciudad de México. A mis dieciocho años.

Paty aún no sale de su asombro, a decir verdad, yo tampoco. En cuanto entramos a la suite, Daniel ordena algo de comer para todos, me mira y sonríe pícaramente, como el gato que se comió al canario, y yo estoy desempeñando a la perfección, el papel de fantasma de canario.

"¿Van a ir a verme esta noche?"

"¡Por supuesto!" Contesta Paty.

"¿Ya tienen los boletos?"

"Si, desde hace unos días, ya están agotados." Respondo por fin.

"Véndelos." Dice con tono autoritario. "Yo te los voy a regalar."

Tengo que apresurarme para responder antes de que Paty lo haga, recién he visto el brillo en sus ojos ante la posibilidad de recuperar tal cantidad de dinero y, sobre todo, de asistir con boletos fruto del obsequio de su ídolo.

"No, gracias, no te preocupes." Agrego esto último tratando de suavizar la brusca respuesta que mis labios acababan de liberar. Me contesta entre dientes, conteniendo su enojo.

Rocío Blisswealth

"¿Cómo dices?"

Patricia me mira con ojos de asesina, ¿cómo me atrevo a contrariarlo? Aunque, a partir de la escena del elevador, ha terminado por resignarse a cederme el dominio de la situación en cuanto a Daniel se refiere. En el mundo de las fanáticas, creo que acabo de subir, de golpe, todos los escalones en la jerarquía, y ella no se atreve a oponerse a lo que yo decida. Una repentina determinación me inunda y, decididamente, cosa rara en mí, repito mis palabras con más determinación y viéndolo a los ojos.

"No, gracias."

Daniel parece rendirse ante mi seriedad, como si temiera molestarme, y con más calma en la voz, pregunta:

"¿Te molestaría decirme por qué no los aceptas?"

"No aceptaré que me regales nada, nunca podrás decir que te busco para ver qué puedo obtener de ti. Si Paty lo quiere, yo no puedo decidir por ella, pero si la ord... 'sugerencia' es para mí, ya tienes la respuesta."

Sus ojos se llenan de dulzura, de alguna forma, mi contestación, aunque dura, ha tocado una fibra sensible en él, y terminó por gustarle. Me mira por unos segundos y después gira la cabeza hacia Paty, esperando una respuesta de su parte. Ella toma un tono de seriedad y contesta, con más suavidad que yo.

"No, gracias."

Daniel le sonríe y, tengo el presentimiento de que, para ella, eso tiene más valor que el dinero que podía haberse ahorrado. La conversación fluye con facilidad por primera vez, y podemos hablar, bueno, más bien, él pudo hablar de cómo le había ido en la gira. Para él se trataba de un viaje de trabajo, sin embargo, todo toma un giro simpático en cuanto se da cuenta de lo divertidas que nos resultan sus anécdotas. Habla respecto a una maleta que le habían cambiado en la aerolínea y que, en su lugar, le habían dado una exactamente igual, pero de una señora. Esta situación parecía enfurecerlo, hasta que Paty y yo comenzamos a hacer bromas respecto a lo bien que él luciría con la ropa de la señora en cuestión, y le preguntamos si alguno de los atuendos funcionaria para el show de esa noche. Sus carcajadas y las nuestras, fueron tan sonoras, que las lágrimas nos corrían por las mejillas.

Llegadas las seis de la tarde nos despedimos, prácticamente necesité una grúa para separar a Paty de aquel sillón, pues en tres ocasiones comenté que teníamos que irnos, sin lograr el menor movimiento de su parte, al fin de cuentas, terminó por ceder, y se puso de pie. Para mi sorpresa, Daniel se acerca y me abraza con mucha fuerza, sumergiendo su cara entre mi cabello. Quiero mostrarme calmada, pero el hecho de que se me acerque, siempre me toma por sorpresa, y me cuesta controlar los nervios que me provoca. Espero unos segundos, pero su abrazo no parece terminar, hasta que toma aire para decir:

"No puedo creer que estés aquí." Mi capacidad de asombro había sido puesta a prueba durante toda mi vida, alcanzando niveles insospechados, pero, en esta ocasión, la sorpresa me deja sin aliento, eso es nuevo para mí.

"Pues deberías creerlo, tengo testigos." Respondo sonriendo.

"Promete que mañana vendrás a verme, ¿comemos juntos?" Levanta la cara de entre mi cabello y observa a Paty.

"La traerás mañana, ¿verdad?" Tal pareciera que la vida de Paty tuviera un nuevo propósito a partir de ese segundo, y responde con gran determinación.

"Solo dime a qué hora, puedes estar seguro de que estaremos aquí."

"A las 12:00 estará bien, gracias, Paty, muchas gracias."

Me suelta de sus brazos, al tiempo que intento convencer a mis pulmones de que, si saben respirar, que lo han hecho toda mi vida. ¡Por favor! Háganlo de nuevo, porque sé que mi cara no tardará en ponerse morada. No quisiera soltarlo, ¿no podría quedarme aquí? Me doy risa, ya de por sí, me ha dado más de lo que jamás creí. Imposible pedir más, salimos de la suite. El resto de esa tarde, la plática de Paty, desconozco cuántas palabras es capaz de decir por minuto esa mujer, pero muchas, muchas en realidad, el show, y la larga noche en que no pude convencer a mi cerebro de que necesitaba un descanso, todo está nuevamente borroso, como en un sueño. A pesar de eso, a las 11:00 a.m. del día siguiente yo estoy lista y alerta por completo.

Partimos hacia el hotel, hacemos el recorrido en metro, pues es más fácil, ya me he acostumbrado a la extensa e interminable conversación de Paty. He logrado una táctica para que ella no se dé cuenta que no la escucho, cada vez que interrumpe su plática y pregunta, "¿verdad?" Yo la observo y pregunto también, "¿Qué cosa?" Repite las últimas frases, ahora sí contando con mi atención, le respondo y vuelvo a sumirme en mis pensamientos.

Siento que las cosas están sucediendo demasiado rápido. Viéndolo con frialdad, ni siquiera conozco a Paty. Estoy hospedándome en su casa y no recuerdo siquiera el nombre de su hermana, eso es lo de menos, tampoco conozco a Daniel, y él me trata como si me conociera desde hace mucho tiempo. Somos prácticamente desconocidos y confío en él ciegamente, ¿por qué? Soy otra cuando estoy con él. ¿De dónde sale todo lo que le contesto? Tal pareciera que sigo un guion que alguien escribe para mí. He llegado a pensar que, quizá esta persona que no reconozco es quien soy realmente, y nunca había tenido la oportunidad de conocerme.

Rocío Blisswealth

Me he pasado la vida tratando de estar callada, de pasar desapercibida sin lograrlo, siempre con miedo de empezar a hablar de los demonios, y no ser capaz de detenerme. Solo hablo de esto con mamá, y ella, a su vez, al pie de la letra, se lo cuenta todo a mi hermana, supongo que con alguien tiene que hablar de mis visiones. Además, repentinamente, Mara ascendió, no sé cómo, ni por qué, de ser profeta, a experta en demonios. Tampoco me acuerdo cómo es que se autonombró profeta, aunque, seguramente, sus razones tendrá. No ha logrado hacer nada por mí, pero, en fin, es decir, ni juntas, ni separadas, ni todos sus consejos, han logrado que yo deje de ver demonios ni por un día.

Súbitamente, mis ojos se abren tanto, que Paty me observa como esperando que colapse, empiezo a mirar hacia todos lados. ¡¿Dónde están?! Ya he viajado anteriormente, incluso viví fuera del país y siempre han estado ahí. Empiezo a sentir la falta de aire, mi cabeza da vueltas.

¿Cuánto hace que llegué a la ciudad? Tengo que hacer memoria, cuando estoy con Daniel no soy capaz de pensar, o ver nada con claridad, pero, en casa de Paty, en las calles, en el metro. ¿Dónde se han metido? Paty ya no puede más y pregunta. "¿Estás bien?" ¿Qué puedo contestarle? Por fin digo algo.

"Creí ver a alguien conocido."

¿Cómo le digo que no me sorprende el haber visto a alguien, sino precisamente lo que no veo? Lo que, ahora que recuerdo, no he visto desde que tome el autobús, los demonios no están. Olfateo el aire, pobre Paty, debe estar pensando que estoy totalmente loca, y no la culpo, yo también lo creo. No encuentro su olor, ese inconfundible olor a podredumbre, a vómito, no está. ¿Cómo no me había dado cuenta? ¿Dónde se han metido? ¿Por qué no están aquí, cerca, al menos?

Llegamos a la estación del metro que nos corresponde y descendemos, Paty no logra obtener mi atención, solo la sigo, no puedo dejar de ver hacia todos lados, buscándolos. Qué extraña sensación.

Llegamos al hotel, poco a poco voy dejando atrás todos mis pensamientos, y me dejo invadir por la maravillosa anestesia de estar cerca de Daniel. Una vez que estamos en el lobby, puedo darme cuenta de que está lleno de fanáticas que, lejos de ignorarnos, nos ven con cierto desprecio, como si les estorbáramos. La verdad, yo me siento como si les robara algo, después de todo, ellas tienen derecho de antigüedad. En cambio, Paty, disfruta enormemente de su recién ganada influencia. Llega al primer teléfono, el más cercano a las fanáticas por supuesto, creo que ella también quiere molestarlas, y llama a la habitación de Daniel para avisar que ya estamos ahí. La respuesta no se hace esperar, nos piden que subamos y en pocos segundos, abordamos el elevador.

Creo que cada vez le agregan más metros a este pasillo, pienso al recorrerlo. Paty toca a la puerta, Raúl abre y nos recibe con un abrazo. Justo detrás de él, puedo ver a Daniel, su imagen es verdaderamente impresionante, simplemente me hechiza su apariencia. Saluda a Paty con un beso en la mejilla y ella corresponde con una cara de "misión cumplida" que no logra dominar. Después él se planta frente a mí. Si esto es un sueño, no quiero que me despierten, por primera vez desde que nací me encuentro feliz, y en un medioambiente libre de demonios. Jamás pensé que eso fuera posible, se me acerca y, a sabiendas de que yo nunca tomo la iniciativa al saludarlo dice: "¡Jade, abrázame como dios manda!" Sonríe.

¡Dioses! Y, ¿cómo será eso? Mi corazón se desboca en anticipación y tiemblo, a pesar de los sobrehumanos intentos por evitarlo. Tiemblo de pies a cabeza, pero, obedientemente, extiendo mis brazos y él entra en ellos. Tal parece que hubieran sido creados justo a su medida, me envuelve con los suyos y hunde su cara entre el cabello que me cae sobre el hombro. Suspira como si fuera la primera vez que respirara en todo el día.

"¡Hueles delicioso!"

"¿A qué huelo?" Pregunto.

"A aire puro." Levanta su cara y me ve a los ojos. "Eso eres tú, aire puro."

Señala el amplio sillón para que me siente, una vez que lo hago se acomoda a mi lado, desliza su pierna sobre de la mía y la deja ahí, "calma, Jade, calma." No dejo de repetirme. Toma mi mano y juega con ella entre las suyas, nos platica los pormenores de la noche anterior, y le pide a Raúl que ordene algo de tomar. Suficiente, ya no puedo pensar, puedo sentir cómo mi corazón late cada vez más despacio, si es que lo hace, tal pareciera que mi mano fuera un objeto extraño y alucinante, por la forma en que la observa.

"¿Te molesta mi pierna?" Pregunta con una sonrisa pícara.

"Tú nunca molestas." Respondo recordando lo que él me había dicho en Monterrey, la primera vez que lo vi. Su carcajada no se hace esperar, se abalanza sobre mí, me da un sonoro beso en la mejilla, y después de verme fijamente, vuelve a su posición original.

¿Por qué todo tiene que tomarme tan de sorpresa? Debe ser por el hecho de que todo lo que él hace es completamente inesperado, nada más. Sigue observándome y sonríe, ya sé lo que pasa, mi cara, se ha puesto completamente roja por la emoción, los nervios, o una mezcla de las dos cosas. Eso le divierte, ¡malvado! Pero, yo tenía que hacer algo, pese a la maravillosa sensación de sentirlo tan cerca, lo recuerdo y lentamente, con el rabillo del ojo, para que él no se dé cuenta, los busco en todos los rincones de la habitación. No están, parece mentira, pero no están, por primera vez en años.

Monterrey, a mis siete años.

Estoy pasando las vacaciones escolares con mamá, ella trabaja en un albergue infantil, como directora, y solo la veo los fines de semana. El resto del tiempo, estoy al cuidado de mis abuelos, sus padres, pero el verano lo paso con ella, evento que para mí significa pasar de un encierro que me encanta, a otro que no me gusta nada.

Esta mañana recibimos una llamada telefónica, mi abuela ha sufrido un derrame cerebral, y está muy mal, debemos salir deprisa hacia la casa. Situaciones como estas han ocurrido ya varias veces, sin embargo, esta se graba en mi mente con más claridad.

"En cuanto lleguemos a la casa, coloca las manos sobre su cabeza y pide que esté sana, ya sabes cómo hacerlo." Mamá me indica, y es verdad, yo sé cómo hacerlo, no recuerdo cómo lo aprendí, pero, así es.

Llego a la casa y corro escaleras arriba, amo profundamente a mi abuela y no quiero perderla, la llamo por su nombre y no me responde, está inconsciente. Coloco mis manos sobre su cabeza, mamá desaloja la habitación y le dice a mi abuelo:

"Déjala hacerlo y mamá se pondrá bien."

Por alguna razón, tal vez la forma en que me observa, creo que mi abuelo no está de acuerdo con lo que mamá le propone, sin embargo, me deja ahí, junto a mi abuela.

No recuerdo exactamente las palabras, más si el desesperado deseo de que mi abuela esté bien, que me llena mientras la acaricio y, de pronto, ese hormigueo en las manos y luego en todo mi cuerpo. Sigo acariciando su cabeza unos minutos más, y ella abre los ojos. ¡Me da tanto gusto!

Horas después, una vez que el médico sale de su asombro, nos dice que con toda seguridad le quedarán secuelas, y que tal vez no podrá caminar ni valerse por sí misma, que el derrame ha sido muy fuerte. Sin embargo, tres días después, ella me prepara el desayuno, igual que siempre, y sana como un roble.

Desde ese día me volví consciente de lo que puedo hacer, el cómo, no tiene para mi demasiada importancia, puedo ayudar a la gente que amo y no es mucha, así que los quiero conservar a mi lado.

El Juego… Jade

Ciudad de México. A mis dieciocho años.

He estado viendo televisión junto a Daniel por un buen rato ya, nunca estos interminables programas dominicales me habían parecido tan divertidos. Nos hemos reído, de buena gana, frente a la falta de talento de algunos de los participantes, bailarines y cantantes, sin dejar de tomar en cuenta que hay que tener agallas para pararse frente a las cámaras de televisión a hacer el ridículo, sobre todo cuando crees estar luciendo todas las aptitudes con las que la naturaleza te dotó, y estas brillan por su ausencia.

Hay algo que me parece sorprendente, aun cuando Raúl y Paty se encuentran sentados cerca de nosotros, para Daniel parecieran no existir, todos sus comentarios van dirigidos a mí, aunque las risas sean generales. Por mi parte, he tratado de practicar la educación que mis abuelos me enseñaron, y trato de dirigirme a Raúl y a Paty cada vez que me es posible, aunque me resulta difícil distraer mi atención de Daniel. Por lo tanto, creo que mi educación, al menos en las últimas horas, se ha reducido a un "por favor" y dos "gracias," bastante mecánicos. Supongo que más tarde me sentiré mal, o al menos molesta conmigo misma por haber sido grosera, pero por ahora, la verdad, me importa un comino la bendita educación.

Daniel gira en el sillón colocándose de frente a mí, y sube una de sus piernas sobre mi rodilla. De forma casi automática, Raúl le ofrece a Paty algo de tomar y le pide que lo acompañe a la habitación contigua para llamar al comedor. Justo entonces lo entendí, Daniel acababa de centrar su atención en mí, como si al establecer contacto físico conmigo, formara una burbuja que los demás debieran respetar. Me pregunto si Paty lo entendió de la misma forma, o si estaba igual de dispuesta que Raúl, a respetar la privacidad de dicha burbuja, sin embargo, creo que él no le dio mucho tiempo para tales consideraciones y se la llevó.

Nunca había estado a solas con Daniel, desde la primera vez que lo vi, siempre habíamos estado rodeados de gente, más de la que yo estaba acostumbrada. La sensación de poder centrar todos mis sentidos en admirarlo es fantástica, aunque una terrible duda me embarga mientras lo veo observarme, ¿de qué le hablo ahora?

"¿Por qué sonríes?" Pregunta y apaga el televisor.

Ni siquiera estaba consciente de que lo hacía, pero, es verdad. Así que le respondo en cuanto deduzco la razón.

"Me hace gracia la forma en que me observas, no solo me ves, me observas intensamente. ¿Por qué?" Él comienza a hablar y yo pongo toda mi atención, aunque, me doy cuenta de que no me responde.

Rocío Blisswealth

"¿Alguna vez te dije que ya sabía que te conocería?" Mis ojos se abren completamente. Ni siquiera espera a que le responda y continúa.

"Pasé por una adolescencia bastante dura, mi padre nunca apoyó mi decisión al negarme a seguir la tradición del negocio familiar, teníamos ganado, ¿sabes? Mi madre hacía por mí lo que podía, nunca logró que mi padre me ayudara.

Al no contar con su apoyo, decidí irme de casa, y trabajé en muchas cosas. Uno de esos trabajos, a los diecisiete años, fue preparando comida rápida, al menos así podía comer diariamente. Una noche, quince minutos antes de cerrar, llegó una mujer y me pidió algo de comer. Le respondí que lo prepararía, pero que se lo daría para llevar, no podría comer ahí porque estábamos a punto de cerrar. Solo sonrió, tomó asiento y respondió:

"Me da tiempo suficiente, no te preocupes Daniel."

Estaba exhausto y no hacía más que mirar el reloj, 10:45 p.m. Me preguntaba, ¿cómo sabe mi nombre? En fin, había clientes frecuentes que lo sabían, tal vez se lo habían dicho, qué importancia tenía, estaba muerto de cansancio y ya quería irme a casa. Le entregué su pedido.

"¿Por qué no te sientas un minuto? Quisiera contarte algo."

Lo que me faltaba, que la mujer quisiera algo conmigo, volteé a ver el reloj para decirle que no me era posible, 10:45 p.m. ¡Maldición! El reloj se había detenido. ¡A buena hora! Recuerdo que intenté inventarme un pretexto, no obstante, para cuando me di cuenta, ya me había sentado en la silla frente a ella, cosa que teníamos prohibida, y la escuché.

"Pon atención Daniel." Comenzó a decirme, cuando la interrumpí para preguntarle.

"¿Cómo sabe mi nombre?" No respondió y continuó.

"Desde el día de tu nacimiento te hemos seguido y, he venido hoy para decirte lo que eres capaz de lograr en tu vida, si tienes el valor para hacerlo. Antes que nada, contéstame una pregunta. ¿Qué serías capaz de hacer por lograr la fama? No me refiero a una popularidad plana y mediocre, sino a la fama que te abrirá las puertas de los lugares más importantes y, no solo eso, sino la voluntad de las personas importantes a nivel mundial, permanecer en la memoria de la gente incluso después de muerto. Piensa en lo que me vas a decir, pues de ello depende si continúo, o te dejo seguir con tu vida en el camino que llevas hasta el día de hoy."

Nunca me lo había cuestionado y, en realidad, no sabía qué tanto deseaba ser famoso. Siendo honesto, en ese momento no me reconocía ningún talento, y no tenía idea de cómo podría lograr la fama de la que esa mujer me hablaba, pero, de algo estaba seguro, ¡no quería continuar con la vida que había recorrido hasta ese día! Así que, lo que ella me ofrecía, sin importar el valor que necesitara para lograrlo, o por increíble que fuera, sonaba infinitamente mejor.

"Cualquier cosa." Respondí, y ella sonrió ampliamente. Ya había captado mi atención, y logró que me olvidara del reloj, bueno, no por completo, pues ahora me interesaba escucharla, y sabía que el dueño se acercaría, en pocos minutos, a pedirnos que nos fuéramos, pero mientras tanto, yo la escuchaba. Explicó lo que pasaría con mi vida a partir de entonces, que, en pocos meses, en una fiesta, alguien me escucharía cantar, y ofrecería producirme un disco.

"No me interesa ser cantante. Ni siquiera tengo buena voz, vamos, que no canto ni en la ducha."

Ella continuó, explicándome que, lo que me gustara, era lo menos importante, una vez que fuera famoso aprendería a amar mi profesión por lo que me proporcionaba, no porque fuera una vocación en sí, que eso eran estupideces. —

Daniel se detiene unos segundos para verme a los ojos, yo lo escucho con toda mi atención, sin embargo, no entiendo absolutamente nada de lo que dice. Es decir, lo comprendo, pero, desconozco la razón por la que me lo cuenta. Quizá siente que yo soy capaz de creer cualquier historia, por increíble que parezca, y es verdad. Si alguien cree en lo sobrenatural, en lo extraño, soy yo. No obstante, él no tiene cómo saberlo. ¿Espera alguna reacción de mi parte? Creo que sí, pues, justo ahora me observa directamente a los ojos, y yo me he quedado muda. Toma mi mano entre las suyas y continúa.

"Iniciando ese día, mis pasos estarían dirigidos a convertirme en un cantante famoso, si tenía buena voz, o carecía completamente de ella, no era importante, sucedería. Me dio detalles, fechas y, por supuesto, condiciones para lograr lo que ella mencionaba. Después agregó:

"Al cumplir veinticuatro años, o sea, dentro de siete a partir de hoy, conocerás a una chica, siete años menor que tú, fíjate bien en las fechas, Daniel, son sumamente importantes. Su nombre es corto y referente a la naturaleza, llegará a buscarte y, con solo verla, sabrás que posee exactamente lo que necesitas, ella lleva dentro de sí, en su ADN, la fama."

Se detiene de nuevo, con la vista fija en mí, pero, yo siento que a mi cerebro le cuesta funcionar. ¿Qué quiere decir todo esto? Jamás me he puesto a pensar en cosas como adivinos, aunque esto que él menciona no suena como una lectura de manos cualquiera. ¿Se supone que se refiere a mí? Soy siete años menor que él, y mi nombre… Si es así, ni siquiera soy capaz de deducir una respuesta, ni lógica, ni ilógica a lo que acabo de escuchar.

¡Debe estar equivocado! En mi vida he sido varias cosas, pero nada más alejado a ser portadora de tales bendiciones. Mi vida está plagada de demonios, fantasmas, y horrores similares. Nada parecido a la fama, más bien, soy bastante tímida y ensimismada, como dice mi madre, y algo es seguro, del medio artístico no sé absolutamente nada, pero lo que se dice nada.

No sé cuánto tiempo pasa, no consigo responder y, mis ojos ni siquiera parpadean. Mis minutos junto a él habrán de llegar a su fin, tan pronto como se entere que no soy quién él cree. Continúa, mirándome fijamente a los ojos, observándome para captar el más mínimo parpadeo, revisando el terreno. No espera mi respuesta y prosigue.

"También señaló que los años en que esa persona formara parte de mi vida, serían los más grandiosos de mi carrera como cantante. Por costumbre seguía volteando a ver el reloj, no podía dedicarle mi atención total, algo me intrigaba. Por mera noción, yo sabía que ya había pasado mucho tiempo escuchándola, más de una hora, eso era seguro. No obstante, nada a mi alrededor parecía cambiar, yo seguía esperando que el dueño llegara a corrernos. Le pedí a uno de los clientes que me dijera la hora, cuando contestó me dejó sin palabras.

"10:45 p.m."

"¿Quieres dejar de preocuparte por la hora, Daniel? Te dije que teníamos tiempo suficiente." Señaló, y continuó dándome instrucciones respecto a lo que debía hacer de ahí en adelante.

Una vez que terminó, se levantó y aseguró que estarían en contacto conmigo. Yo me quedé sentado, sin saber exactamente cómo reaccionar. El dueño se acercó para decirme:

"¿Muy cansado, su majestad? Levántate de ahí y prepárate para cerrar, ¡pronto!" Le pregunté la hora. "Son las once menos quince." Yo ya lo sabía."

Me sujeta la mano suavemente, como si tuviera miedo de que la retirara, ¡yo sería incapaz de hacer tal cosa! Pareciera que, por primera vez, no pudiera verme a los ojos, su mirada sigue fija en mi mano, solo por enfocarse en algo, creo. Poco a poco busca mi mirada y, dándole a mi mano un suave apretón, pregunta:

"¿Cómo estás?"

"Bien." Contesto viéndolo a los ojos y en un suspiro, aunque en realidad esa respuesta es la más alejada de la verdad.

Suspira aliviado y sonríe muy levemente, con un movimiento de la mano me pide que me acerque a él, giro sin levantarme del sillón y recargo mi espalda contra su pecho. Me abraza con fuerza, entrelazando sus dedos con los míos, y, con nuestros brazos cruzados sobre mi pecho, sumerge su cara en mi cabello, respirando pausadamente.

"Jade." Comienza a decir, pero lo interrumpo, hablando casi en un susurro.

"Daniel, creo que te equivocas, yo no…" Intento controlar el llanto que quiere desbordarse en mis ojos, al darse cuenta de que no se trata de mí, esto habrá de acabarse, y la sola idea me aterra.

"Debes saberlo, no estoy equivocado." Me abraza con más fuerza.

Esta vez soy yo quien respira con alivio, si algo que yo tengo, lo que sea, lo acerca a mí, eso es suficiente para que yo me considere, por primera vez en mi vida, verdaderamente especial. Minutos después, no sé si pocos o muchos, me susurra entre risas:

"Estoy hambriento." Sonrío y nos levantamos del sillón.

Una vez de pie, me da un abrazo, acuna mi rostro entre sus manos, besa mis labios con fuerza, y yo permito que el mundo gire velozmente, después de todo, estoy sujeta de su cintura. Salimos de la habitación para encontrarnos con Raúl y Paty, y ordenamos algo de comer, no sé qué, yo hubiera podido comer cartón y me hubiera sabido a gloria.

Capítulo II
La venganza es dulce y el tiempo es relativo

Ciudad de México. A mis dieciocho años.

Paty y yo llegamos a su casa para descansar un rato, por mucho que me duela, ya estoy planeando mi viaje de regreso a casa, es decir, de vuelta a la realidad, y mucho me temo, que de regreso a mis viejas compañías. Así es, aunque he disfrutado estos días, y aun cuando no sé por qué no aparecen por ningún lado, o que es lo que los ahuyenta, los demonios deben estarme esperando a la vuelta de la esquina. Suena el teléfono en casa de Paty y su hermana me indica que tengo una llamada.

Contesto esperando escuchar la voz de mamá preguntándome cuándo regreso, digo "hola" y, acto seguido, me quedo sin aire. La voz del otro lado es suave, profunda y demasiado masculina para ser la voz de mamá.

"¿Cómo estás, guapa?" Es Daniel, mi corazón se ha acelerado tanto al escucharlo, que ni siquiera se me ocurre que contestarle, afortunadamente él ya está acostumbrado a mis muy tardías reacciones, y sigue hablando.

"Quiero preguntarte algo, sé que debes regresar a Monterrey, pero, necesito que me hagas un enorme favor. ¿Podrías quedarte unos días más aquí?"

Ya sé lo que están pensando, la respuesta más lógica es: ¡Por supuesto! Lo que sea, cuenta conmigo. ¡Claro! Yo lo sé, lo sé, no obstante, mi lengua, y su muy personal conciencia, se hacen cargo de responderle.

"¿Qué favor necesitas, Daniel?" Paty, que hasta ese momento pensaba que yo hablaba con mi madre, da un salto desde el otro lado de la habitación y se coloca junto a mí, tratando de escuchar lo más posible, o sea nada, pero, en fin, ella sigue tratando.

"Verás, Raúl se encuentra hospitalizado por causa de una intoxicación por algo que comió anoche, y permanecerá ahí por cinco días a partir de hoy. Yo necesito alguien que me acompañe durante la gira de promoción, ya sabes, radiodifusoras, televisoras, entrevistas, etc. ¿Qué dices? ¿Te animas?"

¡Pobre hombre! ¿Cómo podría yo dejarlo solo en semejantes circunstancias? Si ni siquiera me explico cómo ha podido sobrevivir estando Raúl en el hospital, ¿qué más puedo hacer, sino lo que me pide? Pero, no sé en qué laberinto de mi cerebro esto se traduce en:

"Bueno, me encantaría ayudarte, pero, en primer lugar, no tengo la más mínima idea de las funciones de Raúl, y en segundo, como ya sabes, aproveché el fin de semana para venir a ver tu show. El tiempo aquí se me está agotando y no quiero arriesgarme a perder mi trabajo, por lo tanto, lo veo muy difícil."

Puedo entender perfectamente la mirada de Paty, mis propios pensamientos en mi contra son bastante más ofensivos, creo. Solo escucho la risa de Daniel desde el auricular.

"Y si yo resuelvo todo eso, ¿te quedas conmigo unos días más?"

"Supongo que sí." Acto seguido me pide el teléfono, el nombre de mi jefe y toma nota.

"Te llamo de nuevo en diez minutos, aprovéchalos para llamar a tu casa y avisarles que te quedas cinco días más."

"Pero…" Alcancé a decir, antes de que colgara. "Aún no consigues que mi jefe me dé permiso."

"No te preocupes por eso, soy bastante convincente y siempre consigo lo que quiero." Trato de evitarlo, pero, ya me estoy riendo.

"De acuerdo, digamos que tú eres la excepción que confirma la regla."

Llamo a casa, escucho el regaño de Mara, bueno en realidad, escucho el ruido que ella produce, y una vez que entendí que está enojada, cuelgo. Están avisadas, me quedaré cinco gloriosos días más, en el cielo, con mi ángel. Un minuto más tarde, el teléfono suena de nuevo.

"¡Nunca mencionaste que tu jefe es fanático de mi música!" ¿Cómo iba a mencionarlo, si no tenía la menor idea de semejante cosa?

"Eso lo facilitó todo, aunque le cuesta prescindir de tus increíblemente eficientes servicios, aceptó cederme tu tiempo una semana. Por lo tanto, te espero mañana a las 7:30 a.m. para que resolvamos la segunda parte de la ecuación, te pondré al tanto de las funciones de Raúl. Por cierto, tu primera asignación será recordarme, al finalizar los cinco días, que te dé una colección de mis discos para que se la entregues a tu jefe." Río de buena gana, ya me imaginaba que no había sido tan fácil, Daniel ríe también.

"Así es, ¡lo soborné!" La sonrisa de Paty no podría ser más amplia, creo que la mía tampoco.

Por demás está mencionar, que esa noche no dormí en lo absoluto, me hubiera gustado tanto poder dormir unas horas, aprovechando el no sentir la presencia de demonios a los pies de mi cama. Por lo general, durante las noches los escucho moverse a mi alrededor, cada vez que cambio de posición durante la noche, puedo ver sus sombras en movimiento por la habitación y escucho sus voces. Es increíble que, a pesar de ser algo cotidiano, no haya logrado acostumbrarme a ellos, ya debería haberlo hecho. Sin embargo, no consigo suprimir ese temblor que empieza por mi estómago, cada vez que me siento sumergida en esa obscuridad.

Rocío Blisswealth

En ocasiones, he podido observar que, para el resto de la gente, el hecho de que la luz se apague va seguido de una sensación de placidez que los acompaña hacia un sueño profundo. Para mí es muy diferente, es decir, puedo ver los demonios aún antes de apagar la luz, pero ¿cómo explicarlo? En el instante en que la apago, todos mis sentidos perciben mí alrededor con más claridad, y la obscuridad no solo me rodea, me envuelve, es como sentir un abrazo, un profundo y obscuro abrazo. ¿Alguna vez has sentido que un gran perro se te acerca, despacio, despacio, emitiendo un gruñido casi imperceptible, mostrándote los colmillos, provocándote un miedo tan profundo que no te permite moverte, un miedo que automáticamente te convierte en presa? Pues es más o menos así, solo que imagina que cada noche entras a dormir a la cueva de ese perro, y que la distancia que te separa de él, es solo la suficiente para sentir su aliento en tu piel, y mientras tanto, intentas dormir.

Pero aquí todo es distinto, he logrado dormir cinco, ¡hasta seis horas seguidas! Sin miedo, sin temblores, verdaderamente descansando. Sigo preguntándome dónde pueden estar, pero eso no impide que disfrute de su ausencia, y de estas benditas vacaciones que recién se alargaron unos días más.

La cabeza me da vueltas con tantas preguntas para las que no tengo respuesta. Obviamente Daniel tiene más gente, de su entera confianza, de la que podría disponer para que le ayudara durante estos días, pero ¿por qué yo? ¿Qué lo hace tomarse todas esas molestias, hablar con mi jefe, enviarle su colección de discos y además de eso, por increíble que parezca, convencerme de que me quede?

Esa es otra situación con la que no he querido tratar, ¿por qué demonios no le contesto lo que yo quisiera, sino que me dedico a escuchar lo que mi desquiciada mente hace llegar a mi lengua antes de que logre impedirlo? Peor aún, todo lo que mi lengua le responde, por decirlo de alguna forma, parece lograr mejor efecto que lo que yo pudiera decirle. Tal vez, de no ser por esas intervenciones, yo ya estaría de regreso en Monterrey, pero ¿quién, o qué, es lo que interviene para responder por mí, y por qué lo hace? Tal parece como si todo su interés fuera el hecho de que yo lograra permanecer con Daniel más tiempo, pero ¿a quién podría interesarle semejante cosa?

No lo sé, la verdad no me importa, no, no es cierto, si me importa, pero por más que pienso, no logro llegar a ninguna respuesta que pudiera resultar lógica, tal vez ese sea mi error, nada en mi vida ha sido lógico jamás, ¿por qué todo esto tendría que serlo? Paty dice que soy la mujer más suertuda que conoce y, por ahora, yo me siento exactamente así, de modo que trataré de desconectar mi mente y me dedicaré a disfrutar de esta increíble y maravillosa suerte.

Son las 6:45 a.m. y ya nos dirigimos hacia el hotel, no estoy muy segura de que Daniel esté esperando que yo me presente con Paty, sin embargo, tendrá que parecerle bien. Ella se ha portado estupendamente conmigo, y yo sería incapaz de dejarla fuera de lo que, según sus palabras, será la mejor experiencia de su vida. Por supuesto, para mí también lo es, pero ella ha soñado con esto desde la primera vez que vio a Daniel en televisión, y yo, bueno, ni mi imaginación habría dado para tanto, ni yo habría permitido a mi mente el atreverse a soñar con algo así. De modo que, a todas vistas, Paty tiene más derecho que yo, a pasar estos días cerca de él. Así que, Daniel, más vale que lo tomes con calma, el paquete nos incluye a las dos, o a ninguna.

7:20 a.m. entramos al hotel, la actividad fluye por el lobby que, a esta temprana hora, ya se encuentra lleno de gente que corre de un lado a otro. Ahora me doy cuenta de que, cada vez que entré aquí, me sentí como una intrusa, como si en cualquier momento alguien fuera a llegar a cuestionarme que estaba yo haciendo aquí, sin ser huésped. Pero no hoy, en esta ocasión tengo un propósito y una razón para estar aquí, al menos así lo veo yo.

Me acerco a uno de los teléfonos y levanto el auricular, marco el número de su habitación, creo que es la primera vez que lo hago, siempre lo había hecho Paty, y escucho la somnolienta voz de Daniel que en tono de súplica pide:

"¡Cinco minutos más, por favor!" Entre risas le digo.

"No lo creo, señor Montalvo, me urge que empiece usted a aclarar mis dudas acerca de mi labor de estos días." A lo que, tal como lo pensé, responde.

"De acuerdo, sube, aquí te espero, ordenaré algo para que desayunemos mientras te explico." No me queda más remedio, tendré que ser clara de una vez.

"Muy bien, subimos en un minuto." Escucho un largo silencio en el teléfono y luego continúa.

"¿Subimos? Supuse que vendrías sola." No sé cómo lograr ser clara sin que Paty, quien, por supuesto está a mi lado, se entere de lo que estamos tratando, sería muy incómodo para ella. Repentinamente se me ocurrió, hablaré con él en inglés, yo lo hablo perfectamente, y él también, pero Paty no.

-- Well, it's up to you, it's either the two of us, or none at all, your call.[1] -- Otro silencio.

---

[1] Bueno, de ti depende, somos las dos o ninguna, tú decides.

"Creí que, si ibas a trabajar conmigo, podrías venir tu sola, quiero poner a prueba las facultades con que tu jefe presume de ti, así que…" Sin dejarlo terminar mi lengua volvió a hacerse cargo, doy vuelta dándole la espalda a Paty, en voz muy baja, y completamente molesta le digo:

"¡Vaya! Si así son las cosas, tal vez sea mejor que llame a mi jefe y le diga que quizá pueda recuperar mis servicios antes de lo planeado. Aunque, pensará que eres un mentiroso. Eso será una lástima, con lo mucho que te admira."

Escucho su risa y unos murmullos entre dientes que no logro entender, creo que me está ofendiendo, aunque no lo podría asegurar, no obstante, me sonó a trompeta de victoria.

"¡Detén la artillería! Es una broma, por supuesto que pueden subir, ¿qué les pido para desayunar?" No puedo contenerme, y dejo salir una burla.

"Así me gusta." En voz muy baja, pero lo digo.

"¿Cómo dices?" Pregunta, queriéndose convencer de que no le he faltado al respeto.

"Que lo que decidas me gusta, vamos para arriba." Cuelgo antes de que mi lengua me lleve demasiado lejos, a Monterrey, por ejemplo.

"¿Qué fue todo eso?" Pregunta Paty sonriendo.

"Un pleito a muerte para lograr que despertara y nos recibiera, al menos, con la cara lavada, pero tú no usas groserías, y esto ya estaba muy subido de tono, así que no quise ofenderte." Espero que me crea, lo piensa por un momento.

"Ah, de acuerdo, gracias." Sonríe, ya estamos llegando a la puerta de la habitación y súbitamente los nervios me invaden, ansío tanto verlo, estar cerca de él. Me acerco a tocar la puerta y, un segundo antes de que mis nudillos lleguen a la madera, la puerta se abre de golpe, y doy un salto.

Las carcajadas de Daniel no se hacen esperar, es su pequeña venganza por mi grosería de hace un minuto. Riendo de buena gana, saluda a Paty, yo siento que mi cara arde, por supuesto, el susto que me dio, además de mi ansiedad, hicieron que me sintiera descubierta, como si él pudiera ver todos los sentimientos que me embargaban solo hace unos segundos, y la sangre ha inundado mi rostro. ¡Qué vergüenza! Puede darse por vengado, estamos a mano. Hace un esfuerzo por ponerse serio, ya entendió que la broma me pone muy incómoda.

"Salúdame como dios manda, Jade." Abre los brazos para recibirme, todavía lleva puestas sus pijamas y el cabello bastante alborotado, obviamente el peine no ha pasado por ahí en muchas horas, aunque, ya lo rodea un fresco olor a pasta de dientes y otro aún más dulce, él. Así es, huele simplemente a él, sin más, y eso para mí, es fascinante. Funciona como un imán, me impulsa hacia él sin remedio y tengo que hacer gala de toda mi fuerza para resistirlo. Siempre he sabido que la mejor defensa es el ataque y eso hago, ataco.

"Hasta donde yo sé, no hay ningún mandamiento referente a los saludos, así que, si me permites."

Tomo asiento, perdiéndome del abrazo que deseaba tanto, pero todavía tengo en la cara los restos del rubor que él me ha provocado, y temo que averigüe mi vergüenza si lo tengo tan cerca. No funciona, se sienta junto a mí y me abraza muy fuerte, hasta que mi respiración se acompasa con la suya y dice en secreto:

"Te hice enojar con lo de Paty, es tu amiga, ya entendí, lo siento, no volverá a ocurrir." Se separa un poco de mí y habla en voz alta.

"¡Pues debería haberlo!"

"¿Qué cosa?" Respondo sin entender a qué se refiere.

"Un mandamiento." Sonríe. "Que te obligue a saludarme bien o que se te tome en cuenta como pecado, debería haberlo."

Desayunamos y aprovecha para explicarme cuales serán mis actividades durante los próximos días, en pocas palabras, a partir de ese instante, cada segundo, de cada día, estará dedicado a acompañarlo, prácticamente eso, debo despertarlo por la mañana, para lo cual, por supuesto, Paty y yo estaremos hospedadas en el hotel desde hoy, dándole suficiente tiempo para que tome una ducha, coma algo y salgamos corriendo. Yo colocaré sobre su cama la ropa que debe usar ese día, y llevaré, en una pequeña maleta, algunos cambios de ropa para los diferentes programas, o sesiones fotográficas, según sea el caso. Fuera de eso, él solo dice que hay muchísimas actividades, y que las dudas las iremos resolviendo según surjan. ¡Claro! Todo es tan simple, ¿y por qué tengo tanto miedo? Mi abuelo siempre decía que "echando a perder se aprende." No, dios, por favor, no dejes que eche a perder nada, te lo suplico, ¿sí?

Se levanta de la mesa y va a ducharse, afortunadamente ya había preparado su ropa para ese día, yo me reclino en el sillón dándome tiempo de disfrutar todo esto. Este hotel es increíble, desde los ventanales puede verse gran parte de la ciudad y luce bellísima, la habitación ha sido cuidadosamente decorada en estilo minimalista, vigilando que cada uno de los sentidos resulte halagado con el simple hecho de entrar por la puerta.

La gente a nuestro alrededor nos trata con especial atención y yo estoy con él, con Daniel Montalvo, puedo escuchar su voz mientras canta en la ducha, una canción que nunca le había escuchado, me cuesta creer que existe y que soy yo, y nadie más, quien puede gozar de todo esto. ¿Por qué? Aquí voy otra vez, ya no quiero pensar, pero… Aparece por la puerta del baño, ¡dioses!

Rocío Blisswealth

¡Ahora puedo apreciar en su totalidad, los gloriosos beneficios de un buen baño! Envuelto en una nube de loción con olor a maderas, tarareando la misma canción y sacudiendo su cabello con la toalla, está Daniel, ataviado con pantalón de mezclilla azul obscuro, camisa celeste, de la misma tela del pantalón, y botas vaqueras. Pareciera un modelo de comercial de Marlboro en versión juvenil.

Me pierdo en total admiración hacia dicha exhibición de atractivo masculino, y lo recorro de pies a cabeza, con tal lentitud, que cada detalle me queda grabado en la memoria, de modo que sería capaz de dibujar su atuendo, y por supuesto, a él dentro del mismo. Pasa los dedos por su cabello, eso es todo, ni peine, ni cepillo, solo los dedos. Mi mirada se estaciona en lo ancho de su espalda, intentando averiguar, ¿cuánto medirán de ancho sus hombros? Se queda quieto, guarda silencio, ya no canta, y eso llama mi atención.

Dirijo mi mirada hacia sus ojos, que me observan desde el espejo, sus profundos y dulces ojos azules y... ¿Cuánto tiempo tiene viéndome? ¡Por favor, Jade! ¡Contrólate! Sonríe con su pícara sonrisa, a sabiendas de lo que su físico provoca en mí, y guiña un ojo, al tiempo que me arroja un beso apretando los labios, ¡oxigeno, por favor!

"De acuerdo chicas, a trabajar." Abre la puerta para que pasemos por ella y nos vamos, las radiodifusoras nos esperan, bueno, a él.

Monterrey, a mis nueve años.

Hoy es un día especial, bueno, en realidad, es un día diferente. Papá vendrá a visitarnos. Me cuesta recordar sus facciones, lo he visto tan poco. Realmente no sé por qué nunca viene, parece amar profundamente a mi hermana y sentirse a gusto cerca de ella, y yo, bueno, yo trato de no estorbarle.

Es un hombre muy alto, de ojos grandes y negros, piel morena y barbilla partida. Sonríe mucho y, por lo que he podido observar, es gran conversador. Es tan extraña la sensación que me provoca, me hace sentir como cachorrito en aparador, ya saben, los perritos que están en las tiendas de animales y, en cuanto alguien se acerca, ejecutan sus mejores gracias para que los compre, los escoja sobre de los demás, y decida llevarlos a casa y darles un hogar. Justo así me siento, tratando de lograr una de las miradas que le dedica a Mara, como embelesado con lo que sus genes lograron en ella.

No obstante, en lugar de atraer su atención, siempre me congelo frente a él y no consigo hablarle siquiera, solo me dedico a observar la interacción entre él y mi hermana. Sería incapaz de decir que me ha tratado mal, en realidad no, pero siempre que me ve, es como si tratara de leer algo que está escrito sobre mi piel, y que solamente él puede observar. Igual que si yo fuera un espécimen de investigación en un laboratorio. Nunca me ha besado, difícilmente se me acerca. La verdad es que casi siempre me trae algún obsequio, que, debo admitirlo, no significan nada para mí, no son como los que me da mi abuelo, y que atesoro en mi recámara.

Hay algo que ha despertado mi atención el día de hoy, a diferencia de la última vez que vino, misma que, si no me equivoco, fue hace casi un año. A mi abuelo no parece hacerle la menor gracia su presencia en la casa, yo siempre creí que le caía bien, ni siquiera sale a saludarlo como yo hubiera esperado, e inventa ante mí que tiene algo urgente que hacer dentro de la casa y se va. Una cosa es segura, papá sabe que no es bien recibido, pues no pasa de la cochera, y se sienta en una de las mecedoras a platicar con Mara.

Los veo conversar y, no puedo hacer menos que pensar, que el portarse mal, funciona bien, al menos a Mara le funciona. Los pobres de mis abuelos, y mi mamá, casi nunca saben dónde está. En cuanto cualquiera de ellos la reprende al respecto, les contesta con un vocabulario que yo no sería capaz de utilizar ni en sueños, y sé de buena fuente, que no ha puesto un pie en la escuela desde hace ya bastante tiempo. No obstante, ella tiene, al menos hoy, lo que yo dudo poder conseguir algún día, la atención y admiración total de papá. Mi abuela interrumpe mis pensamientos, y pide que la ayude en algo, no sé en qué, da igual, es algo que ha inventado para obligarme, sin que lo note, a entrar en la casa.

Papá ni siquiera se da cuenta de que me retiro, y eso me molesta, pero, si algo me ha mantenido mentalmente sana hasta ahora, y no me refiero a los nueve años de edad, sino hasta ahora que escribo este recuerdo, es que trato de deshacerme de los pensamientos que me hacen daño. Por lo regular lo logro, así que, a partir de este día, decido que él ya no existe para mí, y al cerrar la puerta, lo dejo fuera de mi vida. Simplemente he decidido que ya no estoy en venta.

Entro y veo a mis demonios alineados en los escalones, observando la escena a través de la cortina, en cuanto me ven entrar, pierden interés y suben a mi recámara de nuevo. Es gracioso, supongo que pensaron que ya estaba lo suficientemente molesta como para seguirme mortificando, o, ¿será que les di lástima? ¡Ja! No, eso no lo creo.

Ciudad de México. A mis dieciocho años.

Hemos visitado tres radiodifusoras en las que han entrevistado a Daniel haciéndole las mismas benditas preguntas, una y otra vez. Qué paciencia tiene

Rocío Blisswealth

este hombre, yo ya me hubiera hartado, sin embargo, él parece disfrutar todo lo que hace, y yo disfruto estar con él, cada minuto del día.

Al salir de la última radiodifusora abordamos el auto para dirigirnos, claro está, hacia más citas para entrevistas. Aprovechamos el tiempo en el auto, para repasar en la agenda, las actividades del resto del día, la lista parece ser interminable. ¿Ya sabrá Daniel que el día tiene solo veinticuatro horas? ¿En dónde se supone que vamos a comprimir todas estas cosas? Él revisa los datos, buscando un espacio en el que podamos comer algo.

Pongo especial atención en el lugar que visitaremos a continuación, es una de las televisoras más grandes del país, y sonrío ampliamente.

"¿Vamos a visitar esta televisora?"

"Así es, ¿por qué?" Con mi vista fija en la agenda continúo hablando.

"¡Fantástico! ¡Supongo que esta vez sí me van a dejar entrar!" Hay un gran silencio en el auto, levanto mi vista para ver qué pasa, y veo los ojos de Daniel, llenos de ira, mirándome fijamente.

"¿Qué quieres decir con que 'ahora sí' te dejarán entrar? ¿Alguna vez no te dejaron?" Sigue con su mirada fija en mí.

No sé qué fue lo que dije, no, no es verdad, sé perfectamente que dije, pero ¿por qué tiene ese efecto en él? ¿Por qué está tan molesto? ¿Es conmigo, o con quién? ¿Y ahora qué le digo? No me queda más remedio que decir la verdad.

"En una ocasión, durante unas vacaciones que pasé aquí, fui a esta televisora con uno de mis primos, solicitando permiso para entrar a hacer una visita a las instalaciones. ¡Imagínate, menuda idea, seguramente nos iban a dejar entrar! Pero, teníamos que intentarlo, queríamos ver a los artistas de moda, ya sabes. Por supuesto, al hacer evidente el hecho de que no teníamos nada que hacer ahí, nos negaron el acceso. Por eso te digo que será fantástico poder entrar hoy, eso es todo. ¿Daniel? ..."

No me responde. Solo puedo ver como sus fosas nasales se extienden y se contraen mientras él gruñe, sí, esa es la palabra, ¡gruñe! Yo volteo a ver a Paty y le pregunto solo moviendo los labios.

"¿Qué le pasa?" Ella, tan sorprendida como yo, levanta los hombros, contesta sacudiendo la cabeza, y también en total silencio.

"Ni idea."

Seguimos con la mirada fija en él, puedo ver claramente que está tratando de contener su enojo, no con muy buenos resultados. Después dice entre dientes:

"Así que no te dejaron entrar." Sigue viendo hacia el frente.

"No, pero, no importa." No me deja terminar y me interrumpe.

"¡Por supuesto que importa! Querías entrar." Sigue respirando agitadamente.

"Claro, pero ahora podré entrar contigo, eso será mil veces mejor, ¿no crees?" Menciono con entusiasmo, esperando calmarlo. Creo que lo logré, al menos un poco, gira su mirada hacia mí, su mirada que va, poco a poco, recuperando la dulzura y sonríe, se acerca, besa mi cabeza, y dice en voz muy baja, acariciándome.

"¡Por supuesto que será mil veces mejor, de eso me encargo yo!" Su mirada se llena de determinación, acto seguido le pregunta al conductor:

"¿Qué entrada vamos a utilizar?" A lo que el señor responde.

"La posterior, Daniel, es la más segura."

"Deténgase en la entrada principal, Jade y yo vamos a entrar por ahí." El conductor lo ve con ojos de terror antes de contestarle.

"Eso es una locura, Daniel, está llena de fanáticas que quieren verte en el programa. Además, están los guardias de seguridad solicitando identificaciones, no podemos…"

"No se preocupe, saben perfectamente quién soy, deténgase aquí." Y así lo hace.

Tal como el señor lo había dicho, hay una multitud esperando entrar a verlo, es tanta gente que yo no logro ver la puerta de entrada, ¡y es enorme! Abre la puerta del auto y sale de él, para mi sorpresa nadie se mueve, la gente parece haber quedado suspendida en un suspiro de incredulidad, extiende su mano hacia mí.

"¡Vamos guapa!" En cuanto salgo, cierra la puerta del auto, supongo que Paty entendió que este momento era solo mío. El auto arranca para entrar por la puerta posterior.

Siento como sujeta mi mano con fuerza entre la suya y sonríe, empieza a caminar y la gente se abre hacia los lados haciendo un camino por el cual vamos pasando, sin detenernos. En segundos nos encontramos frente a la puerta, esa enorme puerta que hace tiempo no se abrió para mí, con los guardias de seguridad mal encarados a los lados y todo. Daniel solo se detiene una fracción de segundo y le ordena a uno de los guardias.

"¡Ábrenos!" Claramente le advierte con la mirada, 'no te atrevas a negarte.' La respuesta fue inmediata.

"¡Si señor!" La puerta se abre dejándonos pasar. Siempre lo había pensado, pero nunca había tenido oportunidad de comprobarlo, ¡no existe nada más subyugante que un hombre con poder! Y yo voy de su mano, disfrutando cada segundo del trayecto. Me abraza, y por obra de mi hada madrina, créanme, si alguna vez he creído que tengo una es hoy, empiezo a verlo todo en cámara lenta. Paty mencionó más tarde, que esto se debe a la emoción del momento que estaba viviendo, pero yo sigo prefiriendo la versión del hada madrina.

Rocío Blisswealth

Me abraza sonriente, a sabiendas de lo que acaba de hacer por mí, me ha dado uno de esos grandiosos recuerdos que guardas en tu memoria para siempre, me ha hecho sentir verdaderamente maravillosa, triunfante y feliz. Siento su cuerpo caminar a mi lado y su brazo alrededor de mis hombros que me permite impregnarme de su maravilloso olor, puedo darme cuenta de que siempre doy dos pasos por cada uno de los suyos, claro, sus piernas son más largas que las mías.

Supongo que la cenicienta debe haberse sentido justo como yo, cuando bailó con el príncipe, ese cuento siempre me pareció tan cursi, y aquí estoy yo, en un momento similar. ¡Viva la cursilería! Es deliciosa cuando la vives tú. Aunque creo que la cenicienta estaba en un palacio, y nosotros caminamos entre foros de telenovelas y jardines, que bien podrían simular los de un palacio, hasta aquí, vamos bien. Ella bailó entre gente de la nobleza, y yo paseo entre productores, actores y actrices que, según mi muy particular punto de vista, forman lo que ahora sería la realeza moderna, ¿no? Yo creo que sí, lo saludan al pasar, solo les contesta con un movimiento de cabeza, esto es mío y no lo va a interrumpir, ni a compartir con nadie. La cámara lenta de mi cerebro sigue en funciones, y yo siento como él respira, camina, y le permite ver, a todos a nuestro paso, que yo estoy con él. Y yo floto, solamente floto junto a él, hacia el foro del programa. No cabe duda que este lugar es maravilloso, con razón tanta gente quiere estar aquí.

"¿Contenta?" Pregunta al llegar finalmente al foro y encontrarnos con los demás.

"¡Feliz! Tenías razón, mil veces mejor." Escucho su risa y me abraza con fuerza, creo que él también está feliz y satisfecho.

Monterrey, a mis diez años.

Lo que son las cosas, el día que mi papá estuvo de visita en casa la última vez, no se enteró de lo que, quizá le hubiera interesado, más que nada. Para esas fechas, Mara tenía aproximadamente un mes de embarazo, y estaba a punto de darle un giro a nuestras vidas. Un giro nada agradable.

No cabe duda de que, el que menos problemas enfrenta con todo el asunto es él, que jamás se ha hecho cargo de nada, de no ser por mi abuelo, no sé qué habría sido de nosotras. Sin embargo, el pago para la absoluta predilección que él le dedica a Mara, será la más terrible decepción.

Mamá lo llamó para que viniera a la casa, y participarle la noticia cara a cara. No creo que sea porque espera contar con su ayuda, más bien supongo que se trata de una venganza, tal vez sea lo único con lo que pueda hacerlo sufrir. Esto es algo que no quiero perderme, pese a mi edad, estoy por aprender que la venganza es muy dulce.

Llega a la casa y, como siempre, no pasa de la cochera. Mamá y él se sientan en las mecedoras, en las que estuvo con Mara hace unas semanas, y yo, observo desde la cortina por la que espiaban mis demonios, sin perder detalle. Él sabe que, si mamá lo llamó, la situación es grave, y pone atención. Ella le da la noticia, lo sé porque su cara toma una tonalidad grisácea, ya no hay sonrisas, nada, solo enojo.

Yo no quería perderme un solo segundo, sé que la vida de mi familia se divide, a partir de hoy, en "antes de" y "después de" y, como siempre, las cosas están a punto de empeorar para todos, pero, esta satisfacción no me la quita nadie. Papá está viendo, al ídolo que creó con sus genes, desmoronarse frente a sus ojos. Ni siquiera grita, no hay recriminaciones, ni malas palabras, pero se encoge de hombros, y jamás lo vi erguirse de nuevo.

Llega el cartero, mamá, segura de que yo ando cerca, me llama para que recoja la correspondencia. Al tiempo que salgo por la puerta, papá se pone de pie, se retira, no hay nada más que hablar, al menos no por hoy. El cartero bromea conmigo, siempre lo hace, y me hace reír, doy la vuelta para entrar a la casa y casi me topo con papá, me sonríe.

Automáticamente, la risa se me borra de los labios, se acerca para acariciarme el cabello, doy dos grandes pasos hacia atrás. Mamá reconoce perfectamente el movimiento, y lo sabe, ella ha pasado por eso desde el día que, presa del terror, le pedí que me ayudara, y ni siquiera se me acercó. Conmigo solo hay una oportunidad, y nunca más logró acercárseme sin que yo diera dos pasos para atrás. Él observa mis ojos y yo espero, con todo el corazón, que sea capaz de leer lo que estoy pensando al sostenerle la mirada. 'Estuve aquí mucho tiempo, esperando que me acariciaras, que me escogieras. Pero ¿sabes? ¡Ya no estoy en venta!'

Algo en su mirada me indica que le queda claro, ya no sonríe, también da un paso hacia atrás, demostrándome que respeta mi espacio. Mamá lo ve con cara de triunfo, es extraño, ¿Qué acaso no está padeciendo ella lo mismo que él? Supongo que sabe que tiene un enorme problema entre manos, pero, al menos esta vez, ha logrado tirar de él, junto con ella, hacia el mismo hoyo al que se dirige, esta vez él sufre también. Creo que fui yo quien asestó el último golpe, de ser así, hoy aprendí dos cosas, y no solo una, la venganza es dulce y, por lo general, se encuentra en manos ajenas.

Ciudad de México. A mis dieciocho años.

Rocío Blisswealth

Ya perdí la cuenta de cuántas entrevistas ha dado Daniel en el transcurso del día, también olvidé cuántos dulces he comido, y no me gustan nada, pero, era lo único que teníamos cerca. Como nunca pudimos encontrar el tiempo en el que se suponía comeríamos, pues, dimos cuenta de cuanto dulce nos cayó entre manos.

Por fin nos llevan a uno de los comedores de la televisora, parece una fuente de sodas de los años 50s, muebles antiguos, rockola en la esquina y anuncios de café y Coca Cola a 10 centavos. Tal pareciera que todo en este lugar está diseñado para hacerte sentir como personaje de una película. Tomamos asiento alrededor de una enorme mesa con mantel a cuadros rojo y blanco, dicen que el color rojo despierta el apetito, ¡créanme, no me hace falta en lo absoluto! Daniel se sienta junto a mí, Paty frente a nosotros y conductores, productores y algunas actrices se encargan de llenar el resto de las sillas hasta que no queda una sola vacía.

Parece mentira, soñé tantas veces con entrar a este lugar y poder ver a los artistas de moda, y ahora resulta que ya logré entrar, del brazo de este maravilloso, guapísimo, y famoso hombre sentado a mi lado, y no he logrado ver a nadie. Así es, ¿cómo puedo observar a alguien a mis anchas, cuando es su mirada la que esta fija en mí? Cada vez que dirijo mi vista hacia alguno de ellos, tiene los ojos puestos en mí, sonríen cuando los sorprendo, un tanto avergonzados, y dirigen su vista hacia otro lado, una y otra vez.

¡Claro! Nunca lo pensé, si yo los encontrara en un centro comercial, por ejemplo, ellos estarían fuera de su elemento, serían sujetos de observación, habrían entrado en, ¿cómo llamarlo?... ¿Mi mundo? Pero aquí, ellos están en su casa, en familia y yo soy el bicho raro.

Fui invitada por uno de ellos, de alta jerarquía, y eso me hace especial, creo, al menos digna de sentarme a su mesa. Aunque supongo que sienten que son ellos quienes están sentados a la mía, cosa más rara aún, y tratan de agradarme. Así me parece. Esto es una locura, pero, en fin, ya pensaré en eso más tarde, por ahora, ¡tengo hambre! Necesito comer algo.

"¿Qué quieres comer?" Pregunta Daniel.

"¡Lo que sea!" Exclamo en voz baja, sin embargo, su carcajada fue suficiente para que absolutamente todos los ojos se centraran en mí. Un alto, trajeado, y perfumado señor, sentado en la cabecera de la mesa, me observa y se dirige a Daniel.

"Muchacho, supongo que te has encargado de que esta niña coma a sus horas o, ¿me equivoco?"

"Lo siento, con tanta actividad ha sido difícil, pero eso lo resuelvo en este instante." Le ordena al mesero algo para mí, y algo para él. Después me habla en voz baja.

"Cuando lleguen los platillos, escoges el que más te guste de los dos, ¿de acuerdo? Yo comeré el otro."

"¡Qué gentil!" Contesto casi en secreto. "Pero ¿y si no te gusta el platillo que te toque?"

Justo cuando una quiere silencio y pasar desapercibida, más carcajadas, toma aire y dice, en secreto. ¡Ya para qué! Todo el mundo nos observa, y deben estar pensando que nos estamos burlando de alguno de ellos.

"Cómo se ve que no me conoces, ¡yo como hasta piedras! Pero si la comida no llega pronto más vale que te cuides, o, ¡te voy a dar una mordida!" Suficiente, sin que logre controlarlo, por supuesto, uno no puede controlar aquello que lo toma por sorpresa, la sangre sube a mi rostro, y me da una tonalidad muy similar a la de los manteles. ¡Vaya! Ahora si hago juego con el escenario, ya estará contento.

Volteo a verlo con ojos de furia y solo obtengo más carcajadas de su parte. Se acerca y me abraza, escondiendo mi cara en su cuello, cubriéndome con su mano. Creo que trata de darme tiempo para que mi piel vuelva a su color original, pero no, no funciona. Tenerlo taaan cerca, no me ayuda a ese propósito, respiro hondo, y termino por reírme yo también, al menos. Una de las actrices pregunta desde algún lado de la mesa.

"¿Qué pasa? ¿De qué se ríen?"

Puedo sentir como Daniel se tensa, no le gusta que se le cuestione, que invadan su burbuja, eso es claro, al menos para mí, y está a punto de quedar igual de claro para todos en la mesa, cuando él, con total seriedad y mientras me suelta de sus brazos, le responde sin siquiera voltear a verla.

"De nada." Automáticamente se hizo el silencio, como diríamos en mi casa, 'los mariachis callaron.' Afortunadamente, comienza el desfile de meseros con la comida, y la tensión se aligera un poco, colocan dos platillos frente a nosotros, y Daniel me indica que tome uno. Escojo pollo y él la carne, todo huele delicioso o, ¿será el hambre?

Una vez que termina su platillo, y mientras yo voy solo a la mitad del mío, tal parece que se ha propuesto demostrarme que si come hasta piedras. Silenciosa y sigilosamente, como los felinos, se me acerca al oído y pregunta.

"¿Te vas a comer ese pan?"

Volteo a verlo con cara de extrañeza. ¿Por qué el mío? Hay varios en la mesa, sin embargo, se lo entrego, y sigo comiendo, viendo como lo devora. En seguida se le antoja mi puré, no puede ser, ¡amo el puré de papa! Pero, en fin,

Rocío Blisswealth

me rindo y permito que lo coma también. Por fin termino y tomo mi postre, pidió pastel con fresas para mí y, cuando me dispongo a comerlo, lo veo de reojo. Me está observando, ¡ay! ¡No! Ya sé lo que sigue, ¡quiere mi pastel! Tengo que pensar rápido.

En efecto, se acerca a mi oído de nuevo, yo sigo con la mirada fija en mi plato comiendo mi pastel. Si esta es una guerra, no estoy dispuesta a dejarlo ganar, no sin pelear.

"Jade, ¿me das un poco de tu pastel?" Pregunta con esa maravillosa sonrisa pícara que, supongo, siempre le funciona muy bien, pero, no esta vez. Volteo a verlo y le sonrío, lo más dulcemente que me es posible, estoy jugando rudo. Hace unos segundos, y sin que él se diera cuenta, tomé algo del centro de mesa, y lo he guardado en mi mano. Me acerco despacio, le doy un pequeño beso en la mejilla y respondo un suave, tierno, y rotundo…

"No." Coloco en su plato lo que he estado escondiendo, ¡una piedra!

Estalla en carcajadas y yo lo sigo, reímos hasta que las lágrimas nos corren por las mejillas, todos nos observan, y esta vez, no se atreven a preguntar de qué nos reímos, prefieren quedarse con la duda. ¡Es por demás! Con tanta risa ya no me cabe el resto del pastel, tomo otra cucharita y se la acerco, lo terminamos entre los dos. Finalmente, se ha salido con la suya, y yo también.

Monterrey, a mis doce años.

Me dirijo hacia el auditorio de mi escuela, por fin se termina el año escolar y, con él, mi educación primaria. Mi abuelo me ha prometido que, una vez que tenga mi certificado en la mano, me llevará a jugar billar con sus amigos. Así es, por extraño que parezca, lo sé jugar, y muy bien, él me enseñó. Sé que no es algo normal para una niña de mi edad, pero, era eso, o quedarme en casa eternamente y no estaba dispuesta.

Con el embarazo, boda, y siguiente embarazo de Mara, la poca atención que mi mamá me prestaba, se fue a algún sitio lejano. Mis abuelos, que, al fin y al cabo, están acostumbrados a hacerse cargo de mí, trataron de buscarme actividades, primero intentaron que les diera los nombres de mis amigas para invitarlas a la casa.

"¿Cuáles amigas?" Era mi respuesta habitual.

Mi abuelo es siempre el más contrariado con esa contestación, él siempre ha tenido muchísimos amigos, en el club donde se reúne a jugar billar todas las tardes, desde que se retiró, lo apodan "el padrino universal." Y es verdad, es padrino, o compadre, de casi todos los miembros, y goza, no solo de su amistad, sino de su respeto. Por lo tanto, yo debo provocarle algo muy similar a la lástima, el no concibe la vida sin amigos.

Mi abuela es un poco más retraída y más entregada a la lectura, pasatiempo que a mí me resultó muy fácil adoptar, y que terminó por apasionarme. El último libro que he leído es el de 'Mujercitas' y en realidad me encanta. Me permite sumergirme, con lujo de detalles, en una vida simple, la vida que yo sueño con tener, con una familia que se ama y que se preocupan unos por otros, se impulsan a salir adelante, que pasan toda una vida juntos. Es decir, pura y simple ciencia ficción. No obstante, pese a mis anhelos por una vida normal, mis visiones son cada vez más evidentes, puedo controlar lo que digo cuando estoy despierta, pero, dormida, la cosa es distinta.

Recuerdo que, recién había cumplido once años, y empecé a tener sueños, pesadillas en las que los demonios hablaban conmigo, cosa que en la vida real no sucedía, ellos nunca se dirigían a mí, y esos sueños me dejaban con una sensación de angustia con la que cada vez me era más difícil lidiar.

Esta noche, después del partido de billar, caigo exhausta, y los sueños comienzan. Mi abuela pasa por mi habitación cuando escucha mis lamentos mientras duermo, y entra a despertarme.

"Estás soñando." Repite hasta que abro los ojos tratando de salir de ese sueño, pero, no puedo dejar de mirar a todos lados, observando a los demonios que, por lo general, están junto a mi cama. Cuando recién despierto de estas pesadillas, me provocaban más miedo que de costumbre, y estando mi abuela conmigo, solo quiero cerciorarme de que no se acerquen a ella. Entonces me hace una pregunta que me sorprende muchísimo.

"¿Qué es lo que ves? Dímelo, ¿cómo son?"

El miedo que sentía fue sustituido por el asombro que me causaron sus preguntas. No sé qué contestarle, toda mi vida había tratado de protegerla de ellos, o, al menos, intentarlo, y no quería exponerla a su presencia, pero ¿qué sabe ella? Esas preguntas son sumamente precisas, y yo necesito saber, así que decido correr el riesgo. Con sumo cuidado, porque ya veo a los demonios poniendo atención a nuestra conversación, respondo.

"Estaba soñando algo horrible, con monstruos, creo. ¿Sabes? Me pasa con frecuencia."

"¿Cómo son las cosas que ves? ¿Qué te dicen?"

No lo puedo creer, ¿está ella hablando de lo que yo creo? Los demonios de mi habitación así lo piensan, porque cada vez se acercan más a nosotras. Por fin me decido a contestarle.

"No lo sé, nunca recuerdo lo que me dicen en el sueño." Sigue observándome.

"Pero, los que ves despierta, ¿qué te dicen?" Ya no me cabe la menor duda, ella lo sabe, pero ¿cómo? ¿Desde cuándo? Tengo que saberlo.

"No me dicen nada abuela, nunca hablan conmigo cuando estoy despierta, solo me observan, pero ¿cómo lo sabes?" Lo que me cuenta después, podría haber aterrorizado a cualquier chica de mi edad, a mí, lejos de eso, me permite sentirme menos extraña.

"Cuando yo era chica, de doce años de edad, tenía un hermanito de nueve, se llamaba Clemente y pasaba largas temporadas en cama. El resto de la familia no sabíamos qué era lo que le pasaba, solo los adultos estaban enterados. En aquella época, en que no había tantos avances en la medicina como hay ahora, era una situación que se presentaba en la comunidad de vez en vez.

Un sacerdote, amigo de la familia, nos visitaba con frecuencia y pasaba largos ratos platicando con Clemen, como lo llamábamos de cariño. Eso siempre me pareció extraño, él era un niño que siempre se portaba bien y, no creía posible que el sacerdote creyera necesario pasar tanto tiempo con él. Esto me llevó a pensar que estaba muy enfermo, y en la primera oportunidad que tuve, entré en su habitación, en uno de esos pocos ratos en que lo dejaban solo. Subí a su cama y él me sonrió, estaba muy pálido, aunque en realidad yo no lo veía tan mal como para pensar que su muerte estaba cercana.

"¿Qué te pasa Clemen? ¿qué te duele?" Pregunté.

"No me duele nada, lo que pasa es que veo cosas cerca de mí, cosas que me dan mucho miedo, yo creo que son diablos. Hermanita, ¿de verdad soy tan malo que el diablo me quiere llevar?"

"Yo quería llorar." Continuó mi abuela. "No conocía a nadie más bueno que Clemen, y no podía concebir que él pasara por eso. Lo abracé muy fuerte, pude sentir que su respiración comenzó a agitarse y empezó a sollozar. Giré mi cabeza para verlo y estaba con los ojos sumamente abiertos, viendo hacia la esquina de la habitación. Sus manos se clavaban en mí, y yo no podía soltarme para tratar de ayudarlo. "¡Clemen! ¡Clemen!" Grité, sus ojos cada vez se abrían más, y yo no podía ver lo que él estaba viendo, cubrí sus ojos con mis manos, sin ningún resultado, fuera lo que fuera, él seguía viéndolo.

Grité a mamá para que viniera, entró corriendo con el sacerdote siguiéndola. Él tenía un frasco de agua bendita en la mano, lo destapó de prisa, y, siguiendo la mirada de Clemen, arrojó el agua hacia la esquina rezando en latín. No sé si fue el agua, las oraciones, o la fe de aquel hombre determinado a ayudar a mi hermano, pero sus ojos volvieron lentamente a las órbitas del pobre de mi hermanito y sonrió suavemente, el demonio se había ido. No por mucho tiempo, menos de un mes después, había fallecido. Mi padre dijo que había muerto de miedo. Según lo que contaban en casa, conversaciones que yo escuchaba a escondidas, eso ya había ocurrido en otras generaciones de la familia, desde entonces, he estado a la espera."

Los demonios que se encuentran alrededor de mi cama muestran señales de que su conversación no les hace ninguna gracia, por lo tanto, me decido a poner atención y pregunto:

"¿A la espera de qué, abuela?" Advierto que, al observar mis ojos a la luz de la lámpara, puede darse cuenta de que yo veo en todas direcciones, no obstante, no se detiene.

"A la espera de que los síntomas se presentaran de nuevo, que alguien más de la familia mencionara ver cosas extrañas, o 'diablos' como los llamaba Clemen, ninguno de mis hermanos lo hizo nunca. Traté de estar muy en contacto con ellos, en caso de que sus hijos dijeran algo, pero nunca lo hicieron. Cuando me casé, y nació tu mamá, pasé largas noches junto a su cama, a la espera de una pesadilla, o de un grito de terror mientras jugaba, nunca sucedió. De la misma forma al nacer Mara, y nada." Pensó por unos segundos antes de continuar.

"Yo le pedí a tu mamá que realizara una cadena de oraciones cuando tu hermana nació, para protegerla, ¿sabes? Aunque nunca mencioné el episodio de Clemen. Sin embargo, la hizo con sus amigas, e ingenuamente, con el pasar de los años, yo creí que había funcionado. No sé por qué pensé que sus oraciones tendrían efecto, si yo ya había visto a un sacerdote perder a mi hermano en manos de un demonio. Pero, cuando tu mamá se embarazó de ti, me di cuenta de que todo era distinto. Su cuerpo te rechazaba de una manera monstruosa, nunca vi cosa igual, el médico estaba muy sorprendido, y la hospitalizó alrededor del segundo mes de gestación, ya no pudo abandonar el hospital, pues incluso su vida peligraba. No podía ingerir alimento, y todo se le administraba vía intravenosa, no creímos que sobrevivirían, ninguna de las dos, no obstante, naciste completa y ella estaba bien.

Aun así, yo lo sabía, lejos de terminar, todo estaba comenzando. Lo primero que sucedió fueron los ruidos bajo tu cama, que parecían estarte esperando desde horas antes de que llegaras a casa. Jamás entendí por qué se escuchaban, pero, dado que, en cuanto te dormías, eran más fuertes y constantes, y te provocaban un sueño muy profundo, quise suponer que no venían a hacerte daño. Pasaron los años y dejaron de oírse, pero, te he escuchado hablar dormida, eres como Clemen, puedes verlos, dime por favor ¿qué es lo que ves?"

Repentinamente me siento más tranquila, mi vida acaba de cambiar con esta conversación, alguien más de mi familia, Clemen, también había pasado por esto, lo habían matado, era verdad, así que, supongo que yo soy más

Rocío Blisswealth

resistente, esto debe ser bueno. Además, puedo hablar del tema con mi abuela, jamás lo hubiera creído, ella no me ve como poseída, ni trata de llevarme con alguien para que me exorcice, ni nada por el estilo, ese es un verdadero alivio.

La cabeza me da vueltas, ¿qué es lo que me une con Clemen? ¿Por qué fuimos él y yo los elegidos, y no alguien más de la familia? ¿Cómo he podido, hasta ahora, salvarme de ellos, y él no? Qué más da, ya no estoy sola. Me enderezo un poco en la cama.

"¿Te lo puedo contar mañana, abuela? Ahora tengo sueño." Ella sonríe levemente.

"Está bien, ¿no te da miedo lo que acabo de decirte?" Ya casi dormida respondo.

"No abuela, no te preocupes, todo está muy bien."

"De acuerdo, mañana hablamos, no te olvides de rezar antes de dormir." Cerró la puerta y se fue a dormir, y yo recé, en gran parte por complacerla, pero, en realidad, quería agradecerle a alguien esta nueva sensación de compañía, a partir de ese día, en mi muy privado club, ya figurábamos dos miembros, Clemen y yo.

Ciudad de México. A mis dieciocho años.

Ya es casi media noche y por fin llegamos al hotel, he tenido suficiente actividad para varias semanas y solo pasaron doce horas. ¡Cuánta vida me he estado perdiendo! Entramos en la suite de Daniel, él toma la agenda y da vuelta a la hoja, yo ni siquiera había tenido oportunidad de hacerlo, comienza a leer y sonríe casi burlonamente. No se ríe de la agenda, eso es seguro, así que debe ser de mí, voltea a verme, sin dejar de sonreír.

"Jade. ¿Qué prefieres?"

Algo me dice que, por mucho que me esfuerce, nunca encontraré la respuesta correcta para semejante pregunta, sin embargo, intento contestar.

"¿Puedo saber cuáles son mis opciones?" Sigue sonriendo.

"Pues verás, comer, o dormir." Sigo en las mismas, comimos hace muchas horas y, por supuesto, estoy hambrienta, pero, si lo pienso un poco, estoy muerta de cansancio. ¿Por qué debo escoger entre una de las dos cosas? ¡Quiero las dos! Volteo a ver a Paty, pero está tan cansada que ni siquiera nos presta atención. Sin pensarlo más, contesto, creo que sin querer me sale el tono de angustia en la voz.

"¿Las dos?" Me toma la cara entre sus manos, tratando de pedirme comprensión.

"Lo siento guapa, en menos de cinco horas, tendremos que salir rumbo a Cuernavaca para grabar el nuevo videoclip. Si duermo solo unas horas, la cara se me inflama de tal forma que ni mi madre me reconocería, así que esa para mí no es una opción, pero, tu si puedes dormir un poco." Me pierdo entre esos benditos ojos azules. No, no lo creo, sería incapaz de dejarlo solo, menos después del día que me ha regalado.

"¡Desayunemos entonces! Porque muero de hambre. ¿Qué clima hace en Cuernavaca? Jamás he estado ahí." Tomo el teléfono para pedir servicio a cuartos, me ve largamente y me guiña un ojo.

"Gracias."

Supongo que cuando mencionó que yo sí podía dormir un poco, se refería, más o menos, a quince minutos. Porque después de comer algo, defendiendo mi comida, por supuesto, organizar su ropa, y los efectos personales necesarios para el día, tomar un baño, y platicar un rato, eso fue lo que quedó, quince minutos. Ya me di cuenta de que mientras yo duermo, o lo intento, la vida continúa, hay gente que la vive. ¿Por qué será necesario dormir? ¡Qué desperdicio!

Partimos rumbo a Cuernavaca, el trayecto desde la ciudad es bastante corto en realidad, y llegamos pronto al pequeño hotel en el que se llevarán a cabo las grabaciones. La arquitectura es de estilo colonial, debe ser muy antiguo, aunque lo mantienen en estupendo estado.

Colocamos la maleta en la habitación que nos indican, misma que, ya sé, solo nos servirá para que él pueda cambiarse de ropa, o si necesitamos ir al baño. Será mejor que me mantenga alejada de esa cama lo más posible, pues, tomando en cuenta el cansancio que siento, creo que, en cuanto la tocara, quedaría inmediatamente inconsciente. Así que, a manera de barrera, para ocultarla un poco de mi vista, coloco sobre ella todas las pertenencias de Daniel, eso debe servir.

Salgo de la habitación y me indican el camino hacia un jardín verdaderamente maravilloso, enmarcado por enormes árboles frutales, que, además de despedir un delicioso aroma, dejan pasar la luz del sol con sutileza, como midiendo su intensidad para que no caliente demasiado nuestra piel. El pasto, aunque recién cortado, pareciera no haber sido tocado jamás por pies humanos, y de vez, en vez, como por accidente, brotan entre el pasto, flores de diferentes colores. Sigo adentrándome en el jardín y, unos pasos más adelante, llego a un pequeño puente que cruza un río angosto. Me detengo para admirar un par de pavorreales que me salen al encuentro. Nunca había visto uno tan de cerca, mucho menos caminando libremente.

Escucho risas y puedo ver que, a corta distancia, han colocado luces, espejos, algunos muebles, y una interminable colección de cables. En medio de un grupo de personas, sentado sobre un alto banquillo, está Daniel, en sesión de maquillaje y peinado. ¡Como si le hiciera falta! Ese hombre es absolutamente perfecto.

Se acerca el director del videoclip. ¡Por dios! Lo he visto mil veces en televisión, por supuesto, como no lo pensé, tendría lo mejor de lo mejor. Le dan interminables indicaciones y él hace sugerencias, nos llevan fruta para que comamos algo, ¡benditos! No sé a quién se le ocurrió, pero ¡benditos sean!

Trato de no acercarme demasiado para no estorbar, Daniel me ve y me arroja un beso. ¿Será que alguna vez podré acostumbrarme a eso sin sentir que mis piernas se derriten? Él lo sabe, puedo verlo, porque utiliza esa sonrisa pícara que me fascina.

"Come algo, guapa, estaremos aquí todo el día, así que más vale que estemos bien alimentados."

Todo el día, ¡vaya! Creo que mi percepción en cuanto al tiempo habrá de cambiar drásticamente durante estos días. Estoy a punto de comprobar que, en verdad, es relativo. Las doce horas que pasamos en entrevistas ayer, me parecieron una semana. Y ahora resulta que, para que un video de tres minutos salga al aire, deberemos estar aquí todo el día, no cabe duda, todo es muy diferente. Me acerco un poco.

"No te preocupes por mí, ¿necesitas algo?"

"Paty ya fue a traerme un café, así que nada. Aunque pensándolo bien, si hay algo que necesito…" Sonríe levantando una ceja y no termina de hablar.

"Y bien, ¿qué necesitas?" Temo su respuesta, me da la impresión de que él es una de esas personas que están de excelente humor por las mañanas, a mí me cuesta más tiempo que mi cerebro arranque, soy más bien nocturna. Pero, no me queda más remedio que estar a la par, si las bromas han de empezar temprano.

"Necesito un abrazo." Sonríe, sabe lo que me provoca y le divierte enormemente ver cómo los colores se me suben a las mejillas, sobre todo si tiene audiencia para atestiguar mis reacciones. Tomo dos segundos, giro la cabeza y veo a todos lados, entonces respondo con una gran sonrisa.

"¡Tus deseos son órdenes! Ese caballero parece tener muy buenos brazos, déjame convencerlo de que te dé un abrazo."

Las carcajadas no se hicieron esperar, Daniel deja caer la mandíbula en señal de sorpresa, el señor, que es uno de los técnicos, siguiéndome la broma, se le acerca con los brazos extendidos, y yo disfruto la escena, aunque no por mucho tiempo. Daniel entrecierra los ojos y sonríe, está tramando algo, por supuesto, ¡esto no se queda así! Ya lo sé. Sale corriendo hacia donde estoy, por una fracción de segundo pienso en salir corriendo yo también. ¿Qué sentido tendría? Con esas piernas me alcanzará en lo que lo pienso, no sé qué hacer, solo alcanzo a cubrir mi cara con ambas manos y prepararme para la embestida.

Me abraza con tal fuerza que siento mis pies despegarse del suelo por varios segundos. Da vueltas conmigo en sus brazos, ¡me va a tirar! Esconde su cabeza en mi cuello por un lado de mi cara, y luego por el otro, simulando morderme, mientras gruñe.

"¡Un abrazo tuyo! ¡Quiero un abrazo tuyo!" Poco a poco, se detiene y me libera de sus brazos, todavía no logro recuperar el aliento, lo veo a los ojos.

"Ah, era eso. Bueno, pues, tendrás que aprender a ser más específico." Termino la frase tratando de disimular la sonrisa.

"Más específico, claro." Responde entre dientes. Por esta vez, ¡gané! Se acerca el director, haciendo gala de paciencia.

"Daniel, acércate con Mary para que retoque tu maquillaje, ¿sí? Creo que perdiste gran parte de él, entre el cabello de esta señorita, y tal vez sería bueno un cambio de camisa también, son demasiadas arrugas." Da vuelta y se va por un café.

Daniel me sigue viendo con esa mirada maliciosa de 'ya verás,' y vuelve a tomar asiento para que Mary lo maquille de nuevo. Me siento junto a Paty, y decido no moverme de ahí, salvo cuando sea absolutamente necesario, ya hice bastante daño por hoy.

El día transcurre lleno de magia, esto de las grabaciones es muy emocionante. Me coloco en un lugar desde donde puedo ver en el monitor cada escena que se graba. Vaya que hacen falta grandes cantidades de talento, desde ambos extremos de la cámara, y en el trayecto intermedio. El del director para capturar exactamente lo que quiere, el de Daniel para ejecutarlo, y el de los técnicos y camarógrafos, para llevarlo todo a la pantalla.

Daniel ha cantado la misma canción, no sé cuántas, veinte veces quizá, y ahora sí, son casi las diez de la noche y lo veo exhausto. Por lo menos comimos bien, pero nuestro cuerpo, sobre todo el suyo, ya nos está pasando la factura del servicio que nos ha dado. ¡Quiere dormir!

Por fin el director nos dice que hemos terminado, mientras todos se despiden, Paty y yo recogemos todo de la habitación. Entra Daniel por la puerta, ¡pobre! Que ojeras tiene. Sonríe con lo último que le queda de ánimo y nos indica la puerta para que salgamos. Me abraza al caminar hacia la camioneta, más bien, se recarga en mí, y trata de platicarme algo, no le entiendo, pero ya no le pregunto nada, no me quedan fuerzas ni para eso.

Rocío Blisswealth

Al llegar a la puerta, le pregunta a Paty si no le importa intercambiar asientos con él. Él había viajado en el del copiloto durante el trayecto hacia acá. Paty, por supuesto acepta. Abre la puerta de atrás y me indica que pase yo primero, entro y me recorro hasta la ventanilla. Supuse que él quería el asiento posterior para sentarse solo, con el fin de acostarse y dormir, por eso, me sorprende cuando se sienta en el mismo que yo.

"¿Te importa?" Señala mi regazo. ¿Importarme? ¡Claro que no! Sonrío.

"Adelante." Lentamente, lo veo reclinar su cabeza sobre mis piernas, alarga su mano buscando la mía, se la doy, él la coloca suavemente sobre su cabello, y me cierra un ojo. ¿Cómo podría resistirme a hacer realidad mi tan acariciado sueño? Por meses, admirando su imagen plasmada en los carteles de mi recamara, siempre soñé con recorrer mis dedos por su cabello y hoy, esta bendita noche, su cabeza descansa sobre mis piernas y yo tengo permiso de recorrer su cabellera a mis anchas. Repaso su cabello una y otra vez, muy lentamente, creo que tengo miedo de estar soñando y despertar. Despacio retiro el que tiene sobre su frente y suspira, se ha quedado dormido.

¡Por fin! Con las puntas de mis dedos acaricio su cabello, sus cejas, la orilla de su mejilla y lo veo, no, lo admiro, tan cerca de mí. Trato de grabar este fantástico tiempo en mi cerebro. La hora de trayecto pasa como un suspiro, ya puedo ver las luces del hotel y volteo a verlo, tengo que despertarlo, quisiera no hacerlo.

"Daniel." Hablo muy quedo, entreabre los ojos.

"¿Ya llegamos?" Bosteza.

"Así es."

"De acuerdo."   Contesta, y, desafortunadamente, se levanta de mi regazo. Una vez estacionados, abre la puerta de la camioneta y da un salto hacia abajo, gira para darme la mano y ayudarme a bajar. Súbitamente me detiene, parándose frente a mí, cuando todavía estoy parcialmente dentro de la camioneta y dice en voz muy baja.

"¿Cómo era? Ah, sí. ¿Puedo tener un abrazo tuyo, Jade? ¿Suficientemente específico?" Sonríe.

Bajo despacio de la camioneta, con mi acelerado corazón en una mano y con la otra sujetando la suya. No se retira para darme espacio, por lo tanto, me comprimo entre la camioneta y él. Me recibe entre sus brazos, me parece que es la primera vez que yo correspondo a su abrazo, y rodeo su cuello con los míos. Me estrecha muy fuerte, hundo mi cara entre su cuello. Se retira de mí lo suficiente para que su mano pueda tomar mi mentón, suspira y me besa en los labios. Al liberarme de sus brazos dice pícaramente.

"Lo siento, era solo un abrazo, ¿verdad? Bueno, el beso me lo robé, pero, si prefieres, te lo regreso."

"Guárdalo." Contesto sacudiendo la cabeza de un lado a otro. "Ya lo recuperaré después." Empiezo a caminar, debí imaginar que encontraría la forma de reírse de mí.

"¡Aja! ¿Es una promesa?" Me sigue por el pasillo. Sin voltear a verlo le respondo.

"No, ¡es una amenaza!" Como era de esperarse lo último que escucho es su risa y me voy a dormir.

Monterrey, a mis trece años.

Pude terminar mi primer año de secundaria con varias amigas en mi cuenta. Por increíble que parezca, logré ocultar, a la perfección, los demonios que me acosan de día y las pesadillas que me atormentan de noche. Porque incluso, he asistido, para beneplácito de mis abuelos, a tres fiestas de pijamas durante el año escolar. La verdad, merezco una ovación, solo por conseguir hacer lo que, para el resto de la gente, es tan fácil.

No obstante, mi buena suerte está por terminarse, mamá llamó hace unos minutos, está viviendo con mi hermana en Baja California. Mi cuñado, que es ingeniero, está construyendo una carretera en aquel estado y se fueron a vivir allá una corta temporada, que ya pasa de un año. Como era de esperarse, mamá se fue a vivir con ella, para ayudarle con mis dos sobrinos, y pretende que pase allá las vacaciones de verano.

No sé a quién se le ocurrió la bendita idea, la verdad, no creo que sea porque me extrañen mucho, y sé que la decisión no está a discusión. Está bien, iré, ya mi abuelo se pasó gran parte de la llamada tratando de convencerla de que yo tengo actividades aquí, que él quisiera que continuaran durante el verano, llámense amistades, y no logró hacerla desistir de la idea, pero ¿cinco semanas? ¿Qué se supone que haga yo allá cinco larguísimas semanas, en un pueblo olvidado de dios y de los hombres? El gusano en el anzuelo es un viaje para visitar Disneylandia. Lejos de mis abuelos, para mí sigue viéndose como un gusano, nada apetitoso.

Si de algo tengo costumbre, es de no ser capaz de negarme a hacer lo que me piden. Qué liberador sería, pero, no, solo lo pienso, nunca logro llevarlo a cabo. Así que viajo cuatro horas en avión, vehículo en el que, a mis trece años, nunca me he subido y, emprendo el viaje hacia Ensenada.

Sin más que reportarles, pasan tres de las cinco semanas que pasaré aquí, y mi madre dice un buen día, que ha decidido que me quede durante todo el año

Rocío Blisswealth

escolar. De hecho, ya cambiaron mi boleto de avión que era de ida y vuelta, por uno abierto. ¿Cómo? ¿Y qué hay de mis abuelos? ¿Se quedarán solos en esa enorme casa? ¿Y mi escuela? ¡No supondrás que estudiare aquí! ¿Qué locura se les ha metido a ustedes en la cabeza? Sí, todo esto está en mi cabeza. Pero, solo logro verbalizar una pregunta.

"¿Por qué?"

"Porque quiero que pases un tiempo conmigo y con tu hermana." Es toda su respuesta, no hubo más.

Y los meses, si, los meses empezaron a arrastrarse lentamente hasta que, un día, no, más bien, una noche, mamá entra en mi habitación para pedirme que haga algo totalmente desquiciado. El terror se apodera de mí, aún en contra de toda lógica, siento que es posible, así es, puedo hacerlo, pero, no quiero. Se sienta en mi cama.

"Jade, hay algo que debes hacer. El reporte meteorológico señala que un huracán viene hacia acá, llegará en las próximas horas de la noche. Tú sabes que este pueblo está bajo el nivel del mar, y el agua lo cubrirá todo. No hay forma de que salgamos de aquí a tiempo, no quieres que le pase nada a tus sobrinos, ¿verdad? Además…" No la dejo decir nada más.

"¿Qué es lo que quieres, mamá?" Mi garganta se cierra bajo la presión de la angustia de saber, exactamente, lo que quiere que haga, me ve y solo contesta.

"Desvíalo." Con tal serenidad, que me asusta.

Sé que es una locura, pero también sé que puedo hacerlo, sin embargo, no debo, hay cosas que no deben tocarse, una cosa es ayudar a la gente que amo, ¿pero, esto? Trato de hacerla entrar en razón.

"Mamá, puedo hacer que no nos pase nada, eso es suficiente, ¿no? Por favor."

"Jade, haz lo que te pido, por favor, tú sabes que yo rezo mucho, y le voy a pedir a dios que te lo tome en cuenta."

¿Por qué le creo? ¿Por qué? Cierro los ojos, empieza el hormigueo de mis manos y sucede, simplemente sucede. Me acuesto en la cama y me cubro hasta la cabeza con las cobijas, para ocultar la vergüenza que esto me provoca, y no escuchar a mis demonios reírse de mí. No sé hacia donde se ha dirigido, pero, seguramente ahí hay personas que no pueden desviarlo como yo, gente que rezará verdaderamente para que dios la libre de todo mal, y tendrá que confiar en que lo haga. No como mi madre, cuya fe, esta noche, estuvo puesta solo en mí.

Capítulo III
solo un pequeño hueso del pie izquierdo...

Ciudad de México. A mis dieciocho años.

Entro en la habitación y Paty ya se está bañando, aprovecho el tiempo para leer la siguiente página de la agenda, empiezo a tenerle miedo a esa bendita libreta, sin embargo, haciendo gala de valor, la reviso. Tenemos cita en la casa discográfica las 10:00 a.m. Una hora bastante prudente, al menos podremos dormir una cantidad decente de horas. Ahora sé por qué las camas de este hotel se ven como nuevas, ¡lo son! Si el resto de los huéspedes viven sujetos a horarios similares a los de Daniel, difícilmente tienen tiempo de acercarse a ellas.

Llega mi turno para la ducha, no quiero bañarme, perderé su olor. No me queda más remedio. Conforme el agua me recorre, empiezo a sentir lo cansada que realmente estoy, supongo que mi cerebro estaba ayudándome a controlar toda esta sensación, pero, ya se desconectó, no está dispuesto a sostenerme ni unos pocos minutos más. Llamo a la operadora para que me despierte a las 8:00, no, mejor a las 7:00, por si acaso, con este hombre nunca se sabe.

Paty ya duerme, yo quisiera estar un poquito menos cansada, un tanto más consciente, para repasar en mi mente, una y otra vez, más lentamente, los eventos de este maravilloso día, disfrutarlo todo nuevamente, pero, con el recuerdo de su cabeza sobre mi regazo, me quedo dormida.

Suena el teléfono, ¿dónde está? Lo encuentro y levanto la bocina. No pueden ser las 7:00, siento que hace unos minutos que cerré los ojos, ¿se habrá equivocado la operadora? No, en realidad hace solo unos minutos que cerré los ojos.

"Diga."

"Hola." Escucho la voz de Daniel en susurros.

"¿Qué hora es?" Pregunto y me miente.

"Cerca de las 4:30, ¿te desperté?" Pero ¿Qué le pasa a este hombre?

"No, ¡qué va! ¡Si yo a esta hora me levanto y medito!" Trato de hablar quedamente, para no despertar a Paty, aunque en realidad quisiera poder gritarle.

"Olvidé decirte algo, mañana podemos levantarnos más tarde, si me despiertas 8:30 será perfecto."

Rocío Blisswealth

"Fantástico, pero ¿sabes algo? No habría sido mejor que me dijeras esto antes de ir a dormir y no a esta hora tan…" Me interrumpe.

"Lo sé, debí hacerlo, pero, estaba ocupado abrazándote, ¿te acuerdas?" ¡Bam! Un montón de mariposas revolotean en mi estómago, y casi puedo verlo, con esa amplia sonrisa que luce cuando acaba de sacarme de balance.

"Daniel."

"¿Sí?" ¡Odioso! Esta conteniendo la risa.

"Duer-me-te, ¿quieres?"

"Está bien." Responde. "Te veo en unas horas."

"Adiós." Cuelgo, mi habitación está en penumbras, pero, puedo sentirlo, mi cara es rojo escarlata, eso es seguro.

Afortunadamente pude dormir de nuevo, debo haber estado realmente exhausta. La operadora llama puntualmente, y me alisto para iniciar el día. Paty sigue hablándome de todo lo que pasó el día anterior, como si yo no hubiera estado ahí. No la interrumpo, a mí me gustaría también tener a quien contarle, y que pudiera creerme.

Llamé a Daniel a las 8:30 en punto, y ahora nos dirigimos a su habitación para desayunar. Toco la puerta y me indica que está abierto, la mesa ya está dispuesta para el desayuno, sale del baño, ¡qué imagen! No es justo, he visto cientos de hombres, tal vez miles en mi vida, y ninguno, ni uno solo, hubiera podido hacerle sombra a su guapura por mucho que lo intentara. Qué triste, quiero decir, qué triste para las chicas que no lo tienen cerca para, ¿cómo decirlo? Lavarse los ojos con su imagen. Bueno, algo así. Como era de esperarse, la sonrisa le brota desde dentro, evita mi mirada, para no reír abiertamente, supongo. Finalmente se acerca y saluda a Paty.

"Buenos días, ¿qué tal la meditación?" Sonríe.

"Estupenda, gracias." Contesto rápidamente y me enfoco en servir algo de melón en mi plato.

"Y, ¿la practicas sentada, o recostada?" No piensa detenerse, eso es obvio.

"¡De cabeza!" Respondo ante la mirada inquisitiva de Paty, quien, como de costumbre, no se entera de nada.

"Vaya, así que, de cabeza, ¿eh? Pues deberé intentarlo si esos son los resultados." Da vuelta a la mesa y se me acerca. "Te ves fabulosa." Me besa en la mejilla. ¡Lo odio! No, no es verdad, pero, bueno, ustedes me entienden.

Llegamos a la casa discográfica a las 10:00 en punto, el edificio es enorme y muy moderno, decorado a todo lujo. Sale el director de la compañía a recibirlo y nos hace pasar a una sala de juntas, la enorme mesa de madera esta tan pulida, que nos reflejamos en ella. Ahí conocen bien a Paty, supongo que hace visitas periódicas, por aquello del Club de Fans del que es presidenta.

El Juego… Jade

Una de las secretarias le menciona que llegó material nuevo y a ella le brillan los ojos, Daniel le indica que acompañe a la señorita y escoja lo que quiera para las fanáticas, la buscaremos al finalizar la junta. Eso significa que yo estoy excluida de la visita al Taller de Santa Claus, veo a Paty alejarse en amena plática con la señorita. Daniel me presenta con el director, nos ofrecen algo de tomar y las sillas, poco a poco, van llenándose de gente.

Esta imagen me recuerda la junta en la que Daniel me incluyó el día en que lo conocí, misma en la que, por estarlo admirando, no logré enterarme absolutamente de nada de lo que se trató ahí, espero que ahora, ya que estoy acostumbrada a su presencia, ¡aja! claro, ni yo lo creí, pueda aprender un poco de todo lo que aquí se maneja.

El día de hoy, hablarán del material promocional para el siguiente disco. ¿Cómo? ¿Pero, qué no estamos precisamente en gira de promoción del disco más reciente? Bueno, tal parece que eso ya es asunto viejo aquí, están hablando del disco que saldrá a la venta en 10 meses más.

Tienen muchas propuestas para él, pero tendrá que escoger dos de toda aquella lista. Hablan de carteles, fotografías autografiadas, camisetas con su imagen, prendas de su propiedad que podrían regalarse por medio de algún concurso, etc. Le piden que decida, él se inclina hacia mí, y pregunta en secreto.

"Jade, ¿cuál te gusta más?"

¡Por dios! Daniel, ¿no te enseñaron de chiquito que es de mala educación secretearse? ¡Cómo se nota que tú no viviste con mi abuela! Por demás está decir que todos me observan, y que él sigue esperando mi respuesta, con su rostro a solo centímetros del mío. Concéntrate, Jade, concéntrate.

"Las camisetas y las tazas con tu imagen." Me escucho contestar. ¡Ay! ¿Y si resulta que mi idea le echa a perder la carrera a este pobre? Yo no sé para qué me pregunta. Me observa un segundo.

"Las camisetas y las tazas sin duda, eso será." El director sonríe y celebra la elección, aunque creo que habría celebrado de igual forma cualquiera de las otras opciones.

Un sinfín de temas sigue en discusión alrededor de esa mesa, por suerte, ya no se requiere intervención alguna de mi parte. Ya para finalizar, el director se dirige a mí.

"Jade, ¿puedo hacerte una observación?" Yo solo puedo pensar, ¿y ahora qué hice? Él continúa sin esperar en realidad a que yo lo autorice.

"¡Que hermosa piel tienes!"

Rocío Blisswealth

"Gra…" Trato de contestar cuando Daniel me interrumpe, ¡pero claro! ¿Cómo perderse de semejante oportunidad para mortificarme? ¿Alguien podría traerme algo para taparle la boca, ¡por favorrrr!?

"Eso se debe a la meditación, ¿sabe? Ya se lo mencioné esta mañana, deberé intentarlo." Sonríe ampliamente sin retirar su vista de mí.

"Así que meditas. He sabido que otorga muchos beneficios. Pues, vaya, ¡qué piel! Tendré que pasar el tip." Daniel sigue adelante, anda chico, sigue divirtiéndote a mis costillas.

"Ah, pero hay que hacerlo de cabeza, ¿verdad, Jade?" Su sonrisa se intensifica.

"De cabeza, nada menos, no lo habría pensado, claro está, la sangre debe irrigar muy bien la piel, y, ¿no es muy difícil?" Pregunta el santo señor. Ya no quiero contestarle. ¿Cómo le digo que todo es mentira? Sin embargo, quien responde es Daniel.

"La verdad, no mucho. He descubierto que irrigarle la piel a esta chica, solo requiere decirle la verdad, ¿no es así, guapa?" Me guiña un ojo. El pobre señor nos ve con cara de duda.

"Ya me perdí, ¿qué quieres decir con…?" Pero Daniel ya se levantó y se está despidiendo, ¡por fin!

Paty nos encuentra en el pasillo, tiene los brazos llenos de cosas, y le ayudo a sostener el fruto de su cosecha. Supongo que todo esto hará felices a muchas chicas. Colocamos todo en la cajuela del auto y partimos hacia nuestra siguiente cita, una sesión fotográfica. La agenda incluía el nombre del fotógrafo, reconocido por su excelente trabajo en el medio del espectáculo, por supuesto. Y por la cantidad de ropa que tuve que empacar para Daniel, puedo deducir que pasaremos ahí el resto del día.

Por un segundo me acuerdo de mamá, no la he llamado en estos días, no va a creerme cuando le diga que no he tenido tiempo de hacerlo. Sin embargo, tendré que hacer de su conocimiento que sigo viva, ¡más viva que nunca! Monterrey parece tan lejano. ¡Cómo me gustaría que mis compañeras de la secundaria pudieran verme ahora! O, Mara, aunque, ni así me creería, da igual, no pienso contarle nada.

Esta ciudad es enorme y, por lo tanto, los trayectos son larguísimos, qué más da, él va junto a mí, tarareando la canción que ha estado promocionando. Me la canta al oído, créanme, yo podría morir ahora mismo, y darme por satisfecha. Me toma de la mano al tiempo que pregunta en voz baja.

"¿Te gusta esa canción?" Pero ¿en realidad necesita preguntarme? Si me la sé de memoria.

"Me encanta." Respondo apretando un poco su mano.

El Juego… Jade

"Me alegro." Sonríe y lleva la mía a sus labios y la besa. "Porque es tuya." Me congelo. Daniel, por favor, si se trata de una broma, detenla por favor.

"¿Cómo? ¿Qué quieres decir con que es mía?" Pregunto con voz audible solo para él.

"¿No la has escuchado bien?" Canta muy quedo. "Pero yo he sido el elegido, y de ella no hay nadie que se apiade, con mi amor como guía la he encontrado, y ahora es mi jade… mi jade." Levanta un poco la cabeza de mi hombro y habla casi en secreto.

"Ya te encontré." Entrelaza sus dedos con los míos. "La escribí durante la gira de conciertos, ¿recuerdas? Cuando te envié la carta, ya la había terminado, y decidí que estaría incluida en el disco, tenía que estarlo."

Repaso toda la letra de la canción en la cabeza en solo fracciones de segundo, ¡no puede ser! Cada frase, cada párrafo ¿tienen que ver conmigo? ¿Por qué? ¿Cómo? Nadie me hizo alguna vez un regalo en el que hubiera puesto un poco de dedicación, siempre sentí que no lo merecía, y ahora, este maravilloso hombre, con el mundo a sus pies, se toma el tiempo para hacerme semejante ofrenda. Se tomó horas, días quizá. Me inunda la gratitud, eso debe ser, a decir verdad, no la había sentido jamás, no había razón para sentirla. Libero mi mano de entre la suya y la levanto para acariciarle la mejilla, solo eso, no me atrevo a nada más.

"Gracias." Casi sin aliento, ya no puedo decir nada.

"No hay de qué." Responde, claro que lo hay, espero que lo sepa.

El estudio del fotógrafo en realidad es una casa antigua en la que cada habitación, y cada jardín, incluso las escaleras, presentan un área estupenda para ser fotografiada. Daniel muestra los cambios de ropa que tiene preparados, y entre el fotógrafo y su equipo, eligen los adecuados para cada parte de la sesión. Le piden que tome asiento para maquillarlo, me observa y frunce un poco el entrecejo.

"¿De qué te ríes?" Pero ¡por favor! ¿Alguna vez seré capaz de pensar en algo sin que la cara me delate? De acuerdo, aquí voy, comenzaré a cavar de nuevo el pozo en el que el habrá de sepultarme.

"De que, en estos días, han puesto sobre tu cara más maquillaje del que yo he usado en todo el año, eso es todo." Traté de no reírme más, de verdad traté.

"Aja, eso es todo." Dice con los ojos nuevamente entrecerrados al fruncir el entrecejo.

"¡Por eso tienes esa piel!" Dice el maquillista interrumpiéndolo. No, por favor. ¡No comencemos de nuevo con lo de la piel! Nos reímos, claro que sabe lo que estoy pensando, pero decide dejarme en paz, cosa que agradezco.

La sesión empieza, y yo valoro inmensamente este tiempo de que dispongo para admirar, a placer, su gloriosa anatomía. Siempre me avergüenza un poco, verlo directamente, se considera mala educación, pero, en este caso, todos a su alrededor tienen la vista fija en él, así que yo también puedo. Hay música de fondo y un suave aroma a incienso. Tomo asiento en el suelo recargándome en la pared y disfruto el panorama.

Me arroja un beso, la cámara lo capta. ¡Yo quiero esa foto! No me atrevo a pedirla. ¿Por qué seré tan cobarde? Pasan los minutos y empiezo a recordar una canción que solía cantar cuando estaba en secundaria, siempre me pregunté a quién se la habrían escrito, ahora lo sé, no puede haber sido a otro sino a él, a Daniel Montalvo. La canción la cantaban 'Los Carpenters' y dice:

> El día que naciste,
> los ángeles se reunieron,
> Y decidieron crear un sueño convertido en realidad.
> Así que mezclaron el oro entre tu cabello.

Deben haberla escrito para él, no se me ocurre nadie más con aspecto de 'sueño convertido en realidad' deambulando por ahí.

La tarde se pasó volando, incluso varias horas de la noche, cenamos con el fotógrafo y su equipo, y disfruté de una plática sumamente amena, ¿o debo decir, inteligente? Esta gente ha viajado por todos lados, han leído montones de libros, supongo que nunca tuvieron tras ellos a una hermana que los llamara "ratón de biblioteca" o cualquier otro adjetivo despectivo, que atacara el hecho de disfrutar un buen libro, y definitivamente no hablan ni de futbol ni de automóviles, fácilmente podría acostumbrarme a esto.

En el trayecto hacia el hotel reviso la agenda, si no quiero que me despierten a las 4:30 es mejor así. Programas de televisión todo el día, pero esta vez ya no son entrevistas, estará cantando. Debemos estar ahí a las 11:00 a.m.

"¿Está bien si te despierto a las 9:00?" Le muestro la agenda.

Revisa la página y señala una pequeña flecha en la esquina inferior, da vuelta a la hoja y puedo darme cuenta de que las grabaciones se prolongarán hasta incluir toda la noche, se presentará en un programa nocturno después de todo lo demás. ¡No lo puedo creer! ¿En serio? Lo veo y pregunto, lo único que se me ocurre ante tales circunstancias.

"¿Nueve y media?" Sin poder ocultar mi cara de preocupación, por supuesto.

Su sonora carcajada llena la camioneta y se arroja sobre mí, dándome un abrazo, que me deja sin aire una vez más. ¿Por qué siempre tendré que ser yo la victima de tales demostraciones de afecto? No lo sé, pero ¡gracias! Sucede entonces algo que no me esperaba, sin dejar de reír me muerde la barbilla. ¡Me muerde! ¡De verdad, me mordió! No sé qué cara pongo, pero, al verme, su risa se vuelve más incontrolable, yo no me río, me dedico a observarlo con ojos desorbitados.

"¡Tú... tienes la culpa! ¡Por ser... tan adorable!" Sus palabras son entrecortadas por la risa y sigue abrazándome.

"Ah, de modo que es eso. De acuerdo, trataré de controlar mi adorabilidad, si puedo." Froto mi barbilla, todavía me duele, ¿mencioné que la mordida me dolió? Pues así fue.

Me da un gran beso en la barbilla y se me olvida el dolor, la mordida y todo, bueno, la mordida no. Llegamos al hotel y nos acompaña por el pasillo. No quisiera soltar su mano, no quiero que este día se acabe, aunque, según el reloj del lobby, creo que eso sucedió hace ya un par de horas. Nos deja y se va a dormir, al menos, eso espero. Yo me voy a dormir, tarareando mi canción.

Son cerca de las 8:00 a.m. cuando despierto, Paty duerme todavía, en vista del día que nos espera, prefiero dejarla dormir todo lo que sea posible. Tengo el presentimiento de que a ella las desveladas le cuestan más que a mí, yo estoy acostumbrada a que me despierten varias veces entre la noche, de modo que estas noches sin interrupciones, han sido simplemente fantásticas.

Hago un recuento y no puedo creer todo lo que ha pasado en solo unos días. Repaso en la cabeza cada una de las actividades, y me cuesta creer que la visita a la televisora fue hace tres días, parece que ya hubieran pasado semanas. Pienso en lo que dijo Daniel hace, bueno, ya no sé cuánto tiempo hace, respecto a que tengo algo especial, ¿qué puede ser?

Si algo me he considerado en esta vida, es una persona común, ordinaria. Además, Mara se ha encargado de reafirmar esa percepción, respecto de mí misma, cada vez que tiene oportunidad, y supongo que tiene razón. Aunque, ¿por qué debería tener razón? Si de algo estoy segura es de que ella nunca ha sido muy acertada en cuanto a percepciones se refiere. Si así fuera, no habría convertido su vida en el completo desastre que es ahora.

¿Qué pensaría si me viera? Mis logros académicos nunca significaron nada para ella, si no tenía un hombre al lado, yo no valía nada, supongo que esa manera de pensar fue la que la llevó a donde se encuentra ahora, a estar casada con un hombre al que minimiza y desprecia cada vez que puede. Es extraño, a mí no me parece tan malo, de hecho, creo que es buena persona, es inteligente y trabajador, ah, pero su mayor pecado es que no es nada guapo, creo que ya voy entendiendo.

Rocío Blisswealth

De estar en lo correcto, si tan solo ella pudiera verme con Daniel, podría ganarme su respeto. Aunque, creo que en realidad no me interesa, yo no le tengo el menor respeto a ella. ¡Ay! ¿De dónde viene eso? No lo sé, pero, qué liberador es pensar así. La próxima vez que Mara se encuentre conmigo, nada será igual, por mi bien, espero que así sea.

Será mejor que me levante, si sigo la misma línea de pensamiento me voy a arruinar el día, y no estoy dispuesta. Suena el teléfono, supongo que ya son las 8:30.

"Hola, ¿ya terminaste tu meditación?" Pregunta Daniel en voz muy baja.

"Hace un rato, suponiendo que me interrumpirías, la adelanté."

"Bien, entonces, te invito a desayunar, ¿aceptas?" Sigue con la voz apenas audible. Le respondo en el mismo volumen.

"Sí. Daniel, ¿por qué hablamos en secreto?"

"¡Vaya pregunta! ¿Cómo que por qué? ¡Para no despertar a Paty, claro!" Esta vez soy yo quien rompe a reír, tengo que cubrirme la boca con la almohada para, ahora sí en serio, no despertar a Paty. Demasiado tarde, no lo logro. Puedo escuchar las carcajadas de Daniel al otro lado de la línea, finalmente se controla un poco.

"Ya la despertaste, ¿no es cierto? ¡Qué conste que no fui yo!"

"Te veo en diez minutos." Cuelgo para poder disculparme con la pobre de Paty, todavía le quedaba una hora para dormir. Llego hasta la puerta de su habitación, no toco, no puede ser que siempre sea el blanco de sus bromas, así que, esperaré. Un minuto, dos, y la puerta se abre.

"¿Qué haces ahí?"

"Espero. No quiero que me asustes de nuevo."

"No te preocupes, estás a salvo, esta vez no voy a asustarte."

"Tampoco vas a hacerme bromas, ¿verdad?" Trato de averiguar qué tan seguro es entrar.

"Ay, no, ¡eso no puedo asegurártelo!" Sonrío y cruzo la puerta.

"Pensé que…" Empieza a decir intrigado por mi reacción.

"Si me hubieras dicho que no me harías bromas, no te habría creído de todos modos, así que supongo que es más o menos seguro entrar. Con eso me conformo."

Damos un pequeño repaso a la agenda antes de comenzar el desayuno, después pregunta si me gustan los perros. Ya que, sin duda, es mi animal favorito, eso da pie para una divertida conversación. Su perro se llama Tíber y según parece, tiene una especial predilección por esconder su tenis. Luego me habla acerca de los deportes que practica, no sé porque me extraña que todos se practiquen en solitario, yo soy exactamente igual, odio los deportes en equipo. Detesto tener que depender de alguien para llevar a cabo una actividad. Se detiene, y después de pensarlo un poco, pregunta.

"Jade, ¿te gusto?" No puede ser que me esté preguntando eso. ¿De verdad no se ha dado cuenta de que no me gusta, sino que me fascina?

"¿Estás bromeando?"

"No." Se torna serio. Sigue esperando mi respuesta.

"¿Qué te hace pensar que no?"

"No dije eso."

"De no ser así, no me estarías preguntando." Me observa un tanto avergonzado.

"Para empezar, nunca me dices que soy guapo, siempre tu comentario es que tal o cual atuendo se ven bien, pero nunca dices que yo luzco bien. Además, no tomas la iniciativa para acercarte a mí, no sé, ¿por qué?"

De repente lo imagino como un niño, cuando somos niños decimos exactamente lo que estamos pensando, al crecer, aprendemos a decir lo que debemos, para quedar bien, está siendo sincero, puedo verlo. Pero, hay algo que me dice que no le conteste, que no le diga lo que estoy pensando y obedezco.

"Lo primero, lo escuchas a cada paso que das, ¿no te aburre? Y, de lo segundo, no es mi costumbre entrar en contacto con nadie." Observo su mirada, poco a poco se va tranquilizando. Sigue con los ojos fijos en mí y finalmente habla.

"De lo primero, ten en cuenta que me gustaría escucharlo de ti."

"Lo tendré en cuenta."

"¿Me lo dirás?" Esboza una leve sonrisa, la primera desde que esta parte de la conversación dio inicio.

"No dije eso."

"De acuerdo, de lo segundo, ya que tú no lo haces, ¿puedo ser yo quien tome la iniciativa?"

"Sí."

"¿Siempre que quiera?" Habla como temiendo mi respuesta.

"Sí."

"Gracias."

"De nada." Por fin sonríe. ¡Qué hombre más raro! ¿Inseguridad? ¿De alguien como él? No puede ser. Debe tratarse de otra cosa.

Paty se nos une casi al final del desayuno y devora lo que reservamos para ella. Salimos de nuevo hacia la televisora, al llegar nos instalamos en el camerino, y con la puerta entreabierta, podemos ver al resto del elenco que participará en el programa. Daniel siempre es muy cordial, pero hoy parece no estar de humor para socializar. Sin embargo, disfruta de lo lindo con nuestros comentarios respecto a los otros cantantes. Escucha cosas como "¡Por dios, que flaco está!" o "Ya decía yo que en persona debía verse viejísima," ya saben, cosas así, y ríe de buena gana.

Recibe una llamada telefónica, no escucho gran cosa, pero me alarmo al ver su cara como palidece, cuelga el teléfono y voltea a verme. Yo, que estaba de pie junto a la puerta, me dirijo hacia él para preguntarle qué le pasa. No me da oportunidad de hacerlo, se coloca frente a mí, y me toma por la parte superior de los brazos con ambas manos.

"¿Qué pasa?" Logro preguntarle sorprendida por la fuerza con que me sujeta.

"Mi hermana tuvo un accidente cuando se dirigía hacia su casa, en un tramo de carretera chocó contra un tráiler, es todo lo que saben hasta ahora. ¿Qué le ha pasado, Jade?"

¡¿Cómo se supone que yo lo sepa?! ¿Qué es realmente lo que quiere que le diga? Sé que es una noticia terrible, pero ¿qué espera que yo haga?

"Daniel…yo…" No me deja hablar, me presiona con más fuerza sin dejar que me mueva. Su mirada está fija en mí, demandante.

"Jade, concéntrate. ¿Qué le ha pasado? ¡Dímelo! Te lo ruego." Su tono de voz es ya demasiado alto, puedo sentir su desesperación, y, sin más, empiezo a hablar.

"Cálmate, Daniel, el auto ha sido pérdida total, pero a ella no le ha pasado nada, solo tiene un pequeño hueso roto en el pie izquierdo, eso es todo, está perfectamente." Su mirada se suaviza, al igual que la presión que ejerció sobre mis brazos, da un paso hacia atrás, en espera mi reacción.

Al tiempo que él me libera, siento como si un gran lazo me hubiera estado aprisionando y de repente se soltara, como si alguien lo cortara de golpe. No sé qué pensar. ¿Qué fue eso? ¿Cómo supo él que yo podía contestarle? Y, ¿si todo es obra de mi imaginación? No lo imaginé, lo sé con certeza, con absoluta seguridad, vi el evento como si estuviera ahí. Todavía por unos segundos, la claridad de esa imagen es más verdadera, que el hecho de estar de pie frente a él. Me quedo en silencio, solo veo sus ojos tratando de leer los míos. Habla en un tono de voz muy contrario a aquel con el que me exigió le contestara.

"Gracias." No obtiene respuesta de mi parte.

El teléfono suena de nuevo. La persona al otro lado de la línea confirma con precisión lo que yo ya dije, lo sé porque él repite la última frase, 'Solo un pequeño hueso del pie izquierdo.' No sé qué decir, y no me gusta nada.

Se acerca a mí, contengo la reacción de dar un paso atrás, me rodea con sus brazos, solo que, esta vez, aun cuando su abrazo es firme, yo casi dejo caer los brazos a los lados de mi cuerpo. Trata de que le corresponda, sujeta mi cabeza con suavidad y la oprime contra su hombro. No logro relajarme, ¿qué hice?

"No pasa nada, todo está bien." Por primera vez, aún entre sus brazos, no lo creo.

Paty aparece por la puerta para indicarnos que ya es su turno para cantar, lo acompaño y lo observo desde un extremo del escenario, canta mi canción y yo voy, como por arte de magia, olvidándolo todo. Termina su actuación y lo recibo con una sonrisa, él sonríe también, no ha pasado nada.

Son ya las dos de la mañana, y Daniel sigue sin parar, me hace gracia el enterarme que los registros de audiencia del programa señalan los índices más altos de las últimas semanas. Me pregunto cuánta gente puede estar despierta a esta hora para verlo y me río de mí misma. Heme aquí, las dos de la mañana, en una ciudad extraña, habiendo estado en pie de guerra desde temprano, y esperando para verlo grabar esta interminable serie de programas. Definitivamente debe ser mucho más fácil verlo desde la cama ya enfundados en pijamas.

Pobre Raúl, no cabe duda de que se merecía estas vacaciones hospitalarias. Raúl regresa mañana, no había caído en la cuenta, se terminan sus vacaciones y empiezan las mías, pero, no las quiero. Repentinamente siento que aquel foro, iluminado hasta el exceso, se torna obscuro, una espesa niebla lo inunda. No quiero irme, sin embargo, tendré que hacerlo, qué horrible sensación de abandono.

Aunque, nadie me abandona, simplemente se termina, mi tiempo en el reloj de arena se agota, y pasaré a otra dimensión, la misma en la que por lo general habito, rodeada de demonios y sola, insoportablemente sola, ahora me doy cuenta.

Ese es el precio que debo pagar por escaparme hacia este mundo de fantasía, darme cuenta, por primera vez, de que vivo en la más absoluta soledad. Está bien, lo haría de nuevo. Estar aquí y regresar, sí, lo haría otra vez, sería mil veces peor no haber estado nunca aquí, y ser una más de esas chicas que jamás tendrá ni un roce de él, que nunca se ha sumergido en el azul de sus ojos y que jamás ha perdido noción del suelo que pisa, al hundirse entre sus brazos. Esta felicidad lo vale, así es, lo haría todo, otra vez.

Quizá si no me hubiera acercado tanto a él, si hubiera guardado mi distancia… ¡Qué tontería! Eso sería equivalente a comprar un delicioso chocolate y no comerlo, por miedo a que se acabe. Tal vez, si no lo hubiera besado… solo que eso significaría borrar de golpe, mis mejores recuerdos.

Rocío Blisswealth

Según la costumbre que tomé en los últimos días, estoy sentada en el suelo, recargada contra la pared. Me di cuenta de que aquí no le estorbo a nadie, y puedo estar cerca al mismo tiempo. En estos lugares hay miles de cosas de alta tecnología con las cuales tropezar, así que, el suelo contra la pared me resulta más acogedor. Solo que, hundida en mis "dulces" pensamientos, perdí noción del tiempo y de los acontecimientos. Daniel terminó hace un par de minutos y ya está preguntándole a Paty dónde estoy.

Levanto la vista y él está acuclillado frente a mí, sonríe y yo siento, poco a poco, que la niebla se disipa. Se apoya en mis rodillas para guardar el equilibrio.

"¡Hola guapa! ¿Te encuentras bien?"

Un poco sumida todavía en la obscuridad de mis pensamientos intento sonreír, creo que no lo logro, al menos no muy efusivamente. Continúo con la mirada fija en sus ojos y lo escucho.

"¿Nos vamos? Tal vez debamos comer algo, o dormir, ya pasa de las tres de la mañana."

"Está bien." Es toda mi respuesta y me pongo de pie.

"¿Cuál de las dos cosas?" Pregunta sonriendo.

"Daniel, lo siento, ya no puedo pensar, elige tú." Finjo una sonrisa.

En realidad, ya no quiero pensar, dormir sería una buena opción, pero no creo lograrlo, no, sabiendo que el tiempo se me acaba. Su mirada se hace más dulce, tal vez algo triste, con el pulgar frota el entrecejo en mi cara, como si tratara de borrarlo.

"Ya no pienses." Dice, adivinando mi estado de ánimo. "Solo vamos a dormir, ¿sí?"

Algo me dice que no es eso lo que iba a decirme. Me toma de la mano y nos dirigimos hacia la camioneta, va caminando muy lentamente, como alargando los pasos, y con ellos, los minutos. Súbitamente, ya en el estacionamiento, se detiene y me toma por la cintura, oprimiéndome fuertemente contra su pecho. Empieza a bailar conmigo, bajo la luz de ese maravilloso cielo estrellado, mientras me canta en voz baja al oído una canción en italiano. ¡Qué dulce suena! Cómo me gustaría saber qué es lo que dice. Anda, Daniel, dame más razones para extrañarte.

Esta vez es él quien sube primero al vehículo, al sentarme a su lado me pide que recargue la espalda contra su pecho y me abraza. Sus brazos me sujetan a la altura de los hombros, y apoyo la barbilla en ellos, los aprisiono con mis manos, como quien se aferra al salvavidas que le arrojan después de un naufragio. Cierro los ojos y decido que ya no existe el tiempo, ni el abandono, ni nada, solo este momento en el que estoy aquí, con su cara oculta entre mi cabello y su respiración a la par de la mía.

Monterrey, a mis dieciséis años.

Para estas fechas, mamá ya ha desfilado por incontables iglesias, creo que ya lleva dos bautizos, eso sin contar lo que ella hizo llamar bautizo del espíritu santo, que, sin afán de ser irrespetuosa, es lo más terrorífico que me ha tocado presenciar. Una noche comenzó a hablar en una lengua extraña, y a reír, y llorar al mismo tiempo, no sé qué sentí al presenciar eso, pero no era agradable. De cualquier forma, ella se sentía sumamente afortunada, y esa era la parte buena de todo ese asunto.

Basada en sus conocimientos bíblicos, se ha encargado de convencerme de que él, me refiero a dios, me premió con un don especial que tengo que utilizar, y del que tendré que dar cuentas algún día. Dicho regalo me permite ver a los demonios, ¡vaya don! Si me hubieran explicado el premio al que era acreedora, no sé bajo qué méritos, hubiera declinado su ofrecimiento. Me pregunto si en su reino habrá departamento de devoluciones.

No sé por qué, pero La Biblia siempre me ha causado cierto rechazo. Supongo que esa palabra es demasiado fuerte, pero es la única que mi mente me brinda cada vez que pienso en ella. En la sala de la casa siempre hubo una Biblia abierta en alguna página, ni siquiera me acerqué a averiguar cuál era la página que habría de recibir todo el polvo de esos años. En cuanto llegaba a la habitación en la que estaba colocada, caminaba de prisa, pegada a la pared, mientras repetía para mí.

"Rápido, rápido, rápido." Usualmente tres rápidos eran más que suficientes para lograr cruzar la habitación.

Sin embargo, ahora mi hermana se ha dedicado a estudiarla con detenimiento, no sé qué escritura con la que se encontró la llevó a autodenominarse profeta. Esto quiere decir que ella es la única autorizada para indicarme, paso a paso; con bases bíblicas por supuesto, lo que debo hacer, todo con la magnánima finalidad de librarme de mis terrores.

Que veo cosas terribles. Es verdad. Que aquella noche en que, siendo niña, recé el Padre Nuestro a medias, pero con toda la fe de que era capaz, llego mi ángel a protegerme. También es verdad, eso sin contar con la larga lista de figuras que he visto salir de mi closet, y que cada vez, se me acercan más. Por lo tanto, no tengo empacho en intentar las opciones que ella me ofrece, ya en estos momentos creo que soy capaz de intentarlo todo, o casi todo.

Rocío Blisswealth

Asegura que esta noche me va a enseñar a alejar a los demonios, con bases bíblicas, y como la Biblia es el único antecedente que yo tengo de que alguien los haya enfrentado con anterioridad, y haya vivido para contarlo, acepto, no encantada, pero acepto. También había visto la película El Exorcista, en la que, para mí, el diablo había salido más que victorioso, o al menos eso me pareció y, ¡mira que esos sacerdotes deben haber rezado bastante!

En fin, me es muy difícil decirle que no a mamá, y quisiera librar a mis sobrinos de las visiones que yo he tenido desde niña, eso es seguro, ya que mi hermana insiste en que, si yo no hago nada por alejar de aquí a los demonios, tarde o temprano los niños terminaran por verlos, no sé por qué le creo, y no estoy dispuesta a que eso suceda.

Llega la noche y entramos a mi habitación, a decir verdad, siento que voy al matadero. Mamá empieza a rezar en esa lengua extraña, para después decir: "Debes repetir las palabras de Jesús."

Me presta La Biblia, ¿por qué no me lo lee y yo lo repito? Está abierta justo en el versículo en que Jesús le ordena a Satanás que abandone el cuerpo de una persona, me pide que lo lea en voz alta, ¿eso es todo? ¡No puede ser tan fácil!

Pues no, no es tan fácil, había miles de cosas a considerar y yo estoy a punto de enfrentarlas. Para alejar un demonio primero debe estar presente, ¿no? O, al menos eso creo yo, y si, en mi habitación por lo regular abundan, pero justo ahora sucede que no hay ninguno.

No por mucho tiempo. De pronto, la luz, como si fuera la de una vela que comienza a apagarse, disminuye su intensidad hasta que la habitación está en penumbras. Mamá y Mara siguen orando con los ojos cerrados, estoy sola en esto, y no es bueno.

Súbitamente reacciono, y me doy cuenta de que, la amplia experiencia que el pastor de la iglesia de mi mamá tiene en echar fuera demonios, no me va a servir de nada. No dudo de sus buenas intenciones, al aconsejarle a mi mamá lo que yo debía de hacer, con la intención de librarme de dichas apariciones, pero, ahora me pregunto, ¡a buena hora! Ya lo sé, debí hacerlo antes, si este denominado hombre de dios, alguna vez ha visto cosas como las que yo veo. ¿Podrá olerlos? ¿Escucharlos? Bueno, ¿le darán miedo? Porque a mí sí.

¿Tendrá siquiera alguna idea de la cantidad de demonios de la que estamos hablando? Tengo cinco o seis visitantes asiduos, pero fácilmente he visto trescientos, o más, durante mis dieciséis años de vida. En fin, ni su experiencia, ni mis preguntas tardías, me sirven de nada ahora.

De pronto lo veo en la esquina de la recámara, es uno de los que he visto con más frecuencia, no mide más de un metro de alto, su piel es obscura, peluda, asquerosa, y ¡emite un horrible olor a vomito! Me observa y sonríe burlonamente, por primera vez camina hacia mí y me habla, su voz es aguda y potente.

"ASÍ QUE, PRETENDES ALEJARME DE AQUÍ, ¿EH? VEAMOS, ¿CÓMO ME LLAMO? SI QUIERES QUE ME VAYA, TENDRÁS QUE PEDÍRMELO POR MI NOMBRE." Estoy aterrada. ¡¿Qué quiere decir con que lo llame por su nombre?!

¿Cómo demonios, valga la redundancia, voy a saberlo? ¿Qué no se supone que se llama demonio? Yo sé que su jefe se llama Satanás, mi abuela me lo enseñó, pero, entonces, ¿esto significa que todos tienen un nombre propio?

Si esto es lo que deberé hacer con todos los demás, en menudo lío me he metido, tal vez el pastor de la iglesia sepa los nombres, ¿de dónde los sacaría? Estamos hablando de palabras mayores, siento que estoy en el jardín de infantes, y el santo señor ya tiene doctorado, ¿qué hago ahora?

Quiero decirle que lo lamento, que no fue mi intención decir esas palabras, pero sé que no tendría sentido, no creo que le importe, es como si tratara de correrlo de su habitación, no de la mía. Experimento sensaciones que nunca antes había tenido, una nueva clase de terror, ¿en qué me metí?

Comienza a tocarme, desliza su asquerosa mano por mi brazo, sin poderlo evitar mis manos se cierran en un puño, solo por el miedo, sería incapaz de tratar siquiera de defenderme. Este horror es sencillamente terrible, su olor es insoportable, me provoca nauseas, ¡no me toques! Pienso para mí, sin permitirme externar tal idea. Me hace sentir sucia, ellas no se dan cuenta, claro, ¿cómo no lo pensé? Ni siquiera lo ven, la cosa es conmigo y solo conmigo. Retira su atención de mí, gira la cabeza hacia su espalda y habla con alguien a quien yo no puedo ver.

"NO. ELLA ABRIÓ LA PUERTA, ¿NO LA ESCUCHASTE?" Se queda en silencio por unos segundos y continúa.

"¿Y A MÍ QUÉ ME IMPORTA QUE NO SEPA LO QUE ESTÁ HACIENDO? ¡LO HIZO, LO HIZO! ¡Y YO SOY TESTIGO! ¡LA ESCUCHÉ! ¡QUE SE ATENGA A LAS CONSECUENCIAS!"

Se acerca más, acaricia mi cara con su mano, impregnándome con su fétido olor, y escucho su carcajada, misma que me hiela hasta los huesos.

"NOS VEREMOS."

No hace falta que lo diga, lo sé, cada parte de mí ser puede sentirlo, observo su mirada, esos ojos luminosos que brillaban en la peor de las obscuridades, están por primera vez viéndome directamente a la cara, tiene una mirada de satisfacción que no logro entender, demonios, o lo que sean, ya me tienen en sus manos.

Rocío Blisswealth

Después de una discusión con mi madre por lo que ella llama mi 'falta de fe,' me encierro en mi habitación bañada en lágrimas. Supongo que ellas pasarán el resto de la noche tratando de averiguar, con cuanto hombre de dios conozcan, qué fue lo que salió mal. La verdad ya no me importa lo que puedan decirles, de algo estoy segura, y es de que esa gente, por muy instruida que esté en las artes de liberación de demonios, no tienen ni idea de lo que yo enfrento cada día.

Desde que recuerdo he hecho, primero, lo que ellas me ordenaban, luego, lo que me pedían, y ahora lo que me dicen que necesito hacer, pero sigo hundiéndome. ¿Cómo fue que llegué a esto? Si existe una salida, por pequeña que sea, no cabe duda que está oculta de mí, no existe nada, ni nadie, que me permita respirar algo que no sea este asqueroso olor en el que siempre he estado envuelta.

Ciudad de México. A mis dieciocho años.

No sé cómo, pero logré dormir, aun cuando hayan sido solo un par de horas, las actividades que la agenda reserva para nosotros inician a temprana hora de la mañana, de modo que son las 7:00 y ya estoy en pie, con la firme determinación de disfrutar el día, pase lo que pase, es el último, y no seré yo misma quien lo arruine. Tocan a la puerta y abro, frente a mí se encuentra mi sueño convertido en realidad, sonriendo como solo él sabe hacerlo, y luciendo simplemente maravilloso a esta temprana hora de la mañana. Eso debe ser pecado, estoy segura.

"Vengo a robarte." Dice acercándose a mí.

"Ah, ya veo. Entonces, ¿se supone que oponga resistencia?" Contesto con seriedad.

"Esa sería una opción, pero, toma en cuenta que, si lo haces, deberé morderte hasta dominarte, y hacer que me acompañes." Sonríe a la vez que me guiña un ojo.

"Muy bien, ¿y la otra opción?"

"Bueno, obviamente puedes acompañarme por voluntad propia."

"De acuerdo, vamos." Salgo de la habitación y cierro la puerta tras de mí.

"¡Hey!" Trata de alcanzarme por el pasillo. "¿No quieres reconsiderar tu decisión?" No respondo, solo lo veo, sonrío, y abro la puerta de su suite.

"¿En serio? ¿Ni un poquito de resistencia? ¿No? De acuerdo, tú te lo pierdes." No deja de sonreír.

"No, más bien, ¡me lo ahorro!" No puedo contener la risa.

El Juego… Jade

"Ah, ¿sí?" Se acerca lentamente y mi estómago siente la misma sensación de cuando eres pequeño, y alguien te amenaza con hacerte cosquillas.

"¡Ven acá!" Me abraza muy fuerte. "Así que, me lo ahorro, ¿eh?"

La mesa ya está dispuesta para desayunar, aunque, en realidad, no tengo mucha hambre, por no decir que nada. No obstante, sirvo algo de fruta en mi plato.

"Debemos darnos prisa, la primera cita es a las 9:00." Comento mientras sirvo el jugo de naranja.

"Esa cita ya no existe, la cancelé." Responde con la boca llena.

"Daniel, podrías haber dormido más tiempo, ¿a qué hora es el siguiente compromiso?"

"Más tarde, ¿quieres dejar de preocuparte? Por ahora solo quiero platicar contigo." Señala usando un tono de regaño.

Toma su plato y se acomoda en el enorme sillón, que solo hemos podido admirar, me indica que haga lo mismo, lo imito y ambos giramos sobre el sillón para quedar frente a frente, nuestras rodillas casi se rozan.

"Está bien, ¿de qué quieres que platiquemos?"

"Quiero que me hables de ti, nunca me cuentas nada y me gustaría saber…" Sigue observándome.

"¿Saber qué?" No puedo evitar sonreír. ¿Qué podría yo contarle que fuera interesante?

"Lo que sea, ¡todo!"

Ahora si me siento en un terrible aprieto. Mi vida es mucho más común que la del resto de la gente. ¿Qué puedo decirle que pudiera no sonar tan aburrido?

"Daniel…" Intento contestarle. "No sé qué contarte, cuando no estoy trabajando, me la paso encerrada en mi recámara, por lo regular leyendo. Ah, y escuchando música." Lo veo y le cierro un ojo, por supuesto él sabe que la mayoría de la música que escucho es la suya. No me interrumpe, quiere que continúe, pero ¡qué demonios! ¿Qué le digo? Obviamente tomando en cuenta que hay tanto de mi gris vida que no puedo contarle.

"Estudié inglés en Estados Unidos."

"Lo sé."

"¿Cómo que, lo sabes?"

"Cuando te vi en Monterrey, la primera vez, ¿recuerdas?" ¿Cómo olvidarlo? Claro que lo recuerdo, lo que me sorprende es que él se acuerde, además, eso no aclara mi punto.

"Estuviste conmigo en la junta con mis músicos, fue en inglés, y tú no tuviste el menor problema."

"Bueno, la verdad es que, la bendita junta podría haberse llevado a cabo en ruso, y me hubiera dado igual." ¡Cállate Jade! Por favor. Demasiado tarde, ya lo dije, y mis mejillas lo gritan, sacudo mi cabeza suavemente de lado a lado.

"Ah, ¿sí? Y, ¿por qué?" La sonrisa pícara empieza a surgir, ¡mal educado!

"Digamos que, mi mente divagaba en otras cosas, mientras ustedes hablaban."

"No me digas. ¿Cuáles?" La sonrisa es cada vez más grande y ahora levanta la ceja, me está acorralando, pero no estoy dispuesta a dejarlo ganar.

"No salía de la sorpresa de estar ahí, contigo, con Daniel Montalvo."

"Daniel."

"Eso fue lo que dije."

"Para ti soy solo Daniel, el otro es un traje que me pongo al salir a cantar, pero ahora, justo aquí contigo, puedo ser solo Daniel."

Y lo dejé ser eso, solo Daniel, y conversamos largo rato, contándonos mutuamente anécdotas de nuestra infancia, de la escuela, de nuestras familias. Tuvo una infancia dura, con eso puedo identificarme, aunque las experiencias que vivimos fueron muy diferentes. Tampoco se lleva bien con su padre, pero ama a sus hermanas, ambas menores que él.

Yo le hablo de mis escapadas del colegio de monjas, mamá me llevaba diariamente al jardín de infantes y, al regresar a casa, me encontraba en la sala viendo caricaturas. Nadie supo jamás cómo lo hacía, ni yo me acuerdo cómo, pero terminó por cansarse, y desistió de la idea de que mi educación fuera religiosa. Todo esto le provoca grandes carcajadas. Le comento respecto a los maravillosos paisajes que vi cuando estudié en Estados Unidos, y de la pasión que siento por los viajes, misma que él comparte.

Sin darme cuenta, termino la fruta que había puesto en mi plato y me levanto para ponerlo en la mesa. Lo veo recorrer mis piernas con la mirada y detenerse en mis pies. Es curioso cómo funcionan nuestras inseguridades, automáticamente nos dirigimos hacia la imagen que tenemos de nosotros mismos. Esto nos lleva a hacer mentalmente el recorrido por toda la lista de defectos con que la vida nos dotó, uno tras otro, preguntándonos, ¿cómo es posible que la persona que nos observa no se hubiera fijado antes, en lo largo de nuestra nariz? O, en lo reseco de nuestro cabello, etc. Como nunca me han gustado mis pies, gracias a la Ley de Murphy, es precisamente eso lo que a él tenía que llamarle la atención. Por si eso fuera poco, no solo los ve fijamente, sonríe al hacerlo, pero ¿qué estará pensando? No resisto más, y pregunto.

"¿Qué ves?"

"Tus pies." Contesta con la bendita sonrisa aún en los labios.

"De acuerdo, y ¿qué hay con ellos?" Regreso al sillón, y escondo uno de ellos al sentarme sobre él.

El Juego... Jade

"¡Qué pequeños son!" Sigue viendo el que quedó fuera de mi improvisado escondite.

Es oficial, yo podría amar a este hombre con absoluta pasión y desenfreno. La verdad es que mis pies no son tan chicos, pero, si él así lo piensa, no seré yo quien lo desmienta. Nuestra conversación continúa todavía unos minutos más, y finalmente, nos llaman del lobby para avisarnos que ya llegaron por nosotros. Ha llegado la hora de que empiece la actividad. Antes de salir de la habitación, me detiene por el brazo.

"Guapa, ¿a quién le vas a hablar de estos días aquí?"

"¿Estas bromeando? A nadie. ¿Quién me creería?" Contesto riéndome.

"Yo tampoco le contaré a nadie. Ni siquiera yo puedo creer que estás aquí, conmigo."

¿Cómo? ¿Lo dice en serio? Pero si el famoso es él, el inalcanzable es él, el sueño convertido en realidad es él. Yo solo soy, yo, así, sin adornos, sin nada especial que amerite mencionarse. Lo veo con cara de absoluta sorpresa, sonríe casi tímidamente y me pide un abrazo. ¿Por qué cree necesario pedírmelo? Si yo también me muero por uno.

Me acerco y entrelazo mis brazos a su espalda. Disfruto esta sensación de sentir su aliento en mi cabello y, de repente, me doy cuenta de que, la Jade que salió de Monterrey, desapareció aquí, entre sus brazos, después de esto, jamás volveré a ser la misma. ¿Qué más da que nadie lo sepa? ¿Qué importa que nadie me crea? Lo sé yo, lo creo yo, con eso me basta. Se me acerca y, colocando su mano en mi nuca, me atrae hacia él y besa la punta de mi nariz, desatando un escalofrío que viaja con rapidez desde mi nuca hasta mis talones, sonríe levemente, seguramente pudo sentirlo. Luego presiona sus labios contra los míos, yo le respondo. No, definitivamente ya no soy la misma.

Pasamos toda la tarde en radiodifusoras, y de nuevo, las mismas preguntas, una y otra vez, no obstante, yo sigo disfrutando cada minuto como el primer día. Cuando salimos de la última radiodifusora Paty se despide de nosotros.

"Pero ¿cómo? ¿Por qué te vas? ¿Y tus cosas?" Pregunto sorprendida.

"Ya están en la casa, las llevé hoy por la mañana." Cuando nosotros desayunábamos, supongo. "Muchas gracias por incluirme en todo esto."

"Soy yo quien no tiene como agradecerte tantas atenciones, de no haber sido por ti, yo no estaría aquí." Hablo con total honestidad.

"Yo sé que no es así, pero, de todas formas, gracias." Me da un abrazo y pide que sigamos en contacto.

Daniel le ofrece que la llevemos a su casa, pero ella se niega y decide tomar un taxi, nosotros abordamos el auto para dirigirnos al hotel. En el trayecto, se pone serio.

"Nosotros nos vamos hoy también."

"¿Raúl y tú? Pensé que se iban mañana."

"Originalmente, pero hubo cambio de planes. Tú también sales hoy a Monterrey, en el último vuelo, no pienso dejarte sola." Comenta sin verme a los ojos, sosteniendo mi mano entre la suya.

"No, yo salgo mañana por autobús." Digo terminante, voltea a verme dulcemente.

"No voy a dejarte aquí sola, y ya hice los arreglos. No te comenté porque sabía que te negarías, pero, al menos por esta vez, dame gusto, ¿sí?"

Es inútil, ya no podría negarme, no cuando me ve de esa forma. Siento que el mundo se me viene encima, pero, si todavía le quedaba arena a mi reloj. ¡No es justo! Llegamos al hotel y Raúl ya nos espera en la habitación. Se ve muy repuesto, en verdad, total y absolutamente saludable.

"¿Cómo estás niña?" Pregunta con una sonrisa. "¿Ya comprobaste que este tío es insoportable?" No podría responderle sin exponerme a una de las bromas de Daniel, así que solo le sonrío. "Hay veces que no hay manera de bajarle el mal humor, demasiado stress."

"Lo que pasa es que tú no sabes calmarme." Dice Daniel. "Solo ella puede, pregúntale cómo." Ya me imaginaba que no me iba a dejar ir en blanco, tiene que fastidiarme aún en estos momentos. Así que, ataco.

"Con meditación, es excelente, ¿sabes? Pero, tiene que hacerlo de cabeza para que la sangre le irrigue el cerebro, y todavía no lo consigue, de modo que no permitas que deje de intentarlo, hasta que lo logre. ¿De acuerdo? Realmente obra milagros en él." Sonrío.

Escucho su carcajada, Raúl nos ve con cara de que no entiende nada. Eso quiero, que ría, deseo grabarme sus risas en la memoria, de aquí en adelante será lo único que me quede. La maldita balanza, ¿recuerdan? El mentado ying y yang se encargarán de cobrarme cada segundo.

Llegamos al aeropuerto, documentamos nuestro equipaje y Raúl me entrega una caja. Volteo a ver a Daniel, me guiña un ojo, son los discos con los que habré de pagar el soborno que me permitió estar aquí hasta el día de hoy. Nos hacen pasar a una sala de espera para clientes distinguidos, donde podremos esperar sin el tumulto de gente a nuestro alrededor. Nos sentamos juntos y Daniel acaricia mi cabello.

"Te voy a extrañar." Dice en voz baja.

"Yo más a ti." Respondo.

"¿Ahora si me vas a escribir?" Pregunta hablando cada vez más quedo.

"No, ahora tampoco."

"¡Lo sabía! No cambias." Me estrecha entre sus brazos.

El Juego... Jade

"Créeme, sí cambio. He cambiado mucho."

Escuchamos el ruido de la bocina anunciando mi vuelo, me abraza con más fuerza y yo siento que la piel se me desprende del cuerpo. Besa mi cabeza, una última vez, y le pide a Raúl que me acompañe a la sala de espera. Este me toma de la mano, y salimos corriendo por el pasillo, como si yo tuviera prisa alguna por subirme al mugroso avión. No miro atrás, simplemente sería demasiado para mí.

Me despido de Raúl y le agradezco, como nunca he agradecido nada en esta vida, el que se haya enfermado, dándome así la oportunidad de cumplir los sueños que ni siquiera sabía que tenía. Lo abrazo fuerte, muy fuerte, tratando de captar cualquier célula de Daniel que pudiera habérsele pegado. Le doy un beso en la mejilla y me voy, caminando, hacia el matadero.

Ahora puedo sentirlo con total claridad, este dolor, es como si la luz se hubiera apagado dejándome en la más angustiosa de las obscuridades. Como si de verdad hubiera dejado mi piel hecha jirones, entre sus brazos. Qué más da, ¿de qué podría servirme ahora? ¿Quién podría tocarla que me importara?

Puedo sentir cómo mis brazos se entumen en terrible conciencia de que ya no pueden rodear su cuerpo y, mis ojos buscan el azul de los suyos, pero, también se ha ido. Me ha sido arrebatado como todo lo demás, su risa, su olor, su aliento, su presencia. Y duele, que insufrible dolor me invade, me pesa y me siento sola, por primera vez, siento lo que es estar sola.

Ha sido en ese último abrazo, ese del que me desprendí tan dolorosamente, que mi alma decidió dividirse, desgarrarse en dos para poder quedarse con él, y al mismo tiempo, ayudarme a seguir viviendo.

¿Cómo no iba a hacerlo? Todo es mejor que regresar a esa habitación en la que ha vivido, sin saber bajo qué cargos, condenada a convivir con los demonios, a servirles de juguete sin descanso, sin consuelo. No la culpo, si algo se había atrevido a desear era eso, quedarse con él, y lo hizo, dejando aquí, dentro de mí, solo un trozo lo suficientemente grande para alimentar el anhelo de volver a verlo, y unirme nuevamente con esta parte de mí, que lo acompaña. La parte que sí logró huir, e irse con él.

¿Qué hace mi cerebro que no se desconecta? Ya no es necesario que siga en funciones, eso se necesita cuando hay una vida, pero, por si mi cerebro no se ha enterado, la mía la dejé allá abajo, en esos brazos. Así que, en lo que a mí respecta, bien podría dar por terminados sus servicios. No obstante, sigo respirando, solo eso, respirando una y otra vez, sin sentido.

El avión aterriza finalmente, y con maleta en mano, salgo a la calle. El demonio está ahí, esperándome, para hacer burla de mi persona, supongo. ¿Para qué más pudiera estarme esperando? Si no es para hacer que mi martirio sea más intenso. Casi le sonrío. ¿Por qué no acaba de una vez conmigo? Solo tiene que apretar fuerte, hasta conseguir que deje de respirar. Anda, ¿por qué no te decides de una vez?

¿Quitarme la vida? No, lo siento, esa ya no es opción. Esa la deje voluntariamente entre los brazos de Daniel. Tienes que conformarte con lo que queda de mí, este envase vacío a medias, ya no hay nada más, de eso puedes estar seguro.

Monterrey, a mis dieciséis años.

Definitivamente la noche que traté, con pésimos resultados, de ahuyentar a los demonios de mi habitación, abrí la puerta hacia terrores mayores que los que ya estaba experimentando. En cuanto el demonio abandonó la habitación, y pese al temor que sentía de interrumpir la devoción de las oraciones de mamá y de Mara, sin un respetuoso ¡amén! de por medio, salgo corriendo hacia el cuarto de baño a vaciar el estómago. Entre las náuseas que me provocaba el olor y la cercanía del demonio, y el incontrolable temblor que me causaba esta nueva sensación de no saber, pero intuir, en lo que acabo de meterme, no puedo conservar dentro ni siquiera el aliento.

Por supuesto, ellas corren detrás de mí, así que, no solamente tengo que lidiar con el hecho de tratar de expulsar el contenido de mi estómago, sin perder valiosos pedazos de él durante el proceso, sino que tengo que intentar tomar aire para contestarles, las decenas de veces que me preguntan, si estoy bien.

No sé en cuántas ocasiones he contestado que sí, el aire que logro introducir en mis pulmones no es suficiente para nada más, solo para un "si" de vez en cuando, y para ayudar a mi estómago a seguir vomitando.

No quiero contarles lo que pasó, finalmente no vieron nada y siempre he preferido mantenerlas al margen de todo, creo que lo veo como una especie de cruz personal. No quiero decirles algo que las ponga en riesgo, pero, tendré que salir del baño en algún momento, al menos eso espero, y no logro pensar en otra alternativa. Abro la puerta y ambas me observan con ojos de terror. "¿Qué paso?" Pregunta Mara, le explico con el resto de voz que me queda por lo lastimada de mi garganta.

Lo único que obtengo, a manera de respuesta, es que ella se sumerja con más vehemencia en su Biblia, mamá no está segura de que lo que hicimos fuera correcto. Yo sí estoy segura, no lo fue, y solo estoy esperando que las cosas empeoren. Me observa y comienza a hacerme preguntas que solo me muestran lo poco que me conoce.

"Jade." Pregunta con temor en la mirada. "¿Por qué nunca lees la Biblia?"

Trato de pensar en una respuesta que no la atemorice más de lo que ya está, pero quiero ser honesta, no quisiera provocarle miedo, aunado a lo que ya siente por mí, que no es bueno, y contesto.

"Es un libro que me da miedo. Le tengo miedo a dios." Respondo viéndola a los ojos, no le interesa ocultar su sorpresa y trata de corregirme.

"¡¿Cómo que miedo a dios?! Quieres decir, temor de dios." Ya no hay marcha atrás, piense lo que piense mamá de mí, debo continuar y así lo hago.

"No, quiero decir miedo." Yo veo como ella lucha por encontrar algo que decirme, sin dejarla hablar, continúo. "Mamá, afrontémoslo, hay algo malo en mí desde que recuerdo, desde que nací, o antes de eso. Te juro que rezo, oro, o como tú quieras decirle, pero a mí nadie me responde, ni me salva, ni nada." Ella quiere acercarse a mí, intenta abrazarme, y no se lo permito, como no se lo he permitido desde hace muchos años.

"Lo que pasa es que no tienes fe." Dice casi en un susurro, con una carga inmensa de desilusión en la voz.

"¿Fe?" Digo tratando de controlar el volumen de mi voz para mantenerlo bajo. "Me has dicho que fe, es creer en lo que no se puede ver, ¿no es cierto? Entonces tal vez tengas razón, porque yo creo en todo lo que sí puedo ver, estoy rodeada de demonios, ¿no te das cuenta? No mamá, no es falta de fe, es más bien que desde donde yo estoy…" Ya no puedo controlar mi voz y comienza a escapárseme a gritos. "…en el lugar en el que yo me encuentro desde el día que nací, nadie puede escucharme, ¡ni siquiera dios! ¿Sabes por qué? ¡Porque yo vivo en el infierno!"

Capítulo IV
Un camino sembrado de cadáveres

Monterrey, a mis dieciocho años.

Es extraña esta sensación que no me permite reponerme. ¿Por qué me sentiré tan devastada? Siendo honesta conmigo misma, nunca me atreví a soñar siquiera, que toda esta aventura podría significar para mí un escape, el por fin verme libre, de alguna manera, de esta cárcel. Siempre estuve consciente, con los pies bien puestos en la tierra, de que volvería a Monterrey.

Sin embargo, el haberme visto libre de los demonios, y haber sido capaz de sumergirme en esa burbuja que solo nos albergaba a Daniel y a mí, hace que ahora todo me resulte terriblemente insoportable, doloroso, absolutamente monótono, y avasalladoramente aburrido. Además, tal vez por algún sistema de autoprotección, que mi cerebro acciona en mi vida diaria, difícilmente me encariño con alguien, por lo tanto, tampoco extraño a nadie. Solamente me dedico a vivir la vida de otra forma cuando sucede que alguien, fuera de mi familia, desaparece de ella, ya sea por viaje o defunción, que, para mí, son exactamente lo mismo.

Pero, esta vez, nada es igual, voy en el taxi rumbo a la casa, con mi demonio al lado. Es extraño, ni siquiera me dirige la mirada, y puedo sentir como Daniel va aún en el avión. Va volando sobre ese interminable océano que cada vez lo distancia más de mí. ¿Cuándo podré volver a verlo? Mi cerebro se niega a reconocer que lo más probable es que nunca más, ¡maldición! Si tan solo lo aceptara podría dejar de hundirme, podría detener mi caída dentro de este hoyo negro que no parece tener fin. Podría, tal vez, hacer algo más que respirar, o, de una vez por todas, dejar de hacerlo.

Pero no, no esta vez, en esta ocasión hay una pequeña chispa dentro de mí, que me grita con todas sus fuerzas y, sin embargo, apenas la escucho, que espere, que solo lo espere. Y es, justo a eso, a lo que decido aferrarme, ¡qué estupidez! Solo revisa las probabilidades, Jade, ¡son de un millón a una! Pero no lo puedo evitar, sigo escuchando muy a lo lejos, esa pequeña voz, y es a ella a quien decido prestarle atención.

Llego por fin a casa, me esperan en la sala para que les diga cómo me ha ido. Mamá y mi hermana me observan detenidamente, como queriendo leer en mi rostro el resultado de estos días en la ciudad de México, me acosan a preguntas.

Los monosílabos son lo que mejor me funciona en estos momentos, 'Si,' 'No,' 'A veces,' 'Muy bien.' Es todo lo que logran obtener de mí. No compartiré esto con ellas, ¿por qué habría de hacerlo? No necesito sus burlas, ni sus comentarios respecto a lo que ellas habrían hecho en tal o cual situación, que obviamente hubiera sido mucho mejor que lo que yo haya hecho. No, esto es solo mío. No dejaré que violen mis recuerdos, y los conviertan en acusaciones y razones para tenerme lástima, de esas, ya tienen suficientes. Mara me dice que vio a Daniel en televisión y, antes de que mencione el motivo de su comentario, la detengo en seco.

"No hables de él." La furia alcanza a escucharse contenida en mi voz, no quiero que contamine su recuerdo, su persona, no quiero que lo ensucie.

"Es solo que dijeron que Daniel…" Continúa sin hacerme caso, nunca me lo ha hecho, pero está a punto de recibir una sorpresa.

"Mara. No te atrevas a mencionarlo de nuevo, ¿entendiste? No te permito que lo menciones delante de mí." Lo digo ahora sin contener la furia, dejando que respalde cada una mis palabras, y le sostengo la mirada. No, la amenazo con la mirada, y le queda muy claro, guarda silencio de inmediato.

"Estoy muy cansada." Me dirijo hacia mi recámara, esa en la cual su imagen me espera colgando de cada pared.

Mamá dice que tienen mucho que contarme, que Mara ha descubierto muchas cosas que pueden ayudarme. Claro, por supuesto, como no se trate de un frasco de cianuro, no creo que puedan lograr nada, sin embargo, no les respondo, sigo escaleras arriba.

Entro en la habitación y los ojos de Daniel me observan, multiplicados desde cada cartel, desde cada fotografía, desde cada disco y, entonces me doy cuenta, ¿cómo no lo vi antes? Son solo trozos de papel, secos y muertos trozos de papel y, no obstante, en este momento, me proporcionan más consuelo que mi madre y mi hermana que aún platican en la sala.

Me acuesto en la cama buscando un poco de inconsciencia, algo que mitigue este dolor, el eco de una voz que me repita: ¿Cómo estás, guapa? Y no está. Finalmente, me quedo dormida, los demonios me dejan en paz, ya habrá tiempo para todo.

Dos noches después, sigo en mi recámara, escasamente he salido de aquí, prácticamente lo hice solo para ir a trabajar y llevarle a mi jefe los discos que Daniel le prometió, a cambio de prescindir de mi asistencia a la oficina. Sé que lo hice muy feliz, nunca lo había visto sonreír tanto, obviamente me hizo una serie de preguntas, lo bueno es que ya había practicado las respuestas a todas y cada una de ellas, así que recibió mi dotación de 'Si,' 'No,' 'A veces,' 'Muy bien,' y pareció quedar satisfecho. Nunca he sido muy comunicativa, supongo que no esperaba más.

Esta noche ha sido particularmente difícil, en lugar de extrañar menos a Daniel, parece que su ausencia se me hace cada segundo más insoportable, de modo que mamá obtiene mi total atención en el momento que entra a mi recámara.

"Jade, hay algo que debes hacer." Esto ya lo he escuchado antes, pero, en seguida dice: "Daniel necesita de tu ayuda." El demonio, que se encuentra en la esquina de mi recámara, se levanta de su posición y se acerca rápidamente, al tiempo que yo escucho la voz de mi interior, decirme a toda prisa.

"¡Jade, no!"

Me enderezo en la cama, volteo a ver al demonio y, poniendo la mano en señal de ALTO le digo entre dientes:

"Re- tro- ce- de." Para luego, subiendo la voz, dejar salir.

"¡Cállense todos!" Ambos lo hicieron, por primera vez. Mamá también guarda silencio.

"¡No, tú no! Dime qué es lo que pasa." Estoy descontrolada, muy acelerada, pero ella continúa, tratando de igualar la rapidez de su voz con mi impaciencia.

"No nos has dejado explicarte, pero Mara en realidad ha logrado cosas sorprendentes de unos meses para acá, ya habrá tiempo de decirte cómo es que lo sabe, pero, esa depresión por la que estás pasando, también atormenta a Daniel, y si no lo ayudas, esto no va a acabar bien para ninguno de los dos."

Ella toma aire, yo no puedo hacer más que pensar que mi vida me da exactamente lo mismo, pero, después de cómo me trató Daniel, no permitiré, que lo pase mal por algo que yo, automáticamente, asumo como culpa mía. Mamá continúa.

"Necesita verte, hay algo que quiere decirte." Ve que estoy a punto de interrumpirla y prosigue. "No me refiero a que lo veas en persona, ya sabes de qué hablo, Mara puede decirte cómo."

Si, sé exactamente a qué se refiere, se trata de lo que se conoce como proyección astral, muy peligrosa. Hay que abandonar tu cuerpo, obviamente con el riesgo inminente de no encontrar el camino de regreso. Ni siquiera lo pienso, me pongo de pie.

"Dile a Mara que venga, me irá explicando en el proceso."

Mara entra en mi recámara, territorio que le ha estado prohibido desde que volví, percibo miedo en sus ojos, ya no me conoce. Siempre tuvo poder sobre mí, no más, ya no soy la tímida niña que se aterraba con el simple hecho de que ella levantara la voz, la que recibía sus críticas y burlas como si fueran la palabra de dios. No, ahora le causo miedo, presiente que puedo llegar a ser muy violenta si presiona el botón equivocado, y está en lo cierto, yo también lo sé.

"¿Qué tengo que hacer?" Pregunto impaciente, haciéndole saber que debe ir directo al grano.

"Cierra los ojos y espera hasta que sientas la energía en tu cuerpo, tú sabes cómo."

"¿Qué más?" Fue toda mi respuesta.

"Alguien te guiará, te llevará con él, después de eso, no sé, solo a ti te dirá que es lo que quiere. Nosotros rezaremos para que puedas volver."

"Me da igual." Es todo lo que contesto, mis ojos ya están cerrados.

Segundos más tarde, un hombre me toma de la mano, solo lo veo con el rabillo del ojo. Lo tomo con fuerza, tengo prisa de llegar con Daniel, dondequiera que esté. Cada segundo que pasa, las voces de mamá y Mara se escuchan más lejanas, me he ido.

Comienzo a ver cosas que nunca antes había visto y puedo sentir como si, poco a poco, agua helada fuera subiendo de nivel, hasta alcanzar mis rodillas. Finalmente llegamos a un lugar, no sé si es casa, edificio, o qué es, pero definitivamente no es nada que yo hubiera podido imaginarme. La puerta de entrada está hecha de pesados tablones. Volteo a ver a mi acompañante para preguntar qué hacer, pero, aún antes de escucharme, da un paso atrás, sin dejar de sujetar mi codo. Está bien, ya entendí, estoy sola en esto.

Un ser está de pie, al lado de la puerta, es una figura alta, cuya cara me es imposible ver, viste ropajes largos y obscuros, percibe mi presencia, gira hacia la puerta y la abre para nosotros.

Caminamos a través de un largo pasillo, iluminado tenuemente por pequeñas lámparas, colocadas a los lados de la pared. Estando aquí dentro, la sensación de estar caminando en agua helada se intensifica, y mis pies protestan, aunque no reciben atención de mi parte. A lo largo del pasillo puedo ver una cantidad interminable de puertas, lo extraño es que, ninguna de ellas, es igual a la anterior.

Trato de apresurar el paso, finalmente llego a una puerta con una ventanilla, y a través de ella puedo verlo. El corazón quiere salírseme del pecho, y antes de que pueda decir palabra alguna, él se ha puesto de pie y corre hacia la puerta.

"Hola guapa." Dice en voz muy baja.

"Ábreme Daniel." Contesto con las palmas de las manos apoyadas en la puerta.

Rocío Blisswealth

"No puedo, debes hacerlo tú." Su mirada está cargada de angustia. Empujo la puerta con esfuerzo, suponiendo que será muy difícil abrirla, por el contrario, se desliza suavemente como si alguien se hubiera encargado de aceitarla recientemente. Daniel me abraza, no, más bien, se aferra a mí, tomo su cara entre mis manos para ver bien sus ojos.

"Daniel, ¿qué estás haciendo aquí?" El hombre que va conmigo apenas me deja terminar de hablar.

"Jade, no hay tiempo para eso."

De acuerdo, pero, entonces, ¿quiere alguien tener la delicadeza de informarme a qué vine? Porque la verdad, no tengo la menor idea. Adivinando lo que pienso, Daniel toma mis manos entre las suyas.

"Quiero pedirte un favor, tengo algo que necesito que me guardes. Hay gente que quiere hacerme daño, pero, si tú lo tienes, no podrán tocarme. ¿Me lo guardarías?" Claramente puedo ver que hay súplica en sus ojos, no cuestiono nada, absolutamente nada, le doy la única respuesta que tengo para él.

"Sí."

Rápidamente, el hombre que me acompaña se aproxima a Daniel y, con un suave movimiento, introduce la mano en su pecho, ahogo un grito de horror. A Daniel no parece dolerle. Extrae de él una esfera ovalada del tamaño de un pequeño vaso, pareciera que el material que la forma fuera cristal de plomo, es decir, terso, pero no transparente. Emite una luz brillante, y Daniel la observa.

Acto seguido, se acerca a mí, obvio, era de esperarse, supuse que no la guardaría en mi bolsa, ¿verdad? Abre mi pecho con la punta de su dedo, haciendo una línea vertical que abarca desde el corazón hasta el estómago. Mi sorpresa no puede ser mayor, siento un leve dolor, y veo como la acomoda en ese espacio y cierra de nuevo la herida, como si la soldara. La esfera se mueve dentro de mí, solo un poco, y después, ya no la siento, como si hubiera estado siempre ahí. El frío ha subido más de nivel, ya casi me llega a la cintura, él se dirige a Daniel.

"¡Apresúrate! Debes salir de aquí."

Daniel se acerca, me besa, y sale corriendo por la puerta. Eso me sorprende, no sé por qué tenía la sensación de que él no podía salir de aquí. El frío sube más, me cala hasta los huesos, aun cuando estoy consciente de que mis huesos no están conmigo. El hombre me toma de la mano, y mira a todos lados.

"No prestes atención a nada y corre."

¿Correr? Pero si tengo entumidas las piernas, no obstante, veo como el ser que cuidaba la puerta se nos acerca, no puede ser para nada bueno, así que salimos de ahí velozmente. Llego a casa, mamá y Mara siguen ahí, y él me deposita dentro de mi cuerpo.

¡Qué terrible peso! ¿Cómo puede uno respirar con tanto peso encima? Escucho un ruido ensordecedor que va disminuyendo lentamente, y entonces puedo identificarlo, al menos eso creo, parece ser la sangre que corre por mis venas.

"Debo sentarme." Es todo lo que puedo decir, me cuesta hablar, igual que si tuviera la lengua pegada al paladar y me desplomo sobre la cama. Ellas me observan detenidamente.

"¿Qué pasó?" Pregunta mamá.

Trato de explicarles a grandes rasgos, pero, ellas parecen complacidas, lo que sea que querían lograr, lo consiguieron. Les digo que voy a dormirme y me dejan sola.

Mi mirada descansa en el techo de la habitación, y me inunda una suave calma. Siento que el vacío en mi interior, ese que me ha atormentado en los últimos días, ya no está, lo ha reemplazado una extraña calidez dentro de mí. La sensación es tan rara, como si una fuerza me abrazara desde dentro de mi cuerpo hacia la piel.

Puedo respirar, el aire ya no me estorba, y ahora puedo tener paciencia. Tengo prisa de verlo de nuevo, pero ya no esa angustiosa desesperación. Me encuentro tranquila, llevo mis manos hasta mi nariz y aspiro, huelen a él, a su loción, sonrío plácidamente, cierro los ojos, y por fin duermo.

Monterrey, a mis diecisiete años.

Pensando en la vida de mis compañeras de escuela, he podido darme cuenta de que las cosas no funcionan de la misma forma, para ellas, que para mí. Yo tengo perfectamente claro el hecho de que, el ying y el yang, realmente existen, y que hay cosas que más vale dejar en paz.

Traté de sacar a los demonios de mi habitación, o, más bien, de mi casa, porque ya empezaron a ampliar sus horizontes, y ahora deambulan por todos lados, Mara ya ha sido capaz de verlos, no es que yo lo considere un gran logro, pero así fue. Dicho evento la llevo a brincar, de un solo salto, siete escalones que le faltaban para llegar a la planta baja, al no ser capaz de controlar su terror.

Tenía que pasar, finalmente fue ella quien realizó la investigación que nos llevó a nuestros ridículos intentos de apagar un volcán con una taza de limonada, más o menos así lo sentí yo. Y por supuesto, todo le fue tomado en cuenta, habrá que tener cuidado en el futuro.

Rocío Blisswealth

Tuve la descabellada idea de ir a pedirle un autógrafo a Daniel Montalvo, haciendo uso en ese día, sin saber cómo, de toda la buena suerte que se me había dado para estos diecisiete años de vida. Por alguna razón, yo había dejado sin tocar mi suerte hasta ese día. Obviamente todo resultó maravillosamente bien, pero, había que pagar, yo lo sabía y llegó la hora.

El primer evento que significó un pago fue la muerte de papá, hacía ya muchos años que no convivía con nosotros, y solo se mantenía en contacto con Mara telefónicamente. Sin embargo, llamaron una mañana para avisarnos que se encontraba internado, gravemente enfermo, y que probablemente, solo le quedaban unas horas de vida. Es gracioso, no sé cuántas relaciones tuvo a lo largo de su vida, ni cuántos hijos, sin embargo, este día se encuentra completamente solo.

Mamá decide ir a verlo, para ser honesta, nunca entenderé por qué, le pide a Mara que la acompañe, pero ella se niega. Tampoco comprendo su actitud, no obstante, la mayor sorpresa todavía estaba por llegar, me escucho a mí misma pedirle a mamá que me permita ir con ella, yo debo verlo. La primera cara de sorpresa fue la mía, seguida de la de ellas, pero, mamá no quiere ir sola, así que acepta. Llegamos al hospital, entra a verlo, cuando yo voy a entrar, la voz que siempre me ha hablado al oído dice:
"No entres, solo observa." Así lo hago. Y lo veo en esa cama, sin la fuerza que siempre lo acompañó, disminuido moral y físicamente, pero, sobre todo, solo. Me hizo a un lado hasta que ya no fue necesario, y con eso, alejó de él a la única persona que podría haberle tenido un poco de compasión en sus últimos minutos, la única persona que hubiera podido disminuir su soledad, el único ser, por increíble que parezca, que podría haber detenido su muerte, y que podría haberlo sanado. Pero, para eso hace falta amar a la persona y, en mí, ya no queda ni siquiera lástima por él. Lo veo y no me duele nada, eso es lo más triste.

Con esta muerte, Mara es la que pierde, una de las dos tenía que atestiguarlo y ahí estuve yo, en la puerta de esa habitación de hospital, viendo como su alma lo abandonaba, era la única que no lo había hecho todavía. Mara y yo compartimos la misma sangre y, más tarde en mi vida lo entendí, esa sangre debía ser testigo.

La siguiente en la lista era yo, tenía una cuenta por ser cobrada, yo lo intuía, aunque jamás me imaginé, lo alto que sería el costo de mi felicidad, y dos meses después del fallecimiento de papá, la muerte llega a llevarse lo que más valor tiene para mí, lo único que puede cubrir lo costoso de mi buena suerte.

El Juego… Jade

Llego del trabajo y veo la ambulancia estacionada en la puerta, entro corriendo solo para ver a mi abuelo tendido en una camilla, a punto de ser llevado al hospital. Me acerco a él, me indica que es solo un dolor, tal vez el apéndice, pero no quiere que me preocupe, piensa que regresará mañana.

Yo sé que no es así, esta vez el terror se apodera de mí, hay un hombre que camina junto a él, al lado de la camilla, al cual los demás atraviesan sin verlo, me ve, y simplemente mueve la cabeza en señal de negativa. Mi abuelo no volverá y ahora yo lo sé.

Mamá lo acompañará en la ambulancia, pero ¿por qué ella? Es incapaz de hacer algo por él, debo ir yo, tengo que evitar su muerte. El hombre se me acerca.

"Él no quiere que lo hagas, quiere que todo sea como debe ser, ni más, ni menos. Tenía la esperanza de que la ambulancia llegara, y se lo llevara, antes de que volvieras."

Siempre cumplí sus deseos, lo que él quisiera, siempre lo antepuse a mi propia voluntad, y no será esta la primera vez que lo desobedezca, todo será como él lo quiere. Veo al hombre y le pido en voz baja.

"Asegúrate de que esté en el mejor lugar que existe." Él asiente con la cabeza, sé que lo hará. Salieron por esa puerta para no volver jamás.

Esta pérdida si es mía, y aquí estoy, atestiguándola, para mi bien, no vi a su alma alejarse de él, habría sido demasiado para mí. Me quedo en la sala de la casa, donde la angustia y el dolor hacen presa de mí.

No obstante, no termina aquí, no piensan detenerse, y, esta noche, tres meses después de la muerte de mi abuelo, a la muerte se le ocurre llegar a mi casa de nuevo.

Un grito de mi madre me hace despertar para entrar de lleno, nuevamente, en el terror que la pérdida significa para mí. Corro hacia el baño, para encontrar a mi madre inclinada sobre el cuerpo inconsciente de mi abuela. Me acerco para tocarla, no me lo permite, quiere que llame una ambulancia. ¡Qué demonios! Ella no necesita una ambulancia, ¡me necesita a mí! No sería la primera vez que detengo esto, la primera vez que ella quedaría completamente sana.

Pero, insiste en la ambulancia, de acuerdo, la llamo, pero, no servirá de nada, esto lo detendré yo, no ellos. No me dejan acercarme, Mara ya está también junto a ella, ¡dioses! ¿Por qué no me dejan acercarme? Solo necesito tocarla un minuto, solo eso, un maldito minuto, no me permiten hacerlo, no entiendo por qué.

Llega la ambulancia, la suben a la camilla y parten con ella rumbo al hospital. Yo veo irse con ellos, la última esperanza de ayudarla, de sanarla, de

Rocío Blisswealth

conservarla a mi lado, no me permitieron hacerlo. Permanece en el hospital un día más, no obstante, mamá inventa cosas para mantenerme alejada de mi abuela, y lo consigue.

No volveré a verla nunca, y tendré que seguir sin ellos. ¿Quién me escuchará ahora? Nadie. Esta pérdida definitivamente es mía, porque nadie más en la casa parece notarla. Pero algo es seguro, esto despierta en mí, por primera vez en mi vida, una bestia que solo quiere venganza. No me creí capaz de desear vengarme, con mucha más intensidad, de la que soy capaz de amar. Y sé que ahora tengo saldo a favor, inclinaron la balanza hacia mi lado, deberán pagar, y lo harán, en cuanto averigüe a quién tengo que cobrarle y aprenda a hacerlo. No me detendré, de eso no tengan la menor duda, recién descubro que la venganza es un motor mucho más poderoso que el amor, del amor puedes desistir, de la venganza no.

Esta noche, me voy a dormir tratando de pensar cómo será mi vida de ahora en adelante, intento aprender todo lo que puedo en cuanto al karma, horóscopos y cuestiones esotéricas me es posible encontrar. Al tiempo que mamá y mi hermana tratan de adentrarse, de manera más eficaz, en las cuestiones bíblicas. Yo ni siquiera lo intento, no parece haberme funcionado con anterioridad y, según ese libro, todo lo que yo soy capaz de hacer, no se considera muy cristiano que digamos.

Según mi punto de vista, ellas deberían dejar a un lado sus intentos por ayudarme, además, mi actitud no resulta ser noble, ni pacifica, en lo más mínimo. Me refiero a que, según ellas, así deben ser los cristianos, y yo soy lo más distante de esa imagen que puede haber. En primer lugar, yo no deseo otra cosa que vengarme, y no estoy dispuesta a poner la otra mejilla. Principalmente porque ya no me queda ninguna que no hayan abofeteado hasta el cansancio, y en segundo, simplemente porque se me da la gana, solo por eso.

En estos últimos meses he aprendido mucho, ya he podido sacar gran cantidad de demonios de mi habitación, la verdad, no eran muy grandes, yo más bien los consideraría diablillos menores. Pero, en fin, demonios son demonios, y me sacaba de quicio el hecho de que, ya hubieran hecho de mi casa, su campo de juegos, y fue por eso que los mandé, literalmente, y sin escalas, al infierno. Todo esto por consejo de Mara, que, según ella, hacia allá es donde deben dirigirse, así que, si existen quejas respecto a su destino vacacional, tengan la bondad de dirigirse con ella, ¿sí?

No obstante, ellas quieren que haga todo con amor, ¡ja! Como si yo tuviera muchas razones para sentirlo. No, la verdad, cada palabra que digo, va respaldada por una incontenible furia, y así parece funcionar bien. Respecto al demonio mayor, bueno, ese sigue ahí riéndose de mí, pero ya encontraré la forma de sacarlo.

Tan perdida estoy en mis pensamientos, que no me doy cuenta de que mamá entra en la habitación, y me asusta al hablarme. Ni siquiera tengo tiempo para tranquilizarme antes de que ella me haga sentir un pesado plomo en el estómago.

"Jade, ¡tienes que hacer algo! El doctor acaba de llamarme, ya tiene los resultados de los estudios y esto es grave. Mírame, los brazos no me responden, si no detienes esto me voy a morir."

¿Cuándo será el día en que yo no sienta este endemoniado nudo en el estómago? No entiendo de qué se trata, ya no están mis abuelos, lo que hubiera que cobrarse, se lo cobraron con sus vidas, y sigo pensando que me quedan debiendo, la balanza sigue a mi favor. Los malditos demonios están jugando rudo, y resulta que yo no sé jugar. Mamá me ve con cara de angustia, yo quisiera algo de tiempo para pensar, para tratar de averiguar qué sucede. Sin embargo, parece que el tiempo siempre está en mi contra, todo hay que hacerlo con urgencia y sin pensar, sobre todo eso, sin pensar, es así como se cometen los errores.

Tal vez solo sea necesario que la sane, esto no puede ser tan grave, pero ¿y si lo es? Últimamente han estado acertadas en lo que dicen, y ahora no es momento para dudas. Me levanto de la cama, y toco a mamá, hacía tanto tiempo que no la tocaba, que incluso su piel la siento extraña. Impulsada por la rabia que siento, la energía se desborda velozmente de mis manos, y se vacía en ella. Puede sentirla y me ve con ojos de sorpresa. Está hecho, serán varios años, la voz me lo hace saber.

La mañana siguiente llaman al doctor para que dé fe, pese a su asombro, de la total salud de mamá. Ella y Mara están muy contentas, la verdad, yo también, por fin siento que logré vencerlos, ahora al menos yo también estoy jugando, ya no estoy sentada en la banca viendo como hacen trizas a mi familia.

Desde hace unos meses, mi vida se ha convertido en un camino sembrado de cadáveres. Un camino del cuál mamá no formará parte, no por algunos años más. Para entonces, ya habré aprendido, y sabré qué hacer, al menos, eso espero.

Monterrey, a mis dieciocho años.

Es extraño, a la gente que recluyen en las instituciones psiquiátricas son, en gran parte, a las personas que creen ver cosas, o personas, que nadie más puede ver. Tan fuerte ha sido esta conciencia en mí, que nadie fuera de mi

Rocío Blisswealth

familia ha sabido lo que yo soy capaz de ver, mucho menos lo que puedo hacer. Y, si, muchas veces he pensado que estoy loca, nunca como estos días en que, regresando de la ciudad de México, mi mente me ha llevado a pensar que todo lo imaginé, que nunca ocurrió, y que Daniel, tal vez no existe.

Es decir, obviamente existe, hay miles de personas que pueden atestiguarlo, me refiero a que, bueno, entienden a qué me refiero. Tal vez en algún lugar, muy dentro de mí, estoy muerta de miedo pensando en que, si todo lo que recuerdo de esos días es cierto, ¿cuánto va a costarme? Cosas tan increíbles se pagan con vidas humanas, al menos así ha sido conmigo, y no estoy dispuesta a perder a nadie más.

La única alternativa en la que puedo pensar es en pelear, seguir peleando abiertamente, sin tregua, pero ¿hasta cuándo? ¿Cuánto tiempo más podré seguir defendiendo a mi familia de este tipo de ataques? ¿Qué pasará el día que no llegue a tiempo?... ¿El día que sean muy grandes, o demasiados para mí? Paso largas horas encerrada en mi recámara, tal vez más que antes, pensando, leyendo, buscando información respecto a cómo hacerlo, sin conseguir nada.

No existe un instructivo para gente como yo, y si lo hay, nadie me lo ha proporcionado. Puedo sentir la fuerza que fluye dentro de mí, esto que llamo energía, es frustrante no saber qué hacer con ella. Durante años, prácticamente toda mi vida, casi nunca la utilicé, mayormente para sanar a mi abuela, esa es la verdad. Mi abuelo no permitió que hiciera lo mismo con él, y eso me hizo crecer con la creencia de que este don, por llamarlo de algún modo, no debe utilizarse irresponsablemente.

No obstante, todo el tiempo que he pasado llena de dolor y de ira, no me he detenido a pensar en la bendita responsabilidad, ataco a todo lo que se mueve. Aun así, el demonio más grande sigue en mi cuarto, no le he hecho ni cosquillas, ¿qué es lo que me falta descubrir? Fui capaz de arrebatar a mamá de la muerte, entonces, ¿por qué ese demonio no desaparece? Debería ser más simple.

Anoche me quedé dormida casi sin darme cuenta, últimamente no me cuesta tanto trabajo dormir y, dentro de toda esta locura, he comenzado a encontrar cierta estabilidad, es decir, no podría decir que encontré tranquilidad, creo que ni siquiera sabría identificarla. Sin embargo, no hay nada nuevo, los mismos demonios, las mismas pesadillas, y la misma angustia cada vez que despierto, fuera de eso, todo había estado igual, hasta anoche.

No dejo de pensar que todo fue un sueño, aunque, no se sentía como tal. Abro los ojos y estoy sentada en una enorme mecedora blanca, con cojines tan mullidos que tomar una siesta en ella debe haber resultado simplemente deliciosa. Hay un tupido helecho frente a mí y, tras él, un ventanal con pequeñas ventanas a cuadros, a través de las cuales puedo ver una alberca de aguas cristalinas, mucho pasto, y flores por dondequiera.

Giro un poco la cabeza, y veo una puerta que comunica con una enorme sala, asumo que yo me encuentro en una especie de jardín interior. Me levanto de la silla y camino recorriendo la casa, la sala, la enorme cocina, hasta llegar a la puerta que me permite llegar al jardín. Es extraño, pero no parece haber nadie en la casa, a pesar de que, desde donde yo me encuentro puedo escuchar música y conversaciones que no logro entender. Percibo un suave olor a incienso.

Un perro, de hermoso pelaje rojo, me sale al encuentro, se me acerca, y se pone feliz de verme, moviendo rápidamente la cola de un lado a otro. Sale corriendo en busca de su pelota y me la trae para que juguemos, pero, yo no tengo ganas de jugar con él, así que solo le acaricio la cabeza. Me acompaña en mi recorrido, mientras camino descalza por el jardín, y puedo sentir como las hojas del pasto, completamente cubiertas de rocío, me mojan las plantas de los pies.

Doy vuelta, siguiendo una pequeña barda formada por arbustos con flores en color azul plumbago, y, por fin, me es posible ver de dónde proviene el sonido de la música que, poco a poco, se ha ido intensificando. Un grupo de jóvenes, tocando varios instrumentos musicales, y leyendo hojas que parecían ser partituras, se encuentran en una amplia habitación practicando una canción.

Mis ojos se detienen en la imagen que tanto he anhelado ver durante los últimos días, Daniel está sentado en medio de todos ellos, con más de esas hojas en las manos, lleva puestos pantalones cortos, y una camisa del mismo color azul de las flores, que son del exacto color de sus ojos.

Mi corazón late con muchísima fuerza, es sorprendente lo claro de mis sensaciones. El perro que está conmigo comienza a ladrar hacia la ventana y Daniel voltea a verlo, nuestros ojos se encuentran solo por un segundo, y justo en ese instante, me despierto.

Sentí tanta rabia, quería volver a dormir, retomar el sueño en el preciso punto en que lo había dejado, pero, por más que lo intenté, me fue imposible. Lamentablemente, comienzo a creer que esta será, de ahora en adelante, la única forma que tendré de verlo, en sueños.

Tuve que tomar una ducha para tratar de despertar completamente, este fue uno de esos sueños en los que, aún después de unos minutos, sigues pensando que fueron reales. Sin embargo, ahí estaba yo, en mi cama, en Monterrey.

Rocío Blisswealth

Esta tarde, al llegar del trabajo, mamá me indica que un joven, llamado Miguel Ángel, me llamó por teléfono, trabaja en la casa discográfica de Daniel, y quiere entregarme algo. Sin perder un minuto lo llamo, esperando encontrarlo todavía. Una vez que me identifico, me dice que la gente de la casa discográfica de la ciudad de México le pidió, por órdenes de Daniel, que me entregara el CD con las nuevas canciones.

'Por órdenes de Daniel,' esa frase me seguía retumbando en la cabeza, él sigue pensando en mí, aunque sea un poco. Le pregunto a qué hora puedo pasar por él, y se ofrece a traérmelo a casa, según parece, vive cerca de aquí. ¡Maravilloso! No tendré que esperar más, muero de ganas por escucharlo.

Veinte minutos después, llega con el disco en la mano y me lo entrega, lo invito a sentarse y le ofrezco algo de tomar. La verdad, no quisiera hacerlo, mi buena educación retrasa el momento en que podré escuchar el disco, pero, después de todo, me lo trajo hasta acá, así que, no hay remedio. La conversación gira en torno a Daniel, Miguel ha trabajado en la casa discográfica por más de dos años, y lo conoce bastante bien, es decir, su carrera, y lo que se menciona en las revistas. Me cuenta anécdotas y datos de Daniel que yo nunca había escuchado, y que hacen más ligero el peso de extrañarlo tanto.

Termino disfrutando su visita, hace tanto tiempo que no converso con alguien de cosas que no tengan que ver con trabajo o con demonios, además, es él quien ha desarrollado la mayor parte de la conversación, y yo me he dedicado a escucharlo. Se está haciendo tarde, así que, quedamos en llamarnos en unos días y al fin se va. Ya no resistía más las ganas de llegar a mi recámara y escuchar las canciones, que, por cierto, no saldrán al público, sino hasta dentro de tres meses.

Coloco el disco en el reproductor y escucho su voz, esa voz que es como un bálsamo para mí, que me transporta hacia un lugar, hacia un momento en el que he sido totalmente feliz, a sus brazos, con su aliento rozando mi cabello. Sin lugar a dudas, estas canciones son lo mejor que le he escuchado hasta ahora, serán un éxito, estoy segura.

De pronto, subo el volumen, pongo atención y repito la canción, esas notas, yo las conozco, eran las que estaban tocando cuando el perro… No, no quiero pensar, esto no puede estar pasando, ya no quiero señales que me confirmen que me estoy volviendo loca. Daniel, nunca me dijiste de qué raza es tu perro, prefiero no saberlo.

Con el pasar de los días, Miguel Ángel ha seguido visitándome, trayéndome fotografías, carteles y revistas con artículos de Daniel, cosas que utiliza como pretexto para venir a pasar el rato. Supongo que hemos entablado una amistad, pues nuestras conversaciones ya no se basan solamente en Daniel, poco a poco, han ido abarcando otras áreas de nuestras vidas, sobre todo de la de él. Estoy intentando comportarme como lo haría cualquier chica de mi edad, pero, no tengo gran idea de cómo sea eso, así que, hasta ahora he improvisado y creo que voy bien.

Sería más fácil si este hombre leyera algo más que la sección deportiva del periódico dominical, hay tantas cosas de las que podríamos hablar. Sí, ya sé, lo estoy comparando con Daniel, pero no, no se preocupen, no existe comparación alguna. Por ejemplo, Daniel tiene unas piernas de campeonato, y este pobre no pasa de tener, ¿cómo podríamos calificarlas? como, ¿extremidades? Sí, eso es, solo extremidades que lo desplazan de un lado a otro, no lo ayudan a moverse como felino. Además, ¡ay no! Mejor me detengo, antes de que no le deje hueso sano.

Sin embargo, se ve que es buena persona, en fin, que es buen material de amigo, así que, haré un esfuerzo por poner cara de asombro mientras me explique lo que es un tiro de esquina, y que dios me ampare, todo sea por lograr algo de normalidad en mi vida, aún no pierdo la esperanza.

Según parece, hay esperanzas que Mara tampoco pierde, ella, que últimamente ha logrado una muy leve cercanía conmigo, desearía saber qué fue lo que pasó entre Daniel y yo. De vez en vez, me pregunta algo como: ¿Y pasabas todo el día con él? Cosas así. Creo que piensa que tiene una idea clara de lo que pasó, yo sé que no, y lo sé, porque ni yo hubiera sido capaz de imaginarlo. Sin embargo, nunca le respondo, ya ni siquiera recurro a los monosílabos, simplemente se topa de frente con mi silencio, nada más. No me siento capaz de contarle nada, no quiero que me acose a preguntas cuya respuesta, de todas formas, no me creerá.

Presiento que tiene gran interés en que yo logre centrar mi atención en algo más que demonios, en personas, por ejemplo, y mamá comparte ese deseo. En cuanto Miguel Ángel llama, me sacan de donde esté para que le conteste. He querido pensar que tienen miedo a que, si a Daniel no vuelvo a verlo, la depresión sea tal, que acabe por hundirme. A decir verdad, yo lo he pensado también, estoy haciendo un esfuerzo por no pensar tanto en él. Quisiera que mi mente me ayudara a pensar con lógica, sabiendo que no volveré a verlo, al menos, yo no pienso buscarlo. Pero, después me remonto al recuerdo de esa voz que me grita que lo espere, y es justamente eso, lo que quiero hacer. Resulta muy difícil, decidirse a perder esa esperanza, las opciones son sencillamente inaceptables. Mara se me acerca mientras leo en el jardín.

"¿Estás muy ocupada?" Pregunta.

Rocío Blisswealth

"No. ¿Qué pasa?" Suspendo la lectura pues pienso que, lo más probable, es que me tenga algo de información respecto a algún demonio del que quiere que me deshaga. Lo haré con gusto.

"Conocí dos muchachos en el Tecnológico, son de Wisconsin, y necesitan indicaciones acerca de lugares que quieren conocer en la ciudad. Sabes que mi inglés es muy limitado y creí que tú... ¿me harías ese favor?" Es, si mal no recuerdo, la primera vez que me pide un favor. Después de su recién estrenado divorcio, ha estado saliendo con algunos hombres, supongo que alguno de estos jóvenes le gustó y quiere una oportunidad para verlo de nuevo.

"Está bien." Respondo, y qué bueno que fue así, porque los sujetos en cuestión ya están en camino, y llegarán en diez minutos.

Se trata de dos muchachos de veintidós años aproximadamente, William, quien ya no me cabe duda, es quien le gusta a mi hermana, y David. Es verdad, su español es prácticamente nulo. La conversación inicia abarcando las áreas que a ellos les interesa cubrir, ¡pobres! Tenían la idea de conocer Monterrey turísticamente hablando, pero, con todo y el gran amor que yo le profeso a esta ciudad, turísticamente no hay mucho qué ver, dos o tres días serán suficientes.

Una vez cumplida mi tarea, pienso en cuál es la mejor manera de despedirme, pero, debido a que Mara está intentando platicar con William, David ha centrado su atención en mí.

"Ese libro me resultó fascinante cuando lo leí." Señala el libro que he estado leyendo, el cual ni siquiera tuve oportunidad de guardar.

"¿De verdad? Apenas lo inicié, pero me encanta cómo escribe este autor." Por fin, alguien que lee, pensé, y la idea de retirarme se me borró de la mente.

Nos adentramos en una relajante plática respecto a la colección de libros que cada uno había leído, y nuestras opiniones respecto a ellos, no supe cómo, ni cuándo, pero me escuché platicándole de mi época en la escuela en Estados Unidos y cómo fue que, tiempo después, había decidido regresar a México, pese a que me encantaba su país. Él me contó acerca de su familia, su vida en Wisconsin y sus estudios aquí. No sé cuánto tiempo ha pasado, pero William le dice que ya deben irse, tienen clases mañana y se ha hecho muy tarde.

"¿Puedo verte mañana?" Pregunta con una sonrisa.

"Te espero aquí a las 8:00, si está bien para ti." Él asintió con la cabeza, William no hizo cita para ver a mi hermana, eso no funcionó, pero creo que yo tengo un nuevo amigo, alguien a quien no le importa si sé lo que es un tiro de esquina.

Al menos la vida me presenta algo de normalidad, siempre he deseado lo que el resto de la gente tiene, tranquilidad, sobre todo, he envidiado profundamente a la gente que tiene amigos y cuenta con ellos al menos para distraerse, por lo tanto, pienso disfrutar cada minuto de esto.

Aun así, entrar a mi habitación sigue siendo una verdadera tortura, yo la elegí, ya lo sé, bien podría quitar todas las fotos y carteles de Daniel, pero, sucede que no puedo. Mis argumentos son: Uno, mis paredes quedarían súbitamente desnudas, habría que comprar pintura, y no tengo dinero. Dos, tendría que buscar que más colocar, que pudiera llenar todos los espacios vacíos, no tengo tiempo para eso. Y tres, no me puedo resignar a ya no verlo. Esa es la más poderosa. Uno de estos días lo intenté, en serio, traté de hacerlo, pero, las lágrimas no me dejaban encontrar los clavos que las sujetan. Era arrancarlo de mi lado otra vez, no pude. Ya una vez lo perdí, no soy capaz de hacerlo dos veces.

De alguna forma quiero vivir una vida, así es, una, la que sea, menos la mía, pero, la mía es la que lo incluye ¿Qué voy a hacer? Necesito, por salud mental, dejarlo atrás, sé que no volverá, no aquí, conmigo. Sería demasiado bueno para ser cierto. Lloro hasta quedarme dormida, mi costumbre cada vez que pienso en él.

Horas después siento un movimiento en mi cama, despierto, pero no abro los ojos, espero para ver si desaparece. No, sigue ahí, tengo que ver qué es, por fin me decido a abrir los ojos… ¿Daniel?
"Hola, guapa."
"Hola…" La tenue luz que la cortina deja entrar hace que sus ojos se vean negros en lugar de azules, fuera de eso, lo que alcanzo a ver de su anatomía me resulta tan increíble como siempre. Cierro los ojos y contengo la respiración.
"¿Qué haces?" Pregunta en voz baja.
"Trato de atrapar este sueño, nunca te había soñado tan claramente." Por fin me enderezo en la cama y él se acerca más a mí. Me acaricia el cabello y ríe.
"¿Qué ocurre?" Pregunto.
"¿Nunca te despeinas?"
"Jamás, es de mala educación." Ríe de buena gana, que maravilloso escuchar su risa.
"Te he extrañado tanto. Nada es igual si no estás." Corre sus dedos entre mi cabello.
"En cambio, para mí, todo es igual si no estás. La diferencia la marcabas tú."
"¿Ya no?"
"No, ya no."
"¿Por qué dices eso? Jade, estoy aquí, contigo."

Rocío Blisswealth

"Daniel, ¿no te das cuenta? Esto es todo lo que me queda de ti, sueños. Nada más, y yo, intento ser realista." Me detengo al ver sus ojos, esos dulces ojos que se entristecen al escucharme.

"Jade, no digas eso por favor. No me hagas a un lado, te necesito."

Es sorprendente como, ni en sueños, soy capaz de tomar la iniciativa para tocarlo, lo único que quiero es abrazarlo fuerte. De alguna forma me las arreglo para extender la mano y acariciar su mejilla. Él recarga su cara sobre mi mano, acunándola entre su cuello, y cierra los ojos.

"No me hagas caso Daniel, aunque lo intento, no logro nada, te extraño tanto, todos los días. Cuando te digo que trato de ser realista, eso es todo lo que hago, tratar, no lo logro."

"¿De verdad?" Dice entreabriendo los ojos.

"Nunca por más de dos segundos."

"¿Podrías dejar de intentarlo? ¿Por mí?" Sonríe levemente. Solo sonrío, ¿qué no sería yo capaz de hacer por él? Casi todo, pero, esto, quiero seguir intentándolo. Al no responderle se acerca un poco más.

"¿Puedo tener un abrazo tuyo, Jade?" Pregunta acariciando mi brazo con el dorso de su mano. Hago un intento por levantarme para acercarme a él.

"No, solo muévete un poco hacia allá." Presiona mi hombro para que me de vuelta, lentamente se recuesta a mi espalda, ¡dioses! ¡Que grandiosa sensación! Me rodea la cintura con su brazo y me oprime junto a él. Apoyando la cabeza en su mano, me observa, sin poder controlarme, tiemblo. Puedo sentir su aliento sobre mi cuello, busco la mano con la que me abraza y entrelazo sus dedos con los míos. No me atrevo a voltear, lo siento muy cerca, esto es demasiado para mis nervios. ¡Qué tontería! ¡Es solo un sueño! Es insoportable que esta timidez me agobie incluso dormida, y no me atreva ni siquiera a girar la cabeza para verlo. De cualquier forma, no lo miraré, estoy segura de que está conteniendo la risa.

"Me quedaré contigo hasta que te duermas, ¿de acuerdo?" ¿Se supone que tengo la opción de estar en desacuerdo? ¡Ja! No me hagas reír.

"No podré dormirme."

"Claro que sí. ¿Por qué dices que no?" Me da un suave beso en la mejilla.

"¡Porque ya estoy durmiendo! ¿De qué otra forma podría soñarte? No quiero que te vayas, y si me duermo te irás, por esa razón, suponiendo que estuviera despierta, no podría conciliar el sueño."

"Si podrás, te voy a contar un cuento."

Solo me queda pensar que más vale que sea muy aburrido, de otra forma no creo poder dormir. Escucho su voz muy suave junto a mi oído, me quedo dormida, por segunda vez, esta vez en mi sueño. No alcancé a oír el cuento, debe ser un déjà vu, yo ya había vivido esto.

Van pasando los meses y David viene a verme casi a diario, hemos llegado a conocernos bastante bien, hay cosas de las que nunca le he hablado, ni le hablaré, pero no importa. Él me ha puesto al tanto de su relación familiar, y lo que tiene planeado para el futuro. Siempre me ha intrigado cómo es que la gente hace planes a futuro, este puede cambiar en solo segundos, y mandar todos esos planes al infierno. Sin embargo, creo que hacerlos les da cierta sensación de que tienen el control de su vida.

He podido darme cuenta de que los planes de David me incluyen, esto me tiene con sentimientos muy confusos, con los que me es difícil lidiar. Cuando era novia de Joseph, en preparatoria, y él me expresó sus deseos de casarse conmigo, lo único que sentí fue miedo, no emoción, como otras chicas en mi caso. No podía hacerme a la idea de planear una boda, matrimonio, hijos. Niños que podrían heredar mi don. No sería capaz de hacerle eso a un niño. Y fue por eso que decidí terminar con él.

Por otro lado, todo esto es una suposición, David significaría la única oportunidad que he tenido de disfrutar de una vida normal. Si tan solo pudiera lograr cierto dominio sobre de los demonios, tal vez llevaría una vida como la del resto de la gente, sería increíble.

David es un hombre inteligente y muy atractivo, alto, de cabello rojizo, y grades ojos verdes. Toda su vida ha sido fanático de los deportes acuáticos, esto le da a su cuerpo un tono muscular envidiable, y hace que su piel sea sumamente tersa. Su padre, bendito sea, le ha inculcado gran respeto por el género femenino, convirtiéndolo en todo un caballero, y si a eso agregamos que tiene un excelente sentido del humor, eso lo coloca en la categoría de un gran partido. Podría enamorarme fácilmente de él. Bueno, tal vez no tan fácilmente. De ser así, ya lo estaría, ¿verdad?

Es difícil enamorarse de alguien sin dejar de pensar en Daniel, y aún no lo logro, pese a lo esmerado de mis intentos. Cada vez que paso uno, o dos días, sin pensar en él, aparece en televisión uno de sus videos, lo veo en la portada de una revista o, mejor aún, tengo uno de esos vívidos sueños en los que se invita a mi recámara y se acabó, tengo que volver a empezar con la ardua tarea de bajar de las nubes y poner los pies sobre la tierra. Hago esfuerzos por concientizarme de que Daniel es un sueño, un maravilloso y dulce sueño, mientras que David podría ser mi realidad. Una realidad que me haría feliz, no dichosa, lo sé, pero feliz al menos, y creo que podría conformarme con eso. Aunque estoy consciente de que él merece alguien que lo ame, no que se conforme con él, pero, puedo aprender a amarlo, realmente lo creo.

Rocío Blisswealth

Por otro lado, el pobre de Miguel Ángel insiste en buscarme, aunque yo he procurado que toda nuestra relación se reduzca a llamadas telefónicas. A últimas fechas, su atención se ha centrado más y más en mí, y presiento que está cerca de pedirme que intentemos un noviazgo. No quiero que pierda su tiempo, jamás sería su novia, no encuentro un solo punto de contacto entre él y yo, como no sea el que su trabajo tiene que ver con la carrera de Daniel. Fuera de ahí, mi único interés en él es como amigo, y no quiero que pierda su tiempo conmigo.

Ya es sábado y David vino a verme, me invitó a cenar a un lugar que me encanta, y se ha quedado a platicar un rato más. Le cuesta dejarme, puedo verlo en sus ojos, y eso me gusta.

Mamá me llama desde dentro de la casa, Miguel ha estado llamando toda la tarde, y sabe que no tardará en hacerlo de nuevo, pero ella se va a dormir, yo tendré que atender el teléfono. Qué remedio, no puedo dejarlo sonar estando todos dormidos, contestaré. Salgo a reunirme con David, quien, por primera vez, me toma de la mano, me agrada la sensación, en ese momento suena el teléfono, ¡no puede ser! De verdad que este hombre es inoportuno. Me dirijo a contestar.

"Diga."

"¿Jade?"

"Si."

"Hola, soy Miguel, ¿podemos hablar?"

"Lo siento Miguel, es tarde y estoy cansada, ¿podemos dejarlo para mañana?"

"Estas cansada para atenderme, pero no para tu noviecito, ¿verdad?" ¡Me está espiando! Me lleno de rabia.

"Miguel, no tienes derecho, hablamos después."

"No me cuelgues, ¡Jade!" Acto seguido, le cuelgo el teléfono. Salgo a reunirme con David, tratando de disimular mi enojo. Se me acerca y me da un beso en la mejilla.

"Jade, hay algo que deseo preguntarte." Me observa, y guardo silencio.

"En menos de un mes debo regresar a Wisconsin y simplemente no concibo la idea de irme sin ti. Sé que puede sonar repentino, pero, yo lo he pensado muy bien, y es lo que más deseo, ¿te casarías conmigo?"

No puedo salir de mi asombro, no pensé que sus intenciones hacia mí fueran tan serias, lo deseaba, sin embargo, supuse que me propondría un noviazgo, aunque, el tiempo, claro, el tiempo que siempre parece estar en mi contra.

Sin permitirme decir nada el teléfono empieza a sonar otra vez, me enfurece, pero, agradezco la posibilidad de pensar, por unos segundos al

El Juego… Jade

menos, en lo que David acaba de pedirme. Entro a la casa y tomo el auricular, dispuesta a acabar con lo que queda de amistad entre Miguel y yo.

"¡Diga!"

"Hola, guapa. ¿Cómo estás?"

"¡Daniel!"

Capítulo V
treinta días, siete horas y algunos largos, larguísimos minutos

En fracciones de segundo puedo sentir como mi corazón se dilata y se comprime, a una velocidad inusitada. Mis pulmones, por fin, se llenan de aire por completo, justo como lo hacen al salir del agua después de haber estado ahí un minuto. Solo que yo dejé de respirar hace más de seis meses. David se asoma por la puerta, sonríe y me indica con el dedo que me acerque.

"Dame un segundo, Daniel."

"Si estás ocupada te llamo después."

"No, por favor, es solo un segundo."

"Aquí espero."

Dioses, ¿qué le voy a decir? Me acerco a la puerta con los terribles segundos encima, ¿qué hago?

"Sé que tienes problemas con alguien en el teléfono. ¿Qué te parece si te busco mañana? Piensa en lo que te dije, ¿sí?"

"Lo haré. Nos vemos mañana." Le doy un beso en la mejilla.

Ni siquiera espero que se vaya, cierro la puerta tras de mí, y corro al teléfono. ¿A quién engaño? Súbitamente puedo ver derrumbarse todos mis esfuerzos por construirme una vida normal, imposible que algo dure, si sus cimientos son de arena. Basta escuchar su voz, su maravillosa voz, para agradecer que la sangre siga corriendo por mis venas, a pesar de haber estado lejos de él tanto tiempo. Esta vez no es un sueño, es real, puedo escuchar su respiración en este bendito aparato que sostengo con mi mano, con bastante dificultad, es cierto, porque este volver a la vida, me tiene temblando como una hoja al viento, de pies a cabeza. Trato de encontrar mi voz entre el montón de sensaciones, y al fin doy con ella.

"¿Daniel?"

"Aquí estoy, guapa. ¿Cómo estás?"

Puedo sentir claramente como su voz actúa en mí, es como si, poco a poco, recorriera mi cuerpo, encendiendo todas y cada una de mis células. No cabe duda de que, la parte de mí que está en él se ha reunido de nuevo conmigo, y mi cuerpo, que se había quedado aquí, les da la bienvenida a ambos. Ya estoy sonriendo, sin poder evitarlo.

"Muy bien, ¿y tú?"

"Hago lo que puedo… Aquí es donde debes decir, 'y haces bastante, Daniel'."
—
"¡Lo siento, lo olvidé! ¿En qué tono lo quieres?"

"Un día, Jade, un día."

"Espero tengas contemplado vivir mucho tiempo, porque yo, la verdad, creo que ese día aún se encuentra muy, pero lo que se dice muuy lejano."

Estalla en carcajadas, tal como lo hace siempre que, me empeño en no reconocer, lo increíblemente atractivo del físico con que fue bendecido. Me recuesto en el sillón y me dedico a disfrutar de esta llamada, por un instante, me detuve a cuestionar cual será la razón de la misma, pero ¿a quién le importa? ¡A mí no! eso es seguro.

"Te extraño." Habla un poco más serio.

"Yo no."

"¡Eso es perversión! ¿No podrías al menos mentirme un poco y decirme que tú también?"

"Acuérdate que yo no miento." Río tratando de decidir si decirle lo que estoy pensando, ¡bah! qué más da. "La verdad es que no he tenido oportunidad de hacerlo, te sueño tan seguido, que más bien ya comenzabas a caerme un poco mal."

"Vaya, esta conversación empieza a tornarse interesante. ¿Y qué sueñas?"

¡Aja! Ya empezamos con la sonrisa pícara, sí, ya sé que no se oye, pero está ahí, lo sé.

"Olvídalo, mis labios están sellados. Me has contado muchos secretos, para luego hacerme jurar que no se los contaré a nadie, de modo que, para que veas que soy digna de confianza, no pienso decirte nada."

"Si de algo estoy seguro, es de que eres digna de confianza, ese es el motivo de esta llamada, aparte de escuchar tu dulce voz. Jade, quiero pedirte un favor."

No sé de qué se trate, la respuesta es sí, a lo que sea. No soportaré sumergirme otra vez en esta forma de vida, que más bien se asemeja a la muerte. Necesito fuerza, oxígeno, lo necesito a él.

"Dentro de unos meses comenzaré una gira por tu país, los empresarios necesitan organizarla, y yo quisiera que te hicieras cargo desde la logística, para luego encontrarnos en México, y llevarla a cabo. Te necesito. Sé que ya tienes empleo, pero ¿lo dejarías? ¿Por mí?" Es extraño como pide las cosas, como si tuviera la seguridad de que voy a decir que no.

"¿Crees que tengo la capacidad para realizar esto con éxito?"

"Si alguien puede hacerlo, eres tú."

"En ese caso, la respuesta es sí."

Parece que por fin respira tranquilo y se dedica a molestarme durante el resto de la llamada. Algo que siempre he disfrutado, de nuestras conversaciones, es que, mayormente, están envueltas en situaciones graciosas. Me gusta escucharlo reír, y reírme con él, la vida es tan corta que no veo por qué no podemos hacerla más ligera.

Me indica que alguien se encargará de llamarme, durante la próxima semana, para ponerme al tanto de los detalles, y que puedo aprovechar estos días para organizar mis asuntos, y vaya que tendré cosas que organizar. Debo hacer a un lado el simulacro de vida que tengo aquí, para poder integrarme a la suya. Todo me parece sencillo, a excepción de la plática que deberé sostener con David, para rechazar su propuesta matrimonial. Como siempre, solo tengo unos días para hacerlo. ¿Será que el tiempo en verdad es relativo? ¿O simplemente es relativo tratándose de mí?

Subo las escaleras hacia mi recámara, al final del pasillo, antes de llegar a la puerta, hay un enorme espejo de cuerpo entero que permite ver tu reflejo al caminar hacia las habitaciones. Mara tiene por costumbre encender la luz cada vez que pasa por aquí, dice que quiere ver con claridad para no caerse, en realidad, no quiere ver una vez más, al demonio que la saludó desde este pasillo. Ha llegado a la conclusión de que lo vio debido a la obscuridad. Yo sé que no, luz u obscuridad, para ellos es igual, están ahí, y punto. Aunque sí, por alguna razón, ese espejo en la obscuridad resulta más tenebroso. Hoy, en particular, se ve distinto, a pesar de que ya no hago mucho caso de lo que hay a mi alrededor, se ve diferente, algo está cambiado y no sé qué es. Entro en mi habitación, y entonces si me sorprendo, mi demonio no está, me detengo, aún con la mano sobre el picaporte.

"¿Hola?" Me escucho decir, ¡qué locura! Pero si lo último que quiero es que alguien me conteste, doy dos pasos más sin encender la luz, nada. Cierro la puerta y, al hacerlo, puedo ver el espejo, me atemoriza, no veo nada en él, pero, estoy muerta de miedo.

Finalmente enciendo la luz, y lo sigo buscando, nada. Abro el closet, tampoco está ahí. Algo anda mal. Jade, no seas tonta, siempre has querido que se vaya, y ahora resulta que te preocupa no encontrarlo, ¡duérmete ya!

Sin saber cómo, logro conciliar el sueño. Es la bendita capacidad que últimamente ha adquirido mi cerebro para desconectarse. Después de un par de horas, despierto sobresaltada, estoy temblando. ¿Por qué? No pasa ni un minuto antes de que descubra la razón. A través de la puerta puedo escuchar el ruido de unos aleteos, igual que si un ave estuviera atrapada en el pasillo, pero, no suenan en realidad como plumas de un pájaro, más bien, son como de murciélago, suena como membranas.

Yo, que, por lo regular, soy bastante controlada con mis emociones, estoy temblando incontrolablemente. Lo único que mi cerebro me permite pensar, es que el ruido que escucho es demasiado grande para ser de un animal, la intensidad con que se escucha, indica que es muy grande, y definitivamente no es un animal. Las lágrimas me brotan sin que pueda detenerlas, no hago ruido, ni un sollozo se me escapa, solo siento como recorren mis mejillas.

Me levanto de la cama, lo que sea que está afuera viene por mí, prefiero ser yo quien toma la decisión de abrir la puerta, finalmente no lo detendrá, no quiero esperar a verlo aparecer. Llego hasta la puerta, el sudor de mis manos hace que el picaporte se me resbale. Los aleteos van disminuyendo, logro abrirla.

¡Alguien ayúdeme! Lo primero que veo son sus ojos en el enorme espejo, no reflejados en el espejo, desde dentro de él, lo está utilizando como entrada, desde no sé dónde, hacia mi casa. Me observa con esos enormes ojos amarillos, inyectados en sangre, y sale del espejo lentamente, paso a paso, mismos pasos que yo doy hacia atrás. Su cabeza casi roza el techo de la habitación, y ha plegado las alas a su espalda. Me atrevo a pensar que si las extendiera no cabríamos aquí.

Inclina su enorme cabeza, me observa detenidamente, y ríe, con una risa que me hiela los huesos, una risa que muestra largas hileras de amarillos y malolientes dientes. Olfatea el aire a mi alrededor y ríe aún más. No puedo retirar mis ojos de él. Empieza a hablar con una voz tan ronca que casi no puedo escucharla, por lo grave que es.

"*TE CONOZCO DESDE HACE CIENTOS DE AÑOS. SIGUES SIENDO DÉBIL Y, SIN EMBARGO, MUY ARROGANTE.*" Sin poder quedarme callada le respondo.

"¿Hace cientos de años, imbécil? No sabes contar." Sus gritos casi me revientan los tímpanos.

"*¡TU SANGRE, CONOZCO TU SANGRE DESDE HACE CIENTOS DE AÑOS, NIÑITA ESTÚPIDA!*" Supongo que debe ser cierto, porque me voy llenando de una fuerza, que no sé de dónde proviene. No es verdad, sí sé, puedo ver los cuerpos de mis abuelos en mi mente, tan claros como si fuera hoy, y quiero gritarle, ofenderlo de ser posible, ser todo lo arrogante que pueda ser, antes de morir en sus manos, supongo que a eso es a lo que viene, pero, no moriré sin pelear. De repente, puedo sentir un cuerpo a mi espalda, malditos, están jugando sucio.

Volteo con el rabillo del ojo, algo de alivio me recorre, es el chico que me consoló de niña, a quien desde ahora llamaré Ángel. No me ve, no le quita los ojos de encima al visitante. Puedo escuchar cómo el demonio deja escapar aire por sus fosas nasales en señal de disgusto.

"HOLA. TE INTEGRAS AL JUEGO, ¿EH?" Habla mirando directamente a Ángel. Él, sin responderle, me dice al oído.

"¡Ordénale que se vaya, no puede estar aquí, aún no es tiempo!" Supongo que lee lo que estoy pensando porque me ordena.

"No dialogues con él Jade, no lo provoques." Ni siquiera he logrado sacar al otro de aquí, que es mucho más chico, y tú quieres que le ordene a este que se vaya, pero que no lo provoque, no sé cómo haré eso. Poco a poco controlo el temblor, al menos el de mi voz.

"Sal de aquí y regresa a donde perteneces. Aún no es tiempo." Deja escapar una sonora carcajada, se me acerca más, esto no funciona, de repente, se me ocurre algo, lo veo directamente a los ojos.

"Conoces mi sangre desde hace cientos de años, lo sabes, aún no es tiempo, te lo ordeno." Cierro los ojos esperando el golpe que habrá de acabar con mi fingido valor, pero este no llega.

Sacude las membranosas alas, y deja salir más aire por las enormes fosas nasales. Ya no ríe, da la vuelta y se va de regreso al espejo. Antes de desaparecer dice:

"TE VERÉ PRONTO, CUANDO SEA EL TIEMPO." No hacía falta que lo dijera, sé que así será. Ángel me observa y sonríe suavemente, ahora que puedo verlo bien, veo que no ha cambiado nada, solo tengo una cosa que decirle.

"Diles a mis abuelos, que esta va por ellos." Al menos hoy no habré de verlos, hoy no. Sé que, para mi abuela, eso significa una victoria. Ahora sé por qué el demonio de mi recámara no estaba presente, hizo lo que los animales cuando presienten que se aproxima un huracán, ¡huyó! Cobarde, ahora entiendo que aún entre ellos hay jerarquías. Solo una duda me persigue ahora. ¿Qué haré cuando si sea el tiempo? ¿Cuándo será eso, y quién lo decide? No lo sé.

Esta visita puso a prueba las capacidades de mi cerebro, y no, no logré dormir ni cinco minutos. Mi mente ha dado miles de vueltas repasando, una y otra vez, todos los acontecimientos de una sola noche.

Estaba muy preocupada por lo que habría de decirle a David, no quiero lastimarlo, ha sido muy bueno conmigo y, el hecho de que yo no pueda corresponderle me obliga al menos, a no tomar a la ligera mi plática con él, y llegar a hacerle daño. Definitivamente no se lo merece, su único pecado es, que no es Daniel Montalvo.

En cuanto a Daniel, recién le di una respuesta afirmativa respecto a una tarea que no tengo la menor idea de cómo realizar. Sé que carezco, por completo, de las facultades necesarias. Solamente lo acompañé, esa es la verdad, si dijera que trabajé con él, sería exagerar, cinco días en los que pude observar cómo se hacen ciertas cosas, pero, nada relacionado con una gira de conciertos. No sé cómo es que él me tiene la confianza para dejarme esto en las manos, y ya empiezo a sentir miedo, nada me dolería más que defraudar su confianza. Y como siempre, me cuestiono, ¿por qué yo? Debe haber muchísima gente, que daría su alma por esa oportunidad, así que, no me elije por falta de opciones, entonces, ¿cuál es la razón?

¿Qué lo inclina a decidirse por la persona menos capacitada? No se me ocurre nada. Esta es una situación que tendré que enfrentar en unos días, y habré de enterarme de lo que soy capaz, creo que esto me provoca más miedo que los demonios.

Hablando de ellos, el de esta noche me provocó un terror increíble, solo recordar su imagen, hace que me arda el estómago. Me muero de ganas de destrozar ese espejo, hasta que no quede ni rastro, pero bueno, es solo una idea, como otras. No me atreveré a llevarla a cabo. Quisiera saber cómo es que conoce mi sangre desde hace cientos de años, supongo que tiene que ver con Clemen, este debe ser el maldito que lo mató de miedo. Experimento una profunda satisfacción, lo corrí, por fin logré sacar a alguno de mi casa, y este era el más grande que he visto.

Así es, el más grande, cada vez son más grandes. Ángel sigue repitiéndome que todavía no es tiempo. ¿Tiempo de qué? ¿Quién lo determina? ¿Qué obligó al demonio a obedecerme? Y, una vez más, ¿qué voy a hacer cuando el tiempo llegue? Más importante, ¿quién se supone que me informará cuando ese bendito momento ocurra? Es decir, supongo que alguien habrá de decirme algo o, ¿solo quieren que, de un momento a otro, me encuentre en la dimensión desconocida? No lo creo, el demonio le preguntó a Ángel si ya se había integrado al Juego.

¡Por favor! No me digan que esto es un juego porque me acabo de sentir como la pelota, sin voz, ni voto, solo estoy ahí, y soy la parte fundamental del partido. Sin mí no hay diversión, solo tengo algo que decir al respecto… Lo siento, no me atrevo a decirlo, pero, pueden imaginarlo, ¿verdad? En fin, que, si este pleito entre ángeles y demonios no me mata, la gastritis seguramente lo hará, y créanme, si aún no la tengo, voy para allá volando.

Hace ya algunos días que descubrí que no existe una manera agradable, o gentil, de decirle a alguien que te ama, que no es correspondido. David, sin embargo, se comportó como lo que es, un caballero, y me aseguró que, de cualquier forma, yo contaba con él.

Rocío Blisswealth

Agradezco, en lo que valen, sus palabras, desde que mis abuelos murieron, ya no había sentido lo que es contar con alguien, más bien lo opuesto. Lamento tanto no poder amarlo, sin embargo, creo que el dios, en el que él confía, lo salvo de mí. Él no se merece alguien tan dañado como yo, y hasta yo puedo darme cuenta. Solo por eso me dio gusto verlo partir.

Respecto al trabajo, mi jefe comentó que ya se lo esperaba, que nadie, después de haber trabajado conmigo, me dejaría ir, y que eso lo incluía, no obstante, sabía que no tenía opción. Me resulta tan extraño enterarme de que la gente me tenga en ese concepto, siempre he tenido una opinión tan pobre de mí misma, que automáticamente pienso que deben estar equivocados. De cualquier forma, lo agradecí.

Me encuentro en una sala de espera, con paredes cubiertas con madera obscura, decoradas con pinturas que deben ser grandes obras de arte. No sé mucho de eso, pero, no me gusta la idea de que los marcos sean más caros que aquello que muestran, y se ven bastante caros, así que, obras de arte. La sala está equipada con amplios sillones de piel, y frente a mí, hay una mesa baja, con revistas de espectáculos de varias partes del mundo. En un pequeño jarrón en el centro, una orquídea blanca que es sencillamente maravillosa.

Hace un par de días, Carmen se comunicó conmigo, de parte de Daniel, para darme los detalles de mi viaje. Fechas, horas, aerolíneas y hoteles, dirección de esta empresa, y nada más. Me preguntó si tenía dudas respecto a algo, cuando le respondí que absolutamente todo era una gran duda para mí, pareció hacerle mucha gracia.

"Estoy segura de que lo harás estupendamente." Fue toda su respuesta.

Ah, pues qué bueno que pienses así, no sabes que aliviada me siento. Lo dicho, estoy loca. ¿De qué otra forma me lanzo a la guerra sin fusil? Es la historia de mi vida.

Observo como una serie de personas entran en una sala de juntas, hasta ahora, todos varones, y cualquiera de ellos, con edad suficiente para ser mi padre. Ya de entrada, esto no me gusta nada. Ni siquiera voltean a verme, claro, ¿por qué habrían de hacerlo? No esperan tener que tratar conmigo, no soy nadie para ellos. No soy nadie, punto. Todos van ataviados con estupendos trajes, sobre todo si los comparamos con mi atuendo que es, ¿cómo les explico? Digamos que muy juvenil, dejémoslo así.

Una señorita con zapatos que cuestan más que mi viaje de ida y vuelta, de eso estoy segura, me indica que pase a la sala de juntas. Una vez en mi amplia silla, me pregunta si quiero tomar algo. Ja, ja, no logro pasar ni mi saliva, imagínense lo que haría con agua, o algo más.

"No gracias." Me abandona ahí, a mi suerte.

El Juego... Jade

Diez pares de ojos se centran en mí, en silencio, repentinamente uno de los señores toma la palabra y me presenta con los demás, no hay saludos, más bien algo que semeja suaves gruñidos, o tos. Estoy en sus terrenos, lo lamento, lo lamento.

La junta da inicio y se reparte toda la información con respecto a la gira que ya programaron, trato de leer lo más rápido que puedo, y llego a un renglón en el que se estipula, que después de un concierto, deberemos viajar diez horas en autobús, para llegar a la siguiente ciudad. Me detengo, el sentido común me indica que esa es una verdadera estupidez, se ve claramente que ninguno de ellos viajará con nosotros. Bien, llegó el momento, no hay manera de salir bien librada de esta, así que, ¿qué más da? Daniel no los eligió a ellos, sino a mí, por algo debe ser, y me dispongo a probar que su decisión fue la correcta.

"¿Disculpen? Respecto a este viaje de diez horas…" Intento preguntar.

"¿Qué hay con eso?" Contesta, impaciente, uno de ellos.

"Debemos encontrar la forma de cambiarlo a viaje en avión, esto resultará muy cansado para…"

Suficiente, ni siquiera me deja terminar, y estallan todos al unísono en contra mía. Muy bien, creo que hasta aquí llegué, ni un paso más.

"Lo mejor será que llamemos a Montalvo, ¡así no podemos trabajar!"

Y sin previo aviso, ya lo tienen en la línea, no se imaginan lo gentiles que fueron, me dejaron saludarlo primero. Claro, quieren ser testigos de mi humillación, bien, pues que así sea.

"¡Hola guapa! Qué bueno que llamas, ¿ya estás en la junta?" La que me espera.

"Si Daniel, me pidieron que te llamara porque…"

"Supuse que lo harían, de hecho, estaba esperando la llamada, me tienen en el altavoz, ¿verdad? ¡Fabuloso! quiero que todos escuchen claramente lo que voy a decir.

Queridos señores. La niña que tienen enfrente, tiene más inteligencia, perspicacia, y sentido para este negocio en su dedo meñique, que todos ustedes juntos, que son, afrontémoslo, una partida de…" Aquí se arrancó profiriendo un montón de groserías que no voy a repetir. "…Que, desgraciadamente, están al frente de esta gira. Ella es mi voz en esa mesa, ante la que están sentados, exhibiendo su total ineptitud, ella dicta, determina, y decide lo que es mejor para mí. Así que, háganse un favor, cierren sus bocazas, y pónganle atención. Si ella no firma esas hojas, ¡no hay gira! ¿Quedó todo claro? Eso espero, de no ser así, seguramente Jade se los puede repetir, goza además de una memoria privilegiada."

Rocío Blisswealth

No le tomó más de treinta segundos, los dejo reducidos a su mínima expresión, en cambio yo, creo haber crecido no menos de setenta centímetros durante ese discurso. Daniel, ambos sabemos que todo es mentira, pero, Gracias.

"¿Jade?"

"Sí, Daniel."

"Disfruta tu día, guapa, llámame tan pronto hayas terminado de ordenar el desastre que armaron. Lamento que seas víctima de tanta estupidez, pero, acostúmbrate, sucede todo el tiempo, diferente lugar, misma estupidez."

"Gracias, te llamaré más tarde."

Solo pude escuchar, no, corrijo, pudimos escuchar su risa mientras colgaba. Daniel disfrutó todo esto, yo más. Mi abuela me enseñó que, no hay que hacer leña del árbol caído. ¿Por qué? ¿Por qué? Justo ahora tengo ante mí un grupo de diez enormes árboles, de los que me encantaría hacer precisamente eso, leña. No, pedacitos, que digo pedacitos, aserrín para ser pisoteado en un rodeo, mientras se ensucia de todo tipo de cosas asquerosas.

Pero, ya me conocen, haré lo que mi abuela me enseñó, no cabe duda de que la educación es un lastre, del que tendré que aprender a deshacerme, algún día. Por ahora, me dedicaré a hacer lo que me parezca mejor para Daniel, y espero que eso sea suficiente. Hay tantos detalles por coordinar, y yo supongo que estos señores están cruzando los dedos, pidiéndole al santo de su elección, que me equivoque. No pienso darles el gusto, haré mi mejor esfuerzo. Tres horas después, salgo de la junta, uno de los señores se me acerca.

"¡Vaya jefe el que tienes!"

"Lo sé, tiene el carácter algo fuerte."

"Te defendió porque sabe de qué madera estás hecha." Continuó.

"Gracias."

"Sabía que no ibas a hacer mal uso de tu influencia, gracias por lo que me toca."

"Gracias a usted." Fue toda mi respuesta, pero en verdad le agradecí el haberse dado cuenta del trabajo que me costó ser educada, mi abuela habría estado orgullosa.

Tan pronto el señor me deja sola, se me acerca la señorita de los zapatos caros, para decirme que podía pasar a una pequeña sala, que ella me comunicaría con Daniel. Benditas palabras, por supuesto, la sigo.

"¿Jade? ¿Cómo te fue?"

"¿Te refieres a antes, o después de la masacre?"

"Cuéntame todo, por favor." Dice con la voz ahogada por la risa.

"Pobres hombres, Daniel, creo que los dejaste con serios deseos de cambiar su lucrativa profesión, e internarse en un monasterio." Solo escucho más risas.

"Daniel. ¿Qué haremos si me equivoqué en algo, o peor aún, en todo?" Pregunté con preocupación en la voz, él solamente se sigue riendo y me responde.

"¿Equivocarte? Jamás, todo saldrá estupendamente, deja de preocuparte. Y ahora, dime algo, ¿te vengaste?"

"¿De quién?"

"De esa partida de idiotas."

"¿Cómo supiste que me habían tratado mal?"

"Era de esperarse, es su estilo, les encanta pensar que son más de lo que en realidad son."

"No, no me vengué. Tú lo hiciste por mí, siempre he pensado que la venganza está en manos ajenas, y hoy me diste la razón. Muchas gracias, no tengo cómo agradecértelo."

"Fue un placer, cuando quieras."

Pide que disfrute mi viaje de regreso a Monterrey, y me indica que Carmen llamará en unos días, para comunicarme todo lo referente a la gira. Sé, por las fechas y horarios que recién organizamos, que la gira dará inicio en cuatro semanas, Daniel quiere que esté en la ciudad de México tres días antes, para ultimar detalles. El llegará aquí un día después de esa fecha, para que podamos repasar los pormenores. Lo veré en treinta días, siete horas y algunos largos, larguísimos minutos.

Cuelgo el teléfono y permanezco sentada un rato más, pienso en lo que acaba de ocurrir. Pasé las últimas tres horas organizando la gira de Daniel Montalvo. Será la gira más importante y extensa que habrá realizado en mi país desde que lo conocí y, lo que es mejor, por las caras de esos señores, lo logré con buenos resultados, si así no fuera, sus expresiones de burla no se habrían hecho esperar, estoy segura. Este logro me hace experimentar una sensación que me es muy ajena,

me siento segura de mí misma. Pero, lo que en realidad me ha hecho sentir increíblemente satisfecha, fue el hecho de la llamada telefónica. Si no me equivoco, todos soñamos, sobre todo cuando somos pequeños, que algún tipo de superhéroe nos defienda de aquellos que nos atormentan. Bien, pues el día de hoy Daniel fue mi superhéroe, y yo, pude presenciar cómo, al atacar a estas personas encarnizadamente, en mi mente él me defendía de mis compañeritos de escuela, de las maestras que me atemorizaban, de los demonios y, sobre todo, de Mara.

Mi abuelo siempre me decía que no hiciera caso de lo que ella decía, que no era cierto, sin embargo, y creo que ustedes me darán la razón, siempre es más fácil creer lo malo que se dice de nosotros, y lo bueno siempre nos resulta increíble. No el día de hoy, este día todo fue maravillosamente distinto, y pude ver como estos señores inclinaban la cabeza ante mí, en señal de respeto, fue algo simplemente delicioso.

Hoy me deshice, en esa sala de juntas, de la coraza que ocultaba quién soy realmente, o al menos, pude ver la persona que, a partir de hoy, deseo ser. Esa persona que Daniel, con su fe en mí, me ha convencido que soy.

Aprendí que no importa quién seas, o quién creas ser, siempre hay alguien más arriba, o más abajo. Alguien, no solo dispuesto, sino deseoso de darte una lección y ponerte en tu lugar. Alguien anhelando destrozarte moralmente, y hacer de ti un deshecho humano, solo porque puede, por ejercitar su poder.

Vi a esos hombres bajar la vista para esconderla de mí, y sé que mi satisfacción tuvo un alto precio, su total y absoluta humillación. Me encuentro envuelta en dos sentimientos diametralmente opuestos, experimento el gozo del triunfo, y una profunda lástima por esas personas que, a su edad, fueron humillados por un joven de veinticinco años. Un joven que gozó haciendo trizas su orgullo, y el pedestal en el que se habían subido, para ver a los demás por encima del hombro. Después de lo que vi el día de hoy, no creo que esa arrogancia vuelva a repetirse.

Volvemos a lo del ying y el yang, todo se paga. Creo que la arrogancia tiene un precio más alto, seguiré disfrutando el regalo de esta nueva seguridad en mí misma, a sabiendas de que debo andarme con mucho cuidado.

Me he pasado el último mes contando los días, uno por uno, sin encontrar la forma de hacerlos correr, al menos con un poco más de rapidez. Incluso realicé múltiples visitas a la alberca, no para ir a nadar, sino con la intención de lograr el maravilloso color tostado en mi piel, que siempre había querido, y por fin lo conseguí. Pero, finalmente, no hay plazo que no se cumpla y, estoy en la Ciudad de México. Ya repasé, revisé, y corregí, todo lo que se me ocurrió respecto a la gira. El señor Rogelio, designado por la casa discográfica para ser nuestro apoyo durante la misma, se ha portado increíblemente conmigo. Según me dice, todo cuanto ocurrió en aquella sala de juntas, ha corrido como reguero de pólvora. Todavía me pregunto cómo se supo, yo no dije nada, y dudo mucho que alguno de los presentes haya querido revivir la situación, contándosela a un tercero, así que no queda más que Daniel, ¿no es cierto? Debe ser de ayuda para él, que las personas se abstengan de provocar su temperamento.

El Juego... Jade

En cuanto a mí, esto sentó un precedente, me tienen en el concepto de que no agrediría a alguien deliberadamente, pero que estoy muy al pendiente del bienestar de Daniel, y para eso cuento con su apoyo incondicional, y como nadie quiere molestarlo, a mí me va a las mil maravillas.

Rogelio me indica que saldremos para el aeropuerto temprano y cenaremos ahí, el avión de Daniel, como sucede con frecuencia con los vuelos internacionales, llegará a altas horas de la noche. Lo prefiero así, no habrá tanta gente, eso espero. Dudo poder comer algo, hace meses que no lo veo, y los nervios no dejan a mi estómago en paz. Me siento algo peor que la primera vez que lo vi en Monterrey, en ese entonces no sabía qué esperar, más bien no me esperaba nada, ahora, tampoco, aunque espero tanto, me muero por verlo, por tocarlo. Mejor dicho, que él me toque, porque yo no lo haré, no podría, mí recién estrenada seguridad en mí misma no se aplica con él, ¿de acuerdo? Él obviamente estará cansado, y tal vez de mal humor por el viaje, y… Será mejor que ya no piense, no logro nada.

Rogelio está terminando de cenar, y duda entre pedir la cuenta, o tomarse un último café. Repentinamente mi pulso empieza a acelerarse, y siento como si mis oídos se taparan. Por un segundo me veo sentada en un asiento de avión, un avión que acaba de aterrizar, y abre sus puertas. Ya no puedo más, y me pongo de pie.

"¿Vas al tocador?" Pregunta Rogelio.

"No, voy a recibir a Daniel."

"No te preocupes, el avión no aterrizará sino hasta dentro de veinte minutos."

"No, ya aterrizó, ¿vas conmigo, o nos alcanzas más tarde?" No sé si fue el hecho de suponer que yo tenía mi muy particular radar, o el no querer incomodar a Daniel al dejarme sola en el aeropuerto a las dos de la mañana, lo que lo hizo moverse, pero dejó un billete sobre la mesa que hará muy feliz a la mesera, por lo enorme de la propina, y me sigue corriendo por los pasillos.

Ni siquiera me atrevo a poner en duda lo que estoy sintiendo, tengo la absoluta certeza de que ya está en tierra, y necesito verlo. La sensación que experimento es parecida a la ansiedad de la noche antes de Navidad, cuando sabes que, al despertar, los regalos estarán bajo el pino. O como el vacío en el estómago cuando tomas el descenso en la montaña rusa, un interminable descenso, o las dos cosas juntas. ¡Ya no lo soporto! Alguien haga algo. Corro por los pasillos del aeropuerto como si fuera a perder un avión, el pobre Rogelio me sigue lo más cerca que puede.

Una vez más, puedo ver un lugar en el que no estoy, gente por todos lados, se le acercan a pedirle autógrafos, pero, por favor, déjenlo en paz. ¿No pueden tener un poco de educación? Qué digo educación, ¿al menos algo de misericordia? No hay remedio, se detiene para dárselos, acompañados de un intento de sonrisa, ay no, fotos no, por favor.

Llego a la salida de vuelos internacionales, trato de frenarme y me resbalo hasta casi topar con uno de los guardias. Me observa como si hubiera cometido un pecado, y me indica que de ahí no puedo pasar. ¡Dioses! ¿Qué no entiende mi desesperación? Tengo que verlo.

Los pasajeros empiezan a salir por la enorme puerta, uno, dos, diez, ¿dónde estás Daniel? Una señora que acaba de salir se coloca a mi lado.

"¿Sabes quién viene en el avión? Daniel Montalvo, ¿lo puedes creer?" Me observa, y al no obtener respuesta de mi parte ataca de nuevo.

"Si te quedas aquí un poco más, podrás verlo, no sale porque tiene mucho equipaje y deben revisarlo todo."

"En ese caso, aquí esperaré, veré si tengo suerte."

"¿Por qué no le dices que lo conoces?" Pregunta Rogelio en voz baja.

"¿Estás loco? No me creería, además, necesito que cierre la boca." Mi ansiedad va en aumento, ¿cuánta ansiedad podrá soportar el corazón antes de reventar? Ni idea, pero seguro estoy casi en el límite. Mis ojos siguen viendo al frente, hacia las puertas, sin embargo, yo veo las bandas transportadoras de equipaje, puedo ver sus maletas. ¡Alguien recójalas ya!

Doblo y desdoblo mis rodillas, mientras permanezco en el mismo lugar, déjenme correr, ¿sí? Solo hasta que lo encuentre, el guardia me ve con mirada amenazante, no me importa. Froto mis manos, debería controlarme, pero me es imposible. De repente, escucho voces que se elevan más de lo normal, y entonces, lo veo a través de los cristales, entre los demás pasajeros, a casi treinta metros de mí.

Hay un estallido de gritos entre la gente que me rodea, sin embargo, casi no los escucho, hay otros sonidos más claros en mi mente. Daniel se encamina hacia las enormes puertas automáticas. Un hombre que lo acompaña le pide que espere, no contesta, dos guardias uniformados se encaminan hacia él, le ordenan que se detenga, sigue caminando con la mirada fija en mí, esa dulce mirada que me encanta.

Puedo ver sus labios moverse. Hola, guapa, dice acompañando sus palabras con esa gloriosa sonrisa suya, no sé cuánto tiempo más podré contenerme, quiero… No, necesito correr hacia él. Sus movimientos son lentos, y puedo ver que, aunque los guardias no se atreven a tocarlo todavía, lo siguen de cerca.

Poco a poco, se aproxima a las puertas, sigue sonriendo. Rogelio no se cansa de preguntarme qué es lo que Daniel está haciendo, ni siquiera volteo a verlo, mis ojos están clavados en él. Una persona, cargada de maletas, llega a las puertas, y estas se abren. Sin que nadie pueda evitarlo, Daniel se escurre, adelantándose al pasajero, y los guardias de adentro tratan de detenerlo. Demasiado tarde, las puertas han vuelto a cerrarse, dándole las fracciones de segundo que necesitaba para llegar hasta mí. Se hace un silencio total en aquella enorme recepción, la señora a mi lado deja caer la mandíbula, al verlo ve acercarse. Llega corriendo y se detiene frente a mí.

"Jade, abrázame, solo abrázame."

Por fin, me arrojo entre sus brazos, lo estrecho con toda la fuerza que acumulé en estos meses de extrañarlo tanto, escondo la cara bajo su barbilla, al tiempo que él acaricia mi cabello. No existe nadie más. Siento, poco a poco, como esa sed de él, que me agobiaba, se va calmando, igual como cede la intensa sed después del primer trago de agua helada. Ya no hay ansiedad, ni desesperación, solo una abrumadora sensación de alegría, por estar envuelta en su aroma una vez más. ¿Cómo pude sobrevivir todo este tiempo? No lo sé, solo sé que ya estoy en casa.

Levanto la cara, busca mis ojos, sonríe y suspira, llegan los guardias de seguridad, con cara de pocos amigos, y le piden, lo más amablemente que les es posible, que los acompañe, aún no registran su equipaje y, por lo tanto, a él tampoco.

"Lo acompaño a donde usted guste oficial, pero ella va conmigo, créame, si la suelto, aunque sea un minuto, se desaparece. Usted no quiere que eso pase, ¿verdad?" Me toma de la mano y me introduce en la sala de equipaje, nadie discutió su decisión. ¿Qué hizo la gente que estaba presente? Ni siquiera los vi, por cierto, al pobre de Rogelio no lo dejaron entrar, tuvo que esperarnos afuera. La espera es larga, aunque no me importa, ya estoy con él. Me observa detenidamente, y dice acariciando mi brazo.

"¡Qué color tan comestible tienes!" Llevando mi mano hasta su boca me muerde lentamente, sin soltarme, ejerciendo más presión cada momento que pasa.

Con la mano que tengo libre, recorro su costado, me ve y sonríe con los ojos, la boca sigue ocupada. Una vez que encuentro el lugar que estoy buscando, justo arriba de la cintura, le doy un pellizco con todas mis fuerzas. Sus ojos se abren completamente, y la risa lo obliga a liberar mi mano.

"Daniel, ¿nunca te amarraron las manos de chiquito?" Me froto la mano, él me ayuda, y ve sus dientes grabados en ella.

"Todo el tiempo, así que ahora me estoy desquitando, mejor cuídate."

"Eso significa que, ¿me estás amenazando?"

"No, no es una amenaza. ¡Es una promesa!" Será una larga gira, afortunadamente. Una vez que terminan de revisar su equipaje, lo llaman para que firme unos papeles. Un joven muy alto, con hermosos ojos negros, se me acerca.

"Hola Jade, te he extrañado. ¿Cómo estás, chica?" Extiende los brazos para abrazarme.

"¡Hola Raúl!"

"Todo este tiempo me consolaba viendo tus fotos, se las mostré a todos para que supieran quién eres."

Giro la cabeza y veo muchos pares de ojos que me observan y sonríen, son de su equipo, y sé que no conozco a ninguno de ellos, a pesar de eso, todos me saludan muy cordialmente, retomo mis preguntas.

"¿Fotos? ¿Cuáles fotos? Nunca me he tomado fotos con Daniel, debes estar confundido."

"Por supuesto que no lo estoy. ¿Cómo voy a confundirte con otra persona, niña?"

Daniel se acerca y me toma por la nuca, muero por preguntarle a qué fotografías se refiere Raúl, pero, ya habrá tiempo.

"¿Lista guapa? Vamos al hotel, muero de hambre." Sin pensarlo dos veces, escondo ambas manos a mi espalda.

"¡Yo me voy en la otra camioneta!" Oigo sus carcajadas y siento el golpe de su abrazo, sigue igual de brusco, si no es que más.

"¡Cobarde! De ninguna manera, te extrañé tanto, tanto, que ahora no me alejaré de ti ni un minuto, ¿me escuchas?"

"Esta será una larga gira."

"Así es, guapa. Prepárate."

Para cuando llegamos al hotel, son cerca de las cuatro de la mañana, mientras Daniel se ubica en la suite, pido algo de comer, Raúl y Rogelio se quedan con nosotros, y aprovechamos para revisar los primeros siete días de la gira, que, en total, será de dos meses. Se realizarán cincuenta conciertos durante ese tiempo. Mientras los ojos de todos revisan las páginas, renglón por renglón, yo espero, con la terrible angustia de que encuentren algo devastador, un error tremendo, afortunadamente no es así.

"Estupendo, lo hiciste como toda una profesional." Me indica Daniel, Raúl concluye el comentario.

"No Daniel, mejor que eso, recuerda que nos hemos topado con unos 'profesionales,' que más bien resultaron ser idiotas con iniciativa. Esto sí es un buen trabajo, todo resultará bien."

"Gracias." Respiro con alivio.

Me reclino en un sillón, demasiado cómodo para mí a esta hora, los observo conversar respecto a la promoción del disco en Europa, y lo bien que todo ha salido, centro mi mirada en Daniel. Esa bendita costumbre de soñarlo en mi recámara hace que, sin pensarlo, cierre los ojos, sus voces me arrullan. No sé cuánto tiempo pasa, siento los dedos de Daniel que retiran el cabello de mi frente y abro los ojos. Rogelio y Raúl se han ido, que vergüenza, no pude evitarlo, me habla muy quedo.

"Lo siento, olvidé que para ti es de madrugada. Aún faltan horas antes de que empecemos las actividades, pásate a la cama, duerme."

"Me quedé dormida, no me di cuenta, perdón, me voy a mi suite."

"¿Segura? Estás muy dormida, puedes acostarte aquí."

"No, no puedo." Contesto sonriendo.

"¿Por qué, Jade?"

"Porque mi cama esta allá."

"Ah, es eso, la tuya está personalizada."

"Claro, ¿esperabas menos?"

"Por supuesto que no, mereces eso y más. Vamos, te acompaño." Me lleva de la mano por el pasillo, solo la suite de Raúl se encuentra entre la suya y la mía. Abro la puerta, me detiene tomándome por la nuca y me da la vuelta, me encuentro con sus ojos, me observa detenidamente.

"Eres lo más limpio que he conocido, ya te lo dije una vez, aire puro." Me besa lentamente. Para mí, el aire puro es él, aire sin el cual, no logro respirar. Me voy a dormir.

He permanecido prácticamente toda mi vida en Monterrey, salvo por la temporada que pasé en Estados Unidos. No obstante, siempre me sentí como extranjera, aún en mi ciudad, como si estuviera solo de paso por ahí. Aquí, en cambio, junto a Daniel, encontré mi espacio. Me siento bienvenida, con la sensación de que las cosas, y los lugares, me reconocen. Todo me resulta familiar y conocido, incluso la habitación de este hotel en el que nunca había estado y, sobre todo, la cercanía de Daniel. No sé cuánto dure esta vez, pero disfrutaré cada minuto de esto, más que nada, de la ausencia de demonios que, una vez más, se quedaron en mi casa, pobre Mara.

Dan las dos de la tarde y ya estoy lista para empezar con el día, la primera visita será a la casa discográfica. Entro a la habitación de Daniel, y para mi sorpresa, veo un enorme oso de peluche colocado en medio de la sala de la suite. Déjenme explicar lo que para mí significa la palabra 'enorme.' El dichoso animalito mide aproximadamente un metro y medio de alto, y su cuerpo tiene un diámetro de, yo diría, metro y medio también, ya que se encuentra sentado. Por lo tanto, creo que coincidirán conmigo en que es enorme. En cuanto entro a la habitación escucho la voz de Daniel, que, habla desde atrás del animal, sin que yo logre verlo.

"¡Hola guapa!"

"¡Esto es ridículo! ¿De quién fue la idea?"

"De mi club de admiradoras. Jade, ¿qué hacemos."

"Oh, no, ¿o sea que también tengo que pensar en cómo deshacernos del obsequio?"

"No, claro, pero, ayúdame, por favor, no seas así." Supongo que, a las admiradoras, ansiosas por demostrar su enorme cariño hacia Daniel, nunca se les ocurrió pensar que el regalo, por mucho que le gustara, jamás saldría del hotel, al menos no como parte de su equipaje. Sin embargo, por lo especial del obsequio, tampoco se trataba de simplemente deshacerse de él, además, ¿cómo? Daniel tuvo una idea que no solamente me pareció genial, sino que me ayudó a ver, más ampliamente, cómo es él por dentro, una de sus facetas al menos.

Nuestras miradas se perdían en el oso, tratando de pensar que hacer con él, cuando entró la señora encargada de hacer el aseo de la habitación ese día, y la mirada de Daniel simplemente se iluminó.

"¡Hola! ¿Cómo se llama señora?"

"Me llamo Gloria señor, para servirle." Le respondió con absoluta timidez.

"Gloria, cuéntame algo, ¿tienes hijos?" Preguntó con entusiasmo.

"Sí señor, una niña de seis años, bueno, los cumple mañana." Contestó casi sin voltear a verlo.

"Gloria, ¿me harías un favor?"

"Lo que usted guste señor, solo pídalo."

"¿Si le mando este oso a tu hija como regalo, le permitirías aceptarlo?" Ella observa el oso, recorriendo cada centímetro de él sin contestar. Daniel le da unos segundos más.

"¿Sucede algo?"

"Señor, es que, no sabría cómo llevarlo a la casa."

"Por eso no te preocupes, yo se lo mando. Es más, ¿a qué hora sales hoy?"

"En un par de horas, señor."

"Pues, no se hable más, te llevarán a tu casa, con el oso, en una camioneta. Muchas gracias, Gloria."

Ella lo ve con mucha curiosidad, supongo que le extraña que le dé las gracias. Si la santa señora supiera el favor que le está haciendo, quizá habría entendido todo más claramente.

"No señor, gracias a usted." Por fin sonrió.

El Juego... Jade

La cara de satisfacción de Daniel fue muy clara, rentamos una camioneta para que llevara a Gloria, y el pesado cargamento, a su casa y, no solo eso, ordenó un pastel en el restaurante del hotel, para la niña que cumplía años. Creo que será un muy feliz cumpleaños.

Una vez arreglado ese asunto, salimos con más tranquilidad rumbo a la casa discográfica, Rogelio ya nos espera en la recepción del hotel para acompañarnos. Me hace gracia salir custodiada por guardaespaldas para todos lados, puedo darme cuenta de que, para Daniel, es lo más normal, pero es algo a lo que me cuesta acostumbrarme, sobre todo a pretender que no están ahí. Daniel y ellos ni siquiera cruzan la mirada, Raúl, sin embargo, se coloca junto a mí y me saluda muy cordialmente. Me da gusto pensar que, al menos, tendré quién me haga plática durante las largas esperas.

Viajamos en la camioneta, y Rogelio nos habla respecto a lo exitoso que ha resultado el nuevo disco. Los índices de ventas, y la solicitud de sus canciones en las radiodifusoras, han sido muy altos, y la gira ya empieza a señalar localidades agotadas en diversas ciudades. Eso me recuerda algo, y me dirijo a Rogelio.

"Por cierto, no te he agradecido el haberme enviado el disco a casa, fue muy amable de tu parte."

Daniel, que estaba sentado junto a mí, súbitamente adquirió una postura más tensa, es como si, por unos instantes, dejara de respirar. No sé qué fue, pero puedo darme cuenta, claramente, de que algo no le gustó.

"Jade, no tienes nada qué agradecer, Daniel pidió que te lo enviáramos a las oficinas de Monterrey, para que pasaras por él, me alegra que lo hayas recibido." Rogelio sonríe, pero, algo no anda bien.

"A eso me refiero, no tuve necesidad de ir, Miguel Ángel vive cerca de mi casa, y me lo llevó. De hecho, me llama de vez en cuando para pasarme notas tuyas." Digo esto último dirigiéndome a Daniel. Podrían darle las gracias al muchacho con algún bono, pienso yo.

El tono de Daniel se torna serio, haciéndole juego a su ya fruncido entrecejo, mientras dice, vaciando un profundo sarcasmo en cada frase.

"No cabe duda, Rogelio, que tendremos que agradecerle a ese joven, tanta amabilidad. Mira que tomarse la molestia de llevárselo hasta su casa, y no solo eso, la llama de vez en cuando. Me encantaría poder hacerlo en persona."

"Podrás hacerlo muy pronto, Miguel Ángel está en las oficinas para recibir instrucciones respecto a la gira. Nos espera." Rogelio ya está muy serio.

"¡Fantástico!" Fue toda la respuesta de Daniel, y yo sigo sin enterarme de qué es lo que está pasando.

Minutos más tarde, llegamos a las oficinas y nos hacen pasar, rápidamente, a la sala de juntas. El ambiente sigue tenso y yo, aprovechando la cercanía de Raúl, le pregunto muy quedamente:

"¿Qué está pasando?"

"Nada de lo que tengas que preocuparte. Daniel es muy aprehensivo, sobre todo tratándose de lo que es importante para él, y bueno, ya te darás cuenta."

"¿Cuenta? ¿De qué?"

Justo en ese instante, entra Miguel Ángel a la sala, se dirige rápidamente hacia mí, y me abraza. Intercambiamos saludos, se acerca Rogelio, y lo separa de mí, lo toma por el brazo, y lo encamina hacia un lado de la habitación. Daniel se acerca a ellos, y me da la espalda para hablar con Miguel, frente a frente. No alcanzo a escuchar nada, pero puedo ver cómo la cara de Miguel se va endureciendo, mientras su mirada se centra en Daniel, y solo la desvía para verme de vez en cuando. Hago un intento por acercarme a ellos, pero Raúl se interpone, y me pregunta si quiero tomar algo, no le contesto, sigo caminando hacia ellos, trata, entonces, de tomarme del brazo, lo veo con la mirada cargada de furia.

"No me toques." Fue todo lo que dije y retiró su brazo, pero, no me dejó avanzar.

No puedo evitar comparar esta imagen con las que vi, incontables veces, en secundaria, cuando alguno de los maestros veía a un alumno en actitud de sobrepasarse con alguna de nosotras, y lo llevaba a un lado para llamarle la atención al respecto. Sin embargo, no puede ser, sería total y absolutamente ridículo.

Su conversación, o debería decir, el monólogo de Daniel, termina, y Miguel no vuelve a dirigirme la mirada, toma asiento en el extremo más lejano de la mesa, para sumergir su vista en los papeles que están repartiendo. Daniel se me acerca, puede ver que estoy seria y pregunta:

"¿Qué pasa, guapa?" Me da un paternal beso en la frente, gesto que, justo ahora, me resulta insoportable.

"No lo sé, dímelo tú." Respondo sin poder dulcificar el tono.

"Absolutamente nada que pudiera ser remotamente importante. Todo está perfecto."

Sonríe, solo que esta vez su sonrisa no es dulce, es más bien burlona. Supongo que para él todo esto carece, por completo, de importancia. No obstante, yo puedo ver al chico, que hasta ahora había sido mi amigo, pese a los roces que tuvimos, sentado frente a la misma mesa que yo, sin siquiera dirigirme la mirada. Y todo debido a él, a Daniel, que no sé qué le dijo, pero lo alejó de mí, y eso me molesta, no creo que tenga derecho a tomar ese tipo de decisiones sobre de mi existencia, ¿o sí?

Se sienta a mi lado y recarga su brazo en el respaldo de mi silla. Puedo ver la imagen en mi cabeza, para todos a nuestro alrededor, soy su extensión, una parte de él, algo de... ¿su propiedad? La sola idea me enfada, nunca he experimentado la sensación de pertenencia hacia una persona. Toda mi vida he pensado, que uno no puede considerar a alguien como una propiedad. Me está mostrando otra de sus facetas, es posesivo, y no estoy segura de que la idea me guste.

Toma mi mano bajo la mesa, sin poder evitarlo, la retiro. Puedo adivinar su cara de sorpresa. Busca mi mirada, pero yo finjo gran interés al leer los papeles frente a mí, mismos que obviamente no tengo idea de qué tratan.
"¿Jade?"
"La junta ya empezó. Lo menos que puedes hacer es mostrar algo de respeto y prestar atención, ¿no crees?" Respondo sin poder contener mi enojo, que, conforme pasan los minutos, va en aumento.

Capítulo VI
Ah, usted perdone, Madre Teresa

La junta sigue su curso y yo, con todas mis fuerzas, trato de calmarme, sin lograrlo. Mi abuelo siempre me recordaba que, la ira nubla la mente, justo en los momentos en que más necesitas pensar con claridad, y sé que es así, sin embargo, ponerlo en práctica me resulta imposible.

¿Por qué me siento así? Tal vez porque siempre me ha costado hacer amistades, muchas cosas se interponen en mi camino cada vez que lo intento, y detesto la idea de que la gente se aleje de mí. Además, Daniel me trata como si tuviera cinco años, y necesitara de alguien que me cuide. Llevo años luchando por no hacer justicia a la imagen que mi hermana tiene de mí, la de que soy total y absolutamente estúpida, y justo ahora Daniel me lleva a ese punto, al de la pobrecita niña tonta, que no sabe con quién debe relacionarse, y a la que hace falta ayudarle a discernir tales cuestiones.

Si es que ellos saben algo de Miguel, que yo desconozco, ¿no sería lo correcto ponerme al tanto sin ridiculizarme? ¿Dejar que sea yo quien se retire, o algo así? No soy propiedad de nadie, nunca lo he sido, y no pienso serlo nunca. Si tuvieran una lejana idea de las cosas con las que he tenido que enfrentarme, no se atreverían, a intentar siquiera, defenderme.

Cuando la junta esté llegando a su fin, sé que Miguel se desvanecerá por la puerta, sin darme oportunidad de aclarar nada, y por supuesto, sin intentar despedirse de mí, eso será lo que más me moleste. Él habrá de respetar lo que Daniel decidió, sin tomar en cuenta mi opinión al respecto.

¡Eso es! La voz del hombre. No escucharían la mía, porque el hombre es él, eso es lo que me enfurece, que sea un hombre quien decida sobre mí. Pues no, no pienso permitirlo. Y ese Rogelio, que se puso de parte de Daniel, sin importarle, ni un comino, el pobre de su empleado, me las pagará.

"¿Qué te parece esa idea Jade?" Escucho la voz de uno de los directores de la campaña de publicidad, al interrumpir mis cavilaciones. Supongo que piensan que no tengo ni idea de lo que están hablando, pero no es así, esto es algo en lo que tengo que poner atención, y así ha sido.

"¿La idea de regalarle a las admiradoras playeras que parezca que Daniel ha usado? Pésima, supongo que ustedes creen que un grupo de chicas, que conocen de memoria todos los atuendos de Daniel, no habrán de darse cuenta de la mentira. Y, suponiendo que se hiciera, la ropa no podría ser nueva, ¿o sí?" Ante la sorpresa de los presentes por mi brutal honestidad, Daniel responde.

"Podríamos lavarla para que pareciera usada."

"Ah, claro. ¿Y quién se supone que la lavaría?" Daniel, más vale que cuides tu respuesta.

"¡Rogelio!" Responde sonriendo, tratando de hacerme reír.

"Por supuesto, olvidé que es él quien se encarga ahora de tu ropa sucia, en ese caso, ya lo tienen resuelto entre ustedes, no hacía falta que preguntaran. ¡Qué considerados!" Veo a Daniel directamente a los ojos, quiero que quede muy claro mi punto, y sé que él entiende perfectamente a qué me refiero. Me sostiene la mirada, pero la sonrisa desaparece.

Me levanto para salir de la habitación, dirijo mi vista a Miguel, ni siquiera voltea a verme, ¡cobarde! Después de todo, tal vez no quiera tu amistad. Raúl me escolta, no pensará acompañarme al tocador, ¿verdad? No sé, tal vez sí. Otra orden del amo supongo, no me vaya a escurrir por el resumidero, y entonces quién decide qué marca de playeras comprar. ¡Sería el fin!

En lugar de regresar a la sala de juntas, al salir del baño, me dirijo hacia la recepción, y me siento a esperar. Raúl me observa y sonríe, nada me hace gracia, así que, todavía molesta, pregunto.

"¿Cuál es el chiste?"

"Ahora sé por qué le llamas tanto la atención a Daniel."

"Ah, ¿sí? ¿Y qué me hace acreedora, según tú, a tan alto honor?" Yo siempre me lo he preguntado.

"Bueno, entre otras cosas, que no me corresponde comentar, nadie es capaz de hacerle frente. Su palabra es ley y tú, bueno, digamos que no estás dispuesta a entrar al corral por voluntad propia, por decirlo coloquialmente. Contigo solo hay dos opciones, hay que convencerte de entrar por la buena, o dejarte fuera, con la esperanza de que amanezca, y aun estés ahí, pero ¿domarte? No lo creo posible, marcarte como propiedad, ¡mucho menos! Y a él le encantaría poder lograrlo.

Solo que tú no toleras la montura, y reparas sin descanso hasta deshacerte de ella, junto con el jinete. Sin ir más lejos, acabas de dejarlo tirado ahí dentro, y de paso, pateaste el orgullo de otros tantos, que aprenderán a respetarte de ahora en adelante. Eso ejerce en él una poderosa fascinación. Jade, ¿puedo hacerte una pregunta?"

"Adelante."

"¿Realmente te interesa la amistad de ese joven?"

"Creía que sí, después de ver su reacción, sé que no. Pero, ese no es el punto. Soy yo quien debe decidir, no Daniel." Raúl sigue observándome como si fuera un extraño y feroz espécimen al que, sorpresivamente, él puede acercarse sin sufrir daño alguno.

La junta concluye y la gente va saliendo en pequeños grupos, Daniel y Rogelio son los últimos en salir, hablando todavía respecto a detalles de la gira, que el día de hoy ha quedado oficialmente inaugurada. Raúl y yo nos ponemos de pie y nos dirigimos hacia la camioneta, Daniel se entretiene tomándose fotografías con empleadas de la casa discográfica. Me deslizo en el asiento y hago espacio para que Raúl se siente junto a mí, me observa detenidamente.

"¿Recuerdas que te dije que su palabra era ley?"

"Sí."

"Yo no soy como tu Jade, para mi aún lo es." Y dicho esto, se pasó al asiento de atrás. Estableció su posición, y yo la acepto. Daniel llega hasta nosotros y me pregunta.

"¿Puedo sentarme junto a ti?" Solo está serio, no furioso.

"Sí." Respondo con la misma seriedad.

Durante el trayecto al hotel, Daniel permanece, ¿cómo decirlo? En su lado del asiento, como separado por una línea imaginaria que no se atreviera a cruzar y procura no tocarme. Su mirada está fija al frente del vehículo y, de vez en vez, muerde su labio. Obviamente no sabe qué esperar, ni yo tampoco, si me conociera, sabría que no soy partidaria de pasar enojada más del tiempo necesario para poner los puntos sobre las íes, y ya los puse. En cuanto a él, no tengo la menor idea de cómo reacciona, y sé que no pasará mucho tiempo antes de que lo averigüe.

Una vez en el hotel, al cual llegamos sin haber pronunciado palabra, caminamos por el pasillo de nuestras habitaciones, pasamos primero por su suite, él se detiene, y yo sigo de frente hacia la mía. Llegando a la puerta, busco mi llave en el bolsillo, y, al levantar la vista, lo veo de pie junto a mí, recargado en la pared, como si llevara un gran peso sobre los hombros.

"¿Qué ocurre?" Pregunto de mala gana.

"¿Puedo pasar un rato a tu suite? Quisiera…" No voltea a verme y no termina la frase.

Aquí viene el sermón, no soy buena en aceptarlos, solo abro la puerta, y le indico que pase. Se desploma en el sillón y sigue sin verme, yo elijo el sofá contiguo, y me dispongo a escucharlo. Se toma casi un minuto más sin decir palabra. Eso me pone los nervios de punta, y por fin habla.

"Jade, soy muy impulsivo. No hago las cosas por lastimar, pero, en ocasiones, tratando de hacer algo correcto, no sale como yo esperaba. Especialmente, tratándose de ti, siempre parezco pisar sobre arena movediza. Sentí que ese joven se había pasado de la raya contigo, y quise ponerle un alto, nunca pensé que eso te lastimaría. Yo…" Aprovecho una pausa y lo interrumpo.

"¿Lastimarme? No lo hiciste, qué poco me conoces."

"Ah, ¿no?" Responde, con cierto alivio en la voz, al escucharme tranquila. Por fin voltea a verme.

"No, para eso hace falta mucho más que un acto impulsivo, con esto lo único que lograste fue enfurecerme." Guarda silencio y continúo.

"Reacciono mal, Daniel, muy mal, cuando se me pasa por encima. Al igual que a ti, no me gusta, y procuro dejarlo claro, ya no tengo miedo a hacer ver mi punto de vista. Supongo que te diste cuenta. Hay algo que quisiera que entendieras, no sé con qué tipo de mujer estés acostumbrado a tratar, las que yo he visto rodeándote hasta ahora, estarían dispuestas a dejarse despellejar por una de tus sonrisas, y después, darían las gracias. Debo advertirte que, si eso es lo que esperas de mí, no lo conseguirás nunca. Una vez me dijiste que conmigo podías ser solo Daniel, bueno, pues ten cuidado con lo que desees, se te puede conceder."

Esboza una muy leve sonrisa, es evidente que no esperaba nada de esto, pero ya no sé reaccionar de otra forma y, le guste o no, él me hizo así. Tal vez hace unos meses habría actuado de forma muy distinta, con total y absoluta sumisión, con miedo a que se alejara de mí, ya no. Y el tiempo no puede dar marcha atrás. No dice nada y continúo.

"Tú y yo sabemos que tu reacción no tuvo nada que ver conmigo."

"¿No? Entonces, ¿con quién?" Pregunta molesto.

"Yo dejé muy claro, que Miguel no tuvo sino delicadezas para conmigo. Ah, pero, como sucede que me consideras de tu propiedad, tu reacción fue de enojo, al enterarte de que actuó sin tu autorización. Admítelo, lo último que te importó fue averiguar si era amable, o se había pasado de la raya, como dices. Al menos, no fue importante para ti el hecho de que la hubiera cruzado conmigo. Tu raya fue la que atravesó."

Una vez más, guarda silencio, puedo ver como cruza los brazos sobre su pecho, tratando de colocar un escudo entre él y yo, definitivamente estoy dando en el clavo. Y como el que calla, otorga, sigo adelante.

"Daniel, no tienes ningún derecho sobre mí, ni título de propiedad, que yo sepa. Estoy aquí porque quiero estarlo, nadie me obliga, ¿no tiene eso algún valor? Además, déjame decirte que no todo mi enojo lo provocaste tú, por supuesto, se debió también, a darme cuenta de que, sin importar tus motivaciones, evidenciaste el hecho de que ese tipo no vale la pena. Si no fue capaz de enfrentarse a ti para, al menos, despedirse al salir, su amistad, si es que la hubo, no me interesa, es un cobarde. Me habría dado cuenta con el

Rocío Blisswealth

tiempo, o tal vez no, no lo sé. Pero, no debiste intervenir. Agradezco la buena intención que hubo de tu parte, pero no hacía falta, nada de esto hacía falta."
Lo piensa unos segundos, aligera la presión con que había entrelazado sus brazos y me ve, directamente a los ojos esta vez.
"No volverá a ocurrir, al menos intentaré que así sea."
"Gracias, creo." Espero que él tenga algo que decir, porque yo ya he hablado de más.
"¿Jade, estás aquí porque quieres?" ¡No puede ser! acabo de recitarle uno de mis mejores discursos y, ¡mira en lo que se fija! En la única frase, de todo lo que dije, que habrá de contribuir a alimentarle el ego. Lo dicho, es por demás, con él no se puede.
"Así es, nadie me obliga. Y vamos que eres difícil, de verdad, ahora que lo pienso un poco, ¿qué me tendrá aquí?" Sonrío, tratando de aligerar el ambiente, que se tornó bastante espeso mientras yo hablaba. Me extraña ver que su mirada es triste, nunca había visto eso en sus ojos, creo que trata de decir algo que le cuesta articular.
"No estés molesta conmigo, por favor. No lo resisto."
"Hace rato que no lo estoy." Digo en voz muy baja.

Me ve y suspira, como si se hubiera quitado un peso de encima. Abandona su lugar y se acomoda junto a mí en el sillón, volviendo a la costumbre de jugar con mis manos.

A la vez que el silencio hace regresar la calma a la habitación, no puedo dejar de pensar que lo que hice el día de hoy, el haberle hecho frente abiertamente, merece un trofeo. Y ese debe ser el tenerlo sentado a mi lado, lo único que ocupa mi mente es la forma en que, lo negro de su atuendo, se ajusta suavemente al contorno de su cuerpo, haciendo leves movimientos, al compás de su respiración, que ahora es profunda. Ese movimiento tan humano es, tal vez, lo único que le proporciona algo de realidad a su imagen, ya que el color obscuro, al contrastar con lo blanco de su piel, lo hace parecer como una tersa, perfecta y tibia estatua. Sobre todo, ahora que, al acariciar mis dedos con los suyos, sus ojos permanecen cerrados, como autorizándome a que lo admire con libertad.

Este silencio entre nosotros, y lo profundo de mis pensamientos, hace que me sobresalte un poco cuando, con uno de sus felinos movimientos, desliza su pierna sobre de la mía, y la deja descansar ahí, permitiendo que yo pase a formar parte de la imagen que mis ojos contemplan. Como si la estatua cobrara vida. El tenerlo tan cerca permite que su aroma me envuelva, ¡dioses! ¿Será justa tanta perfección para un solo ser humano? Sigo pensando que no sé cómo pude hacer a un lado todo lo que me provoca, para enfrentármele, y hablarle como lo hice, un trofeo, no cabe duda. En este instante, interrumpe su silencio para preguntarme.

"¿De verdad crees que se dejarían despellejar?" No puedo más y dejo escapar una carcajada que él acompaña. ¡Loco!

Un rato más tarde entramos al comedor del hotel, a un área que ha sido reservada para nosotros, y a la que los huéspedes no tienen acceso. Por primera vez cenaremos con todos los músicos y personal de la gira, es muchísima gente, son las personas a las que Daniel considera familia. Me reciben amistosamente, aunque su relación conmigo no pasa de saludos y frases de "mucho gusto." Daniel se sienta a mi lado derecho y Raúl al izquierdo, perdón, pero ¿cómo voy a conocer a los demás, si no puedo acercármeles, y viceversa? Está bien, la gira solo comienza, supongo que ya habrá tiempo para hacer amistades. Frente a nosotros se colocan dos de los músicos que, según entiendo, han trabajado con Daniel desde que su carrera comenzó, Sebastián y Julio, creo que es el otro, eso del acento me dificulta entenderles, principalmente cuando están en grupo.

Puedo darme cuenta que ellos también practican, al igual que yo, el estilo de modales en la mesa, que son comunes en las cárceles de todo el mundo, es decir, ¡cuida tu comida, o Daniel dará cuenta de ella! Rieron de buena gana cuando Daniel me preguntó dulcemente si iba a comer mi puré y obtuvo un ladrido como respuesta de mi parte. Estoy decidida a dejar todo muy claro desde el principio.

"Aprende rápido." Dice Sebastián.

Durante la sobremesa, este último me pregunta un dato respecto a la gira, algo que simplemente no logro recordar, y hecho mano de mi agenda, que es, en realidad, la más amplia extensión de mi memoria. Daniel habla de unas remodelaciones que está realizando en su casa, en la que, tal como es sabido por todos, yo nunca he estado. Y con mucho entusiasmo expresa su agrado por cómo está quedando todo.

"¿Pero, qué área es la que estás cambiando?" Pregunta Sebastián.

"La recepción del estudio de grabación y una pared de mi recámara." Responde Daniel.

"Ya veo, ¿y qué es lo que le estás haciendo a la recámara?"

"Estoy revistiendo las columnas, ¿las viste alguna vez?"

"Sí. Y ¿por qué no retiras esas columnas? Son solo decorativas, ¿no?" Daniel acaba de darle una mordida a su postre, no puede hablar, y no le doy tiempo a que conteste. Es entonces, cuando vuelvo a escucharme hablar como si se tratara de la voz de otra persona, aunque, en un principio no me doy cuenta de lo que estoy diciendo.

"No debe removerlas porque son las que sostienen las vigas, la habitación es de techos muy altos, y necesita un soporte extra." Sigo buscando el dato que Sebastián me pidió.

Tal parece que, a partir de ese momento, todos me incluyeron en la conversación, aunque yo seguía repasando las hojas de mi agenda una tras otra, buscando la famosa información.

"Pero ¿no te parece que la madera sobre de la chimenea se vería mejor si fuera más obscura?" Pregunta Sebastián.

"No sé, es cuestión de gustos, supongo, aunque a mí me gusta así." ¡Vaya! No logro encontrar la fecha y me está volviendo loca.

"Y, ¿qué te parece la bendita costumbre que tiene Daniel de dormir con su perro?" Continúa Sebastián con el interrogatorio, pero ¿qué hace Daniel que no contesta?

"Tíber es adorable, con esa cara tan dulce y esa hermosa cabellera rojiza, además se porta muy bien, yo no tendría corazón para dejarlo afuera."

Y entonces me doy cuenta, yo desconozco todos esos datos, al menos, debería desconocerlos, nunca he estado ahí, solo en sueños. Me embarga la misma sensación de la ocasión en que Daniel me cuestionó respecto al accidente de su hermana, pero, esta vez, accedí a información sin siquiera pensarlo. Me quedo en silencio, totalmente quieta, con miedo de levantar la mirada de la maldita agenda.

Poco a poco abro más los ojos y presto atención, es cuando noto que las personas a mí alrededor están en silencio, y me observan intrigadas. Sebastián sonríe de una forma que no sé descifrar, giro la cabeza hacia Raúl y lo veo comiendo aún, tratando de hacer caso omiso de todo lo que acaba de pasar, tal parece que lo hubiera estado esperando.

No hay más remedio, volteo a ver a Daniel, se ha inclinado hacia mí, sorprendido por mis respuestas, y ahora sé que fue él quien alentó a Sebastián para que siguiera haciéndome preguntas. Levanta la ceja derecha, intrigado, y sin articular palabra sonríe, ampliamente, casi a punto de empezar a reírse, de mí, obviamente. Creo que lo único que se lo impide es el evento de esta tarde, no desea hacerme enojar. En voz baja y controlando la risa, con muy malos resultados, dice:

"¿Jade?" ¿Y ahora qué hago? Literalmente volteo hacia el techo del salón esperando que alguien me diga algo, lo que sea.

"Creí que nunca habías estado ahí." Dice Sebastián también entre risas.

"Nunca he estado." Es todo lo que puedo contestar.

El Juego… Jade

"Pero, la recámara, las vigas y Tíber, todo concuerda. ¿Cómo es que...?"

Demonios, que, ¡no lo sé! Desearía saber cómo es que lo sé, y hacer uso de eso a placer, pero ¡no tengo la más remota idea! Dejen de mirarme, escucho a Raúl al responderle a Sebastián.

"Bueno, ¿pero tú te piensas que aquí no hay televisión, revistas, paparazzi? Deja ya en paz a Jade. ¡No seas necio hombre!"

Gracias, Raúl, desde hoy te amo, eso es seguro. Daniel sigue sonriendo y enfoca su mirada en alguien más. Retoman la sobremesa en el punto donde se había quedado y yo, ya ni siquiera recuerdo qué maldita cosa buscaba en la agenda.

Momentos después, Daniel se acerca y besa mi mejilla con fuerza, al tiempo que pasa su brazo por encima de mis hombros. En secreto me susurra.

"Tienes toda la razón, nadie tendría corazón para dejar a Tíber dormir afuera, yo nunca lo dejo, pero, eso ya lo sabes, ¿no?" Sonríe y sigue oprimiendo sus labios contra mi mejilla, seguramente puede sentir como la temperatura de mi rostro aumenta con cada segundo que pasa.

A la mañana siguiente salimos para el aeropuerto, con rumbo a nuestro primer destino en el extremo sur del país, ahora entiendo la parte que juegan los guardaespaldas en todo esto, el simple hecho de intentar salir del hotel, que conste que dije intentar, ha sido misión imposible. Nunca imaginé la cantidad de gente que habría afuera, esperando solo la oportunidad de verlo de cerca. Por primera vez, tengo miedo estando aquí, la gente está eufórica y creo que preferiría quedarme en el hotel, al menos hasta que se hayan dispersado, aunque sé que eso no es posible, no, si quiero ir con ellos.

Daniel se reúne con la gente de la casa discográfica y con los guardaespaldas, dándoles instrucciones de último minuto. Llama a Raúl a un lado, y le da indicaciones señalándome, seguramente él será el encargado de mi integridad física, no puede ser, más vale que salgamos pronto de aquí, cada vez me pongo más nerviosa.

"Coloca tu cabello por dentro de tu blusa." Indica Raúl ayudándome a hacerlo.

"¿Es en serio? No pensarás que..."

"Jade, te lo suplico, el día de hoy solo obedece, no lo hagas más difícil."

Dos guardaespaldas están al frente del grupo, todos los músicos se han colocado detrás de ellos rodeando a Daniel, y otros tantos guardaespaldas los rodean a ellos. Yo voy al final del grupo con Raúl detrás de mí, lleva los brazos extendidos formando una barrera a mis costados. A la voz de uno de los hombres que va enfrente, salimos caminando muy deprisa sin separarnos, para mí, es como irme adentrando en una ola, cuando el mar está agitado. El autobús se encuentra a solo unos cuantos metros de nosotros, sé que está ahí, pero ya lo he perdido de vista. Nos hundimos en una marejada de gritos y manos, que nos recorren al unísono, tratando de quedarse con algo de Daniel, o de los músicos, o de quien sea. Puedo ver como Raúl intenta alejar a la gente, al menos lo suficiente para que podamos pasar con bastante dificultad.

Después de tropezones, golpes y jalones de ropa, logramos entrar al autobús, dentro de él, nos sentamos lo más rápido que podemos. Sigo escuchando gritos que, por muy poco, superan a los de afuera, solo que estos preguntan si están todos bien, hasta ahora el reporte es de cero bajas. Aún falta la segunda parte de la tempestad, la gente golpea el autobús, por instantes parece que van a hacer volar los cristales y empiezan a inundar el interior del autobús con interminables luces de flashes, que semejan relámpagos. Tal como si hubieran gritado "pecho a tierra," todos se agachan entre los asientos, ¿o debería decir se atrincheran? Preparándose para lo que pueda ocurrir.

Sin entrenamiento en las artes de semejantes guerras, me quedo perdida en la imagen de lo que estoy viendo, Raúl me toma por la nuca y me hunde en el asiento poniendo mi cabeza sobre sus piernas y cubriéndome con su cuerpo. ¡Dioses! Pero ¿es en serio? ¿Qué esta gente no sabe lo que está haciendo? Para empezar, ¡nos están matando de miedo! Bueno, no sé a los demás, pero ¡a mí sí! ¿Qué les pasa?

Por fin arranca el autobús y los gritos se hacen cada vez más lejanos. Raúl se retira de encima de mí, y al levantar la vista, me doy cuenta de que está sangrando de un enorme rasguño que le han hecho en el mentón, no obstante, lo primero que hace es preguntarme si estoy bien. Saco un pañuelo desechable de mi bolsa y le limpio las gotas de sangre que escurren de su herida, esa herida era para mí, lo lamento tanto. Raúl sonríe y trata de tranquilizarme.

"No te preocupes, linda, son gajes del oficio, no es nada." Puedo ver a Daniel haciendo recorrido a todo lo largo del autobús, investigando cómo están todos, y rápidamente llega hasta nosotros.

"¿Cómo están?" Pregunta con preocupación en la voz.

"Yo bien, pero, Raúl..." No me deja terminar y responde.

"Todo bien Daniel, nada de qué preocuparse, pero, eso estuvo salvaje, nunca habían estado así. ¿Por qué crees que...?"

"No lo sé, tendremos más cuidado en el futuro." Me señala con los ojos, no quiere que me ponga más nerviosa de lo que ya estoy, Raúl inmediatamente guarda silencio y él continua.

"Jade, olvidé decirte algo. Cuando estemos en estas situaciones, quédate lo más lejos de mí que sea posible, junto a mí es el lugar más peligroso. No te arriesgues, ¿de acuerdo?"

El Juego... Jade

"No, no estoy de acuerdo, pero, no hay más remedio, ¿o sí?"

"Lo lamento guapa, pero, no. Pórtate bien, obedece a Raúl, por favor."

"Está bien."

Llegamos a la terminal aérea y el miedo me invade de nuevo, Raúl me toma de la mano y puede darse cuenta de que estoy temblando, se detiene un segundo y me abraza, creo que le provoca algo de ternura el verme así, e intenta calmarme.

"Jade, no va a pasar nada, la seguridad del aeropuerto es más estrecha, y están pendientes de nuestra llegada, además, entraremos por otra puerta. No obstante, no te separes de nosotros, ahora tendremos que lidiar con los pasajeros, pero, son más tranquilos, cálmate."

"Uy sí, estoy de lo más calmada, no sabes cuánto."

Ríe y me lleva hacia fuera del autobús, al menos eso es cierto, aquí casi no hay gente y, aun cuando, la poca que hay, nos observa con bastante curiosidad, no se nos acercan. Pasamos a una sala de espera VIP, y al cerrarse las puertas, me siento finalmente tranquila. Daniel está sentado pidiendo algo de tomar y, con la mano, me hace una señal para que me le una. Sin moverme, ni un ápice, de donde estoy, con mi dedo índice le hago una señal de negativa. Sonríe levantando una ceja y se dirige hacia mí.

"¿Por qué no quieres venir a sentarte conmigo, guapa?"

"Me acabas de decir que junto a ti es el lugar más peligroso, y perdón, pero, para mí, la última batalla está todavía muy reciente, no quiero pensar que, una de esas desquiciadas admiradoras tuyas, salga de atrás del sillón armada hasta los dientes. No gracias, aquí estoy bien. Tú puedes regresar a aquel extremo, vamos, no es que te corra, pero…"

Sin que Daniel lo pida, la persona que estaba sentada junto a mí, le cede su lugar y él lo ocupa de inmediato. Me toma la mano y me habla muy bajo.

"Son atemorizantes, ¿verdad?"

"Aterrorizantes, diría yo, parecía que escapábamos de algún lado, y ellos no estaban dispuestos a dejarnos ir."

"Lo sé, pero déjame contarte algo. Todo saldrá muy bien, la gira que organizaste será estupenda, aun así, todo lo que pudiera salir mal, aquello que está fuera de nuestro control, es probable que salga mal. No puede ser perfecto. Deberemos lidiar con eso."

"Eso espero, es solo que esa gente está loca, en serio, nunca me imaginé…"

"Es gracioso, sé que esas personas sienten cariño por mí, pero, al estar juntas, la histeria se contagia, y tratan de tocarme, con tanta vehemencia que se quedarían con un pedazo de mí, si pudieran."

"¿Será igual en todos lados?"

Rocío Blisswealth

"Esperemos que no, de cualquier forma, hay que mantener los dedos cruzados." No digo nada y continúa.

"Digamos que este es el infierno de la gira, lo interesante es que, esa misma gente que nos lo ha hecho vivir, se encargará después de hacernos experimentar la gloria, cuando demos los conciertos. Ya verás, es una experiencia increíble. En el medio artístico les llamamos "el monstruo de las mil cabezas." Cuando te ve sobre un escenario, la energía de la que te provee es enorme y alucinante. Pero, no te atrevas a acercarte más, pues se comporta como lo viste hoy."

"Pues, para mí fue "la bestia peluda de los cien dedos," ¡qué horror! Nunca me habían tocado tanto." Sonríe adivinando que trato de hacerme la valiente, la pasé mal, pero la peor parte fue para otros, y ya no quiero quejarme.

"Eres adorable. ¿Ya te lo he dicho?"

"Si, lo lamento, es algo que no logro controlar." Respondo con un fingido y exagerado tono de fastidio. Estalla en risas.

"Pobre de ti, debe ser un infierno vivir con todo ese encanto."

"No tienes idea, es un riesgo constante. Daniel, a propósito, vuelve a tu lugar, ¿quieres?"

"No."

"Está bien." Raúl, que siempre se mantuvo cerca de mí, pregunta sonriendo.

"¿Desde cuándo tan resignada?"

"¡Shhh! Intento ser compasiva, este pobre hombre está muerto de miedo, no quiere estar solo, así que lo voy a dejar que se quede aquí." Respondo en susurros.

"Ah, usted perdone Madre Teresa."

Abordamos el avión sin contratiempos, el viaje es tranquilo, de hecho, me gusta mucho viajar en avión, tiene un extraño efecto tranquilizante sobre mí, cosa que no sucede con la mayoría de las personas, y disfruto mucho el viaje. Daniel, se acerca a mi oído, tal vez para que el resto de los pasajeros no lo escuche.

"Guapa, olvidé decirte algo."

"No, por favor. ¿Ahora qué?"

"Espero ya estés repuesta del atentado de esta mañana."

"Este, pues… ¿Por qué?"

"Nos falta la parte más difícil, ¿cómo te lo explico?"

"Solo dímelo de una vez. Aunque duela. Ya me resigné."

"De acuerdo, si así lo quieres. Nos espera, la prensa."

"Uy, el cuarto poder."

El Juego… Jade

"Exacto."

"No soy buena rezando, pero, si quieres lo intento."

"No, solo recuerda."

"Ya sé, ellos te hacen, o te destruyen."

"No, eso no, que el lugar más alejado de mí, es el más seguro."

"Entendido."

"Raúl, encárgate de que esté bien, y no permitas que los fotógrafos se le acerquen, bajo ninguna circunstancia, ¿entendido?" Su tono se vuelve serio al dirigirse a él.

"No te preocupes Daniel, dalo por hecho."

Da la vuelta, y baja del avión, con andar felino se dirige hacia ellos, los reporteros, que ya lo esperan con amplias sonrisas y espadas desenvainadas. Echando suertes respecto a quién se llevará la nota, aquella que lo colocará en los titulares de la sección de espectáculos, y bajo la cual ellos firmarán, adjudicándose parte de su éxito.

Flashes, cientos de flashes que lo ciegan. Montones de preguntas gritadas, unas con más fuerza que otras. Debo admitir que los maneja muy bien, enciende el encanto, y sonríe con la más maravillosa de sus sonrisas, les hace alguna broma y ya los tiene en el bolsillo. Por hoy, todo ha salido bien. Todo a su favor.

Raúl cumple su promesa y me saca de ahí sana y salva, y sin haber sido captada por cámara alguna, ¿por qué será eso? Es decir, ¿por qué Daniel sería tan específico respecto a ese punto? ¿A quién podría importarle tener fotografías mías? Ahora recuerdo lo que Raúl me dijo, respecto a que Daniel tiene algunas. Aprovecho que estamos solos, es decir, sin Daniel, para preguntarle.

"Raúl, ¿cómo son mis fotografías que Daniel tiene?"

"Jade, mejor pregúntaselo a él, ¿quieres? Ya lo conoces, son sus cosas y no quisiera…"

"No te preocupes, era solo curiosidad."

"Lo entiendo, lo lamento, no me veas así, ¿quieres? Me haces tan difícil decirte que no."

Ni siquiera me di cuenta de que lo veía de alguna forma especial, en fin, ni hablar, no dirá nada, ya encontraré el momento para preguntárselo a Daniel, supongo que el sí me dirá algo, al menos eso espero.

Por fin empiezo a ver la magia que envuelve una presentación. A pesar de las incontables cosas que hay que considerar para que todo funcione bien, una vez que todo va tomando su lugar, esto empieza a tener un ambiente muy especial.

Rocío Blisswealth

El auditorio en que nos encontramos es enorme y bellísimo, y por lo que he podido apreciar hasta ahora, tiene una acústica excelente. Daniel está ensayando desde hace casi una hora, revisando micrófono tras micrófono, mientras los técnicos hacen ajustes a las grandes cantidades de luces que contribuyen a esta magia. No tengo idea de dónde pararme, durante la gira de promoción, descubrí que, si me sentaba recargada en una pared, no le estorbaba a nadie, pero aquí, no sé qué hacer, si me siento en algún lado, parecerá que no estoy haciendo nada. Sí, ya lo sé, no estoy haciendo nada, pero tampoco se trata de que todo mundo se entere, ¿o sí?

Toda mi actividad consiste en estar pendiente de Daniel durante el show, y este no dará inicio sino hasta dentro de algunas horas, me siento perdida. Termina el ensayo y Daniel despide a los músicos para que descansen un rato antes de regresar. Se queda en el escenario y enciende la computadora, esta tiene grabadas todas las pistas, en caso de algún problema.
"Jade, sube, ven aquí conmigo."

El piso del escenario es de madera y hace ruido con cada paso que doy, ver todo desde aquí es impresionante, no sabría describirlo. Aún ahora, que todos esos asientos están vacíos, me producen una sensación como de cosquillas.
"Siéntate aquí." Dice señalando una de las enormes bocinas, con un brinco me acomodo.

Presiona uno de los botones de la computadora y escucho unos acordes, es una melodía que reconocería en cualquier parte, es mi canción. Daniel se coloca al lado mío y canta, muy quedo, solo para mí. Puedo sentir como el escenario vibra, parece que respirara, igual que si estuviera vivo. De ser así, nos recibe con agrado, puedo sentirlo.

Entrelaza su pierna con la mía por el tobillo, y me ve directo a los ojos. Su voz es suave y su mirada tan dulce. Este es uno de los momentos que quisiera poder guardar en una caja para revivirlo cuando yo quiera, es un sueño, no, más que eso.
Los escalofríos me recorren la espalda, quisiera acariciar su rostro y no me atrevo, solo lo contemplo.

La canción llega al final, Daniel me toma la mano y la besa, sin poder evitarlo se me pone la piel de gallina, la retiro y él, me regala la más pícara de sus sonrisas.
"Gracias." No encuentro otra cosa qué decirle.

Inclinando su cabeza, se me acerca, rozando mi sien con la nariz y coloca un breve beso sobre mi pómulo. Tiemblo suavemente.
"Fue un placer. ¿Me puedes explicar lo de la piel de gallina?" Ahora es cuando noto que su mirada sigue fija en mi brazo. Desafortunadamente, al

igual que el intenso color rojo que ahora inunda mi rostro, esas son reacciones que no puedo controlar, ni aun intentándolo con la fuerza que lo hago en este instante, avergonzada, contesto.

"Sabía que no me dejarías escapar con esa." Bajo la mirada, no puede evitar reírse.

"Solo dime que la provocó, por favor." Dice con los labios rozando mi mejilla.

¡Dioses! Así menos lograré controlarme.

"¿Qué importancia tiene? Ya déjame en paz." Respondo molesta.

"Por favor." Se me acerca más, me sujeta con fuerza a su costado.

"Emoción." Doy un salto para bajarme de la bocina y alejarme un poco de él, trato inútilmente de esconder mis ojos, no lo logro, me sigue. Su ego está hambriento, no hay duda.

"¿Por... estar sobre el escenario?" Me acorrala.

"No exactamente." Me niego a que se salga con la suya.

"¿Entonces?"

Me persigue y me aprisiona en sus brazos para que no escape, quiere la respuesta que espera hace tiempo, que le diga que me gusta muchísimo. Lo sabe, pero no es suficiente, su ego exige escucharlo de viva voz, letra por letra. No quiero hacerlo, no sé por qué.

Mi piel reacciona con más intensidad, tal parece que quisiera darle gusto. Se da cuenta y recorre mi brazo con las yemas de sus dedos. ¡Ya lo sé! ¡Créeme, lo sé! Deja ya de resaltar lo evidente, ¿quieres? Mi cerebro encuentra algo que decirle, no la verdad que él espera, sin embargo, es una verdad, y eso me permite decírsela viéndolo a los ojos.

"Nunca alguien me hizo un regalo tan increíble. No puedo escucharla sin emocionarme, y hoy, la forma en que la cantaste, conmigo tan cerca, lo hiciste aún más especial." Alejo mi vista de él, ya que me es imposible alejar mi cuerpo, me estrecha con más fuerza. Sin dejar de sonreír, suspira, todavía no se da por vencido.

"Me alegra que sea especial para ti. También para mí lo fue, pero ¿piel de gallina, guapa?" Me toma por el mentón y me obliga a verlo a los ojos.

"Me ocurre con frecuencia."

"¡Mentirosa! Eres una mentirosa, no importa. Así te quiero."

"Yo no."

Su sonora carcajada me permite constatar que no me creyó nada, está bien, yo tampoco me lo creí. Un momento... ¿dijo, "te quiero?" ¡Dioses! ¿Cómo pude decirle que yo no? Debo hacerme examinar la cabeza.

Horas más tarde, las luces se encienden como un estallido, y pareciera que el mismo interruptor enciende los gritos de la gente que ha abarrotado el lugar. Los músicos, a un solo acorde, dan inicio a la magia, y el escenario grita junto con la multitud. Es en serio, es un rugido que se siente con mucha claridad desde donde yo estoy. No se cuánta intensidad tendrá la música, para que logre atenuar la algarabía de la gente, pero hace que el piso vibre, como un corazón que late. Daniel esta junto a mí, saltando en el mismo lugar como si fuera a participar en una carrera, él dice que eso es lo que es, una carrera contra sí mismo, que debe ganar cada día.

Una nota, que aún no sé reconocer, es el disparo de salida, y Daniel corre hacia el escenario, dispuesto a comérselos a todos, determinado a ganar. Todas las miradas se fijan solo en él, los gritos son ensordecedores, y el resto desaparece. Una canción sigue a la anterior, y el entusiasmo no cede en lo absoluto, durante un intermedio en que los músicos hacen gala de su enorme talento, Daniel sale del escenario para tomar algo de líquido, y cambiarse en cuestión de segundos.

La ropa, prácticamente, hay que desprenderla de su cuerpo. Está tan mojada, que se le adhiere como cinta adhesiva. Es un maratón el que está corriendo allá afuera, pero es feliz, nunca lo había visto así. Esto lo nutre, lo alimenta, ahora entiendo a los artistas que se niegan a retirarse, después de estar aquí, debe ser la muerte carecer de todo esto.

Es extraño lo que este auditorio me provoca, lo imagino como un ser vivo, que está a la espera constante de que alguien lo haga vibrar de este modo, y cuando lo encuentra, cuando alguien con "el don" logra poner un pie sobre el escenario, el lugar lo adopta, se fusiona y se dispone a triunfar junto con él, a vivir a través de él, aquello para lo que fue creado, la grandeza. ¡Por fin! Debe decir, en un mundo tan lleno de gente mediocre, de personas presumiendo de talentos de los cuales carecen por completo, por fin llega alguien que los dioses de verdad han bendecido, alguien que lo tiene. Aquel que tiene lo que hace falta para brillar de este modo, para arrastrar a las masas, a ese monstruo que ruge con un simple movimiento, con una sonrisa tan humana, y a la vez no.

Pobre auditorio. ¿Cuántas veces podrá vivir algo así? No creo que muy seguido, por eso lo disfruta, lo engrandece, se nutre de todo esto, al igual que Daniel. Toma fuerzas para otra larga espera, por alguien más con ese don. En el medio artístico lo llaman "duende", lamento informarles que, desde mi punto de vista, a la mayor parte de los artistas que he visto, no les alcanzó más que para gnomos, sin ofender a los gnomos, por supuesto. Duendes, que se precien de serlo, deben estar bastante escasos, son los que ganan los premios

Oscar, Emmy, Grammy, Nobel, etc. Si comparamos números, son muy pocos. Los demás, son solo eso, los demás. Carne de cañón, que esos escenarios se encargarán de despedazar, exhibiendo su falta de talento ante el mundo, que será, finalmente, quien se hará cargo de ponerlos en su sitio, en la nada. Eso debe doler, aunque sé que ninguno de ellos lo aceptará jamás. Para ellos somos, me refiero a nosotros, al público, una partida de ignorantes que no comprendemos su talento. Si lo tuvieran, tal vez podríamos intentar comprenderlo, pero, bueno, es cuento de nunca acabar.

La naturaleza humana es complicada, y, ¿cómo le dices a alguien que, aun cuando esté convencido de haber sido un actor súper famoso en su vida pasada, en esta solo le tocó ser cajero, o chofer, cuando se sienten merecedores del Oscar? Ah, claro, todas sus grandezas se remontan siempre a vidas pasadas. ¿Quién podría comprobar esos datos? Viendo a Daniel sobre el escenario, todo me queda tan claro, hace bien en disfrutarlo, lo que dure, habrá valido la pena.

El show llega a su fin, entre una cadena interminable de aplausos, los espectadores están eufóricos y no quieren que termine, pero, Daniel ya salió en tres ocasiones a despedirse con más canciones, y no creo que logre mantenerse en pie mucho más. Por fin agita los brazos y se despide de la ciudad, agradeciendo la extraordinaria experiencia que le ha regalado. Los gritos estallan de nueva cuenta, y el telón cae. No creí que todavía tuviera energía, me equivoqué, la adrenalina lo ha invadido, y sigue brincando, repartiendo abrazos entre el equipo, felicitándolos por una gran noche.

Salimos hacia el hotel, el ambiente dentro del autobús es totalmente festivo, sería imposible sustraerse a tanta alegría. Cenamos todos juntos, en el restaurante del hotel que, a esta hora, son casi las 2:00 de la mañana, se encuentra totalmente vacío. Es increíble la cantidad de comida que hemos sido capaces de ingerir, es extraño, ni siquiera me había dado cuenta de lo hambrienta que estaba, casi me avergüenzo de mí misma, podría seguir comiendo, ¡qué horror!

Una vez saciada el hambre, noto lo que hasta ahora había ignorado, jamás me hubiera atrevido, estando en cualquier otro lugar, a sentarme a la mesa sin lavarme las manos. Lo que son las cosas, si mi abuela me viera, ya no digo las manos, estamos recién salidos del sauna en que se convirtió el concierto, en el cual sudamos, y sudamos, al infinito. Cada uno de los reflectores es de mil watts aproximadamente, y eran, no sé cuántos, pero muchos, eso significa, ¡calor! Si a eso agregamos que todo el mundo saltaba o bailaba sin parar, y que estamos en una ciudad en la que la temperatura normal durante el día es de 40C, bueno, la situación es que, ¡apestamos! Eso es seguro y debe ser muy evidente para cualquiera que no pertenezca al grupo, ¡pobres meseros! ¡Qué vergüenza!

Supongo que habría sido mejor llegar directo a las regaderas y cenar después, aunque, no sería posible esperar. Empiezo a sentirme incómoda y me levanto de la silla, tal como si fuera la indicación que todos esperaban, la mesa se despeja en segundos, y cada uno se va a su habitación. Daniel camina conmigo y con Raúl hacia las suites, agradezco que esta vez no me toma de la mano, no por él, la verdad me daría igual, pero yo siento la piel como si tuviera pegamento. Ya sé, ¡qué asco! Pero, así es.

Ahora sí, la adrenalina casi desaparece, y arrastramos los pies, junto con el resto de nuestra humanidad, por el pasillo. Nos damos las buenas noches y, por fin, llego al cuarto de baño. Paso de largo por el espejo sin voltear, ni por error, sería vergonzoso, y entro en la regadera. Conforme el agua caliente me recorre, se me hace más difícil levantar la botella de champú, y es diminuta. Si este fue solo el primer concierto, ya puedo imaginarme como terminaremos esta gira, nos van a levantar con cuchara del último escenario. Es increíble comparar como me siento, con la energía que me inundaba hace unas horas, nunca he usado drogas, pero, debe ser algo similar, sobrenatural.

Con dificultad me enfundo en mi pijama, y llamo a la operadora para que me despierte, debemos llegar al aeropuerto a medio día, en cuanto cuelgo el teléfono vuelve a sonar. No, por favor, ¿y ahora qué?

"Diga."

"Hola."

"Hola, Daniel. ¿Está todo bien?"

"Estupendo, guapa."

"Oh, de acuerdo." No entiendo para qué llama, pero, me encanta.

"No quería dormir sin darte las gracias."

"¿Gracias? ¿Por qué?"

"Por todo, por estar aquí porque quieres."

"Es un placer." De verdad lo es, no puedo pensar en un lugar en el que preferiría estar.

"Quiero que sepas que me doy cuenta de todo lo que haces, cada detalle, lo noto, y sé que crees que son cosas pequeñas, te escuché decirle a Raúl que tú solo contribuyes con detalles tan pequeños que parecen gotas, pero, para mí son un mar. Te interesas por mis cosas, eso para mí, es mucho más que eso, no sé cómo agradecértelo."

"Acabas de hacerlo."

"Guapa, duerme bien, te veo en unas horas."

"Tú también, descansa."

El Juego... Jade

Lo dicho, nunca he usado drogas, pero, lo que él me provoca, debe ser similar a estar drogado. Sentir que puedes sumergirte en la felicidad, como si fuera agua fresca. En esta ocasión, es la más deliciosa pastilla para dormir.

No puedo creer que se tome la molestia de llamar solo para dar las gracias por regalarme un sueño, por permitirme estar aquí, cerca de él, cuando sé, porque cada hora que pasa lo compruebo, que no me necesita. Lo que yo hago podría hacerlo cualquiera.

Ya han pasado diez conciertos. Lo siento, pero he perdido el sentido de los días, nuestros horarios se han vuelto caóticos, así que esta es la nueva forma en que he aprendido a medir el tiempo. La tarde de hoy la hemos pasado, en lo que parece ser, un interminable trayecto en autobús. Fue imposible realizar este viaje de otra forma, la ciudad a la que nos dirigimos, carece de un aeropuerto, y el más cercano no era adecuado.

Las horas de viaje se han multiplicado debido a que la lluvia es torrencial y la carretera que transitamos está cubierta, en largos tramos, por piedras y lodo. Llegamos a un alto total. No hay manera de seguir adelante, el conductor se le acerca a Daniel, le informa que hay un derrumbe sobre el camino, y es insorteable para el autobús. Aparentemente, hasta aquí llegamos. Puedo ver como se desespera, tiene que haber una forma y, si la hay, él la encontrará. Se le acerca al chofer.

"¿A qué distancia estamos del lugar de la presentación?"

"Daniel, incluso si el derrumbe no estuviera ahí, ya no llegaríamos, hemos perdido demasiado tiempo."

Se acerca a Sebastián y habla con él por unos minutos, supongo que evalúan opciones. Después llega conmigo.

"Consigue una bolsa de plástico y pon en ella ropa limpia."

"Daniel, los vestuarios se enviaron en el otro camión. Ni siquiera sé si pudo llegar al auditorio."

"Cualquier cosa estará bien, no te preocupes por los vestuarios." No sé qué está tramando, pero, obedezco lo más rápido que puedo, jeans y camisetas es lo único que tenemos a la mano. Supongo que para él y para Sebastián, no veo moverse a nadie más. Sigue discutiendo con el conductor, creo que la idea de Daniel no le convence, no obstante, no hay forma de detenerlo.

Fuera del autobús, la lluvia sigue cayendo sin darnos tregua, Daniel se acerca a la puerta. ¿Piensa salir? Esto es serio. Desde ahí escucho su voz.

"Raúl, Jade, vámonos."

Sebastián ya está de pie tras él, guitarra en mano, y yo me levanto de mi asiento, Raúl toma la bolsa con la ropa y lo seguimos, ya empecé a preocuparme, ¿qué piensa hacer? Al llegar hasta donde él se encuentra escucho al chofer pedirle que no me lleve. Es peligroso, toda la situación es un peligro.

"Ustedes son hombres, Daniel, pero, esta niña. ¿Estás seguro?"

"¿Tienes miedo, Jade?" Ni siquiera sé a qué se refiere.

"No." Es toda mi respuesta.

"Eso pensé, vamos."

Salimos a recibir el torrente de agua sobre nosotros, al separarnos del autobús, puedo ver que hay un pequeño espacio por el que los automóviles pueden pasar. Creo que sé que es lo que intenta, pocos minutos después, pasa una camioneta Pickup de doble cabina, siendo para carga pesada, transita con facilidad, a pesar del estado del camino. Daniel les pide que se detengan. Los jóvenes que van dentro no pueden creer lo que ven sus ojos, puedo escuchar la algarabía que sale por la ventanilla, cuando la abren para escuchar a Daniel, lo saludan con groserías, de cariño, supongo yo, ¡hombres! ¡Lo logró! Nos llevarán hasta el auditorio, nos acomodamos como sardinas dentro del vehículo y partimos con rapidez hacia el lugar del evento.

Al llegar, nos reciben los organizadores, el concierto debía haber empezado hace veinte minutos y estaban pensando en cancelar. La gente en el interior reclama, a gritos, la presencia de Daniel. Obviamente se dan cuenta del deplorable estado en que nos encontramos, pero ¿qué hacer? Daniel no se detiene, corre hacia adentro, de cancelar, ¡olvídense! Él cantará a como dé lugar. Por cierto, me pide que arregle lugares especiales para sus invitados de honor, los jóvenes que nos trajeron, por supuesto. Se ponen felices. Cuando llego al camerino ya se está cambiando.

"¿Cómo luzco?" Pregunta con una amplia sonrisa.

"¿En serio?" Giro para ver mi mojada imagen en el espejo y contesto.

"Igual que yo, un poco menos de lodo, tal vez."

"Entonces me veo fantástico." Contesta riéndose.

"Jade, sabes por qué lo hago, ¿verdad?" En este tiempo he aprendido a conocerlo y sí, sí sé porque lo hace.

"Por la gente, no los dejarías esperándote. No los vas a defraudar."

Se acerca para darme un abrazo y lo detengo colocando la mano sobre su pecho, no puedo dejar que se ensucie de nuevo, ya no traemos más ropa. Sale al escenario y se hace el silencio. Toma el micrófono, detenidamente, le explica al público lo sucedido, ellos, mejor que nadie, conocen sus carreteras, y los aplausos no se hacen esperar. Si lo aceptan, el concierto será acústico, solo Daniel y su guitarrista. La gente se vuelve loca, creo que la idea les fascina, a mí también. Los organizadores respiran aliviados.

Dos horas después, finaliza el show, y la gente se deshace en aplausos. Honestamente, puedo decir que esta ha sido la sesión más larga de aplausos que ha recibido durante la gira, y eso, ya es decir mucho. La gente está agradecida, la prensa le grita elogios desde su palco, esta es una gran lección, así se hacen las estrellas.

Hoy lo admiro más que antes, si es que eso es posible, no se duerme en sus laureles, no da excusas, no hace lo posible, sino lo necesario, para que las cosas funcionen. Desde mi punto de vista, esa es la forma en que un hombre debe comportarse, ser una persona de quien puedes depender.

Llegamos al hotel, esta vez directo hacia nuestras habitaciones, nunca como hoy, nos urge una ducha. Raúl pide nuestras llaves en la recepción, pobres empleados, nos ven con ganas de negarnos el acceso. No quiero imaginar mi aspecto. Daniel pide que nos reunamos para cenar después de bañarnos, así que, unos minutos después, nos encontramos en el pasillo, y caminamos hasta el comedor.

Avanzamos, y podemos escuchar conversaciones que, al vernos, se convierten en aplausos. Todo su equipo, aquellos que, estando aquí, son su familia, reconocen lo que hicieron hoy, los felicitan. Con dificultad libero mi mano de la de Daniel y me uno a los aplausos, Raúl me acompaña, y tomamos asiento. Ellos se hunden en un mar de abrazos cargados de legítimo orgullo, hoy nos dieron una demostración de amor al arte, y pasión por su carrera.

Cenamos poco, esta vez el desgaste fue diferente, creo que más emocional que físico. Daniel está contento, aunque, un poco más callado que de costumbre. Nos despedimos para ir a dormir, me detiene por el brazo.

"Jade, ¿tienes mucho sueño?" Pregunta en voz muy baja.

"¿Qué necesitas, Daniel?" Me sorprende ver como sus ojos se cristalizan.

"No lo sé, conversar."

Creo que fueron demasiadas emociones. Entro a su suite, él me sigue, cierra la puerta y se detiene ahí, en el centro de la habitación, con la mirada fija en el piso. Por primera vez soy yo quien se le acerca, tomo su cara entre mis manos y cierra los ojos, no me permite verlos, me levanto un poco sobre las puntas de los pies y beso su mejilla. Súbitamente me abraza con fuerza y rodeo su cuello con mis brazos, hunde su cara entre el cabello que cae sobre mi hombro, puedo sentir claramente como su pecho se agita, por fin deja salir las lágrimas que tanto esfuerzo le estaba costando contener, y tiembla. Lo abrazo muy fuerte, acaricio su cabello con mis dedos, no digo nada, honestamente porque no se me ocurre algo que decirle, sin embargo, trato de consolarlo con mi abrazo, a la vez que los minutos se deslizan.

Su abrazo cede un poco y me separo para ver su cara, sigue sin permitir que vea sus ojos, seco sus lágrimas con las puntas de mis dedos, y sin soltarme, se inclina y une su frente a la mía.

"Gra…cias." Por fin dice, con la voz aún entrecortada.

"De nada." Abre los ojos y me quedo sin palabras, necesito alejarme de él, el llanto es como los bostezos, se contagia, yo siempre huyo de cualquier cosa que pudiera provocarme llanto, y, desgraciadamente, estoy siendo víctima de un severo contagio.

"Gracias." Repite ahora viéndome a los ojos.

"No hay de qué." Bajo los brazos y me encamino hacia un sillón. Él me sigue. Puedo sentir cómo las lágrimas se apoderan de mi garganta y la cierran, ¡por favor! Que no pase de ahí. Tenerlo tan cerca, y bajo tanta emoción, me tomó por sorpresa, y justo ahora, no encuentro la forma de huir de los recuerdos que siempre se encuentran en las profundidades de mi memoria, por ser demasiado dolorosos, y que han decidido salir a la superficie, debo pensar en otra cosa.

"Jade, yo, estoy acostumbrado a vivir las emociones, tanto las malas como las buenas, a solas, y eso a veces me pesa. Lo de hoy fue demasiado para mí, me hacía falta compartirlo, y solo en ti tengo ese tipo de confianza. ¿Me entiendes?"

"Mejor de lo que crees." No levanto la vista del suelo, y froto mis manos contra mis muslos, él observa el movimiento, sigue hablando.

"Lamento que tengas a tu familia lejos. Es decir, por estar aquí, soportándome." Sonríe como pidiendo disculpas.

Daniel, si supieras que mi más fiel acompañante es un demonio del que no he podido deshacerme, y que, justo ahora, debe ser el que más me extraña. No voy por buen camino, nada bueno, este transita por los pasajes de mi vida en los que he evitado llorar. Me cuesta articular las palabras, con la garganta cerrada es difícil.

"No te preocupes por eso."

"¿A quién extrañas más?" Su voz aún muestra los estragos que el llanto causó en su garganta.

"A mis abuelos." Las imágenes de mis abuelos me asaltan y me cuesta cada vez más controlarme. ¡Maldición! Tengo que salir de aquí.

"¿Por qué no los llamas?" Su voz se ha convertido en un mar de dulzura en el que no quiero sumergirme.

"Hace meses están en un lugar en el que no hay teléfono." Mi voz definitivamente ya no es la misma.

"Lo lamento." Alarga su mano para tomar la mía, sé que puede ver cómo me derrumbo, yo aún intento quedarme de una pieza.

"Yo más." Retiro la mano y frunce el entrecejo, extrañado por mi reacción.

"¿Cómo murieron, guapa?" ¿En qué momento la conversación dio este giro para centrarse en mí? No me gusta, mis sentimientos están en un dique cuyas paredes he reforzado a través de los años y, créeme, Daniel, no pienso dejar que salgan de ahí, porque si lo hiciera, no lograría contenerlos, y no es el momento, ni el lugar. Ya no quiero hablar más, lo de mis abuelos duele mucho.

"¿Podríamos hablar de otra cosa?" Pido en tono de súplica, sin responderle, ni voltear a verlo, me observa detenidamente, lentamente acerca su mano para tocar mi brazo, movimiento que yo imito para ponerlo fuera de su alcance.

"Guapa, permite que te abrace." Pide en un susurro.

"No, Daniel, no me toques, por favor." Ya perdí la esperanza de poder dirigirle la mirada, y con eso sé que hago más evidente cómo me siento. Si en este momento permitiera que me abrazara, perdería la batalla contra el derrumbe emocional que se avecina, y que prefiero enfrentar a solas.

"¿Y si te lo pido por favor?" Se desliza acercándose a mí.

"Por favor, no me lo pidas… Quiero irme a dormir."

"¿Dije algo malo?" Pregunta preocupado, aunque presiento que su intuición le dice que se trata de otra razón.

"No."

"¿Jade, te ofendí de alguna forma?"

"No, Daniel, es solo que, necesito irme. No quiero hablar más."

"¿Por qué siento que huyes de mí? En serio, guapa. ¿No prefieres que hablemos?"

Me levanto para salir de la habitación, huir, tal como él dijo, esa es la palabra más adecuada. Me alcanza en la puerta antes que logre abrirla. Acaricia mi cabello y doy la vuelta para evitarlo, hago el intento de dar un paso atrás, y me topo con la puerta a mis espaldas, sujeto la perilla con fuerza. ¿Qué me pasa? Sorprendido, se torna serio. Nunca me había visto así. Levanta las manos y las agita frente a mí, mostrándome que no piensa a tocarme.

"Solo permite que te diga algo, ¿sí?" Haciendo acopio de fuerza lo veo a los ojos, deseo tanto abrazarlo, pero, no puedo. No, sin dar rienda suelta a este sentimiento que me ahoga. Apoyando las palmas de las manos sobre la puerta, para no tocarme, me besa en los labios.

"Estoy aquí." Dice con sus labios aun rozando los míos.

"Lo sé." Mi voz es apenas audible.

"¿De verdad?"

"Sí."

Rocío Blisswealth

Ya no tengo fuerza para decir otra cosa, él lo sabe y respeta mi decisión, se aparta, y me deja ir. Abro la puerta y salgo de ahí, justo a tiempo para que no vea las primeras lágrimas que se me escapan.

En cuanto llego a la habitación dejo de lado los esfuerzos, infructuosos totalmente, por contener el llanto. Lloré la muerte de mis abuelos, en su momento, pero la lloré con rabia y frustración, de no haber podido hacer nada por ninguno de ellos. Sin embargo, nunca dejé que el dolor se apoderara de mí, conozco perfectamente mis límites.

Daniel, sin darse cuenta, me llevó a un punto muy difícil, con el estado de ánimo en el que se hundió, me expuso a mis propios sentimientos, suena extraño, lo sé, pero tenerlo en mis brazos, me hizo más difícil contenerme. Hoy, esos sentimientos, que había estado evitando, saltaron sobre mí, y fue imposible esquivarlos. No sé de dónde salen tantas lágrimas.

Sé que Daniel está a unos cuantos metros de distancia. Me hubiera gustado permitir que me abrazara, mientras me desahogaba. El único testigo de mi llanto ha sido siempre mi demonio, quien disfruta cada vez que me desmorono. Tener al lado a alguien que me compadeciera, al menos un poco, hubiera sido un buen cambio, pero ¡qué vergüenza!

Lo desconcerté mucho, pobre, tendré que explicarle mañana. ¡Qué horror! Si tan solo hubiera sido capaz de controlarme un poco, habría logrado conducirme con más propiedad, menos histérica, quizá. Me puse totalmente en ridículo al huir de él, y conociéndolo, no me dejará olvidarlo. Lo que me faltaba, darle más recursos con que divertirse a mis costillas, aunque, si lo pienso bien, llorar ante él me hubiera avergonzado aún más, y logré evitarlo, así que, no todo está perdido.

Una de las ventajas de llorar en demasía es que te lleva a un sueño muy profundo, otra sería, no, no hay otra. La mayor desventaja, creo yo, es que los ojos se te inflaman tanto que no hay manera de disimularlo, a menos que uno de tus pasatiempos sea el boxeo. Ya sé, ahora están desfilando por su cabeza todas las recetas que conocen para lograr que los ojos vuelvan a su tamaño original, desde rodajas de pepino, papa, y otra variedad de vegetales hasta, me duele admitirlo, pomada contra las hemorroides, así es, receta de una modelo. Pues no, los últimos cuarenta y cinco minutos, se me han ido en intentarlas todas, no sirven para nada.

Tocan a la puerta, ¡por favor! que no sea Daniel. No estoy lista para hablar con él, necesito un mes, más o menos. Abro y entra Raúl sin esperar a que lo invite.

"Buenos días, Jade." Evita verme, cosa que agradezco.

"Hola…"

El Juego… Jade

"Te tengo un regalo, que el día de hoy, te será de gran utilidad."

"¿Un regalo? Pero…"

Me acerca la mano y entonces puedo ver de qué se trata, son unas gafas de sol, completamente obscuras. Nunca las uso, me resultan molestas, pero hoy, voy a acabar enamorada de este hombre.

"Gracias."

"Hay mucha gente allá afuera, te servirán para aislarte un poco."

"De modo que es por eso que las usan, ahora me entero."

Me las pongo y por fin me relajo. Raúl me observa, ¿qué estará pensando? Se acerca y me mira detenidamente, sé que dijo que los lentes me servirían para aislarme, ¿querrá ver que tanto logra ver a través de ellos?

"Jade, pronto iremos a Monterrey."

"Lo sé, ¿por qué lo dices?"

"A veces es duro estar tanto tiempo lejos de la familia, pero, todos aquí te queremos muchísimo. Nada sería igual sin ti."

Ahora lo entiendo, Daniel debe haber justificado mis ojos irritados, los que nunca vio, pero se imagina, con un ataque de melancolía. Cursi, demasiado para mi gusto, pero, creíble. Después de todo, para decirlo a la usanza de mi tierra, 'soy vieja,' la única en todo este bendito grupo, y se supone que nuestra naturaleza es llorona y cursi, ya saben, todo en tonos rosa. ¡Qué horror! Detesto esa imagen. ¡Yo me enfrento con demonios, por favor! En fin, la excusa, por ridícula que me haga sentir, me funciona, yo ni siquiera tenía una, de manera que no lo contradigo.

"Raúl, no tengo cómo agradecer todo lo que haces por mí."

"Niña, es parte de mi trabajo, no tienes nada que agradecer."

"Sé que no, que siempre vas más allá, como hoy, las gafas, yo también te quiero mucho." Sonríe.

"¿Estás lista?"

"No."

"¿En serio? ¿Qué te hace falta?"

"Una bolsa de papel."

"Una bolsa de papel. ¿Para qué?"

"Para ponerla sobre mi cabeza." Deja salir una sonora carcajada.

"¡Anda! Pero si estás estupenda, adelante, yo te defiendo."

Lo siento, Raúl, pero no hay guardaespaldas para este tipo de faenas, salimos al pasillo y me encuentro con todos los músicos de Daniel, que van caminando, seguidos de personal del hotel, cargados de maletas. Sebastián es el primero en acercarse a mí.

"Vaya, esas gafas te sientan fantásticamente. ¿A qué se deben?"

Rocío Blisswealth

"Intento esconderme tras ellas."

"Esconderte, ¿de quién?"

"De mí."

"Vaya, no lo hubiera imaginado. ¡Buena suerte con eso! Avísame si lo consigues. Ahora que lo pienso, hay momentos en que me encantaría intentarlo."

"Prometido."

Llegamos al lobby del hotel, y es entonces que veo a Daniel, de pie, ataviado con pantalones cortos y una camiseta color naranja, que resalta mucho el tono de sus ojos. Raúl se le acerca y le susurra algo al oído, el asiente con la cabeza. Voltea hacia mí, y me ve directamente a las gafas, no lo pierdo de vista, no hay muchos lugares donde esconder mi vergüenza, así que, como decía mi abuela, 'Lo que se ha de servir, que se vaya cocinando.'

Camina hacia mí, y se detiene a unos pasos de llegar, me muestra las manos. Con un movimiento lento, las coloca a su espalda, y sonríe. Odioso, ya lo imaginaba, no piensa dejarme en paz. Despacio, con movimientos casi de mímica, me besa en la mejilla.

"Buenos días, guapa."

"¿Lo son?"

"¡Por supuesto! Ve ese hermoso sol, ¡ah! pero, ya lo viste. ¿No es cierto? A eso se deben las gafas, ¿no?" Me está haciendo enojar, gracias, así funciono mucho mejor.

"No, la verdad es que, con esa camiseta, no me dejaste otra opción, mis pupilas protestaron."

"Ya veo." Sonríe ampliamente. "Lo siento, no se puede tener todo en la vida, y el día de hoy estoy dedicando el total de mi esfuerzo a no tocarte, de modo que, mi atuendo pasó a segundo plano."

"Vaya, ¡dios es grande! Por fin decidió librarme de ti, ¿eh?"

"No, los milagros los dejó para otro día. Por hoy, solo te libraste de mis manos, las mantendré alejadas de ti."

"Bueno, por algo se empieza."

"Tienes mucha urgencia por deshacerte de mí. ¿Podría saber a qué se debe tal decisión? Mira que te pierdes de todo esto." Sonríe, señalando su cuerpo a lo largo.

"Me agrada ver que gozas de una muy benévola opinión de ti mismo, pero, como ya te lo dije en una ocasión, no me lo pierdo, ¡me lo ahorro! Ah, y respecto a mi decisión, tal vez te resulte inconcebible el que yo sea capaz de desprenderme de algo tan maravilloso." Digo esto último señalando su cuerpo de la misma forma que él lo hizo. "No es que tenga alma de mártir, nada de eso, es solo que pese a lo terrible que pudiera resultarme, he descubierto que me provocas alergia."

"Qué extraño. En esta vida he provocado toda clase de reacciones en la gente, pero ¿alergia? No, esa es nueva. Y, ¿se puede saber cuáles son los síntomas que te causo?"

"¿Cómo? ¿No te has dado cuenta? ¡Me lloran los ojos!"

Hubo un estallido de risas ahogadas a nuestro alrededor, Sebastián, Raúl, y otros dos o tres músicos, estaban muy pendientes de nuestra conversación y no pudieron evitar reírse. Sebastián se le acerca a Raúl.

"Te lo dije, aprende rápido." Daniel, aún con las manos ocultas a su espalda, me susurra al oído:

"Malvada." Sonríe.

Finalmente subimos al autobús, haremos un viaje corto, cuatro horas más o menos, aunque seguramente, para mí será, relativamente, mucho más largo. Una vez arriba, me encamino a mi asiento habitual, al fondo del vehículo, el cual, por lo general, comparto en turnos con Raúl, o con Sebastián. Solo voy junto a Daniel durante los viajes en avión, le gusta estirarse y dormir, y simplemente no va a gusto con alguien más. No obstante, esta vez nadie se acerca. Veo a Raúl unos asientos adelante.

"¿No vienes conmigo?"

"No linda, no hoy."

"Raúl, no me dejes sola, por favor."

"Pero, si vas muy bien. Sigue por ese camino y todo estará excelente." Responde sonriendo y se acomoda para disfrutar el espectáculo, ¡qué horror! Ya puedo imaginar la que me espera.

Tomo asiento junto a la ventanilla y espero, unos segundos después llega Daniel y se sienta junto a mí, esta vez no hay hacia donde huir.

Capítulo VII
Y así, señoras y señores, es como se hacen los chismes

Mantiene la vista al frente, el resto de la gente se dispone a ver una película que, estoy segura, todos hemos visto ya, múltiples veces. Los asientos frente a nosotros están casualmente vacíos y toma aire, mismo que libera poco a poco, colocando sus labios como si se dispusiera a silbar.

"Perdóname. ¿Quieres?" Me esperaba todo, burlas, hasta un regaño, menos esto. Con cara de sorpresa le cuestiono.

"¿Perdonarte? ¿Por qué?"

"Por lo que sea que te hice anoche. Lo lamento." Clava su mirada en sus manos, para evitar verme.

"Daniel, ¡por favor! Eso no… no tuvo nada que ver contigo."

"¡¿Que no tuvo nada que ver conmigo?! Guapa, si mal no recuerdo, yo era el único que estaba ahí." Dice con una sonrisa a medias.

No puedo evitar reír, mitad de nervios, y mitad por la tontería que acabo de decir. Giro sobre el asiento para verlo de frente, y con tal propósito, retiro las gafas, y las coloco sobre mi cabeza a manera de diadema, ya no me importa cómo se ven mis ojos.

"No tengo nada que perdonarte, lo que quiero decir es que, tú no me hiciste absolutamente nada, no tienes por qué disculparte."

"Sin embargo, algo ocurrió, ¿no es cierto? Algo que te puso mal." Ya se dio cuenta del estado en que se encuentran mis ojos y esquiva mi mirada.

"Sí, pero, no fue nada. ¿Podemos dejarlo así?"

"No, lo siento. Me enojé mucho anoche, ¿sabes? Me enojé conmigo mismo." Sus ojos se pierden al frente del autobús, o mucho más allá.

"Pero ya te dije que…" Me interrumpe.

"Me enojé, porque me di cuenta de que, he pasado mucho tiempo contigo, y no me he preocupado por conocerte. Jade, ni siquiera sabía lo de tus abuelos, y debe ser reciente, es decir, ya nos conocíamos cuando ocurrió, ¿verdad?" Asiento lentamente con la cabeza, suspira y continúa.

"Esto me avergüenza. Ahora que hago memoria, es que me doy cuenta que has pasado horas y horas conmigo, sin que yo me entere de nada respecto a ti, no obstante, puedo recordar las conversaciones que tuvimos, y no has hecho otra cosa que escucharme, y todavía dices que no existe una razón para pedirte que me perdones, entonces no sé cuál sería una."

"Me gusta escuchar." Respondo en voz baja.

"¿Eso haces siempre?" Pregunta levantando una ceja.

"Por lo general."

"No me lo voy a perdonar. ¿Cómo no me di cuenta?" Empieza a tronar los dedos de las manos, acción que ejecuta cuando algo lo molesta.

"Daniel, ¿qué puedo decirte? La forma en que se han sucedido las cosas ha sido ideal para mí, soy bastante... Mi madre dice que, soy ensimismada. No suelo hablar mucho de mí, más bien, casi nada. Para mí todo fue perfecto así, y aun cuando agradezco lo que sientes, mantengo mi posición de que no tienes nada por qué disculparte." Me observa por dos segundos frunciendo el entrecejo, después mueve la cabeza en señal de negativa.

"¿Ensimismada? No hay nada de eso en ti. Dime una cosa, no es afán de molestarte, te lo juro. ¿Qué pasó anoche?" No me queda más remedio que hablar, así evitaré que se haga ideas erróneas, al menos eso espero.

"¿Nunca te ha pasado que se te contagia el bostezo cuando ves a alguien bostezar?"

"Sí."

"De acuerdo, a mí me pasa eso con el llanto, y como te veo con cara de culpa, déjame decirte que no me di cuenta, hasta anoche. No lo sabía, no me sacrifiqué por acompañarte, ni nada de eso, me dio mucho gusto hacerte compañía, hasta que se me cerró la garganta. Se me contagiaron las ganas de llorar, no sé si me explico."

"Con claridad, gracias." Me observa, tal vez, dolido, sea la palabra para describirlo.

"Bien, trataba de mantener eso a raya, y creo que lo hubiera logrado, pero, en ese momento me preguntaste a quién extrañaba más, y todo se me fue de las manos."

"A tus abuelos." Su voz es apenas audible.

"Así es."

"¿Duele mucho todavía?"

"Dudo que algún día deje de dolerme."

"¿Fue por enfermedad?" Tiene miedo de preguntarme.

"No. Bueno, de alguna forma. Para mí fue una batalla perdida, no sé cómo explicarlo, es frustrante."

"¿Y por qué no me permitías tocarte? Repetidamente te alejaste de mí." Poco a poco centra sus ojos en los míos.

"No estoy segura." Levanta una ceja y me observa. "En serio, sentía que, si me tocabas, terminarías de derrumbar las murallas que ya se estaban desmoronando por sí solas." Supongo que mi respuesta le intriga, su entrecejo fruncido no cede.

"¿Y por qué no permitir que eso pasara?"

"No. Eso no, no." Sacudo mi cabeza de un lado a otro.

"Jade…"

"Nunca he llorado en compañía, y no me gusta la idea."

"¿Ni con tus abuelos?"

"¿Cómo crees que les causaría una preocupación así? ¡Claro que no!"

"¿Y, con alguien? No sé."

"Daniel." Me impaciento, no quiero que insista en ese punto.

"Pero, debe haber alguien." Su voz empieza a sonar angustiada.

"¿Quién lo dice?"

"No lo sé, hay momentos muy difíciles, buenos o malos, que no se pueden vivir solo. Por ejemplo, anoche me ayudó que…"

"Me alegra, aun así, eso no es para mí."

Mantiene su vista fija en mis ojos, como si preguntara algo, y a la vez no. Levanta un poco las comisuras de los labios en un muy mal intento de sonrisa.

"Qué poco te conozco, lo lamento mucho, y esta vez no es disculpa, de verdad me duele. ¡Me he perdido de tanto!" Dice acariciándome el cabello.

"No es así." Una vez más no me escucha.

"Justo ahora, te veo como un obsequio, que, a fuerza de no abrirlo, ha terminado por sellarse, y ya nadie disfrutó lo que hay dentro. Y, sin embargo, he recibido tanto de ti, nunca había conocido a alguien como tú, simplemente das, para ti es lo natural. Y yo no he logrado regresarte ni un poco, por no decir que nada."

"No es así, de verdad Daniel, has hecho más de lo que pudieras imaginarte."

"Me pregunto si alguna vez me dejarás saber qué hay en este laberinto." Coloca su mano en mi pecho sobre el corazón.

"No te gustaría, las partes que no son aburridas están plagadas de monstruos." Sonríe suavemente, es obvio que no me cree. Duda por un momento, como probando el terreno, y pregunta.

"¿Cómo eran tus abuelos?"

"Sensacionales, cariñosos, educados, divertidos, grandes conversadores. Siempre presentes. Puedo decirte, con certeza, que, si algo bueno has visto en mí como persona, es obra de ellos."

"Vaya, pues deben haberse esmerado mucho, acumularon muchísimas cosas." Acaricia mi mejilla y deja su mano en mi cuello.

"Gracias." La conversación está poniéndose incómoda para mí, y no le veo un fin próximo, así que decido tomar un atajo.

"Me habías asegurado que mantendrías tus manos lejos de mí." Ya sabe lo que intento, por fin sonríe, con una sonrisa muy dulce.

"Te mentí." Espera unos segundos. "Jade, una última cosa, si alguna vez, quiero decir... Estoy aquí, lo sabes, ¿verdad?" Coloca su mano en mi cuello acariciando mi nuca.

"Lo sé."

Finalmente, después de casi un mes de gira sin parar, tenemos un día de descanso. ¿Lo pueden creer? ¡Todo un día! Pero, como nunca puede faltar un pelo en la sopa, no sabemos cómo, pero, en la agenda aparece anotada una entrevista con un periódico nacional, y no hay forma de cancelar, porque no tenemos el teléfono. Ni hablar, nuestro descanso se verá interrumpido, espero que brevemente.

Al llegar a la suite de Daniel, lo encuentro ataviado, ¿podrá decirse ataviado? No, eso sonaría elegante, bueno, vestido con un pantalón que hace muchos días ha estado en el fondo de una maleta, limpio, pero... Además, lleva una camisa, que debe haber descansado en el mismo rincón, y cuyo color no tiene nada que ver con el del pantalón. Sus zapatos son tenis de un color azul eléctrico, me pregunto, ¿de dónde los sacaría? En cuanto me ve, sonríe.

"Ya sé lo que estás pensando. ¡No saques la artillería! Déjame explicarte."

"Está bien."

"Es nuestro día libre, ¿no?"

"Aja, ¿y?"

"Pues se me ocurrió que, al reportero que venga, le vamos a dar fotografías de archivo, de las que tenemos en la maleta, y le diremos que, como no estoy arreglado, no me pueden tomar fotografías. ¿Qué te parece?"

"Daniel, supongo que, no existe posibilidad alguna, de que te convenza de lo contrario, al menos de que te des una ducha."

"¡Pero si ya lo hice, ya me bañé!"

"Oh, lo siento, es que tienes una forma de disimularlo que, bueno."

"¡Te lo juro, ya me bañé! Y no, no hay manera de convencerme de lo contrario, estoy cansado." Dice con mirada lastimera.

"¡Ay! Poyecito."

Por lo visto, no me queda más remedio que resignarme, a mí me daría vergüenza, pero, si a él no le da, y él es el de la entrevista, ni modo.

Tomo asiento y nos disponemos, como cualquier domingo, aun cuando no lo sea, a ver televisión tirados en un sillón. Dormitamos a lo largo de una película, hasta que decidimos ordenar algo de comer.

"¿Saben? Yo creo que ya no vino, ya pasa de las cinco, la cita era a las cuatro." Nos dice Raúl.

"Excelente, nos dedicaremos a consentir nuestra flojera. Raúl, pide una botella de vino tinto, por favor."

Comemos abundantemente y, cada uno, excepto yo, toma varias copas de vino. Obviamente Daniel me hace burla por lo poco que tomo, pero, nunca lo he hecho, y no creo que este sea el momento para intentarlo, sobre todo si no sé qué efecto puede causarme.

La luz lentamente se retira del ventanal y nos quedamos solo con la televisión. Ya ni siquiera platicamos, nos caemos de sueño, pese a que son solo las 7:00 de la tarde, ¿o es de la noche? Nunca lo he sabido. En ese momento tocan a la puerta, Raúl se levanta y va a abrir, por inercia supongo. Lo hace, Daniel y yo escuchamos la voz del reportero, a quien ya tenemos a la vista, disculpándose por no haber llegado a tiempo, el fotógrafo dispara flashes.

En fracciones de segundo Daniel brinca del sofá y enciende la lámpara que está a su derecha, yo hago lo propio con la de la izquierda. Raúl levanta la voz para ordenarles que no tomaran fotos. Los reporteros nos observan atónitos, no saben qué pasa, nosotros tampoco, pero, después de ver a Daniel tratar de deshacerse de su copa de vino, solo cruzan miradas y, claro, me tienen en fuego cruzado, la tentación de disparar sus cámaras debe ser enorme.

"¡Lo lamento, no quiero fotos, ni una sola!" Indica Daniel en tono serio, luego voltea con Raúl.

"Acompáñala a su habitación, nos vemos más tarde."

¡Dioses! Mi imaginación no da para saber qué fue lo que pensaron, así que Raúl ya se encargó de explicarme la imagen que estos señores vieron. Nosotros en el sofá, la habitación en penumbras, copas de vino, y luego una petición para acompañarme a mi habitación para una visita posterior. Visto así, ni yo creo que todo era una inocente tarde para consentir la flojera. Nos quedamos en mi habitación, esperando, no hay nada más qué hacer. A Daniel le tocará lidiar con ellos por sí solo.

Casi media hora después, se abre la puerta, y entra Daniel ahogado en risas.

"¿Alguien puede decirme qué demonios fue lo que dije?"

"Solamente que nos verías más tarde, ah, y que no tomaran fotos, claro. Eso básicamente." Respondo, en este punto ya todos nos estamos riendo.

El Juego… Jade

"Bueno, no fue lo que dijiste, sino, cómo lo dijiste. ¿Qué paso?" Pregunta Raúl.

"Ya no sé, me acorralaron a preguntas. ¿Por qué no quería fotos? ¿Era acaso porque quería mantener tu anonimato?"

"¡¿Cuál anonimato?!" Pregunto casi en un grito.

"¿Cuál va a ser? ¡El tuyo por supuesto!"

"Pero si, ¡a mí nadie me tiene que mantener nada!"

"Ja, eso fue hasta hoy, ya eres oficialmente una de nosotros. Obviamente, y aunque esa era la verdad, no me creyeron lo de mi terrible apariencia, traté de atacarlos con su impuntualidad, y tampoco funcionó, me preguntaron tu nombre."

"Daniel…" Me ve con mirada maliciosa y luego continúa.

"No se los di, por supuesto, eso los llevaría a la canción, y a un escándalo mediático en el que no te quiero envuelta."

"Eres un amor."

"Lo sé. Ya no sé cómo, pero los despedí, esperemos a ver los periódicos mañana, porque no se quedaron para nada convencidos."

"Actuamos como maniáticos." Ríe Raúl.

"Ya lo sé, es que ya no lo esperaba." Daniel voltea a verme y se pone serio, casi tan serio como yo.

"Si quieres llama a tu casa, guapa, avísales lo que pueden esperar."

"¡Por supuesto que no! ¿Estás loco? Mara sería feliz, y buscaría al primer reportero para darle su versión y hacerse famosa, me preocupas tú."

"Nada de qué preocuparse entonces." Sigue riéndose, ¿de qué? No lo sé.

"¿Quién es Mara?" Pregunta Raúl en un susurro.

"Su hermana, creo." Responde Daniel en el mismo tono.

A la mañana siguiente vuelo a Monterrey, nuestra siguiente parada en la gira. Mi avión sale muy temprano, y el de Daniel, y el resto del equipo, a medio día. La razón de esto fue que él quiso darme tiempo para visitar un rato a mi familia. No lo admite, pero sigue preocupado por los reporteros. Por eso mismo, tan pronto puse un pie en el aeropuerto, revisé el periódico, y no aparece nada, Raúl dice que, en ocasiones, no liberan una nota sino hasta que reúnen más información, o la fabrican.

Mi mayor preocupación, sin embargo, es otra. Conozco a Mara, tal vez mejor que ella misma, y sé perfectamente, que su afán de protagonismo, no le permitiría quedarse callada en caso de que la oportunidad de figurar se le presente. Debo asegurarme de que guarde silencio. Esta vez el demonio no me esperó en la terminal aérea, cosa extraña, no atino a saber cómo me han dejado en paz tanto tiempo, pero lo agradezco.

Al llegar a casa, los primeros en salir a recibirme son mis sobrinos, saben que siempre vengo cargada de regalos, así que, incluso antes de saludarme, me arrebatan la pequeña maleta que traigo al hombro, y la abren en el piso de la sala. Mamá se pone feliz de verme, la convivencia con Mara debe ser difícil no estando yo, es decir, soy yo quien se dedica a llevar a cabo cuanto plan espiritual se le ocurre, y en mi ausencia, se pone histérica. Lo siento, hoy no tengo tiempo para eso, no sin cierta cantidad de cargo de conciencia, es verdad. Sin importar nada, siempre las he visto, no como mi familia, sino como mi responsabilidad.

Mi abuela siempre me habló de dios, y de lo que él esperaba de nosotros, por demás está decir que yo no me siento merecedora a esperar nada de él, y, aun así, el solo anhelo de que un día me concediera una vida tranquila, me llevó siempre al punto en que ellas deseaban ponerme. Me resistí, pero, siempre, en alguna medida, obtuvieron lo que querían. No hoy, por grave que pudiera ser el asunto, este es mi tiempo con Daniel y siendo algo que aún los demonios respetan, ellas deberán hacerlo también.

"¿Quieres descansar un rato? Tu recámara está lista."

"No mamá, lo lamento, debo regresar al aeropuerto en unos minutos, para recibir a Daniel, no puedo quedarme."

"¿No te vas a quedar aquí?" Pregunta Mara molesta.

"No, las jornadas de trabajo son totalmente impredecibles y yo debo estar disponible todo el tiempo."

"Hemos seguido la gira de cerca, es lo más importante a nivel espectáculos que está pasando en el país, así que le dan muy amplia cobertura."

"A propósito de eso Mara, hay algo que quiero comentarles. Un par de reporteros están muy interesados en averiguar mi papel en la gira. Ya que no consiguieron información directamente de Daniel, no sé de qué sean capaces, así que…"

"Tú no te preocupes." Contesta entre determinada y feliz. "Si alguien de la prensa, entra en contacto con nosotros, yo me encargaré de explicarle que es solo trabajo, para que te dejen en paz."

No puedo evitar sonreír, qué bien la conozco. Lo peor es que creo que ni siquiera se da cuenta de lo que está haciendo. Mamá la ve complacida, por fin dará la cara por mí, como mi hermana que es. No lo creo.

"No, Mara, eso es exactamente lo que no quiero que hagas, ninguna de ustedes. Honestamente no creo que esto llegue hasta aquí, me refiero a la familia, pero, de ser así, lo único que deben hacer, es decir que no saben nada, ¿de acuerdo? Por favor."

"¿Estás segura? ¿No crees que sería mejor…?"

El Juego… Jade

"No, ya está decidido, dejémoslo así."

"Está bien. Pero, cuéntanos, ¿cómo te ha ido?" Me paso la siguiente hora platicándoles anécdotas de la gira, que parecen disfrutar muchísimo, y ellas a su vez, me agobian con toda clase de recomendaciones respecto a alimentación, vitaminas y hasta crema humectante. Pocos minutos después, me despido y salgo de nuevo para el aeropuerto. Aún me queda un mes, y lo disfrutaré hasta el último segundo.

Durante el camino, repaso en la mente la conversación que tuve anoche con Daniel, antes de que me fuera a dormir, me preguntó cuántos boletos quería para el show.

"¿Boletos? ¿Para qué querría boletos, Daniel?"

"Ya sé que no te gusta que te regale nada, pero es el concierto en Monterrey. ¿No te gustaría invitar a tus amigas? Solo dime cuántos quieres, guapa."

"Bien, supongo que me encantaría invitar a mis amigas, si las tuviera, pero no, tenía algunas compañeras de trabajo con las que platicaba a veces, no lo suficiente como para invitarlas. También tengo algunas ex compañeras de escuela, pero, perdí contacto con ellas hace mucho y, ¿de verdad quieres que continúe?"

La forma en que me vio no sabría cómo describirla, con incredulidad, no, más bien con algo de dolor, sí, eso creo que era.

"¡No estabas bromeando! Hablabas en serio cuando me dijiste que no tenías amigas, no puede ser, no debe ser así." Me acarició la cabeza.

"Vaya, Daniel, no es tan importante."

"¿Cómo no va a serlo? Es importante Jade, no es bueno estar solo."

"A veces es preferible, créeme." Dije alejándome un poco de él.

"¿A qué te refieres? Guapa, considera que…"

"No pensarás darme un sermón al respecto, ¿o sí? Ya te he dicho que no todos funcionamos de la misma forma."

"Solo dame una razón, una buena razón, y te dejo en paz."

"Daniel, la gente se va, siempre se va, así me evito despedidas."

"Yo estoy aquí, y…" Se detuvo a mitad de la frase, él también se va.

"¿Lo ves?" Sonó a reproche, lo fue.

"La vida, la tuya en especial, está tan equivocada, con todo lo que tú puedes dar, es una locura." Contestó molesto, creo que no conmigo.

"Me sobreestimas Daniel, ni un boleto, ¿sí?"

"Ya entendí, ni un solo boleto."

Me molesta cuando me trata así, algo sé de cierto y es que nadie, sino la persona que la vive sabe en realidad, cómo es su vida, y el porqué de tal o cual

Rocío Blisswealth

cosa. Supongo que, si yo le explicara mi lado obscuro, sería más fácil, o increíblemente más difícil, no lo sabría hasta que lo comentara, y como no pienso hacerlo, me quedaré con la duda.

Perdida en estos pensamientos, llego finalmente al aeropuerto, me espera un representante de la casa discográfica, en caso de que la duda los carcoma, no, no es Miguel, para asegurarse de que no tenga problemas con los accesos. Llegamos hasta la sala de espera y puedo ver que hay un grupo de reporteros con cámaras y micrófonos, lo usual. Uno de ellos me conoce, fue compañero mío en escuela, y se acerca a saludarme.

"Hola, Jade. ¿Te acuerdas de mí?"

"Hola, ¿cómo estás?"

"Aquí, trabajando, ya sabes. Hace unos meses te vi a lo lejos, vives todavía en Málaga, ¿verdad?" Así se llama la calle donde vivo.

"Sí, pero ¿cómo te acuerdas de eso?"

"Ya sabes, memoria de elefante, oye y ¿desde cuándo andas con Montalvo?"

"Hace un tiempo, pero ¿cómo sabes que...?"

"Alguien de la casa discográfica me lo dijo, y claro, no puede haber muchas Jade. Até cabos, no te preocupes, tu secreto está seguro conmigo."

"Qué amable. De cualquier forma, no es secreto, pero, gracias."

"Tal vez me puedas echar una mano para una exclusiva."

Lo sabía, afortunadamente en ese momento aterriza el avión de Daniel y no alcanzo a responderle. Una vez más, me pierdo en la vorágine de reporteros, guardaespaldas, fanáticos y mucha gente. Llegamos a la camioneta, Raúl nos pregunta.

"¿Lo vieron?"

"¿A quién?" Pregunta Daniel.

"Al reportero de ayer, estaba aquí, entre los demás."

"Claro que no, no puede ser."

"¡Claro que sí! Puede y estaba, así que preparémonos, sigue de cacería."

El reportero estuvo escuchando la conversación con mi ex compañero de escuela, y también ató sus cabos. Esto lo sé porque la mañana siguiente, la sección de espectáculos del periódico nacional incluía una columna cuyo texto decía, entre otras cosas, más o menos así:

* Daniel Montalvo se presenta hoy en la ciudad de Monterrey, y estará muy bien acompañado. Una afortunada chica española, originaria de Málaga, y con quien lleva una relación desde hace algunos meses, estará en el concierto como invitada especial.

Veremos cómo toman eso sus admiradoras. ¿Su nombre? ¡Jade, por supuesto! Como su canción más famosa. Ya se les ha visto juntos en otras ciudades y nos consta que disfrutan, del poco tiempo libre que tienen, con buena comida y exquisito vino tinto. Fuimos testigos de una de sus citas y, como era de esperarse, no nos permitieron tomar fotografías. *

Ni hablar, fue magistral la forma en que lo armó. Y así, señoras y señores, es como se hacen los chismes. A los pocos minutos de haber salido el periódico, me llama Mara.

"En todas las televisoras locales aparecen imágenes de Daniel contigo en el aeropuerto, eso, aparte de la nota del periódico, y el teléfono no ha parado de sonar, a pesar de la hora. ¿Qué hago?"

"Nada, ya te lo dije. Tú no sabes nada, no les contestes Mara."

"Está bien, pero, será difícil, además de desesperante."

"No te preocupes, los reporteros buscarán a Daniel para que dé declaraciones, y pronto dejarán de llamar a la casa."

"¿Cuáles reporteros?"

"Los que han estado hablando. O… ¿Quién ha estado llamando?"

"Solo habló un reportero que dijo que era amigo tuyo, y que le habías prometido una exclusiva cuando te vio en el aeropuerto, pero yo me refiero a tus amigos."

De algo estoy segura, no tengo amigos, entonces ¿quién demonios ha estado llamando a mi casa?

"Mara, concéntrate, dame datos, por favor."

"Está bien, hemos recibido alrededor de cincuenta llamadas, hombres y mujeres que dicen ser tus amigos, o conocerte de la escuela, o de trabajos que tuviste anteriormente. Quieren hablar contigo, saber si pueden conseguir boletos por medio de ti, asegurarse de que vas a estar presente en el concierto de hoy por la noche, e incluso, quieren saber si te estás quedando aquí para pasar a saludarte."

"Ya veo, Mara, me conoces, sabes que esa cantidad de gente no son mis amigos."

"Pues verás, habló César, Ricardo, Claudia, Verónica, esos son los que recuerdo. Entonces, ¿no les digo nada?"

"Te lo voy a hacer más fácil, deja que los niños contesten, que digan que ya no vivo ahí."

"De acuerdo, pero, por favor, repórtate antes de irte para saber qué pasó, ¿sí?"

"Muy bien, te llamo después."

Rocío Blisswealth

Daniel entra a mi habitación, aún estoy sentada en la cama con el auricular en la mano. No dice nada, me observa desde la esquina donde decidió tomar asiento. Sé que está ahí, pero aún no encuentro la concentración suficiente para salir de mis pensamientos y saludarlo. Se levanta lentamente y se acerca a mí, sé que busca mi mirada, pero, esta se encuentra perdida muy lejos de aquí. Toma el teléfono de mi mano, le cuesta retirarlo, pues lo sujeto con fuerza. Por fin logra desprenderlo, y lo coloca en su lugar. Es entonces que lo veo, y fingiendo una sonrisa, lo saludo.

"Hola."

"¿Te encuentras bien?" Pregunta muy serio.

"Sí. No, no es verdad, pero no te preocupes, pronto lo estaré."

"Pronto, el tiempo suficiente para enterrar en algún lugar, todo lo que estás sintiendo, ¿no es así?"

"Así es."

"Jade, por favor, dime qué pasa, permíteme estar aquí para ti." Me ve con una mirada triste, no quiero que se sienta hecho a un lado, así que, intentando conservar la calma, trato de explicarle. Empiezo a caminar por la habitación como león enjaulado, me sigue con la mirada.

"No te va a gustar, estoy furiosa." Digo entre dientes.

"¿Conmigo?"

"No."

"¿Por algo que yo hice?"

"Definitivamente no." Sacudo la cabeza de lado a lado.

"Entonces, yo creo que puedo escuchar toda la furia que estás cargando. Adelante."

"Llamó Mara, ya apareció la nota en el periódico, y además de eso, imágenes de nosotros en el aeropuerto en los canales locales."

"Ya lo sabía."

"El teléfono en casa no ha parado de sonar, se está volviendo loca."

"Lo lamento."

"No, eso no importa, creo que, a pesar de todo, es algo que está disfrutando, pero…"

"¿Ha estado hablando la prensa?"

"No."

"Entonces, ¿quién?"

"Daniel, si dejas de interrumpirme, tal vez logre llegar a ese punto."

"Perdón, continúa."

"Según Mara, para esta hora, se han recibido cerca de cincuenta llamadas en casa. Todas ellas de personas que dicen ser amigos míos, de secundaria, de trabajos anteriores, ¡qué sé yo! Solo recuerda algunos nombres, y sí, los reconozco, nada más, sé quiénes son, pero, no puedo recordar sus rostros. Bien podría encontrarlos en un pasillo, y ni siquiera me resultarían familiares, ¿me explico?"

"Sí."

"Quieren saber si voy a estar en el concierto, en el que obviamente, y gracias a ellos, no pienso presentarme." Frunce el entrecejo, pero no dice nada. "Dicen querer pasar a saludarme, ¡¿con qué motivo?! ¡No los he visto en años! Es más, ¡jamás los vi! Nunca les presté atención, para mí eran solo sombras, y yo tampoco existía para ellos. Sin embargo, tuvieron las agallas de preguntarle a Mara si yo podía conseguirles boletos para venir a verte. ¡Estúpidos! ¿Por qué habría de hacerlo?"

"Ellos deben suponer que…"

"¿Qué cosa? ¿Qué son mis amigos? Entonces mi concepto de amistad es el que está muy, pero muy equivocado. Con el paso de los años, los vi, repetidamente, lastimarse, los unos a los otros, hacerse ofensas que yo consideraría dignas del más declarado de los enemigos, y luego hacer caso omiso de las mismas, todo con la finalidad de no estar solos. Es patético."

"Hay gente para la que la soledad es peor que la muerte."

"Eso puedo entenderlo, Daniel, pero, dime una cosa, ¿realmente pueden considerarse acompañados, con una relación que los deja vacíos por dentro? ¿No es esa la razón principal de una amistad, nutrir tu interior? Además, ¿es eso la amistad para ellos? ¿Algo de que echar mano cuando necesitas algo? Algo material, quiero decir. ¿Como unos boletos para tu concierto?"

"Ahora entiendo cómo te sientes, he pasado por eso."

"Lo imagino."

Me sigue por la habitación y trata de abrazarme. Me quedo quieta, tampoco se trata de desquitarme con él, pero, su tacto me impacienta, estoy hirviendo por dentro.

"Jade, permíteme intentar algo."

"Está bien." Respondo en voz baja.

"Ubica tu ira dentro de ti." Dice hablándome muy quedo al oído. "Como si fuera algo sólido."

"De acuerdo." No sé qué planea, pero quiero intentarlo.

"Y ahora, deshazte de ella."

Los nombres de las personas que habían llamado a casa me daban vueltas en la cabeza, y después, simplemente, desaparecieron, al igual que la ira, y respiré tranquila, un largo suspiro.

"Fue fácil, ¿no?"

Rocío Blisswealth

"Pero ¿cómo?"

"Déjame verte."

Toma mi cara entre sus manos y observa mis ojos con detenimiento, sonríe, con esa maravillosa sonrisa suya, y me besa con fuerza.

"Ya volvió."

"¿Qué cosa?"

"La magia de tu mirada."

"¿En serio?"

"Por supuesto, ahí está, viéndome desde tus ojos. ¿La ves?"

"Daniel…"

"Inténtalo, puedes ver cómo se refleja en mis ojos si te acercas lo suficiente."

Creo haber visto algo, que me guiñaba un ojo, en el reflejo de sus maravillosos ojos azules, justo antes de que me besara de nuevo, pero no estoy segura, no importa ya.

El día ha sido largo y solamente he salido de la habitación para acompañarlos a la prueba de sonido. No quiero asistir al concierto, me molesta la idea, de tener que lidiar con gente, a la que le voy a escupir en la cara lo que pienso de ellos. Aunque, según entiendo, debo asistir porque le prometí a Daniel que lo haría, no tengo idea en qué bendito momento hice tal cosa, pero, siempre cumplo lo que prometo, así que no tengo más remedio. Lo que son las cosas, jamás pensé que asistiría a un concierto de Daniel Montalvo, solo porque no me quedara más remedio.

Este será el primer concierto que yo pueda ver junto con el público, los otros los vi desde un costado del escenario, y es algo totalmente distinto, ves más al público que al cantante, y eso lo cambia todo.

Por primera vez en meses, siento nervios, esos terribles nervios de la primera vez que lo vi. Llego al concierto, después de una larga lucha por conseguir que Raúl se quedara tras el escenario, y me dejara ir sola. Ni él, ni Daniel, querían hacerlo así, pero cuando les dije que llamaría más la atención, si asistía acompañada por el guardaespaldas de Daniel Montalvo, entraron en razón, y aceptaron dejarme ir.

Encuentro mi lugar, solo unos minutos antes de que se apaguen las luces, al recorrer el pasillo, varias personas me saludaron con la mano, hice caso omiso, y pasé de largo. Espero que las luces se apaguen pronto, porque la gente me observa, las dos chicas que están a mi lado derecho, ya me preguntaron si me conocen de algún sitio. Obviamente respondí que no, pero, más vale no exponerse demasiado.

El escenario se ve tan distinto desde aquí, mucho más grande e imponente. Los músicos toman sus lugares, iluminados solamente por una tenue luz azul, obviamente estoy en primera fila. Digo que, obviamente, porque fue Daniel quien escogió mi lugar para esta noche, así que, todos ellos pueden verme perfectamente. Sebastián me guiña un ojo, las chicas a mi lado lo ven, y voltean a verme. Lo voy a matar, más tarde, por supuesto, por ahora no pienso moverme de donde estoy.

Las luces estallan, y la intensidad de la música crece junto con mi ansiedad, parece mentira, he visto el concierto casi treinta veces ya, y no consigo controlarla. Aparece Daniel y la histeria comienza, lo tengo frente a mí, pero la brecha que existe entre el escenario, y mi butaca, me hace ver todo con otros ojos. Bien dice el dicho que 'la costumbre desmitifica.' Nunca, como hoy, me doy cuenta de lo cierto de esa frase. A fuerza de compartir mi tiempo con Daniel, he aprendido a verlo como eso, solo Daniel, sin la piel de estrella que los reflectores hacen lucir durante el concierto, sin la piel del mito, de la irrealidad.

Ahora lo veo como lo vi en televisión hace varios años, una vez más, puedo apreciar lo armónico de su figura, todo tiene la dimensión exacta para su estatura. Mientras baila al compás de la música, su cabello, de un color negro profundo, brilla muchísimo bajo la luz de los reflectores, y su piel toma una tonalidad más blanca de lo normal, tan tersa y tan perfecta, que no encuentro otra forma de describirlo, sino como la estatua de la que les hablé hace tiempo. Si no fuera por la increíble agilidad con la que se mueve, simularía perfectamente una escultura, una verdadera obra de arte.

Como suele sucederme, me pierdo entre las imágenes y los sonidos, y quisiera, por una vez, tener frente a mí al responsable de mi presencia aquí, al causante de la mayor felicidad que he sido capaz de experimentar en mi vida, y agradecerle por todo esto, que, la verdad, no sé si merezco. Repentinamente, Daniel recorre su rostro de arriba hacia abajo, rozándolo solo con las yemas de los dedos, es una caricia que me hace cuando estoy distraída, y me sonríe. Las mariposas echan a volar dentro de mi estómago, yo le guiño un ojo. Daniel, no me distraigas, déjame ser espectadora, aunque sea una vez, además, estoy poniendo toda la atención de que soy capaz.

Es en estos momentos, cuando puedo retirarme un poco, y ver la imagen completa, en que todo toma un aroma de irrealidad para mí. Estando aquí, es cuando pienso si todo será un sueño, y simplemente dejé mi imaginación volar durante una de sus canciones, creando en mi mente cada detalle, cada experiencia, cada beso. Termina la quinta canción y Daniel sale del escenario para su primer cambio de ropa, puedo imaginarme la velocidad a la que se mueve todo allá atrás. Regresa con otra canción, una mano se posa sobre mi hombro, me sobresalto, y al dar vuelta, veo a Raúl en cuclillas al lado mío.

"Jade, lo lamento." Dice en voz baja.

"¿Qué pasa Raúl?"

"Lo que sucede es que, no encontramos las toallas de Daniel."

"Raúl, están en la maleta que preparé, y que me aseguré que subieran al autobús. Ve por ella, ¿quieres?"

"Está bien, perdón otra vez."

Se retira y entra por una pequeña puerta a un costado del auditorio, que hasta ahora no había notado, esto ya no será lo mismo, no podré evitar voltear a vigilar esa bendita puertecilla de ahora en adelante.

Continúa el concierto y regreso a mi actitud meramente contemplativa, mi tarea se ha vuelto un poco más difícil, ahora que, la gente a mi alrededor no deja de verme con mirada inquisitiva. Trato de no ponerles atención, pero, bueno, al menos trato.

Daniel sigue cantando, una canción, dos, y ya estoy coreando las canciones con el resto del público, quisiera tener un encendedor a la mano, sé perfectamente qué serie de canciones sigue, y un encendedor crearía la atmosfera perfecta, y de repente, la mano de Raúl otra vez.

"Jade."

"¿Y ahora qué?"

"Perdón, pero…"

"¡Deja ya de pedir perdón! No pienso perdonarte de todos modos."

"Daniel me pide sus botellas de agua y, simplemente, no las encuentro."

"¿Encontraste las toallas?"

"Sí."

"¿De verdad?"

"Te lo juro."

"Y, ¿no viste las botellas?"

"No te las estaría pidiendo si fuera así."

"Pues entonces debes hacerte revisar la vista, el tacto, y hasta el olfato, porque las botellas estaban envueltas en las toallas, mentiroso, ya déjame en paz, lo prometieron."

"De acuerdo, ya me voy."

Esto ya no es difícil, es misión imposible, las chicas al lado mío se acercan y me preguntan si yo soy Jade, fingí no escucharlas por el alto sonido de la música, pero, no me creen nada. Tienen perfectamente ubicado a Raúl, y supongo que estarán pensando cuál es su paso a seguir. ¡Por favor! Déjenme seguir con el concierto, en tres canciones, solo en tres, Daniel estará cantando mi canción, quiero escucharla desde aquí.

Canto toda la siguiente canción, la conozco bien, y al comenzar la otra, así es, ¡adivinaron! Llega Raúl nuevamente. Es por demás, no piensa dejarme tranquila. La gente a mi alrededor no pierde detalle. Estoy muy enojada.

"Jade." Dice en secreto.

"¡Ya cállate! ¡Ya no importa! ¿Qué es ahora? ¿No encuentra el zapato del pie derecho, o es el izquierdo? ¡Hazte a un lado!"

Raúl ya no dice ni pío, me levanto furiosa de mi asiento, y, antes de dar un paso, giro sobre mí misma, y veo de frente a las chicas junto a mí.

"Así es, ¡yo soy Jade! ¿Contentas?"

Seguí adelante, corriendo frente a Raúl para perderme por la bendita puerta, pobre del que se me atraviese, no será agradable, de eso pueden estar seguros. Llego a mi sitio habitual junto al escenario, nadie me dirige la palabra. Han tenido tiempo para conocerme, y saben que no sería lo mejor. Daniel está terminando la segunda canción, ya saben, la siguiente es la mía, y no podré escucharla desde abajo. Los odio a todos.

Inicia mi canción, Daniel me guiña un ojo, y no consigue respuesta de mi parte, ¿qué le costaba dejarme ver todo el concierto desde mi lugar? No me necesita aquí para nada, todo lo que pudiera ocurrírsele, lo puede hacer Raúl con absoluta perfección, esto es el resultado de lo consentido que está. ¡Le va a costar! Me hago a un lado, y quedo fuera de su alcance visual, si se trata de molestar, yo también se hacerlo.

"Jade, ¿estás enojada?" Pregunta Raúl.

"Bueno, hoy parece ser el día de las preguntas tontas, ¿las tienes escritas o son producto de tu brillante intelecto?"

"Eso pensé." Se hace a un lado.

Se termina esa sección del show, y sale Daniel a cambiarse, le pregunta a Raúl por mí, este último le indica dónde estoy, me observa y me arroja un beso. Giro la cabeza hacia otro lado, cualquier imagen me resulta más atractiva en este instante, vaya, estoy absolutamente furiosa.

Corre hacia donde estoy, me abraza con fuerza y besa mi mejilla, me enoja aún más, creo que el enojo no resulta tan elocuente cuando nadie parece darse por enterado de tu furia, el ser ignorado solo consigue que te enojes más, al menos, así me pasa.

"¡Qué horror! Estás sudado, ¡retírate, Daniel!"

Solo escucho su sonora carcajada junto a mi oído, y sale hacia el escenario. La última parte del concierto ya está en curso, ya se escuchan los aplausos, y comienzan las canciones finales, aquellas con las que Daniel se despide, hasta que por fin escucho, '¡Hasta siempre, Monterrey!'

"¿Nos vamos?" Pregunta Raúl sin verme a los ojos, estoy consciente, él solo ejecutó las órdenes de Daniel, aun así, no me importa.

Me levanto del escalón en el que me había sentado y camino hacia afuera para subir al autobús. Todos se van acomodando, y tomo asiento junto a Sebastián. Daniel sube después.

"¿No te sientas conmigo?"

"Caray, tu capacidad de deducción es impresionante."

"Está bien. Sebastián, ¿te cambio el lugar?" Dice sonriendo. Veo a Sebastián con mirada amenazante, si se atreve a moverse lo golpeo, eso es seguro.

"Lo siento mi hermano, pero esta niña y yo, tenemos una conversación pendiente, así que…"

Acaba de ganarse mi respeto, Daniel sigue hacia su asiento y me deja en paz, ya sé que será solo en lo que llegamos al hotel, sin embargo, por ahora es suficiente. Una vez ahí, entro en mi habitación lo más rápido que me es posible. Dos minutos después suena el teléfono.

"Jade, ¿nos acompañas a cenar?" Escucho la voz de Raúl.

"No tengo hambre, gracias." Estoy segura de que, si comiera algo ahora, seguro me enfermo.

"Siento mucho lo del concierto." Simplemente no le respondo, si lo hiciera sería peor, no se me ocurren sino groserías, y he decidido quedarme callada hasta que se me pase el enojo, cuelgo el auricular.

Me doy un baño y me pongo el pijama, aprovecho para llamar a Mara, pues salimos muy temprano, y no habrá tiempo. Según me cuenta, lo de permitir que los niños contestaran el teléfono, dio buenos resultados, con el transcurso del día la gente terminó por cansarse, hasta que ya no llamaron. Fuera de eso, todo parece estar bien, y mientras me despido de ella, entra Daniel a mi habitación, y se sienta junto a mí. Termino mi llamada, no sin antes prometer que llamaré frecuentemente, y cuelgo.

"Como adentrarse en arena movediza. ¿Alguna vez seré capaz de aprender cómo actuar contigo?"

Esta junto a mí, ya sin la actitud juguetona del show, sin embargo, no lo veo y no le contesto absolutamente nada. Tendrá que ser él quien hable.

"Me he acostumbrado a tenerte junto a mí durante el show, no logro sustraerme al hecho que no estés ahí, no me gusta. Raúl… Ah, debo aclararte que él no quería hacer lo que yo le pedía, lo hizo todo bajo protesta, por favor no te enojes con él por mi causa."

"Así que el grandulón ya te fue con el chisme de que estoy enojada con él. Solo eso me faltaba, ¡chillón!" Suspiro con fastidio.

Sin poder evitarlo sonríe, supongo que, pensando en la imagen de Raúl, que sus palabras formaron en mi cabeza.

"Trataba de que entendieras que no eres como el público, entre tú y yo no existe la distancia que impone un escenario. Tú no tienes que comprar un boleto para verme, me tienes aquí, cuando quieras, eres parte de esto, junto al resto de nosotros." Hago a un lado mi enojo por un minuto, esto es algo que, si quisiera que entendiera, mirándolo a los ojos, lo interrumpo.

"Lo sé, siempre lo he sabido."

"¿En serio?"

"El día que te conocí, fue como si el personaje de mi película favorita hubiera sacado la mano de la pantalla, para tomar la mía, y me hubiera metido en la cinta. Desde entonces lo sé. Créeme, estoy consciente de donde estoy, te repito, todo eso lo sé."

"Entonces, ¿por qué desde el inicio de la gira me dijiste que querías estar como espectadora en el concierto de Monterrey? Nunca entendí la razón, sigo sin entenderla, no había necesidad. Creí que era solo un capricho." Dice con cierto fastidio en la voz, como tratando de explicarle a una niña de cinco años, que Santa Claus no consiguió el modelo de muñeca Barbie que ella quería, y tendrá que conformarse con otro.

"¿Nunca lo entendiste?"

"No, nunca."

"Tal vez debiste empezar por dirigirte a la raíz de tu duda."

"¿Qué quieres decir?"

"¿Alguna vez pensaste en preguntarme la razón? No recuerdo que lo hayas hecho."

Me mira con los ojos muy abiertos, baja la mirada, con un poco de vergüenza, pregunta.

"¿Por qué querías estar entre el público?"

"Pues verás, quería, solo por un par de horas, regresar al sitio de donde salí, y valorar lo que tengo, y lo que soy ahora. Deseaba verte de nuevo, con toda la parafernalia que te cubre cuando las luces se encienden, y reconectarme con esa imagen tuya que, a fuerza de verla desde el fondo del escenario, se me ha diluido un poco, o un mucho, tal vez. Tenía ganas de ver al artista, a Daniel Montalvo, y poder admirar, una vez más, todo lo que eres capaz de lograr cuando te montas en un escenario. Después de ver todo eso, aún sin entender por qué estoy aquí, me habría sentado en esta misma cama, tomando un tiempo solo para sentirme especial. Todo lo especial que me hiciste sentir ese primer día, y que por el correr de los meses, se me ha ido olvidando.

No me gusta la idea de que me estoy acostumbrando a estar aquí, porque sería igual a vivir en la cima del Monte Fujiyama, al no poder verlo, dejaría de apreciar lo maravilloso que es. Yo quería renovar la perspectiva de todo lo que estoy viviendo, que para ti es lo normal, en cambio, para mí... En fin, eso era todo lo que quería." Me observa con incredulidad, no estoy segura de que eso es lo que esperaba, creo que no.

"No puede ser. Y te lo eché a perder."

"Sí."

"Pero, tu no necesitas eso, eres muy especial, simplemente lo eres, me molesta que no seas capaz de sentirlo."

"Daniel, ¿puedes sentir el color de tus ojos?"

"No."

"Pero si son de un increíble y cristalino color azul que..."

"Pues, no, no puedo sentirlo."

"A mí me parece tan intenso, que no sé cómo es que no lo sientes."

"Ya te entendí."

"Ese día lo hiciste. No quiero decir que lo crea, pero, cierto o no, lograste que me sintiera especial. ¿Puedes culparme por querer sentirlo otra vez?"

"No lo sabía, lo lamento, no debí, pero, te prometo que, en el próximo concierto, nadie te molestará."

"Ya no importa, no lo haré de nuevo, para mí no habrá otro."

"¡Claro que si lo habrá! Pasado mañana hay otro, y yo me aseguraré."

"Daniel, ya no será Monterrey, no lo será. Además, afrontémoslo, no puedes prescindir de mí, lo lamento, sabía que esto pasaría tarde o temprano. No pudiste evitar actuar como un niño consentido, es parte de mi encanto." Ríe de buena gana, me da gusto, esto ya se estaba poniendo muy tenso, toma mi mano.

"Tenía que ser Monterrey, ningún otro, ¿verdad? Es increíble, cada vez que creo que ya te conozco, me doy cuenta de lo lejos que estoy de lograrlo, mientras yo veo solo la superficie, tú llegas a la profundidad."

"Me dijiste caprichosa."

"Y tú, niño consentido." Extiende su mano hacia mí para luego decir.

"¿Estamos a mano?" Se la estrecho y asiento con la cabeza mientras contesto.

"No, yo gano."

Si me hubiera permitido ver el concierto como yo quería, ¿habría cambiado en algo mi perspectiva respecto a él? Creo que eso ya nunca lo sabré.

El Juego... Jade

Capítulo VIII
Pues no, Jade... mucho más de dos pocos

La mañana siguiente, llegamos a uno de los estados más grandes de mi país, donde la euforia por ver a Daniel es gigantesca. Al avanzar en el autobús, hacia el hotel, vemos a lo largo del camino, carros estacionados, colmados de admiradoras, con pancartas en las que le profesan su más profundo amor. Es increíble ver cuánta gente lo admira, supongo que el concierto de hoy será inolvidable.

El viaje fue divertido, Raúl se la ha pasado reclamándome por llamarle chillón. Cuando mencioné que solo se lo había dicho a Daniel, miró al techo y preguntó: '¿Y conociéndolo, se lo tenías que decir a él?' Tiene razón, yo sabía que Daniel se divertiría de lo lindo repitiéndole el apodo, y que yo gozaría con eso, de modo que no puedo evitar reírme.

Por su parte, Sebastián dice que le hace mucha gracia cuando Daniel y Raúl hablan de mí, diciendo que, ahora sí están seguros de saber cómo pienso, porque invariablemente, después de una de esas afirmaciones, se topan con pared, y les hago ver lo equivocados que están.

"¿Y tú sí me conoces?" Pregunté. Riéndose respondió:

"¿Conocerte? ¡Claro que no! Si ya estoy dudando que seas de este planeta, pero nunca presumo de lo contrario, esa es la gran diferencia, soy más humilde."

Vaya, nunca pensé ser tan extraña, no es verdad, siempre he sabido que lo soy, aunque nunca pensé que tanto. Por fin llegamos al hotel, como de costumbre, yo voy custodiada por Raúl, y entraremos corriendo. La entrada está abarrotada de personas y será difícil. Me recuerda a la primera vez que lo hice, correr junto con ellos, pero ya no me da tanto miedo. Pongo mi cabello por dentro de la camiseta y Raúl se coloca a mi lado, a la cuenta de tres, corremos hacia adentro. La gente nos cierra el paso, nos están atrapando entre ellos.

Dije que no sentía miedo, ¿verdad? Llámenme voluble. Ya cambié de opinión. Siento el brazo de Raúl a un costado, y el de Sebastián al otro, el resto, no podría reconocerlo. Por fin nos liberamos de ellos, no sin algunos golpes de parte de Raúl, debo admitirlo, y entramos al hotel donde la seguridad les impide el paso.

Una vez adentro, y mientras el personal del hotel se hace cargo de ubicar nuestras maletas en las habitaciones correspondientes, Sebastián, Raúl, y yo, entramos en la habitación de Daniel, él sonríe y nos ve de arriba a abajo. De repente, su mirada se detiene en mí, está alarmado.

"Jade, date la vuelta."

"¿Que me dé la vuelta? ¿Por qué? ¿Qué pasa?"

En un segundo ya está a mi lado, y me toma por los hombros, me da la vuelta para ver mi espalda, al tiempo que me levanta la voz.

"¡Que des la vuelta, te digo! No discutas."

En otro momento hubiera objetado el tono, pero no hoy, está fuera de sí, y no pienso contrariarlo. Sus manos recorren mi espalda con rapidez, se detiene cuando uno de sus dedos toca mi piel. Pero ¿cómo? ¿La camiseta está rota? O, ¿qué es lo que pasa? Sigue con el recorrido, y lo mismo se repite en tres, no, cuatro ocasiones más. Me da la vuelta de nuevo, me saca de balance, y pierdo el paso. Sostiene mi brazo, y sigue revisándome. Se detiene otra vez, y con la mirada busca a Raúl, una vez que lo ve, se arroja contra él, en realidad lo embiste como si fuera un toro de lidia, y lo golpea contra la pared que estaba a casi un metro de distancia detrás de ellos. Toma su camisa entre las manos, lo sacude contra la pared, y no para de gritar.

"Te dije que la cuidaras a ella. ¡A ella, idiota! ¿Es eso tan difícil de entender?"

Raúl podría defenderse fácilmente, practica varias artes marciales, pero me ve, y su mirada va a dar al piso, no lo hará, no levantará un dedo en contra de Daniel, se siente culpable. Me arrojo para detener a Daniel, pero Sebastián me detiene por la cintura.

"Ahora no, Jade, ahora no."

Daniel sigue gritándole a Raúl, aunque sé que se está conteniendo para no golpearlo, es decir, no golpearlo más.

"¡Yo no importo, imbécil, es ella! ¡Es a ella a quien no deben dañar! Te lo dije, una, y mil veces, te lo dije." Finalmente, Sebastián interviene.

"Daniel, hermano, no le hicieron nada, está bien."

"¿Qué no le hicieron nada? ¡Su ropa está cortada con tijeras! ¡Tijeras! ¿Entiendes? No le hicieron nada porque no les fue permitido, pero, no gracias a ustedes."

¿Que no les fue permitido? ¿Por quién? Me suelto de Sebastián, y me acerco a Daniel, lentamente tomo uno de sus puños, él libera la camisa de Raúl y da un paso atrás, respira agitadamente, a la par que trata de calmarse. Raúl y Sebastián salen de la habitación y yo me acerco a él muy despacio. Lo abrazo por la cintura, y entonces me abraza muy fuerte.

"Jade, dime que estás bien, solo dime que estás bien, por favor." Pide en un susurro.

"Daniel, no me pasó nada, en serio, estoy bien." Me besa en la frente repetidas veces y siento sus manos recorrer mi espalda otra vez, esta vez más detenidamente.

"Daniel, deja de auscultarme, ¿quieres? No me pasó nada. Estoy bien. ¿De acuerdo?"

"Lo lamento, lo lamento tanto, Jade."

"Daniel, ¡por favor! No fue nada, deja ya eso, ¿quieres? Me haces cosquillas. Además, no fue culpa tuya, ni de nadie."

"Debí cuidarte… debo cuidarte."

"Por mucho que aprecie tus esfuerzos por lograr eso, lamento decirte, que nunca me ha cuidado nadie y, aun así, estoy en una pieza, y mira que he pasado por cada cosa." Digo, tratando de hacerlo reír.

"Pero, lo que te haya pasado antes, no fue por mi culpa, esto sí."

"Esto tampoco, deja ya el lado fatalista, por favor, Daniel, estoy completa. No ha habido derramamiento de sangre."

"No hables así." Se molesta.

"Está bien, ya vi que da igual lo que diga, nada te hace gracia."

"Lo lamento, por ahora no puedo pensar en otra cosa."

"De acuerdo, no me dejas otra salida…" Me ve intrigado y continúo, tomando un tono solemne.

"Jamás pensé que esto sería necesario, pero, situaciones desesperadas, requieren de medidas desesperadas. Tú tienes algo mío, y lo quiero de regreso en este instante."

"¿Que yo tengo…? ¿Qué tengo tuyo?"

"Ah, ahora resulta que no te acuerdas, que conveniente." Empieza a sonreír, aunque aún no sabe a qué me refiero.

"No, no me acuerdo. Lo siento."

"Hace ya algún tiempo me robaste un beso, y simplemente ya no me apetece que lo conserves, demando su devolución total, y con intereses, ahora mismo."

"Así que, es eso. Y lo quieres justo ahora, ¿con intereses, dices?" Se me acerca muy despacio, y me pone nerviosa, pero ya no hay marcha atrás.

"Sí, lo has guardado mucho tiempo, así que los intereses acumulados deben ser altísimos. Si lo conservas, estarías en deuda conmigo, y, ¿no quieres eso, o sí?" Mi voz tiembla ligeramente.

"No, por supuesto que no, solo que, ¿estás segura de que lo quieres?" Sonríe al fin, con esa sonrisa pícara que adoro.

"Si, segura, ahora mism…"

Sin pensarlo me oprime contra sí y me besa largamente, ¡dioses! Esto de los intereses me está gustando, creo que por fin logré que olvidara. No, no lo olvidó. Suavemente su mano recorre mi espalda, y no es una caricia. ¡Increíble! No puedo evitar reírme, y él tampoco.

"Tonto."

"Solo quería asegurarme."

"Me voy."

"¿A dónde? ¿Justo ahora que estoy saldando mis deudas?"

"A cambiarme de blusa, esta representa demasiada tentación para ti, adiós."

Abro la puerta, veo a Raúl esperándome en el pasillo, está muy serio, pero, yo no tengo ganas de otra escena, aparte de eso, la curiosidad me corroe, tal vez más que a Daniel. Raúl empieza a hablar, sin escucharlo lo tomo de la mano.

"Acompáñame." Me sigue por el pasillo y me informa cual es mi habitación, a la que nunca llegué con todo el ajetreo. Entramos, y busco el primer espejo de cuerpo entero, me paro de espaldas tirando de la camiseta desde el frente, para apreciar los cortes. Son cinco cortes repartidos por toda mi espalda, cortes grandes, bien cabrían dos de mis dedos en cada uno. Me dispongo a hacer algo que, la verdad, me atemoriza, y le pido ayuda a Raúl.

"Ayúdame a levantar la camiseta, quiero revisar mi espalda." La levanta casi hasta mi cuello y volteo, nada, nada en lo absoluto. No lo entiendo, esas tijeras debieron cortarme, al menos en uno de los intentos. No entiendo cómo es que no me llegaron a la piel, fueron hechos con toda la intención de lastimarme, y con gran rapidez, no estuvimos entre el tumulto más de treinta o cuarenta segundos. Descarto, por supuesto, el que me la hubieran cortado en otro momento, era nueva, yo misma la saqué del empaque esta mañana, y estaba completa. No sé qué fue lo que pasó.

"Tengo razón cuando le digo a Daniel, que si alguien entre nosotros, no necesita guardaespaldas, eres tú, nadie habría podido protegerte de esto, de hecho, no lo hicimos. Es como si alguien hubiera puesto su mano entre las tijeras y tú."

"No lo comprendo."

"Jade, estoy muy avergonzado."

"Raúl, no empecemos, te lo suplico. Esto me causa curiosidad, solo eso, si alguien tuvo la culpa, fue la persona que tenía las tijeras en la mano, nadie más. Incluso, tuve que pedirle a Daniel que me diera un beso, con el fin de distraerlo y, honestamente, no pienso hacer eso contigo, ¿estamos?"

"¿Qué le pediste un be…? ¡Si, cómo no!" Ríe con todas sus fuerzas.

"Es verdad, ¿por qué no me crees?" Bueno, al menos lo hice reír, aunque no veo por qué.

Poco tiempo después, nos reunimos para comer, me interesa ver cómo será la relación entre Daniel y Raúl, después de semejante encontronazo, porque ya me he imaginado varias versiones. Sin embargo, ellos tampoco dejan de sorprenderme, nos encontramos con Daniel, Raúl lo saluda y se integra a su conversación como si nada hubiera ocurrido.

Me acerco a Daniel, con el fin de saciar mi curiosidad, esta vez tengo muchas preguntas que quiero hacerle, y espero poder conseguir, al menos, algunas respuestas. Él sigue conversando con los demás como si nada, indudablemente es una actitud muy civilizada, que contrasta terriblemente con la forma en que todo estalló hace solo un rato.

"Daniel."

"¿Qué pasa, guapa?" Sonríe.

"¿Puedo preguntarte algo?"

"Lo que quieras."

"¿Por qué dijiste que no me habían hecho nada porque no les estaba permitido?"

Se queda callado por unos segundos, mirando hacia el frente, me responde, hablando muy bajo.

"Siempre he pensado que, a la gente como tú, algo la protege. Lo que pasó hoy, podría haber sido grave, si alguien no te estuviera cuidando, estoy seguro. No sé cómo explicártelo, es solo una creencia."

"Y, ¿a quién te referías?" Cierra los ojos como cuando algo duele.

"A los malditos que intentaron lastimarte."

"Mmm. Y, ¿qué quieres decir cuando te refieres a la gente como yo?" Quiero aprovechar que, si me está contestando, lo cual no sucede muy seguido.

"Jade, volvemos a nuestra discusión anterior, es difícil hacértelo ver, si no eres capaz de apreciar cómo eres. ¿Qué puedo decirte? Son creencias que tengo. Como cuando te digo que no me gusta que me tomen fotografías, mi abuela decía que las fotos te roban parte del alma, y yo lo creo, es algo similar."

"¿Quieres decir que, según lo que tú crees, a mí no me puede pasar nada malo?"

"Así es, y, de alguna forma, eso se extiende a la gente que quieres… Ya no me hagas caso, guapa, todavía no me repongo de la rabia."

"Entonces, si tú confías en que es así, ¿por qué te enfureciste tanto con Raúl, si finalmente da igual si me cuida, o no?"

"No pienso arriesgarte nunca."

"Oh, bueno, en ese caso. Si lo que me cuida, según tus palabras, se extiende hacia la gente que quiero, entonces…" Se da vuelta para observarme, y levanta una ceja.

"¿Entonces qué, guapa?"

¡Dioses! Con que yo lo sepa, basta. ¿Qué necesidad hay de decírselo? Sin embargo, quiero hacerlo, no obstante, me cuesta.

"Pues que, entonces, tú no tienes de qué preocuparte." Digo clavando la mirada en mi taza de té. No me lo toma a broma. Solo pregunta.

"¿Puedo, entonces, asumir que me quieres un poco?"

"Un poco." Repito aún sin verlo. Se acerca a mí, apoya su frente contra mi sien, y toma mi mano.

"Tú, en cambio, no tienes idea de cuánto te quiero."

"Supongo que, dos pocos, ¿no?"

"Y, ¿por qué deben ser dos pocos?"

"Ah, pues porque a ti te gusta hacer todo a lo grande." Contesto con mi vista fija en la bendita taza. Empieza a reírse, y toma mi barbilla para forzarme a verlo a los ojos.

"Pues no, Jade, mucho más de dos pocos."

"Gracias."

"No tienes nada que agradecer, Jade…"

"¿Qué?"

"¿Ahora si me dirás que soy guapo?"

"No, ahora tampoco."

"¿Por qué? Estamos en un momento de confesiones, ¿no?"

"Resulta que eso no sería una confesión, sería una mentira." Empieza a reírse y se abraza a mí.

El resto de la tarde, y el concierto, transcurrieron sin novedad, lo cual, fue un alivio, han sido demasiadas emociones para un día, todo tipo de emociones. Después del concierto Daniel recibirá la visita de su representante, según entiendo, está en la ciudad, y quiere aprovechar para saludarlo, vendrá acompañado de uno de los cantantes nacionales del momento, a quien también representa. Creo que Daniel, y este joven, han tenido oportunidad de trabajar juntos en algunos proyectos con anterioridad, y supongo que tendrán mucho de qué hablar, lo cual me hace sumamente feliz, significa que yo podré irme a dormir, al menos, un par de horas antes que de costumbre.

Una vez en el hotel, Raúl me pregunta si los acompañaré, mi respuesta fue un definitivo y rotundo no. Obviamente, cuando es Daniel quien me pregunta, mi respuesta varía, solo un poquito, y se convierte en: 'Si crees que es necesario.' Solo ríe, y me libera del compromiso. Raúl me sigue unos pasos, en un vano intento por seguir mi ejemplo, pues no alcanzó a avanzar mucho, antes de que Daniel le dijera que se había referido solo a mí, no a ambos. Ahogué mi risa, me escuchó de cualquier forma, y me dirigí plácidamente a los brazos de Morfeo.

El Juego… Jade

Por la mañana, me alisto de prisa, pues anoche no tuvimos oportunidad de revisar la agenda, y siempre hay cosas de último minuto qué decidir. Me extraña que ni Raúl, ni Daniel, me hayan llamado como lo hacen todos los días, seguramente la velada se extendió hasta altas horas de la noche, y tendré el placer de despertarlos.

Llego hasta la habitación de Daniel y toco a la puerta, escucho su voz, bastante despierta de hecho, que me invita a pasar. Abro la puerta, doy un paso hacia adentro, y me congelo de pies a cabeza. Mi sonrisa desaparece. Daniel se da cuenta y frunce el entrecejo.

"Buenos días, guapa, adelante. Déjame presentarte." Consigo dominarme lo suficiente, para dar dos pasos cortos, y me acerco un poco, solo un poco, Raúl cierra la puerta a mi espalda. Frente a Daniel está un señor sentado, pero yo no puedo retirar la vista del guardaespaldas de este señor. Es un demonio muy similar al de mi habitación, mismo que se enderezó en cuanto yo entré, y se acercó a su… ¿jefe?

"Tú debes de Jade." Menciona al ponerse de pie y acercar su mano para saludarme. ¿De verdad debo saludarlo? No quiero. Sin embargo, lo hago y sonríe, sostiene mi mano.

"Yo soy Salvador, representante de Daniel, ¡cuánto gusto! Tenía grandes deseos de conocerte, me han hablado mucho de ti."

El demonio aprovecha para acercarse a olfatear el aire a mi alrededor, para luego esbozar una enorme sonrisa, al tiempo que él hace esto, el fétido olor que lo rodea me envuelve. Dioses, voy a vomitar.

Trato de hablar, no lo consigo, solo libero mi mano de la suya, y esbozo un remedo de sonrisa. Daniel tiene la mirada fija en mí, no sé qué hacer. El demonio empieza a caminar lentamente por la habitación, arrastrando los pies sin perderme de vista. Es curioso, los conozco bien, no me hará nada, nada físico, pero no sé qué efecto pueda tener su presencia en Raúl, o en Daniel, es por ellos que temo.

"Toma asiento, guapa." Dice Daniel tratando de adivinar qué sucede.

El demonio se acerca al sitio en el que Daniel está sentado, intentando moverme más normalmente, me dirijo justo a ese sofá, y me interpongo entre Daniel, y él. Su reacción me intriga muchísimo, al acercarme, da dos grandes pasos hacia atrás, y se repliega contra la pared, detrás de Salvador. Muy extraño.

"¿Quieres tomar algo?" Pregunta Daniel. Por fin le respondo.

"No, gracias, desayuné hace unos minutos, solo quería revisar algunas cosas contigo, pero, podemos dejarlo para después, nada es urgente."

Rocío Blisswealth

"Estupendo." Responde Salvador "Ayer estuvimos aquí, es decir, Víctor Arredondo y yo vinimos a cenar con ustedes. ¿Por qué no nos acompañaste, linda?"

¿Cómo que a cenar con nosotros? Vinieron a cenar con Daniel, yo no tengo vela en el entierro. No sé qué tiene la forma de este señor de llamarme linda, que me resulta molesta.

"Lo lamento, supuse que ustedes tenían cosas importantes que tratar, dada la calidad de artistas que estarían sentados a la mesa, no quise estorbar."

"¡Pero si tú nunca estorbas, niña! Hubiera sido fantástico poder presentarte a Víctor, le hubiera gustado conocerte."

"Es usted muy amable." ¿Cómo sabe el bendito señor que nunca estorbo, si jamás me había visto? Y, conocer a Víctor Arredondo, la verdad, me da flojera.

"¿Te gusta su música?"

"¿La de quién?" Pregunto un tanto ausente.

"La de Víctor, claro. ¿O, acaso solo escuchas la de Daniel?" Pregunta rematando con una carcajada.

"Solo escucho la de Daniel." Contesto con seriedad.

"Vaya, ¿por lealtad?"

"Malinchismo quizá, supongo que así podemos llamarle." Creo que me adelanté a sus argumentos porque, por fin, se queda en silencio, observándome.

Daniel no me quita la vista de encima. ¿Qué estará pensando? Que soy una grosera, seguramente, como mínimo. Gira su mirada hacia Raúl.

"Raúl, ¿qué te parece si acompañas a Jade para que revisen la agenda, y ven si pueden avanzar algo? Salvador y yo terminaremos en unos minutos, pero, aun así, el tiempo se nos está echando encima."

Nos ponemos de pie, el demonio no se mueve de su sitio, y tampoco nos dirige la mirada, supongo que viene en calidad de mero acompañante, menudas amistades tiene Daniel.

"Fue un placer conocerte, linda, espero que podamos vernos de nuevo, muy pronto."

"Ya déjala ir Salvador, ¿no escuchaste que tenemos prisa?"

"Con permiso, ah, y es Jade, ese es mi nombre, Jade." Salgo de ahí, seguida de Raúl.

"¡Que bárbara, Jade! De verdad que te cayó mal Salvador, ¡por un momento pensé que vomitarías!" Muere de la risa.

"Se notó mucho, ¿eh? No lo pude evitar, es decir que mis intentos por portarme educada fueron totalmente en vano." Es ahora que me angustio.

El Juego… Jade

"No, educada te portaste, pero, con una cara de asco. Difícilmente pude aguantar la risa, linda." Repite esto último en el mismo tono que usó Salvador.

"¡Cállate, por favor! Ya estoy bastante mortificada."

Daniel llega a mi habitación, la que me espera, ni siquiera volteo a verlo. Espero un par de segundos, y nada, levanto la vista y lo veo, escucho una carcajada suya, seguida de una de Raúl.

"Guapa, ¡pensé que ibas a vomitar! Entiendo que te caiga mal, es medio antipático, pero, tenías una cara de asco."

"Daniel, lo siento de verdad, es que…"

"No, no te disculpes, fue sensacional verlo deshacerse por caerte bien, sin lograr absolutamente nada. Mira que querer presentarte a Víctor. Pero, ya hablando en serio, ¿por qué te cayó tan mal?"

"Tiene un… un aura muy desagradable."

"Así que lees el aura, y no nos habías dicho."

"Solo puedo verla cuando es tan desagradable como la de él. Ay, lo siento." Me cubro la boca con la mano.

"Ya te dije que no te disculpes, fue muy divertido, olvídalo."

"Pero, él es tu representante."

"Solo olvídalo, ¿sí?"

No, no puedo solo olvidarlo, ese fue el primer demonio que veo desde que salí de Monterrey, y no puedo pasarlo por alto. Nunca los había visto en relación con una persona que no fuera yo, y lo que más me preocupa, es que se trate de una persona tan cercana a Daniel. A la vez que ellos revisan la agenda, yo intento repasar los acontecimientos.

¿Por qué el demonio se echó para atrás? Y, ¿cómo es que acompaña a Salvador? Porque, ese es un hecho del que no puedo sustraerme. Nunca le dediqué tiempo alguno a pensar en ellos, porque se mantenían estrictamente relacionados conmigo. Sin embargo, hoy he visto uno, que solo venía de visita, ¿sería causalidad? Si así lo fue, me reconoció en cuanto olfateó el aire a mí alrededor, ¿se encargará de dar aviso de dónde estoy? Yo creo que sí lo saben, debe ser la base de las conversaciones entre mamá y Mara.

Estoy tan absorta en disfrutar todo este tiempo, que ni siquiera he puesto atención, no he revisado los espacios en busca de ellos, y, ¿si aparecen? Tendré que tener más cuidado, pero, si los encuentro, ¿cómo sabré si están aquí por mí, o por otra persona?

Al llegar a nuestro siguiente destino, una vez hospedados, recibo una llamada de una presidenta de un club de admiradoras. Ellas son amigas de Paty, y se pusieron en contacto conmigo por medio de la casa discográfica, de manera que todo debe ser seguro. Daniel mandó hacer camisetas y tazas para obsequiarles, y yo las veré en el lobby del hotel para entregárselas. Le debo tanto a Paty que, al menos a través de ellas, quiero retribuirle un poco de todo lo que ella hizo por mí.

Con ayuda de alguien del personal del hotel, bajo en el elevador, con el cargamento que les voy a entregar. Se abre la puerta y ellas están ahí, son casi veinte chicas que, me ven como si yo fuera un ser totalmente irreal, como si algo de Daniel se me hubiera pegado, y ellas pudieran apreciarlo.

Me siento en una de las pequeñas salas que hay en el lobby, y ellas forman un círculo alrededor de mí, sentándose en los sillones que quedan disponibles, otras en la mesa de centro, y el resto sobre el piso. Simplemente no les importó, tenían miles de preguntas, y querían ser capaces de escucharme a como diera lugar. La presidenta lleva la voz cantante y me saluda, sin embargo, le pido que me permita entregar mis paquetes antes de que platiquemos. Abro la caja y reparto, primero las camisetas, más que suficientes para todas, y, afortunadamente, las tazas alcanzaron justas. Daniel incluyó fotografías autografiadas y algunos discos que ellas se encargarán de rifar. Me hace gracia ver que acarician los objetos como si fueran tesoros, como si fueran una extensión de Daniel.

Eso me recuerda la ocasión en que recibí su carta, y la guardé en el cajón de mi cómoda, la saqué de ahí, innumerables veces, solo para acariciarla, no necesitaba leerla, conocía de memoria el contenido, sin embargo, me daba una sensación de felicidad el tenerla, que bien puedo entenderlas. Una vez vacía la caja, me dispongo a escucharlas. La presidenta toma la palabra.
"Tú eres Jade, ¿no es cierto?"
"Así es."
"Paty nos ha hablado mucho de ti, nos ha contado la historia, ¿sabes?"
"¿Cuál historia?"
"La de cómo conociste a Daniel en Monterrey, y ahora estás aquí." Dice esto último con un reflejo de admiración en la voz.
"Ah, eso, bueno, yo…" Antes de que logre pensar en algo que decir, otra de las chicas interviene.
"Debe ser increíble, ¿no es cierto?"
"¿Qué cosa?"
"Tenerlo cerca todo el tiempo."

Tiene razón, lo es, esto es lo que yo quería recordar en Monterrey, es aquello a lo que no quiero acostumbrarme.
"Si, lo es."
"¡Lo sabía! Tenía que ser."

El Juego… Jade

El resto de las chicas me acosa con preguntas que, van desde, ¿cuál es la comida favorita de Daniel? Hasta, ¿cuál es su equipo de futbol favorito? Y mil preguntas, que intento contestar tan ampliamente como me es posible. Ya casi se termina el tiempo que yo tenía destinado para ellas, y no sé cómo despedirme, he pasado un tiempo muy divertido. De repente, las veo sonreír, y quedarse muy quietas, siento una mano que me acaricia la cabeza. Levanto la mirada y Daniel está ahí, sonriendo, les pidió a las chicas, a señas, que no hicieran ruido, y ellas, por supuesto, obedecieron.

"¿Cuánto tiempo llevas ahí?"

"Un poco. "Una de las chicas, en un gesto de lealtad hacia mí, agrega.

"Más que un poco, diría yo." Daniel la ve con mirada acusadora.

"¡Hey! No me delates. Las dejo con ella unos minutos, y ya las puso de su lado, ¿eh?" Las risas se escuchan a nuestro alrededor.

"Hazme un lugarcito." Se sienta a mi lado. "Raúl me preguntó si quería bajar con guardaespaldas, pero yo contesté que no era necesario, ustedes me cuidan, ¿verdad?"

"¡Por supuesto!" Corean todas.

Me acerco a la chica que se puso de mi lado, y le pregunto en secreto:

"¿Desde cuándo estaba ahí? Es decir, ¿qué alcanzó a escuchar?"

"No te preocupes, desde lo del equipo de fútbol en adelante, nada importante."

"Gracias."

"De nada." Responde con una sonrisa de complicidad, supongo que eso nos convierte en amigas, o algo así.

Daniel platica un buen rato con ellas, se toma todas las fotografías que es posible, y se despide, abrazando a cada una como si fuera una vieja amiga. Eso me encanta de él, es agradecido, sabe que, lo más importante para ellas, son los minutos que puedan pasar con él, y les da todos los que puede. Mi nueva amiga se acerca y me susurra al oído.

"Tú nos das esperanza a todas."

Solo le sonrío, ¿qué podría decirle? Yo me despido también, y me retiro con Daniel hacia el elevador, pone su mano en mi espalda.

"Ahora no, Daniel, este tiempo es solo para ellas, y no quiero que se lleven el recuerdo de ti, conmigo, sino del tiempo que pasaron en tu compañía, ahora eres todo suyo."

"De acuerdo." Seguimos caminando uno al lado del otro, sin que me toque. Sin embargo, tan pronto entramos al elevador, y las puertas se cierran, abre los brazos todo lo que el espacio se lo permite y con una amplia sonrisa grita.

"¡Ahora sí guapa, soy todo tuyo!"

Rocío Blisswealth

¡Dioses! ¿En serio? ¿Qué habré hecho yo para merecer todo esto? Qué terrible tentación. Lo veo, levanto una ceja, y con una sonrisa contesto.

"Vaya, no cabe duda que soy una mujer con suerte, con mucha suerte." Me acerco lentamente, pongo mi mano sobre su pecho, y en cuanto él inclina la cabeza para besarme, continúo. "Sin embargo, no pienso aprovecharla el día de hoy, la guardaré para otra ocasión." Justo entonces, con el tiempo perfecto como si estuviéramos en una obra de teatro, se abre la puerta del elevador, doy un giro para darle la espalda, y empiezo a caminar por el pasillo. Muerto de la risa, me abraza muy fuerte.

"Eres una malvada, ¿lo sabías?"

"Algo me han dicho."

Aparentemente tenemos un poco de tiempo libre, cerca de tres horas, suficiente para una larga ducha, no recuerdo cuándo fue la última vez que pasé más de 10 minutos bajo el agua de la regadera, y, definitivamente, me urge una sesión de depilado. Usar jeans diariamente ayuda a ocultar... bueno, ya saben, las piernas, pero, prefiero estar lista en caso de que requiera usar alguna falda, uno nunca sabe.

Aparte de eso, quiero decir, una vez cubierta la parte de la vanidad, dispondré de tiempo para pensar, creo que tal vez, solo tal vez, si puedo dedicar unos minutos para pensar en todo lo que me está pasando, pueda averiguar el porqué de algunas cosas.

Una vez fuera del baño, me recuesto sobre la cama, y dejo que mi mente pasee por ideas, solo eso, todo está tan revuelto que no encuentro un hilo de pensamiento que pueda seguir. Desde que conocí a Daniel, mi vida, yo misma, he cambiado muchísimo, ya ni siquiera me reconozco. Haciendo memoria al respecto, siempre he sido bastante aislada, nunca logré encontrar un punto de contacto con el resto de la gente. Para ser honesta, la mayoría de las personas me exasperan, se preocupan por si el novio les llamó, o no, o por si aprobarán un examen para el que no estudiaron, o por si los impuestos serán más altos a partir de enero, y cosas así, que en realidad carecen de importancia. La vida avanza pese al resultado de todo esto, y ellos se la pierden toda, simplemente la dejan pasar, esperando una llamada de alguien que, en mayor medida que ellos, si está viviendo.

Pese a esta conciencia, yo tampoco hacía gran cosa por cambiar mi vida, no lo creía posible, hasta que conocí a Daniel, y encontré mi lugar, este sitio, que para la mayoría de las personas resulta poco menos que inaccesible. No obstante, aquí encajo a la perfección, nadie me nota de forma especial, eso quiere decir que no les resulto extraña, y lo disfruto enormemente. Aun así, no puedo ignorar la posible razón de mi presencia aquí, Daniel sabe de las cosas que puedo hacer, algunas de ellas, él las hizo aflorar, cuando yo ni siquiera sabía que las tenía, otras, solo él parece conocerlas. ¿Cómo puede él saber tanto acerca de mí en ese aspecto? Nunca hablamos de eso, pero, está ahí, ¿será que para él ese tipo de cosas son normales? Me encantaría saberlo, podría hablar con alguien al respecto, y aprender, tal vez.

Otra cosa que quisiera saber es, ¿cómo es que los demonios llegaron aquí? Me refiero a que, bueno, nunca creí que la dicha, de poder gozar de su compañía era exclusivamente mía, pero, el poder atestiguar que los hay en otros lados, me alivia un poco, aunque, ¿de qué privilegios goza Salvador para que lo cuiden? Porque claramente vi que eso es lo que el suyo estaba haciendo.

El de mi recámara se ha dedicado a aterrorizarme toda mi vida. ¿Cuál es la diferencia entonces? Porque, aun cuando mi abuela se pasó la vida diciéndome que todo era blanco, o negro, nunca gris, o alguna otra de las tonalidades de esa gama, yo no acabo de creer que eso sea totalmente cierto. El demonio que vi salir del espejo recalcó que reconocía el olor de mi sangre desde hace cientos de años, eso me inclina más hacia el karma, ya que el que vi con Salvador no reaccionó, sino hasta que olfateó el aire a mi alrededor. Me encantaría saber cómo es que los manejan, al menos para que se alejen de donde estoy, para mí eso sería más que suficiente.

Un hilo más de esta madeja, estando aquí, siento que no tengo por qué cuidarme de nadie, no solamente comparto mi tiempo con un grupo de personas, a quienes puedo en realidad llamar amigos, sino que he compartido con ellos cientos de cosas en solo mes y medio, muchas más cosas que en años de tratar a mis vecinos, o compañeros de escuela, por ejemplo. Si bien, es cierto que ellos no saben gran cosa de mí, al menos no por mi boca, de alguna manera siento que es solo cuestión de tiempo, no de confianza, que se enteren de como soy, ya que, hasta ahora, no existe ninguno de ellos que me provoque ni una pizca de desconfianza.

Supongo que eso es evidente, ya que tengo, como ya dije, casi mes y medio, viajando con ellos, trabajando con ellos, en fin, viviendo con ellos, y nunca me había sentido más segura en toda mi vida, eso para mí, es una sensación increíble. No obstante, no logro entender cómo, después de desconfiar hasta de mi sombra desde que tengo memoria, ahora mi guardia está completamente baja.

El tiempo se me está acabando, y, como de costumbre, no llego a ningún lado. Me pregunto si alguna vez tendré respuesta para todos mis cuestionamientos. Quizá, si lograra separar el mundo real, del espiritual,

Rocío Blisswealth

lograría descubrir algo, pero, ni siquiera sé cuál, es cuál. Cuando tengo un demonio enfrente, no existe nada más real para mí, al estar de gira, esto es lo único real, y cuando estoy en Monterrey, eso es lo real. ¿Dónde termina uno y comienza el otro? O, ¿son el mismo? Eso también me gustaría saberlo. Tocan a la puerta, es Daniel, lo sé.

"Adelante."

"¡Hola, guapa! ¿Descansaste un poco?"

"Un mucho, de hecho."

"¿Dormiste?"

"Medité." La sonrisa se dibuja en su rostro. "Daniel, no empieces."

"Está bien, déjame decirte que tenemos una cena en un rato más, no es nada formal, solo nuestro grupo, pero los alimentos los prepara un excelente chef, cuya comida me encanta, claro que podrías seguir descansando, pero, créeme, no te quieres perder de esto." Lo observo y sonrío maliciosamente, sus ojos brillan de una forma especial.

"¿De qué te ríes?"

"Me pregunto…"

"¿Qué cosa?" Pregunta levantando una ceja.

"¿Quieres decir que ese chef ha sido el encargado de nutrir el templo que tengo frente a mí?"

Acaricio su mejilla con la punta del dedo. ¡Lo logré! No se lo esperaba, y su cara se pone completamente roja, jamás creí que eso fuera posible, él lo sabe, cierra los ojos, y sonríe muy suavemente.

"Me estás llamando guapo."

"No."

"¡Por supuesto que sí!"

No, Daniel, no te estoy llamando guapo, te llamé templo, de esos que hay en algunas ciudades del país, decorados con engarces de oro hechos a mano. Te estoy llamando Monumento Nacional, eso es todo.

"No, no es así, ¿no has escuchado que el cuerpo humano es el templo de cada persona, y como tal, hay que cuidarlo? Ya te he dicho que tienes una opinión muy benévola de ti mismo, pero ¿sabes?, yo no soy tan generosa."

La risa lo ahoga y se arroja sobre mí, que no me he levantado de la cama, trato de unirme a sus risas, pero no hay forma de que tome aire.

"Daniel." Digo en un susurro. "Me estas ahogando."

"Lo mereces, por, ¡por odiosa!" Sigue riéndose. "Te veo en un rato." Sale de la habitación para dejarme disfrutar mi travesura.

Antes de la famosa cena, bajo al lobby del hotel para buscar unas revistas. Mañana temprano dejamos esta ciudad, y una vez más el trayecto será por autobús, si tengo que ver la misma bendita película otra vez, prefiero morir. Al llegar a la tienda, empiezo con mi selección, y puedo ver cómo la señorita del mostrador tiene algunos problemas con un joven, pues él no habla español, y ella no entiende ni pizca de inglés. Me acerco y les pregunto si puedo ayudarles, la chica me ve con cara de que llegué a salvarla. Una vez realizada la compra, salgo de la tienda, y me dirijo al lobby, él me sigue para hacerme unas preguntas respecto a dónde comprar algunas otras cosas, y nos quedamos conversando un rato.

Antes de que logre preguntarle que lo trajo a la ciudad, escucho un alboroto cerca de los elevadores, al voltear para ver de qué se trata, puedo ver a un cantante de rock que, según entiendo, está dando una serie de conciertos en el país. La última vez que hablé con Mara, me preguntó si lo había visto, me informó que hemos coincidido con él, durante la gira, en varias ciudades, y cuando contesté que no tenía idea, no lo creía posible, tratándose del hombre más sexy sobre el planeta tierra. Menos mal que no dijo que el más guapo, pues habríamos caído en una discusión sin precedentes. El más sexy, pues sí, eso puedo aceptarlo, es más, lo sostengo, si hay uno más sexy que él, yo no lo he visto.

Es un hombre muy alto, de largo y alborotado cabello rubio, cara muy angulosa, y estridente en su forma de hablar, debería decir, de gritar, de moverse, ¡dioses! Cómo se mueve, y en su forma de vestir, colores, colores y más colores lo envuelven, haciendo imposible pasarlo desapercibido. Me resulta muy difícil dejar de verlo, ¿a qué hora se alejará de aquí, y se dirigirá a dondequiera que vaya? Me gustaría continuar mi conversación. John, así se llama el joven con quien estoy platicando, se pone de pie, claro, con tanto escándalo ya no se puede hablar. El ruido continúa, y este hombre se acerca cada vez más a nosotros, solo eso me faltaba, estar justo en su camino hacia el 'dondequiera' que mencioné antes.

Se detiene justo frente a mí, y antes de que pueda reaccionar, me abraza. Súbitamente coloca sus brazos alrededor de mi cuello y una pierna, ¡sí, una de sus piernas alrededor de las mías! Pero ¿qué le pasa a este hombre? Lo que es hoy, Mara me va a odiar, eso es seguro. Ah, porque ¡claro que se lo voy a contar! Hago lo posible por liberarme de sus brazos, y es entonces que me saluda, a buena hora, qué tipo.

"¡Hola! ¿Cómo estás?"

"Buenas tardes, ¿serías tan amable de soltarme?"

"¿Por qué?" Habrase visto semejante grosería. ¿Cómo que, por qué? "Porque yo digo, solo por eso."

"¿Eres amiga de John?" Pregunta sin soltarme.

Rocío Blisswealth

John hace su mejor esfuerzo por ponerme al corriente, dado lo incómodo de la situación, incómoda solo para mí, aparentemente. Resulta que él es su asistente, esto hace cada vez más difícil que pueda yo librarme de este hombre en un futuro próximo. Logro colocar una de mis manos contra su pecho y lo empujo, su carcajada se escucha en todo el lobby. Lo único que empeoraría la situación, sería que Raúl, Sebastián, o peor aún, Daniel, bajaran a buscarme, las burlas estarían a la orden del día.

"Recién lo conocí, dime una cosa, ¿siempre eres tan confianzudo?"

"¿De verdad no te gusta que te abrace? Eso es raro, serías la primera mujer con quien me pasa eso."

"De verdad no. Pero, siempre he sido rara, me gustan los hombres un poco más silenciosos. Para ti debe ser simplemente incomprensible, lo lamento. Además, no tolero tanto atractivo en una sola persona, me parece injusto, de modo que prefiero que estés un poco más lejos." Sonríe ampliamente, supongo que mi explicación le es satisfactoria, siempre que yo sea capaz de reconocer lo abundante de sus cualidades.

"Pues yo no lo prefiero, lo lamento también." Coloca su brazo alrededor de mi cintura. Este hombre es imposible, se sabe guapo, lo es.

"¿A qué te dedicas?" Pregunta John.

"Trabajo con Daniel Montalvo, ¿lo conoces?"

"Nunca escuche hablar de él." Responde el rockero guiñándome un ojo, sabe quién es, simplemente no le importa. "Sin embargo, debe ser un idiota con mucha suerte."

Logro liberarme de su brazo y me despido, él sonríe y se despide también, en el mismo volumen de voz con que me saludó. Solo volteo para decirle adiós a John, y entro en el elevador. ¡Loco! No lo puedo creer. Más vale que me dirija a la seguridad de la habitación de Daniel, corro el riesgo de encontrarlo de nuevo, nunca pregunté en qué piso se hospeda.

Ya están todos en la suite, listos para cenar, una de dos, este chef es de verdad increíble, o el hambre de todos, al igual que la mía, es enorme. Eso es una ventaja, en caso de que la comida no me guste, lo cual, conociéndome, es bastante común, me la comeré de todas formas. Durante estas semanas he aprendido a hacer caso omiso a mis papilas gustativas, y sacio mi hambre, sin darle importancia al sabor de los alimentos. En cuanto entro en la habitación, Daniel se dirige a mí.

"¡Ahí estas! ¿Dónde te habías metido?" Su voz muestra ansiedad.

"Fui a comprar unas revistas."

"¿A comprar revistas? ¿A dónde?"

El Juego… Jade

No tengo costumbre de que nadie me cuestione dónde he estado, o qué he estado haciendo, tal vez por eso es que me resulta tan molesto, aun viniendo de Daniel. Sobre todo, si habla con ese tonito autoritario que odio, ya se lo escuché a Mara lo suficiente, como para permitir que alguien más lo use conmigo, estaría loca.

"Por ahí." Es toda mi respuesta.

"¿Cómo que, por ahí? ¿A dónde fuiste? No saliste del hotel, ¿o sí?" No le respondo, me encamino hacia la mesa en busca de alguien con quien conversar, aunque, según puedo ver, Daniel piensa seguirme para continuar con el interrogatorio.

"No te escuché." Dice levantando un poco la voz.

"Será porque no te respondí." Empiezo a ser grosera.

"Ah, ¿y puede saberse por qué?" Ya está molesto, uy, si supiera cuánto me importa.

"No tengo costumbre de que me interroguen."

"No me digas que en tu casa jamás te preguntan dónde has estado."

"Jamás."

"¿Ni siquiera tu abuelo lo hacía?" No intentes usar esa arma, Daniel.

"No se hubiera atrevido."

"¿Cómo que...? ¿Por qué?"

"Porque él sí era un caballero."

Se hizo el silencio en esa habitación, cuando Daniel hace una pregunta, se le responde. Nadie es capaz de enfrentársele, aun cuando exista un buen motivo. Bueno, pues yo no soy igual que los demás, y si se enoja, tiene dos trabajos, enojarse y contentarse, pues a mí no me impresionan sus gritos en lo más mínimo. Todas las miradas están fijas en mí, así es, nadie se atreve a mirarlo a él.

"Me estás llamando irrespetuoso." Sigue con la voz bastante alta.

"Creo que la palabra más adecuada sería, grosero."

"Me preocupo por ti." Baja un poco la voz.

"Aja, ahora resulta que así le llaman a ser entrometido."

"Es verdad, Jade."

"Vaya, ¿no podrías intentar ser más congruente entre lo que dices y lo que demuestras? Porque, según tú, nada malo puede pasarme. ¿No fue eso lo que dijiste?"

"Sí."

"Estupendo, entonces, fin de la discusión, tengo mucha hambre." Toma asiento frente a mí, respirando agitadamente, Raúl se sienta a mi lado.

"Aún está esperando que le digas dónde estabas."

Rocío Blisswealth

"Lo sé."

"¿Lo harás?"

"No."

"Jade, y, ¿dónde estabas?"

"¿Qué te importa?"

"Ese es un buen sitio."

La comida, en realidad, resultó estar fantástica, debo agradecer que Daniel le advirtió al chef respecto a mi alergia a la comida de mar, y eso lo llevó a prepararme la carne más deliciosa que alguna vez haya probado, el resto de la gente engulló con singular alegría grandes cantidades de pescado. Para finalizar, el chef nos acompañó para una taza de café, es un español verdaderamente agradable, aun así, no quiso compartirnos ninguna de sus recetas, da igual, yo no cocino, ni siquiera si mi vida dependiera de ello.

Dormí como hace mucho no lo hacía, después de una cena como la que tuvimos, era de esperarse, no obstante, nuestro autobús debía salir al alba, para llegar a tiempo a nuestro siguiente destino, así que tuve que abandonar la cama todavía a obscuras. Nos reunimos en el lobby y Daniel se me acerca. Lo saludo con un beso en la mejilla, y él solo sonríe, espero que eso signifique que dejará el asunto pasar de largo. ¡Ay, no! Se abre la puerta del elevador, y sale el rockero seguido de John, ni modo, que sea lo que dios quiera. Me ha visto, me alejo de Daniel, no quiero verme en la disyuntiva de tener que presentarlos. El rockero me sonríe. ¡Dioses, qué sexy es!

¿Por qué a algunos se los dan todo, y a otros absolutamente nada? Sigue pareciéndome injusto. Daniel no me pierde de vista, veo a Raúl y espero que mi mirada sea clara al expresar que no se atreva a acercarse, titubea, y se queda en su sitio. Bien, Raúl, muy bien. Como una explosión, se escuchan los gritos del rockero, como si yo estuviera a cien metros de distancia.

"Hola hermosa. ¿Cómo estás?" Me abraza con más… digamos que con más intensidad que ayer, supongo que, para hoy, ya somos antiguos conocidos. No opongo resistencia, es lo que ellos están esperando, cualquier señal de disgusto de mi parte, para salir en mi rescate, no, no lo haré. Me abraza por la cintura y me mantiene frente a él para que no pueda ver a nadie más, sin que me suelte, saludo a John que, sonríe con cierto grado de vergüenza. Sabe que todo esto me incomoda.

"Bien, gracias."

"¿Qué cosa?" Pregunta.

"Me preguntaste que cómo estoy."

"Ah, no, no era pregunta, no necesito preguntar algo tan evidente."

El Juego… Jade

"Estás loco."

"¿Ya te vas?" No le respondo, solo lo observo.

"¿Por qué no me respondes?"

"Ah, lo lamento, ¿esa sí era pregunta? De acuerdo, si, ya me voy."

"Nos vemos pronto."

"Por supuesto."

Por fin me suelta, después de besarme en ambas mejillas repetidas veces, y acariciar mi cabello. Me despido de John, no sin antes decirle que no se preocupe, está loco, y ya lo acepté así, es inofensivo. Giro y me encuentro con varios pares de ojos observándome, todos con excepción de Daniel, que finge revisar la agenda. Me reincorporo al grupo, y nos dirigimos hacia el autobús. Sebastián se me acerca, y pregunta si quiero compartir asiento con él, eso indica que él será el encargado de obtener la información que Daniel quiere. ¡Ja! Eso será solo si yo lo permito.

"Jade, ese hombre es…"

"Sí."

"No sabía que…"

"Así es."

"¡Vaya!"

Ese es el tipo de conversaciones que me gustan, directas, concisas, y al grano. Una vez en el autobús, saco una de mis revistas, y se la ofrezco. La ve con extrañeza, es una revista común, no pensará que compraría una de autos, o peor aún, de manualidades, ¿verdad? Respeto a la gente que tiene la paciencia para dedicarse a cualquiera de las dos cosas, pero definitivamente, no es lo mío.

"¿Qué pasa?" Pregunto.

"No, es que, ¿era cierto lo de las revistas?"

"Sí. ¿Por qué?"

"Pensé que era el pretexto, pero que en realidad estabas con el rockero ese."

Quiere averiguar dónde estuve, no pienso complacerlo.

"¿Quieres la revista, o no?"

La pantalla frente a nosotros se enciende, anunciando como 'Estreno Mundial' la bendita película que han puesto hasta el cansancio, y que es solo un poco más nueva que el Cerro de la Silla. Sebastián me arrebata la revista de las manos y empieza a hojearla, cualquier cosa será mejor.

Todo se ve tranquilo cuando llegamos a la siguiente ciudad, Daniel vuelve a ser el mismo, y recobra su buen humor, todo parece estar normal hasta que llegamos a la habitación, y respondo una llamada telefónica.

"Daniel…"

"¿Quién es, guapa?"

"Es tu papá, está en el lobby."

Sé que la noticia no le es grata, le resulta tan agradable como si a mí me visitara el mío. Nada bueno va a salir de todo esto. Su cara palidece, se pone serio, y toma la bocina, demasiado tarde, el señor ya colgó. Está tocando a la puerta. Raúl y yo nos dirigimos hacia la puerta en el lado opuesto de la habitación, misma que comunica con la suite de Raúl. Daniel me sujeta por el brazo, no se vayan, créeme, le gustará conocerte. Me suena a, necesito apoyo moral, de acuerdo. Súbitamente me siento en un aparador, y yo soy el atuendo de temporada. Daniel abre la puerta.

"¡Vaya! Hasta que te dignas abrir, ¿estabas en el otro lado del palacio? Cómo tardaste."

Me quedé corta al decir que sería como si viniera mi papá, es él mismo, envuelto en otra piel, arrogante y con una capacidad estratosférica para minimizar a aquellos a su alrededor. Daniel, lamento informarte que si no me dejas salir de aquí ¡y pronto! esto va a acabar peor de lo que pensé.

"¿Cómo estás? ¿Qué haces aquí?" Pregunta Daniel.

"Vine a ver a mi hijo, o qué, ¿no puedo?"

"Supongo que sí, déjame presentarte, a Raúl ya lo conoces, ella es Jade."

"Niña, mucho gusto, y dime, ¿no te aburres trabajando con él?" Señala a Daniel con el dedo índice, como si fuera un objeto.

"No señor, en lo absoluto." Me contengo, me contengo.

"Pero no me digas señor, me llamo Daniel."

"Me alegra que lo mencione, yo tampoco me llamo niña, mi nombre es Jade, señor." Daniel sonríe, su padre también lo hace, aunque más bien parece una mueca. Sigue hablando, y yo, cada vez encuentro más difícil contenerme, hasta que ya no lo hago.

"Todavía no entiendo qué demonios es lo que la gente ve en él, yo no le encuentro gran chiste." Dice refiriéndose a Daniel. ¡Suficiente! Ya no puedo más.

"No es de extrañarse, pasa igual con las joyas, para la vista de un joyero, son obras de arte. Para nosotros, gente común y corriente, son solo piedras." Lo lamento, lo lamento, lo lamento. No, no es verdad. No lo lamento en lo absoluto, por fin guardó silencio.

Comeremos juntos, pero ¿yo qué culpa tengo? Seguro resultará en una indigestión, o algo peor, pero de una revoltura de estómago no me salvo. Lo observo mientras comemos, por fortuna, difícilmente puedo ver algo de él en Daniel, sin embargo, hay algo en la estructura ósea que demuestra que los mismos genes pasaron por ahí. Ha sido un hombre muy exitoso en todos los negocios que ha emprendido, y es evidente el hecho de que no le perdona a Daniel el dedicarse a cosas que considera no solamente frívolas, sino pasajeras. Daniel exuda incomodidad por cada uno de sus poros, y veo que lucha por no perder la imagen de hombre íntegro que tiene frente a nosotros, y su padre, a su vez, lucha por exhibirlo como un pelele a cada frase. Este tipo de hombres, ¿no se darán cuenta que han encendido la fogata en la que sus hijos cocinan un odio a fuego lento, y que algún día tendrán el placer de hacérselos comer?

Todavía recuerdo, con absoluta claridad, lo que sentí cuando vi a mi papá en su lecho de muerte, nada, absolutamente nada. Y ahora, viendo a Daniel, me da gusto haber cerrado la puerta a todas sus estupideces, antes de que lograra hacerme el daño que este hombre le hace a él, y que es palpable.

El señor tiene don de gentes, es agradable y educado con cualquiera que no sea Daniel, si tan solo lo hubiera conocido en otras circunstancias, tal vez podría disfrutar de su compañía. Así era mi papá, muy querido por la gente que lo conocía, salvo excepciones como la que ustedes conocen. Sigue conversando por algún tiempo, hasta que surge el silencio, que aprovecho para agradecer por tan agradable comida, y despedirme. Ya no pude encontrar más paciencia, y quisiera encaminar mis pasos hacia el primer cuarto de baño, y vomitar. Raúl también está despidiéndose para dejarlos hablar a solas unos minutos, eso en caso de que tengan algo que decirse, no lo sé. Solo unos minutos después de que llego a mi habitación, Daniel abre la puerta, no dice nada por algunos segundos.

"Se ha ido."

"Qué bien." Para otra persona esto sería una grosería monumental, no para él, en eso somos iguales.

"Jade, ¿me das un abrazo?"

"Mira lo que son las cosas, justamente hoy, tengo oferta de abrazos, así que podría darte hasta dos."

"¡Cuánta generosidad! Y, ¿podría cambiar esa gran cantidad por uno largo, largo, largo?"

"Déjame ver. ¡Vaya! Estás de suerte, todavía me queda uno de esos."

Se acerca a mí y lo abrazo muy, muy fuerte, hoy más que nunca, sé que le hace falta. ¿Cuánto tiempo significará largo? No lo sé, pero espero que dure mucho tiempo, mucho en verdad.

Nunca había sentido a Daniel tan desanimado, me cuesta creer lo parecidos que son nuestros padres, sin embargo, yo logré hacer al mío a un lado, él prefirió irse de la casa, aun cuando eso solamente significara ver al suyo con menos frecuencia, y sufrirlo pocas veces al año.

Eso para mí es sufrirlo igual, no obstante, puedo entenderlo, preferimos huir de los problemas, que enfrentarlos. Sabemos lo que tenemos que hacer, seguramente lo hemos vivido en nuestra cabeza cientos de veces, analizando toda clase de escenarios, y en nuestra mente tenemos éxito. Pero, una vez que debemos enfrentarlos, el terror se apodera de nosotros, y preferimos dejarlo para después. Lo sé perfectamente, porque esa fue mi situación con Mara, al menos hasta que hubo algo que me importó más que yo misma. Lo triste, y lo sé perfectamente, es que el amor que sentimos por nosotros mismos no sea suficiente para liberarnos de aquello que nos molesta. Nos acostumbramos, lo consideramos una cruz con la que tenemos que cargar, ¡qué estupidez!

La sociedad, la religión, la familia misma, nos llena de culpas, hay que amar a la familia, amarse los unos a los otros, poner la otra mejilla y, claro está, el pánico a quedarse solos. Qué sé yo cuántas cosas, no sé si ese tipo de cosas sea lo que mueve a Daniel a soportar a ese hombre que, por azares del destino, resultó ser su padre, en ese caso, me alegro haber concluido relaciones con el mío hace tanto tiempo.

Siempre, muy en el fondo, y debido a las enseñanzas de mi abuela respecto a ser buena para poder ir al cielo, me pregunté si había hecho lo correcto, gracias a la visita del papá de Daniel, sé que sí, y desde hoy, me siento mucho más ligera. Finalmente, nunca le hice daño, simplemente no permití que él me lo hiciera, tampoco se trata de servirle a esa gente de costal de boxeador. Ya sé que no hice por él lo que podría haber hecho, en ese sentido mi pecado tal vez sea por omisión, y puedo vivir con eso.

La noche de hoy será el último concierto en el interior del país, y mañana regresaremos a la Ciudad de México. Nuestra agenda para los últimos quince días de conciertos es una locura, hay que recibir a cada uno de los miembros de la prensa, que se registraron con anterioridad, para entrevistar a Daniel, eso sin tomar en cuenta las visitas a la televisora. Todo da como resultado, que los conciertos serán lo más ligero que hagamos, más vale que empecemos a tomar vitaminas, o no llegaremos ni al día tres.

Llegamos a la terminal aérea cerca de medio día, terrible hora para llegar si se es Daniel Montalvo, cuando el vuelo es nocturno, disminuye considerablemente el número de personas que acuden a recibirlo, a esta hora, resulta ser la muerte. Rogelio, el director de la casa discográfica nos espera para intentar aligerar el trance, trajo seguridad para dar apoyo a los del aeropuerto, esperan que esto sea difícil, puedo sentirlo. Salimos por la puerta, los gritos nos absorben, y ya no podemos escuchar nada. Raúl no está junto a mí, ahora estoy bajo el cuidado de tres guardaespaldas que no conozco, y que, según parece, tienen la consigna de sacarme de aquí, e introducirme en el auto, lo más pronto posible, y en una pieza, lo demás no importa.

Ya perdí noción de dónde están Daniel, o Raúl, o cualquier cara conocida, mis brazos están sujetos por grandes manos, y mis pies, bueno, casi no tocan el suelo. Entre el tumulto alguien estira su mano y acaricia mi cara, solo puedo ver cómo, con toda rudeza, uno de los hombres que me lleva en rastras, la retira con un apretón que debe haber sido muy doloroso. Intento seguir caminando, pero no puedo avanzar, alguien me detiene por la cintura del pantalón, un codazo en la cara de ese joven me libera de su mano, pero ¿era necesario? Le pregunto al hombre, no me responde, supongo que sí.

Un par de minutos después, me arrojan dentro de la limousine. ¿Por qué limousine? Esto no le va a gustar a Daniel, odia todo este tipo de demostraciones ostentosas, ni siquiera usa ropa de marcas famosas, porque se siente ridículo haciéndolo. Frente a mí, están Raúl y Andrés, otro de los músicos, bastante maltrechos, por lo que puedo ver, a todos nos ha ido bastante mal, segundos después entra Daniel al vehículo, en peores condiciones que nosotros tres. Colérico, empieza a despotricar en contra de todos, para que me entiendan, hasta el color de la limousine le disgustó.

"Los de la prensa estaban empeñados en que les diera una entrevista, justo aquí, y en medio de todo esto. ¿Qué no tienen cita conmigo mañana temprano?"

"¿Cómo te libraste de ellos?" Pregunta Raúl.

"Yo no lo hice, fueron ellas, las admiradoras, se dieron cuenta de que estaba a punto de empezar una batalla con uno de los reporteros, y una de las que estaba más cercana a mí, preguntó si quería que se hicieran cargo de ellos. Sin pensarlo dije que sí."

"¿Y qué pasó?" Pregunto, y observo como empieza a sonreír.

"No tienes idea, son terribles, verdaderamente salvajes. Deben tener entrenamiento antimotines, solo vi desaparecer de mi vista a los reporteros, y ya no supe qué sucedió, aprovecharon para sacarme de ahí. Jade, organízales una cena, ¿sí?"

"¿A los reporteros? ¿Piensas tomar responsabilidad?"

"¡Claro que no! A las fans, tengo que agradecerles."

"Ah, magnifico, no te preocupes, yo me encargo." Lo veo frotar su cuello, a la vez que su cara adopta un rictus de dolor.

"Daniel, ¿sucede algo?"

"Aún no lo sé, creo que me lastimaron, siento uno de los músculos del cuello muy inflamado, y el dolor va en aumento."

Rocío Blisswealth

"¿Quieres que llame al médico al llegar al hotel?"

"Primero me daré un baño, y veremos si cede un poco, ¿de acuerdo?"

Me siento en la cama a esperar a que salga de la ducha, cuando por fin lo hace, puedo ver que la parte posterior de su cuello empieza a tomar una tonalidad morada. Me enfurezco, tomo el teléfono y me contacto con el médico del hotel, ya sé que Daniel no quiere verlo, no aún, pero quisiera que me dijera qué puedo darle.

"Daniel, el médico dice que prefiere verte, pero que lo más probable es que tengas que tomar desinflamatorios y utilizar un collarín, al menos por unos días."

"Guapa, los desinflamatorios te duermen, no puedo dar entrevistas así, y exponerme a una acusación de cantar drogado, o algo peor, en cuanto al collarín, ¿cómo esperas que dé show con él? Ni pensarlo."

"Y, ¿si cancelamos las entrevistas?" Pregunto, y, sin esperar, contesto con él al unísono.

"¡Por supuesto que no!"

"Así es, guapa, me recostaré un rato y veremos si se me pasa."

Salgo de la habitación, sé que no se sentirá mejor, esto va para peor si no se atiende, y no lo hará. Doy interminables vueltas por mi cuarto, tratando de pensar qué puedo hacer. Froto mis manos por causa de los nervios, empiezo a sentir un suave hormigueo.

No, no, no puedo hacerlo, hace muchos años que no lo hago, a mi abuelo no le gustaba. El hormigueo aumenta, lo resisto, y sigo dando vueltas por la recámara. Lo siento abuelito, de verdad, lo lamento. Salgo corriendo por la puerta y toco en la habitación de Daniel, me responde con voz apagada.

"Daniel, ¿me permites que intente algo?" Pregunto ansiosamente.

"¿Qué cosa, guapa?" Hace un gesto de dolor al intentar voltear a verme.

"Solo, es como un masaj… Ay, déjame intentarlo ¿sí? Recuéstate boca abajo."

Me sorprendo al ver su espalda, la tonalidad morada ya se ha extendido a toda la parte superior. Sentada sobre la cama coloco mis manos, que para ese momento ya hierven, sobre su cuello, se queja al sentir mi tacto, segundos después, suspira. En realidad, solo lo acaricio, en mi vida jamás he dado un masaje, pero puedo sentir claramente cómo la energía abandona mis manos, y se aloja en su piel. Minutos después, el tono morado empieza a dar paso a un pálido tono rosado.

¡Gracias! ¡Gracias! Su respiración se hace más profunda. Había dejado caer su brazo hacia abajo de la cama, y su mano descansaba con los dedos apoyados sobre el piso, me sobresalto cuando, al levantarlos, toma mi tobillo.

"Jade, tienes manos de ángel. Ya no me duele."

"No te confíes Daniel, esto es momentáneo, tienes que cuidarte." Me incorporo de la cama, se da vuelta para recostar su cabeza sobre la almohada y observarme, me señala el lado de la cama que acaba de dejar libre, y pide que me siente junto a él. Ahora, ¿cómo le explico?

"No sabía que podías dar masajes."

"No sé, es que, bueno, yo… Daniel…"

"¿Sí?"

"¿Por qué no aprovechas y duermes un rato?"

"Solo quisiera…"

"¿Qué necesitas?" Sonríe. "Ay, no, olvídalo, no necesitas nada, duérmete, te veo más tarde."

"Jade, necesito un beso, si no me lo das, el tratamiento no estará completo, el dolor volverá, y tendrías que empezar de nuevo. ¿Nunca has visto que a los niños les dan un beso en la herida para curarlos?"

"¡Qué cosa más cursi! Además, dijiste niños, ¿no? Lamento informarte que esa etapa de tu vida se encuentra en un horizonte muy, pero muy lejano. Por lo tanto, no, el dolor no volverá, no te preocupes." Trato de ponerme de pie y me aprisiona la muñeca, ¡vaya que se repuso el enfermo!

"¿No lo harás, aunque te lo pida por favor, desde mi lecho del dolor?"

"Pero ¿no acabas de decirme que ya no te duele? Total. ¿Cuál de las dos versiones es mentira entonces?" Lo veo y empiezo a reírme, se incorpora para quedar sentado junto a mí, me toma por la nuca y me besa suavemente.

"Gracias." Acaricia mi cara como solo él lo sabe hacer, atravesándola de arriba hacia abajo con todas las yemas de los dedos, me provoca escalofríos.

"¿Algún día me dirás qué fue lo que hiciste?"

"Como diría mi abuela, solo te hice un cariño."

Me besa de nuevo, y permite que me levante, apago la luz al salir para que pueda dormir, y corro a mi suite. Cada vez que hice algo como lo de hoy, me atacaba el sentimiento de culpa en mayor o menor medida, y claro está, la duda. El no saber si debí usar lo que tengo, o no, pero no hoy. Hoy son otras las ideas que me corren por la cabeza, y de todas ellas, una en la que no quiero pensar. La única que me niego a escuchar, aunque algo la grita dentro de mí. Cubro mis oídos inútilmente, la voz viene desde adentro, imposible de acallar. Mi don se activa con el amor, debo amar a la persona para que funcione, y no quiero amarlo.

Rocío Blisswealth

Capítulo IX
Linda, tú si sabes cómo agradecer un obsequio

Hoy, deseo con todas mis fuerzas que mis abuelos estuvieran vivos. ¿Con quién más podría yo hablar de esto? Si se me ocurriera mencionárselo a mamá, o a Mara, el escándalo sería mayúsculo. Obviamente de estúpida no me bajarían, y yo lo sé, esto es completamente desquiciado, es por eso que me niego a aceptarlo.

Mi abuela tendría otra visión de las cosas, y me ayudaría a no aterrorizarme. ¿Por qué no me sucedió esto con David? Hubiera aceptado su propuesta matrimonial, y hace tiempo estaría fungiendo de ama de casa, en algún estado de la Unión Americana, mi vida sería simple y feliz, supongo. Pero ¿qué futuro puedo tener ahora? Ninguno.

Si tan solo Daniel no me tratara como lo hace, para mí sería más fácil poner distancia de por medio, pero no puedo, cada vez necesito estar más cerca. Nadie me había tratado… No, no es verdad, si hubo hombres que me trataron como él, pero, no eran él, esa es la diferencia. Nunca los amé porque no eran él, con toda la carga que su ADN incluye, con la conjunción perfecta de cosas, y atributos, que yo considero sumamente atractivos, dulce hasta la fascinación, como si lo hubieran diseñado especialmente para mí. Con su alma cortada a mi medida.

Lo que es peor aún, es que no estoy enamorada de él, eso sería fácil de manejar, eso es solamente gusto por algo, emoción, locura. No, lo mío es algo mucho más complejo, más comprometido, es ignorar los defectos de la otra persona, o, incluso, llegar a amarlos junto con ella, es ser capaz de casi todo por ese otro ser. Es un verdadero lazo.

Bien, si en algo soy experta, es en ocultar lo que pienso y lo que siento, simplemente seguiré haciéndolo. Solo espero que todo este cúmulo de cosas, que recién descubro, no termine por escaparse en un intento de llegar hasta él, porque haré lo que sea por impedirlo.

Esta mañana regresamos a la televisora, en esta ocasión, mi entrada no es tan espectacular como la primera vez que vine, sin embargo, yo la disfruto igual, este lugar me trae excelentes recuerdos. Estaremos en un programa musical donde Daniel será invitado, y compartirá el tiempo con otro cantante, español también.

Comienzan las grabaciones y todo va transcurriendo con normalidad, observo a Daniel cantar, y el otro cantante, Pablo es su nombre, se acerca y me saluda. Es muy simpático, y sus canciones me encantan, así que entablamos una conversación de algunos minutos. Raúl me observa desde otro lado del foro, pero ya sabe que más le vale no acercarse.

"Pablo, ¿cuántas canciones te falta grabar?"

"Ya terminé de grabarlas."

"¿Quieres decir que ya debes irte? Lo siento, no era mi intención retenerte."

"¿Retenerme? ¡Qué va! Me quedé porque quise."

"Gracias, por cierto, yo soy Jade, trabajo con Daniel Montalvo."

"Lo sé."

"¿En serio?"

"Sí."

Volteo a revisar el monitor, y me doy cuenta de unos errores en la proyección, a Daniel no le va a gustar nada. Raúl se acerca al percatarse del mismo error, se lo dirá a Daniel, y que la bomba estalle, porque eso es seguro, aquí va a correr sangre. Sigo platicando con Pablo y regresa Raúl.

"Jade, acompáñame, por favor."

Busco alrededor del foro y puedo ver a Daniel muy molesto, viendo a Pablo con ojos de odio, bueno, pero ¿qué le pasa a este hombre? Lo peor del caso es que, cuando se comporta así, es cuando más me niego a que obtenga lo que quiere.

"Voy en un minuto, Raúl."

"Lo que pasa es que…"

"Créeme, sé perfectamente lo que pasa, voy en un minuto, o dos."

Pablo sonríe, supongo que le hace gracia que me niegue, tan abiertamente, a complacer a mi jefe, un jefe que, según parece, lo odia, no lo sabía.

"¿Ya conoces a Daniel?"

"Si, nos conocemos desde hace bastante tiempo."

"Y, no se llevan bien, ¿verdad?"

"Yo pensaba que sí, al menos hasta el día de hoy." Eso no me suena muy bien, será mejor que me despida con el fin de evitar males peores.

"Pablo, debo irme, ha sido un placer conocerte."

"Créeme, Jade, el placer ha sido mío."

"Gracias. Nos vemos." Contesto, aunque sé que, lo más seguro, es que nunca vuelva a verlo, no sé cómo, pero lo sé.

Llego al camerino y encuentro a Daniel verdaderamente furioso, está llevando al extremo el error de la producción, y grita a voz en cuello. Me detengo en la puerta y lo observo, de acuerdo, está enojado, pero, según yo, no es para tanto, nada que no se pueda arreglar en pocos minutos. Tomo asiento y observo la escena, como quien ve llover, y no se moja, no logra impresionarme. De una patada destroza una de las mesas del camerino, y yo sigo aquí, impávida.

Continúa gritando y aparece por la puerta un señor que, en una ocasión, comió con nosotros aquí mismo. Ahora caigo en la cuenta, si mis cálculos son correctos, este señor debe ser el presidente, o el dueño de la televisora, con razón todo el mundo le rinde pleitesía. Me ve muy tranquila, al tiempo que trozos de objetos vuelan por la habitación, Daniel se ha convertido ya en un verdadero demonio de Tasmania. Solo le sonrío, él hace lo mismo, pobre, debe suponer que tengo costumbre de presenciar este tipo de desplantes, y no, este es el primero. Pero he visto a los niños en el supermercado, cuando sus padres no les quieren comprar algo, y sí, la reacción se asemeja bastante. Provoca en mí la misma actitud que aquellos espectáculos infantiles, risa, pero me la aguanto, no soy tonta.

"¿Qué pasa Daniel? ¿Cómo puedo ayudarte?" Pregunta usando un tono condescendiente.

"¡Es increíble que me traten de esta forma! Para empezar, me invitan al programa, para después decirme, una vez que me tienen aquí, que tendré que compartirlo con otro cantante. ¿Qué yo no les soy suficiente? Después, hacen lo que quieren mientras yo canto, se dedican a fraternizar con otras personas, no se ocupan de lo que deberían, y estos son los resultados."

Obviamente, las últimas frases iban con dedicatoria especial para mi persona. Me va a costar trabajo contener la risa si sigue por ese camino, identifico a la perfección el chantaje emocional, y disfruto haciéndolo más doloroso, de modo que espero que dulcifique el tono lo antes posible, o que enfoque su artillería hacia un objetivo menos peligroso que yo.

"Daniel, no te preocupes, lo resuelvo ahora mismo, si tienes tiempo, y no estás demasiado cansado, podemos grabar otro programa, haciendo las correcciones necesarias. ¿Qué te parece?"

¡Dioses! Cómo es posible que le cumplan los caprichos de esa forma, por eso es como es. El lugar está lleno de gente famosa, y dudo que, para empezar, este señor se tome su tiempo para venir a tranquilizarlos durante un berrinche. Además, me cuesta creer que a todos les den el mismo trato. ¿Qué tiene Daniel de especial? Porque dudo que al señor le interesen las mismas cualidades que a mí.

"De acuerdo." Responde.

"¡Estupendo! Daré instrucciones para que empecemos de nuevo, organízate, y déjanos saber cuándo quieres empezar, todo estará listo en ese momento."

El señor sale del camerino y me levanto para disponer la ropa que Daniel usará durante la repetición del programa, el atuendo que lleva puesto ha quedado cubierto de polvo, y no puedo contar con él. No volteo a verlo, está sentado en un gran sillón con los brazos extendidos a todo lo ancho, según lo que yo sé de expresión corporal, esa posición significa que no me tiene miedo, qué bien, yo tampoco se lo tengo a él. Puedo sentir como fija su mirada en mí, mientras me muevo por la habitación. Intenta controlar su respiración antes de hablarme.

"Jade..."

"¿Sí?"

Entra Raúl al camerino para pedir indicaciones, sin embargo, Daniel no le presta atención, y sigue hablando. Raúl me observa con cara de súplica, lo siento amigo, no pienso ceder ni un paso respecto al trato que exijo de las personas hacia mí, trátese de quien se trate, si se comporta, yo también lo haré, si no...

"¿Dónde estabas?"

"Por ahí." Me observa y hace una mueca de disgusto.

"Me exaspero cuando te busco y no estás a mi lado." Giro para verlo de frente, sé que le molesta que lo haga, tiene costumbre de intimidar a la gente con su simple tono de voz.

"¿No querrás hacerme pensar, que toda esta actitud tan penosa, se debe a mí, o sí? ¡Qué vergüenza Daniel!"

"Si lo fue, o no, ya no importa, solo pretendo que estés a mi lado cuando yo..."

"¿Cuándo tú quieres? ¿Es así como pensabas concluir esa frase? Cuida mucho tus palabras, Daniel."

"Cuando te busco." Su voz es profunda.

"Has visto demasiada televisión. Yo también veía Viaje a las Estrellas, ¿sabes? Pero a mí sí me quedó muy claro, que eso de la tele - transportación era cosa de ciencia ficción. En fin, en cualquier caso, serás el primero en enterarte si alguna vez aprendo a hacerlo, aunque dudo que la utilice para aparecer donde tú me busques."

Me observa, y los músculos de su mandíbula se mueven frenéticamente, mantiene la boca cerrada para no decirme todo lo que está pensando, los nudillos de sus manos comienzan a ponerse blancos debido a la presión que ejerce sobre el sofá. Al ver que no dice nada continúo, ante la mirada acusadora de Raúl.

"Ya dejé tu atuendo en el baño, supongo que te darás una ducha."

"A veces eres exasperante."

"Supongo que esas veces coinciden con los momentos en que te digo lo que no quieres escuchar, ¿me equivoco?"

Rocío Blisswealth

"Puede ser."

"Pues mira lo que son las cosas, yo no era así, ¡tú me hiciste de esta forma! De modo que, esas veces, deben ser cuando más nos parecemos."

Raúl no puede evitarlo y ríe, ¡acerté! En estos momentos es cuando más parecidos somos, él se ve como en un espejo, y le molesta la actitud necia que adopto. Daniel ríe y voltea a verlo.

"¿Si nos parecemos mucho Raúl? ¿Tú que dices?"

"En momentos como este, son idénticos."

"Caramba, pues creo que te he pasado lo peor de mí."

"Me pasaste lo que me hacía falta, la mitad que no tenía, eso fue todo."

Finalmente, se dibuja una sonrisa en su rostro, sin importar como, ya me tiene aquí, y supongo que eso es lo que le importa, la forma en que lo consiguió, aun cuando haya significado ponerse en un ridículo monumental, creo que no le preocupa.

"Ven guapa, ¿me das un beso?" Dice con voz suave, y sonríe.

"Ay, no, por favor. ¡Un beso, nada menos! Ahora resulta que, como ya se te pasó el berrinche, quieres que todo esté como antes. No lo creo."

"¡No fue un berrinche! Era legítima rabia. Y en realidad quería un beso, no, todavía quiero un beso. Ya sabes lo que eso significa Jade, te voy a perseguir hasta que me lo des."

"No, significa que no te lo daré. ¿Recuerdas lo que te dije hace poco respecto a tu etapa de niñez, que estaba muy lejana? Pues me retracto, ¡madura!"

Salgo al foro y me encuentro con gran cantidad de gente que se mueven, cual hormigas, para que todo esté listo a tiempo. Es decir, al tiempo que Daniel marque. Se me acerca el director de cámaras para preguntarme si ya quiere comenzar, porque a ellos les faltan aún unos minutos. Una vez que le informo que todavía debe salir de bañarse y pasar por maquillaje, respira tranquilo. Raúl se acerca sonriendo.

"Jade, ¿qué haríamos sin ti?"

Mi cerebro se estaciona en una sola idea. No es así, es exactamente lo opuesto, ¿qué haría yo sin ellos? Lo mismo de siempre, regresar a mi habitación, a esa historia de terror en la que soy atacada por demonios, en la que lo he perdido todo, con excepción de un poco de cordura. Una historia de terror en la que no sé defenderme, y todo lo que hago es esperar, esperar hasta saber quién será el nuevo demonio que vendrá a divertirse con este juguete.

Si ese es el precio que he tenido que pagar, por el cuento de hadas en el que vivo, aun cuando sea solo por cortas temporadas, todo vale la pena. De alguna forma, que no logro comprender, encontré una fisura en las paredes y logré salir de ahí y cambié. Ya no soy la misma, sí, ha valido el esfuerzo. Sin darme cuenta, mis ojos se inundan de lágrimas. Sorprendido, Raúl me abraza y esconde mi cara entre su cuello, no dice, ni pregunta nada, solo me acaricia el cabello.

Repentinamente, siento como me rodea otro juego de brazos, uniéndose a los de Raúl, hasta formar un sándwich conmigo en el centro. Es Daniel, justo quien yo no quería, con la voz tan baja a manera de que solo yo pueda oírlo, dice jugando:

"Guapa, está bien, si no quieres besarme, no tienes que hacerlo, ya no insistiré, te lo prometo."

Ahora, en lugar de lágrimas, me ahoga la risa, doy vuelta, tomo a Daniel por el mentón con ambas manos, y lo atraigo hacia mí, dándole un sonoro beso en los labios. Sus ojos se abren por completo, al tiempo que deja caer su mandíbula.

"¡Me besaste! Tú me besaste a mí, y con testigos. La viste, ¿verdad, Raúl? ¡Claro que la viste!"

"Pues verás, Daniel, aquí esta tan obscuro que la verdad, yo no vi nada." Responde Raúl, conteniendo la risa.

"Eso significa que no te molestan mis besos, ya me estaba preocupando."

"No, solo significa que me estoy volviendo masoquista."

Toma mis manos y se acerca para abrazarme muy fuerte, acercando sus labios a mi oído.

"Guapa, ¿está todo bien?"

"Sí."

"¿Segura?"

"Segura."

"A veces siento que te pido demasiado."

"Igual me das."

"No lo creo."

Lo llaman para ir a grabar, todo de nuevo, estaremos aquí un par de horas todavía, me dirijo hacia un extremo del foro y tomo asiento en el piso, como solía hacerlo cuando recién lo conocí. Uno de los técnicos, que siempre son sumamente amables conmigo, se acerca con una silla y me la ofrece. Sonríe cuando le digo que prefiero el piso, que me trae buenos recuerdos.

"¿Y si le traigo un cojín, interrumpiré el flujo de buenos recuerdos?"

"No, yo creo que no."

"De acuerdo." Sale corriendo y me trae un mullido cojín azul. Lo tomo y me siento sobre él, de verdad es cómodo, ahora solo espero no quedarme dormida.

Alcanzo a escuchar a otro de los técnicos que le pregunta si soy asistente de Daniel, y a él responderle que no, que según parece, soy su hermanita. Me hace mucha gracia, el señor nos debe haber escuchado pelear, no cabe duda. Sin restarles méritos a los técnicos, ahora me explico tantas atenciones, no quieren enfrentarse al león.

Me acomodo, dispuesta a admirar a ese maravilloso hombre a quien acabo de besar, y sí, por primera vez fui yo quien tomó la iniciativa, a decir verdad, se lo robé. Está bien, una de cal, por las que van de arena. La obscuridad del foro me permite centrar mi vista en él, sin que nada me distraiga, la música de sus canciones siempre ha tenido sobre mí un efecto tranquilizante, así que, mi ritmo cardíaco se va haciendo, poco a poco, más lento, y disfruto cada segundo que él canta.

Sentada aquí, no puedo creer mi suerte, una de las cosas que mi abuela me decía, era que a todos los seres humanos, se nos entrega al nacer, una botella de suerte, algunos de nosotros la bebemos a sorbos, a otros se nos quiebra la botella y nunca llegamos a utilizarla, pero, ella temía que yo ni siquiera la había abierto todavía. Probablemente tenía razón, estaba esperando esta ocasión, mi alma debe haber sabido que llegaría algún día, y que yo necesitaría toda mi buena suerte, no solo una parte, sino toda.

Puedo ver a ese hombre, que derrocha una cantidad de talento que pareciera provenir de una fuente inagotable, cantar, bailar, sonreír como solo él sabe hacerlo, recibir ovaciones con la gente de pie, y después, al apagarse las cámaras, guiñarme un ojo. Díganme si eso no es suerte. Yo, que jamás me atreví a soñar con algo más que un autógrafo. Yo, que aún para mi familia siempre fui la rara. Yo, que siempre pasé casi todo el tiempo a solas, ahora, paso casi todo el tiempo con él, solo yo. Termina la canción, y, tal como si pudiera escuchar mis pensamientos, corre hacia donde yo estoy, se agacha y me da un beso en la nariz.

"No te duermas, guapa." Sonrío, y él me responde de igual forma.

Toda la situación cada vez se hace más confusa, sin embargo, aun cuando sigo dándole vueltas a miles de preguntas respecto a los 'por qué' y los 'cómo' de mi presencia aquí, me basta un minuto como el que tengo ahora, para que todo me quede muy claro. No tiene importancia, pues no pienso renunciar a nada, a su compañía, a su cercanía, a su risa, a sus berrinches, a poder quererlo sin esperar nada a cambio, esa es la verdad, les dije que había logrado conservar algo de cordura, ¿se acuerdan? Bueno, pues, eso es lo que me permite disfrutar todo, sin esperar nada más. ¿Qué pasará después? Como ya dije, no tiene importancia.

Algo que he descubierto, es que voy acercándome más a la imagen que mi abuelo tenía de mí, cada vez que se enfrentaba con mi timidez, lo cual era muy frecuentemente, me decía que yo podía hacer cualquier cosa que me propusiera, porque tenía todo dentro de mí para lograrlo. En una ocasión, en que le respondí que estaba equivocado, contestó muy serio, que desgraciadamente la equivocada era yo. Que él no podía entender cómo, siendo yo un tigre, alguien había logrado convencerme de que era un perro chihuahueño, de esos que tiemblan por todo. Siempre me dolió no poder complacerlo, solo espero que tenga una pequeña ventana por donde ver cuánto he cambiado, se lo debo.

Daniel termina por segunda vez, aunque más contento con el resultado, según él. Raúl se acerca hasta donde estoy, y me da la mano para ayudarme a levantar. Sacudo el cojín, se lo devuelvo al señor que me lo había prestado, y me dirijo al camerino. Raúl me toma de la mano.

"Créeme, linda, no quieres ir por ahí, mejor salimos y esperamos a Daniel afuera."

Lo veo con cara de interrogación, y es entonces que señala, con disimulo, hacia un pequeño grupo de personas que bloquean el pasillo de camerinos. Ya entendí a qué se refiere, en medio de ellos está el rockero, bueno, ¡pero qué suerte la mía! Quiero suponer que esto es parte de la buena, pero, la dejaré pasar.

"Tienes toda la razón, no quiero pasar por ahí."

Sonríe y corremos en dirección opuesta, hacia el pasillo, lo más lejos posible del escandaloso rockero. Hoy no estoy de humor para aguantarlo, si sus fanáticas me oyeran, pero es la verdad.

"Logramos escapar sin que te viera. ¿Sabes cómo les dice Daniel?"

"¿A quién?"

"A la gente que se te acerca, como el rockero, o Pablo."

"¿Cómo?"

"Buitres."

"Buitres, ¿por qué?"

"Dice que todos quieren un poco de ti."

"Raúl, creo que tu jefe se está volviendo loco."

"No lo creo, tratándose de descifrar a la gente es bastante acertado, me consta. Con la única que nunca ha podido es contigo."

"Eso es bueno, al menos esa ventaja tengo sobre él."

Los días que nos quedan en la gira se van volando, gran cantidad de artistas han visitado a Daniel, eso, sin contar las citas con la gente de la prensa, con ambos grupos ha sido la misma cosa. Es decir, al tratarse de los artistas, algunos de ellos llevan algo de amistad con Daniel, y los recibe con gusto, hasta que se cansa, o se fastidia de la visita, lo que suceda primero, y nos pide que demos por terminada la cita de la forma más amable que sea posible.

Otros, quisieran participar con él en algún proyecto, a lo cual él siempre dice que es una idea fantástica, que ya se encargará de comentarle al personal de la casa discográfica respecto al asunto. Y, si, lo hace, pero lo que les dice es que se las verán con él, si se les ocurre organizar una participación con cualquiera de ellos.

Yo, por mi parte, me divierto de lo lindo, aun cuando alguien me cambió los papeles. Me refiero a que, por lo regular, se trata de gente muy conocida, mexicanos, o extranjeros, y ustedes ya saben que siempre había querido tener la oportunidad de verlos en persona, conseguir enterarme qué tan diferentes serían a la imagen en cámaras, y pensé que esta era mi oportunidad, pero no, difícilmente logro hacerlo.

Según parece, soy yo quien les causa gran curiosidad, debido a que rara vez ven a alguien nuevo en el grupo, y esta situación enoja a Daniel, negándose rotundamente a que me conozcan, aun cuando yo esté presente casi todo el tiempo, porque tampoco me permite que lo deje con Raúl, para irme a ver televisión, o algo. Uno de ellos, abiertamente le preguntó si nos presentaría, a lo que Daniel respondió simplemente que no, y cambió el tema.

Por cierto, Raúl y yo encontramos una excelente forma de divertirnos. En cuanto nos entregan la lista de los artistas que serán recibidos durante el día, levantamos apuestas en las que, los músicos, y nosotros mismos, señalamos cuánto tiempo creemos que Daniel soportará su presencia, antes de deshacerse de ellos. El rango va desde diez minutos, hasta más de una hora. La mayoría no sobrevive más de quince minutos, una pobre mujer, solo permaneció con él cuatro minutos, ¿se imaginan? ¡Cuatro! Antes de que le pidiera, sin ayuda de nadie, que se retirara. En fin, esto es muy divertido, y yo voy ganando.

El día de hoy, sin ir más lejos, me llevé un regaño tremendo por parte de Daniel, pues al enterarse de nuestro juego, todavía no averiguo por dónde se filtró la información, preguntó que cómo somos capaces de organizar un juego así, sin invitarlo a participar. Ya le expliqué que como la decisión depende de él por completo, siempre ganaría, y no sería legal. Casi llorando de la risa, recalcó que eran apuestas clandestinas, y yo me preocupaba por la legalidad del evento. Puede ser que tenga razón.

En cuanto a la prensa, ¿qué puedo decirles? La gran mayoría de los reporteros que han llegado a entrevistarlo, hacen, como de costumbre, una y otra vez, la misma serie de preguntas, parecería que se les hubieran distribuido como copias, y ellos se hubieran dedicado a aprenderlas de memoria, pues incluso la manera de formularlas es exactamente la misma. Muy aburrido, pero es un mal necesario, o, indispensable, si de ser famoso se trata.

Esta mañana hablé con mamá, esperan ansiosas que regrese, no sé para qué, supongo que ya se encargarán de hacérmelo saber tan pronto ponga un pie en Monterrey. Es gracioso, yo tenía la idea de que, entre más tiempo pasara con Daniel, más difícil se me haría separarme de él, de modo que ha sido una sorpresa para mí, el sentirme tranquila de dejarlo ir.

Son sensaciones que no sé cómo explicar, el regreso a Monterrey, esta vez no me aterra como la ocasión anterior. No sé, el haber visto al demonio de Salvador, retroceder al acercarme, me ha dado renovadas esperanzas de que las cosas estén cambiando. De alguna forma, me siento con un propósito en mi vida, hasta ahora, el único que me había planteado, había sido conseguir el autógrafo de Daniel, y no me fue nada mal. El nuevo tiene como principal objetivo dejar mi vida totalmente libre de demonios, ya sé que es una empresa monumental, y no contaré con el apoyo de los involucrados, pero, ya me decidí.

Una cosa es segura, ya no estoy estacionada en la actitud de víctima, más bien estoy dispuesta a pelear. Aún no sé cómo hacerlo, eso es cierto, pero, lo principal era tener la disposición, y esa es enorme, por lo tanto, ahora veremos cómo nos toca. Es extraño ser poseedora de una fuerza tan grande, y no saber de dónde proviene, ni cómo funciona, no obstante, estoy más que dispuesta a experimentar hasta lograr algo, lo que sea, pero algo, por conservar las cosas que tengo ahora. Veremos si mi abuelo tenía razón, dijo que cualquier cosa que me propusiera.

Acompaño a Daniel a la vez que se despide en los programas de televisión, todavía le quedan unas cuantas presentaciones, pero la casa discográfica insiste en que hay que hacer todo con tiempo. No quieren admitir que, el hecho de que Daniel promocione personalmente, siempre ha resultado en incremento en la cantidad de conciertos, debido a las altas ventas de boletos, por lo tanto, aumento en las ventas de discos, y beneficios monetarios para todo el mundo. Es una mina de oro ambulante.

Hoy le han entregado varios discos de oro y platino por las ventas, no sé cómo hará para llevárselos, afortunadamente esa parte ya no me toca. Eso, aunado al montón de regalos que tiene en la habitación, y que ha acumulado con el paso de estos dos meses. A decir verdad, él también me ha hecho obsequios, uno en especial, anoche me regaló un dije con sus iniciales en oro. Al verlo, no pude evitar remitirme a lo que una vez mencionó Raúl, respecto que a Daniel le encantaría marcarme como su propiedad. Me reí, y obviamente pensó que me había gustado mucho.

"Vas a ponértelo, ¿verdad?"

"No, la verdad es que pienso dejarlo de adorno en el fondo de mi alhajero."

"No, Jade, hablo en serio." Dijo ya sin la sonrisa en los labios.

"Yo también, Daniel, solo te falta pedirme que me deje tatuar con tu nombre."

"Yo no haría eso." Dice un poco avergonzado.

"Entonces te equivocaste de iniciales, las mías son JA, no DM."

"Solo úsalo para que te acuerdes de mí cuando no esté contigo."

"Es una lástima, Daniel…" Digo con tristeza.

"¿Qué cosa es una lástima?" Pregunta aún más serio.

"Que después de todo este tiempo, me conozcas tan poco, como para pensar, que necesito de algo así, para tenerte presente. Una verdadera lástima, pero, gracias por pensar en mí." Solo bajó la mirada y se alejó de mí unos minutos. Raúl, sin embargo, se acercó a fastidiarme.

"Linda, tú si sabes cómo agradecer un obsequio."

"Yo no tenía nada qué agradecer, el obsequio era para sí mismo, no para mí, y tú lo sabes bien." Sus ojos también mostraron algo de vergüenza, y por fin se decidió a dejarme en paz.

Una vez terminadas las entrevistas nos dirigimos hacia el hotel, solo Daniel, Raúl y yo, sin guardaespaldas. Por lo general no nos acompañan cuando vamos a la televisora, porque no son necesarios, las entradas ahí están tan restringidas, que sería una ridiculez llevarlos.

En cuanto entramos al hotel, caminamos a través del enorme lobby, una vez que llegamos a medio camino hacia el elevador, escuchamos un grito ¡DANIEEEL! Que rápidamente se generaliza y se extiende, hasta escucharlo de todos lados en derredor nuestro. Hay una convención de mujeres en el hotel, de la cual nosotros no teníamos conocimiento, y estamos sitiados por ellas.

En segundos, puedo ver cómo el personal de seguridad del hotel trata de llegar a nosotros, simplemente imposible. Daniel me toma de una mano y Raúl de la otra, y caminamos despacio hacia atrás, como quien huye de un animal salvaje, solo que son muchos, cientos.

Lo único que puedo pensar es, 'por favor, alguien, ayúdenos.' Y, antes de que termine la frase, los veo, es una imagen que consigue que mi miedo se convierta en terror en solo un instante. Hordas de demonios se abren paso entre la gente, inundándolo todo con su pestilente olor.

Ahora entiendo que no saldremos de aquí, quisiera cerrar los ojos y no puedo, necesito saber qué harán, se acercan rápidamente, y veo que Raúl y

Daniel tienen miedo, no más que yo, sostengo sus manos con toda la fuerza de que soy capaz. No me atrevo a perder de vista a los demonios, los sigo en su camino hacia nosotros, ya no veo a la gente, ellos han bloqueado mi visión al acercarse cada vez más. ¿Por qué ahora? ¿Por qué, si nos tuvieron a su disposición todo el tiempo? Pudieron hacerlo en cualquier otro momento, ¿por qué justo ahora? Con tantos testigos. Mi garganta se cierra. Daniel trata de cubrirme con su cuerpo.

Solo una cosa faltaba para que yo me quedara sin aliento, y era ver a los demonios actuar como nunca antes lo habían hecho. Ante mis atónitos ojos, se dan la vuelta, ¡no lo puedo creer! Están conteniendo a la gente. Pero ¿por qué? Sin encontrar una respuesta escucho la voz en mi cabeza que me grita, ¡Corre! Sin creer lo que está sucediendo, les grito a Raúl y a Daniel lo que la voz me dice a mí.

"¡Corran! ¡Corran!"

Me resisto a darles la espalda a los demonios, aún ahora, no confío en ellos. Si esto es una trampa, pronto nos daremos cuenta, por ahora, este escape es nuestra única opción. Corremos hacia el elevador, un empleado del hotel lo mantiene abierto para nosotros. Entramos con tal velocidad, que chocamos con la pared del fondo, y las puertas se cierran, con demasiada lentitud, dándome tiempo para verlos, una vez más, cerrándole el paso a la gente, que sigue gritando histérica. Todo lo que se escucha una vez dentro, son nuestras respiraciones agitadas. Daniel alarga su mano hacia mí, colocándola en mi hombro.

"¿Estás bien, Jade?"

"No estoy segura. ¿Qué fue lo que pasó?"

"No lo sé, pero te juro que lo voy a averiguar."

"Yo también." Salimos del elevador, no sin antes voltear a ambos lados del pasillo y nos encaminamos, de prisa, hacia la habitación.

No logro hacer que mi respiración vuelva a la normalidad. ¿Cómo fue que mis peores enemigos se convirtieron en mis guardianes? Y, si la situación era, en serio, tan peligrosa, ¿por qué no vino el otro, el ángel, que me ha ayudado en este tipo de cosas? Si no me controlo rápidamente seguro voy a hiperventilar.

Daniel me abraza tratando de tranquilizarme, no hago otra cosa que buscar por encima de su hombro, esos ojos amarillos que conozco tan bien. Ahora sé que están por aquí, aunque por alguna razón que desconozco, no puedo verlos. Sin darme cuenta, apoyo mis manos a los costados de su cuerpo, y lo aparto de mí para que no me obstruya el campo visual, tengo que dar con ellos. Él toma mi cara con ambas manos.

Rocío Blisswealth

"Jade, cierra los ojos."

"No, Daniel."

"Por favor, compláceme."

"Te juro que no puedo." Digo con un poco de ansiedad en la voz.

"Si, si puedes."

"Daniel, no insistas por favor, no es un buen momento."

"¡¿No es un buen momento para qué?! ¿Para qué te toque?" Ya suena muy molesto.

"Para que nadie me toque, deja que me tranquilice, ¿sí?"

"Una vez más, esa maldita manía tuya de pasar por todo sola." Se retira molesto, y toma asiento, no hace otra cosa que observarme, al tiempo que, yo solo pienso en las causas que los demonios tuvieron para hacer lo que hicieron. Ahora resulta que les tendré que estar agradecida. ¡Imposible! De solo pensarlo me da un ataque de risa, no puedo controlarla al imaginarme dándoles las gracias por su ayuda. ¿Les preparo un pastel? O, ¿les mando flores? Raúl y Daniel me miran sorprendidos.

"¿Qué te pasa Jade? ¿De qué te ríes?" Pregunta Raúl.

"No lo sé." Respondo ahogada por la risa. No hay manera de que les explique cuál es la causa.

"Está liberando los nervios." Dice Daniel, riendo también.

Nos reímos hasta que las lágrimas nos bañaron las mejillas, y aún por unos minutos después de eso. Podríamos continuar, de no ser porque tocan a la puerta. Es el gerente del hotel tratando de averiguar si estamos bien. No quiero imaginar lo que el pobre hombre pensó, al vernos aun riendo de esa forma, por poco se nos une. Creo que solo lo detiene el considerar lo poco prudente que eso sería, después de lo que acababa de pasar.

El hombre se deshace en disculpas, que Daniel acepta, debido a que su estado de ánimo ya no es el mismo de hace unos minutos, y ya que sus disculpas van seguidas de sendos platones con deliciosas viandas, y dos enormes botellas del mejor champagne, pues, ¡lo perdonamos! Según Daniel, todo está olvidado, yo, la verdad, no creo que sea para tanto, pero, como tengo la boca llena, no pienso discutir.

El resto de la velada es más bien tranquilizadora, digamos que ya no pasa nada fuera de lo común. Raúl nos da las buenas noches y se retira a descansar, yo intento hacer lo mismo, pero Daniel me pide que me quede un rato. Su plática da inicio haciendo un recuento de lo que ha sido la gira, y de todo lo que ha pasado entre nosotros, hasta que llega a donde en realidad quiere.

"Jade, ¿por qué eres así?" Su rostro se pone serio al preguntarme.

"¿Así? ¿Cómo?"

"No sabría explicarlo."

"¿Te refieres a cuando te respondo cosas que no te gusta escuchar?"

"Sí. A eso, y a cuando no permites que me acerque a ti."

"Pues, ¿cómo te gustaría que fuera, Daniel?" Hablo un tanto molesta.

"No es que me guste, o no, lo que haces. No lo entiendo, y a veces me lastimas, como hoy."

"En ese caso, trataré de explicarte, si me lo permites." Intento suavizar mi tono, no miente, sus ojos muestran el dolor que le ocasioné.

"Por favor."

"Daniel, no tengo costumbre de tocar a las personas con el fin de expresarles mis sentimientos, y tampoco me gusta que lo hagan conmigo. Me incomoda, y, en ocasiones, puede llegar incluso a molestarme, no entiendo la necesidad de ese contacto."

"Tu madre debe tener muchos problemas contigo en ese aspecto."

"No te preocupes por ella, hace años que no me toca, muchos."

"Eso no puede ser cierto, Jade." Se indigna y frunce el entrecejo.

"Si lo es, pero no estamos hablando de ella ahora." No agrega nada más, y yo prosigo con la explicación.

"Sé que, igual que a la mayoría de la gente, todo esto te resulta sumamente raro, incomprensible, pero, para mí es más importante el poder sentir que cuento con una persona, sin tener la necesidad de contabilizar el amor que nos damos, en cuestión de abrazos, o besos. Simplemente no funciono de esa forma."

"Si para ti, ese tipo de contacto no es necesario, entonces, ¿qué sientes cuando yo te toco?" Le cuesta mucho hacer esta pregunta.

"Me gusta, me gusta mucho, la sensación me resulta extraña, pero, cómoda. El sentimiento que me provocas es agradable, cálido. Daniel, no me mal entiendas, para mí, ese contacto, no es algo sin lo cual yo no pueda vivir, no obstante, tratándose de ti, me gusta, es así, al menos, la mayoría de las veces." Necesito ser muy clara, igual de clara que él al preguntarme, ¡dioses! Me cuesta terriblemente hablar de sentimientos que nunca he aprendido a manejar, las manos me sudan y las seco en mi pantalón.

"La mayoría de las veces. ¿Podrías decirme entonces cuándo es que no te gusta que lo haga?" Pregunta muy serio.

"Déjame pensar. Cuando intento concentrarme en algo, o cuando estoy tratando de controlar un sentimiento, como la ira, o el miedo. En esos momentos tu cercanía me resulta desesperante, molesta de verdad, y más, cuando insistes en hacer las cosas a tu manera, y termino por hacerte sentir mal. Son demasiadas cosas que controlar a la vez. La única forma en que se recuperar mi estabilidad, después de un evento desagradable, es recurriendo a mi espacio, y como tú dices, a 'mi maldita manía de hacerlo todo sola.' Es la única manera en que se hacerlo."

"Y, al tocarte, interrumpo tu proceso."

"Si, de hecho, ¿puedo confesarte algo? Cuando sucede algo así, y me abrazas, lo que hago es contar." Me ve con cara de interrogación. "Si, del uno al diez, o más, si es necesario, para concentrarme en otra cosa, y no pedirte que te alejes. Hoy no pude contenerme. Lo lamento."

"Hoy no solo me pediste que te soltara, me apartaste de ti." Dice sin verme a los ojos, en un bastante claro tono iracundo.

"Ya te tengo más confianza. No pude evitarlo, lo lamento de verdad."

"Pues déjame decirte que pienso que la confianza es algo detestable." Sonríe un poco al decirme esto. "¿Es también por confianza que me hablas con tanta honestidad?"

"Daniel, te hablo así porque, frente a ti, yo me muestro exactamente como soy. Cuando me preguntas algo, te digo la verdad, agradable o no, sin censura. Jamás sentí la necesidad de utilizar contigo esos malditos filtros que marca la diplomacia, y que siempre he tenido que usar con todo el mundo. Te respondo lo que estoy pensando, tal como es, como lo estoy haciendo ahora."

"¿Siempre?"

"Siempre. Sé que soy rara, Daniel, tanto, que prefiero vivir aislada y no preocuparme por si fui diplomática en tal o cual momento, o si ofendí a alguien al no saludarlo, o cosas así. Las relaciones personales no son algo en lo que me guste adentrarme. Contigo, quedé atrapada sin darme cuenta."

"Pero te he visto socializar estupendamente durante estos dos meses." Me hace el comentario con cierto tono de reproche en la voz, ya me lo esperaba.

"Eso es fácil cuando puedo ponerme la máscara de persona normal. De lo único que debo ocuparme entonces, es de ser cortés, o educada, y después, me olvido por completo de la conversación, y de la persona." Se dibuja otra leve sonrisa en su rostro, a la par que levanta una ceja. Como siempre, el ego. Lo observo por un segundo, y continúo.

"Sin embargo, si lo que quieres de mí, y te lo digo en serio, es que me comporte de una forma más convencional, más normal, no tienes más que pedirlo. Se hacerlo perfectamente, lo había hecho toda mi vida, hasta ahora."

"No, eso no, no serías tú. Pero, hay algo que aún no me queda claro, ¿puedo acercarme a ti, o…?" Está bien, Daniel, te lo explicaré con manzanas, si es preciso.

"Creí que ya te había contestado, pero, si lo que necesitas es escucharme decirlo de una forma más clara, hace incluso semanas no hubiera podido, pero, no sé dónde se quedó el pudor que me impedía hacerlo, así es que, Daniel, puedo decirte con todas sus letras, que me encanta que me abraces y me beses, casi siempre. Es algo que no solamente disfruto, lo espero ¿de acuerdo?"

"Casi siempre." Repite la frase como si quisiera borrarla.

"Exactamente."

"Jade, debo hacerte una confesión, y esto es, más que nada, impulsado por la brutal honestidad con la que tú hablas conmigo. Yo tiendo a ocultar, lo más profundamente que puedo, lo que siento, por vergüenza o, no sé, miedo al rechazo, tal vez. Pero, me gustaría que supieras que me gusta que establezcas contacto físico conmigo, tenerte cerca, y, hay ocasiones en que me acerco, y tú me apartas, como hoy. Con el afán de evitar salir lastimado, quisiera que lo hicieras sin que yo tuviera que pedírtelo, al menos de vez en cuando, para no sentir que te obligo a hacerlo, sino que es algo que tú también necesitas. ¿Lo harías?" Sus ojos se dirigen, por fin, a los míos.

"Si, te lo prometo. ¿Por qué no me lo habías dicho?"

"¡¿Eso era todo lo que necesitaba hacer?!" No le respondo, solo sonrío, él sonríe también.

"¿Está todo mejor? Por favor, Daniel, no te quedes con dudas esperando que yo diga, o haga algo, créeme, te lo digo con total honestidad, no me daré cuenta, por mucho que me esfuerce." Me observa y sonríe ampliamente.

"Para ser honesto, preferiría no preguntar nada más." Guarda silencio un segundo, y ve mi entrecejo fruncido. "Y ahora me toca explicar por qué, ¿verdad?"

"Si no te importa."

"Cuando reaccionas de alguna forma que no me espero, lo cual pasa con mucha frecuencia, siempre dedico algo de tiempo a tratar de descubrir cuál fue la causa, me formo una hipótesis, o varias. Me avergüenza decir que, por lo regular, no me atrevo a preguntarte, sino hasta que ya lo pensé mucho, por dos razones. Una, sé que me vas a contestar con esta honestidad sin censura que manejas conmigo, y a veces no me siento apto para recibirla. Y dos, tu respuesta siempre me enfrenta con el hecho de que no me acerqué, ni por error, a lo que tú estabas pensando, y me irrita tener que reconocer ante mí mismo, que no he avanzado nada en mi propósito de conocerte. Una vez te pregunté si en algún momento podría saber lo que hay en ese laberinto." Señala mi corazón con su dedo índice. "Ahora creo que nunca lo lograré, es triste, de verdad me encantaría."

"Lo siento Daniel, no sé qué más decirte para que me entiendas, para mí, todo es normal tal como está. Entendí que soy rara, solo a fuerza de escucharlo toda mi vida, no porque sea capaz de notar la diferencia. Sin embargo, ya no busco respuesta a gran parte de mis cuestionamientos respecto a mi forma de ser, simplemente porque me cansé de no encontrar ninguna. Tal vez, si me aceptas así, como me he aceptado yo, todo sea más fácil."

"¿Puedo acercarme ahora?"

"Sí." Se levanta y se sienta junto a mí.

"No eres rara, Jade, eres verdaderamente interesante, y yo me siento muy afortunado de conocerte, de poder acercarme más que los demás."

Se queda callado y solo sostiene mi mano, repasándola con sus dedos como si la leyera. Lo observo, y puedo ver que está triste, no me imagino por qué. Le pregunto tratando de imponerle seriedad a mi voz.

"Daniel, ¿sería este un buen momento para decirte que eres guapo?"

"¿En serio?" Comienzo a reírme…

"Por supuesto que no."

Se une a mis risas y me abraza. Guarda silencio por unos segundos y luego pregunta.

"¿En qué número vas?" Con su rostro entre mi cabello.

"No me interrumpas, diez, once, doce."

"¡Lo sabía! Voy progresando. Por fin acierto a algo."

Dos días después, estoy en mi habitación cerrando la maleta, esta vez, ellos se van un par de horas antes que yo. Solo han sido dos meses, sin embargo, puedo asegurarles que, para mí, este tiempo ha valido por toda una vida. Estoy tranquila, sé que lo veré de nuevo, más pronto de lo que creo, lo sé. Entra un joven por mis maletas y reviso para no olvidar nada en la habitación.

Me dirijo a la suite de Daniel a cumplirle una promesa. Él está terminando de arreglarse, su cabello está mojado, lleva puestos los jeans azul claro y la camisa blanca que tanto me gustan. Me le acerco, y empieza a darme cientos de indicaciones de último minuto, como si no hubiera teléfonos. Finjo que le pongo atención. Me acerco un poco más, coloco mis manos a sus costados, sus labios se siguen moviendo. Espero no sea nada importante, porque no lo escucho. Lo veo directamente a los ojos, ese maravilloso par de manantiales azules y veo mi reflejo. Recorro mis manos un poco más hacia su espalda, acercándome más a él, su sonrisa empieza a dibujarse, pero, no para de hablar, ¡qué hombre!

"Daniel…"

"¿Sí?"

"¿Quieres hacerme el favor de callarte?" Sorprendido pregunta.

"¿Por qué, guapa?"

El Juego… Jade

"Para poder besarte, hace un rato que lo intento, y no paras."

Entrecierra los ojos y si, por fin se queda en silencio, su rostro se ilumina con la sonrisa pícara que domina tan bien, no se mueve, deja que sea yo quien lo haga. Me levanto un poco sobre las puntas de los pies, presiono mis labios contra los suyos, y recibe mi beso. Un dulce y largo beso, que bien alcanzaría para dos despedidas, y una que otra bienvenida. Tomo su mentón con mis manos y libero sus labios, él inclina su frente para unirla a la mía y suspira.

"Gracias." ¿Qué más podría yo responderle?

"Fue un placer."

Un par de horas después partió su vuelo hacia el otro lado del mundo, el lado opuesto al que yo ocupo, pero, esta vez, no duele. Lo extraño, claro está, desde el segundo en que su abrazo se rompió para salir corriendo rumbo al avión, y me dejó aquí, pero, esta vez no se va del todo, a decir verdad, yo tampoco me quedo aquí por completo. Llego a Monterrey y entro en la casa, el teléfono está sonando. Mara contesta mientras yo saludo a mi madre y a mis sobrinos.

"Jade, es para ti."

¡Dioses! Todavía no logro dar el segundo paso en tierras regias, y ya me están llamando, la pregunta es, ¿quién?

"Diga."

"¿Jade?"

"Soy yo. ¿Quién habla?"

"Salvador, representante de Daniel, ¿podemos hablar?"

Capítulo X
Por favor... No me dejes sola tú también

No consigo imaginar cuál es la razón que puede tener este hombre para llamarme, pero, vaya que sabe dar sorpresas, si alguien me hubiera dicho que lo tendría al teléfono, jamás lo hubiera creído.

Comienzo a escuchar la voz en mi cabeza. 'A lo que te diga, responde negativamente.' Está bien, veamos de qué se trata.

"Buenas noches, Salvador, ¿en qué puedo servirle?"

"Lamento molestarte, supongo que no hace mucho que llegaste a Monterrey."

"De hecho, voy cruzando por la puerta. Por cierto, ¿cómo consiguió mi número telefónico?"

"Ah, bueno, tengo mis contactos, pero, prometí no decirlo, espero no te importe." Pero claro que me importa, sin embargo, sé que no me lo dirá, de modo que no insisto.

"Y dígame, ¿a qué debo el honor de su llamada?"

"Pues verás, en un par de días, Víctor Arredondo ofrecerá un concierto muy exclusivo, en un hotel en Monterrey, y te ha reservado una mesa para que nos acompañes. Tal vez quieras asistir con amigas, o con algún familiar, la mesa es tuya, puedes disponer de los lugares a tu antojo. ¿Qué dices? ¿Nos acompañas? Víctor tiene enormes deseos de conocerte."

"Vaya, qué atento. Pero, desafortunadamente no me será posible acudir al concierto. De cualquier forma, le suplico le agradezca de mi parte el tomarme en cuenta para hacerme tan amable invitación." Daniel, puedes estar orgulloso de mí, en solo esta llamada, estoy utilizando más frases cargadas de diplomacia que en toda la gira.

"Es una lástima, supongo que, si vas llegando a Monterrey, debes tener muchísimos pendientes que atender, ¿no hay posibilidad de que hicieras uno de esos asuntos a un lado, para dejar un hueco en tu agenda para nosotros?"

"Señor, no quisiera sonar maleducada, pero la gira recién termina, y usted sabe cómo son esas cosas. Nos exprimieron en un grado tal, que no me queda energía, sino para llegar a mi cama y, la verdad, no pienso salir de ahí hasta dentro de una semana si es posible. Obviamente, cuento con su discreción para que no le informe al señor Arredondo respecto a la razón de mi negativa, usted me comprende, ¿no es cierto?"

"Por supuesto, pero, te repito, es una verdadera lástima. Tal vez en otra ocasión."

"Si, tal vez más adelante pueda tener la oportunidad de agradecerle personalmente al señor Arredondo por sus atenciones, y gracias a usted también por tomarse la molestia de llamar."

"Que pases buenas noches, Jade."

"Buenas noches."

Voz, no tenías de qué preocuparte, hubiera dicho que no de cualquier forma, detesto a este tipo. El solo pensar en tener que saludarlo, o, que él, y su comitiva, se sentaran a mi mesa, me agota más de lo que ya estoy. ¿Quién sería el idiota que le dio mi número?

Una vez más, mis sobrinos, cual aves de rapiña, han caído sobre mis maletas, en busca de sus obsequios, y mamá y Mara me pasan a la sala, como si fuera una visita, para ver qué logran sacar de mí. Esta vez, la situación es distinta, mi determinación para liberarme de los demonios es absoluta, y para eso, necesito de su ayuda. Son las únicas personas, que, por resignación, o por costumbre, me escucharán sin intentar recluirme en un psiquiátrico, y ambas tienen en sus manos todo el tiempo del mundo, para dedicarse a la ardua tarea de investigación que yo necesito se lleve a cabo.

La primera hora la agoto contándoles todas las anécdotas respecto a la gira, mismas que ellas complementan con toda la información que se publicó en prensa y televisión. Y, paulatinamente, voy pasando a referirles acerca de la visita de Salvador y su guardaespaldas. Las estudio con detenimiento, quiero saber qué terreno estoy pisando.

Mara me observa, por primera vez, no con reproche, ni curiosidad, no podría descifrar su expresión, pero ya no es agresiva. Lentamente, comienza a hablar, y menciona que, durante este tiempo, han tenido oportunidad de averiguar muchas cosas. Saben que lo que yo veo son en realidad demonios, que los he visto desde chica, y que ya empiezan a adentrarse en las posibilidades que puedo tener para deshacerme de ellos.

Saben también, que todo tiene relación con las capacidades que poseo, a las cuales, tampoco les hemos buscado razón de ser, sin embargo, no son comunes. Mamá dice que hay personas, conocedoras de este tipo de cosas sobrenaturales, que les han ofrecido su ayuda para que esto termine, y quiere saber si yo aceptaría conocerlos.

Definitivamente no, no sabría decir porqué, pero, el solo hecho de pensar en ser objeto de estudio de dichas personas, quienquiera que sean, me provoca un escalofrío que me recorre todo el cuerpo. No obstante, si ellas quieren estar en contacto con ellos, y que yo reciba la información por su conducto, no tengo inconveniente. Mara acepta encantada, para ellas, que siempre han estado emocionalmente tan lejos de mí, esta es una oportunidad para

Rocío Blisswealth

acercarse. Después de todo, deben pensar que el espacio que ocupaban mis abuelos está disponible, y tal vez ellas podrían ocuparlo. Pero no, ni disponible, ni vacío. Ese lugar no será nunca para nadie más.

Jamás he bajado la guardia, solo con Daniel, y a pesar de esta necesidad que siento por la ayuda de mi familia, existe aún un área que habrá de quedar solo bajo mis dominios, Daniel Montalvo, y todo lo que a él se refiere. Eso es solo mío, todo el resto, deberé ponerlo sobre la mesa tarde o temprano.

Mara pregunta si la llamada que recibí era de ese hombre, de Salvador. En cuanto respondo afirmativamente, y le explico la razón de la llamada, se apresura a preguntarme cuál fue mi respuesta. Una vez que ve cómo una sonrisa se dibuja en mi rostro, entiende que fue negativa, las recomendaciones para que me aleje de ese tipo de gente no se hacen esperar, como si yo no lo supiera.

Por fin, la conversación se interna en terrenos mucho más libres de maleza, el rockero. Se me ocurre decirle a Mara que ya lo había olvidado y, ¡error! ¿Cómo puede ser eso posible? Aprovecho esta discusión para levantarme y dirigirme hacia mi recámara, aún con la voz de mi hermana retumbando dos pasos atrás de mí, logro entrar y cerrar la puerta, todo está exactamente igual.

El demonio me ve entrar, se encamina hacia su esquina y permanece ahí, no me observa, baja la mirada. Es extraña la sensación que me embarga al verlo. Las imágenes de lo que sus colegas hicieron por mí, por nosotros, en el hotel, me hace verlo de forma distinta, sin tanto miedo, tal vez. Ellos nos evitaron un daño severo, tiene que ser así, pues de otra forma no hubieran intervenido.

De cualquier manera, incluso cuando tengo muchas preguntas qué hacerle, no me atrevo. Mi abuela decía que con el demonio no se dialoga, ¡qué suerte la mía! Según me he enterado, ni con el demonio, ni con los fantasmas, ni con los adivinos, es decir, con cualquiera que pudiera ayudarme, al menos eso creo. Los ángeles, no sé, creo que siguen estando muy lejos, cada vez más.

Cierro los ojos para aprovechar la noche y dormir, por primera vez en meses, ocho horas seguidas, eso espero. Lo veo de reojo, no, ya no le tengo tanto miedo.

Pues, no creo haber logrado mi meta de las benditas ocho horas, puedo sentir a la más pequeña de mis sobrinas subirse a la cama, y empezar a moverse para que me despierte. En cuanto ve que le sonrío me avisa que tengo una llamada telefónica, ¿otra? Y, ¿ahora quién? Con aire de suficiencia me informa que una señorita me llama de España. Me apresuro a levantar la bocina y ella sale para colgar la extensión, y concluir con éxito su trabajo de recepcionista.

"Diga…"

"¡Hola dulzura! ¿Has logrado descansar?"

"¡Carmen! ¡Qué placer escucharte! Me has tenido muy abandonada."

"No quería interrumpir, sé que tenían toneladas de trabajo sobre sus espaldas."

"¡Qué va! Yo de eso nada, todo el peso estaba sobre la de Daniel, yo fui mera observadora."

"Pues mira, que la versión que tengo yo, no coincide con la tuya. Daniel no paró de hablar de ti, y de todo lo que hicieron durante este par de meses. Por supuesto, haciendo un profundo énfasis, sobre el hecho de que nunca has querido complacerlo, y decirle que es guapo, ja, ja, ja."

"Ya le he dicho, que por mucho que lo estime, yo no miento."

"Tienes toda la razón, ¡la honestidad es básica! Además, con que toda la familia le mienta, es más que suficiente." Nuestras risas se dejaron escuchar en ambos continentes.

"Ya veo que tú sí me entiendes."

"Me enteré de que ya conociste a Salvador, y que por poco vomitas."

"¡Dioses! Sí, es verdad, y por poco lo hago ayer también." Carmen guarda silencio por unos segundos, y después dice en un tono más serio.

"¿Cómo dices, Jade?"

"Ayer me llamó por teléfono, recién entraba yo por la puerta, y me pasaron su llamada."

"Y, ¿qué…? Es decir, algún encargo de Daniel, supongo."

"No, que va, quería invitarme al concierto que Víctor Arredondo dará en mi ciudad pasado mañana."

"Ya veo, y, ¿con quién irás?"

"¿Cómo crees que yo aceptaría asistir? Para empezar, no tengo el gusto de conocer al tal Víctor, pero, si se parece a Salvador, no me apetece en lo más mínimo aceptarle una invitación a ningún lado. Además, no sé, hay algo que no me gusta en todo esto."

"Bien, Jade, desafortunadamente debo colgar, pero me agrada saber que estás bien, iniciando tu proceso de recuperación. Estaremos en contacto más seguido, lo prometo. Cuídate mucho."

"Lo haré, tú también. Gracias por llamar, Carmen."

"Ciao."

Al menos ya sé que Daniel llegó bien a España, conociéndolo, dormirá un par de días. Creo que yo seguiré su ejemplo, me doy la vuelta, y cierro los ojos con fuerza, tratando de conciliar el sueño nuevamente, estoy tan cansada que no debe ser difi…zzz.

Siento que me observan y abro los ojos, mi sobrina está de nuevo junto a mí.

"Déjame dormir otro ratito." Suplico.

"Está bien, aunque ya fue un ratote, pero dime. ¿Qué le digo a Daniel? ¿Que llame más tarde?"

"No, no, ya desperté, cuelga la extensión, por favor enana."

"Claro, pero si ya lo sé." Sale corriendo.

"¿Daniel?"

"Así es, guapa, ¿esperabas a alguien más?"

"A cualquiera, menos a ti, te hacía en los brazos de Morfeo."

"Pues ya vez que no. Antes que nada, he querido averiguar cómo llegaste a Monterrey. Uno nunca sabe tratándose de ti, tal vez habías decidido ir de excursión por ahí, y de ser así, pensaba tirarte pleito por no invitarme."

"No, eso jamás, odio ir de excursión."

"¿Pero si me invitarías si fueras?"

"Si, Daniel, por supuesto que te invitaría, es más, no me atrevería a ir sin ti."

"Gracias."

"Loco."

"Escuché por ahí que te están invitando a un concierto."

"Otro lugar al que no me atrevería a ir sin ti."

"No, Jade, en serio."

"Es en serio, Daniel, ese tipo, Salvador, me da miedito."

"Yo creía que asco era lo que te provocaba."

"Eso también, lo que me gustaría saber es, ¿cómo consiguió mi teléfono?"

"A mí también me gustaría saberlo. Guapa, ¿sería mucho pedirte que me detallaras su llamada? Me intriga mucho."

"Para nada, déjame hacer memoria."

Procedo a repetir la llamada, con tanto detalle cómo me es posible, y solo escucho su respiración profunda al otro lado del teléfono. Termino mi relato, y sigue sin decirme nada.

"¿Daniel? ¿No piensas felicitarme?"

"Guapa, me perdí, ¿felicitarte?"

"De verdad, Daniel, dale gracias a dios que no te tengo enfrente, porque si así fuera, ¡seguro de una patada no te escapabas!"

"Guapa, no sé…"

El Juego… Jade

"Toda esa llamada, fue absoluta y totalmente diplomática, desbordé educación en cada una de mis frases hacia ese antipático, y, ¿no merezco ni una felicitación? ¡Habrase visto! A ver cuándo lo vuelvo a hacer. ¡Seguramente, nunca!" Sus risas se escuchan como dulce música en mis oídos. Sale de su pérdida de concentración y retoma la conversación.

"Lo siento, guapa. Pero qué falta de delicadeza la mía, esa llamada no merece una felicitación, merece una ovación, y en este momento, me pongo de pie."

"Gracias, gracias, pero no es para tanto."

"Loca."

"Lo sé, se contagia, tanto tiempo contigo, esos son los resultados."

"Habría que investigar quién le contagió la locura a quién, porque mira que tú no sales muy bien librada en ese aspecto."

"Te equivocas, creí que te había dejado claro que soy rara, pero de locura, ¡nada!"

"Te extraño, guapa." Las mariposas vuelan en mi estómago sin poderlas controlar, pensé que ya me había acostumbrado a esto, me equivoqué.

"Yo también Daniel, mucho."

"Te envío un beso muy fuerte. Pórtate bien, por favor."

"Yo dos, y bueno, lo intentaré, ya te dejaré saber si lo consigo, pero, eso de portarse bien, como que nunca lo he dominado."

"Con que lo intentes me conformo, por ahora, cuídate, te llamo pronto."

Colgó. Lo de la llamada de Salvador no le ha gustado nada. Aquí va a arder Troya, que bueno, ese tipo me cae mal. Bajo las escaleras dirigiéndome a la cocina, no sé cuánto tiempo he dormido, y ahora es otra la necesidad que quiero satisfacer, ¡muero de hambre! Como rápidamente lo primero que encuentro en el refrigerador, Mara se acerca, y pregunta qué pienso hacer. Lo siento, nuestra plática deberá posponerse, al menos, hasta mañana. Lo único que quiero, es regresar a la cama. Es como si el cuerpo me exigiera la inmediata reposición de la gran cantidad de horas de sueño que le debo.

Se molesta, tiene mucha prisa en que comience con mis actividades, pero, sé que todo eso requiere una gran cantidad de energía de mi parte, y ahora carezco por completo de ella, necesito descansar. Insiste, mi respuesta es la misma, ya logré enfurecerla, lo siento, no hay forma de que lo haga, los parpados se me cierran.

Antes de abandonar la cocina, pregunta qué fue lo que quería Daniel. Supone que ahora si le hablaré de ese tema, pero se equivoca. No dejo salir ni una sola palabra. Sus advertencias no se hacen esperar, si no pienso darle información, ¿cómo espero que me ayude? Sus palabras caen en el vacío, ya decidí que ese tema es solo mío, además, todavía me queda por comprobar la ayuda que puede proporcionarme. Después de eso, ya sabré de qué le hablo, y de qué no. Me encamino escaleras arriba, como si mi recámara tirara de mí con la fuerza de un imán gigantesco, y regreso a la cama, adentrándome, casi de forma inmediata, en un profundo, e intranquilo, sueño.

Abro los ojos y me sorprendo al percibir solo penumbras, es extraño, al irme a la cama no deben haber sido más de las dos de la tarde, y no ha pasado tanto tiempo, al menos, no lo sentí así. Intento enfocar la vista para poder ver con más claridad a mi alrededor, parpadeo con fuerza y voy tomando conciencia del lugar en que me encuentro, muy lejos de mi habitación, y de Monterrey. Conozco este jardín, a pesar de que nunca lo había visto bajo tal obscuridad.

Es rara la casi total ausencia de sonidos, aun cuando sea de noche, debería escuchar al menos algún grillo, pero, nada. Empiezo a caminar por el pasto y puedo sentir la humedad del rocío en las plantas de mis pies, las losas del suelo, el camino con arbustos a los lados, más crecidos que la última vez que los vi, ya no tengo dudas de donde estoy. Es la casa de Daniel, me detengo, la humedad se vuelve más fría con el paso de los segundos, ya puedo sentirla hasta mis tobillos como agua helada. El terror comienza a recorrerme desde los pies hasta la nuca, y se aloja ahí, como espinas en la base de mi cráneo. Un sollozo sube a mi garganta, y lo obligo a detenerse. No aquí, por favor. Que no esté aquí.

A mi espalda puedo escuchar unos pasos, apenas perceptibles sobre el césped, no hago el más mínimo movimiento, si acaso no me ha visto aún, no quiero delatar mi posición. Un gemido, Tíber se me acerca, y llora como un cachorrito. Me acuclillo junto a él, y tomo su cabeza entre mis manos tratando de tranquilizarlo, es inútil, él lo siente también, está aquí.

En voz muy baja, le pido que me lleve con Daniel, por respuesta mueve la cola una sola vez y se encamina hacia la casa. Casi se arrastra por el suelo, claramente puedo ver que no desea hacerlo, pero, sería capaz de dar la vida por su amo. La determinación que me hace entrar a la casa, en lugar de salir corriendo, me hace pensar que, tal vez, yo también lo sea.

Nos acercamos a la casa, no logro ver una sola luz encendida, el olfato de Tíber tendrá que guiarme. Me equivoco, lo hará el mío, el terrible hedor de ese demonio ya alcanzó mis fosas nasales. Los escalofríos me recorren la espalda, tensando mis hombros hasta el punto de hacer insoportable el dolor. No logro sentir los pies, pero sigo avanzando. El olor es cada vez más fuerte, si no puedo controlar mi respiración, me hará vomitar.

Con las manos puedo palpar una puerta de madera, el olor sale de aquí como una nube de humo, incluso Tíber empieza a hacer arcadas, quiere vomitar. Con palabras casi inaudibles, aún para mí misma, le pido que se retire, no lo hace, pero parece entenderme, porque se queda quieto. Acerco mi oído a la puerta y lo escucho, esa horrible y gutural voz, está gritando furiosamente. No logro entender lo que dice, la puerta es demasiado gruesa. Giro el picaporte con mucha suavidad y la empujo, esta se desliza, solo unos centímetros, antes de detenerse, dejando expuesta ante mí, la más terrible de las escenas.

La penumbra se ve atenuada por la luz de la luna que logra entrar por el ventanal, las hojas de los árboles, danzando allá afuera, forman sombras que parecen haberse confabulado, para agregar un toque aún más tétrico a mi visión. El demonio que salió del espejo hace unos meses, enorme, esquelético, de corrugada piel grisácea, que simula cartón, e intensos ojos amarillos, sujeta a Daniel por el cuello, lo eleva hasta el punto en que ya sus pies se han separado del suelo. Se resiste al demonio, su respiración es irregular entre tanto forcejeo, está cubierto en sudor, y el cabello se le pega a la frente. Las venas de sus sienes palpitan con tanta fuerza que, desde donde estoy, puedo verlas con claridad.

Su demoníaca voz inunda la habitación, profiriendo toda clase de ofensas, a la vez que sacude a Daniel como si fuera una marioneta. Ahora me es posible comprender lo que grita, con toda la fuerza que sus pulmones se lo permiten, si es que los tiene, solo pregunta una, y otra vez: "¿Dónde está? ¿Dime dónde?" Al no recibir respuesta de Daniel, quien, con total determinación, oprime la mandíbula manteniendo la boca cerrada, eleva la mano que tiene libre y la introduce en su pecho, como si fuera de mantequilla, dándole vueltas dentro de él, igual que si buscara, desesperadamente, en el interior de un cajón.

Daniel trata de ahogar un grito de dolor que se le escapa entre los dientes, no resistirá mucho. Sin poderme controlar, mejor dicho, sin razón para hacerlo, golpeo la puerta abriéndola de par en par, no tengo la menor idea de qué es lo que voy a hacer, solo quiero que lo libere. El demonio se sorprende intensamente al verme, lo suficiente para soltar a Daniel con ambas manos. Su cuerpo se desploma hasta el suelo, sin oponer resistencia en lo absoluto, el golpe se escucha seco sobre las baldosas.

Ya tengo toda su atención, su mirada se ha fijado en mí, y sigue inmóvil, tal pareciera que se ha olvidado por completo de Daniel, muy bien. Tíber entra rápidamente a la habitación, emitiendo una extraña mezcla de gruñidos y gemidos, olfatea a Daniel con insistencia hasta que logra que abra los ojos. En cuanto cobra la suficiente conciencia, sus ojos se abren desmesuradamente al verme, el demonio da un paso al frente, y sonríe, mostrándome las largas hileras de amarillentos dientes, que han llenado mis pesadillas desde hace varios meses.

"Volvemos a vernos, niña estúpida. ¿Cómo te atreves a…?" Quiero correr, pero, puedo ver a Daniel tirado en el suelo, todavía peleando con la inconsciencia. No puedo dejarlo, veo al demonio directo a los ojos, y le arrojo una carnada, que sé, le será irresistible, mi arrogancia.

"¿Que cómo me atrevo? No por placer, eso es seguro. En esta vida no hay nada más placentero que tu ausencia."

Frunce el entrecejo, agudizando la expresión, gira la cabeza lentamente hasta depositar la mirada sobre Daniel, a lo que Tíber responde con una serie de gruñidos, y se recuesta sobre su pecho, interponiéndose entre el demonio y él. No cabe duda, daría la vida por su amo, solo resta averiguar, si yo también soy capaz de tanto.

"De modo que, es él." Alarga la mano para inclinarse a tocarlo, y me hace reaccionar.

"¡Déjalo, imbécil!" Le grito.

Daniel abre los ojos, esta vez por más tiempo, no reconozco su voz, es simplemente una serie de jadeos lo que su garganta puede emitir, sin embargo, se las arregla para advertirme.

"Jade, no, corre, regresa. No puede tocarte estando ahí." Es todo lo que dice antes de quedar inconsciente otra vez.

Necesito saber que este maldito ha mordido el anzuelo, no me iré dejándolo aquí, con él. Enfurecido, da un paso hacia mí. Suficiente, me seguirá. Doy la vuelta, muy a mi pesar. Necesito saber cómo está Daniel. Por ahora deberá bastarme con saber que sigue vivo, y que Tíber le hace compañía, es más de lo que yo he podido decir en otros momentos. Echo a correr por los pasillos, a toda la velocidad que el entumecimiento de mis piernas me permite, he perdido la orientación, no sé hacia dónde voy, tengo que salir al jardín.

No puedo perder tiempo en voltear hacia atrás, no obstante, escucho tras de mí, el sonido de los ropajes del demonio que se arrastran por el suelo en frenética persecución. Por instantes, puedo sentir cómo tira de mi ropa, cuando logra acercarse lo suficiente, solo para provocarme una descarga de adrenalina tal, que me impulsa con más rapidez hacia el frente, liberándome momentáneamente de su agarre.

Me desprendo de ese lugar, y caigo pesadamente en mi cuerpo, no logro dominar mi respiración, el corazón quiere salirse por mi boca. Abro los ojos y busco al demonio que siempre me acompaña, está sumamente inquieto, lo sé, esto solo comienza, viene tras de mí, y entonces, aparece el otro junto a mi cama, llenando la habitación con sus gritos.

"¿Dónde está? ¡Tú lo sabes! Deja de ayudarlo."

No le contesto, en gran parte porque el terror me ha dejado sin aliento. Da vueltas por la habitación, no tengo idea de qué se trata. Gira y se abalanza sobre mí, solo para ser repelido por una pared invisible. Su grito inunda la casa, no sé cómo es que nadie lo escucha, ya habrían venido en mi ayuda, creo yo.

"Aun cuando no logre tocarte, puedo matarte niña, no me es necesario tocarte para eso." Y con solo levantar la mano, me hace sentir un dolor inexplicable todo a lo largo de mi espina dorsal, me retuerzo sobre la cama. No sé cuánto tiempo podré soportarlo, solo sé que debo resistir, si quiero ayudar a Daniel y, justo ahora, no hay algo que desee más que eso.

El demonio sigue atacándome, tomando turnos para infligir dolor, sin dejar que alguna parte de mi cuerpo escape de él, la cabeza, las piernas, las manos, el vientre, y vuelta a empezar. Trato de ahogar mis gritos, y las lágrimas que me corren por las mejillas ya mojan mi almohada.

"¡Suéltalo! ¡Suéltalo, niña estúpida! ¡Te mataré! Los mataré a ambos." Sale de la habitación bufando, no sé a dónde ha ido, pero aprovecho para tomar aire en este breve descanso de tanto dolor, observo a mi demonio y le pregunto, dirigiéndome a él por primera vez, en espera de una respuesta.

"¿Qué pasaría si soltara a Daniel, si no lo ayudara?" No puede creer que le esté hablando. Me mira a los ojos, y me permite escuchar su voz por primera vez, su increíblemente profunda voz.

"Moriría."

"¿Y, si me aferro a él?"

"Podrías morir tú, depende de tu resistencia."

"Está bien, gracias." Un bufido es toda su respuesta, no somos amigos, ya me quedó claro, es solo que odia más al otro demonio que a mí. Digamos que esa es mi ganancia. Me observa detenidamente.

"¿Lo soltarás?"

"No." Se ríe en tono de burla, no puede creer que prefiera este dolor, a dejar ir a Daniel, simplemente no lo entiende.

"Tonta, te matará. ¿Por qué no lo sueltas de una vez? Lo harás, tarde, o temprano."

"Si él muere, si deja de existir, yo preferiría estar muerta. ¿No lo entiendes? No voy a soltarlo, vale la pena pelear." Regresa el demonio para otra sesión de tormento, ya tengo un propósito para resistirlo.

Rocío Blisswealth

La mañana siguiente, entra mamá en la habitación, mi aspecto debe ser terrible, puedo deducirlo por la cara que pone.

"Jade, ¿quieres que llame al médico?"

"No mamá, no podría ayudarme, esto pasará pronto." Eso espero.

"Pero ¿qué es lo que está pasando?" Me resisto a decírselo, pero, ya no puedo más, ya no tengo fuerzas para inventarle una respuesta, además, si intentan ayudarme, más vale que tengan algo de información.

"Estoy ayudando a Daniel a resistir un ataque."

"¡Un ataque demoniaco! ¿No es cierto? ¡Estás loca! ¡Jade, deja ya eso, suéltalo, no lo ayudes más!"

"¡No!"

"¡Por dios! ¿Te has vuelto loca?"

"Si lo dejo, morirá."

"Tal vez eso sería lo mejor."

"No lo dejaré morir como dejé ir a mis abuelos, no lo haré." Deja la habitación dando un portazo, para no regresar. Pero, el demonio si vuelve, tal parece que solo me deja descansar para que no muera sin revelarle lo que quiere saber. Me alegro de no saber de qué se trata. Si lo supiera, tal vez no podría callarlo. Me ataca con más intensidad, o, tal vez solo se siente así, debido a lo prolongado de sus ataques. Qué increíble capacidad para causar dolor, y cuánto placer se refleja en sus ojos al hacerlo. ¿Cuántas horas han pasado ya? Es el segundo día, tal vez el tercero. Me suelta de nuevo, como quien tira al suelo algo inservible, y se va, me pregunto a donde irá cuando me deja. Mi demonio parece adivinar lo que estoy pensando.

"Se va a interrogar a Daniel, está en peores condiciones que tú, pero no dice nada." Sus palabras me provocan un miedo insoportable, verdadero terror a que él no logre resistir, y muera en sus manos. Los sollozos casi no me dejan hablar.

"No dice nada, ¿de qué?" No me responde.

"Esta tortura será la última." El demonio alcanza a escuchar su voz al entrar en la habitación, solo lo ve con indignación, le grita que salga de ahí. Lo veo con suplica en los ojos.

"Por favor, no me dejes sola tú también." Permanece en su esquina, haciendo caso omiso a las órdenes del demonio mayor. No sé si por complacerme, o por hacerle frente al demonio al que odia tanto. No lo sé, pero, entre este agudo dolor, que me penetra la piel por todos los poros, y mis gemidos, el único consuelo que puedo sentir es su presencia, su helada presencia demoníaca. No hay nadie más, solo él, y la esperanza de que Daniel resista esto, y le quede aún algo de vida en el cuerpo. Algo de vida con que abrazarme otra vez.

El Juego… Jade

El demonio se detiene y pregunta, por enésima ocasión, dónde está eso que él busca. ¿Dónde es que lo hemos puesto? Mi mirada está fija en la pared, y mi respiración ya no es suficiente para llenar mis pulmones, ni a la mitad de su capacidad. Me encuentro en ese estado físico en que sientes que de un momento a otro te desvanecerás, lo he anhelado durante muchas horas, el dolor no podría atravesar el velo de la inconsciencia. No, él no lo permitiría, su único placer, durante estas largas e infructuosas horas, desaparecería, y entonces, ¿cuál sería su diversión?

"Estúpida, ambos son un par de estúpidos. ¿No se dan cuenta que esto continuará? Me voy por ahora, solo escucha. ¡No descansaré hasta matarlos!"

Tomo aire y lleno mis pulmones hasta el fondo, he aspirado durante tantas horas su pestilente olor, que ya no lo percibo. Giro lentamente la cabeza para verlo, quiero ver sus horribles ojos, quisiera sonreír, pero, las comisuras de mis labios se niegan a abandonar el rictus de dolor que han adoptado por tantas horas. No obstante, por dentro de mí, una enorme sonrisa se extiende, como reflejo de mi gran satisfacción, busco mi voz y al encontrarla, aprovecho para hacerle un comentario, uno que obviamente no es el que espera.

"¿Matarlos, dices? Entonces, él sigue vivo, y a ti, se te acabó el tiempo, imbécil."

Sus gritos hacen retumbar la habitación, y a mí, junto con ella. Mi demonio se inquieta, me ve molesto por mi provocación de una reacción tan agresiva, con la cual, él podría sufrir serios daños, no me importa. Solo una cosa me ha mantenido viva durante las interminables horas de este brutal ataque, el poder evitar que Daniel muriera en el proceso, de ser así, el demonio no hablaría de su muerte como una posibilidad a futuro, sino como lo que hubiera sido mi último fracaso. No, él no forma parte de mi camino sembrado de cadáveres. A él sí logré salvarlo, nada más me importa ya, el dolor por fin se aleja, me desmayo.

Horas después, las sensaciones van regresando a mi cuerpo, debe ser muy tarde, no se escucha el común ruido de autos a través de la ventana de mi recámara. Muero de sed. Mis sentidos vuelven de a poco, y empiezo a analizar lo que siento. A mi espalda, una mano recorre mi cabello muy suavemente, reconozco el tacto, aun cuando hace mucho tiempo no lo sentía. Trato de hablar, pero la garganta me duele mucho, creo que no he pasado saliva desde hace horas y está completamente seca.

"Descansa." Dice en tono muy suave.

"¿Ángel?"

"¿Es así como has decidido llamarme?"

"No lo sé, déjame verte."

Se inclina sobre mi hombro y me permite ver su rostro, su dulce rostro. No ha cambiado nada desde la primera vez que recuerdo haberlo visto, cuando yo tenía cerca de cuatro años, en esta misma habitación.

"Si, tú eres Ángel." Digo con la voz aún muy baja.

"De acuerdo."

"¿Dónde estuviste mientras ese maldito casi logra matarme?" Le reprocho.

"Donde siempre he estado, evitando que lo lograra."

"Me habría aliviado poder verte."

"Él me habría visto también, y eso no te habría ayudado."

"No lo pensé."

"Me duele tanto verte así, estás totalmente cubierta de heridas." Siente lástima por mí, lo veo en sus ojos, sigue acariciándome con tanta delicadeza, por temor a hacerme daño.

"No importa, no se notan a simple vista."

"Yo puedo verlas todas."

"Ya sé, quiero decir, tú me entiendes, además, estas heridas significan una victoria. Llevaré las cicatrices con orgullo, aunque nadie pueda verlas."

Súbitamente regresa a mi estómago el terror que me dejó descansar durante el tiempo que estuve inconsciente. Con ansiedad en la voz le pregunto.

"Porque… Fue una victoria, ¿verdad? Daniel está vivo."

"Lo está."

"Entonces, sí."

"Jade, no debiste."

"Ángel, no permitiré que me arrebaten lo que quiero una vez más, prefiero…"

"Lo sé, créeme, lo sé. Duerme ahora, te ayudaré a sanar. ¿Necesitas algo más?"

"Sí." Me observa muy serio, supone que le pediré algo para Daniel, pero no es así, él está vivo, y tardará en reponerse de esto, eso puedo imaginarlo. El alma me volverá al cuerpo, cuando pueda escuchar su voz de nuevo, y eso se resolverá con una llamada telefónica, lo que quiero es otra cosa.

"Dile a mi abuela, y a Clemen, que el maldito no logró matarme. Les gustará saberlo, y cuéntale a mi abuelo, que esta vez, por fin lo enfrenté, eso es todo. No, una cosa más, Ángel, ¿cuánto tiempo resistimos?"

"Setenta horas, trata de dormir."

Esta vez duermo de verdad, sin el sopor de la inconsciencia, y sin que me rodee la pestilencia del demonio. Olvidé decirle a Ángel que también quiero un perro, ¡qué valor tan increíble!

¡Vaya! No tenía conciencia de cuantos músculos tiene mi cuerpo, hasta ahora, que me duelen todos, y cada uno de ellos. Me cuesta entender cómo es que un ataque espiritual, por llamarlo de algún modo, es capaz de causar estos estragos en mi cuerpo físico. Tal como le dije a Ángel, no hay una sola herida que pueda verse, no con ojos humanos, pero, hoy si puedo sentirlas todas.

Pese al dolor que aún experimento, mi mente tiene prisa por entrar completamente en funciones. Hay un remolino de sentimientos y pensamientos dentro de mí, que quiero analizar. Aún tengo miedo, más del que haya experimentado hasta ahora, y el vacío que siento en el estómago sigue haciéndose presente, como permanente recordatorio de que, lo que sea que el demonio buscara, sigue pendiente, y no lo dejará pasar de largo.

A pesar de eso, algo he aprendido de esto, y es que todo tiene un tiempo, él tenía un tiempo para atacarnos, y cuando se terminó, muy a su pesar, tuvo que irse. Eso es algo, aún no sé de qué podría servirme, pero atesoro cualquier tipo de información que pueda utilizar en un futuro. En caso de un nuevo ataque, sé que solo deberé resistir por un tiempo, no son algo permanente.

Voy levantándome de la cama poco a poco, pareciera que el colchón se ha adherido a mi piel, aún a través de la ropa que llevo puesta. Otro sentimiento que me embarga, girando dentro de mí, con tanta fuerza que, por largos períodos, es capaz de arrasar el miedo, es la enorme satisfacción que me proporciona haber ayudado a Daniel. Logré enfrentar al demonio, resistí su ataque, y estoy viva para contarlo. Está bien, no tengo a quién contárselo. Pero, podría hacerlo.

No sé lo que hubiera pasado si él hubiera muerto, nunca he considerado la idea del suicidio, mi abuela logró convencerme de que era uno de los pecados que dios más aborrecía, y yo, tal vez gracias al consuelo que los cuidados de Ángel me proporcionan, siempre he pensado que le debo algo a ese dios, en el que mi abuela confiaba, aunque eso sea, solamente, él no morir por mi propia mano.

Sin embargo, ¿qué podría significar la vida para mí, si Daniel no estuviera en ella? Peor aún, si yo no hubiera sido capaz de hacer algo por él. Sería revivir la muerte de mis abuelos, y no podría soportarlo, sobre todo, si considero que la única parte de mi vida, que me da fuerza para seguir viviendo, es el período de tiempo en que gozo de la presencia de Daniel. Así que, tal vez suicidio no, pero, dejarme morir, ¿sería igual de grave? No lo creo, no si la razón para vivir ha desaparecido, es algo a lo que vale la pena dedicarle un poco de atención, solo por si acaso.

El tercero, y más poderoso sentimiento, que ha llegado a alojarse en mi interior, es la determinación por pelear. Por una vez, quisiera ser yo quien ataca. Quisiera ser yo la que ejerce la capacidad para infligir dolor, y goza al hacerlo, la que pudiera tener a ese maldito demonio en las manos por setenta horas. Aún no sé cómo es que logramos resistir tanto tiempo, quisiera ser yo, quien ve el terror en los ojos del otro.

El demonio no logró lo que se proponía, pero, disfrutó al utilizar en nosotros todas las armas con las que está dotado, y consiguió algo en ese proceso, algo que no se propuso en lo absoluto. Despertó en mí la codicia, una enorme codicia por ese tipo de poder, si es que acaso hay algo en mí de lo que pueda echar mano para salvar a Daniel, para salvarme al mismo tiempo, y para acabar con cuanto demonio me sea posible, lo haré, sin duda.

Ya estoy sentada en la cama, y apoyo los pies en el suelo. Qué agradable sensación el sentir la frescura de las losas en las plantas de mis pies. ¿Cuántas cosas hay que no notamos en la cotidianeidad de nuestras vidas? Comparo esto con lo que pasa cuando nos ataca un resfriado, súbitamente nos damos cuenta de que podíamos respirar con toda tranquilidad, esto, debido a que, por causa de la enfermedad, ya no podemos hacerlo. Es lo mismo, la paz, la tranquilidad, el aire libre de pestilencia, el dormir en paz, la capacidad de sentir hambre, en un estómago que no tiembla bajo los horrores del miedo, los valoramos hasta el instante en que ya no contamos con ellos.

Se abre la puerta de mi recámara, solo un poco, y puedo ver un pequeño ojo a no más de un metro de distancia del suelo, después de eso, una sonrisa desprovista de los dos dientes frontales.
"¿Te vas a bañar?" Pregunta la enana. ¡Dioses! Debe ser imperativo, cuando una niña de siete años lo considera tan importante.
"Si, lo haré."
"¿Ya te aliviaste?"
"Ya."
"Bueno, Mara y Luz te están esperando." Se refiere a su mamá y a su abuela, pero siempre las ha llamado simplemente por sus nombres de pila, creo que eso habla del borroso lazo que hay entre ellas.
"De acuerdo, enana, diles que cuando me bañe las veo aquí, ¿sí?"
"Está bien, adiós." Cierra la puerta, la cual nunca abrió completamente, y corre a entregar el mensaje.

Tomo una ducha lenta, por más que lo intentara, la rapidez aún está muy lejos de mi alcance, mis resentidos músculos, descansan un poco, bajo la lluvia de gotas tibias de la regadera. Me encantaría tener un bálsamo que pudiera frotarme en el cuerpo, pero, la que sabía de eso era mi abuela, no creo que quede algo así en la casa desde hace tiempo. Al salir del baño, desde la puerta opuesta a la de mi recámara, vuelve a asomarse la enana.

"Jade, ven, tienes una llamada." Dice sonriendo.

Entro en la habitación de mi madre, esa que solía ser la de mis abuelos, para atender el teléfono. Con total desgano contesto.

"Diga."

"¡Hola, guapa!"

A pesar de lo agotado que se escucha, no pierde la capacidad de inundar mi estómago de mariposas. Una lágrima se resbala por mi mejilla, él se encuentra bien.

"Daniel…"

"¿Estás bien, Jade?"

"Reponiéndome, ¿y tú?"

"Al llegar a casa, bueno, creo que ha caído sobre de nosotros…" Sé perfectamente lo que quiere decir, pero nunca hablamos de esas cosas, lo sabemos, igual que en las ocasiones anteriores, pero, no se menciona, no abiertamente, causa demasiado miedo.

"Todo el agotamiento."

"Así es. Jade, ¿cómo estás?" Puedo escuchar como su voz se quiebra, mientras mis propias lágrimas siguen rodando por mi rostro.

"Estoy bien, corazón, y, después de dormir, estaré mucho mejor. No te preocupes, pero tú, ¿cómo te sientes?"

"Bien ahora que te escucho. No podía dormir si no hablaba contigo primero." Ya no logra hablar más, el llanto no se lo permite.

"Daniel, estamos bien."

"Te extraño horrores, y quiero que recuerdes cuánto te quiero."

"Ya lo sé, dos pocos, lo recuerdo bien."

"No, mucho más de dos pocos. Te llamaré pronto, descansa."

"Igual tú, Daniel…"

"¿Si, guapa?"

"Dale un beso a Tíber de mi parte, ¿lo harías?"

"Lo haré, no te quepa la menor duda."

"Gracias."

Cuelgo el auricular. No podía haber recibido mejor bálsamo para mi espíritu, que escuchar su voz al preocuparse por mí, al reiterarme que me quiere. El que no sabe, en realidad, cuanto lo quiero, es él. O, tal vez sí. Se me cierran los ojos después de la ducha, pero, esta vez no consentiré a mi cuerpo, hay cosas mucho más importantes que hacer, cosas de vida o muerte.

Rocío Blisswealth

Me dirijo al que, hasta hace días, fue el escenario de mis peores tormentos, ahora podré ver mi recámara de otra forma, seguirá siendo el campo de batalla, pero esta vez, el primer paso lo daré yo. Ya tengo una victoria en mi haber, y su cariño. No me hace falta más.

En cuanto abro la puerta, puedo ver a mamá y a Mara, sentadas sobre la cama, esperándome.

"¿Estás lista?"

"Lo estoy. ¿Qué tengo que hacer?"

Capítulo XI
Supongo que con esto podemos evitarnos las presentaciones

La conversación entre nosotras será básica para establecer lo que habrá de ser nuestra forma de relacionarnos, de ahora en adelante. Nunca me han conocido, saben quién soy, o, al menos, sabían qué esperar de mí hasta hace un par de años. Ahora, estoy segura de que no tienen idea.

La vida, para mí, se divide en 'antes de Daniel' y 'después de Daniel,' y es muy escaso el conocimiento que ellas tienen con respecto a esta nueva Jade, aunque, supongo que algún punto de contacto deberemos encontrar.

Lo primero que quiero hacer, es poner mis cartas sobre la mesa, para evitar problemas futuros, de modo que, cuando veo que Mara abre la boca con la intención de empezar a hablar, le hago una señal con la mano para que me permita ser yo quien hable primero. Se asombra un poco, pero se queda en silencio, y tomo la palabra.

"Quisiera establecer, antes que nada, los límites de estas conversaciones, con el fin de que sepan hasta dónde soy capaz de llegar, y a partir de dónde ya no es aconsejable que traten de involucrarse.

No pienso permitir, bajo ninguna circunstancia, que me pregunten, o traten de entrometerse, en cuanto a mi trabajo con Daniel. Tampoco admito reclamos, advertencias, opiniones, ni nada que tenga que ver con situaciones como la que viví los pasados tres días."

A mamá no le parece bien que las deje fuera de todo lo que es lo más importante en mi vida, puedo verlo en su expresión, pero, eso no está a discusión. Mara, bueno, acaba de descubrir que deberá aprender a tratarme, y sobre aviso, no hay engaño, así que continúo con los avisos.

"Sé que ustedes me ayudaron a llevar a cabo algo, en relación con él, hace unos meses, pero, de aquí en adelante, ese terreno es solo mío." No hay objeciones, y prosigo. "No pienso preguntar, ni mucho menos pedir permiso, respecto a ninguno de mis movimientos, y solo haré aquello con lo que esté de acuerdo.

En vano será tratar de convencerme de hacer algo que no quiera y, con el fin de que esto funcione bien, quiero que estén enteradas de que no pienso tener tratos con otras personas, para que analicen las causas de que los demonios me acosen. Yo siempre he sabido que eso es lo que son, y lo que ustedes quieren que haga, más vale que parta de ese punto, no quiero perder el tiempo. Estoy dispuesta a escuchar con paciencia todo lo que tengan que decirme, si es que tiene algún sentido para mí, por el tiempo que sea necesario, esta vez, estoy dispuesta a todo."

Ellas lo saben, ya vieron los estragos que un demonio me ha causado, y mi enorme determinación a seguir peleando, están conscientes de que no he comido en tres días, no recuerdo haber tomado líquidos tampoco, y estoy aquí, tal como ya se los dije, dispuesta a todo. Supongo que eso sirve para enfatizar la seriedad de mis aseveraciones.

"La información que tengo hasta ahora es esta: El demonio que me atacó, ya había tenido contacto conmigo, hace unos meses. Según dijo, está familiarizado con mi línea de sangre desde hace cien años, o más, no lo sé, y que volvería cuando fuera tiempo, eso fue hace tres días. Otra cosa que descubrí entonces, es que no puede tocarme, no físicamente, quiero decir. Por otro lado, los demonios parecen tener un tiempo para hacer las cosas, ¿cuál es? No tengo la menor idea y, hasta cierto punto, soy inmune a él."

"Pero, entonces, también a nosotros puede seguirnos, tenemos tu misma sangre." Mara muestra terror en los ojos.

"Ya lo habría hecho, según lo que la abuela me contaba, esto se ha repetido en la familia en el pasado, no obstante, solo escoge a un miembro de esta. Desconozco cuál es la razón, pero al resto de la familia parece ignorarlo. Si así no fuera, tú también verías lo que yo soy capaz de ver desde que recuerdo. No te preocupes, Mara."

"¿La abuela te contaba?" Pregunta mamá sorprendida.

"Sí, me habló de… Bueno, ya habrá tiempo para eso después. Otra cosa que he averiguado es que hay varios tipos de demonios, tampoco sé cuántos, de diferentes tamaños, quiero decir. El que me atacó mide dos metros aproximadamente, y los que entran y salen de mi recámara, alcanzan apenas el metro y medio."

"¿Los de tu recámara?" A Mara le tiembla la voz.

"Sí."

"¿Cuándo vienen?"

"Pues…" No puedo evitar sonreír un poco, al observar el miedo que le provoca, algo con lo que yo he convivido desde chica. "Justo ahora, uno de ellos, el mismo de siempre, está sentado ahí." Señalo la esquina de mi habitación. "Supongo que yo soy su asignación. No recuerdo muchas ocasiones en las que se haya ausentado."

Sus miradas se dirigen a la esquina, y el miedo las invade, son inconfundibles los ojos con miedo en la mirada. El demonio les echa un vistazo y bufa, como es su costumbre, cuando algo le molesta. ¡Qué tontería! Aquí estoy hablando de ese demonio, como si se tratara de una mascota.

"¿Por qué no lo sacas de aquí?" Pregunta mamá. "Una vez te dijimos cómo." Su miedo se hace evidente en el temblor de su voz.

"Bueno, hay cosas que, es más simple decirlas, que hacerlas. Si mal no recuerdo, el intento de que se fuera me costó muy caro. No es tan simple, mamá, al menos, no para mí, no todavía. Ojalá algún día."

Mis palabras les causan cierto alivio, no obstante, mi mente solo puede recordar, la angustiosa manera en que le supliqué, a ese mismo demonio, que no me dejara sola, hace pocas horas.

"Pero ¿cómo podremos hablar de todo esto, con él aquí? Imagínate lo que podría hacer." Es Mara quien habla.

"Eso es lo que quisiera, poderme imaginar lo que puede hacer. No sé por qué nunca sale de aquí, incluso cuando yo viajo, él…"

"¿Quieres decir que cuando tu viajas él se queda aquí? Pero ¿por qué? ¡dios santo!"

No puedo evitar que una sonrisa se me escape, mi abuelo tenía razón, siempre dijo que yo me reía aún en los peores momentos, bueno, no sé si tanto, pero, esta situación, si me hace mucha gracia.

"Pues sí, él se queda, y no, dios santo, no es una expresión muy acertada." Sonrío.

"No te burles de mí, mira que saber que está ahí. ¿Cómo puedes reírte?" Responde indignada.

"Mara, tengo veintiún años, lo cual indica que él ha estado aquí, por lo menos, veinte, y ahora es que te asusta. Si no te hubiera dicho nada, seguirías sin darte cuenta. Además, si mal no recuerdo, ustedes están más que familiarizadas con él."

Ambas me observan con cara de incredulidad. ¿Cómo puedo atreverme a sugerir una cosa tan monstruosa, como el que ellas tengan algo que ver con demonios? Me dispongo a recordárselos.

"¿Recuerdan los sonidos bajo mi cama cuando era pequeña? ¿No sería él quien los producía? Podría ser, lo cual significaría que ustedes ya se conocen. Porque dudo que dios se la haya pasado ahí abajo, con sus múltiples ocupaciones. Aunque, en aquel entonces, la asustada era yo, ustedes parecían más que cómodas haciéndole preguntas."

No puedo evitar que el sarcasmo se me escape, arma que hasta hace poco he aprendido a dominar, bien dicen que 'quien anda con lobos, a aullar se enseña,' y yo acabo de pasar dos meses con el lobo alfa, y el resto de la manada. Los maestros en el arte del sarcasmo, entre otras cosas. Los ojos de

Rocío Blisswealth

ambas se abren aún más, y no dejan de voltear hacia la esquina, sé perfectamente que ese es un asunto que no quisieran recordar, pero, yo nunca lo he olvidado.

Quiero que sepan que ellas también han tratado con demonios, o, ¿quién suponían que les contestaba? ¿Un ángel? Perdón, pero, no lo creo. Siempre he intuido que ambas me culpan por lo que soy capaz de ver, obviamente no así, cuando de sanar a alguien se trataba. Pero, si bien, yo puedo verlos, nunca se me ocurriría preguntarles alguna cosa para saciar mi curiosidad morbosa. Algún día tenía que decírselos, y qué mejor momento que ahora.

"Supongo que con esto podemos evitarnos las presentaciones. Hasta ahora no han logrado matarme, eso no quiere decir que dejarán de intentarlo. Lo único que temo es que, ahora que apareció uno mayor, de mayor tamaño, quiero decir, eso signifique el inicio de otra etapa. El de estos días, lo resistí apenas, no sin gran cantidad de ayuda, por lo que he logrado averiguar."

"¿Ayuda? ¿De qué hablas?" Pregunta mamá con lo poco de voz que le queda, debe ser terrible enfrentarse a las cosas con tanto lujo de detalle. Supongo que, en sus clases de demonología, o cualquiera que sea el nombre, no le han hablado de la práctica, solo de la dulce teoría. Lamento informarle que, a partir de ahora, sus pesadillas con respecto a mí serán más vívidas que nunca. Debe estarse imaginando que la ayuda a la que hago referencia es de un brujo, o, algo así. No sé si lo que escuchará sea mejor, o peor.

"Hay otro ser, no sé cómo llamarlo, al que también he podido ver en situaciones en las que he estado bajo un increíble miedo, en esas ocasiones puedo verlo, él me ayuda a tranquilizarme, y me protege. No sé hasta que límite, pero, creo que, si ayer no morí, fue gracias a él."

Sus ojos me observan, al punto en que creo que casi han olvidado al demonio que las observa a ellas. Mamá se aferra a su Biblia, como a un clavo ardiendo, para mí, es la misma situación como cuando un niño se aferra a su osito de felpa en busca de protección, es simplemente un libro, sin mayor poder que la información que contiene, y por la forma en que la abraza, sinceramente espero que la información valga esa confianza.

"Ese debe ser un ángel, no puede ser nada más." Mara suena verdaderamente llena de esperanza.

"No lo sé, ya no puedo tener la certeza de nada. Según la abuela, los ángeles, y los demonios, no conviven, y a estos dos los veo aquí, en este mismo espacio. Ninguno de los dos huye ante la presencia del otro, no lo sé, pero le estoy muy agradecida. Ya lo sabe, se lo dije ayer."

"Ah, pero ¿hablas con él?" Mamá suena más tranquila.

"Con ambos."

El Juego… Jade

"Pero, Jade, con el demonio no se dialoga." Decimos esto último al mismo tiempo, eso le muestra que esa información la sé de memoria.

"Mamá, necesito que les quede claro, que no les estoy contando una película de terror, esto…" Señalo con la mano mi habitación, plagada de carteles con la imagen de Daniel, y claro está, al demonio. "es mi realidad, la única que conozco, y en ella todo se conjuga, las cosas no son blanco y negro, se mezclan en partes, formando áreas grises, ¿me explico? Hablo con ambos."

"A este ángel, ¿desde cuándo lo ves?" La pregunta de mamá va enfocada a una zona que no quiero tocar, ni hoy, ni nunca.

"Desde que era muy chica." Es todo lo que pienso responder, esa puerta no deseo abrirla, pues ya no podría cerrarla. Tendríamos que volver a los tiempos en que ellas hacían preguntas al ruido bajo mi cama, zona muy dolorosa, incluso ahora.

"¿Alguien más sabe de esto?" Pregunta Mara.

"Nadie, absolutamente nada, y todo seguirá de esa forma." Obviamente, quieren saber si le he contado algo a Daniel, ¿a quién más, de mis múltiples amigos, podrían referirse? Pero no, nunca lo he hablado con él, esa es la verdad, y aunque ambos lo sepamos, lo más probable es que nunca lo verbalicemos. Hay cosas que es mejor dejar en paz, y esta es una de ellas.

Se ven una a la otra, luego a mí, y a la esquina del demonio. Para mamá debe ser terrible averiguar que su hija menor habla con demonios, es Mara quien toma la palabra.

"Jade, hemos estado averiguando acerca de las cosas que tú puedes hacer, sanar a la gente, y ese tipo de cosas. Todo esto te ha traído como consecuencia esta persecución por parte de los demonios, y es por eso que te resulta prácticamente imposible librarte de ellos. Cada vez que los resistes, que te enfrentas a ellos, es como si…"

"Como si acumulara puntos."

"Si, como si acumularas puntos, y es entonces que los ángeles te defienden. Si tú sucumbieras a los demonios, y te inclinaras hacia su lado, ya no lo harían. Tus dones deben ser utilizados hacia el lado correcto, o los perderías."

"Hacia el lado correcto."

"Jade, esos dones son para el bien, y hay demonios peleando porque no los utilices como debes. Ya llegaste a la mayoría de edad, y es ahora cuando debes definir a quién vas a servir."

"¿Qué pasará si simplemente no hago nada? Ahora que debo decidir, si no hago nada, ¿los perdería? Es algo que tener en consideración, no tenerlos, anula la persecución demoníaca, ¿no? Podría saber lo que es ser normal, por una vez."

La mirada de mamá es de angustia, no se imaginaba que yo no me considerara normal, y menos, que me atrajera la idea de serlo. Mara continúa, hay cosas que ellas prefieren, al igual que yo, que se digan de una vez.

"Jade, desafortunadamente, no tienes esa opción. Los demonios ya no saben hacia dónde conducirse respecto a ti, unos te atacan, y otros te defienden, ¿no es cierto? Supongo que con los ángeles está pasando lo mismo."

Intento congelar mis facciones, me ha llevado años permanecer con una apariencia tranquila cuando los demonios están presentes, y, con el pasar de los años, lo logré con éxito, pero, esto es distinto. Cuando alguien quiere guardar un secreto y, como es costumbre en la gente normal, se lo cuenta a sus amistades más allegadas, con la consigna de que no digan nada, no es posible saber por dónde se filtró la información cuando esta se vuelve del dominio público.

Tratándose de mí, la única persona que está enterada de lo que ha pasado con los demonios, cuando nos defendieron en el hotel, soy yo, y estoy totalmente segura de no habérselo contado a ninguna de las dos.

La cabeza me da vueltas, siempre he creído que, en lo que ellas se habían convertido a últimas fechas, era en fanáticas religiosas, sin factor de credibilidad en sus acciones. Ahora, no estoy segura. No abro la boca, cualquier cosa que diga les dará la razón en cuanto a lo que mencionan, automáticamente me pondría en la posición de aceptar todo lo demás, y aún no estoy lista para eso.

"Jade, sabemos que es así, de la misma forma que sabemos que cuando estás con Daniel, al menos la mayor parte del tiempo, no los ves, tienen órdenes de dejarte en paz."

¡Dioses! Esto ya es demasiado, mi mente va a mil por hora, descartando teorías. La que encabeza la lista, es el que me hayan implantado un chip cuando era aún muy pequeña, para rastrear todas mis actividades, y se enteraron de todo lo que hice. La segunda, y que me causa más desasosiego, es el hecho de que en realidad estén incrementando su contacto con dios, y que este haya designado ángeles para que me vigilen.

Digo, si el demonio de mi habitación me tiene a su cargo, porque eso ya no lo dudo, ¿por qué no habría dios de hacer lo mismo? No por mí, eso por supuesto que no, pero, tal vez por ellas. Quizá se han vuelto súper buenas, o algo así. "Cuando estás con Daniel," ese es un anzuelo que no puedo ignorar, es más, ya saboreo la carnada en mi boca, cuido mis palabras tanto como puedo.

"Órdenes de dejarme en paz."

El Juego… Jade

Mara toma nuevos bríos, y sigue hablando, creo que hasta ahora, no tenía la seguridad de que sus palabras estuvieran cayendo en algún sitio funcional de mi cerebro, ya sabe que si, y no puede perder esta oportunidad. Habla con lentitud, intentando conservar mi atención.

"Tienen órdenes de dejarte en paz, porque el tiempo que pasas con Daniel es un regalo, algo que te has ganado al resistir a los demonios, y no se les permite interferir para echarlo a perder. Una vez que llegaste a la casa, bueno, de alguna forma estos son sus terrenos, y es entonces que caen sobre de ti, es lo que queremos evitar."

Nadie, jamás, me había mencionado tener el menor conocimiento de las cosas que pasan en mi vida, menos de las que me pasan por la cabeza. Mi abuela sabía, por referencia del pasado, lo que yo podía estar sufriendo, sin tener la certeza absolutamente de nada. No consigo entender cómo es que ellas saben todo esto. Mara podría estar sacando conjeturas, la precisión de las mismas es la que me tiene pasmada. Ella no habla de suposiciones, está segura de lo que dice. Yo también, pese a mí misma, estoy segura de lo que ella dice.

Todo toma sentido, lo inexplicable de la reacción de los demonios hacia mí, y más que nada, el maravilloso tiempo que me ha sido posible pasar con Daniel. Yo misma lo he catalogado como un regalo de los dioses, y sé que esta situación, de normal no tiene nada.

Esta amistad que surgió entre Daniel y yo, prácticamente de la nada, tiene muchos tintes de algo fuera de lo normal, de hecho, él sabe cosas con respecto a mí, y no parece importarle que yo sea tan rara como soy.

No logro escuchar otra cosa, que el golpe de la sangre en mis oídos, al responder a la velocidad con que mi corazón la bombea, es tan fuerte el sonido, que me aísla lo suficiente para que yo pueda prestar atención únicamente a mis propias palabras. ¿Y si todo lo que Mara dice fuera cierto?

"Jade, en nuestra familia han pasado muchas cosas, algunas de ellas las hemos ido descubriendo, al igual que esta situación contigo. Necesitamos estar juntas, para lograr hacer algo por librarte de esto que, sin duda, va en aumento, basta con mirarte para saberlo. Nunca te había visto así, asustada, tal vez, pero… Esto te ha llevado al borde de la muerte, lo sabemos."

Yo también lo sé, veo a mamá como observa mis ojos, tratando de descubrir, en la profundidad de mi mirada, qué es lo que estoy pensando. El cerebro me taladra, golpeando con las palabras que un día dijo Daniel. 'Hay momentos muy difíciles, buenos o malos, que no se puede vivir solo.'

En ese tiempo, me parecía inconcebible el considerar que alguien pudiera hacerme compañía en estas situaciones, a decir verdad, en mi vida en general, nunca he contado con alguien cerca de mí, desde que murieron mis abuelos.

Rocío Blisswealth

Sé que Daniel está ahí, me lo ha repetido en diferentes ocasiones, pero, eso es diferente, no le hablaría de esto aun cuando ambos lo sepamos. No sé por qué, es como compartir un obscuro secreto, ser cómplices de un asesinato, o algo peor, es la sensación que me provoca.

No obstante, el solo pensar en la posibilidad de contar con alguien que tenga idea de lo que estoy pasando, es una idea atrayente. Tal vez solo con la esperanza de que sean otros ojos los que me vean morir, en caso de que todo salga tan mal como lo presiento, y que no sean los ojos de un demonio, lo último que yo vea. El poder ver algo de lástima, al menos, en un par de ojos humanos, y no tener que rogarle una vez más a un demonio, que resista el asco que le provoco, y se quede a hacerme compañía mientras su superior me atormenta, suena interesante en verdad.

Sin poder evitarlo, busco con la mirada a mi demonio, me gustaría saber su opinión de todo esto, la esperanza empieza a tentarme, y me encantaría sucumbir de lleno en sus brazos, pero, la desconfianza está tan arraigada dentro de mí que, sí, quisiera la opinión de un demonio, algo que equilibre la balanza. Busco sus ojos, su vista está fija en el piso, ya no volteará a verme, la decisión tendrá que ser solo mía. ¡Diantres! Debe ser por la famosa mayoría de edad, el caso es que la perjudicada soy yo, por el lado en que lo veamos.

Estoy tan cansada, no solo por el cansancio físico de estos últimos días, ya que moralmente me siento increíblemente satisfecha, estoy cansada de una vida de no tener con quién hablar, aunque, siendo honesta, no me imagino contándoles nada. Tal vez, si empezara por escuchar, sería más fácil. Eso de hablar, a ellas se les da bastante bien.

Quizá, si me dedico a escuchar, podría lograr algo y, si así fuera, si pudiera lograr que mi vida libre de demonios, esa que he gozado solo por cortísimas temporadas, se convirtiera en algo permanente, o, hablando con más cautela, prevaleciera por espacios de tiempo más prolongados, en los cuales ellos se mantuvieran alejados, sería el cielo, al menos para mí.

"¿Debo responder ahora?"

Mamá sonríe muy levemente, no he dicho que no, eso ya es algo, yo también estoy consciente de eso. Mara contesta:

"No, ahora lo más importante es que descanses, y te repongas de estos días, y, en cuanto decidas lo que quieres hacer, podremos enfocarnos en eso. Es decir, si quieres que te ayudemos, o prefieres seguir haciendo las cosas tú sola."

"Es posible que no, pero, quiero pensarlo un poco."

Mamá acerca su mano para intentar tocarme el cabello a manera de caricia, me retiro de inmediato. Definitivamente no estoy lista para tanto acercamiento. Mara lo entiende, ella, en particular, jamás me ha tocado si no es por accidente y, espero que eso no cambie.

"Mamá, déjala que descanse. Le hace falta dormir." Comenta, apremiándola para que salga de la habitación, supongo que la presencia demoníaca le provoca mucha ansiedad. Me quedo con los ojos cerrados, sin poder conciliar el sueño, tengo mucho en qué pensar. Abuela, ¿qué harías tú en mi lugar?

Si no puedo tomar en cuenta la opinión de los demonios, entonces no tengo otra opción que estimar las de dos personas que son de las más importantes en mi vida, mi abuela y, por supuesto, Daniel. No sé qué me diría la abuela en este caso en particular, sin embargo, por lo que pude observar, ella siempre estuvo muy dispuesta a ayudar, si de la familia se trataba. Sin ir más lejos, fue por esa causa que terminó, junto con mi abuelo, por hacerse cargo de mí, y, quizá lo más importante a tomar en cuenta, es la fe que ella tenía en dios.

No obstante, hay muchas cosas, respecto a esa fe, que pongo en duda en cuanto lo pienso un poco. El demonio mató a Clemen, sin que alguien pudiera evitarlo. Por otro lado, sé con certeza que, al no poder hacer otra cosa, mi abuela rezaba por mí constantemente, y, tal vez, solo tal vez, aun cuando el demonio me ataca, no ha logrado acabar conmigo, ya que con sus oraciones me hizo más resistente, podría ser.

En cuanto a lo que Daniel puede pensar, es decir, de la unión familiar, bueno, no le gusta que esté sola. Dice que no es bueno estarlo, no sé cómo tomar eso, siempre me ha parecido lo más fácil, aunque, cuando contaba con mis abuelos, la vida parecía ser diferente. En eso puede ser que Daniel tenga razón, incluso cuando mamá y Mara no son, ni remotamente, como eran mis abuelos.

Ahora bien, si no estimara tantos factores, y me dedicara a analizar únicamente lo que pasó en estos últimos tres días, claro, poniéndolo todo tal y como yo lo veo. Un demonio me atacó con toda su fuerza, y un ángel me ayudó para que su ataque no fuera mortal, eso es todo. Yo no pedí a ninguno de los dos, simplemente están aquí. Tampoco puedo sacarlos de mi vida, forman parte de ella, los 'por qué' y los 'cómo,' también los desconozco, y necesito ayuda para entender, aunque sea solo un poco, lo que me pasa, considerando que ya sea que esté lista, o no, para enfrentarlo, sucederá. Antes me hubiera parecido magnifico que esto lograra matarme, habría significado ir al encuentro de mis abuelos. Ahora, solo significaría dejar atrás a Daniel, y no puedo hacerlo.

Así que, no tengo otra opción, aceptaré su ayuda y, si esto realmente tiene que ver con dios, cuestión por demás terrorífica según mi punto de vista, solo

234

espero estar a la altura de lo que él espera, que, para mí, siempre ha sido demasiado para un simple ser humano. Pero si, como dijo Mara, mi premio por resistir a los demonios, es el tiempo con Daniel, eso me llevaría a pensar que dios, en realidad, no solamente existe, sino que es verdaderamente grande, y por solo esta situación, yo podría dar un salto de fe del tamaño del mundo.

Bien, mi decisión está tomada, permitiré que me ayuden, y aunque va totalmente en contra de mi naturaleza, por demás analítica, deberé poner atención, intentaré aprender y, sobre todo, hacer lo que me pidan, sin chistar, confiando ciegamente en lo que ellas digan. Si empiezo con mis dudas, acabaré muerta, más pronto de lo que lo digo. En cambio, si logro retrasar ese momento, por el tiempo que sea, será equivalente a más tiempo con Daniel. Maravilloso.

Justo antes de cerrar los ojos para, por fin, dormir, un pensamiento me asalta, haciendo que el hueco en mi estómago cobre vida nuevamente. Siempre creí que las veces en que, milagrosamente, mis sueños me llevan a casa de Daniel, o lo traen hasta mi habitación, eran solo eso, nada más que increíbles sueños.

Obviamente, todo lo puse en duda el día en que, recién empezada la gira, Sebastián me hizo preguntas respecto a la casa de Daniel, y yo las respondí todas, con cien por ciento de exactitud en mis respuestas. En ese entonces me avergoncé muchísimo, pues tenía que reconocer que, en realidad había estado ahí, porque deseaba estarlo, solo así podía proyectarme.

Pero, en esta ocasión, el demonio me siguió hasta acá, eso quiere decir que la proyección es de dos vías, y las palabras de Daniel fueron, 'No puede tocarte si estás ahí.' Nada de eso fue un sueño, estoy segura de eso, entonces, las veces que Daniel ha estado aquí, en verdad ha estado, no lo soñé.

¡Dioses! ¿Cuántas veces me ha dado vueltas la habitación en las últimas horas? Me siento la persona más ridícula del planeta. Cualquiera en mi lugar, estaría imaginando las posibilidades que esto encierra, Daniel puede llegar aquí, no como algo inconsciente, sino perfectamente controlado. Enterarse, en realidad, de lo que pienso, o preguntarme acerca de cosas que no quiero que sepa, y yo, revelárselo con base en que es solo un sueño. O averiguar de mi relación con los demonios, no sé si, tratándose de una proyección, él podría verlos. Bien, eso lo consideraría una persona normal, pero, yo no, y esto es lo más vergonzoso del asunto.

Lo único que recorre mi mente, son los atuendos que he utilizado para dormir, cuando él ha estado aquí. ¡Qué horror! Son los más cómodos que tengo, por lo tanto, ¡los más espantosos que puedan imaginar! Si se los imaginan, ¿verdad? Todos tenemos uno, o más, ya lo sé, pero ¿a que no se

El Juego... Jade

imaginan usarlo frente a la persona que, para ustedes, es el ser más maravilloso que ha pisado el planeta? ¿Verdad que no? ¡Qué espanto! Por favor, digan que me entienden, aunque sea un poquito.

Es curioso, no logro recordar lo que él llevaba puesto, y ¿qué importancia puede tener? Nada lograría opacar su impresionante físico. Lo he visto con ropas que no combinan, completamente arrugadas, y a pesar de que me he burlado de él, muy en mi interior sé que no tiene la menor importancia. Un vistazo a ese fabuloso par de ojos, y lo demás desaparece, y si acaso uno consigue desviar un poco la mirada hacia su rostro, o más aún, lo espectacular de su cuerpo, ¡ja!

¿Cómo podría recordar que llevaba puesto? Algo es seguro, no deben haber sido shorts, créanme, lo recordaría, pese a cualquier cosa. Yo, en cambio, bueno, casi no me despeino al dormir. Eso es algo, no es cierto. ¿A quién engaño? Mi cerebro recorre ahora lo que podría usar, por si acaso. Ah, pero ¡claro! Pienso remediar semejante atrocidad, no tengo mucho, por no decir que nada que pueda usar. ¿Por qué nunca he comprado una bata glamorosa? Fácil, ¿cómo para qué la querría? Yo más bien soy del tipo de mujer de shorts y camisetas para dormir, eso cuando encuentro unos shorts, por lo regular es solo la camis… ¡Ay, no! Ya no me quiero acordar.

¡Ya sé! Hace un tiempo, compré una enorme camiseta que dice Monterrey, a todo lo ancho. Es verdaderamente amplia, imagínense, para que la palabra Monterrey, en grandes letras, quepa, y le sobre espacio. Como si le perteneciera a un gigante de tres metros de alto, por lo tanto, me cubre casi hasta las rodillas. No sé por qué se han puesto de moda, supongo que, por cómodas, y sirve perfectamente a mi propósito. Puedo correr dentro de ella, y nadie lo notaria, ¡perfecto! Ya sé, ya sé, mi idea original era una bata glamorosa, pero ¿se acuerdan que no tengo una? Esta al menos es nueva.

Me levanto de un salto, la encuentro en el fondo del cajón, y me la pongo, no pienso correr más riesgos. Ahora sí, intentaré desconectar mi cerebro para que no me dé más sorpresas, y dormiré todo lo que pueda. El itinerario de Mara, hará palidecer al de la gira, de eso estoy segura, y necesito descansar todo lo posible, a decir verdad, es como si no hubiera dormido en mucho tiempo, al menos ya estoy, si no satisfecha, si tranquila respecto a mi atuendo. Doy la vuelta en la cama y veo al demonio, si fuera capaz de reírse, ya imagino sus carcajadas.

Qué increíble sensación nos proporciona el dormir plácidamente, tal vez para ustedes pueda ser algo común, tanto que ya casi no se dan cuenta. ¡Cuán afortunados son! Reviso la orilla de mi cortina, por donde suele colarse la luz

Rocío Blisswealth

del amanecer, para calcular cuánto tiempo más puedo dormir, sigue obscuro, yo también puedo ser afortunada a veces.

Giro sobre el colchón, en busca de una posición que me sumerja más rápidamente en el sueño, y, al dar la vuelta, en el lugar en el que se encuentra mi segunda almohada, veo sus ojos, esos benditos ojos que hace solo unas horas pensé no volvería a ver más. Luché por resistir el ataque, solo por esta oportunidad, verlos y encontrar en ellos mi reflejo, debido a la obscuridad no lo veo, pero, sé que está ahí.

Mientras lo observo, mi mente revive toda la angustia que experimenté durante esas malditas setenta horas, no me importaba el dolor físico que pudiera causarme, lo único insoportable, era enfrentarme ante la posibilidad de que él no resistiera, y que su presencia se desvaneciera para siempre, dejándome sumida en el más profundo de los vacíos.

Haciendo un esfuerzo, que me es muy claro, dibuja una suave sonrisa en sus labios, sin embargo, yo no logro corresponderle. El nudo en mi garganta está utilizando la fuerza con que podría mover los músculos de mis labios, solo para quedarse donde está. Permanece muy quieto, acerco mi mano a su pecho y la coloco sobre él, con temor a que la imagen desaparezca cuando yo lo toque. Las yemas de mis dedos acarician despacio el área bajo la cual su corazón late, fuerte y claro. Oprimo mi mano sobre él, debo comprobar que sigue ahí, él sigue permitiendo que yo lo ausculte.

Llevo mi mano hacia su rostro, necesito sentir la tibieza de su piel y, al rozarla con mi dedo índice, tal como lo haría con un objeto de valor incalculable, una lágrima se desliza desde mis ojos, y él la atrapa con su mano. Ya perdí por completo la vergüenza que me causaba el llorar en su presencia, ahora solo me importa no perderlo de vista. Sostiene mi cara con las puntas de sus dedos, para guiar mi mirada, hasta fijarla en los suyos. Pese a su suave sonrisa, sus increíbles ojos también se han humedecido. Acerca su frente hasta tocar la mía, y ya no puedo contener, todo el miedo a perderlo, que acumulé durante estos días.

"Acércate, abrázame, Jade, por favor."

En un solo movimiento me recorro hasta él, y estrecho mi cuerpo a lo largo de su costado, descansando mi cabeza en su hombro. Me abraza fuertemente, retirándole la válvula de escape, a esta olla de presión en que me convertí, sin darme cuenta, hasta que pude tocarlo, y lloro, escondiendo mi cara entre su cuello, y a la par de él, que, entre sollozos, no para de besar mi cabeza y oprimirme contra sí, con todas sus fuerzas.

Es esto, justamente esto, lo que me aterra perder, la posibilidad de poder tenerlo a tan corta distancia, que ni un tatuaje cabría entre él y yo. Tan cerca que puedo experimentar una absoluta paz, que reemplaza mi angustia. Si alguna duda me quedaba acerca de lo que pienso hacer de ahora en adelante, este momento entre sus brazos la diluye por completo. Si después de cada enfrentamiento, de cada pelea que me espera, si después de eso, puedo venir aquí, a este espacio bajo su cuello y recuperarme, no tengo objeción.

Lo que sea, haré lo que sea necesario, tal como dije antes, sin chistar, para conservar a este hombre deambulando sobre la faz de la tierra. Yo no sería capaz de vivir de otra forma, habiendo estado entre sus brazos, ya no hay posibilidad de dar marcha atrás, ni la más mínima.

Mi respiración ha ido dejando atrás lo entrecortado e incontrolable de los sollozos, y se ha vuelto profunda, me tomó más tiempo que a él lograrlo, ya hace un rato que su aliento sobre mi cabello lleva un ritmo tranquilo.

"Tenía que verte, comprobar que estás bien." Dice sin soltarme.

"Te dije que lo estaba, pero, qué bueno que quisiste comprobarlo." Me separo de él, tomo la almohada para apoyar mi cabeza, y poder admirarlo. Ahora si sonríe con más compromiso de todos los músculos de su rostro, no solo los labios, se vuelve sobre el costado para verme de frente.

Sus ojos se centran en mi camiseta, ¡afortunadamente me cambié! Tira de ella hacia los lados, para poder leerla.

"Monterrey, vaya, ¿temes olvidar en dónde estás? Todavía recuerdo, que en la gira ponías un papelito sobre el buró, para recordar en que ciudad estabas."

"Sí, es que… Daniel, ¿cómo sabes que ponía un papelito en el buró, si lo retiraba al levantarme?" La hermosa sonrisa pícara se dibuja en sus labios de lado a lado. "Olvídalo, no quiero saberlo, ¡no lo digas!"

"Se ve sumamente cómoda, deliciosa."

"Lo es."

"¿Me la regalas?"

"No."

"Egoísta, ¿puedo saber por qué no?"

"Pues, sucede que es la mejor bata que tengo."

"¿En serio? Vanguardista, ¿eh?" Sonríe un poco más.

"No, solo inconsciente de la moda, supongo."

"Pues felicito ampliamente a tu inconsciencia, esa camiseta me encanta."

"A mí también, y ya que me descubriste de egoísta, no tengo por qué fingir. No te la regalo, y esa es mi última palabra."

"Pues, en realidad no hace falta que me la regales, los dos cabemos dentro de ella, ¿quieres ver?" Roza con sus dedos la orilla de la camiseta, a la altura de mis muslos, haciendo ademán de que piensa levantarla. Mi corazón se dispara en impresionante carrera. En una fracción de segundo, sujeto la orilla de la

Rocío Blisswealth

camiseta con ambas manos, me siento sobre la cama, llevando mis rodillas hasta la barbilla, la estiro, con casi nada de esfuerzo, y me cubro hasta los tobillos, rodeando mis piernas con ambos brazos, entrelazando las manos alrededor de los antebrazos. En pocas palabras, me convierto en un nudo humano, con la camiseta intermedia.

"Eso es algo que no pienso comprobar. Te creo, muchas gracias." Sus carcajadas no se hacen esperar, la cama se sacude hasta casi hacerme perder el equilibrio, pero, no cedo ni un dedo. Ya voy captando esto de las proyecciones, solo podemos escucharlas los interesados, de no ser así, ya alguien hubiera llegado a averiguar el porqué de tanta algarabía. Aunque, si mamá lo escuchara, tal vez pensaría que se trata de una amena plática entre el demonio y yo, en cuyo caso, no se atrevería a entrar. Eso está por demás de bien.

Su sonora risa sigue apabullándome, me paso de tonta, ya lo sé, pero, así soy ¿qué puedo hacer? En cuanto logra tomar algo de aliento, se coloca sobre sus rodillas junto a mí, rodeándome con sus brazos, sin que yo cambie mi posición ni un ápice.

"¡Eres adorable! Simplemente, ¡te adoro! ¿Lo sabías?"

"Pero, ¡claro que lo sé! ¿Crees que es fácil sobrevivir siendo así? Me enfrento a esto cada minuto, es insufrible una vida así, ya te lo había dicho."

"No cambies, por favor."

Me besa, mismo beso que he esperado desde que llegó, y que, por causa del llanto, no me atreví a pedirle, un beso que me sabe a gloria. No tardo en soltar mis manos, y rodear su cintura. Al liberar mis labios se recuesta de nuevo, y me pide que haga lo mismo, vuelvo a mi posición con la cabeza sobre su hombro.

"Duerme, guapa, lo necesitas."

"Cuando despierte te habrás ido, ¿verdad?"

"Así es."

"De acuerdo, descansa tú también."

Levanto el rostro hacia él, y se inclina para besarme, segundos después, ya me he dormido, de verdad, yo también puedo ser muy afortunada a veces.

Capítulo XII
Ábrase en caso de emergencia

Despierto sintiéndome como nueva, y con una absoluta determinación para hacer exactamente lo que me indiquen. Me doy un baño y busco a Mara por la casa, encuentro a mamá preparando el desayuno en la cocina, esa imagen es por demás extraña para mí, mamá, pese a que le gusta hacerlo, nunca cocina, de hecho, nunca está en la casa. Supongo que las cosas han cambiado por aquí, y yo no me había dado cuenta.

Me indica que Mara salió temprano, pero que llegará alrededor de medio día, perfecto, tengo tiempo de sobra. Tomo asiento, y mamá me acerca un plato con comida. No puedo evitar sentirme como en la gira, no me importa en lo absoluto lo que me sirve, tengo tanta hambre, que me da exactamente lo mismo, simplemente me lo como.

Le notifico que saldré un par de horas, pero estaré de regreso, puntualmente, a las 12:00. Tomo algo de dinero, y salgo corriendo, hay una cosa que me urge conseguir. Una vez en la tienda compro otra camiseta, exactamente igual a la mía, y un empaque para poder enviarla por correo. Lo único que la dependienta tiene, y que pudiera servirme, es una lata con la leyenda 'Ábrase en caso de emergencia,' al frente. Me funciona, la señorita la empaca, espera a que yo tenga lista una nota para depositar en su interior, y la sella. La nota dice:

¡Hola Daniel!

Sé de buena fuente que estas camisetas te encantan, espero la disfrutes.

Jade

La dirección la conozco de memoria, desde la ocasión en que me escribió la carta, aunque nunca la había utilizado. La oficina de correos queda muy cerca de casa, me dirijo hacia allá, y una vez ahí, averiguo que el paquete tardará siete días en llegar a sus manos. ¡Quién fuera la camiseta que se encuentra dentro de la lata! Podría darme el lujo de acariciar su piel a mis anchas, sin que él lo supiera, por supuesto.

Al llegar a casa, me encuentro a Mara en la puerta, ella también va llegando, y pregunta si ya estoy lista. Listísima, no hay momento como el presente. Pasamos por la cocina, y le pedimos a mamá que nos acompañe, toma su Biblia y nos sigue escaleras arriba, una vez que llegamos al pasillo, Mara pregunta.

"¿No crees que es mejor que nos reunamos en la habitación de mamá?"

"Lo lamento, debe ser en la mía, no me encuentro cómoda en otro sitio."

"Pero, Jade, el demonio está ahí." Mamá habla angustiosamente.

"Mamá, están en todos lados, solo que no puedes verlos, además, ya que a este tampoco lo ves, haz de cuenta que no está, ¿quieres? Por favor."

"Mamá, será donde ella quiera." Habla Mara con tono autoritario, mamá acepta a regañadientes.

Algo que tengo que reconocer es que, si bien en mi habitación he pasado momentos aterradores, también las fotografías de Daniel se encuentran ahí, cubriendo mis paredes, y ellas me refieren a todo lo bueno que puedo disfrutar, si logro vencer a los demonios, necesito tenerlas a la mano. Respecto al demonio, ya no me da miedo, me hace sentir acompañada. Supongo que esta situación es extraña, pero tratándose del bizarro mundo en el que yo vivo, es solo otra de mis manías. Lo verdaderamente extraño, es que yo esté a punto de hacerle la guerra a los de su clase, y, sin embargo, él, al menos ante mis ojos, no forme parte de ese grupo. La verdad es que a este me gustaría conservarlo conmigo. No creo que me lo permitan.

Una vez en la habitación, intento ignorar la esquina del demonio, por aquello de la culpabilidad, y enfoco mi mirada en un cartel de Daniel, que es mi favorito, él se encuentra sentado de frente y todo su atuendo es blanco. Eso hace resaltar sus ojos increíblemente, y pareciera que me está viendo, debe ser por eso que me encanta, él también me hace sentir acompañada.

Mara toma asiento frente a mí, e intenta explicarme acerca de una serie de demonios que han estado en la familia, no le pongo atención.

"Mara, solo dime qué es lo que tengo que hacer, abrevia, por favor."

"Quería explicarte porque están con nosotros, y mira, lo que…" Puedo ver cómo mi demonio se pone inquieto, se levanta de su esquina y corre hacia otra, bufa un par de veces, y me observa, lo siento, cariño, no voy a detenerme.

"Mara, no tardan en llegar. Créeme, no hay tiempo."

Mamá me extiende una mano frente a mí, para que se la tome, Mara hace lo mismo. Según parece, cuando ellas rezan, lo hacen tomándose de las manos. Espero no sea un requisito para lograr esto, porque simplemente es pedirme demasiado, no puedo hacerlo.

"¡Qué tengo que hacer! ¡Dímelo ya! Sin manos, Mara, deberá funcionar sin las manos."

Sea lo que sea que tienen planeado, funcionará, lo sé porque el hormigueo de mis manos nunca ha sido más fuerte. Esta vez puedo sentirlo hasta los codos, casi estoy segura de que podría contar del uno al diez, y aun así funcionaría.

"Es una escritura que debes repetir."

"Mara, eso ya lo intentamos una vez, y no funcionó, ¿estás segura?"

"Lo estoy, lo estoy. ¡Por favor, léelo!"

A través de las paredes los veo llegar, igual que si las paredes fueran de humo, se abren paso. Nunca los escuché hablar en otra cosa que no fuera mi idioma, pero, no en esta ocasión. Repiten, una y otra vez, una serie de palabras que me suenan a latín. Uno a uno se va abriendo paso a través de los muros de mi habitación, que, pese a ser muy amplia, ahora pareciera diminuta. Son completamente diferentes uno del otro, hasta ahora son cuatro, mi demonio se ha hecho un ovillo en su esquina, y cubre sus orejas con las manos, mientras gimotea como nunca antes lo había oído.

Llega uno más, gritando a voz en cuello, los mismos encantamientos. Supongo que deberían tener algún efecto en mí, pero, hasta ahora, solo han logrado provocarme terror, y esa no es novedad, ya tengo costumbre de sentirlo.

Repentinamente, escucho la voz de Mara. "Tengo miedo." Está al punto del llanto. Y, ¿cómo no tenerlo? Estos malditos lucen capaces de todo, y dispuestos a demostrarlo, aun cuando ella no pueda verlos, puede sentirlos. Por primera vez siento lástima por ellas, están a punto de enfrentarse a algo que desconocen por completo, sin importar cuánto hayan oído hablar de ellos. Recuerdo en este momento, que Ángel dijo que él trataba que no consiguieran matarme, entonces la de la protección debo ser yo. Alargo mi mano y tomo a Mara, con fuerza, por el brazo, no se mueve, parece congelada en su sitio. Tiro de ella con más fuerza, y la empujo a mis espaldas, hago lo mismo con mamá, y se quedan ahí, con lágrimas escurriendo por sus mejillas, e incapaces de rezar. Concentrarse no es tan sencillo cuando te están gritando al oído, y el terror te consume. Mara se las arregla, y sostiene el papel con la escritura, a manera de que logre verlo.

Entra un sexto demonio, uniéndose a los rezos de los demás, me observa con furia en la mirada. Yo solo los veo, son enormes, sus cabezas, carentes de cabello, rozan el techo. Debido a la obscuridad, que ellos mismos han creado, no logro ver claramente de qué color son, pero su piel parece ser corrugada y húmeda, con un líquido de aspecto baboso, y de fétido olor, que les escurre por todo el cuerpo.

Un par de ellos tienen las espaldas contrahechas y encorvadas, eso hace que sus rostros estén mucho más cerca del mío, que los del resto. Otro, llama mi atención en particular, su pecho, que puede verse porque su ropa lo muestra, es hasta cierto punto transparente, y permite observar un líquido fluorescente, en tonalidades rojizas, que gira dentro de él, formando pequeños remolinos, moviéndose rápidamente cuando me dedica una mirada. Los ojos de todos son amarillentos, sin embargo, en este momento, se ven inyectados en sangre. Algunos poseen afilados dientes, otros, carecen por completo de ellos. Las manos de tres de ellos son huesudas, solo la rugosa piel los cubre, y las del resto, son más bien regordetas. Pero, todos tienen cuatro miembros, un cuerpo, y una cabeza con dos ojos, nariz y boca, es decir, su aspecto es humanoide.

Mara sacude el papel frente a mí, debe suponer que me congelé, pero no, estoy esperando, haciendo caso a mi instinto, a esa voz que me grita ahora que son siete. Falta uno, y debo esperar a que estén todos juntos, ya no tengo dudas, funcionará.

"Espera Mara, aún no es tiempo, unos segundos más."

Solo asiente y sigue sosteniendo el papel para que yo pueda verlo. Y, tal como lo dije, solo unos segundos después, entra el séptimo, el más terrorífico y asqueroso de todos, recitando los mismos encantamientos. Se me acerca colocando su horrible cara a solo centímetros de la mía, dejando escurrir baba por su barbilla y pecho, sin parar de rezar lo mismo que los demás, ya logró que sienta nauseas, ¡cómo apesta! Su piel es rojiza, con el color de la carne cruda, y ese es justo el aspecto que tiene, como si a su cuerpo le hubieran arrancado la piel por completo. Algo da de saltos dentro de mi pecho como si tratara de escapar. Cada vez están más cerca, sin dejar de ver a mamá y a Mara, que permanecen tras de mí con los ojos cerrados, los demonios manotean y se sacuden sin dejar de verme, y no paran, ni por un segundo, de recitar constantemente las mismas palabras que no entiendo en lo absoluto.

De repente lo sé, esta vez es mi tiempo, el que yo deseaba para tenerlos, como el otro maldito nos tuvo a Daniel y a mí, bajo tortura. No es el mismo demonio, pero, qué más da, si esto funciona, lo estaré esperando. No puedo evitar sonreír, y uno de ellos deja escapar un aullido que hace retumbar la habitación, sus rezos se intensifican, y veo algo que no había visto jamás, hay un temblor, aun cuando leve, es un temblor en sus manos. El hormigueo se ha extendido a todo mi cuerpo y yo tiemblo también, mitad por la fuerza de esta energía, mitad por el miedo que me provocan, levanto mi barbilla para verlos a los ojos. Miles de cosas pueden salir mal, y eso me produce un hueco en el estómago, estoy suponiendo que Ángel está en algún sitio, ayudándome, pero ¿y si no fuera así? Mis pies empiezan a ponerse fríos, otra vez la sensación de internarme en agua helada. Tengo miedo, no, por favor, no puedo acobardarme ahora.

Giro la mirada hacia el papel de Mara, ella se da cuenta y me lo acerca un poco, la voz dentro de mí grita sobre de los rezos demoniacos, "¡Siete veces, repítelo siete veces!"

Empiezo, sin prestar demasiada atención a las palabras. Lo leo una vez, los aullidos se hacen tan intensos, que casi no logro escuchar mi voz, y el aire empieza a girar dentro de la habitación. Dos veces, se comportan como si recibieran descargas de dolor en sus horrendos cuerpos, ahora saben lo que nosotros sentimos durante setenta horas. Uno de ellos, el de piel rojiza, se lanza contra mí, tratando de que me detenga, me sobresalta, y por poco lo logra, pero se topó contra la misma pared invisible que detuvo al anterior. ¡Gracias, Ángel!

Con todo el miedo del mundo, continúo, tres veces, cuatro, cinco. Tres de ellos caen al suelo, por causa del intenso dolor que mis palabras les causan. Voltean a verme, odio es todo lo que puedo percibir de ellos, son incapaces de pedir clemencia, únicamente de odiarme más. Seis veces, sus cuerpos tiemblan y mi demonio grita junto con ellos, sus asquerosas pieles por fin muestran los estragos de lo que hago, se abren con enormes heridas, que los atraviesan por todas partes, supurando un líquido nauseabundo que, al escurrir por el suelo, intensifica lo helado de mis pies, que ya va subiendo hacia mis pantorrillas. Siete veces.

No logro entender lo que ocurre, sus cuerpos se invierten, entre alaridos, como cuando la ropa se voltea al revés al sacarla por la cabeza. Sus bocas, que, aunque son enormes, no lo son lo suficiente como para esto, se desgarran por completo, y van mostrando el interior de sus cuerpos, a la vez que el exterior queda oculto. Al terminar el horrendo proceso, las masas de pieles sanguinolentas que han quedado sobre el suelo de mi recámara siguen moviéndose, peleando por volver a su posición original, produciendo sonidos similares al de un estómago hambriento. El terror me hace temblar sin control, la visión de esto es simplemente espantosa. Finalmente, dejan de moverse, se funden lentamente con la obscuridad que habían creado, y junto con ella, se desvanecen. Ya no hay gritos, ya no hay rezos, el aire se ha clamado, y el terrible hedor ha desaparecido.

Rocío Blisswealth

Mi cuerpo se ha quedado quieto, y la respiración se normaliza. Doy vuelta para ver a Mara y a mamá. Vaya, el aire fue real, no lo hubiera pensado, siempre creí que esas cosas pasaban solo en mi cabeza, pero hay señal de que el viento agitó su cabello, están aterrorizadas, no sé qué sintieron, pero, no se lo esperaban.

"De acuerdo, esos ya no están."

"¿Ya no están?" Pregunta mamá, aún llorosa.

"No, ya no. ¿Qué más tengo que hacer?"

"Pero ¿te parece poco?" Se sorprende Mara, aun con la respiración agitada.

"No es eso, es que, si deben irse, pues…"

"Tenemos que averiguar, deberás darme unas horas."

"¿No te dieron miedo?" Pregunta mamá.

"Más del que puedas imaginarte."

"No sé cómo lo lograste."

"Yo no hice nada, mamá, es decir, eso no provino de mí."

"Ya lo sé, tengo la certeza que dios te lo da, y es él quien te cuida, no imagino lo que viste, pero si se compara con lo que nosotros sentimos, debe haber sido horrible."

"Bueno, pues dios se aseguró entonces de que no sucumbiera al terror que me provocan, aunque es diferente cuando los ves con la ventaja de tu lado, y no en la posición de su juguete. En esta ocasión, no lograron hacerme nada."

Puedo ver el dolor en sus ojos, sin embargo, ya no es tiempo de conmiseraciones. Según mi reloj, pasaron más de cuarenta y cinco minutos, no me lo pareció, para mí todo sucedió en un par de minutos.

"Jade…"

"¿Qué pasa, mamá?"

"El de aquí…" Señala la esquina del demonio. "¿Se fue?" No, no se fue porque la cosa no era con él, debo dirigirme a él específicamente y no lo hice, nada me costaba incluirlo en el acto de desaparición de demonios, solo que, no quise hacerlo. Lo veo y me devuelve la mirada, sabe que sigue aquí porque yo lo quise así, no obstante, no existe ni el más leve rastro de agradecimiento en su mirada. No me importa.

"No."

"¿Por qué no lo sacas de una vez?"

"Aún no."

"Pero, Jade, por el amor de dios."

"Perdóname, mamá, pero ese amor aún no lo desarrollo, de modo que, si esa es la causa por la que debo sacarlo de aquí, no sucederá el día de hoy."

"Pero, después de lo que pasó."

El Juego… Jade

"Mamá, lo de hoy fue en contra de sus enemigos, ¿no? De los de dios, quiero decir. Yo simplemente fungí como asesino a sueldo, y él me dio las armas necesarias, el resto, tomará tiempo, y si él, obviamente, lo acepta de esa forma, no veo porque tú no habrías de hacerlo."

"Mamá, Jade tiene razón, a dios eso no parece importarle, deja que todo sea a su tiempo, vamos a la cocina para que me ayudes a averiguar más datos." Mara la saca de mi habitación.

No me animo a quedarme sin él, es, y ha sido por mucho tiempo, mi única compañía. ¿Qué importa que no me lo agradezca? ¿Qué importa si no le soy necesaria? No lo conservo porque me necesite, sino porque yo, aunque me duela admitirlo, si lo necesito, para no sentirme tan sola.

"Mara, dime una cosa. ¿Sigues pensando que mi tiempo con Daniel es una compensación por lo que hago?" Le pregunto al salir de mi habitación.

"Sin duda alguna."

"Entonces, pregúntale a dios qué más quiere que haga, quiero seguir acumulando puntos."

Ya han pasado varios días desde lo de los siete demonios, como podrán imaginarse, Mara preparó su lista como si se tratara de la lista para Santa Claus, y me he pasado horas enteras deshaciéndome de demonios, a los cuales jamás había visto, aunque siempre con la esperanza de que, entre ellos, aparezca el maldito del espejo, y pueda yo acabar con él de una vez por todas, no he tenido suerte hasta ahora. En ocasiones, soy yo quien la busca, en cuanto un demonio se da cuenta de que es el siguiente en la lista, llega a mi recámara para tratar de impedirlo, y bueno, aún no consigo controlar el miedo que me provocan, y prefiero ser yo quien los ataca primero. Junto con los demonios que nunca había visto, he recorrido nombres de antepasados a los cuales no había oído mencionar tampoco. ¿Pues en qué ha estado metida mi familia por tantas generaciones? No me imagino cómo han localizado tanta información.

Dice la enana que yo tengo teléfono en mi habitación solo como artículo decorativo, tiene razón, nunca lo contesto. Las llamadas casi nunca son para mí, y por eso le desconecté el sonido, de modo que, al abrirse la puerta y ver sus ojos, puedo suponer de qué se trata, solo le sonrío, y, arrojándome sobre la cama, tomo el auricular.

"Diga."

"Dulzura, ¿cómo te encuentras?"

"¡Carmen! Estupendamente, ¿y tú?"

Rocío Blisswealth

"Pues verás, muy bien, pero hay una duda que nos corroe, y me he animado a llamarte para que nos la aclares, ¿vale?"

"Encantada. ¿De qué se trata?"

"¿Podrías explicarme, con puntos y comas, lo que para ti es un 'caso de emergencia'?" No logro controlar la risa que se me escapa, y me impide contestarle.

"Perdón, Carmen, ¿es que acaso Daniel no ha abierto la lata?"

"No niña, la lata llegó hace un par de horas, y cuando me la mostró, le pedí que la abriera. Me miró muy serio y dijo, 'No, porque es para un caso de emergencia.' Ah, muy bien, le contesté, ¿y cuándo será eso? A lo que él respondió, 'Eso es lo que me gustaría saber'."

"Pero, Carmen, es solo un empaque."

"Ah, déjame contarte, una hora después llegó su hermana de visita, y lo encontró sentado con la lata sobre el regazo, le preguntó qué era, y él le contestó, 'Un regalo, creo.' Obviamente ella le pidió que lo abriera, para ver qué era, recibiendo la misma contestación que yo."

"Carmen…"

"Debo advertirte que él no sabe que te estoy llamando, cuando le sugerí hablarte, se negó, argumentando que seguramente te reirías de él, y prefería averiguarlo por sí mismo. Pero ya son dos horas con ella sobre las piernas, y no ha llegado a nada, así que su hermana y yo, decidimos llamarte."

"Pues gracias por eso, te cuento que, al llegar a la tienda, les pedí un empaque que pudiera enviarse por correo, y era el único que tenían. La frase que tenía al frente era lo de menos."

"Eso pensé."

"Hazme un favor, dile a Daniel que acaban de llamar de la CIA para informarle, en calidad de urgente, que, si no abre la lata antes de tres horas desde su llegada, el interior se autodestruirá, y nunca conocerá su contenido. ¿Te parece bien?"

"Fantástico. Jade, mil gracias."

"Ni lo menciones. Siéntete en libertad de llamar cuando quieras."

"Lo haré, recibe un gran beso."

"Igual tú."

¡No puede ser! Este hombre no deja de sorprenderme. ¿Cómo puede creer que la frase 'en caso de emergencia' es literal? Sería de lo más subjetivo, totalmente distinto según quién la leyera. Aunque, tratándose de mí, él debió suponer que era una defensa especial contra demonios, o algo así. No puedo parar de reír.

Ya hace casi un mes desde que regresé a casa, nunca me había encontrado tan a gusto dentro de estas paredes, mamá y Mara se encuentran felices por la gran tarea que hemos llevado a cabo. Supongo que, según la religión que tan fervientemente profesan, y de la cual, obviamente, desconozco la denominación porque dejé de poner atención a eso hace mucho tiempo, están a nada de irse al cielo con todo y zapatos, cuando llegue el momento, por supuesto.

Su punto de vista, y el mío, difieren diametralmente. Para ellas, están llevando a cabo un trabajo que dios les ha encargado, para mí, en cambio, es liberarme de mis atormentadores, deshacerme de enemigos reales, y si de paso, logro hacer un servicio que me acumule puntos, ¡qué mejor!

No obstante, lo que más me entusiasma, es pensar que ninguno de ellos podrá atacar a Daniel como lo hizo el anterior, por cierto, qué escurridizo es el maldito. Cuando me desespero, porque la cacería con ellas no lo trae hasta aquí, paso largas horas sentada en mi cama, a obscuras, con la puerta abierta para poder ver el espejo, esperando. Por lo regular, me siento sobre las manos para evitar que tiemblen, y observo, de vez en vez, a mi demonio. Sé que no logrará quedarse quieto si lo siente llegar, y nada, pero, ya llegará el día en que me enfrente a él, lo sé.

Me muero de ganas de ver a Daniel, no hay fechas próximas para trabajo en México, y no sé cuánto tendré que esperar, si no fuera por sus visitas nocturnas, la espera sería totalmente insufrible. Por cierto, en caso de que se preguntaran, ¡abrió la lata! Tenía puesta la camiseta en una de las ocasiones en que vino a verme, es la única vez que he notado lo que lleva puesto. Y, supongo que se lo imaginan, me dio un ataque de risa en cuanto lo vi, intentó por todos los medios hacerme callar, hasta que se rindió, y se unió a mis risas, sin dejar de recriminarme por enviarle paquetes con mensajes tan difíciles de descifrar.

Ahora, que sus visitas se han hecho más frecuentes, es que puedo darme cuenta de que, las proyecciones no logran llenar el hueco que se me forma en el pecho, conforme va pasando el tiempo, y no lo veo. Debe ser como hablar por teléfono con alguien a quien extrañas mucho, la voz no es un buen reemplazo para la presencia de la persona. Yo puedo abrazarlo, incluso dormir en sus brazos, pero, se sigue sintiendo como una llamada telefónica. Puedo sentir su cariño, no llenarme de él. No sé si me explico.

El caso es que cada vez lo extraño más, escucho su música todo el tiempo que puedo, me hace sentir tranquila. Aun así, sobrevivo, eso es todo. Hubiera querido no acostumbrarme a él, de hecho, luché por no hacerlo, no obstante, esa ya es una causa perdida, no logro respirar siquiera, si no lo tengo a mi

Rocío Blisswealth

lado. Entre más tiempo paso con él, se incrementa la necesidad por tenerlo cerca, después de dos meses con él durante la gira, y el poder llenarme de su presencia, ahora lo extraño terriblemente.

Hay momentos en que el nudo en mi garganta lucha por salir convertido en sollozos, aún no lo permito, pero cada vez me cuesta más tenerlo bajo control. Mientras tanto, hasta que logre verlo de nuevo, quiero decir, no doy tregua a los demonios. Solo me pregunto, ¿acabaré con ellos algún día? No me refiero a todos los que hay, por supuesto, solo a los que tienen que ver con mi familia, me gustaría saberlo. Me voy a dormir, con la esperanza de que llegue Daniel, y no lo hace, ¿dónde estás?

El sonido del teléfono, desde la recámara de mamá, me saca del sueño, deben ser las seis de la mañana. Nadie contesta, ¡caramba! Debo hacerlo yo.

"Hola." Digo con la voz ronca por el sueño.

"Dulzura, ¿te desperté?"

"¡Carmen! No te preocupes. ¿Cómo estás?" Por favor, que llame para comunicarme con Daniel.

"Bien, linda, y te tengo excelentes noticias."

"¿De qué hablas, Carmen?"

"Daniel acaba de llegar a la Ciudad de México."

"¡¿Cómo?!"

"Sí, no quiso avisarte para darte una sorpresa, dijo que te la debe. Tienes un boleto de avión esperándote en el aeropuerto, tu vuelo parte en tres horas. ¿Te da tiempo suficiente, o lo cambio?"

"¡No Carmen! No hace falta, llego perfecto."

"Estupendo, entonces, le avisaré a Raúl para que te espere en el aeropuerto de la Ciudad de México. ¿Necesitas algo?"

"Nada, muchísimas gracias, hablamos pronto."

"Por supuesto, diviértanse."

La habitación me está dando vueltas otra vez, más vale que se detenga pronto, pues necesito hacer mi maleta. Doy un salto y corro hacia la regadera, menos mal que, durante la gira, recibí el entrenamiento suficiente para estar lista en cuestión de minutos. Alisto mi recámara, y preparo la maleta, cosa que también tengo costumbre de lograr con límite de tiempo, y me jacto de nunca dejar nada olvidado. Dinero, identificaciones, agenda, un par de jeans, dos camisetas y tres sweaters, ropa interior, artículos de aseo personal, un atuendo un poco más formal, por si acaso, y claro, mi bata favorita, botas, funcionan en toda ocasión, o casi.

Me enfundo en mis jeans, sweater blanco de cuello alto y tenis. Desde mi habitación llamo un taxi, tardará diez minutos en llegar, tiempo más que suficiente para avisarle a mamá y a Mara, que me voy, no creo que les guste la idea.

Entro en la habitación de mamá, acaba de levantarse, se sorprende al verme bañada, y lista, a esta hora.

"¿A dónde vas tan temprano?"

"A la Ciudad de México, les llamo de allá."

Sin darle tiempo a nada, salgo, maleta en mano, escaleras abajo hacia la recámara de Mara, mamá sigue hablando a mis espaldas, he decidido no ponerle atención.

"Mara." La despierto. "Voy a la Ciudad de México, las llamo después."

"Pero ¿cómo que te vas? Vas con Daniel, ¿verdad?" Pregunta molesta. Controlo mi furia, pero, puede verla en mis ojos.

"Quedamos en que ese tema estaba fuera de tu alcance, bien, eso no ha cambiado en lo absoluto, no es de tu incumbencia."

"No, es que…"

"Si lo que te preocupa es que llegue un demonio, dile donde estoy, y que se dirija conmigo, total, ya puedo deshacerme de ellos yo sola." El taxi que pedí suena el claxon, y yo salgo corriendo, ya no intentan alcanzarme.

Todo iba tan bien, este último mes al menos, la situación en casa había permanecido tranquila, hasta hoy, en que lo más importante para mí, ha vuelto a escena. Durante el trayecto pienso en lo de la acumulación de puntos. ¿De verdad dios tomará en cuenta lo que hago? Sabiendo que estoy a menos de dos horas en total, de poder abrazar a Daniel, empiezo a creerlo.

Mamá me habla constantemente del amor que yo debería tenerle a dios, se me ajusta más la frase que mi abuela utilizaba, la que hablaba del temor hacia él. Para mí la cuestión del amor es difícil de entender, sobre todo si de amar a dios se trata. No lo conozco, la gente dice muchas cosas de él, y según la religión que profesan, la imagen que tienen es muy distinta. Sin embargo, analizando mis sentimientos al respecto, es respeto lo que yo le tengo. Si bien yo creo, con más intensidad, que, en cualquier otra cosa, en la existencia de los demonios, y también sé que todo tiene su lado opuesto, entonces no puedo poner en duda su existencia. Mamá insiste en que él me ama, pero, me cuesta creerlo, porque, ¿cómo es entonces que he sido tan atacada por demonios toda mi vida?

Ángel, sin embargo, está ahí cuidándome, eso lo sé, y él no es un demonio, por lo tanto, debe pertenecer al otro bando, al de los buenos, es decir, que dios debe haberlo enviado, supongo que no se mandan solos. Entonces, eso me hace pensar que si le preocupa lo que pueda pasarme. No entiendo nada, pero sí, creo que lo respeto, solo por el hecho de que trata de conservarme con vida.

Los aviones vuelan rapidísimo según entiendo, o se desplomarían al suelo, entonces, ¿por qué me parece como si este estuviera completamente estático en el mismo lugar? Para colmo, dos asientos adelante del mío, hay una pareja con un niño de dos años de edad aproximadamente, que no para de darnos concierto con sendos alaridos, esto no hace los minutos más largos, los alarga hasta la calidad de eternos, que alguien le tape la boca, por favor.

Mi pecho arde, y algo dentro de él no para de moverse, debe ser la ansiedad por ver a Daniel que no me deja estar en paz, el pasajero al lado me observa, primero a los ojos, y luego a la rodilla, ya entendí, no paro de mover mi pie derecho arriba y abajo, y ya debe estar harto. Me disculpo, e intento permanecer inmóvil. Observo por la ventanilla y veo algo de movimiento, nos estamos acercando a la ciudad, ¡por fin!

La ansiedad se torna en angustia, no entiendo por qué. Pienso en Daniel, quiero verlo, comprobar que está entero, y que ese demonio no logró arrancarle un cabello siquiera. Eso es, no lo he visto desde antes del ataque, no personalmente, quiero decir, y sé que las heridas no serán visibles, pero yo podré cuantificar los daños causados, de eso estoy segura, solo necesito verlo.

Nos indican que estamos aterrizando, la maleta la llevo en el compartimiento sobre el asiento, no quise documentarla con el equipaje, pues sabía que eso me consumiría valiosos minutos, se abre la puerta del avión, me pongo de pie, y la cuelgo de mi hombro. Quisiera que la gente se moviera más de prisa.

¡Ay no! La pareja del niño gritón se me adelanta y se atraviesa en el pasillo, se enredan con sus bolsas y maletas. No esta vez, ya me fastidiaron todo el viaje, y no permitiré que lo sigan haciendo, doy un paso adelante, y, de un brinco, salto una de sus bolsas, y al famoso niñito, pensaba voltear y disculparme, pero no sería verdad, sigo adelante. De reojo, puedo ver que el resto de los pasajeros hace lo mismo, hasta que ellos deciden retirar a su niño del pasillo. No entiendo por qué los padres piensan que todos tenemos la obligación de soportar a sus retoños, no es así.

Para quien lo conoce, sabe que los pasillos del aeropuerto de la Ciudad de México son larguísimos, y la gente suele tomarse con calma el recorrido, a menos que tema perder una conexión con otro vuelo. Por lo tanto, supongamos que estoy perdiendo un vuelo, porque me dispongo a correr, igual que la vez anterior que él llegó, aunque, esta vez, no estoy ansiosa de verlo, es angustia lo que comienza a invadirme. Tomo la maleta con fuerza, y echo a correr por los pasillos, los tenis prácticamente no hacen ruido mientras lo hago.

Llego rápidamente a la salida de pasajeros, el tumulto no me permite pasar, da igual, no pienso pedirles permiso, sigo andando y terminan por hacerse a un lado, hasta que alcanzo las puertas, y estas se abren para dejarme salir. Corro hacia fuera del área, como si algo me persiguiera, pero no es eso, es lo contrario, alguien me está esperando. Sin que aligere mi marcha, unos brazos me rodean llevándome a un alto total.

"¡Para, Jade! Estoy aquí."

Como salida de un trance, giro la mirada y mis ojos se detienen en los de Raúl, detengo mi intento por seguir corriendo, la ansiedad y la angustia siguen en su tope. Con esfuerzos, pero, con total sinceridad, le sonrío y me arrojo a sus brazos. A él también lo he extrañado muchísimo.

"Hola, preciosa, el auto nos espera." Sin soltarme de sus brazos, avanzamos hacia el auto, y, una vez ahí, puedo saludarlo verbalmente.

"¡Qué ganas tenía de verte, Raúl!"

"Yo también, niña, es increíble la forma en que te haces extrañar, casi al grado de lo insoportable." Contesta con una enorme sonrisa en los labios.

"No creo que me extrañaran tanto como yo a ustedes."

"Eso está sujeto a discusión, figúrate que, en cuanto Daniel me llamó, para ver si podía acompañarlo a verte, cancelé un compromiso previo, solo por estar aquí, contigo." Sigue sonriendo. "No solo eso, nosotros volamos varios miles de kilómetros, y tú solamente novecientos cincuenta, o algo así, no llegaste ni a los mil."

Con un nudo en la garganta, alargo la mano y acaricio su rostro, deteniéndola en su mentón, sintiendo como su barba, muestra de que no perdió tiempo ni para rasurarse antes de salir hacia acá, me pica en la palma de la mano. Mis ojos se humedecen, pero ni una sola lágrima se me escapa, debería estar feliz, y no con este vacío por dentro. Acerco su cara hacia mí, y lo beso en ambas mejillas.

"Te quiero mucho, Raúl."

"Está bien, tú ganas, en tu planeta, novecientos cincuenta kilómetros son más que varios miles." Sonríe suavemente. "Sabía que estarías muy sensible."

"Y, ¿cómo lo sabías?"

"Porque Daniel está igual, me costó trabajo lograr que se quedara en el hotel, mientras yo venía por ti, de repente está feliz, y a veces, como tú estás ahora, y solo repite que tiene que verte."

"Gracias."

"Gracias, ¿por qué, linda?"

Rocío Blisswealth

"Por todo, por venir a verme, por acompañarlo, por decirme lo que me acabas de decir, por extrañarme."

"Pues, de nada, todas esas cosas son un placer." Pasa su brazo por mis hombros desacelerando, un poco, la carrera de mi corazón, que lleva más caballos de fuerza que el auto en el que viajamos.

Ya puedo ver el hotel, mis pulmones expulsan el aire como si algo me golpeara. Raúl sonríe, supongo que quiere ver si soy capaz de inhalar de nuevo, había olvidado lo bien que se respira cuando estoy junto a Daniel, mis pulmones si deben recordarlo, porque ya intentan llenarse con su olor, con la intensidad de un pez al que sacas del agua por unos segundos. El auto hace alto total, Raúl me extiende la mano con la llave de la habitación.

"Adelántate niña, te espera."

Tomo la llave y me dispongo a salir corriendo, me detiene por la muñeca y me indica que no corra, o el personal de seguridad del hotel me hará pasar un mal rato. Está bien, está bien, me comportaré. Al menos haré el intento.

Entro al lobby caminando muy de prisa, pero dentro de lo políticamente correcto. Al llegar al elevador el guardia se dirige a mí.

"Señorita…"

Sin esperar a que me dé alguna indicación, le muestro la llave de la habitación, con la intención de que sepa que soy huésped del hotel, y que no pienso detenerme.

"Solo quería desearle buenos días."

"Oh, lo siento, buenos días a usted también." Más vale que me controle porque me estoy poniendo en ridículo.

Se abre la puerta del elevador y puedo ver cómo, frente a mí, se extiende el largo pasillo. ¿Por qué mi vida estará plagada de larguísimos pasillos? Supongo que es parte del suspenso. Veo el número en la llave, conozco bien este hotel, es una de las últimas habitaciones, y, ¿por qué no? Claro que sería una de las últimas, alguien quiere que muera de ansiedad antes de que logre llegar a la puerta. Mi pecho empieza a agitarse, me hace falta el aire, los metros de pasillo corren bajo mis pies, y por fin llego a la puerta. Levanto la mano para tocar, aun teniendo la llave no me atrevería a entrar sin hacerlo, esta se abre antes de que mis nudillos la rocen, y, por una fracción de segundo, veo sus ojos, para después fundirme con él en un abrazo, por fin respiro.

Me toma por la cintura con un brazo, y con el otro, toma mi cabeza con su mano, presionándome junto a él. En sus brazos, y sin necesidad de verlo a la cara, puedo sentir el daño que ese maldito le causó, como si pudiera verlo en radiografía. El área de su pecho está llena de cicatrices, sus brazos, y su cara también, aunque fue lo menos dañado, todo está ahí. Las lágrimas me recorren el rostro, él acaricia mi cabello.

"Quería verte, quería verte." Habla en voz baja.

Sé que, en cuanto me separe de él, y pueda ver su cuerpo de frente, en esta dimensión en la que nos movemos, me será imposible estimar esto de nuevo. Mis lágrimas fluyen hasta parar en su hombro, solo que, esta vez, mi llanto no es de dolor, es de rabia pura, y me es más fácil controlarlo, ahora es a él a quien le toma más tiempo calmarse. No me importa, tengo todo el tiempo del mundo para abrazarlo. Una vez tranquilo, toma mi cara entre sus manos y me observa directamente a los ojos, sonríe al decir, "Ahí estás." Como si mi cuerpo, amarrado a su cintura, no fuera suficiente prueba de eso, siempre busca aquello que él ve moverse dentro de mis pupilas, yo hago lo mismo y busco mi reflejo, si, ese está ahí también.

"Daniel, ¿cuántos días estarás aquí?" Pregunto temerosa de que solo sea por unas horas.

"Tres."

"Y, ¿cuáles serán las actividades para estos días?"

"No tengo idea, guapa, yo solo estoy aquí para verte, de hecho, no se me ocurre cuáles pueden ser, seguramente algo que Raúl se ha sacado de la manga, para justificar mi presencia aquí, por si algún reportero me veía. Pero, ya ves, nunca nos atrapan." Puedo escuchar que empieza a sonreír.

"Vaya, eso significa entonces, que puedo quedarme aquí más tiempo."

"¿Aquí?" Pregunta frunciendo el entrecejo, y volteando a ver la habitación.

"No, aquí." Respondo levantando la mano y colocándola sobre su pecho, en serio necesito este tiempo junto a él, ya habrá oportunidad para lo que sea, una vez que me recupere de esta ausencia.

"Por favor, todo el tiempo que quieras."

Nos acurrucamos en el sillón y desliza su pierna sobre la mía, acercándome más a él. Disfruto el sentirlo respirar y que su aliento resbale por mi cabello, sabiendo que está vivo y sano, al menos en la medida de nuestros cuerpos humanos. Sin embargo, el conteo total de las heridas de su cuerpo no físico se ha grabado a fuego en mi memoria. Las recorro una a una, encontraré la manera de hallar a ese maldito, todo lo que he aprendido deberá servirme para deshacerme de él, para lograr acabarlo antes de que decida seguir buscando aquello que no encontró en el primer intento. Tiene que ser así, porque no pienso dejar de buscarlo, probablemente el maldito aún no lo sepa, pero tarde o temprano lo encontraré, el día de hoy me he convertido en su peor enemiga.

Rocío Blisswealth

Capítulo XIII
supongo que, confidencia por confidencia

Después de dedicar una buena cantidad de minutos, a idear la mejor forma de enviar a ese demonio al más allá, he decidido que no permitiré que su imagen consuma este maravilloso tiempo que he anhelado tanto. Me concentro en la imagen, mucho más agradable, del hombre que tengo sentado al lado, tan cerca que me permite entender, de una vez por todas, la diferencia entre su presencia física, y la de su proyección en mi dormitorio.

Mi brazo derecho se encuentra deslizado a su espalda, a la altura de la cintura, y el izquierdo lo rodea hasta que mis manos se unen cerrando un círculo alrededor de él. Mi cabeza descansa sobre su hombro y sus brazos me rodean con fuerza, a la altura de los hombros. Desde aquí puedo escuchar su corazón latir, digamos que, con un poco más de volumen que el de su proyección, como si se encontrara más a flor de piel, casi en la superficie de su pecho. El olor de su loción, de un seco y profundo olor a maderas, se extiende, impregnándome la ropa y el cabello, cosa que con su otra versión no sucede, supongo que uno transporta lo mínimo necesario, y el aroma no debe ser tan indispensable, aunque este, es tan delicioso, que bien valdría la pena poder llevarlo.

Levanto la cara para besar su mentón, y, contra el roce de mis labios, puedo sentir los suaves alfileres de la barba que empieza a brotarle, las venas de su cuello emparejan su movimiento con los de su respiración, y puedo escuchar el aire al inundarlo, para después desalojar sus pulmones en largas y profundas pausas. Los detalles, eso es, los detalles del funcionamiento de un cuerpo humano son los que no son evidentes en las proyecciones, son todas esas pequeñas cosas que forman parte normal de nuestras vidas, todo aquello que permite ver que un ser humano está transcurriendo por su día, es lo que no se muestra cuando te has proyectado, supongo que sería igual a abrazar una estatua de cera, solo que tibia.

Me encanta que use botas vaqueras, le dan un aspecto de chico malo, que me fascina, mismo que se enfatiza con el cabello que ha ido dejando crecer desde que empezó la gira, y ahora ya casi le cubre el cuello por completo, pareciera una suave y sedosa piel de chinchilla. Su camisa, color azul cielo, es de algodón, por lo que no tardó en arrugarse víctima de mis abrazos, parece sufrir de la misma tendencia que yo tengo a adherirme a él, y delinea suavemente su torso como si lo acariciara, el día de hoy, no me provoca la más mínima envidia, yo puedo hacerlo también.

Afortunadamente, la angustia que me embargó desde el avión ha desaparecido casi por completo, su pecho se sacude suavemente y escucho como la risa sube hasta su garganta.

"Gracias por mi regalo."

"¿Te ha gustado?" Pregunto acompañándolo en las risas.

"Me encanta."

"Me alegro mucho, sobre todo después de los problemas para enviártela."

"¿Cuáles problemas?" Pregunta intrigado.

"Ah, ¿pero tú te imaginas que es muy fácil que la CIA te otorgue los permisos para hacer llegar algo directo de Monterrey hasta tu regazo?"

"¡Voy a matar a Carmen!" Su risa se hace más intensa.

"¡No te atrevas, Daniel!" Recuperando la respiración, pregunta.

"Aún no me dices si te ha gustado el tuyo."

"¿Mi regalo?"

"Por supuesto."

"Daniel…"

Comienzo a preocuparme, no recuerdo haber recibido nada. Levanta mi barbilla para observarme. Ríe, y señala su cuerpo desde los pies hasta la cabeza.

"Ah, pero claro, ¿no te parece esto suficiente? Mira que tampoco ha sido fácil conseguir los permisos, para que todo esto cruce el océano, y llegue directamente hasta tus piernas." Con la pierna que descansa sobre las mías, ejerce presión para demostrar lo preciso de su punto. "Y tiene una ventaja adicional, conociéndote, no me dejarías comprarte nada, y todo esto ya lo tenía, de hecho, desde hace una buena cantidad de años."

"Vaya, ¡qué esplendido eres!" Acaricio su mejilla y permito que me brote una enorme sonrisa, antes de que me cuestione qué pienso, continúo. "En cuanto llegue a Monterrey, pasaré a la tienda por una caja de camisetas. Si esta es tu forma de corresponderme, que digo una caja, ¡que sean dos!"

Entrecierra los ojos, sonríe y suspira, sostiene mi mentón con las yemas de sus dedos, me habla rozando ya mis labios.

"Ya te he dicho que te adoro, ¿verdad?"

"Alguna vez."

Cierra mi frase con sus labios, y unos segundos después, interrumpe su beso.

"Y tú, ¿me quieres?"

Rocío Blisswealth

Me hace muchísima gracia la forma, un tanto infantil, que tiene de preguntar ciertas cosas, como matizando su pregunta con un nada sutil tono de reproche. Intento no reírme para responderle.

"Ya te he dicho que un poco."

"Pero cómo, ¿todavía no me elevo a la categoría de dos pocos, cuando menos?"

"Con el regalo de hoy, y no es que sea interesada, pero, la verdad fue muy generoso, estás, casi en dos pocos."

"Casi."

"Aja."

"De acuerdo, haré lo imposible por acortar esa distancia entre el 'casi' y el 'dos.'" Acerca sus labios a los míos y continua con el beso que interrumpió hace un minuto, ¡dioses! Si sigue así, llegará rápidamente hasta tres o cuatro pocos. Tal vez cinco.

Me alejo un poco de él y, prácticamente, pido permiso, a la usanza del salón de clases, para pasar al tocador, sonríe y me libera. Es verdaderamente un placer descansar entre sus brazos, aun así, el cuerpo necesita de movimiento, y él se levanta del sofá al tiempo que lo hago yo.

Recuerdo de pronto las revistas que, cuando era chica, descansaban en el buró de la recámara de Mara, repletas de fotografías de preciosas modelos, en brazos de los galanes de moda. Siempre estuve segura de que su aspecto era lo que les acarreaba semejante suerte. Termino de pasar el cepillo por mis cabellos, y sé que no es así, nunca me consideré glamorosa, difícilmente uso maquillaje, y de moda, mejor no hablemos. Sin embargo, el hombre más guapo del mundo me espera en la otra habitación, y eso confirma que a la suerte no le interesa tu aspecto.

Abro la puerta y lo encuentro sentado sobre el descansabrazo del sillón, con los ojos cerrados, pareciera que piensa en algo que le agrada, por la suave sonrisa que se dibuja en sus labios. Camino frente a él, tratando de no hacer ruido para dejar fluir sus pensamientos, y doy un salto cuando, sin abrir los ojos, me sujeta por la cintura y me atrae hacia su cuerpo, cerrando sus brazos conmigo dentro. Sin presentar la menor resistencia, me ciño junto a él, que acomoda su oído sobre mi pecho, y me oprime con fuerza.

"Déjame escuchar." Dice en voz muy baja, casi temiendo que aquello que pretende oír, emprenda la huida con el volumen de su voz.

Por supuesto que lo hago, no emito el menor sonido, a excepción del de mi respiración, y rápidamente encuentro algo qué hacer. Mientras él escucha un sonido que, aparentemente, tarda más tiempo en desvanecerse de lo que yo creí, con las puntas de mis dedos empiezo a recorrer su frente, siguiendo con su nariz, sus mejillas, sus labios, el contorno de su cabello, en fin, todo lo que tengo al alcance. Acaricio lo increíblemente suave de su piel, súbitamente un recuerdo asalta mi mente, la imagen del demonio elevándolo por los aires, tomándolo por el cuello, mostrando sus afiladas garras, solo unos segundos antes de perforarle el pecho. Estuvo a muy poco de destrozar todo esto que rozo con las yemas de los dedos, me estremezco, su suave voz disuelve el recuerdo.

"¿Sabes qué estoy escuchando?"

"No, ¿me lo dirás?"

"Sí, me estoy escuchando."

"¿De verdad? Y, ¿cómo es que llegaste ahí?"

Tocan a la puerta, y la voz de Raúl se hace oír, preguntando si puede pasar. Mi pie derecho da un instintivo paso hacia atrás, siempre he reducido mis demostraciones de cariño hacia él, para momentos en que nos encontramos a solas. Sus brazos me aprisionan con más fuerza, y, viendo lo infructuoso de mis esfuerzos por retirarme, regreso mi pie a su posición inicial. Levanta un poco la vista con los ojos solo entreabiertos.

"Quédate quieta, no pasa nada. Adelante Raúl."

Puedo sentir cómo mi rostro se irriga inmediatamente, y escondo la mirada entre sus cabellos. Raúl, sin embargo, haciendo alarde de discreción, simula no prestarnos atención, aunque debe parecerle extraño vernos tan juntos. Daniel ríe para sus adentros, puedo sentir el movimiento de sus costillas y me abraza con más fuerza.

"¿Sabes qué hago, Raúl?"

"Supongo que, cualquier cosa que se me pueda ocurrir, resultará errónea, así que, ¿por qué no me lo dicen?"

"Me estoy escuchando."

"Por supuesto, debí imaginarlo, y Jade es una especie de reproductor tuyo, ¿no es cierto?"

"No exactamente, pero ella dijo que estoy ahí." Señala mi pecho con un dedo, sin separarse ni un milímetro de mí.

"¿Yo te lo dije? No lo recuerdo." Contesto sorprendida.

"¿Recuerdas el día que te llamé por teléfono, recién terminada la gira?"

¿Cómo olvidarlo? Fue cuando ambos queríamos averiguar si el otro había sobrevivido.

"Sí." No sé a dónde quiere llegar.

"¿Cómo me llamaste con cariño? Díselo a Raúl, y que él diga si tengo razón o no."

Es increíble la capacidad de este hombre para sustraer de mis conversaciones, sin importar el contexto en que se hayan llevado a cabo, es decir, en broma, o desde lo más profundo de mis angustias, la frase precisa que le alimenta el ego. Mi cara debe ser color púrpura en este instante, sin embargo, en lugar de atacarlo, como es mi costumbre, lo complazco, en voz baja, acaricio su rostro y repito, más para él, que para Raúl.

"Corazón, te llamé corazón." Respondo apoyando mi barbilla sobre su cabeza.

"Gracias, guapa." Cerrando los ojos coloca un beso justo a la altura de mi corazón, después, dirigiéndose a Raúl, pregunta: "¿Verdad que debo estar ahí?"

"Sin duda hermano. Ahora dime, ¿qué te platicas?"

"Que esta niña necesita más actividad social, figúrate que, desde su regreso a casa, no ha ido al cine siquiera."

Lo veo sorprendida, eso es verdad, no he ido al cine, mis actividades recreativas han sido un tanto más violentas. Pero ¿cómo lo sabe? Bueno, tal vez no sea tan difícil. Se levanta de donde está, sin soltarme, y me da un sonoro beso en los labios, para luego sonreír pícaramente. Reconoce, en mi camaleónico cambio de colores faciales, que me la está haciendo pasar mal. Se acerca, y en voz baja, sentencia.

"Ya hablaremos de esto después." Coloca la punta de su acusador dedo, sobre la parte de mi mejilla que presenta un rojo más intenso. "Me haces sentir que te avergüenza que te vean conmigo. ¡Tienes mucho que explicar, guapa!" Solo tengo por respuesta una culpable sonrisa, la verdad es que sí, me avergüenza, pero, por ahora, nuestra discusión deberá esperar.

Daniel le pide a Raúl que ordene algo de comer, y finaliza su petición diciendo:

"Jade muere de hambre."

"Así que muero de hambre, ¿eh? Y, ¿eso también te lo dijiste?"

"No, guapa, eso me lo dijo tu estómago."

"No me digas, pues yo no oí nada."

"Yo estaba más cerca de él que tú, y he de confesarte que parece que me tiene más confianza que a ti."

"Pues entonces, hazte cargo, aliméntalo."

"Hablas de tu estómago como si fuera una mascota." Me indica Raúl.

"Algo hay de cierto en eso, si oyeras la forma en que gruñe." Se adelanta Daniel a contestarle entre carcajadas. No puedo contenerme, y le doy un puñetazo en el brazo, solo consigo que ría con más intensidad, y que Raúl lo acompañe en sus risas. Ya se me ocurrirá cómo fastidiarlo en venganza.

La tarde transcurre deliciosamente, por primera vez podemos estar juntos los tres, sin presiones de tiempo, ni horarios específicos, eso será mañana, y en cuanto ese mañana hace su arribo, el tiempo es mío.

Raúl nos mira, y sigue procesando el gran trozo de carne que introdujo en su boca, había olvidado que estando de viaje, comen como si no hubiera un mañana, debido a que nunca se sabe si habrá una hora para comer el día de mañana. No obstante, sus ojos sonríen, aun cuando su boca no esté lo suficientemente libre para solidarizarse con ellos.

"¿De qué te ríes Raúl?"

"Do be esdoy diendo." Algo así suena lo que responde todavía con la boca llena.

"Claro que sí, tus ojos lo hacen."

Daniel levanta la mirada para observarlo, los dos se ven a los ojos en señal de total complicidad, y asienten de forma casi imperceptible.

"Estupendo, ¿serían tan amables de incluirme en su silenciosa conversación?"

Raúl termina su bocado, y se aclara la garganta antes de responderme.

"Jade, estaba pensando en cuanta razón tenía Daniel cuando me llamó para pedirme que lo acompañara. Fui a verlo, y lo encontré, bueno, no era el mismo. Tenemos muchos años de conocernos, y me es fácil detectar cuando algo lo tiene fuera de sí."

Veo a Daniel, pensando si esto no le parecerá demasiada indiscreción por parte de Raúl, pero alarga su mano, y toma un mechón de mi cabello, para colocarlo hacia atrás de mi oreja, sin hacer la menor expresión de desagrado hacia el giro de la conversación, así que me enfoco de nuevo en Raúl.

"Una vez que dispusimos todo para venir, empezó a tranquilizarse, mencionó que estaría totalmente bien en cuanto pasara unas horas contigo."

Me sorprende que lo diga con tal sinceridad, yo moría de angustia por verlo, sin embargo, esos sentimientos son solo míos, no los comparto con nadie, en gran parte porque no hay nadie con quién compartirlos, pero agradezco que a Daniel no le moleste que me hable de esto.

"Por eso me hace gracia ver que estaba totalmente en lo cierto, ya volvió a la normalidad, ambos lo hicieron."

"¿Ambos?" Pregunta Daniel volteando a verme.

¡Dioses! Mi cara está tomando nuevamente las tonalidades en rojos, yo no quisiera que Raúl mencionara mi anterior estado cercano a la locura, pero, supongo que, confidencia por confidencia. No trato de detenerlo.

"Mientras la esperaba en el aeropuerto, casi pasa de largo sin verme, tuve que tomarla por los brazos para hacerla parar en su carrera, y sus ojos, tenían la misma mirada que había en los tuyos, de desesperación. Simplemente no era la Jade que yo conozco."

Daniel acaricia mi mejilla, desconozco cuánta información tenga Raúl respecto a lo que sufrimos al terminar la gira, pero dudo que sepa exactamente lo que nos llevó a ese estado. Nosotros sí lo sabemos, acerco mi mano, sin importarme que esté Raúl presente, y tomo la suya, presionándola sobre mi rostro, y cierro los ojos. Quiero sentir la gloriosa tibieza de sus veintiocho años de edad, que siguen recorriendo su línea de vida, misma que el demonio no logró interrumpir. Es todo lo que yo necesitaba.

"Es por eso que digo que ambos han vuelto a ser los mismos." Concluye Raúl con una amplia sonrisa.

"Ella es mi oxígeno, hermano, y yo me estaba ahogando, ahora ya lo sabes, la próxima vez, que sea vuelo directo, ¿de acuerdo?"

"Lo prometo." Raúl coloca una mano sobre el corazón.

"Guapa, mañana necesito ir de compras, ¿me acompañas?"

"Te acompaño. ¿Qué necesitas?"

"El nuevo disco sale a la venta dentro de poco, y quiero algunas prendas de manta para la sesión fotográfica, que será en la playa. ¿Qué mejor lugar para comprar manta que aquí?" Sonríe, haciendo uso de una sonrisa malévola, que no le había visto hasta ahora. "Y, por la noche, podemos asistir al concierto de Víctor Arredondo, ¿te gustaría?"

"No me digas que esa es la forma en que deseas ampliar mis horizontes sociales. ¡Menuda idea! ¿A quién se le ocurre? Para nada, yo me quedo, gracias."

"Pero ¿cómo? Pensé que Salvador te caía muy bien." Ríe.

"Por supuesto, pero ¿sabes? Mañana por la noche estaré indispuesta, con toda seguridad, es una lástima."

"Pues sí, una lástima realmente, pero, yo necesito asistir. Hay algunos puntos que quisiera aclarar con Salvador, y con el tal Víctor. ¿Te importa si te dejo sola un rato?"

"En lo absoluto, no te preocupes." Utilizando mi tono sarcástico agrego. "Que lo disfrutes."

"Malvada."

Raúl se despide ya entrada la noche, llamará a las 9:00 para que nos alistemos para desayunar, ¿él será quien nos llame? Ese es un giro en mis funciones, siempre soy yo quien despierta a los demás, supongo que por ahora no estoy oficialmente trabajando.

El Juego... Jade

Las horas me parecieron minutos, y veo acercarse, irremediablemente, el momento en que deberé irme a dormir, y dejaré de verlo todas esas horas, aun sabiendo que está a unos cuantos metros de distancia. La angustia empieza a acumularse en mi interior, es ridículo, durante la gira esperaba la hora de ir a la cama para desconectarme, al menos, por un rato. Ahora, daría lo que fuera por no necesitar dormir, me rehúso a dejar de verlo, teniéndolo tan cerca.

Empieza a dar vueltas por la habitación, conozco ese andar pausado que acompaña a su fruncido entrecejo. Peor aún, recorre las mangas de la camisa casi hasta los codos, esto no anda bien, quiere decir algo, y no sabe cómo. El plomo dentro de mi estómago se hace presente, y un escalofrío recorre mi espina dorsal, lo observo, y espero, pero no se anima a abrir la boca, y el suspenso me mata, de modo que soy quien toma la iniciativa.

"Daniel, ¿ocurre algo malo?"

Me ve un tanto sorprendido, no estaba consciente de que lo seguía con la mirada. Incluso, creo que olvidó que yo estaba aquí, al tiempo que daba vuelta a sus ideas. Sonríe francamente, y ahora la sorprendida soy yo. ¿Cuál es la preocupación entonces, si su sonrisa puede aflorar con tanta facilidad? ¿Por qué tiene todos los síntomas de que algo le preocupa? Todavía sonriendo, se dirige a mí, su sola imagen logra que se me erice la piel. Me toma por un brazo, me da vuelta hasta que mi espalada queda recargada contra su pecho, y me abraza. Su corazón corre dentro de él, puedo sentirlo, ¿qué es lo que le pasa? Finalmente habla en voz baja.

"Guapa, quiero pedirte un favor." Estupendo, pero tendrá que hacerlo de frente, quiero ver sus ojos, porque si le incomoda tanto, debe tratarse de algo serio. Doy vuelta alejándome de él, pongo mis manos sobre sus costillas, y lo veo directamente a los ojos.

"¿En qué puedo ayudarte?"

Su sonrisa permanece donde está, pero, entrecierra los ojos, casi a punto de que yo no logre verlos, sin embargo, sabe que, si mi mirada está fija en ellos, no voy a permitir que los oculte. Me sorprendo al ver aparecer sobre sus mejillas una leve tonalidad rosada, debido a la blancura de su piel, esto no se ve con facilidad, lo único que supera este rubor, es cuando la furia dispara esos tonos, y en ese caso, el color es mucho más intenso. Daniel, ¡habla ya!

"¿Confías en mí?" Pongo los ojos en blanco para demostrarle lo estúpido de su pregunta.

"Sí." Su sonrisa titubea, trata de ponerse serio y no lo logra.

"Sé que vas a pensar que estoy muy consentido, y que vas a pedirme que madure, y todas esas cosas que me dices cuando hago algo como lo que estoy a punto de hacer, pero…"

Rocío Blisswealth

"Daniel, estás divagando." Sigo esperando, se ha quedado mudo. "Aparentemente, quién no me tiene confianza eres tú, o no te costaría tanto trabajo pedirme algo, lo que sea." Por fin se pone serio y abre los ojos, permitiéndome verlos.

"Te he extrañado mucho, los días después de la gira, fueron terribles para mí, y todo lo que deseaba era estar aquí, contigo. No quiero perderte de vista, ¿sabes? Temo que si lo hago…" Su voz se hace más profunda. "No voy a pedirte que me acompañes al concierto, pues sé lo que significa para ti. Sin embargo, quisiera que… Jade, no leas nada más en mis palabras, sería incapaz de ponerte en una situación que te incomode. Eres como el aire puro, ya te lo he dicho, y por eso no sé cómo pedirte, sin que pienses que…"

"¿Qué cosa Daniel? Me estás asustando." Le hablo suavemente, intentando que lo diga de una vez, y deje de sumirse en los malos recuerdos. Su voz es apenas audible.

"Que te quedes conmigo durante la noche. No me lo tomes a mal, tal vez estoy muy nostálgico, yo quisiera conversar."

"Daniel, ¿no te has puesto a pensar que, tal vez, el favor pueda ser mutuo?" Contesto con alivio en la voz, yo tampoco quiero separarme de él.

"¿En serio?" Dice en un suspiro.

"Si, creí que la imagen que te dio Raúl, respecto a mi mirada, había sido suficientemente elocuente. Hace solo unos minutos, lamentaba el hecho de que ya era hora de dormir, y me perdería de ese tiempo contigo. Tampoco para mí ha sido una etapa fácil, o, ¿tú que pensabas?"

"No lo sé, siempre he considerado que eres muy fuerte, que no necesitas de…"

"¿De ti? Espero no decepcionarte, pero, hay momentos en que no lo soy, y este es uno de ellos. Y, como puedes ver, si confío en ti, claro que puedo quedarme."

"Ven aquí, guapa." Presiona mi cuerpo contra él y me besa. Frunzo el entrecejo al ocurrírseme una pregunta que debo hacerle.

"Daniel, ¿roncas?"

"Ya lo averiguarás." Responde entre risas. "Vamos por tu equipaje." Toma una llave de la mesa.

"Dame esa llave, la quiero a la mano en caso de que decida desertar."

"Guapa, ¡no serías capaz!"

Solo río y le guiño un ojo, dándole a entender que no, pero, no estoy muy segura, yo duermo con un demonio en mi dormitorio, pero ¡él no ronca! Me ve sonriente, caminando por el pasillo, hacia la que hubiera sido mi suite.

"Hay algo que quiero que me expliques, en cuanto regresemos a la habitación."

"¡Maldición!" Se me escapa sin pensarlo, ya me había olvidado, me ve fijamente.

"Maldice todo lo que quieras, señorita, no podrás escapar de esta." A veces suena como mi abuelo.

Obviamente, me enfundo en mi bata de Monterrey, y él se pone una camiseta negra sin mangas y pants del mismo color. Creo que ambas prendas ya las he visto bajo la tenue luz que entra por las cortinas de mi recámara, sin embargo, el recuerdo es vago, me da tanto gusto verlo, que me apresuro a abrazarlo, y pierdo de vista sus ropas.

Siempre pensé que las camas de este hotel eran exageradamente grandes, sin embargo, hoy pareciera que esta mide lo que una moneda de cincuenta centavos. Menos mal que estaré sentada, porque su imagen es tan impactante, que no creo que pudiera sostenerme en pie. Se sienta sobre la cama con las piernas cruzadas y me ofrece el espacio frente a él, lo que me permite recargar la espalda. Estupendo, estamos frente a frente para el interrogatorio, qué remedio, tal como dijo, no podré escapar de esta.

"Jade, ¿te avergüenza que te vean conmigo?" Dispara a quemarropa, está serio, pero tranquilo, por lo menos.

"No, Daniel, no es así, y lo sabes." Dejo salir mis palabras, sin perder de vista sus ojos, quiero que sepa que es verdad lo que digo, ya lo conozco, y esta pregunta la hace muy en serio.

"No, Jade, sucede que no lo sé. Cuando Raúl tocó la puerta, trataste de liberarte de mí."

"Lo sé, pero no me avergüenza que me vean contigo, era la situación."

"¿Te parecía que hacíamos algo vergonzoso? Guapa, yo sería incapaz de…"

"¡Dioses! Daniel. No, déjame explicarte."

"Te escucho. Si mal no recuerdo, disponemos de toda la noche."

"Bien, trataré de darte la versión corta, de todas formas. Te recuerdo que me criaron mis abuelos. Según la educación de mi abuela, es de muy mal gusto tener demostraciones de afecto, como pareja, en público. Según ella decía, son situaciones que deben mantenerse en privado."

"Los tiempos han cambiado guapa."

"Creo que la que no cambió fui yo, no me malentiendas, veo las cosas con perfecta naturalidad, mientras se trate de alguien más, tratándose de mí, es que empiezan los problemas."

"Eso significa que nunca vas a besarme en público." Casi me río. ¿Qué necesidad podría yo tener de besarlo en público? Sin embargo, él sigue serio, es una de las cosas que le molestan, de modo que evitaré reírme.

"No, probablemente eso no sucedería."

"Y si lo hiciera yo, ¿me alejarías?"

"Pensé que, no harías algo que me hiciera sentir incómoda." Estoy usando los mismos argumentos que él uso hace unos minutos, lo sé, pero, él lo dijo.

"No guapa, no intento obligarte a nada. Sigo tratando de…"

"Encontrar la salida del laberinto."

"Si, tal vez sea necedad, pero sigo tratando de entender un poco, cómo eres, quiero sentir que piso en firme y no…"

"Arena movediza." No logro evitar el dolor que mi voz refleja al adelantarme y concluir su frase, quisiera tener una manera más sencilla de que llegara a conocerme. Puede leerlo en mi voz, porque se apresura a decirme con voz dulce.

"Ya no tanto, pero es como si fueras de otro planeta, o de otro siglo."

"Vaya, gracias, ¡qué alentador! Daniel, mientras mi forma de ser no te lastime, me gustaría conservarla. Me siento a gusto con ella." Intento sonreírle.

"No, no cambies, por favor, solo dame tiempo a entenderte, ¿sí?" Continúa con su interrogatorio. "Dime una cosa, tu otro novio…" Lo observo y levanto una ceja, ¿cómo que, el otro? "Quiero decir, tu último novio, ¿no tenía problemas contigo por esto?"

"No, bueno, en realidad nunca fue mi novio." Ahora es él quien levanta la ceja. "Lo que quiero decir es que, siendo aún mi amigo solamente, se saltó todo el noviazgo, y fue directo a solicitar mi mano. Entonces…"

"¡¿Te propuso matrimonio?! ¡Pero si solo tienes veintiún años!"

"Mayor de edad aquí, y en China."

"Qué locura, dijiste que no, ¿verdad?"

No le respondo, solamente ruedo los ojos dejándolos en blanco, a veces puede ser tan absurdo. Sonríe avergonzado y continúa.

"Bien, hay otra cosa que me gustaría saber, si no te importa."

"¿De qué se trata?"

"No te gusta que te toquen."

"No, no me gusta, y si mal no recuerdo, ya agotamos ese tema."

"No lo agotamos, ¿me permites continuar?" No respondo, lo hará de todas formas. "En una ocasión dijiste que hace años que tu madre no te toca. ¿Puedo saber cuántos?" Me detengo un segundo haciendo cuentas con los dedos.

"Diecisiete, más o menos. Y, ya veo venir la siguiente pregunta, ¿por qué? ¿No es cierto?" Su mirada se dirige hacia sus manos.

El Juego… Jade

"Bueno, sí, esa era, pero no la haré si no quieres. Es solo que me enfurece que las cosas sean así para alguien como tú. No logro entenderlo. Jade, ¿hace cuánto tiempo que nadie te toca?"

"Dejando fuera a Raúl, a ti, y los contactos accidentales que puedes tener con alguien, deben ser tres años, tal vez."

Entrecierra los ojos y sacude la cabeza de un lado a otro, suspira y sigue preguntando.

"¿Qué sientes cuando alguien lo hace?" Sus ojos están cerrados por completo.

'Me provoca ansiedad, me angustia sentir a la gente tan cerca de mí, me siento vulnerable." Es gracioso, nunca me había detenido a analizar, con exactitud, lo que siento, solo sé que me molesta, casi siempre.

"¿Te cuesta mucho permitir que yo te toque?"

"Daniel, ya habíamos hablado de esto." No sé por qué tiene la manía de insistir sobre ese tema. Empieza a molestarme, y lo percibe en mi voz.

"Contéstame, por favor, Jade."

"De acuerdo, pero será la última vez que discutamos este asunto, ¿estamos?" Mueve la cabeza en señal de afirmación, así que, continúo. "Cuando mis abuelos me tocaban, yo era inconsciente a su tacto, me era tan familiar como si fueran mis propias manos las que lo hicieran. Tú tienes ese tipo de manos."

La verdad es que su tacto, para mí, es como si fuera un sedante aplicado a través de mi piel, pero eso no pienso decírselo. Con el pretexto de acomodar sus pies, baja la mirada y la oculta de mí. Se queda pensativo un momento, y cambia de tema.

"Me alegra que aceptaras pasar la noche conmigo, tu confianza en mí dice tantas cosas. Cosas que no merezco, confías ampliamente en que yo no voy a intentar… Es decir, la imagen que tengo ante ti hace que cambie, que trate de estar a la altura."

"No tenía por qué negarme, no quería hacerlo, además, tú no tratas de… nada. Ya me lo habrías dicho."

"Soy hombre, guapa." Dirige la mirada hacia sus manos y continúa en voz muy baja. "Y tú… tú." Levanta los ojos muy lentamente y observa los míos que, puedo sentirlo, están extremadamente abiertos por la sorpresa. ¿Yo? Pero si siempre he sido tan simple.

"¡¿Yo?!" Pregunto en un susurro. Levanta la ceja y sonríe suavemente, supongo que esperaba molestia de mi parte, pero, no, solamente hay sorpresa.

"Jade." Habla sorprendido por mi reacción, no la esperaba, no entiendo por qué no, él es el hombre más maravilloso sobre la faz de la tierra, y yo, solamente soy yo. Sonríe como disculpándose.

"Haz tenido novio anteriormente, supongo que, con ellos, con alguno." Sacudo la cabeza lentamente de lado a lado y cierro los ojos, ahora lo entiendo, él piensa que mi noviazgo incluía una relación física, pues no, Daniel, no fue así. Abro los ojos para verlo, sus ojos están fijos en mí, su entrecejo está fruncido, y sus manos cerradas en puños.

"Mejor no supongas nada." Digo en voz baja.

Nunca pensé que mi cara pudiera escalar, a un nivel más intenso de rojo, pero, así es. Tampoco pensé que mi condición habría de avergonzarme. Simplemente fue una decisión, que tomé, porque nadie me hizo sentir jamás, lo que siento cuando estoy junto a él. Quizá eso es lo que me avergüenza un poco, la intensidad de lo que soy capaz de sentir por él. Sus ojos siguen estacionados en los míos, como si no pudiera moverlos, trato de escapar de su mirada, cosa por demás imposible, de modo que termino por enfrentarla, él sigue sin hablar, solo me observa con detenimiento. Ese es el problema, cada vez que me observa, en lugar de solo verme. Es entonces cuando sé que le parezco un ser de otro planeta.

"Daniel, ¿podemos cambiar de tema?"

Se sobresalta al escuchar mi voz, me veía fijamente, sin embargo, no estaba aquí. ¿Qué estaba pensando? Se repone y me contesta.

"Jade, tú eres… No me voy a poner a explicarte, porque seguramente te arrepentirás de haber aceptado quedarte conmigo. Yo entendería si tú… pero, te juro que no intento nada."

"Ya te dije que no me cabe la menor duda de eso. No, no me expliques nada, déjalo así." Lo que no me atrevo a decirle, es que no le creeré de todas formas, todavía no puedo creer lo que acaba de decirme, ¡vamos! Si ni siquiera puedo creer que esté aquí. Nos vemos directamente a los ojos, por largo rato, interrumpe el silencio para decirme:

"Y también intuyes por qué."

"Estás esperando algo, ¿descifrarme?" Entrecierra los ojos.

"No exactamente, Jade." Observa mis ojos, que siguen fijos en los suyos.

"Sabes que hay un lazo entre nosotros. Lo sabes, ¿no es así?"

"Sí, me quieres, y te quiero."

"Hay lazos mucho más fuertes que el amor, necesito reforzar el nuestro para que, a pesar de cualquier cosa, sea de esos."

Observa mis ojos que se tranquilizan al escucharlo, eso habla de tiempo, mismo que piensa dedicar a establecer lazos conmigo. Me suena perfecto, sigue hablando.

"Una vez que lo logre, serás la primera en saberlo." Me guiña un ojo.

¡Dioses! Daniel, no hagas eso, por favor, no ahora en que, la moneda en que esta cama se ha convertido me resulta diminuta. Mi piel se eriza y ocupo mi mirada en revisar la palma de mi mano, con un detenimiento tal, que pareciera que nunca la hubiera visto antes. Obviamente, la piel de mi rostro va cambiando de tonalidad rápidamente, hasta detenerse ahora en el rojo borgoña.

"¿Sabes una cosa, guapa? Tus mejillas te traicionan, dejan ver, con claridad, los cambios en tu estado de ánimo." Sonríe levantando una ceja.

Daniel, pero ¿dónde ha quedado tu caballerosidad? Ah, pero claro, hacer uso de ella, equivaldría a no poder molestarme, y eso es algo de lo que no vas a perderte, ¡odioso!

"Si, también cuando me da rabia me sucede."

"Ah, 'también.' Entonces, ¿ahora a qué se debe?" Jade, ¡cállate ya! Y deja de cavar tu propia tumba, no puedes pensar con claridad. Daniel, ¡baja ya esa ceja! Y deja de mortificarme. Yo, bueno, sucede que el hombre más atractivo del mundo está sentado a los pies de mi cama, en pijama, nada menos, y oliendo delicioso. Si a eso le agregamos que, el aire ha desaparecido de esta habitación, no sé a dónde se fue, pero algo, o alguien, lo sustrajo, porque yo no encuentro ni un poquito para llenar mis pulmones. O, ¿es simplemente él quien me deja sin aliento? Sí, eso suena más lógico, si lo pienso un poco más, me será imposible respirar de nuevo.

"Deja de fastidiarme, Daniel." Suplico. Sonríe y muerde su labio, bueno, al menos ya bajó la ceja.

"Quiero intentar algo, guapa. ¿Me lo permitirías?"

"¿A qué te refieres?"

"Quiero intentar comunicarme en tu idioma."

"¿Perdón?" Sacudo la cabeza, ahora si ya me perdió.

"Yo expreso mis sentimientos por medio del tacto. Para mí, un abrazo es el recuso más utilizado, y quisiera tratar de hacerlo como lo haces tú. Es un reto que me he puesto."

"Sin tocarme."

"Justamente."

"Está bien. ¿Qué quieres que haga?"

"Nada en absoluto, solo escúchame. Tal vez una cosa, ¿puedes cerrar los ojos?"

"¿Cerrar los ojos?"

"Guapa, no me lo pongas más difícil, no tengo costumbre de hacer esto."

Los cierro y me dispongo a escucharlo, puedo oír como su respiración se apresura, está nervioso, sigo esperando.

Rocío Blisswealth

"Jade…" Su voz es pausada. "Quiero que sepas que estoy aquí. Siempre que me necesites, estoy aquí." Su voz carece de firmeza, es claro que le cuesta expresar ciertas cosas.

Algo, justo en el centro de mi pecho, empieza a girar con mucha fuerza, reconoce su voz, y me deja saber que lo que él dice es cierto. Esa parte de mí es suya o, más bien, esa parte de él vive en mí, y lo reconoce. Aunque, no hace el menor intento, por dar el salto de un metro necesario para alojarse de nuevo dentro de su pecho, esa parte de él nos une.

Llevo mi mano hasta colocarla, justo sobre ese espacio, y puedo sentir los golpeteos, mucho más deprisa que los de mi corazón, que percibo en un segundo plano. Él lo sabe, y yo lo sé, está conmigo, tal como acaba de decirlo. Encontró la forma de no dejarme sola, jamás estoy sola, no sé cómo, pero, me acompaña a dondequiera que voy.

"No estás sola. Necesito que lo entiendas. Te encontré, y estoy aquí, contigo, eres diferente a todo lo que he conocido, aire puro, básicamente eso. Aire puro. Te quiero muchísimo." Una lágrima resbala por mi mejilla, la cama se mueve cuando

Daniel trata de acercarse a mí.

"Aún no." Digo en voz muy baja, alargando la mano, y colocando la palma frente a él para que se detenga. "No me toques todavía."

No quiero abrir los ojos, y sé que, si me toca, ya no podré sentirlo, la sensación se habrá perdido, y quiero saber qué es. Escucho dentro de mí, su voz que repite, 'siempre que me necesites, estoy aquí,' y las lágrimas siguen brotando de mis ojos. Nunca, nadie se tomó la molestia de decirme algo así. Da igual, ¿quién hubiera podido decirlo en serio? Tan en serio como lo siento ahora. Tan en serio como lo es en este momento. Está aquí, mientras respiro, cada instante de cada día, está aquí, conmigo. Pese a las lágrimas, sonrío.

'Hay lazos más fuertes que el amor,' fueron sus palabras. Jamás sentí algo más fuerte que esto, un sollozo me ahoga, me cuesta tomar aire y no me importa, lo disfruto tanto, que mi llanto no cesa. Mi mano siente a través de mi pecho, como, por momentos, va reduciendo la rapidez de su movimiento, hasta detenerse. No obstante, mi interior lo siente todavía.

Abro lentamente los ojos, apenas puedo verlo a través de las lágrimas, está preocupado, me levanto dirigiéndome hacia los pies de la cama, donde él se encuentra, y me detengo a su espalda, él me da libertad de acción sin moverse. Acaricio su cabello.

"Daniel, ¿me permites ahora hablarte en tu idioma?"

"¿Estás bien, guapa?" Pregunta un tanto angustiado.

"Mejor que nunca. ¿Puedo?"

El Juego… Jade

"Lo que quieras."

Tiro de su mano, guiándolo para que se coloque de pie frente a mí, lo hace sin abrir los ojos. A la altura de su cintura, deslizo mis manos hacia su espalda, dejando correr por su piel, la energía que no logro controlar, y que corre por mis manos con inusual intensidad, como si lo buscara. Tal como si lo hubiera estado esperando, se vacía en él, a la vez que lo abrazo fuertemente, ya pronto se ha extendido a todo su cuerpo.

Me le acerco y beso su mentón, lo siento tenso, está apretando los dientes, tiembla de pies a cabeza, yo ya estoy acostumbrada, pero, él no. Abro los ojos y veo una suave sonrisa en sus labios, aun cuando sus ojos permanecen cerrados, supongo que puede resistirlo. Sus manos han formado puños, sujetando mi ropa con fuerza, a la altura de mi cintura. Si intentara moverme, estoy segura que no me sería posible. En voz baja digo:
"Yo también estoy aquí, siempre que me necesites."

Me levanto en las puntas de mis pies, oprimo mis labios contra los suyos, y los muerde en respuesta, la sonrisa que me provoca, los libera de la presión con que él los sujeta. Con dificultad, cierro las palmas de mis manos, muy lentamente, en un proceso de un par de minutos, vuelve a relajarse y me besa. Una vez libre de sus labios, le hablo con el hilo de voz que me queda después de todo.
"Gracias."

Se deja caer sentado sobre la cama, como si sus piernas no lo sostuvieran, y me observa mientras seco, con las puntas de mis dedos, las lágrimas que aún humedecen mi rostro.
"Jade, jamás había… Nunca. ¡Qué increíble capacidad para expresarse tienen tus manos!"
"Solo traté de hacerte sentir lo mismo que tú a mí."

Su cara se ilumina con una maravillosa sonrisa, y pregunta, a la vez que toma mi rostro con ambas manos.
"¿Lo logré? ¿Por fin lo logré, guapa?"
"Escuché todo, incluso lo que no dijiste."
"Maravilloso."
"Daniel, me dio mucho sueño, ¿te importa si me acuesto?" Esta energía suele dejarme exhausta en segundos.
"También estoy muy cansado, te sigo. Guapa, deberías usar las manos con más frecuencia."
"No lo creo."

Al apagar la luz solo puedo escuchar su voz en la obscuridad, desde el otro extremo de la cama.

Rocío Blisswealth

"Jade, ¿cuánto cariño fue eso?"

"Bien, pues, recibiste el nivel 'dos pocos y medio.'"

"Increíble. Quiero llegar al nivel diez."

El nivel diez es para los demonios, Daniel, no podría aplicártelo. A menos que mi intención sea que tu cuerpo se voltee al revés, y siendo tan fantásticamente atractivo el exterior, ¿por qué querría yo dejar el interior expuesto?

"Algún día, tal vez."

"Tomo eso como una promesa."

Esta súbita obscuridad le da un aire de irrealidad a su voz, no quiero pensar que lo estoy imaginando, lo quiero cerca, como en mi habitación. Extiendo los brazos en la penumbra y rozo su pecho, sus brazos salen a mi encuentro, y se acerca a mí, deslizando su mano alrededor de mi nuca hasta acomodarme sobre su hombro, acunando mi cara en su cuello.

"Buenas noches."

"Buenas noches, Daniel." Entrelazo mis dedos con los suyos. Ahora sí, ya puedo dormir. Segundos después escucho su voz, muy bajito.

"Quince, dieciséis, diecisiete…"

"Creí que tenías sueño."

"Lo tengo."

"Entonces, ¿no son ovejas lo que estás contando?"

"No, hago lo mismo que tú, cuento."

"Pero ¿lo mismo que yo? ¿Cuándo?"

Ahora comprendo, cuando me abraza, y no es buen momento, empiezo a contar.

"Guapa, ¿por qué tienes que hacer las cosas tan difíciles?" Contesta riendo.

"Daniel, lo lamento." Trato de levantarme para recorrerme en la cama, pero, no me lo permite, me sujeta donde estoy.

"¡Estoy jugando, Jade! Quédate aquí, me gusta molestarte, eso es todo. Además, eso de contar realmente funciona, no te muevas, por favor, duérmete." Besa mi nariz.

"Duérmete, claro, resulta que quien hace las cosas difíciles soy yo. ¿Dónde quedo la bendita llave, Daniel? ¡Renuncio! Me voy a mi habitación, ya no me interesa averiguar si roncas."

Sus carcajadas retumban en la habitación, ríe tanto que le cuesta tomar aire, pero sigue sin soltarme.

"¡Eres adorable!" Sigue riendo, y ahora, ¿cómo pretende que duerma? ¡Loco!

Seis, siete, ocho timbrazos. ¡Cuánto ruido! ¡El teléfono! Es Raúl para despertarnos seguramente. Entreabro los ojos y Daniel ya está alargando la mano para tomar el auricular. ¡Qué bello es! La perfección con la que fue creado alborota las mariposas en mi estómago, qué sensación tan deliciosa. Por lo regular, él ya no está en mi habitación cuando despierto, este es un cambio muy agradable.

"Hola." ¡Dioses! Su voz no es ronca, sale de ultratumba, escucha unos segundos, y continúa.

"Un par de horas más, hermano." Sigue escuchando. "No, está bien, yo la despierto." ¡Daniel, detente, detente, por favor! Le grito con la mirada, sonríe y coloca su dedo sobre mis labios para que no hable, y eso me tranquiliza, después remata su frase. "Está aquí, conmigo."

"¡Arrgh!" Gruño, me cubro la cabeza con las sábanas y le doy la espalda.

Con uno de sus felinos movimientos, se desliza hasta quedar adherido a mi espalda, y hunde su cara entre mi cuello, rodeándome con uno de sus brazos, su cuerpo se agita con la risa que lo está ahogando. La controla un poco, y dice a mi oído:

"Supongo que, debajo de estas sábanas, tu cara está completamente roja. ¿Me equivoco?" No le respondo, ya empezó a fastidiarme tan temprano. "¿Aún te avergüenza lo que Raúl pueda pensar?"

"Si piensas en las posibilidades de lo que pueda pensar, supongo que sí." Contesto desde mi escondite entre la sábana.

"Y la posibilidad más factible sería que, nos amamos anoche, ¿verdad?" Me sorprende que mi corazón permanezca en su sitio, con la velocidad a la que corre, ya debería andar rodando por el colchón, pensaba descubrir mi cara, pero, ya me arrepentí.

"Supongo."

"Y dime, guapa, ¿no sería esa la verdad? Nadie me había dado tanto en un abrazo, nunca. De manera que, si Raúl me preguntara directamente, no me atrevería a responder de forma negativa, ¿tú sí?" Descubro mi cabeza y giro un poco para verlo, tiene razón.

"No."

"Dales un descanso a tus vasos capilares y duerme otro rato, ¿quieres?"

Es increíble, no pensé lograrlo, sin embargo, solo unos minutos después, mis parpados pesan una tonelada y duermo de nuevo.

Perdí por completo la noción del tiempo, dormí como tronco, hace mucho tiempo que no lo hacía, entreabro los ojos y veo a Daniel, dormido profundamente a mi lado. Escapo de la cama, procurando no hacer ruido, y entro en la ducha. Él tiene un aspecto permanente de príncipe encantado, y me gustaría estar al menos bañada cuando despierte, ya que a mí no me visten los pajaritos, como a la Cenicienta, supongo que es lo más que puedo pedir.

Visto mis jeans y botas, esta vez el sweater es negro, mamá dice que no le gusta que me vista con tonos fúnebres, pero, me encanta. Termino de ponerme algo de maquillaje, y por poco dejo caer mi espejo, cuando Daniel me asusta al hablarme. No me di cuenta cuándo despertó.

"Buenos días."

"Buenos días. Me asustaste, Daniel, no quería despertarte, ¿desde cuándo me observas?"

"Desde que decidiste empezar a torturar tu piel con maquillaje, no te hace falta, estás guapísima."

"Gracias."

"¿Y bien?"

"Y bien, ¿qué?"

"¿Ronco?"

"Uy ¿pero tú te figuras que pude darme cuenta? Anoche no me dormí, me morí."

"Esta noche tendrás otra oportunidad de comprobarlo, no te preocupes."

"De acuerdo." Una enorme sonrisa aparece en su rostro mientras me ve.

"¿De qué te ríes?"

"Pues, de que tú…"

La sorpresa inunda mis facciones, no quisiera hacerlo, por temor a lo que me responda, no obstante, tengo que saberlo.

"¿Ronco?"

"¡Qué va! Eso no hubiera sido ni la mitad de divertido."

Esta vez no me sonrojo, no me es necesario mirarme al espejo para saber que mis mejillas presentan un pálido color cera. ¿Qué demonios hice? No, esta vez no me atrevo a preguntar, lo observo con los ojos desorbitados. Su risa se ha convertido en una carcajada muy pobremente contenida, voy a llorar si no me lo dice pronto. Tal vez lloraré después de que lo diga también, el caso es que habrá llanto de por medio, eso es seguro.

"Hablas dormida, guapa." La risa entrecorta sus palabras. Muy bien, ahora mi cara definitivamente debe reflejar mi angustia.

Acabo de quedarme muda, mi voz simplemente desapareció, no logro encontrarla, y pienso en las interminables posibilidades de lo que le pude haber dicho. Todo, simplemente todo. ¿Por qué la tierra no se abre y me traga? Me estoy mareando, me cubro la cara con ambas manos.

El Juego… Jade

En fracciones de segundo, se ha sentado sobre el mismo banquillo en el que me encuentro y me rodea con sus brazos, continúa riéndose, disfruta terriblemente de verme tan avergonzada. Me armo de valor y, bajando las manos, volteo a verlo.

"¿Qué dije, Daniel?" Su risa disminuye y su voz adquiere un tono sumamente dulce, me besa en la mejilla.

"Tíber está muy bien, guapa."

Ahora entiendo, obviamente, en el momento en que mi inconsciente se hizo cargo de mis pensamientos, afloraron aquellos que más estrés me estaban causando. La imagen de Tíber, interponiendo su cuerpo, para que el demonio no pudiera matar a Daniel, está grabada en mi mente a fuego. Intento sacudirme la tristeza que el recuerdo me provoca, no digo nada.

"No te preocupes, Jade, fuera de eso, no entendí gran cosa. Por más que te preguntaba, una y otra vez, qué habías dicho, te negabas a repetirlo, así que me perdí gran parte del monólogo, estaba mal sintonizado. Con el fin de que te quedes más tranquila déjame decirte que Tíber está estrenando noviazgo, la novia se llama Laila, y es guapísima."

"La próxima vez, si es que logro dormir en tu presencia alguna otra vez, haz caso omiso de mi monólogo y duérmete, ¿quieres? Ah, y gracias por las buenas noticias, felicítalo de mi parte." Le sonrío.

"Lo prometo, ya te lo había prometido anoche, no lo recuerdas, ¿verdad?" Pues no, absolutamente nada, todo debe estar en mi subconsciente, en algún cajón perdido por ahí. Se levanta y dispone su ropa para entrar a la ducha, una vez en la puerta del baño gira hacia mí.

"Debo hacerte una confesión, esta mañana, cuando habló Raúl…"

"¿Sí?"

"La llamada había terminado cuando mencioné que estabas conmigo."

"¡Diantres, Daniel!" Tomo mi cepillo y se lo arrojo, se agacha, y solo roza su cabello, para ir a estrellarse contra la pared interior del baño. Cierra la puerta de inmediato, y solo puedo escuchar sus carcajadas. Me pego a la puerta para gritarle.

"Daniel, más te vale que Raúl llegue antes de que salgas de ahí. ¡Vas a necesitar guardaespaldas!"

No tiene sentido que desgaste mi garganta, solo doy pie a que sus carcajadas aumenten, ya pasaron varios minutos, el agua de la regadera ya no se escucha, pero sus risas siguen ahí. Grosero. Sale del cuarto de baño, peinando sus cabellos con mi cepillo, habrase visto semejante cinismo. Viste jeans azul cielo, un sedoso sweater azul obscuro, y botas vaqueras. Decidió no rasurarse, y con eso, intensifica la imagen de chico malo de la que les hablé antes, y ese aroma a maderas, simplemente me da la sensación de que todo él, hasta su aroma, es arrebatadoramente per-fec-to. No es justo, ya olvidé porque estaba enojada.

Se arrodilla frente a mí y pone sus manos en mis rodillas. Mi corazón se acelera, y no paro de recordarle a mis pulmones que continúen respirando, ya que la habitación simplemente ha enloquecido, y no deja de dar vueltas, no quiero marearme. Sigue ahí, a mis pies, sin decir una palabra, solo sonríe, da un ligero apretón a mis rodillas.

"¿Y bien?"

No logro siquiera poner cara de interrogación, debo preguntar 'y bien, ¿qué?' Pero me encuentro una vez más sin aliento y, por lo tanto, sin voz, y lo observo ahí, a escasos centímetros de mí. Muerde su labio y sonríe.

"¿Debo gritarle a Raúl para que venga y me rescate? He sido sumamente grosero contigo, estoy consciente de ello. Algo que puedo decir en mi defensa, es que me fascina verte tan mortificada, me resulta absolutamente encantador. En mi planeta, eso no se ve con frecuencia, más bien, no se ve, punto. Por lo tanto, bien vale la pena soportar el castigo que hayas decidido aplicarme, aquí me tienes. ¿Cuál es? No pienso oponer resistencia."

Mi mirada se quedó perdida en el azul eléctrico de sus ojos, castigo, ¿cuál castigo? No se me ocurre nada, son los resultados de privar a mi cerebro de oxígeno por tanto tiempo, mis neuronas están muriendo. Levanto la mano y, despacio, acaricio su ceja hasta detenerme es su pómulo, como si estuviera hipnotizada. Recorro sus labios con la punta de mi dedo índice, al igual que lo hago con sus fotografías, y disfruto de la dulce sonrisa que aun esbozan. Durante mi recorrido muerde mi dedo, perturbando un poco mi estado de hipnosis, lo suelta inmediatamente y continúo, levantándolo hasta el puente de su nariz. De todas las características de su rostro, siendo todas tan perfectas para mí, su nariz simplemente me enloquece.

Acomodo mis dedos en la base de su nuca y los deslizo suavemente entre el cabello, lo atraigo hacia mí, a la vez que me adelanto, para reducir más el espacio entre nosotros. Tal como lo dijo, no opone resistencia alguna, en lugar de eso, se porta muy cooperador. Me ofrece sus labios, ofrecimiento que resulta por demás tentador, no obstante, no es ese mi objetivo. Me elevo un poco, y deposito un largo beso sobre el puente de su nariz, presiona mis rodillas con sus dedos.

Suspira, y me acerca sus labios nuevamente, entrecierro los ojos y sonrío al verlo acercarse. Lo siento, Daniel, yo iba tras tu nariz, eso es todo. Me levanto del banquillo en el que estaba.

"¿Nos vamos?"

El Juego... Jade

Se deja caer sobre el suelo, presionando con los brazos sus costillas, como si se le fueran a desarmar por causa de lo extremo de sus carcajadas. Lo observo desde donde estoy, tocan, me dirijo lentamente hacia la puerta, teniendo cuidado de no pisarlo. Sigue revolcándose tirado ahí, sobre la alfombra, y una vez que veo a Raúl por la mirilla, abro para dejarlo entrar.

Observa con curiosidad a Daniel, recostado en el suelo, riendo a más no poder. Me pregunta con la mirada qué es lo que le pasa. Solo levanto los hombros, haciéndole saber que no tengo idea.

"Buenos días."

"Hola." Respondo.

"¿Nos vamos?"

"Si, ya vámonos." Contesta Daniel levantándose del suelo de un salto, y continúa riendo. Se arroja contra mí, abrazándome con fuerza.

"Jade, ¿recibiste entrenamiento para infligir tortura, o te viene de forma natural? Eres mala."

"¿Qué fue lo que hice?" Pregunto con cara de inocencia.

"Hermano, así como la ves, con ese aspecto de inocencia, es malvada. ¡Te lo juro!"

"¿Qué le pasa, Jade?"

"Está loco, ya sabes, así amaneció."

Tal vez tenga razón, soy malvada, porque no lo pensé, ¿con cuáles neuronas podría haberlo pensado? Actúe por instinto, sonrío satisfecha, y emprendo mi camino a su lado.

Las calles de la Ciudad de México lucen completamente diferentes caminando en su compañía, me imaginaba que recorreríamos toda la Zona Rosa en busca de decenas de prendas para la sesión fotográfica, no fue así, escogió exactamente lo que necesitaba y solamente eso fue lo que compró.

Debo admitir que, una vez que nos encontramos en el auto para salir hacia las tiendas, me dio un poco de miedo, las experiencias vividas durante la gira, en cuestión de enfrentamientos con el público, no fueron muy placenteras. No obstante, hemos estado aquí durante varias horas ya, y lo hemos hecho con bastante tranquilidad. Con una atención espléndida por parte de las dependientas de las tiendas, que se esmeran en atenderlo, y a nosotros, por añadidura.

Un par de veces me ha preguntado si quiero algo, solo niego con la cabeza y sigo pasándole prendas que creo lucirán muy bien sobre él. Pensándolo bien, me parece que, incluso un costal, luciría bien en él. Me acorrala frente a uno de los estantes de la tienda y pregunta entre dientes, casi como un gruñido.

Rocío Blisswealth

"¿Por qué no dejas que te compre nada?"

"Porque no necesito nada, todo lo que necesitaba me lo trajiste de regalo."

Creo que mi respuesta le complace, ya que sonríe y me deja en paz. Las señoritas se desviven por atenderlo y les dice, causando conmoción entre todas.

"Señoritas, ¿a ustedes le parece que soy guapo?"

Raúl y yo nos reímos ante la súbita algarabía de las chicas que, al unísono responden.

"¡Guapísimo!"

Se acerca a una de ellas, y tomándola por el codo, la encamina hasta donde yo me encuentro.

"Hágame un favor, y repítamelo frente a ella porque, verá usted, insiste en que no lo soy, y, por lo tanto, nunca me lo dice. Así que, por favor..." Dice señalándome con la palma de la mano en un elegante ademán. La chica me observa atónita, ¿cómo es posible que yo me atreva a negar semejante despliegue de atractivo? Se coloca frente a mí y viéndolo repite.

"¡Guapísimo!" Daniel me observa con aire de suficiencia, esperando mi opinión al respecto.

"¿Te fijaste, Daniel? ¡Qué falso sonó eso!" Y después me dirijo a la señorita, que ya empieza a reírse. "No se preocupe, lo hace siempre, y el resultado es el mismo, necesitamos conseguirle a alguien que mienta muy bien."

Las carcajadas estallaron, Daniel se me acerca y dice uniéndose a las risas.

"Lo dicho, ¡eres una malvada! ¡Me las pagarás!"

Un par de horas más tarde nos detenemos en un restaurante que ellos conocen, y después de situarnos en una de las mesas del fondo, ordena varios de los platillos del menú, porque quiere que los pruebe todos. Quesos, carnes, embutidos, todo es exquisito, y el vino tinto que pidió, de una famosa marca española, es simplemente una caricia al paladar. Al externarle mi opinión respecto al vino, pregunta.

"¿Cuál es tu bebida favorita, guapa?"

"Indiscutiblemente, este vino." Me observan esperando que amplíe mi respuesta. "Champagne, supongo, cuando mi abuelo vivía, brindábamos en año nuevo."

Ambos presentan caras de total incertidumbre, no sé qué más decir, así que permanezco en silencio y los observo. Una vez que retiran su vista de mí, se ven uno al otro con cara de interrogación. Por fin, Daniel pregunta.

"¿No tomas?"

"No."

El Juego... Jade

"Y, por lo que he observado, tampoco fumas." Menciona Raúl.

"No, nunca lo he hecho." Continúo, con total despreocupación, saboreando el resto de mi copa de vino, no entiendo que les parece tan extraño.

"Lo siento, pero, tengo que preguntar. ¿Has probado alguna droga, guapa?" Me hace gracia que estén tan sorprendidos, no imagino que hayan pensado todo este tiempo.

"Déjame pensar…" Los mantengo en suspenso y sonrío. "No, Daniel, nada más fuerte que una aspirina."

"¿Puedo preguntar por qué?"

"¿Cómo?"

"Quiero decir, me he formado la idea de que tu familia te ha permitido tomar tus propias decisiones, sobre todo desde que tus abuelos ya no están, y, siendo mayor de edad, y habiendo estudiado fuera del país, no sé, podías hacer lo que se te pegara la gana sin que nadie lo supiera. ¿Por qué no?"

"Pues, exactamente por eso Daniel, era mi decisión, y, simplemente no se me pegó la gana hacerlo."

"Estás en la edad para tomar todas las decisiones erróneas de tu vida, y te has inclinado por las correctas, no sé cómo es que lo haces."

"Estoy pensando, que tal vez no fueron tan acertadas, mira que perderme de este vino, de verdad me provoca un arrepentimiento enorme."

Siguen observándome, ahora sí, como si de verdad fuera de otro planeta. Esto me obliga a cuestionarme mis propias decisiones. Nunca me he sentido presionada hacia tomar decisiones respecto a este tipo de cosas, supongo que, por la sencilla razón de que podría haber hecho lo que quisiera, y a nadie le hubiera importado. Tal vez eso le quitaba el atractivo a la osadía, siempre fui responsable de mí misma, y si caía en algún tipo de problema, debía salir sola del atolladero, entre menos atolladeros, menos problemas para salir de ellos, así de simple.

Raúl sonríe, y me sugiere unas cuantas marcas de vino que, según él, superan a este. No logro imaginar semejante delicia. Daniel está sentado frente a mí, y se ha quedado muy pensativo, con la punta de mi pie doy un pequeño golpe en su zapato para que voltee a verme. Lo hace y le guiño un ojo, él responde de la misma forma, pero su mirada es un tanto triste. Baja otra vez la vista hacia su plato, pero ya no toma nada de lo que hay en él.

Poco después, salimos del restaurante hacia el hotel, ya está obscureciendo y debe alistarse para el famoso concierto. Al subir al auto, Raúl toma el asiento del copiloto, perfecto, podré preguntarle qué es lo que pasa.

Tomo su mano y entrelazo mis dedos con los suyos, él cambia de mano, y pasa su brazo por mis hombros acercándose, más a mí, recargando su frente sobre mi sien con un largo suspiro. Con la mano que me queda libre acaricio su cara.

"Daniel, ¿qué es lo que pasa? Dije algo que no debía, ¿no es cierto?"

"No, guapa, en lo absoluto."

"¿Entonces?"

No se mueve, sigo sintiendo su aliento en mi mejilla al tiempo que, supongo yo, piensa lo que ha de responderme.

"Pienso en todas las decisiones que tomé y que, si hubiera sido, al menos un poco como tú, nunca habría llevado a cabo." Guardo silencio, no sé qué decirle, y espero para ver hasta dónde llega.

"Yo siempre he pensado en ti como aire puro. No obstante, eso toma hoy otro significado, tienes una manera de pensar tan limpia y, aún tu cuerpo, está tan sano que, yo en comparación, no quiero saber cómo me vería ante tus ojos si te contara."

"¿Eso es lo que te preocupa? Puedes dejar de hacerlo, yo nunca me ocupo de semejantes pequeñeces. Daniel, no voy por ahí indagando el currículum de una persona, para ver si me conviene como amigo."

"Quizá deberías hacerlo, Jade."

"Ah, ¿sí? Entonces, ¿es por eso que siempre me estás interrogando? ¿Quieres saber si te convengo como amiga? ¡Vaya, ahora me entero!"

"Nunca hice eso, y aún si así fuera, todo lo que hay en ti, física y mentalmente hablando, es blanco, completamente blanco." Lo dice en un tono de voz que me irrita.

"Déjate de estupideces, Daniel." Tomo su brazo y lo retiro de mis hombros. "Todos, absolutamente todos, tenemos esqueletos en el closet, y lamento informarte, que tus interrogatorios aún no llegan al terreno de los míos, tal vez deberías ser tú, quien ponga en tela de juicio tu amistad conmigo." Presiona mi mano sin darme oportunidad a que suelte la suya, y continúo.

"Además, si el punto es que soy demasiado limpia para tu gusto, permíteme avisarte que yo no pienso renunciar a tu amistad, así que... ¿Cuántos años eres mayor que yo? Siete, ¿verdad? ¡Perfecto! Tengo siete años para ponerme al corriente, y bien puedo empezar ahora, con el fin de que no te sientas taaan incómodo junto a mí." Mi respiración se ha vuelto muy irregular, logró enfurecerme, el auto se estaciona en el hotel, abro la puerta y bajo de prisa, él me sigue.

Entro al lobby y camino en dirección opuesta a los elevadores, con enorme facilidad me alcanza, y me detiene por un brazo, no me resisto, no pienso hacer una escena frente a la gente.

"¿A dónde vas, Jade?" Pregunta en voz baja.

"A la tienda del hotel."

"¿A dónde?"

"Es ahí donde venden cigarrillos, ¿no? Pues si pienso darte alcance, no se me ocurre una mejor forma de empezar. ¿Me acompañas a inaugurar la cajetilla? Digamos que será el banderazo de salida."

"No, por favor no hagas esto, ven conmigo."

Lo sigo hasta la habitación, no me extraña que Raúl haya desaparecido del mapa, era de esperarse. Entramos y no he logrado controlar mi ira.

"Estás muy molesta."

"Lo prefiero, funciono mejor de esta forma cuando alguien me lastima." Me mira fijamente, reflejando gran sorpresa en sus ojos, alarga su mano hacia mí, y doy un paso atrás, no me apetece tenerlo cerca, lo intenta de nuevo, mismo resultado, se queda quieto.

"Yo no pensé, no quise… Jade, no me refería a ti."

"'Blanco, completamente blanco.' Esas fueron tus palabras, Daniel." Repito prácticamente escupiendo un texto.

"Y, ¿eso es ofensivo, guapa?"

"Cualquier cosa puede sonar terriblemente ofensiva, cuando se menciona en el tono que utilizaste, de desprecio."

Cierra los ojos y suspira, se frota la cara con las manos y, con un tono de voz más pausado, continúa.

"Lo fue, pero hacia mí. No puedo evitar pensar, ahora con más fuerza que antes, que cuando me acerco a ti, te contamino, y me siento sucio, yo no merezco…"

"Deja ya de hablar de merecimientos, ¿quieres? ¿Quién decide si alguien merece algo, o no, y qué tanto vale aquello? Eres masoquista, no cabe duda, te encanta atormentarte." Le digo un poco más calmada.

"Por favor, sé por experiencia, que tu forma de ver las cosas es opuesta a la mía, pero, esta en particular, no puede ser muy distinta, debo parecerte…"

"Hay una sola cosa de la que estoy segura, y es la única que me importa tratándose de ti."

"¿Cuál es?"

"Cada una de las decisiones que tomé en mi vida, buenas, malas, o terribles, fueron las que, a la larga, me trajeron hasta este momento, aquí, contigo, y no cambiaría ni una sola de ellas, me encuentro complacida con el resultado, y no lo voy a arruinar pensando en tonterías." Permanece en silencio, sigo hablando.

"Hay algo que debo confesarte, Daniel, cuando te vas, dejas de existir para mí. No pienso qué haces, o con quién estás, simplemente desapareces, y renaces en el momento en que me llamas, o en que vuelvo a verte. No me angustio pensando cuántas piezas conforman tu vida, y en si son de buena calidad, o no. La única pieza que me importa es aquella en que yo puedo estar contigo, y créeme, esa pieza de tu vida, que has compartido conmigo, no me contamina, me nutre, me hace feliz. El resto, no existe."

Da un pequeño paso en mi dirección, no me muevo, segundos después, alarga su brazo, y al comprobar que no lo rechazo, se me acerca y me abraza.

"En cambio, para mí es totalmente lo contrario, siempre estoy pensando en dónde estás, o qué estás haciendo. Me preocupo, no lo puedo evitar." Dejo escapar un suspiro de fastidio.

"Mismo punto, diferente día. ¿No eres tú el que asegura que nada puede pasarme porque me cuidan? ¿Quién te entiende, Daniel?"

"Ya lo sé, pero, aún no me convenzo por completo." Toma mi cara entre las manos, y viéndome fijamente a los ojos agrega. "Guapa, no quise lastimarte, eso jamás, créeme, ¿me perdonas?"

"Sí."

"¿Sabes qué pienso? Que lo que tú consideras esqueletos de tu closet, son en realidad osos de felpa."

"Pues, ¡vaya que pueden resultar aterradores! Daniel, prométeme algo, cuando te vayas, y me pierdas de vista, piensa que sucumbo en brazos de los vicios y la perdición, para darte alcance, ¿te parece?"

"Y dices que no me preocupe."

"¡Daniel!"

"Quiero decir, me parece excelente."

"Trato hecho, entonces."

"Te quiero, Jade."

"Por supuesto."

Por fin ríe y me besa. Con un beso así, ¿aún piensa que algo más podría importarme? Si ni siquiera logro pensar con claridad.

Se ducha para salir rumbo al concierto. Me quedaré sola porque, obviamente, Raúl va con él. Da los últimos detalles a su cabello, yo recorro los canales televisivos, tratando de encontrar algo que me guste, después opto por algo que pudiera interesarme, y termino por quedarme en el canal que me parece menos aburrido. ¿A qué se deberá que los sábados no hay nada bueno que ver? He llegado a pensar que las salas de cine les pagan una cuota a las televisoras, para que no proyecten nada que valga la pena, y obligarnos así a dejar nuestras casas y acudir a ellas.

Me acomodo en el sillón, él me observa a través del espejo, finjo que no lo veo. No quiero darle oportunidad de convencerme para asistir al concierto, no tengo el menor deseo de hacerlo. Hace unas horas me atemorizó un poco el pensar que Daniel estaría tan cerca del demonio de Salvador, pero, durante años lo ha estado, y no ha habido nada que lamentar, por lo tanto, me quedo tranquila. Sigue con la vista fija en mí.

"Jade…"

"Aja."

"Si te da hambre, pide lo que quieras."

"Con lo que comí, sería ridículo, pero, gracias."

"Muy bien y…"

"Ya lo sé abuelo, no puedo jugar con fósforos, ni meterme piedritas en las narices." Contesto con cara de absoluta seriedad.

"Estoy consciente de que no eres una niña, ¿dijiste, abuelo?"

"Está bien, entonces, tampoco aprovecharé tu ausencia para introducir a un muchacho a la suite."

"¡Más te vale!"

"Daniel, ¿no se te ha hecho bastante tarde ya?"

"No tengo la menor intención de escuchar las canciones del tal Víctor, entre más me pierda del concierto, mejor para mí, Jade…"

"¿Ahora qué?" Digo en un muy evidente tono de fastidio.

"¿Me esperas despierta?"

"Sí."

Raúl llama a la puerta y por fin se lo lleva, si le dan más tiempo, es capaz de dejarme encargada con el gerente del hotel, definitivamente está mal de la cabeza.

¿Por qué acepté esperarlo despierta? Tomando en cuenta mis opciones televisivas, lo más probable es que me quede dormida durante la próxima hora. Para matar el tiempo, me doy una larga ducha, y me pongo el pijama, solo que, ya con el pijama me da frío, y mi opción más lógica es meterme bajo las cobijas, qué remedio, que conste que lo intenté.

Me despierta el sonido de la llave electrónica en la puerta, emite una serie de pitidos que me ponen sobre aviso, me enderezo un poco sobre las almohadas. Daniel entra, se detiene a los pies de la cama y cruza los brazos, con una enorme sonrisa.

"Dijiste que me esperarías despierta."

"Nunca dije que no dormiría mientras llegabas, ¿o sí? Y ahora estoy bien despierta."

"Me cambio y te alcanzo."

Entra en el cuarto de baño y sale vestido con pantalones cortos y camiseta. ¡¿Por qué tenían que ser pantalones cortos?!

"Hazme espacio, guapa." Se mete bajo las cobijas y se sienta junto a mí.

"¿Cómo te fue?"

"Pues, según del lado en que se vea. Despedí a mi representante."

"¿En serio? ¿Y eso es bueno, o malo?"

"Es estupendo, ya estaba harto de ese tipo."

"Entonces, te felicito."

"Gracias. Guapa, quiero que escuches las canciones de mi nuevo disco, si no estás muy cansada."

"Para nada y, ¿en qué las voy a escuchar?"

Sonríe, con esa maravillosa sonrisa suya, y, cerrando parcialmente los ojos, aclara su garganta.

"¿Es en serio? ¡Voy a tener mi propio concierto privado!"

"Privadísimo, no hay nada más privado que esto."

Me siento con las piernas cruzadas, mientras giro para quedar un poco más de frente a él. Me toma de la mano y platica desde el nombre de la canción, hasta la razón por la que fue seleccionada para el CD y canta, solo para mí.

Dio un giro bastante marcado a su música, ya no son solamente baladas románticas, las letras de sus canciones incluyen también el desamor, la separación, son mucho más profundas, con una carga de emociones muy intensa. Se me eriza la piel al escucharlo, sin dejar de cantar acaricia mi brazo para reducir el efecto.

Antes de la última canción, se recuesta sobre la almohada, apoyando su cabeza sobre la mano, y acomoda la otra almohada para que yo me acueste. Lo hago de inmediato, y permito que me arrulle.

"Fin del CD. ¿Te gustó tu concierto?"

"Muchísimo."

"Me alegro, porque es el regalo de cumpleaños que te debía."

"No me debías nada, no estabas aquí en mi cumpleaños." Me sorprende.

"Pero yo quería regalarte algo, y te esmeras en dificultarme las cosas. Y así fue que, pensando y pensando, di con esta idea, un concierto solo para ti. ¡Feliz cumpleaños, guapa!"

"Lo es, Daniel, muy feliz, gracias."

"No tienes qué agradecer." Dice rozando mis labios y me besa, un dulce y largo beso de buenas noches.

Sin duda, las mejores cosas de la vida no pueden pagarse con dinero. Tal vez, para quien ofreciera el precio justo, sería relativamente fácil conseguir un concierto privado de Daniel, pero, no sería igual. Seguramente lo presentaría desde un escenario, por pequeño que este fuera, y no entre las sábanas como a mí, cada día lo amo más. ¡Vaya regalo!

Casi al atardecer llegamos al aeropuerto, minutos antes del tiempo límite para documentar nuestros boletos, ellos en su aerolínea, rumbo a España, y yo en la mía con un destino mucho más cercano. Nos las arreglamos para pasar juntos los últimos minutos, y Raúl sonríe prometiendo que nos veremos pronto, por favor, dios, ¡escúchalo! Los segundos se nos pierden entre los abrazos, y salimos corriendo hacia nuestros respectivos aviones.

Ahora sí, es tiempo de enfrentarme con el monstruo que espera en mi casa. ¡Mara! No debe estar nada contenta. Me aseguraré de conseguir unos tapones para los oídos antes de llegar, solo en lo que se le pasa el enojo.

Repaso mentalmente este maravilloso fin de semana, cambió mi estado de ánimo completamente. Los regalos que recibí, de los cuales no podré contarle a nadie, me han dado toda la fuerza que necesitaba para seguir con mi cacería. Si pensaban que me había olvidado, pues están muy equivocados, encontraré a ese maldito, esté donde esté.

Capítulo XIV
Nadie sabe lo que tiene, hasta que lo ve perdido

Rumbo a la casa, el conductor del taxi no para de hablar, no importa, mis pensamientos giran a tal velocidad, que no lo escucho. Me he reducido a asentir con la cabeza de vez en cuando, en los momentos en que, por instinto, siento que debo hacerlo, según parece, hasta ahora no he fallado.

Mis vacaciones de tres días casi llegan a su fin y quiero enfocarme de nuevo en el trabajo que ahora más me apremia, aquel que conforma mi realidad, los demonios. Si mis cálculos son correctos, Mara debe tener preparada una lista de trabajos, que debo llevar a cabo, esta noche si es preciso. Ella siempre actúa así, todo debe hacerse de inmediato, y nunca le discuto, sé que tan pronto los demonios se dan aviso, y créanme, siempre lo hacen los malditos, el interpelado se presenta con toda la intención de detenerme. Hasta ahora ninguno lo ha logrado, no obstante, no me gustaría perder esa ventaja.

Exprimo los minutos en que todavía puedo desmenuzar, y disfrutar abiertamente, de los acontecimientos de estos días, tan pronto ponga un pie en la casa, mis vacaciones habrán terminado oficialmente. Una vez ahí, no quiero fallarle a dios respecto a lo que espera de mí. Así es, empiezo a convencerme de que él está detrás de todo esto, de todo lo bueno, al menos. Mi abuela creía en eso y siempre confíe en su buen juicio.

Además, después de unos días como los que acabo de pasar, en compañía de Daniel, sin interrupciones demoníacas, hasta que mi alma estuvo por completo restablecida, ya me quedan muy pocas dudas de que, como dice Mara, él lo planea para mí como una especie de premio. Debe conocerme muy bien, no hay nada mejor para mí que eso.

Todo esto me provoca un profundo sentimiento de agradecimiento y eso me atormenta, es la verdad, el agradecimiento, al menos para mí, es una carga sumamente pesada. Eso, debido a que tarde o temprano, llegará el momento de corresponder. Pienso en todos los regalos que recibí, uno de ellos en especial, uno que tal vez recibí, sin notarlo hasta ahora. Me siento absolutamente feliz en mi propia piel, no me cambiaría por nadie, después de haber deseado por años ser alguien más, esto me resulta muy valioso. Amo cada átomo de este cuerpo que Daniel abraza con tanta fuerza, principalmente, porque este cuerpo, y ningún otro, comparte con él una unión muy especial.

Incluso el hecho de que, gran parte de las cosas que me pasan, tanto para bien, como para mal, distan mucho de ser normales. Ya no me importa, normal o no, sucede, y aún eso lo asumo ahora con cierta tranquilidad, bueno, tal vez resignación sería la palabra correcta.

Todos tenemos una función en este mundo, o, al menos eso pienso, y supongo que ya estoy en el camino de dar con la mía. Y, si de agradecimiento se trata, el mío está enfocado en desempeñar esa función lo mejor posible, haciendo lo que, según mi mamá y Mara, dios espera de mí. Creo que Daniel tiene razón, me esmero en hacer que las cosas sean difíciles, no solo para él, para mí misma también, menuda tarea me espera.

Al estacionarse el taxi, mi pelotón de fusilamiento, léase mamá y Mara, están sentadas en las mecedoras del frente de la casa. Se asombran al verme, por supuesto, dije que les llamaría de la Ciudad de México y no lo hice, en parte porque se me olvidó, y después porque no quería arruinar ni un minuto de esos tres días, escuchando sus reclamos.

Hay algo que no entiendo respecto a su actitud, ellas me aseguran que el tiempo con Daniel es una especie de premio que dios me da, ¿cuál es el problema entonces? Me parecería un poco arrogante de su parte, el considerar que él debe sujetar sus tiempos al momento en que a ellas les pareciera más adecuado, ¿no creen?

¡Qué ganas de pedirle al conductor que de media vuelta y me lleve de regreso al aeropuerto! Pero ¿a dónde iría? no tengo a dónde ir, de modo que, bajo del auto, el señor saca mi equipaje de la cajuela y me lo entrega. Se levantan de donde están y se acercan a recibirme, no pensarán abrazarme, ¿verdad? No, Mara toma mi maleta y la lleva hacia adentro de la casa. Me saluda, como si nada. Tengo preparado mi repertorio de monosílabos para responder, sin embargo, me cambian las preguntas.

"¿A qué hueles? Huele delicioso." Dice Mara.

"Es, debe ser la loción de Daniel." Contesto un poco desconcertada por su actitud.

"Acércate, déjame olerla." Se acerca a mi cuello, a una distancia lo suficientemente prudente para no tocarme. "Mmm... Deliciosa en verdad, maderas, ¿no es cierto?"

"Eso creo."

"Debe haberte abrazado muy fuerte para que huelas así, hasta tu cabello despide su olor."

Mara, no empieces, no voy a hablar de eso, y ya lo sabes. Aprovecho que mi sobrina ya está sobre mi maleta para decirle:

"Enana, están en mi bolsa, son dulces, tómalos." Sin pensarlo dos veces, se apodera de mi bolsa y sale corriendo.

"Y, ¿cómo está Daniel?" Pregunta mamá.

¿Que cómo está Daniel? ¿Qué clase de pregunta es esa? ¿Qué está pasando aquí? Ya saben que es justo el tipo de preguntas que acordaron no hacer, ¿de qué se trata todo esto?

"Bien." Me entretengo despojándome de las botas y calzándome las pantuflas que la niña me ha traído.

"Gracias, enana, devuélveme mi bolsa." Sonríe maliciosamente con la casi total ausencia de dientes que ahora experimenta, creo que mi bolsa ha sido víctima de un secuestro infantil.

"Ya la puse en tu habitación." Responde seseando exageradamente, tal parece que quien pasó estos días con Daniel fue ella, y no yo. Le hacen falta sus dientes.

"Gracias."

"Jade, ¿cómo te fue? ¿Qué hiciste?" Me interroga mamá.

"Bien, mamá, había asuntos pendientes que atender. El nuevo disco sale pronto a la venta."

Eso deberá ser suficiente, no pienso decir nada más. Opto por dirigir la conversación hacia otro lado, ellas tratan de mantenerla en áreas que suponen son de interés para mí, yo haré lo mismo.

"¿Qué hay de nuevo? ¿Qué tengo que hacer?"

"Tenemos algunos datos, pero, eso puede ser mañana. Debes tener hambre. ¿Quieres comer algo?" Mamá se dirige hacia la cocina.

"No mamá, comimos muy tarde, no tengo hambre, gracias."

"De acuerdo."

"Vimos a Daniel en el concierto de Víctor Arredondo." Esta vez es Mara quien toma la palabra. "No fuiste, ¿verdad?"

"No, no quise ir."

"Qué bueno, teníamos miedo de que Daniel te obligara a ir, y con los demonios del representante, fue mejor que no."

"Daniel no me obliga a hacer nada, sería incapaz. No quise ir, y no fui, y es solo un demonio."

"¿Cómo dices?"

"Que es solo un demonio, el de Salvador, dijiste 'los demonios,' solo es uno."

"Es igual."

"No, no lo es. Y ya no lo representa, Daniel lo despidió."

"Vaya, que bueno, estaba demasiado cerca de ti." No puedo evitar reírme, más bien era el más lejano, pero, en fin.

El Juego… Jade

"Voy a mi recámara."

"¿Tan pronto? Acabas de llegar." Dice mamá.

"Quiero desempacar, y si no hay nada que tenga que hacer de inmediato, voy a darme una ducha."

"Muy bien, si necesitas algo aquí estaremos."

Tomo mi maleta y subo la escalera. Al llegar al pasillo no enciendo la luz, camino lentamente hasta el espejo, que me refleja entre la penumbra, no obstante, no es mi imagen la que estoy buscando en él. Pongo la mano sobre el cristal, en busca de alguna sensación que me dé una pista, algo que me diga que lo tengo al alcance, pero, nada.

"¿Estás ahí?" Digo entre dientes. "Respóndeme maldito." Nada, no hay cambio alguno, estaré esperando, entre las múltiples tareas que seguramente Mara tiene para mí, esta es especialmente importante, rastrear a este demonio hasta encontrarlo.

La puerta de mi recámara se encuentra abierta, acomodo mi maleta sobre la cama y enciendo la luz. De reojo veo a mi demonio, fiel, como siempre, sigue ahí. Me resulta un pensamiento idiota, ya lo sé, pero me da gusto verlo. Busco ropa más cómoda, y, tomando el sweater por la cintura, lo levanto hasta sacarlo por la cabeza. ¡Dioses! Su aroma me inunda, con razón Mara lo mencionó, huele delicioso, es cierto. Me detengo segundos antes de arrojarlo al cesto de la ropa sucia, pensándolo mejor, lo doblo y lo guardo en una bolsa de plástico. Espero que esto conserve el olor lo más posible. Con los días que estoy a punto de enfrentar, seguramente necesitaré sentir a Daniel más cerca, abro el cajón para guardarlo, tocan a la puerta.

"¿Puedo pasar?" Pregunta mamá.

Supongo que cambiaron de idea respecto a esperar hasta mañana para empezar a trabajar.

"Adelante."

Me observa, toma un pantalón de mi maleta, y se dispone a colgarlo en un gancho. No creo que haya venido a ayudarme a desempacar.

"¿Qué pasa, mamá? ¿Quieren que hagamos algo ahora?"

"No, en realidad, quería hablar contigo de algo que me preocupa."

Toma asiento sobre mi cama, y echa un vistazo hacia la esquina del demonio, cosa por demás inútil, nunca logrará verlo. Con la palma de la mano golpea suavemente el espacio junto a ella, indicándome que me siente, lo hago, solo que no tan cerca.

"¿Qué es lo que te preocupa?"

"Puedo ver que Daniel ha logrado acercarse mucho a ti, tal vez más que nadie." Por un momento me remito al recuerdo del lazo que hay entre nosotros, sin embargo, la mente de mamá navega por mares más físicos, que emocionales, y concluye su idea. "Lo suficientemente cerca para abrazarte." No pestañeo siquiera, guardo silencio y espero. "Me pregunto, ¿qué tan lejos ha llegado?"

¿De verdad espera que le conteste? No logro reponerme de la sorpresa de lo que me pregunta, basándose, supongo, en el derecho que la acoge por ser mi mamá, pero ¿desde cuándo le importa?

"¿Haz dormido con él?" Me observa.

No se me pega la gana contestarle, además, la respuesta sería 'si, mamá, he dormido con él,' haciendo énfasis sobre la palabra 'dormido.' Por lo que puedo ver en sus ojos, no me creería. Mi abuela si lo haría, y yo podría contarle lo increíblemente feliz que fui durante esas noches, pero, tratándose de mamá, su posición es más que obvia.

"Mamá, no pensarás darme la plática a estas alturas, ¿no es cierto? Ya de eso se ocuparon mis maestras en la escuela hace bastante tiempo, porque, si no te has enterado, ya cumplí veintiún años." Obviamente no le respondí, y no pienso hacerlo, molesta, continúa presionándome.

"Solo quiero que estés consciente de todos los problemas en los que puedes verte envuelta, ya ves lo que pasó con Mara." ¿Cómo olvidarlo? Mara se embarazó a muy temprana edad, dándole un giro a nuestras vidas.

"Conmigo no tienes nada de qué preocuparte, mamá. Dejemos esto."

"No, Jade, necesito saber."

"Ya te dije que te despreocupes, ¿de acuerdo?"

"Pese a todos mis esfuerzos por educar a Mara, nunca lo permitió, y ahora tú me vas a salir con una…"

¡Qué le voy a salir con una ¿qué?! ¿Estupidez? ¿Es eso lo que quiere decir? ¿Desde cuándo mis problemas son los suyos? Si yo hubiera decidido relacionarme físicamente con Daniel, lo habría hecho con todas las precauciones pertinentes, igual que lo hice con todas las situaciones de mi vida, a sabiendas de que, en caso de un problema, sería yo sola quien tendría que resolverlo, nadie más, sobre todo, no ella.

"No te voy a salir con una nada, te repito que no te preocupes, mamá."

Intento contener mi ira, no quiero pelear con ella, estoy haciendo un esfuerzo sobrehumano por entender su tardía preocupación por mí, pero, me cuesta. Me enfurece el manejo que le está dando a esto, y más me suena a curiosidad morbosa, que a mortificación por lo que pudiera acarrearme, no puedo evitarlo.

"Pero, ya ves, Mara no hizo caso a mis consejos."

"Pues a mí no me has dado ninguno todavía, así que no podría hacer caso omiso de ellos."

"Claro que sí."

"No, mamá, a mí los consejos me los dio la abuela, y yo si los seguí."

¡Maldición! Lo sabía, me es difícil controlarme, y ya dije algo que debe resultarle doloroso, o al menos creí que así sería, aunque su respuesta no denota dolor, solo enojo.

"Está bien Jade, tú sabrás lo que haces, si no me lo quieres decir, no lo hagas."

"No volveré a tocar temas relacionados con Daniel, mamá, será más sano para todas nosotras. Además, me hace gracia que sea ahora que te preocupas por esto, te recuerdo que tuve novio en Estados Unidos, y la vigilancia en los dormitorios era bastante relajada."

Y no, tampoco en ese entonces hubiera tenido nada de qué preocuparse, la imagen de Mara embarazada, a la edad que yo tenía entonces, estaba tan reciente para mí, que acordé con mi novio no involucrarnos físicamente hasta que nuestra relación fuera más firme, y como eso nunca sucedió, en consecuencia, lo demás tampoco, sin embargo, es cierto, ¿por qué hasta ahora es que se preocupa?

"Descansa, Mara te buscará por la mañana."

"Por supuesto."

Mi demonio la observa alejarse, yo me levanto para cerrar la puerta. Pienso en la forma que tenía mi abuela de tratar conmigo cualquier tema, siempre me hizo sentir digna de toda su confianza, y yo, a la vez, siempre traté de estar a la altura de lo que ella pensaba de mí. Y no me refiero a que ella pensara que el sexo fuera malo, jamás me lo hizo ver así, simplemente no le daba tanta importancia, era un tema más en nuestras conversaciones.

Imagino, si ella viviera, cómo hubiera sido esta conversación. Yo habría llegado corriendo a su recámara a decirle: "Abuela, déjame contarte que dormí con Daniel." Y su primera pregunta seguramente habría sido. "¿En serio? Y, dime una cosa, ¿ronca?" Yo le habría contado, a detalle, cada situación. Las largas horas abrazando su atlético cuerpo, mi concierto privado y, sobre todo, lo que más disfruto, sus risas, pero, ella ya no está, y nadie será nunca como ella.

Después de darme un baño, no tengo nada mejor qué hacer que irme a dormir y eso hago, esta cama, siendo más pequeña que las del hotel, hoy me parece enorme. ¿Cuándo vendrá Daniel? Ahora lo extraño más que antes. Las cortinas se mueven con la fuerza del viento, ya no me levanto a cerrar las ventanas, no tengo frío, además, honestamente, me da flojera levantarme, giro hacia el otro lado y me olvido.

Las imágenes se agolpan en mi cabeza con demasiada rapidez, segundos después, disminuyen el paso y, pese a que la iluminación es escasa, puedo ir enfocando con más nitidez las que tengo enfrente.

Me encuentro en casa, según parece no hay luz, o nadie la ha encendido aún, sin embargo, la luz de las lámparas de la calle me permite ver, con bastante claridad, mi entorno. Voy paso a paso, buscando en las diferentes habitaciones a alguien, pero están desiertas.

Sentado en la sala está mi abuelo, leyendo el periódico. No lo había visto, es decir, ni siquiera lo había soñado desde que murió. Corro a su encuentro y me arrodillo junto a él, sonríe y me muestra la página del periódico. Suavemente la retiro de enfrente de mí, y la hago a un lado. Hay tantas cosas que quiero preguntarle, sin embargo, me acerca la página de nuevo y señala un titular con la punta del dedo. Pongo atención, es la sección de espectáculos con fotografías de Daniel. 'Esta es la sección de más importancia para ti.' dice. Le sonrío, obviamente está enterado de mi vida, tal vez más de lo que yo creo.

Surgen gritos desde la parte superior de la casa, volteo a ver a mi abuelo, sigue sonriendo, no se da cuenta de nada, pero, algo anda muy mal. Corro escaleras arriba, y, al llegar al pasillo, los gritos se vuelven más claros, y puedo identificarlos, son mamá y Mara, están en mi recámara. Trato de llegar hasta ellas, pero algo llama mi atención, el espejo, no refleja mi imagen, solo hay obscuridad en él. Los gritos se intensifican, no sé qué hacer, no quiero dejar escapar a este maldito, está fuera, entró en la casa, pero ¿dónde?

Me arrojo contra la puerta de mi habitación y la abro de par en par, ellas se encuentran en una esquina, hechas un ovillo sobre el suelo, gritando sin parar, mamá voltea a verme. Los ojos se le están desorbitando, como los de Clemen, sigue viendo algo que está a mi espalda. Un viento helado me recorre la espina dorsal, giro sobre mí misma y entonces lo veo. Sí, ha salido del espejo y su sola presencia las aterroriza a tal grado, que podría matarlas. Sonríe al verme.

Mi demonio corre también por la recámara, por momentos se interpone entre ellas y el demonio, tal como Tíber lo hizo con Daniel, el demonio del espejo dice: 'ESA LAGARTIJA TE CONOCE MEJOR QUE NADIE, YA EMPEZÓ A CORRER, TEME SUFRIR CON LO QUE PUEDAS HACER. TONTA, ¿NO TE DAS CUENTA? ESTÁS DEFENDIENDO A UN DEMONIO DE MÍ.'

El Juego… Jade

Da un paso para acercárseles y me interpongo en su camino, quiero provocarlo para que me siga, consigo acumular algo de energía en mi mano y la coloco sobre de su pecho. Su alarido de dolor casi me deja sorda, sale corriendo tras de mí, dejando a mamá, a Mara, y a mi demonio, en paz.

La casa se comprime y se dilata como si fuera un corazón, como si tuviera vida propia. Eso me hace muy difícil avanzar, tropiezo y casi me caigo un par de veces. El demonio viene pisándome los talones, pronto deberé hacerle frente, pero ¿qué me pasa? La energía parece haber desaparecido, simplemente no encuentro la fuerza para utilizarla. Por favor, que no me falle ahora.

En mi carrera, encuentro una puerta que nunca antes había visto, me sorprende escuchar, proveniente de la habitación a la que esta conduce, la voz de Daniel cantando dulcemente el concierto que me dio en la cama del hotel. El demonio me acorrala y no me deja otro recurso, la atravieso y, dentro de esta habitación, se encuentra Daniel. ¡No! no quiero llevar al demonio de nuevo a su encuentro, sin lograr disminuir el paso, intento girar para volver a salir de ahí, con la esperanza de que el demonio no lo haya visto todavía. No hay nada, me detengo en seco y veo para todos lados, no está. ¿A dónde se ha ido? No logro entenderlo.

Daniel se acerca y me abraza por la espalda, como es su costumbre, siento su aliento sobre mi cabello, y lentamente, me tranquilizo lo suficiente para dar vuelta y verlo de frente. Quiero ver sus ojos, necesito asegurarme de que se encuentra bien.

Me relajo al ver su apacible rostro. Sonríe, acaricio su cara con el dorso de la mano y fijo mi mirada en sus ojos, para buscar mi reflejo, es la parcial obscuridad, o me están jugando una mala pasada, porque no puedo verlo, solo hay un azul profundo, ya no hay luz en ellos. El terror se apodera de mí, él sigue sonriendo con la sonrisa más dulce que le he visto hasta hoy. Escucho la voz que me dice: 'Enfócate, Jade, enfócate en los detalles.'

Controlo mi terror lo más posible, hasta conseguir estudiarlo un poco, no es una proyección, todas las características menores están ahí, pero ¿qué sucede? Recorro mis manos hacia su espalda para abrazarlo con fuerza, y es entonces que lo noto, mis manos no encuentran el contorno de su cuerpo, en lugar de eso, se hunden entre sus ropas, en respuesta a la presión que ejerzo para abrazarlo. Doy un paso atrás, a simple vista nada ha cambiado, llevo mis manos hacia el frente de su camisa y con los dedos encuentro los botones. Daniel sigue sonriendo, apresuradamente, desabotono un par de ellos, y no puedo ver su piel. Presa de la desesperación, doy un tirón a la botonadura de su camisa, para dejar expuesto su pecho, y no existe. Su cabeza y sus ropas están colocadas ¡sobre un esqueleto! Mientras tanto, su dulce rostro continúa sonriendo.

Mi propio alarido me despierta. Estoy sobre mi cama, bañada en sudor, y jadeando. No consigo respirar, y la garganta me arde, como resultado del desesperado intento por lograrlo, me apoyo sobre los codos y dejo caer la cabeza hacia atrás, y, a bocanadas, sigo intentándolo. Lentamente, un hilo de aire logra colarse hasta mis pulmones y me ayuda a respirar, primero con dificultad, luego agitadamente hasta que, minutos después, sigo luchando por normalizar la respiración.

Mis lágrimas no dejan de correr, y ya mojaron la parte superior de mi pijama. Ángel, por favor, háblame. ¿Qué está pasando? Nada, absolutamente nada, ni nadie, me responde. Me recuesto de nuevo sobre la almohada, por lo regular las pesadillas perduran en mi mente unos minutos y terminan por desaparecer, quiero que desaparezca completamente. Quisiera conservar la parte de mi abuelo, pero, si debo borrarla, con todo el resto, con tal de librarme de este terror, que así sea. Dos horas después sigue, en mi cabeza, cada segundo, cada detalle, cada terror. Que amanezca ya, por favor.

Parece que el tiempo se arrastra con demasiada lentitud, aunque, después de varias interminables horas, la luz del amanecer empieza a vislumbrarse a través de las gruesas cortinas de mi dormitorio. Consciente de que mis peores temores aparecen sin distinción de horario, nunca me había importado el hecho de que fuera de día o de noche, para esperar que alguno de mis temores se desvaneciera. No obstante, esta luz sí logra provocarme algo de alivio, tal vez se deba al contraste con la fría penumbra de mi pesadilla.

No es que nunca antes hubiera tenido pesadillas, las tuve y, desgraciadamente, podría contarlas por cientos, pero, esta fue completamente distinta, más real. Incluso el hecho de que no logre olvidar, uno solo de los detalles que la conformaron, me perturba. Tengo resentida la garganta por la incapacidad para respirar, no consigo recordar que otra pesadilla me haya provocado un terror similar. Ahora que analizo todo con detenimiento, a decir verdad, ya he repasado las imágenes un centenar de veces en mi cabeza, no es el demonio el que me aterroriza, ya lo he tenido enfrente y no ha podido causar tales efectos en mí, es la inminente posibilidad de que acabe con la vida de mamá, o de Mara.

Hoy me he dado cuenta de que no permitiría que cayeran en sus manos. No soportaría verlas pasar por lo que sufrimos Daniel y yo, y están pisando campos minados. Cada vez que se colocan junto a mí durante una batalla demoníaca, las expongo, podrían matarlas. Sin ir más lejos, la noche de los siete demonios, pudo pasarles algo grave, si no me hubiera percatado de que los demonios ya estaban demasiado cerca de ellas. Debo ser más cuidadosa, ya no permitiré que estén presentes, tendré que hacer las cosas yo sola.

En la profundidad de mi análisis, evito llegar hasta la parte de esta pesadilla, que es la que me quita el aliento, Daniel. Mis manos tiemblan con el solo recuerdo de su cuerpo carente de materia, a excepción del esqueleto en su interior. Quisiera encontrarle un significado, y no tengo idea si lo tenga o no, pero, esa imagen está tan viva en mi memoria, que los escalofríos siguen haciendo su recorrido por mi espina dorsal, cada vez que mi cerebro se atreve a proyectarla otra vez, completa o solo en fracciones, el resultado es el mismo, el miedo, la angustia.

Froto mis manos tratando de convencerlas de no hacer lo que desean con tanta desesperación. Su única intención es marcar los dígitos de un número telefónico, que está grabado en mi memoria como en piedra, y preguntar por Daniel. ¿Cuántos segundos podría tardar en averiguar cómo se encuentra? Pero, no pienso invadir ese espacio de tiempo en el que no existe para mí, finalmente, Carmen me llamaría en caso de que algo malo ocurriera. ¿Lo haría? ¡Claro que lo haría! Jade, no empieces a atormentarte con tonterías.

Fue solo una pesadilla. Me lo he repetido... ¿Cuántos minutos hay en cuatro horas? Bien, pues al menos esa cantidad de veces, la frase ya perdió el sentido, y mi cerebro continúa empleándola como mecanismo de defensa. Es inútil, mi sentido común ya se encargó de convencerme de que, si bien fue una pesadilla, no tiene nada de común con las otras que he tenido, y si, un mar de fondo que bien valdría la pena analizar, si tan solo un experto me enseñara cómo.

Se me ocurre una idea, necesito saber cuánta realidad cabe en ese sueño. Aún no despierta mamá, eso me da cierto tiempo para averiguarlo. Salto fuera de la cama y llego hasta la puerta, la abro despacio y reviso el espejo. Me acerco paso a paso, sin hacer ruido, no tengo idea de si los demonios detectan cosas como el sonido de los pies al caminar, o más bien, tienen sus propios medios de detectar mi presencia, de cualquier forma, más vale no arriesgarse.

Lo reviso minuciosamente, luce tan diferente al de mi pesadilla, que bien podría jurar que se trata de otro espejo, pongo las palmas de las manos contra él y siento la energía que fluye a través de ellas. Perfecto, al menos esa parte del sueño no era real, si apareciera, tendría con que defenderme.

"¿Estás ahí?" Pregunto, al no obtener respuesta continúo. "¿Estás ahí? ¿Por qué no sales?" Puedo sentir que alguien me escucha. "Sal de ahí maldito, sal para que..."

"¡Enfócate en los detalles, Jade!"

Rocío Blisswealth

Doy un enorme salto hacia atrás, alejándome del espejo. Un grito sube hasta mi garganta, y lo ahogo, cubriéndome la boca con ambas manos. Estoy demasiado cerca de la recámara de mamá, y solo me falta que piense que ahora la locura se ha sumado a mi amplio repertorio de virtudes.

Entro en la habitación y cierro la puerta tras de mí, busco alrededor, y no hay nada más que lo habitual dentro de ella. Sin embargo, era la voz de Ángel, es inconfundible, al menos para mí.

"¿Ángel? ¿Dónde estás?" Digo con un hilo de voz.

"Enfócate en los detalles, Jade."

"No he logrado hacer otra cosa durante toda la noche. ¿Por qué no me dejas verte?"

Nada, ni una palabra más, y, por supuesto, no aparece. De acuerdo, trato de sobreponerme del susto que me dio. No sé por qué, si yo estaba preparada para ver aparecer al demonio, pero, en fin, una cosa más que deberé controlar. Ahora, además de todo esto, tengo que enfocarme en los detalles, ¡maldición! ¿A qué detalles se refiere? Ya repasé el sueño cien veces como mínimo. Aparte de eso, ahora mis dudas se confirman, no fue solamente una pesadilla, si tengo detalles que analizar, es porque existe algo importante dentro de ese sueño, pero ¿qué es?

Al ver mi habitación completamente iluminada por la luz del sol, decido aventurarme otra vez en el mundo de los sueños, el miedo hace temblar a mi estómago, y quisiera saber qué es lo que Ángel quiere que descubra con respecto a los detalles de mi pesadilla, pero, mis parpados ya no pueden mantenerse abiertos.

Tocan a la puerta, es mamá que quiere que despierte. ¿Por qué tan temprano? Según considero, solo dormí unos cuantos minutos, no obstante, de acuerdo al reloj sobre mi buró, ya han pasado tres horas. No puede ser, es como si al dormir me hubieran sentado frente a una pantalla en blanco. No soñé absolutamente nada, y eso es más raro aún, que la pesadilla que tuve, siempre soñamos algo, incluso cosas sin sentido, pero, aun así, hay imágenes al menos, no un vacío como el que ahora enfrento.

Mamá permanece de pie en la puerta y me observa, pregunta qué es lo que me pasa. Me invento una sonrisa, no sé qué responderle, a mí también me gustaría saber qué es lo que me está pasando. Le digo que estaré lista pronto y me deja sola, recorro con la mirada cada espacio de mi dormitorio. Hay algo raro en él, pero no logro identificar qué es. Mi demonio no está tranquilo, une sus manos y entrelaza los dedos. Tal vez ese movimiento pudiera pasar desapercibido para cualquiera que no lo conociera, pero, no es un movimiento común en él.

El Juego… Jade

Le pregunto qué es lo que está pasando y no levanta la vista, sigue observando sus manos. Ya no tengo dudas, algo grave ocurre. Ese sueño no fue casualidad, debo prestarle atención, especial atención a los detalles, tal como dijo Ángel, sé que intenta ayudarme, lo menos que puedo hacer es seguir sus órdenes. Me enfundo en mis jeans y una playera y me paro frente al espejo, nada, sigue sin cambios, está bien, en ese caso, los detalles.

Lo obvio sería pensar en el abuelo, el detalle sería enfocarme en el periódico que sostenía con fotos de Daniel. Eran fotografías de conciertos en los que yo estuve presente, no sé qué deducir de eso. ¿Que esté pendiente de lo que él hace? No puedo estarlo más, pero, bueno, puedo intentarlo. O, quizá, que ya no estando vivos mis abuelos, ¿él sería un sustituto suyo en mi vida? No, no lo creo.

En cuanto a mamá y Mara, siendo atacadas por el demonio del espejo, a mamá se le desorbitan los ojos como a Clemen. ¿Quiere eso decir que podría matarla como a él? Eso debe ser. Pero ya decidí no exponerlas más. El demonio del espejo me indica que estoy defendiendo de él a un demonio. Lo sé, lo sé, y me he negado a hacer algo al respecto. ¿Será esta la manera que dios tiene de decirme que debo deshacerme de él? La sola idea de hacer algo definitivo con él me angustia, no quiero que me deje sola. Recuerdo entonces la noche en el hotel, junto a Daniel, y cómo pude darme cuenta de que ya nunca estaría sola. Está bien, obedeceré, lo sacare de aquí hoy mismo. El solo hecho de pensarlo me duele.

Daniel, su imagen vacía, solo con su esqueleto, hace que se me revuelva el estómago. Lo más desconcertante de esa imagen es que, pese a mi terror, él seguía sonriendo, no se daba cuenta de nada. Pienso que esta parte del sueño se trata de su relación conmigo, solo hay una persona entre los demonios y él, y esa soy justamente yo, y para mi fortuna, no se entera de nada. Una cosa a la vez, encontraré la forma de protegerlo, debe haberla, pero, por ahora, veré que es lo que Mara tiene planeado. Me dirijo hacia la cocina, no para comer, mi estómago está completamente cerrado, sino para buscarlas. Mara está desayunando, mamá me ofrece algo de comer, solo tomo jugo.

A través de la ventana de la cocina puedo ver el patio, en el cual abundan las plantas que mi abuela sembró cuando vivía. Me gusta imaginarla paseando entre ellas, regando y platicándoles. Mi abuelo estaba a cargo de los árboles frutales, tenía muy buena mano para eso, sin ir más lejos, los aguacates que descansan en el tazón al centro de la mesa son de su árbol. Sentarme aquí, a desayunar junto a ellos, siempre fue agradable, incluso placentero, y es hasta ahora que me doy cuenta. Mi abuela siempre me decía 'Nadie sabe lo que tiene, hasta que lo ve perdido.' Hoy, más que nunca, ese dicho es cierto, yo era feliz, podía gozar de mis alimentos en calma, hoy, no puedo siquiera pasar bocado.

Observo a mamá buscando algo en el refrigerador, y a Mara comiendo su cereal, mientras lee la sección de espectáculos del periódico. La pesadilla de anoche me ha hecho sentir muy responsable de lo que pueda pasarles. Los seres humanos tenemos una capacidad innata, para grabar en nuestras mentes, los agravios en nuestra contra, por tal motivo, desde aquella noche en que, presa del pánico, a los cuatro años de edad, no encontré en ellas el menor apoyo, odié tenerlas cerca. Sin embargo, ellas tampoco escogieron tenerme como hija, o hermana, un ser agobiado por los demonios, y que ahora ha traído a sus vidas una persecución, la cual, de no conocerme, no tendrían por qué sufrir. Su vida también estaría libre de demonios, si tan solo estuviera libre de mí.

Me pregunto cuántas de sus desventuras fueron causadas por su parentesco conmigo, y me siento ave de mal agüero. Yo, al menos tengo los días que se me conceden con Daniel, días que, para mí, valen por toda una vida, ellas en cambio, me pregunto si alguna vez han conseguido lo que desean, me refiero a conseguirlo en esa medida. Algo que las deje totalmente satisfechas. No sé gran cosa respecto a sus vidas, pero no lo creo.

No sería justa si defendiera a Daniel contra todo, y a ellas no, llevan mi sangre, son mi familia, y debo admitir que han invertido gran parte de su tiempo en averiguar cómo ayudarme. Han entrado en terrenos para los cuales no tienen el menor entrenamiento, bueno, yo tampoco lo tengo, pero al menos sé manejar una defensa que me libera de los demonios, defensa de la que ellas carecen, y siguen adelante, como si en realidad existiera para ellas, una ventaja en todo esto. Sé, con certeza que, si mis abuelos vivieran, no esperarían menos de mí, que el hecho de que cuidara de la familia y no me atrevo a defraudarlos. No sé, si el día menos pensado, termino mi línea de vida en manos de uno de esos malditos, y entonces, ¿qué les diría al verlos? No, no podría verlos a la cara.

"Mara, ¿qué hay que hacer?"

Levanta la vista del periódico y me observa. Incluso mi tono de voz es otro. Así es, he cambiado, y estoy a punto de demostrárselo.

"Bueno, tengo varios nombres de demonios de los que convendría liberarnos, pero ¿tienes algo en mente?"

"Pues, he pensado que es oportuno deshacerme del demonio de mi recámara. Lo voy a agregar a todo lo demás." La reacción de mamá no se hace esperar, su alegría es tal, que su rostro luce una enorme sonrisa. Eso me duele más, pero, no podría esperar que le guardaran duelo, ¿verdad? Yo seguramente si lo haré.

"¡Eso tengo que verlo!"

"Mamá, te recuerdo que nunca lo has visto, no creo que eso cambiará ahora."

"Ya sabes lo que quiero decir."

"Si, lo sé." Titubeo un poco y pregunto. "Mamá, ¿existe un mandamiento que señale que no puedo ser interesada?"

"Un mandamien... ¿qué quieres decir?"

"Respóndeme." Si lo hay, seguramente ella lo conoce.

"No, Jade, no hay tal cosa."

"Estupendo, porque hay algo que necesito que le digas a dios."

"Puedes decírselo tu misma, solo hazlo."

"No. Dudo que me escuche. ¿Me harías ese favor?"

"Lo prometo, ¿qué quieres que le diga?"

"Que en vista de que mi trabajo ha resultado ser una buena moneda de trueque entre nosotros, quiero dejar muy claro que tengo un profundo interés en seguir acumulando puntos. Él sabe lo que quiero."

"Muy bien, se lo diré. No te preocupes."

"Otra cosa, Mara, necesito que me pongas por escrito los nombres. Ya sabes, de los demonios. De ahora en adelante, lo haré a solas."

La voz de ambas refleja una profunda angustia, al atropellarse para hacerse escuchar, la voz que escucho con más claridad es la de Mara.

"¿Por qué quieres hacer eso, Jade? Necesitas que te apoyemos."

"No, Mara, están corriendo demasiados riesgos, yo tengo que pasar por esto, pero ustedes no."

"Solo esta vez." Responde mamá. "Es importante para mí, por favor, Jade, permítenos estar presentes."

Supongo que ha esperado este día con ansias, desde que supo de la existencia de mi demonio. Lo pienso, no debo hacerlo, sin embargo, acepto, una última vez.

"Está bien, mamá, solo esta vez, espero no equivocarme."

Nos levantamos de la mesa y subimos las escaleras rumbo a mi recámara. Entramos y no volteo a ver a mi demonio, no podría sacarlo de aquí si lo hiciera. Empiezo a temblar de pies a cabeza, Mara va mencionándome los nombres, que yo repito, y al finalizar su lista, giro para ver de frente a mi demonio. Levanta la vista y me observa, se pone de pie como preparándose para su partida. Su mirada es fría, carece por completo de expresión. Dentro de mí le grito con todas mis fuerzas, "¡Por favor! Pídeme que no lo haga. Es más, no necesitas hacerlo si no quieres, solo permíteme ver en tu mirada, por una vez, que quieres quedarte junto a mí, y pese a todo, me detendré, te lo suplico." Nada, no hace absolutamente nada.

Termino lo que tengo que decir y, a diferencia de los demás demonios con los que he tratado bajo estas circunstancias, no grita, ni se destruye, simplemente desaparece, y ya. Al menos eso, no quería causarle más dolor del necesario. Soy una tonta, ya lo sé, sigo defendiendo al demonio, pero, no, más bien fue como buscar la forma más benévola de morir para un condenado a muerte. Después de su compañía, es lo menos que podía hacer por él, no causarle dolor.

Camino y tomo asiento, en la silla que descansa en la esquina opuesta a la suya, no digo nada. Mamá no podría estar más feliz, supongo que acaba de conseguir algo por lo que rezó interminables noches. Creo que, si no aplaude, es solo por respeto al luto que acaba de caerme encima, no lo entiende, estoy segura, pero al menos ya no lo cuestiona, para ella debe ser otra más de mis manías. Voltean a verse y casi se felicitan, yo solo las observo y, de reojo reviso su esquina, se ha ido.

España

"Voy a verla, no puedo quedarme así."

"DANIEL, SI TE ESTAMOS DANDO ESTA INFORMACION, NO ES PARA QUE COMETAS LOCURAS, SINO PARA QUE ACTUES COMO ES DEBIDO, HAY DEMASIADO EN JUEGO."

"Y, ¿qué esperan que haga? ¿Qué me quede aquí, dejándola a su suerte, para que cualquiera que logre encontrarla la destroce? Todo para robarle un poco de lo que posee."

"DANIEL, ELLA DEBE NECESITARTE. SI TE HACES PRESENTE CON TANTA FRECUENCIA, PODRIA CANSARSE Y…"

"Y, ¿qué hay de mí? No logro estar aquí, sin ella, pensando en todo lo que puede pasar. La necesito."

"YA COMETISTE UN ERROR TERRIBLE AL DESPEDIR A TU REPRESENTANTE, DANIEL, DETENTE POR FAVOR, HEMOS SIDO MUY CLAROS CONTIGO."

"Él quería acercarla a Víctor. No puedo permitir que la utilicen."

"DANIEL, LO MAS IMPORTANTE EN TODO ESTO, ES LA DECISION DE ELLA, SIEMPRE SERA ASI, NADA FUNCIONA SIN SU VOLUNTAD."

"Quiero pedirle que venga conmigo."

"¡ENTIENDE, DANIEL! PIENSA SENSATAMENTE, ELLA DEBE PERDIRTELO. SI TU LO HACES, VIOLAS UNA DE LAS LEYES MAS IMPORTANTES QUE NOS RIGEN, EL LIBRE ALBEDRIO. LO PERDERAS TODO, TRANQUILIZATE, POR FAVOR."
"Es tan prudente, que no lo hará nunca."
"ESA ES UNA DESVENTAJA PARA NOSOTROS. SIN EMBARGO, YA HAS HECHO MUCHO MAS DE LO QUE DEBIAS. PARA EMPEZAR, NO DEBES INVOLUCRARTE TANTO CON ELLA, GUARDA TU DISTANCIA."
"No entienden que no puedo, la necesito, como al aire que respiro."
"DANIEL, COMPRENDE, SU PRESENCIA ES ADICTIVA, UNA VEZ QUE LA HAS TENIDO CERCA, ENTRE MAS TIEMPO PASAS JUNTO A ELLA, MAS NECESARIA TE PARECE. ES UNA DE LAS CARACTERISTICAS DE ELLOS. ESTAR TAN CERCA, COMO LO ESTAS TÚ, ES MUY ARRIESGADO."
"Lo siento. Voy a verla."
"EL SI PUEDE RESISTIRLA, FUERA DE SU ADDICCION, NO PARECE AFECTARLE FISICAMENTE."
"ESO PUEDO VERLO, PERO, SI NO SE CONTROLA, LOS QUE CORREMOS PELIGRO SOMOS NOSOTROS."

Monterrey

Me fui a la cama muy temprano, aún se escucha mucho movimiento en la calle, gente que pasa conversando alegremente, totalmente ignorantes de cómo me encuentro. He tenido que llorar muchas pérdidas, de todas ellas, la de mi demonio es la que menos sentido tiene. Para empezar, lo obvio, era un demonio, y nada bueno podía esperar de él. No obstante, me acompañó durante toda mi vida, el único ser que nunca me abandonó, ni por desapego, ni por muerte. Ese es otro punto, no podía morir, de modo que nunca me habría dejado sola, durante mucho tiempo me inspiró miedo, pero, a últimas fechas, empecé a necesitarlo. Les repito, no habría muerto, a menos que fuera yo quien lo destruyera, y así lo hice, no logro perdonármelo.

Recostada sobre mi cama, con los ojos cerrados, no quiero abrirlos porque su espacio vacío me angustia aún más, presto atención al como los sonidos de la calle rebotan sobre las paredes, igual que lo hacen en las casas abandonadas, en las que el eco es el primer inquilino, precedido por la soledad. Me siento culpable, esa es la verdad, además, existe otra sensación que no logro sacudirme de encima, tengo el presentimiento de que algo muy terrible se avecina, y no tengo la menor idea de qué pueda ser. La pesadilla sigue atormentándome, si, tal vez eso sea.

Algo se mueve dentro de mi habitación, tal parece que una suave ráfaga de viento se hizo espacio dentro de ella, con la subsecuente sacudida del resto del aire alrededor. Abro los ojos y veo a Daniel acercarse hacia mi cama, de un salto me levanto y me arrojo en sus brazos, en busca del consuelo que solamente él es capaz de darme. Me recibe con un beso, tan intenso que, si alguien nos viera, creería que hace mucho tiempo no nos vemos.

Lo primero que hago, en cuanto puedo poner mis manos sobre él, es buscar el contorno de su espalda y recorrerlo con las palmas de mis manos, aparentemente todo sigue ahí, en su lugar habitual. Toma mi mentón con ambas manos y sonríe, ya sé lo que está haciendo, busca lo de siempre, aquello que ve en mis ojos y, por lo visto, también sigue en el mismo lugar.

"¡Hola, guapa!" Dice en un suspiro.

"Hola. Me alegro tanto de verte."

"¿Me extrañaste?"

"Siempre." Lo veo a los ojos sin poder evitar, de vez en vez, el bajar la vista hacia su pecho. No puedo olvidar cómo lucía su ausencia de cuerpo, en mi pesadilla.

"¿Qué pasa, Jade?"

"Necesito pedirte un favor, y temo que pueda sonar como un enorme atrevimiento de mi parte."

"Nada de eso, lo que quieras." Sonrío avergonzada. ¿Cómo se lo pido sin conducir sus ideas hacia un lugar equivocado?

"Resulta que, tuve una pesadilla, y en ella tu cuerpo estaba… No, quiero decir que…"

"Y, eso es lo que te tiene intranquila."

"Mucho."

Me observa con detenimiento, supongo que, la angustia que ha invadido mis facciones es suficiente para demostrarle que no hay dobleces en la petición que voy a hacerle. Sin esperar a que yo se lo pida, toma los botones de su camisa con los dedos y empieza a desabotonarlos. En cualquier otro caso, yo podría aprovechar esa acción para contemplar lo perfecto de su cuerpo. No obstante, la angustia de mi sueño se ha vuelto tan real para mí, que puedo sentir como mi garganta se cierra con fuerza, debido al llanto que quiere escapar de ella. Es estúpido, ya lo sé, pero sigo esperando ver el esqueleto.

Frunciendo el entrecejo, no solamente abre su camisa, se despoja de ella por completo. Mi mirada está fija en sus costillas, observando como suben y bajan para hacer espacio a sus pulmones.

"Jade…" No le respondo, sigo observando su cuerpo, intentando borrar de mi mente, la parte más atroz de mi pesadilla, ese vacío. Alarga su mano y toma la mía, respaldándola con la suya, recorre sus costillas lentamente, dándome tiempo a aceptar esta realidad y desvanecer la pesadilla, la detiene sobre su pecho, una lágrima abandona mis ojos.

Se recuesta, llevando mi cuerpo hacia él, colocándome a su costado, acomoda mi brazo a través de su pecho para que pueda seguir sintiendo su corazón, su respiración, su tibieza, en fin, todo aquello que me indica que está ahí, completo. Una vez que pasa la angustia, puedo hablar.

"Gracias."

"No tienes nada que agradecer. Al contrario, soy yo el que no tengo cómo agradecerte que te preocupes así por mí."

"Lo hago con gusto."

"¿Cómo?" Ríe.

"Ay, no era eso lo que quería decir, me refiero a que, no puedo evitarlo."

"Jade, confiésalo, era mi ombligo lo que buscabas en realidad, ¿no es cierto?" Sigue riendo.

"Y, ¿por qué razón estaría yo buscando tu ombligo, Daniel?"

"Pues, para averiguar, de una vez por todas, si soy humano, o una especie de alienígena. ¿Verdad que eso era?"

"Daniel."

"¿Sí?"

"Existen más opciones que el cine de ciencia ficción, deberías probarlas."

"¡Eso jamás! Son mis favoritas, por cierto, guapa, ¿ya viste la de los marcianos que recién salió?"

"Por nada del mundo, pero, apuesto que me la vas a contar, ¿verdad?"

"Ya que insistes, acomódate bien."

"Estoy muy a gusto, gracias."

"Estupendo, entonces, todo empieza en una noche obscura y…" Cierro los ojos para evitar ver hacia la esquina de mi demonio, arrullada por su voz, el sueño hace presa de mí. Creo que me quedé en aquello de 'una noche obscura.' Te amo, Daniel.

Capítulo XV
Como cuando me voy, y no existo

"Jade."

"Mmm…"

"Jade." Daniel sigue susurrándome al oído.

"¿Qué pasa?"

Entreabro los ojos y lo veo sobre su costado, de frente a mí, apoyado sobre su codo. Puedo verlo con mucha claridad. ¡Es de día, se quedó conmigo!

"Están tocando a la puerta." Dice con su maravillosa sonrisa pícara.

"¡¿Qué?! Daniel, pero, tú no puedes, vete de aquí." Contesto en secreto.

"No lo creo, guapa."

Mi estómago se hace nudo al ver cómo la puerta se abre lentamente, solo lo suficiente para que Mara se asome, viéndome directamente, ya que la cama está justo de frente a la puerta.

"Jade."

"Dime."

"Lo lamento, pero, es tarde ya, y mamá quiere saber si bajarás a desayunar."

"Claro, muero de hambre."

"Perfecto, iré calentando agua para el café mientras bajas."

"Tu odias el café, guapa, qué, ¿no lo sabe?" Pregunta como si nada, no volteo a verlo, se acerca y me besa la mejilla.

"No tomo café, Mara." Suavemente retira el cabello de mi frente, me ha puesto nerviosa, y titubeo al contestar.

"Es verdad. Jade, ¿estás bien?" Daniel empieza a reírse y me observa, muy, muy de cerca.

"Lo que pasa es que últimamente me ha dado por soñar pesadillas y todavía no logro deshacerme de la de anoche."

"Ouch." Se queja Daniel, haciendo cara de dolor, como si le hubiera dado un golpe, bueno, en realidad así fue, solo que a su ego.

"Te esperamos abajo." Por fin cierra la puerta.

"Te odio, Daniel Montalvo."

"Y yo te adoro, Jade Arias. Te veo esta noche."

"¿En serio? ¿Vendrás?"

"¿Quieres que venga?" Pregunta con una chispa en sus ojos.

"Por supuesto, siempre."

"Te veo esta noche, entonces." Me arroja un beso mientras desaparece a través de la puerta.

Mis ojos se fijan, sin pensarlo, en la esquina de mi demonio, ahora que Daniel se ha ido, llevándose el consuelo con que me arropó anoche, esto me duele como un puñal ardiendo, no soporto ver ese lugar vacío. Tal vez si me hubieran informado cuáles eran las cosas a las que me exponía al tenerlo aquí, todo tendría algo de sentido. La forma en como lo veo ahora es, que asesiné a alguien sin razón alguna, alguien que incluso me era agradable, alguien a quien yo necesitaba, que sigo necesitando.

Voy escaleras abajo para tomar el desayuno. Pese al dolor que siento, mi estómago está hambriento, durante varios días no he comido bien, combinándolo con los días en que no comí nada en absoluto. Tengo que ponerme al corriente con mi alimentación, si no quiero enfermar, no tengo tiempo para eso ahora.

Mamá y Mara conversan en la cocina. Me preocupa el olor a café que se ha extendido por la casa, odio el café en todas sus presentaciones, y solo espero no ofender a mamá al negarme a aceptarlo. Le recordé a Mara que no lo tomo, pero, no sé si recordó decírselo a ella. Me siento a la mesa, y veo frente a mí, un bísquet con mantequilla, vaya, me gustan tanto, que incluso podría olvidar lo nauseabundo que el café me parece, si resulta ser lo único que hay para tomar. Sin embargo, mamá coloca frente a mí un gran vaso de limonada con dos hielos. No uno, ni tres, dos hielos, por extraño que parezca, es mi desayuno predilecto, y no lo había tomado así desde que mi abuela vivía. Solo ella me lo daba sin protestar, y sin el consabido sermón de que el pan, en combinación con el agua, me iba a producir lombrices en el estómago. No sé de dónde saca la gente tantas tonterías para obligarnos a comer lo que no nos gusta.

Ahora entiendo cómo es que ciertos alimentos son llamados comida reconfortante. Igual que cuando estás lejos de casa por una larga temporada y te hacen llegar algo preparado por tu familia, eso nos proporciona un estado de calma, que pocas cosas pueden lograr. Por extraño que parezca, los bísquets con limonada tienen ese efecto en mí, me calman y mi dolor disminuye un poco. Al terminar el desayuno, ya mi ánimo es otro.

Mamá recuerda una anécdota, del día de la fiesta en que el demonio me tiró, bueno, la versión oficial fue que me caí del árbol, y cuando me preguntaron qué quería comer, no dejaba de repetir 'bísquet con limonada.' Eso preocupó tanto al doctor, que me prohibió comer semejante cosa, y yo no paraba de pedirlos. El abuelo, compadeciéndose de mí, cada mañana me traía, mi desayuno predilecto, de contrabando hasta la cama, y yo procedía a comerlo alegremente. Todo transcurrió con tranquilidad, hasta el día de la siguiente visita del médico, este me preguntó si me habían dado de comer bísquets con limonada y yo respondí terminantemente que no. El doctor sonrió complacido, hasta que rematé mi respuesta con 'de comer no, solo en el desayuno.'

Comienzo a reírme al recordar la cara de mi abuelo cuando me escuchó decir tal cosa, no sabía dónde esconder la cabeza, solo veía a mi abuela quien, ante la mirada acusadora del médico, lo veía con mirada de reproche. Aun cuando, era de todos sabido, que el bendito desayuno era un trabajo en conjunto, ella lo preparaba, y mi abuelo me lo hacía llegar. Mamá y Mara, que extrañamente recuerdan la situación, ríen junto conmigo, no recuerdo otra ocasión en la que esto haya ocurrido, que las tres riéramos juntas por algo.

Ya ha pasado una semana, y el trabajo que Mara prepara para que yo lo lleve a cabo se efectúa, sin retrasos, ni problemas, me sirve para mantenerme ocupada y pasar más tiempo fuera de mi recámara. Extraño a mi demonio, no puedo evitarlo. No obstante, las noches son otra cosa. Me siento con las piernas cruzadas, con Daniel frente a mí, en la misma posición, colocando sus rodillas rozando las mías, de esta forma todo mi campo visual esta acaparado por él, cómo quisiera que fuera siempre.

"Guapa, ¿puedo hacerte una pregunta?"

"Por supuesto."

"¿Hay algo en esa esquina de la habitación que llame particularmente tu atención?" Señala hacia la esquina de mi demonio.

"¿Por qué lo preguntas?"

"Desde hace algunos días, mientras conversamos, repetidamente miras de reojo hacia ahí, y ayer por la noche, yo aún estaba despierto, te levantaste súbitamente, mirando hacia esa esquina, y cuando te pregunté qué pasaba, dijiste 'no ha vuelto, Daniel,' y nada más. Te pregunté, pero, ya no mencionaste absolutamente nada, solo lloraste."

"Vaya… Lo que sucede es que, justo en esa esquina, yo tenía un regalo que me hicieron desde niña, hace unos días me deshice de él, y lo extraño mucho." Esta explicación fue lo único que se me ocurrió.

"Y, ¿por qué te deshiciste de él sí, obviamente, no querías hacerlo?"

"Por darle gusto a mamá."

"Pero, guapa, hay momentos para decir que no."

"Daniel, casualmente esa ha sido siempre mi respuesta para ella, y esta vez quise darle gusto, además, ella tenía razón. Hay cosas que debemos dejar ir, aunque duela, por las razones correctas."

"Eso puedo aceptarlo, cuando las razones son correctas para ti, no para alguien más. Jade, ¿ayudaría si me paro en esa esquina? Puedo quedarme súper quieto y simular que soy tu... ¿Qué era? ¿Un oso de felpa?" Toma la posición típica de dichos juguetes, con los brazos abiertos como intentando dar un abrazo que no podrán concluir.

No puedo creer lo dulce que este hombre puede ser conmigo No, Daniel, no era un oso de felpa, era un demonio, sin embargo, yo lo necesitaba porque siempre estuvo conmigo. Eso es todo, si tan solo pudiera decírtelo. ¿Qué pensarías al respecto? Cuál sería tu opinión dentro de este mundo en el que vivimos tú y yo, donde la irrealidad es lo más real para nosotros, donde abandonas tu cuerpo, cada noche, para dormir junto a mí. ¿Qué pensarías?

"No, Daniel, en realidad estoy en el proceso de..."

"De olvidarlo."

"No podría, nunca, pero sí en el proceso de que no me duela tanto, y para eso, aunque me pesa muchísimo, necesito ver con frecuencia su espacio vacío, hasta que mi cuerpo se acostumbre a este dolor, y lo lleve a otro sitio, no tan a flor de piel, dentro de mi subconsciente."

"Como cuando yo me voy, y no existo."

"Ya lo entendiste."

"¿Te duelo de la misma forma?"

"No."

Me toma de las manos y acerca su rostro buscando mis ojos, le interesa saber qué es lo que pienso. Por primera vez ha logrado deducir uno de mis más profundos pensamientos, y no piensa cambiar de tema, sigue esperando que aclare mi respuesta.

"Cuando por fin me decidí a dejarlo ir, de forma definitiva quiero decir, sabía que me dolería, pero, no al punto de desear la muerte. No, tú no me dueles igual."

Lleva mis manos hasta sus labios y las besa repetidamente, suspira largamente, pero no dice palabra alguna. Supongo que lo llevé a un acantilado.

"Lo lamento, Daniel, no quise..."

"¿Qué es lo que lamentas, Jade? ¿Corresponderme? ¿Es eso lo que no quisieras hacer? Yo no puedo estar sin ti. Sé que solo estoy haciendo énfasis sobre lo obvio, ya no salgo de aquí, pero, eso era lo que deseaba escuchar. Lo deseaba más que nada. No te arrepientas de dejármelo saber, por favor."

"Yo no sabía que..."

"¡Claro, guapa! Yo hago esto con todo el mundo."

"Sinceramente, Daniel, espero que no, te pasarías el día inconsciente."

"Ven acá." Me toma por la nuca y, sin encontrar la menor resistencia por mi parte, me acerca hasta él para besarme. Con el mismo movimiento, me arroja suavemente sobre de la cama, y se coloca sobre mí, sin separar sus labios de los míos. Me separo de él un poco y le pregunto riendo.

"Daniel, tenía la idea de que lo que más deseabas era que te dijera que eres guapo."

"Esa es la segunda cosa, y, justo ahora, estoy trabajando para conseguirla."

"Por lo visto, eres partidario de las causas perdidas."

"Nunca me doy por vencido. Jade, guarda silencio, quiero besarte."

Han pasado ya varias semanas desde lo de mi demonio, y ya no duele tanto, incluso he logrado permanecer en mi recámara tardes enteras, sin que su ausencia me acose. De modo que, ya no es su vacío, la razón más poderosa para que haya extendido mis dominios hacia otras áreas de la casa, mi relación con mamá y con Mara, sobre todo con mamá, se ha ido haciendo más estrecha.

Tal pareciera que su instinto de madre la ha llevado a recordar, o tal vez, a inventarse una forma de tratarme, con la que me encuentro bastante cómoda. Las confidencias, sin embargo, quedan fuera de nuestras conversaciones, por lo tanto, aún desconoce que duermo con Daniel todas las noches, no creo que le hiciera mucha gracia que yo lo tenga como visitante nocturno en mi dormitorio, pero, como decía mi abuela, 'Ojos que no ven, corazón que no siente,' y todo ha mejorado entre nosotras.

¿Que si le permito que me toque? No, afortunadamente ya no lo intenta, esa es otra de las razones por las que ya no guardo tanta distancia con ella, siento que mi espacio vital está seguro.

Hoy es sábado, y los niños están en casa, la enana se me acerca corriendo, y menciona que tengo una llamada telefónica. Lo primero que hace es dejarme claro que la llamada es local, y no de larga distancia, sin embargo, asegura que deseo responderla.

"Hola."

"Hola, ¿Jade?" Responde una voz de hombre que no reconozco.

"Si, ¿quién habla?"

"Soy Jorge, de la secundaria. ¿Me recuerdas?"

"Claro, Jorge." Claro que no, quiero decir. "¿En qué puedo ayudarte?"

"Jade, detesto molestarte, pero, si mal no recuerdo, te gustan los perros, ¿estoy en lo correcto?"

"Lo estás."

"Verás, este es un acto de total desesperación, o no me atrevería a llamarte, de hecho, tuve que buscar tu teléfono en antiguos directorios."

"¿De qué se trata, Jorge?"

"Mi perra tuvo varios perritos, y después murió. Los cachorros han ido muriendo, uno tras otro, y solo queda uno vivo, no por mucho tiempo, creo, y no sé qué hacer con él. ¿Te animarías a adoptarlo?"

"Jorge, ¿recuerdas dónde vivo?"

"Sí."

"Tráelo lo más pronto que puedas."

"Voy para allá."

Obviamente Jorge ya había enterado a la enana de todo, porque sonríe y pregunta:

"¿Traigo la cuna de mi muñeca?"

"Excelente idea."

Y sí, lo fue, el cachorro es tan pequeñito, que apenas cubre la palma de mi mano, blanco y negro, con manchas similares a las de una vaca. Eso es, parece un diminuto becerrito. La enana decidió tomar el turno diurno y yo, por supuesto, el nocturno, para darle de comer cada hora, con un gotero.

Por la noche, Daniel entra a mi recámara y me encuentra sentada con la cuna a un lado. Sonríe intrigado y se acerca a ver el interior, para encontrarse con el cachorrito, que duerme plácidamente, entre pañoletas.

"Guapa, ¿qué es esto?"

"¿Qué parece?"

"Un juguete." Dice sonriendo.

"Pues te encuentras frente a Tíber II, ni más, ni menos."

"¡Grandioso! Pero ¿está vivo, entonces?"

"¡Por supuesto! Y mira que nos ha costado un trabajo, la mamá murió, y hay que darle de comer cada hora."

"¡Yo le doy la siguiente vez! ¿Qué dices?"

"Eso será en cuarenta y cinco minutos, más o menos."

"Muy bien."

En cuanto el cachorro se movió un poco se apresuró a tomarlo en la mano y darle de comer pacientemente. Le gustan tanto los perros, que ya no dejó que yo lo atendiera, él se hará cargo hoy, y yo mañana. Sí, ya quiero ver que llegue mañana para ver si de verdad me permite hacerlo.

Tíber ya tiene un mes, y sigo esperando que algún día se decida a crecer, Daniel dice que, en cuanto empecemos a darle comida sólida, su crecimiento se acentuará, pero, me cuesta creerle. La otra tarde se nos perdió, todos

Rocío Blisswealth

hicimos hasta lo imposible por encontrarlo, y lo logramos, estaba dormido dentro de un zapato. En otra ocasión, lo buscamos hasta que por fin dimos con él, sentado debajo de la cama. Con la cabeza no alcanza siquiera a rozar la parte de debajo de esta y, pese a eso, me refiero a que todo es enorme para él, parece sentirse muy cómodo ahí abajo. Quisiera que no fuera así, eso le permite salir de aventura a recorrer la recámara con mucha facilidad, y me da miedo pisarlo. ¡En serio!

Ni qué decir que, cuando hay necesidad que subir o bajar algún escalón, tenemos que cargarlo, y se ha acostumbrado tanto a eso, que no hace el menor esfuerzo por alcanzarlos. Como dice Daniel, se le da trato de rey y, nosotros, claro está, somos sus súbditos.

Tíber es pequeñito, sin embargo, pese a lo opuesto de su tamaño con el de mi demonio, ha resultado distraerme enormemente del vacío que este dejó. Siendo tan chiquito, todo lo que hace resulta gracioso, y eso ayuda, es difícil extrañar cuando tienes que estar prestándole tu total atención a este ser, que más bien, parece un juguete de cuerda.

Al menos ya no se le alimenta cada hora, ya duerme toda la noche, en su cuna, donada por la muñeca de la enana que, según parece, ya está lo suficientemente mayor como para dormir en la cama. Eso me alegra, me atormentaba la idea de lo poco que Daniel estaba durmiendo, pues en lugar de llegar a dormir, se encargaba de atender al perro. Él dice que, porque le fascina hacerlo, pero, yo más bien soy de la idea de que no confía en mis habilidades de enfermera o veterinaria, o algo, pero, no confía en mí.

España

La casa de Daniel, desierta pese a la hora que es, hace eco a las voces de dos demonios que se encuentran en ella, esperándolo.

"NO HA DEJADO DE IR A VERLA NI UNA SOLA NOCHE. CON EL RUMBO QUE ESTÁN TOMANDO LAS COSAS, ESO ES VERDADERAMENTE GRAVE."

"LO SABE, SIN EMBARGO, NO HA TOMADO EN CUENTA NUESTRAS INDICACIONES, NO HAY MANERA DE CONVENCERLO DE QUE NO LE CONVIENE."

"SERÁ MEJOR NO INSISTIR, ESO PUEDE LLEVARNOS A QUE DECIDA IR A VISITARLA, PERSONALMENTE, QUIERO DECIR Y, ESO NO SOLO SERÍA GRAVE, SINO VERDADERAMENTE PELIGROSO PARA LOS SEÑORES, Y PARA NOSOTROS."

El Juego… Jade

"LA FAMA ES ASÍ, SUBYUGANTE, IRRESISTIBLE."

"PERO ÉL YA TIENE SUFICIENTE, IMPREGNADA EN SU CUERPO, COMO PARA FORMARSE UNA CARRERA BASTANTE SÓLIDA, SIN NECESIDAD DE ESTAR AHÍ, JUNTO A ELLA, TODO EL TIEMPO."

"SIN EMBARGO, NUNCA SE PUEDE TENER SUFICIENTE FAMA."

"Y, ¿NO LE DIJERON A DANIEL QUE TODO ESTO SIRVE A UN PROPÓSITO MAYOR? NO PUEDE DEJARSE LLEVAR POR LO QUE ELLA LE PROVOCA."

"LA SENSACIÓN ES ADICTIVA. ÉL SABE PERFECTAMENTE LO QUE TIENE QUÉ HACER, SIMPLEMENTE NO DESEA OBEDECER."

"SUPUSE QUE ERA MÁS ESTABLE."

"TODOS LO CREÍMOS, CUANDO ELLA PRESENTÓ SU VALORACIÓN, NOS HIZO CREER QUE ERA EL CANDIDATO IDEAL PARA ESTO."

"Y AHORA ESTÁ A PUNTO DE ECHARLO TODO A PERDER."

"TRATAREMOS DE IMPEDIRLO, LO LLEVAREMOS A VISITARLOS."

"¿CÓMO DICES? ESO CASI NADIE LO LOGRA."

"FUERON ELLOS QUIENES LO SOLICITARON, NO ÉL."

"¿YA ESTÁ ENTERADO?"

"NO, SERÁ MEJOR ACTUAR SORPRESIVAMENTE."

"NO LE GUSTARÁ."

"ESO ES LO MENOS IMPORTANTE."

Inglaterra

El viaje hasta Inglaterra fue más largo de lo que Daniel esperaba, sobre todo, tomando en cuenta que nadie consideró sus deseos para realizarlo. Después de aterrizar en el aeropuerto, lo subieron en una enorme camioneta negra, con capacidad para viajar a campo traviesa, y eso fue exactamente lo que hizo. Sus acompañantes, dos hombres de traje gris, con apariencia de guardaespaldas, no dijeron una sola palabra durante el trayecto, no sé si porque no les está permitido, o simplemente no quisieron, el caso es que todo esto incrementa la tensión, que ya lo tiene con los nervios de punta.

Su destino final es una pequeña isla, justo en el centro de Inglaterra, en la profundidad de sus bosques. Entendieron bien, una isla que descansa en un enorme lago, y con el tamaño justo para albergar una mansión, a la que no puede llegarse, si no es a través del agua que la rodea. Son pocos los seres humanos que saben de su existencia y, menos aún, los que han logrado entrar y salir de ella, con su corazón aun latiendo, y Daniel lo sabe. Esperaba no tener que poner un pie dentro de ella jamás, sin embargo, está dispuesto a hacerlo, aunque su vida esté en riesgo, lo sabía desde que aceptó todo esto, y ahora es momento de probarlo.

Frota las manos contra de sus ropas, intentando eliminar el sudor que profusamente brota de ellas. Le es un poco más sencillo, con el entrenamiento que la prensa le ha dado, controlar desde su respiración hasta su expresión facial, pero, el sudor, esa es otra cosa.

Descienden de la camioneta, para abordar un pequeño bote, solo lo suficientemente grande para ellos tres. Este último tramo es corto, y el bote se acerca rápidamente a la orilla, sin embargo, se detiene a escaso un metro de alcanzarla. Daniel dirige su mirada hacia sus acompañantes, aún si hiciera un esfuerzo, no lograría saltar el espacio que hay entre ellos, y tierra firme, sin mojarse los pies. Según le indican, eso es precisamente de lo que se trata la maniobra.

Es requisito indispensable, quitarse los zapatos y meter los pies en el agua, y, sin pensarlo dos veces, retira sus zapatos y sumerge sus pies, contrario a lo que él esperaba, el agua no está helada, como todo el ambiente a su alrededor, se encuentra a la temperatura exacta de su piel y casi no se siente. Una vez cumplido esto, camina descalzo por el amplio pasillo rodeado de arbustos, que conduce hasta la casa y, al llegar adentro, recorre los enormes salones de gruesas columnas estilo romano, con paredes de mármol en diferentes tonalidades que van desde el beige hasta el blanco, y que son marco para maravillosas obras de arte. En otras circunstancias, Daniel se habría dado tiempo de admirar con detenimiento todo aquello, pero, en su estado de nervios, solo son manchones de pintura intercalados aquí y allá.

Su atención es captada, sin embargo, por una pintura que es su favorita 'El Beso' de Francesco Hayes. No logra sustraerse a lo maravilloso de la misma, y casi sin pensarlo exclama.

"¡Qué copia tan extraordinaria!" Uno de los guardaespaldas ahoga una risa.

"La copia es la del museo, solo los señores pudieron pagar el original."

Sigue adelante, simulando no haber escuchado, esta mansión grita que los excesos abundan dentro de estas paredes, claro que, pensar en esos alcances, solo por adornar una pared, resulta apabullante.

Llegan hasta una enorme puerta de caoba, con engarces en oro, y uno de los hombres que lo acompaña, la abre y le indica que entre, antes de hacerlo, vuelve a frotar sus manos contra el pantalón y da un paso al frente.

Cualquier área de la casa, que ya hubiera recorrido, no se compara en suntuosidad con esta habitación. Prácticamente carece de muebles, el piso tiene tres amplios escalones que hay que bajar para llegar al espacio donde ellos lo esperan. Su mirada se detiene, contemplando el sensacional trabajo que elaboraron en el piso frente a él, los mosaicos forman figuras de diferentes colores, como si se tratara de un vitral, figuras cuyo significado él desconoce, pero que, deben tener algún propósito importante, todo aquí tiene un propósito. El especial brillo de estos mosaicos, da la sensación de reflejar la luz igual que un espejo, al descender el tercer escalón, Daniel se da cuenta de cuál es la razón, están cubiertos de agua.

Cinco hombres lo esperan, Daniel jamás los había visto y, aun cuando fue ampliamente informado de su existencia, su imaginación no habría sido capaz de extenderse, a un nivel suficiente, para dar cabida a lo que se encuentra frente a sus ojos. Todos ellos tienen características físicas similares, pareciera que un lazo sanguíneo los uniera, sin embargo, sus facciones permiten distinguirlos con facilidad. Son altos, probablemente más de 1.85 metros. Llevan el cabello muy corto y bien cuidado, completamente canoso. Sus ropas, pantalones y sweaters de fibras naturales, son de tonos claros, beige, arena, blanco. Ninguno de ellos porta reloj, u otro tipo de joyería.

Le resulta imposible a Daniel calcular sus edades, y la razón de esto es lo que eriza la piel de su nuca. Su delgadez, y el tono de su piel, parece que jamás ha recibido la luz del sol, es tan clara, que los colores de sus ropas lucen obscuros en contraste con ella, e incluso la piel de Daniel, siendo de un color tan blanco, parece sonrosada a su lado. Además, es tan delgada, que las venas pueden verse a través de ella, en su frente, su cuello, incluso en sus párpados, dándoles un aspecto verdaderamente tétrico.

En cuanto ha sumergido ambos pies en el agua, escucha un suave suspiro general, y abundantes expresiones de agrado, aunque no van dirigidas a él, ellos se dirigen unos a otros. Daniel gira su vista alrededor y puede observar que cada uno de los cinco señores, como los llamó el guardaespaldas, tiene el pie izquierdo dentro del agua, y el derecho apoyado en un barrote de su silla estilo trono. Las sillas son exactamente iguales, a excepción de que, en el respaldo de cada una de ellas, sobre la madera, han tallado una planta, con su nombre escrito en latín. Solo él tiene los dos pies en el agua y no hay manera de acercarse de otra forma. Uno de estos hombres se pone de pie y lo saluda con su esquelética mano, según parece, él llevará la voz cantante en la conversación, el resto, solo los observa.

"*Buenas tardes, Daniel.*"

"¿Por qué me trajeron aquí?" Pregunta con miedo en la voz.

"*No perdamos los modales, jovencito.*"

"Buenas tardes." Responde entre dientes.

"*Gracias, procederé entonces a responder tu pregunta. Teníamos cierta inquietud por verte, la situación entre tú y Jade, dista mucho de ser la que se había planteado al principio, antes de que la conocieras, quiero decir, y queremos saber la razón de tan grave desvío del plan trazado previamente.*"

Tras un gran esfuerzo, logra controlar su voz, después responde.

"Yo no diría que el desvío ha sido tan grave, simplemente hice unos cambios que, después de todo, solo me afectan a mí. A fin de cuentas, soy yo quien pasa más tiempo con ella, nadie más."

"*Te equivocas, Daniel, no estás solo en esto. Según entiendo, se te instruyó antes de que todo comenzara, respecto a lo vital de la exactitud para llevar a cabo los planes. Por lo tanto, el hecho de que te desvíes del plan original es grave, muy peligroso, sin importar si lo consideras así o no.*"

"¿Peligroso por qué?" Pregunta, más por ganar tiempo, que por duda.

"*De acuerdo, Daniel, te lo explicaré de nuevo, en caso de que la persona que llevaba esa responsabilidad sobre sus hombros, no lo haya hecho con la dedicación que esa tarea requería.*

Jade porta en su ADN una combinación excepcional, que no se repite con frecuencia. Ella es lo que conocemos como un Nexo Espiritual, es la unión de cosas que seguramente escapan a tu comprensión, pero, significa que es un punto de energía increíble e inagotable. Existen zonas geográficas con ese tipo de fuerzas, pero, tratándose de un humano, sus dones son capaces de logros increíbles.

La combinación de la sangre que corre por sus venas da como resultado el acceso a la Fama, la energía que ella produce la atrae como consecuencia ineludible. Sin importar el tiempo, ni el espacio, te envuelve. Eso, sin tomar en cuenta los otros beneficios que su energía produce, como, el tener presa la musa más inspirada del continente, y tener acceso a su inspiración de forma permanente, como en tu caso. Alguien tan dotado como ella, puede hacer florecer varias carreras a un tiempo, sin deteriorarse en lo absoluto. Es por eso que ella es tan especial.

Todo eso es para ti, si decides ajustarte a las reglas, y alejarte un poco de ella, esto debido a que uno de los inconvenientes de su don es que, su presencia resulta tan adictiva, que te atrae hacia ella. No obstante, el estar en contacto constante con ella, puede causar un deterioro, espiritual y físico, tan terrible, que puede acabar contigo con mucha más rapidez de lo normal. La única manera de que su energía no te afecte, es si no la codicias, si permaneces junto a ella sin utilizarla, y ambos sabemos que ese no es tu caso. Es por eso que buscamos tu ayuda, ninguno de nosotros sobreviviría a un acercamiento de forma directa. Pero, ya sabes todo esto, ¿no es así, Daniel? Hace ya varios meses que tu reloj echó a andar, y te encuentras gozando de sus mieles. No obs…"

"Yo sé eso, pero…"

El caballero, al verse interrumpido, fija su mirada en Daniel y toma unos segundos para dominar su enojo, después continúa.

"Los jóvenes han olvidado el don de la paciencia, amigos, y nuestro querido Daniel es un claro ejemplo de una carencia total de ella."

"Lo que ella me ha dado, no solamente me beneficia a mí." Les reprocha.

"Eso es absolutamente cierto, no obstante, el tono en que lo mencionas hace pensar que tú no tenías idea de que esto sucedería ¿No fueron suficientemente claros contigo, Daniel?"

"Si, estaba enterado, pero…"

"Espléndido, es esencial que estés perfectamente al tanto de todos los puntos concernientes a Jade, para simplificar nuestra conversación. Nuestra prioridad, al propiciar que te acercaras a ella es, y siempre ha sido, el poder obtener lo que ella produce, con la finalidad de que, un don tan extraordinario, no llegue a desperdiciarse, eso sería una verdadera lástima, casi un pecado. Es por eso que estos planes se trazaron cuidadosamente desde su concepción, cuidándola, acompañándola en cada paso del camino, las veinticuatro horas del día, y ahora tú pareces no darles la debida importancia."

"No se le ha dado la oportunidad de elegir a quién quiere dárselo. Nadie se ha molestado en averiguar cuál es su deseo." Habla molesto.

"Es verdad, y por eso te estaremos eternamente agradecidos. De no ser por ti, que resultaste ser el anzuelo perfecto para ella, esa oportunidad se le habría presentado, bajo otra piel. Has sido tú, Daniel, tú, y nadie más, quien no ha permitido que sus ojos estén en busca de otra oportunidad. Su amor, que con tanta dedicación has cultivado, no le permitirá desviar esa energía hacia otros puntos que pudieran causar una desventaja para nosotros. Tú eres nuestro acceso a su don, y sabremos utilizarlo de la mejor manera, sin

causarle ningún daño, Daniel, si eso es lo que te preocupa, ni siquiera se dará cuenta.

Solo, quiero que te quede claro que, todo en exceso, termina por ser perjudicial, no estamos preparados para resistir la cantidad de energía que nos estás haciendo llegar, y todo podría comenzar a girar en nuestra contra. Hay que ser sensatos, Daniel."

"Yo no siento ningún efecto negativo sobre mí."

"Me alegra saberlo, eso habla del éxito al llevar a cabo nuestros propósitos. Para eso fuiste diseñado, tú y otros más, que esperaban la misma oportunidad que recibiste, la situación fue que ella te eligió a ti, así de simple."

"¿Qué es lo que esperan de mí?"

"Por principio de cuentas, que concluyas el intercambio lo antes posible. ¿Podrías explicarnos por qué no lo has hecho? Dados tus antecedentes, supusimos que, llevar a Jade a la cama, entregarle tu cuerpo, y pagar así lo que ella te entrega, sería algo sumamente sencillo para ti. Simplemente no me lo explico. Además, ella te atrae, ¿no es así? En el hotel en México dormiste junto a ella, sin proyectarte hasta ahí, quiero decir, ¿por qué resistirte? Ella no se habría negado si se lo hubieras pedido, ni siquiera hubieras tenido la necesidad de forzarla."

"No tienen idea de cómo es ella, jamás había conocido a alguien así. Además, ¿forzarla? Ella confía ciegamente en mí, no podría hacerlo, sabiendo lo que estaría consiguiendo a cambio, el hecho de que ella ya no pudiera cambiar de opinión si así lo deseara."

"Es un hecho que así sería, pensé que te alegraría poder tener la seguridad de que el suministro de energía, y con ella, de fama, ya no se detendría jamás. Debo admitir que, lo último que creí encontrar en ti, serían escrúpulos, Daniel, que tontería. Considera que, al concluir el intercambio, podrías ya alejarte de ella de forma definitiva, y podrías dedicarte a la vida de desenfreno que siempre llevaste. ¿No te parece sensacional?"

"No, no me lo parece. Por lo tanto, no pienso hacerlo, así que, díganme, ¿qué es lo que quieren de mí?"

"Bajo las circunstancias presentes, que te alejes de ella, no definitivamente por supuesto, pero, deberás distanciar tus visitas a no más de una noche cada dos meses, con eso bastaría."

"No para mí." Levanta la vista y los observa, su mirada es retadora, por primera vez se encuentra ante la disyuntiva de perder, o peor aún, de dejar ir, aquello que más valora, y encuentra el coraje para continuar. "¿Qué pasaría si decido no obedecer?"

"¡¿Cómo?! ¡No es posible! ¡Eso es inconcebible!" Gritan a voces los otros cuatro personajes.

"¡Caballeros, calma, por favor!" Una vez que la calma se restaura, continúa.

"Seguiríamos adelante con nuestro plan, sin contar contigo, sin escatimar en recursos como hasta ahora. No podemos darnos el lujo de que lo eches todo a perder. Conocemos bien la materia prima con la que trabajamos, Daniel, todo lo que utilizamos es considerado desechable desde el inicio, hasta que demuestre valer algo. No eres indispensable."

"Más bien, creo que soy yo, quien ya no los necesita. Como ustedes saben, tengo suficiente energía impregnada en mí para…"

"Alabo tu confianza Daniel, como siempre, nos rige el libre albedrío, respetaremos el tuyo. Si esa es tu decisión, en este momento damos por terminada nuestra relación, y eres libre de irte a donde quieras. Sin embargo, estimo necesario hacerte una advertencia, hemos invertido demasiado tiempo en Jade, suficiente como para esforzarnos al máximo en obtener una culminación favorable para los planes que trazamos con tanto esmero. Puedes tener la seguridad de que lucharemos porque se cumplan, a como dé lugar."

"Dijeron que ella me había escogido."

"Y así fue, pero, todo puede cambiar Daniel, ya sabes, su voluntad es la que cuenta, las chicas, a su edad, son volubles. Y, si no te mantienes adecuadamente a distancia de ella, todo terminará por desaparecer, recuerda que, es la voluntad de ella, la que mantiene vivo el efecto de su don sobre los demás. En cuanto a ti, lamento mucho haber cometido un error tan grave al juzgarte. Quizá, no eres tan resistente después de todo. Hay gente a quien la fama los ha vuelto locos, y otros han enloquecido al perderla, después de haberla probado. Espero no sea ese tu caso."

"¿A cuál de los dos casos se refiere?"

"A los dos, mi querido Daniel, a los dos. De cualquier forma, ya sabes dónde encontrarnos, si en un momento dado te somos necesarios. Supongo que no tengo que recordarte, que los juramentos de confidencialidad, a los que acordaste en tu primera reunión con uno de nuestros emisarios, siguen vigentes. La decisión es tuya en cuanto a lo que quieres hacer de ahora en adelante, pero, los juramentos permanecen hasta la muerte. Obviamente, la discreción en la que deseamos hacer énfasis se refiere a tus conversaciones con Jade, si no respetaras ese acuerdo, tu vida ya no tendría absolutamente ningún valor para nosotros."

"¿Es esa una amenaza?"

"¡Por supuesto que lo es, Daniel! Vaya, me congratulo de que mis palabras si te resulten completamente claras."

"Lo tendré en cuenta. ¿Puedo irme ahora?"

"Si, Daniel, supongo que quieres correr nuevamente a su lado. A decir verdad, te entiendo, de verdad te entiendo. Estoy saboreando la energía que produce, un verdadero manjar, sin duda." Dice esto señalando el agua que cubre el piso y concluye. *"Debe ser delicioso, gozar de ella día tras día, y a la vez, angustioso recordar constantemente, lo frágil de su naturaleza, depender estrictamente de la voluntad de una jovencita. Difícil, muy difícil tarea, aunque, seguramente esto será fácil para ti. Disfrútalo, Daniel."*

Como por arte de magia, uno de los guardaespaldas abre la puerta, y la mantiene abierta para él. El recorrido de regreso hacia el bote transcurre de la misma forma que cuando llegó, con calma y, pese al terror que se ha apoderado de él, sin violencia. Una vez a bordo, le entregan una toalla para que seque sus pies, y le regresan sus zapatos.

Daniel no puede dejar de pensar que, si se les ocurriera hacerle algún daño, o incluso desaparecerlo, pasarían varios días antes de que alguien lo buscara. Simplemente hay que tomar en cuenta, que la gente relacionada con él piensa que se encuentra en España, obviamente no le dieron oportunidad de informar a nadie hacia donde se dirigía.

Conforme la camioneta avanza y se distancia de la isla, el miedo a morir disminuye, ya tuvieron tiempo para disponer de su vida si ese fuera su plan. Ahora, todo se reduce a una imagen en su cabeza, que sigue provocándole escalofríos y que, sin importar lo que haga, habrá de acompañarlo por largo tiempo. Una imagen, que le hace recordar el día en que se dio cuenta de lo limpia que es Jade, en comparación con él, debido a que él siempre toma las decisiones, sin considerar hacia dónde está encaminando sus pasos.

Cuando lo contactaron con el ofrecimiento de una increíble fama, no lo pensó dos veces, es decir, ni siquiera lo pensó, antes de aceptar absolutamente todas las cláusulas de las que le hablaron. Si hubiera dedicado unos minutos a considerar todo, podría haber deducido que un ser humano normal, no es capaz de tales logros, y que si, tal como sucedió, no encontraba la forma de entregarle a ella lo que se suponía que le diera a cambio, o si resultaba que no era eso lo que ella buscaba, se trataría de un robo, no de un intercambio, como se lo hicieron creer al principio. Un robo a una chica que no tiene idea de lo que está perdiendo, o en manos de quién es que lo pierde. Aun cuando, muy dentro de él, sabe que, incluso considerando todo esto, habría aceptado de todas formas. Pero tal vez, solo tal vez, si hubiera visto la imagen que vio hoy, y que ahora lo atormenta, no habría sido capaz, se habría detenido, y el pecado sería de alguien más.

Durante el proceso de la conversación que sostuvo en la isla, observó, con horror, como el físico de estos señores se transformaba, mientras recibían la energía que emanaba de él, el don de Jade, un regalo que ella le hizo solo a él, no a ellos, eso es seguro. Las venas visibles en su piel se ocultaron bajo una tonalidad blanca, pero ya no transparente, en su piel, y sus cuerpos, bueno, él podría asegurar que incluso ganaron un par de kilos en el proceso. Parecían respirar con más profundidad, llenando sus pulmones con la energía de ella. Eso es, para ellos, al igual que para él, Jade es también aire puro, aire sin el cual no pueden vivir. No están dispuestos a vivir sin eso.

Terrores, que nunca había imaginado, lo ahogan ahora. Ya saborearon lo que produce, e irán tras ella, como predadores detrás de la gacela, y es él quien los ha incitado a hacerlo. ¿Por qué no siguió las reglas mientras encontraba la forma de protegerla, de ponerla fuera de su alcance? Como siempre, tenía que hacer las cosas sin pensar. ¡Maldición! ¿A qué peligro la ha expuesto ahora?

Él la vio retar a un demonio para que la siguiera, con el único propósito de alejarlo de él, de salvarle la vida, y ahora, él la expone a peligros mayores, los cuales no está seguro que ella pueda enfrentar, sin perder la vida en el proceso. Seguirán luchando por su presa, se la van a arrebatar, y él ya no soportaría perderla.

Necesita llegar a casa, las horas pasan y pronto será hora de que Jade lo espere para dormir, y le resulta imposible estar ahí. Le aterra pensar en lo que ellos piensen hacer mientras él llega con ella, seguramente no perderán ni un minuto, los planes, incluso ahora, ya deben estar listos. Llegará tarde seguramente, aunque, si lograra llegar, para enfrentarse con lo que ellos envíen por ella, ¿qué podría hacer? Nada, absolutamente nada. En cuanto pone un pie en casa, corre a su habitación y cierra la puerta con llave, le cuesta mucho trabajo concentrarse lo suficiente para desplazarse y llegar con Jade, pese a todo, él sigue intentando.

Monterrey

Son las tres de la mañana y Daniel no aparece, doy vueltas por mi habitación, ya recorrí mentalmente todas las posibles causas de que no venga esta noche. El disco está por salir, y seguramente la promoción está consumiendo gran parte de su tiempo, sesiones fotográficas, firmas de autógrafos, fiestas.

Pero no, dentro de mí puedo sentir una aguda sensación de pánico que proviene de él, el mismo miedo que sintió el día en que el demonio lo atacó, solo que, en esta ocasión, no logro conciliar el sueño para poder llegar hasta su casa, y los nervios están acabando con mi paciencia. Si no aparece pronto, tomaré el teléfono y lo llamaré, después de todo, en España son las diez de la mañana.

Por fin siento el viento a mi espalda y giro solo a tiempo para que me tome entre sus brazos, me estrecha con mucha fuerza, y puedo sentir como su corazón corre con más rapidez de lo que es habitual. Tíber emite unos leves gemidos desde la cama, seguramente él puede sentirlo también. Separándose de mí, levanta mi barbilla para verme a los ojos, y acaricia mi cara con las yemas de sus dedos, desde la frente hasta la barbilla, y sonríe. Esta caricia es su saludo habitual, y al ver sus ojos, puedo sentir su estado de ánimo, que por lo general es tranquilo, sin embargo, lo que se percibe esta vez, a través de su mirada, no es calma, sino angustia, una amarga angustia.

"Hola." Dice prácticamente en un suspiro.

"Daniel, ¿te encuentras bien?"

"Ahora sí."

Me lleva a la cama y me acerca a él, hasta que mi cara queda parcialmente oculta entre su cuello, lo abrazo y puedo sentir lo agitado de su respiración. Tíber se aproxima a él por el otro lado y lucha por subirse sobre su pecho, Daniel lo toma con la mano, lo coloca sobre él, y el perro se acurruca justo encima de su corazón, creo que ambos interpretamos el movimiento del animal, como un esfuerzo por abrazarlo, pese a lo diminuto de su tamaño. Daniel lo acaricia y dice, 'gracias, Tíber,' a lo que el animalito responde lamiendo su dedo.

No puedo estar en paz, contrario a lo que siempre pasa, esta noche, entre más cerca estoy de él, más intranquila me siento, me enderezo y apoyo el brazo sobre mi codo, para sostener la cabeza a una altura que me permita verlo a los ojos. No me deja verlos, los mantiene cerrados parcialmente para que no lo consiga. Me acerco a su mejilla y lo beso, él gira y besa mis labios por largo rato, hasta que puedo sentir como su respiración se va tranquilizando, y voltea a verme. Su mirada es triste, sus dedos entrelazados con los míos no me dan libertad para moverlos en lo absoluto.

"¿No vas a preguntarme nada?" Dice en voz baja.

"Estoy esperando."

"¿Qué cosa?"

"Es más que obvio que estás intranquilo, y no quiero importunarte. Por lo pronto, solo quiero que sepas que estoy aquí, y creo que ya lo sabes, ¿no es cierto? Más adelante, cuando estés más calmado, ya te encargarás de contarme, o no. Sé perfectamente que no todo en tu vida está a mi alcance." Acerca la mano que tiene libre y me acaricia el cabello.

"Tengo miedo, guapa, y justo ahora, no encontraría las palabras para explicarte qué es lo que me atemoriza. Lo único que me tranquiliza eres tú. No sé qué haría si…" Presiona mi mano aún más.

"Daniel, desgraciadamente la vida está llena de cosas desagradables, simplemente es así, pero, no podemos vivir con miedo, suficiente es con el que pasamos al enfrentarnos a… esas circunstancias, como para vivirlo por adelantado. ¿No crees?"

"Jade, el disco saldrá pronto a la venta, y las giras de promoción darán inicio, estaremos juntos día y noche, pésele a quien le pese."

"Mientras no sea a ti a quien le pese, todo está bien."

"Claro que no, guapa. ¿Cómo dices eso?" Por fin ríe, aun cuando la risa solo abarca sus labios, su mirada sigue triste. Tíber deja escapar un sonoro ronquido, demasiado sonoro para algo tan pequeñito. Comenzamos a reírnos, esta vez con más ganas, y el perro se despierta. Pasamos un buen rato jugando con él, hasta que tanto él, como Daniel, bostezan, y se acurrucan junto a mí. Daniel es una cosa, pero a Tíber, me da miedo aplastarlo, así que lo tomo con cuidado, y lo regreso a su cuna.

Daniel suspira y va quedándose dormido, aunque su sueño es bastante intranquilo, continúa aprisionando mi mano, y no he tenido el menor éxito en mis intentos por soltarla de la suya. Mientras duerme a mi lado, trato de pensar, ¿qué es lo que él teme? ¿Qué es lo peor que podría pasarle? Mis pensamientos se dirigen, sin remedio, hacia la imagen del demonio con él en sus manos, perderlo, eso sería lo peor para mí, pero, tratándose de él, no lo sé.

Si tengo que dejarme guiar por lo que puedo percibir, sería el no poder volver aquí, conmigo. Esa idea me parece sumamente egocéntrica, y siempre he sido enemiga de permitirme pensamientos tan ingenuos, he cometido muchos errores y estoy consciente de que sigo cometiéndolos, sin embargo, me alivia pensar que no lo hago deliberadamente. Pero, el sentimiento dentro de él es lo suficientemente fuerte como para que yo lo identifique con claridad, y no pienso pasarlo por alto tampoco. Por lo tanto, basándome en eso, ¿qué es exactamente lo que teme perder al no llegar aquí? Necesito saberlo para encontrar la forma de defenderlo, si me es posible, espero que sí.

Capítulo XVI
En la guerra y en el amor, todo es válido

Inglaterra

Después de la partida de Daniel, el ambiente en la mansión se llenó de discusiones. Obviamente, estos hombres tienen por costumbre, por un lado, salirse con la suya y, por el otro, que se les obedezca sin titubear. Por lo tanto, la actitud de Daniel ha levantado ámpula entre ellos, que esperaban que, su sola presencia, causara en él tal impacto, que decidiera desandar el camino de sus errores, y darles gusto. No obstante, a él ya no le importa todo aquello a lo que accedió cuando las conversaciones eran meramente teóricas, ya en la práctica y después de haber conocido a Jade, todo ha cambiado radicalmente y estos seres acaban de darse cuenta de ello.

A falta de sus nombres reales, y para simplificar el poder detallar sus conversaciones, los llamaré por el nombre de la planta que estaba tallada en cada una de sus sillas, siendo Boj quien habló directamente con Daniel. Se han puesto de pie, y siguen caminando dentro del agua del salón, absorbiendo los restos.

Boj: ¿Qué fue lo que salió mal?
Vid: Para empezar, cuando ella lo valorizó, estaba segura de que, debido a sus anhelos de fama, sería capaz de resistir lo que Jade proyecta, y de sujetarse de manera estricta a los parámetros que debe seguir, sin embargo, su actitud dista mucho de ser de obediencia.
Boj: Se han cometido muchísimos errores con ellos, yo ya me esperaba que algo, o todo, saliera mal.
Ébano: ¿Qué quieres decir?
Boj: Se les pidió a los demonios que los vigilaran.
Ébano: ¡El ángel también está vigilándola, era nuestro derecho!
Boj: No me refiero a eso, hablo del hecho de que, el demonio a cargo cometió un error terrible al atacarlos.
Ébano: Él hizo lo que creyó conveniente. Notó que Daniel había desobedecido gravemente, y trató de corregir el problema a tiempo, pero, en ese momento apareció Jade. Todavía no logro entender cómo es que puede conectarse con Daniel de esa manera, en teoría, eso no es posible.

Olivo: *Olvídate de las teorías, en teoría, el demonio debió ignorarla, y tampoco lo hizo. No solo eso, se atrevió a atacarla, poniendo en terrible riesgo la inversión que hemos realizado en ella. Aparte de eso, se exhibió, poniéndose al descubierto, como una amenaza para ambos.*

Ébano: *Hasta cierto punto, actuó con lógica, midió con sumo cuidado sus ataques para no causar un daño tan severo. Además, hubiera sido fatal dejarla ir, y hacerle ver a Daniel que ella no sufriría consecuencias por sus acciones. El demonio sintió que él respondería mejor si la veía vulnerable. Tampoco podía permitir que Jade se sintiera libre de sus ataques, viendo a Daniel como víctima única, pues ella se lanzaría a defenderlo y todos aquí sabemos lo que eso podría acarrearnos. No podemos recibir descargas descontroladas de su energía, ni por las buenas, ni por las malas, en ambos casos, eso sería fatal para nosotros, afortunadamente ella desconoce ese hecho, al igual que muchos otros.*

Olivo: *Todo suena muy bien, no obstante, ese demonio no averiguó cuál fue la desobediencia de Daniel, pues, a pesar de las setenta horas que se tomó para hacerlo, no logró sacarle ni una palabra, y sí incitó a Jade para que lo busque constantemente, haciéndole imposible el trabajo para el que lo entrenamos con tanto cuidado. Más aun, sabiendo, tan bien como lo sabemos nosotros, que esa chica, de vulnerable no tiene nada. Ya no podrá desempeñar su asignatura, y, entrenar a otro demonio a estas alturas, sería imposible. Él ha seguido su sangre por siglos, conoce todos sus puntos fuertes y, más importante todavía, los débiles. Lo necesitamos ahí, y no podrá estar cerca sin que ella se dé cuenta e intente acabar con él, lo cual, con un poco de empeño de su parte, sería factible.*

Vid: *Tal vez, pese a todo eso, no sea necesario buscar otra opción, quizá aún logremos utilizarlo.*

Ébano: *¿Cómo?*

Vid: *Colocándolo en un lugar en el que a ella no le sea fácil detectarlo.*

Boj: *Eso es prácticamente imposible, ella tiene un olfato especial para encontrarlos.*

Vid: *No siempre, hay ocasiones en que, por costumbre, ella responde más a sus sentidos, que a sus instintos. Sigo pensando que, tal vez, lograríamos que no se diera cuenta.*

Muérdago: *De acuerdo, no perdamos tiempo entonces. ¿Cuáles son los pasos a seguir a partir de ahora? Supongo que para todos nosotros es evidente lo que estamos perdiendo y, al no contar con la voluntad de Daniel, podemos irnos despidiendo del don de Jade, y al menos yo, no estoy dispuesto a perderla ahora.*

322

Vid: *¡Eso ni pensarlo! Ya no hay marcha atrás, solamente un cambio de planes.*

Muérdago: *¡Fantástico! Soy todo oídos.*

Vid: *Según el demonio, cuando tiene tiempo para estar sola, su instinto la lleva por el camino correcto. Impediremos que tenga el tiempo para hacerlo. Últimamente se ha enfocado en un fuerte rastreo demoníaco, y eso le consume mucho tiempo, esa área nos será de utilidad de ahora en adelante. Eso, sin contar con que, en ese ámbito, se pueden cometer muchos errores y nos encargaremos de que así sea.*

Ébano: *¿De qué personas podríamos valernos?*

Vid: *No nos queda ninguna, no confía en nadie, no tiene amigos, deberán ser los demonios, no tenemos otro recurso por ahora. Ya en una ocasión intentamos acercarla a Víctor, y Daniel se encargó de alejarla por completo de él. Conoce nuestros movimientos y la ha puesto a la defensiva.*

Muérdago: *Pero, los demonios, tarde o temprano, cometen errores. Como el día en que permitieron que los viera protegerla de la multitud. Podrían arruinarlo todo.*

Vid: *Seremos lo suficientemente claros, en especial con uno de ellos, que ya se encuentra en el lugar que más nos conviene, en aquella ocasión, su error se debió a la imperiosa necesidad de cuidar su vida, pero, tienes razón, no debió verlos.*

Olivo: *Muy bien, y en cuanto a Daniel, ¿qué pasará con él? Supongo que no lo has dejado ir, así como si nada.*

Boj: *¡Claro que no! Es fácil suponer que para este momento ya ha sufrido una muerte violenta o, ¿me equivoco?*

Vid: *Amigos, lamento informarles que ambos se equivocan. Sí, por increíble que parezca, lo hemos dejado ir como si nada, y no, no ha sufrido una muerte violenta. La situación con él ha cambiado drásticamente, Jade está protegiéndolo, de una forma tan intensa, que en el momento en que me acerqué para saludarlo, supe, al tocarlo, que no podría enojarme con él, sin que ella me lo hiciera pagar.*

Ébano: *¡¿Cómo?! Lo hizo inmune a nosotros. ¿Cómo demonios supo hacer eso?*

Vid: *Ese es el problema, no sabe hacerlo premeditadamente, solo lo hace.*

Ébano: *Entonces, ¿qué haremos?*

Vid: *Lo utilizaremos, sin que él mismo se dé cuenta, sin darle tiempo a sentir miedo, ese sería el disparador para Jade.*

Boj: *Eso es imposible, ya no contamos con su voluntad, ¿recuerdas?*

El Juego… Jade

Vid: Si contamos con ella, esto es como un matrimonio, Daniel firmó con nosotros, nos entregó su libre albedrío, lo utilizaremos, aún en su contra. En la guerra y en el amor, todo es válido. Finalmente, él ya está gozando de lo que nosotros le proporcionamos.

Boj: Se lo proporciona Jade.

Vid: Así es, pero, de no haber sido por nosotros, nunca la habría conocido, y tampoco sabría cómo utilizar ese don.

Muérdago: Indudablemente, esta será una guerra, y dentro de todo lo que me preocupa, porque debemos estar conscientes de que su ángel también está ahí, las veinticuatro horas, hay una cosa que resalta sobre lo demás, Daniel posee el arma más poderosa, Jade.

Vid: No le permitiremos utilizarla, ella estará pronto de nuestro lado y lejos de él.

Ébano: Ella no se alejará de él tan fácilmente.

Vid: Jamás dije que sería fácil, nunca lo es. Ahora, traigan a Sara, es imperativo que hablemos con ella, ya hay demasiados cabos sueltos en esto, y ella tiene que tomar cartas en el asunto.

Monterrey

No me ha sido posible pegar los ojos en toda la noche, estoy muy preocupada por el estado en que Daniel se encuentra, y lo he visto agitarse durante varias horas, girando sobre sí mismo en la cama a derecha e izquierda, todo esto sin soltarme la mano, lo cual ha dificultado aún más que concilie el sueño. Creo que, al dormir, olvidó por completo que mi mano está pegada al resto de mi brazo, y tiró de ella, de arriba para abajo, sin compasión alguna. De no haber sido porque me angustia verlo tan intranquilo, lo habría despertado para que me soltara.

Justo ahora, se encuentra sobre su costado, de frente a mí y con su mano derecha sostiene la mía bajo su mentón, de vez en vez, la oprime con más fuerza, como si yo hubiera hecho un intento por retirarla, y después la suelta un poco nuevamente. No lo suficiente para que logre liberarla, solo ligeramente, para no interrumpir mi circulación, creo. En otras ocasiones, ha girado sobre sí mismo dándome la espalda, rodeando su tórax con mi brazo, colocando mi mano sobre su corazón, quedando yo adherida a su espalda, cosa que tampoco parece notar.

Por momentos, su rostro refleja dolor, y después cólera. No sé cuál de los dos sentimientos es el que prefiero, a mí me funciona muy bien el segundo, me da una sensación de seguridad, que me sienta perfecto, y me hace sentir mejor de forma casi instantánea, tratándose de él, desconozco qué sea mejor.

Con la mano que me ha dejado libre, acaricio su cara suavemente y lo escucho susurrar palabras que no entiendo. Lo que si alcanzo a comprender es mi nombre, lo menciona constantemente, aunque no sé si su conversación es conmigo, o está hablando de mí. Detesto la sensación que esto me provoca, de que soy la fuente de sus angustias, cuando en realidad, lo que más deseo es ser todo lo contrario.

Repentinamente se estremece, y abre los ojos de par en par, encontrándose con los míos. Presiona mi mano con fuerza hasta hacerme daño, exclamo un "¡ouch!" al que no presta mucha atención. Sin soltarme, intenta acercarse más a mí y entonces, se da cuenta de la fuerza que imprime y me libera. Se pueden ver claramente sus dedos marcados, haciendo un contraste en rojo, sobre el habitual color blanco de mi piel. Hasta este instante cobra conciencia, y despierta por completo, su expresión cambia de cólera a preocupación.

"Lo siento, Jade. Lo lamento tanto. ¿Cuánto tiempo te he sujetado? ¿Por qué no me pediste que te soltara? Debiste despertarme."

Sonrío y lo observo dar masaje a mi mano, tratando de borrar las huellas de sus dedos sobre ella, las cuales parecieran tatuadas, pues no ceden en lo absoluto.

"Daniel, no te preocupes, mi piel se marca a la menor provocación, y esas marcas estarán ahí por algunos minutos más, sin importar si me das masaje o no, así que…" Detiene el masaje que le da a mi mano y continúo.

"Así que, si puedo escoger, continúa con el masaje, se siente muy bien." Sonríe avergonzado y prosigue con la terapia, yo sigo respondiendo sus preguntas.

"¿Cuánto tiempo me sujetaste? Bien, prácticamente desde que te quedaste dormido. ¿Por qué no te pedí que me soltaras? Pues, debe haber sido porque no quería que lo hicieras. Soy masoquista, ya sabes, y no te desperté porque quería que descansaras. ¿Cómo te sientes?"

"Más o menos, pero sé de una forma en que podría sentirme mejor, ¿me ayudas?"

"Si, ¿qué tengo que hacer?"

"¿Puedo tener un abrazo tuyo, Jade?" Pregunta como lo hizo la primera vez. Su mirada se entristece, y no quiero que caiga en esa penumbra de nuevo.

"Eso depende, corazón."

"Y, ¿de qué depende, guapa?" Sonríe levemente.

"Pues verás, últimamente he ido por ahí, prodigando abrazos a diestra y siniestra, eso me ha llevado a una escasez de los mismos. Ya se me acabaron los cortos, e incluso los medianos."

"¿Entonces?"

"Solo me queda uno largo, largo. ¿Lo quieres?"

"Por supuesto." Extiende su brazo hacia mí, e interrumpo su movimiento al levantar la mano en señal de que no he terminado, se detiene y frunce el entrecejo.

"Lo siento Daniel, pero, esta vez, te costará."

"¡Vaya! Y, ¿tú crees que me alcancen los fondos para cubrir el costo?"

"Tienes suerte, estoy dispuesta a un trueque."

"¡Fabuloso! ¿De qué se trata? ¿Qué es lo que yo tengo que pudiera interesarte?"

Por fin sonríe pícaramente, no es la misma sonrisa que siempre me ha fascinado, pero, se acerca bastante.

"Bueno, no es que me interese exactamente, se trata, más bien, de algo que necesito con irrefrenable desesperación. ¿Puedo tener uno de tus besos, Daniel?"

"Todos son tuyos, Jade, puedes tenerlos todos."

"De acuerd…" No me da tiempo a decir nada, se abalanza sobre mí y me besa, mientras yo cumplo mi parte del trueque, abrazándolo tan fuerte como puedo. Casi sin separar sus labios de los míos pregunta, fingiéndose enojado.

"¿Se puede saber a quién demonios has estado abrazando?"

"No."

"Cómo que n… ¿Por qué no?" Se endereza para verme a los ojos.

"Es secreto de Estado. Si te lo digo, tendría que matarte." Sonríe y me muerde un labio.

"Jade…"

"¿Sí?"

"Dijiste que necesitas mi beso…"

"Con desesperación."

"¿De verdad?"

"No tengo porque mentirte."

"Pues, no se hable más."

Me da la impresión de que no era eso lo que iba a decirme, sin embargo, sé que, si lo cuestiono, no me dirá nada, por lo tanto, no hago otra cosa que hacer lo que me pide, y responder a sus besos. Esta vez son muy diferentes, siempre habían estado cargados de dulzura, hoy, en cambio, son desesperados. No sabría explicarlo, pero, es como si cada uno de ellos fuera un mensaje, de miedo, de angustia, de rabia. Con los minutos, la dulzura va abriéndose paso, hasta que vuelve a besarme como lo ha hecho siempre.

Hay un detalle que llama mi atención, siempre que Daniel llega a mi habitación, lo hace en ropas de dormir, hoy, sin embargo, viste unos jeans azules, un sweater color crema muy ligero, y zapatos tenis, es decir, es ropa de día. ¿Por qué no se cambiaría? Supongo que sentía que ya era muy tarde, no me atrevo a preguntarle.

Tiempo después, llega la hora de irse, se está haciendo tarde y sé que tiene muchas cosas que hacer, a decir verdad, yo también. La enana necesita un disfraz para una fiesta escolar, y le prometí que se lo compraría. Conociéndola, ya no debe tardar en venir a despertarme para que la lleve. Así que, será ella o Tíber, que ya empieza a hacer ruido desde su cuna, sin olvidar, claro está, a Mara y su lista. Daniel se levanta para irse, no sin antes confirmarme, repetidamente, que regresará esta noche, esta vez a la hora habitual.

"Daniel, sé que el nuevo disco sale pronto a la venta, y algo intuyo respecto a la promoción que se avecina. No te preocupes si uno de estos días no puedes venir, no me gusta la idea, pero, yo entiendo."

Toma asiento junto a mí y me toma la mano, misma que, por fin, ha vuelto a su color habitual.

"Jade, hay ocasiones en que odio que respetes tanto mi carrera, mi vida en general, casi preferiría que me pidieras que regrese sin falta y así yo…"

Súbitamente identifico las palabras y me refieren hasta una imagen que me duele, y que se encuentra muy reciente en mi memoria. Eso mismo, más o menos, le suplicaba yo a mi demonio, y él tampoco hizo nada porque lo conservara junto a mí. Supongo que sus motivaciones no eran tan nobles, pero, sé lo que obtendría al pedirlo.

"Lo harías, lo sé, pero, no Daniel, no soy capaz de hacer eso."

"¿Ni siquiera por mí?"

"Especialmente por ti."

Me besa y se va, yo me quedo pensando en lo cierto de las palabras que acabo de decirle, para mí, aún antes que yo misma, esta él.

Ya pasaron varias noches desde que Daniel llegó tarde. A pesar de lo ocupado que se encuentra, ha seguido llegando sin contratiempos. Incluso su estado de ánimo; casi ha vuelto a ser el mismo, un poco más aprehensivo, tal vez. Hace preguntas constantemente, mismas que trato de responderle, contrario a mi costumbre de nunca dar razón de mis actos absolutamente a nadie, es solo que no quiero causarle más angustias y, algo respecto a mí, parece angustiarlo mucho. Después de todo, no hay gran cosa que pueda contarle, si tomamos en cuenta que el área de los demonios, la cual es la más amplia de mi vida, está, completamente, fuera de mis conversaciones, eso deja muy, muy poco que decirle. Afortunadamente siempre me ha gustado leer, eso me proporciona amplios temas de conversación.

Hace unos días, mencioné que no valía la pena angustiarse por cosas que vendrían, y sufrir por adelantado, no obstante, me es imposible seguir mi propio consejo. Acostumbrada como estoy, a que las cosas vayan, de malas, a terribles, la voz de mi subconsciente no para de advertirme que, la forma en que las cosas se están desarrollando, no es normal. Sigo buscando al demonio del espejo, sé perfectamente que es una amenaza potencial para Daniel y para mí, tal vez la más grande de que tenga conocimiento, pero, sigue en fuga, y no logro encontrarlo.

Me preocupa también, el estado en que llegó hace unas noches, y todo el miedo que percibí de él previamente, me molesta no saber con qué estoy tratando, aunque, sé con certeza, que se trata de algo terrible, y ni siquiera puedo prepararme para enfrentarlo, dado que no tengo idea de qué se trata. Pensándolo bien, aun sabiéndolo, ¿cómo me prepararía? Nunca he sabido hacerlo, y por más esfuerzos que hago, solo sigo las indicaciones de Mara, pero, aún no he logrado tomar la iniciativa en los ataques, es más, no sé a quién atacar. Sigo en guardia, atenta a cualquier cambio en lo que sea, pero, nada. Esto último, al menos me permite sentir que tengo el control de algo, probablemente no es así, pero me gusta sentir que sí.

Con toda esta carga ocupando el total de mi subconsciente, y buena parte de mi consciente, el resto de mi atención se lo dedico íntegramente a Daniel. No sé si les ha pasado, pero, incluso cuando trato de mantener mi vida repartida por partes iguales, es decir, respecto a mi trabajo contra los demonios, por aquello de la acumulación de puntos, ¿se acuerdan? Mi recién iniciada vida familiar, y mi relación, si es que así puedo llamarle, con Daniel, esta última siempre termina por gobernar sobre las demás. Si las cosas con Daniel están tranquilas, incluso felices, el resto de mi vida se ajusta a ese hecho, y todo me resulta sencillo y hasta emocionante.

Por el contrario, si las cosas con él son angustiantes, este sentimiento se extiende a todo lo demás, y termino por dejarme arrastrar por la paranoia. De modo que, como él ahora ha recobrado su tranquilidad, al menos en gran parte, para mí todo está tranquilo también, y puedo disfrutar más de su presencia, sin estarme preocupando por analizar los cambios en su mirada, o en las inflexiones de su voz.

Rocío Blisswealth

El encontrarme en este estado de ánimo, me permite retomar una de las actividades que más disfruto, mi dedicación absoluta a admirar su enorme atractivo, simplemente me encanta observarlo, y últimamente no he tenido tiempo para hacerlo. Cuando no estoy con mamá y con Mara, es Daniel quien está conmigo, y teniéndolo enfrente, no me atrevo a recorrerlo con la mirada, como puedo hacerlo cuando no está.

Por ejemplo, justo ahora, me encuentro sentada en un sillón de mi recámara, desde el cual puedo observar todos mis carteles, en especial aquel en el que Daniel viste de blanco, y que es mi favorito. Sus ojos, que son de un color azul que dudo haber visto antes, es un azul claro, brillante y la orilla de su iris tiene una tonalidad mucho más obscura, que los resalta, y enfatiza su brillo, me observan desde él, pero, sin hacerlo realmente.

Me levanto para ver el cartel de cerca, como si no lo conociera de memoria, y me paro frente a él. No me había dado cuenta, es de tamaño natural, del tamaño exacto de Daniel, tal vez esa es otra de las razones de que sea mi predilecto. No pasan muchos segundos antes de que me sienta extasiada con la imagen que observo.

Tomo unos instantes para analizar lo que siento cuando lo veo así. Cuando él está conmigo, en cualquiera de sus versiones, me resulta más familiar, tal vez suene fuera de lugar, pero, incluso más común. Recuerdo ahora el día en que dijo que, estando conmigo, él podía ser simplemente Daniel, sin la piel que se pone para los shows. Y, ahora es que puedo ver la diferencia que esto implica, al menos para mí. Todos nosotros somos distintos, vestidos con nuestra ropa de diario, a como nos vemos y nos sentimos con ropas de gala, es algo así. Aunque, tratándose de él, la diferencia no la establece el atuendo, porque bien podría subirse al escenario con su ropa de diario, y cambiaría completamente en cuanto un reflector depositara su luz sobre él.

Me acerco al cartel y las mariposas de mi estómago emprenden el vuelo. ¿Cómo es posible? Creo empezar a entender la diferencia, la parte de él que me atrae químicamente, en grado extremo, la que me atrajo la primera vez que lo vi, es su segunda piel, Daniel Montalvo. Daniel me llena emocionalmente y, si me permiten la comparación, él es como esa prenda que tenemos en el closet que, por cómoda, hemos llegado a amar, y de la cual simplemente no podríamos prescindir.

Daniel Montalvo, en cambio, es aquel atuendo maravilloso para ir de fiesta, y que nos hace lucir estupendos. Daniel es el que me arropa y me acaricia, hasta que me quedo dormida, y con el que me siento realmente cómoda. Daniel Montalvo es el que derrocha sensualidad y talento, es el de la voz aterciopelada que me canta desde el escenario, el que me hace sentir increíblemente especial, el inalcanzable, fuera de lo normal. Al primero lo amo profundamente, el segundo me emociona a más no poder.

Sigo observando sus ojos que me miran desde el cartel, y doy rienda suelta a la fascinación que experimento, ya las mariposas se extendieron por todo mi cuerpo, en total expectación de estirar la mano y tocarlo con las yemas de los dedos, deslizar mis dedos por su tersa piel. Obviamente esto solo sucede en mi imaginación, en cuanto lo tengo frente a mí, me dedico a corresponder a sus acercamientos, eso es todo.

Y, aún en mi imaginación, solo puedo hacerlo con el cantante, a Daniel, las reglas del decoro, como llamaría mi abuela al pudor, no me permiten acariciarlo con la mirada con descaro, como si fuera algo mío, colocado frente a mí con el simple propósito de halagarme la vista. Todo me resulta mejor con su fotografía, sus ojos no descubren la mirada en los míos, no puede juzgarme, soy completamente libre para disfrutar de su…

La imagen del cartel cambia ligeramente, igual que cuando una hoja cae desde una rama y al caer perturba el espejo de un lago en completa quietud. Daniel se desliza a través de esa pared precisamente, da un paso al frente y se detiene a escasos veinte centímetros de mí.

Sin poder salir del trance en que me encuentro, me hundo en la sensación de que la fotografía ha cobrado vida, y dejo escapar un corto suspiro de asombro, casi como un gemido, admirando la tercera dimensión que han adoptado sus facciones.

Da un corto paso adelante, y yo, sorprendida, retrocedo con la mirada perdida en él. Gira su cabeza para ver lo que yo estaba observando en la pared, se encuentra consigo mismo, viéndose desde el cartel, y parece finalmente entender mi cara de placidez. Me observa con una suave sonrisa, como si no quisiera distorsionar su propia imagen, levanta la ceja derecha y me mira a los ojos.

¡Maldición! Mi mirada, a estas alturas, es ya demasiado explícita y, para mi desgracia, y en honor al decoro, la dirijo al piso. Con bastante dificultad voy tomando conciencia de que Daniel ya llegó y se encuentra frente a mí, de carne y hueso, o casi.

Colocando sus manos en mi cuello, provoca un escalofrío que me recorre de pies a cabeza. Con sus pulgares bajo mi mentón trata de levantarme la cara para ver mis ojos. Lo lamento, Daniel, no estoy lista, opongo resistencia, y deja de insistir. Acerca sus labios a mi oído.

"¿Me esperabas, guapa?"

No respondo, acomodo la frente sobre su hombro, escondiendo de él mi cara, y suspiro. La verdad me perdí, y ya no lo esperaba, ya no recordaba que

Rocío Blisswealth

solo disponía de unos cuantos minutos para mi contemplación. Siento como mi libertad se aprisiona bajo las cadenas de la buena educación, e intento recuperar la compostura.

Ahora no me queda más remedio, que agradecer la casi penumbra de mi habitación, pues al hacer a un lado el descaro, la vergüenza se ha apoderado de mi persona, provocando que mis vasos capilares se desangren en mis mejillas. No quiero hablar Daniel, ¿no podrías haber tardado un poco más? Mis ojos aún no se saciaban de ti.

Sus manos siguen en mi cuello, ha entrelazado sus dedos en mi nuca y, estoy segura de que puede sentir la velocidad a la que mi corazón late. Sus labios siguen cerca, muy cerca de mi oído y su aliento me eriza la piel.
"Jade…"

Dos minutos más Daniel, solo deseo poder hablar con algo más que un hilo de voz.
"Guapa."

Mis manos, que se encuentran a sus costados, se deslizan hacia su espalda y levanto mi barbilla, con el propósito de deslizarla por encima de su hombro y lograr esconder mi rostro de su mirada.
"¿Prefieres que guarde silencio?"

Solo asiento con la cabeza y él acaricia mi cabello, mi oreja, mi hombro, pero, ya no dice palabra alguna. Me cuesta mucho recuperarme, pues en el momento en que me abrazó, todo mi campo visual lo ocupó su imagen en la pared, y el montón de sensaciones que lo acompañan. Cierro los ojos e intento contar, no da resultado, mi corazón sigue sin retomar su ritmo normal, y mis mejillas no recuperan su color, lo sé, porque el calor que acompaña la intensidad del tono no ha cedido. Ya no puedo seguir en silencio, es ridículo. Giro un poco la cabeza, y beso su mejilla.
"Hola." Me aventuro a decir, no muy segura de que mi voz ya haya regresado a mi garganta, según parece, suena normal.
"Hola guapa. ¿Todo bien?"
"Sí."
"Pero ¿pasa algo?"
"Nada."
"Así que, nada, ¿eh? Jade, déjame verte." Retrocede un poco, pero yo no me separo de su hombro, y termina por quedarse como está. Piensa y después continúa.
"Jade, hay algo en ti que me resulta básico. Tu mirada, guapa, tu mirada en todas sus gamas. Me gusta leer todo lo que eres capaz de expresar con ella. Hay ocasiones en las que me basta verte a los ojos, y sé que estás pensando,

eso pasa muy rara vez, pero me fascina cuando sucede. Además, disfruto cuando descubro una nueva, como hace rato, cuando llegué, y me viste de una forma en la que no me habías visto jamás, o tal vez sí, pero, no…"

Estas son las ocasiones en que me cuesta un trabajo terrible complacerlo, hacerlo, me coloca en una posición muy vulnerable, y tomando en cuenta lo vulnerable que me he sentido siempre, me molesta saber que he sido yo misma quien se ha puesto en esa posición. Aun así, pensando en que, tratándose de lo extrañas que le parecen la mayoría de mis reacciones, y sus sermones que he tenido que enfrentar por esa causa, es preferible enfrentarlo ahora, aunque la idea no me guste en lo absoluto.

Hubiera preferido que esta mirada, de total contemplación hacia su persona, se quedara en el anonimato, y como mi secreto mejor guardado, bueno uno de ellos, pero, ya no me queda otra salida. Coloco mis manos a los lados de su rostro y, con lo intenso de esa mirada en mis pupilas, las fijo en sus ojos, gritándole con ellas '¡Me fascinas, Daniel!' Calla, me observa con detenimiento, y sus cejas se elevan en señal de asombro. Entrecierra los ojos y dulcifica la mirada, ahora me observa con el mismo detenimiento con que yo veía el cartel hace unos minutos. Suspira para luego decirme, con voz muy suave:

"Si, esa es nueva, y me enloquece. ¿Por qué la escondes de mí?" Sonrío sin decir nada, no pienso volver al tema de la educación que me dieron, porque tendría que ser muy clara con mi explicación, siendo aún más explícita que mi mirada, al decirle que me encanta, él lo sabe, simplemente no me apetece decírselo de viva voz, no me voy a adentrar en ese terreno, ahora sí, por pudor.

No sería como decirle que lo amo, esto es estrictamente físico, no puedo sustraerme a su atractivo, y ese no es un sentimiento, es una sensación. Al ver que no le contesto, sigue hablándome, respondiendo su propia pregunta.

"Muy bien, porque si, supongo. Pues, gracias por este regalo. Es un placer para mí el poder observar cómo es que me ves, cómo soy ante tus ojos, e intentar llenar esa imagen, aunque, creo que hay veces en que, eres muy benévola conmigo, como ahora, o, ¿alguna vez he estado a la altura?"

¡Ah, no, Daniel! No pienso caer en tu juego. No vamos a iniciar una conversación, cuya única finalidad, será alimentar tu ego, con lo que acabo de hacer lo he alimentado como si fuera Navidad, no pienso ahora darle postre, sería cuento de nunca acabar. Doy un paso atrás soltándolo, y doy vuelta para dirigirme a la cama, me detiene por el brazo.

"Está bien, ya entendí, ya tuve suficiente, ¿no es cierto?" Sonríe. ¡Vaya! Sí que lo entendió, vamos haciendo serios progresos.

"Ahora, permíteme."

"¿Qué cosa, Daniel?" Pregunto, intentando todavía, esconderle mis ojos.
"Expresarte mi agradecimiento por tan hermoso regalo."

Me lleva hacia su fotografía, y se recarga sobre ella, devolviéndome la sensación de que la fotografía cobró vida, y me abandono en mi trance, mientras suavemente roza mis labios, y me besa.

Quisiera poder congelar este momento y quedarnos aquí, así como estamos ahora, en que nada a mi alrededor me importa, pero, dentro de mí, tan en la superficie que no logro ignorarla, se encuentra la voz que me dice que todo está 'demasiado bien,' si es que tal expresión existe, que mi vida no es así, y que me encuentro a punto de comprobarlo. Pero, eso ya llegará, y tendré que hacerle frente, a lo que sea que me esté esperando, pero, no por ahora.

Ya se me ha vuelto costumbre bajar a desayunar en cuanto escucho ruido en la cocina, y paso tiempo con mamá y con Mara, mientras me ponen al tanto de las actividades para ese día. Supongo que podríamos llamarle Junta de Preparación. Por lo regular, estas transcurren sin sobresaltos, sin embargo, tal como la voz me lo advirtió, la vida está a punto de demostrarme que, cuando algo parece demasiado bueno, es el momento de prepararse para una demostración, y preparada o no, escucho el disparo de salida.

Por la puerta que da al jardín hace su aparición un enorme demonio, sus ropas obscuras solo me permiten ver sus manos, que semejan ramas secas, y la capucha, que cubre parcialmente su cabeza, no me deja ver sus ojos, por lo tanto, no tengo la menor idea de qué es lo que está viendo, o a quién. Su olor no es a vómito, como aquellos a los que estoy acostumbrada, eso es extraño, sin embargo, huele como a ácido, no identifico exactamente el olor, pero me lastima las fosas nasales.

Se coloca detrás de Mara, quien se encuentra frente a mí, y clava su mirada en ella, no la desvía ni por un segundo. Espero un momento para ver si intenta algo, pero, nada, solamente se queda ahí. Domino mis deseos de echarlo de aquí, no quiero provocar algo que no tengo idea de cómo controlar. Volteo a verlas, y ninguna de ellas siente, o ve, absolutamente nada, esta es la parte que más me desagrada, poder verlos, y que no haya nadie con quién discutir el punto.
"Necesito ir a la habitación, Mara. ¿Me das la lista?"
"Claro, te la traigo." Se levanta para ir por ella y el demonio la sigue, a menos de un paso de distancia. Me quedo en la cocina pensando en si debo decírselo a mamá, o no, no quiero preocuparla. Con una hija acosada por demonios ya tiene bastante y, además, quiero ver si, con lo que me dispongo a hacer, se va

y puedo dejar de preocuparme. Mara regresa con la lista en la mano, y el acompañante siguiéndola de cerca.

Corro escaleras arriba, con la intención de averiguar si el demonio me sigue, al menos para tratar de impedir lo que voy a hacer, pero no, se queda abajo. Cierro la puerta de mi recámara, y empiezo a repetir las palabras que ya sé de memoria, las frases no cambian, solo los nombres de los demonios. Antes de concluir, me refiero al demonio que acompaña a Mara. Termino y abro la puerta, para volar escaleras abajo, y averiguar si se ha ido, antes de que logre dar un paso, me topo con Ángel, me detengo en seco, y, antes de que le pregunte, dice:

"No se ha ido, Jade, y no se irá." Su cara es seria, demasiado.

"No Ángel, por favor no. ¿Qué fue lo que hice mal?"

"No hiciste nada mal, sin importar lo que hagas, siempre funciona, Jade, es solo que esta vez, no es a ti a quien busca."

"Tienes que hacer algo, Ángel, ¡ayúdame, por favor! Sabes perfectamente que son todo lo que tengo, no permitas que pierda a alguien más."

"Jade, no puedo interferir. Tiene sus razones para estar aquí, igual que yo."

Me enfurezco y corro escaleras abajo, es verdad, sigue aquí.

Han transcurrido varios días, y estoy simplemente harta de ver cómo el demonio acompaña a Mara a dondequiera que va. Lo he intentado todo, he repetido la operación decenas de veces, y nada cambia. Quiero tiempo para pensar en algo y no dispongo de él, vigilo constantemente a Mara, tratando de averiguar qué es lo que este maldito está planeando, y me topo con una pared. Sé que ella corre serio peligro, lo siento en el ambiente, solo espero poder estar presente en el momento que intente algo, porque no me quedaré con las manos cruzadas, algo tengo que hacer.

Daniel no ha faltado una sola noche a mi recámara, ese es un verdadero descanso, pues, aun cuando no le informo lo que pasa, el simple hecho de verlo bien me tranquiliza y me distrae un rato, incluso bajo estas circunstancias, si es en sus brazos, logro dormir varias horas. El día de hoy, sin embargo, me ha costado más trabajo conservar la calma, sigo escuchando en mi cabeza las palabras de Ángel, 'Tiene sus razones para estar aquí, igual que yo.' Y deduzco que las razones del demonio son indudablemente de ataque, y, si quisiera atacarme ya lo habría hecho, pero Ángel también dijo, 'No es a ti a quien busca.' Probablemente no, pero la finalidad es la misma, hacerme daño a través de la gente que amo.

Se me ocurre una idea, tal vez no tenga sentido, pero debo intentarlo. No puedo estar aquí sin hacer nada. Busco a mamá en su recámara:

Rocío Blisswealth

334

"Mamá, debo decirte algo."

"¿Qué pasa, Jade?"

"No quiero que te asustes, pero, hay un demonio siguiendo a Mara, desde hace unos días. Muy de cerca."

"¡Quítaselo de encima, Jade! ¿Qué esperas para hacerlo?" Dice al punto del llanto.

"Ya lo intenté, mamá. No funciona."

"Entonces, ¿qué vamos a hacer?"

"Se me ocurre una idea, ¿crees que alguien de tu iglesia la recibiría en su casa? Necesito sacarla de aquí. Obviamente tendrías que explicarles de qué se trata, en fin, tú sabrás qué les dices, pero creo que, si la mandamos a un lugar en el que, por causa de su fe en dios, el demonio no se sienta tan cómodo, tal vez la deje en paz."

Mamá hace los arreglos con una de sus amigas de la iglesia, contrario a lo que yo pensé, la señora está más que dispuesta a recibirla y enfrentar a Satanás como sus héroes bíblicos si es necesario, para ayudarla. Según mamá, la señora se sentía incluso halagada de que la hubiera tomado en cuenta para esto. ¡Dioses! Jamás creí que hubiera gente que pudiera disfrutar ante la posibilidad de enfrentarse con un demonio, tal vez debí darme una vuelta por esa iglesia hace tiempo.

Espero, realmente, que la bendita señora sepa en lo que se está metiendo, y que su fe no solo sea de dientes para afuera, porque, si de algo estoy segura, es de que el demonio no escuchará lo que dice, se enfocará en lo que realmente siente, y si dentro de ella no existe tal fe, el problema que está adoptando es mayúsculo.

Mamá se encarga también de hablar con Mara, obviamente está aterrada, pero eso ayuda a convencerla de que acepte lo que mamá le propone. Se dirige a su habitación y prepara una maleta para varios días, esos serán suficientes para enterarnos si esta maniobra sirve de algo.

La veo partir en un taxi, con el demonio siguiéndola a corta distancia, al poco tiempo, la señora de la iglesia le llama a mamá para informarle que organizaron un grupo de oración en su casa, para rezar por Mara, y que todo parece estar tranquilo. Suena bien, yo sigo esperando que esto funcione, pero, dentro de mí, la sensación es que todo está a punto de empeorar.

Horas después, me encuentro en la cama, conversando con Daniel respecto al lanzamiento del disco y, cerca de las dos de la mañana, suena el teléfono. Me congelo por unos segundos, y después doy un salto fuera de la cama, son malas noticias, lo sé.

"Ahora vuelvo." Salgo corriendo rumbo a la habitación de mamá.

El Juego… Jade

Abro la puerta, la veo sentada en su cama, con la mirada perdida, y una total ausencia de color en su rostro.

"Es Mara, la señora Rosy acaba de morir mientras dormía en su cama. Mara la escuchó quejarse, porque estaba en la misma habitación, y cuando se le acercó, ella ya no le respondió. Se acercó para tomarle el pulso, y fue entonces que se dio cuenta. La gente del grupo de oración va para allá."

"Mamá, dile que tome un taxi y regrese, si se queda ahí, el demonio los va a matar a todos, y eso será muy difícil de explicar."

Regreso a la habitación y le explico a Daniel que hay un problema con una amiga de mamá, la señora acaba de morir, y esperan a mamá en su casa, yo voy a acompañarla, y tendrá que irse. Ese demonio estará muy enojado y no lo quiero cerca de Daniel. Yo deberé enfrentarlo, pero, a él lo quiero fuera de todo esto. Se levanta de la cama y corre a abrazarme, une su frente a la mía.

"¿Estás segura, Jade? ¿No preferirías que me quedara un rato más contigo?"

"Si lo preferiría Daniel, pero debo irme, te veo mañana, ¿te parece bien?"

"Jade, te quiero y estoy contigo, recuérdalo siempre." Pongo mis manos sobre sus mejillas y lo beso con fuerza.

"Lo sé, Daniel, lo sé bien. Gracias." Da la vuelta para irse, y lo detengo de la mano. "Te… quiero." Regresa y me besa una vez más y sonríe.

"Gracias, guapa, me hacía falta oírtelo decir." Y a mí me hacía falta decírtelo, Daniel, por el simple hecho de que, cuando ese demonio entre por la puerta, siguiendo a Mara, no sé lo que pueda pasar. No sé si estaré aquí mañana que regreses, y necesito que sepas que te quiero. Aunque en realidad lo que quería decirte era 'te amo,' pero no me atreví, espero no arrepentirme.

Mara regresa casi una hora después, entra, y el demonio la sigue, no me ve, sigue con la mirada fija en ella, como si se tratara de un animal tras su presa. De ser así, ¿qué espera? ¿Por qué no ataca todavía? Ella está blanca como el papel, indudablemente ha visto la muerte cara a cara, y, por primera vez, experimenta lo que yo he sufrido en varias ocasiones, ver cómo alguien paga por tratar de ayudarla. Me ve de vez en cuando, sé que quisiera hacerme muchas preguntas, sin embargo, no lo hace.

"Durante la tarde, todo transcurrió sin problemas."

"¿Se quejó de algo antes de ir a dormir?" Pregunta mamá.

"En lo absoluto, se encontraba bastante bien, y platicamos largo rato. Incluso, colocó mi cama dentro de su recámara para que pudiéramos conversar."

"Todavía no puedo creerlo, tenía años de conocerla y siempre fue la mujer más sana que he visto, además, no tenía más de cincuenta años."

"No fue una muerte natural, mamá." Responde Mara con fastidio.

"Está bien, lo lamento. Jade, ¿hay algo que podamos hacer?" El demonio voltea a verme, por primera vez.

"No, mamá, nada por ahora." Escucho la voz en mi cabeza que grita, ¡mantente al margen, Jade! ¡No intervengas!

"Pero, quizá si intentas. Tienes que hacerlo." El demonio no me pierde de vista, temo que sea mi propia cobardía lo que grita esas palabras en mi mente, porque me siento terriblemente amenazada por él, que está a la espera de que intente dar un paso para atacarlo.

"Mamá, no puedo hacer nada por ahora, por favor no me pongas en esta posición."

Subo las escaleras para ir a mi recámara, paso frente al espejo y, más por costumbre que por ganas, veo dentro de él buscando al otro, aquel contra el que sí podría actuar, pero no hay nada.

Las lágrimas me cubren el rostro, no acepto la idea de no poder hacer nada por ella. Ha pasado mucho tiempo intentando ayudarme, y ahora me siento completamente inútil, ¿para qué me sirve entonces lo que sé hacer? ¿Para qué, si volveré a perder a alguien, y no podré defenderla? ¿De qué me sirve?

"¡Ángel! ¿Dónde estás? Háblame por favor."

"Jade, tranquilízate." Responde al aparecer junto a mí.

"¿Cómo me pides que me tranquilice? Ambos sabemos lo que va a pasar. Desgraciadamente, lo sé, y no quiero que suceda."

"Jade, a pesar de que sepas lo que está por venir, no debes interferir, no tiene que ver contigo, pero, podrías verte involucrada de la peor manera, y no te corresponde. Sin importar lo que sepas, no te corresponde. Confía en tus instintos, Jade. Ya no pienses, siente."

"No, no me gusta lo que dices, Ángel. Voy a hablar con él, veremos si hay algo que pueda ofrecerle a cambio de que la deje tranquila." Me acerco a la puerta de mi recámara, y Ángel me cierra el paso.

"Si lo hay, hay algo que él aceptaría, Jade, y lo siento, yo debo velar por tu bienestar, y no te permitiré llegar tan lejos por ella." Levanta la mano y me cubre la cara.

Inglaterra

Sara, la primera representante de Daniel, llega a la isla, el ritual es el mismo para todos, atraviesa el agua sobre el bote y, una vez retirados sus zapatos, sumerge los pies. Gira hacia uno de los guardaespaldas y pregunta.

"¿Cuándo estuvo aquí Daniel?"

"Hace unos días."

El Juego... Jade

"Ahora me explico por qué me han hecho venir. No deben estar de buen humor."

"No, señora, no lo están."

"Gracias."

La escoltan por la mansión hasta el gran salón, en el que ya la esperan sentados en sus amplias sillas, los cinco señores, esta vez, con ambos pies dentro del agua. Mostrándose segura entra en el salón y baja los escalones hasta sumergir los pies, esboza una sonrisa:

Sara: Buenas tardes.

Boj: *No son ni medianamente buenas, Sara, las cosas con Daniel andan bastante mal.*

Sara: Supe al llegar, que él estuvo aquí. ¿Cómo se atrevió a…?

Boj: *Sabes perfectamente que nadie podría atreverse, si no lo permitimos, Sara. Fuimos nosotros quienes lo mandamos traer, no sin gran cantidad de resistencia de su parte.*

Sara: Ya veo.

Boj: *Tus informes respecto a él nos hicieron creer que estaba listo para una asignatura tan especial como es Jade.*

Sara: Nunca fue mi intención confundirlos, cuando yo lo entrevisté, y todo el tiempo que compartimos a partir de eso, él actuó con extrema obediencia, incluso puedo decir que, hasta con cierta sumisión.

Ébano: *Entonces, ¿cuándo fue que se presentó el cambio que muestra ahora?*

Sara: Yo les informé, el mismo día que conocimos a Jade, que él ya no era el mismo. La invitó a la junta con los músicos, consiguió su dirección, y ya no logró alejarse de ella. Tiempo después, ustedes lo refirieron con Salvador y, ya sabemos cómo terminó eso.

Boj: *Era imprescindible que te dedicaras a actividades urgentes, pensamos que lo de Jade ya se había concretado.*

Sara: Debo admitir que yo también creí que así seria, y que Daniel entraría en razón al sentir los primeros embates de su energía sobre él, pero, no le afecta, no pensé que eso fuera posible.

Ébano: *Están sucediendo demasiadas cosas que no creímos posibles, sin embargo, no tenemos tiempo que perder. Sabemos que él pasa con ella gran parte de la noche, no obstante, cada vez recibimos menos energía. Eso hay que arreglarlo. Por lo tanto, tal vez tengas que involucrarte nuevamente.*

Sara: No hay problema con eso, puedo buscarlo, aunque no creo que me diga nada. La última vez que lo vi, hace un par de meses, le pregunté por Jade, y evadió responderme. Lamento decirles que su sed de fama lo ha llevado ya demasiado lejos. Siempre supo, y estuvo de acuerdo, en que la energía de Jade se utilizaría para nuestros propósitos, entre ellos el suyo, pero, creo que ahora la codicia lo consume, y no está dispuesto a compartirla.

Boj: ¡Eso es estúpido! La energía que ella emana lo llevará hasta donde tenga que llegar, ya sea completa, o fragmentada, el resultado es el mismo. Por lo tanto, puede partirse en las partes que a nosotros nos parezcan convenientes, ¿qué acaso no se le explicó todo eso?

Sara: Lo sabe bien, fui muy precisa en proporcionarle toda la información que necesitaría para cumplir con todas las reglas, lo que creo, es que no es la energía lo que le preocupa, sino ella.

Ébano: ¡Imposible! Eso sería mortal para todos, debemos impedirlo a como dé lugar. Sé cómo hacerlo, pero él podría sufrir daños.

Sara: ¿Él?

Boj: Dejemos a un lado los sentimentalismos, Sara, siempre has tenido una extrema predilección por Daniel, y temo que eso haya influido en tu selección por sobre los demás aspirantes. Sin embargo, debes recordar que, al igual que todos, es desechable. Hay algo más que desconoces. Ahora, ella lo protege. Es por eso que es más riesgoso, aun así, mientras ella no corra peligro, seguiremos adelante.

Sara: Es verdad, eso puede complicar las cosas, si ella está protegiéndolo, ¿están seguros de que no se dará cuenta de lo que piensan hacer?

Boj: No la subestimamos, su instinto es demasiado fuerte para nuestra conveniencia. Sin embargo, actuando con astucia, todo puede conseguirse, el demonio conoce bien sus puntos débiles y trataremos de atacarlos uno a uno, a fin de no darle tiempo de pensar en defenderse.

Sara: Pues, aun tomando en cuenta que, tanto Daniel como Jade han roto todos los moldes, ustedes están pensando en medidas extremas. ¿No arriesgamos a Jade con todo esto? —

Boj: No, ella no corre peligro físico ninguno.

Sara: Ella no, él sí.

Ébano: Te importa demasiado, Sara, eso puede ser perjudicial. Debemos recordar que ella tiene la información en las canciones de Daniel, podría adelantársenos, no nos detendremos por él, dándole a ella oportunidad de destruirnos.

Sara: No ha descubierto la información, podríamos lograrlo, sin perjudicarlo, quiero decir. Él podría sernos útil más adelante, tal vez como presión hacia ella, en un momento dado.

Ébano: No la ha descubierto aún, pero temo que Daniel, en un afán por ponerla fuera de nuestro alcance, sea capaz de mostrarle cosas que ella podría haber pasado por alto hasta ahora. Él nos preocupa seriamente.

Sara: Él no sería capaz.

Ébano: Eso creímos antes y, ya ves. No es de fiar, Sara, pero tienes razón, puede servirnos más adelante, podríamos, tal vez, usarlo como palanca a nuestro favor, intentaré hacerlo a un lado. Pero, creo que ya tengo exactamente lo que necesito y entraremos en acción.

Sara: ¿Lo haremos de inmediato?

Ébano: No, es necesario que él se convenza de que no haremos nada en su contra, por temor a lo que Jade pudiera hacernos, en algún momento bajará la guardia, y entonces actuaremos.

Boj: No podemos dejar pasar el tiempo, ella podría aprender a atacar.

Sara: Tampoco podemos precipitarnos de nuevo.

Boj: Estoy de acuerdo, tracemos un plan.

Monterrey

Me encuentro sentada en una de las mecedoras del frente de la casa, viendo los carros pasar por la avenida, la enana esta frente a mí, debo haberme perdido en uno de mis pensamientos, porque no recuerdo cómo fue que llegué aquí.

"Jade, ¿me oyes?"

"Si, enana, si, ¿qué pasa?" La veo preocupada, ¿será que de verdad le costó sacarme del trance? Pues, ¿en qué estaría pensando?

"Jade, Mara está muerta." Esto debe ser una pesadilla. Yo estaba al pendiente de eso, además, Mara estaba en casa de… No, no, no, ella regresó porque el demonio mató a esa señora. El demonio regresó con ella y… ¡maldición! No recuerdo nada más.

"No, enana, claro que no, Mara está bien."

"Te digo que no, Jade, Luz está llorando, y dice que murió." Siento un agujero en el estómago y entro en conciencia de lo que pasa. Tengo que detener esto, es posible que no sea demasiado tarde, no otra vez. ¡Por favor!

Le pido a la niña que se quede ahí, corro por el pasillo hasta llegar a la habitación de Mara, aún antes de llegar, puedo escuchar el llanto de mamá.

"¿YA ESTÁ TODO LISTO? …"

Rocío Blisswealth

"TODO. ELLA ACABA DE ENTERARSE, PERO, YA ES TARDE PARA QUE ACTÚE."

"¿CÓMO FUE QUE ÉL SE LO IMPIDIÓ? PENSÉ QUE LA DEJARÍA ACTUAR."

"NO QUISO ARRIESGARSE A PERDERLA, AÚN NO ESTÁ LISTA PARA ENFRENTARSE CON ALGO TAN FUERTE."

"PERO ¡CLARO QUE ESTÁ LISTA! PODRÍA HACERLO CON FACILIDAD."

"ME REFIERO A QUE NO SABE QUE PUEDE."

"Y AHORA SE ENCARGARÁN DE QUE NO LO SEPA NUNCA."

"AL MENOS, VAN A INTENTARLO."

"DEBEMOS DAR AVISO DE LO QUE ESTÁ PASANDO AQUÍ, ESTO NO SE HABÍA CONSIDERADO EN LOS PLANES, QUE HUBIERA PARTICIPACIÓN POR MEDIOS EXTERNOS. NO LES VA A GUSTAR."

Capítulo XVII
No sueñes, Daniel. Genio y figura, hasta la sepultura

Mi mirada está fija en una de las imágenes de Daniel y, esta vez, no porque esté sumergida en uno de mis episodios contemplativos, en esta ocasión, y por extraño que parezca, es simplemente un punto focal en el que mis ojos se detuvieron, dándole tiempo a mi mente de aclararse.

Intento repasar los acontecimientos desde que Mara llegó, proveniente de casa de la señora Rosy, lo cual debe haber sido a las cuatro de la mañana, aproximadamente, y el instante en que la enana me despertó, supongo que ese podría ser el término, a las cuatro de la tarde. ¿Qué pasó en esas doce horas? ¿Dónde fue que me perdí? O ¿qué fue lo que hice desde entonces?

Recuerdo haberla visto llegar con el demonio a un lado, también recuerdo que mamá me pidió que hiciera algo, y la mirada amenazadora del demonio en espera de que yo actuara y, nada más. Doce horas después, la terrible sensación en el estómago, y mi carrera por el pasillo, el llanto de mamá, y la escena al abrir la puerta, para ver a Mara sentada sobre la cama, sonriéndome.

Mamá lloraba, agradeciéndole a dios el habérsela devuelto, ella asegura que Mara murió, que no tuvo pulso, ni respiró, por cerca de tres minutos. Sin embargo, Mara está ahora perfectamente sana, no hay rastro del demonio y, por supuesto, no recuerda haber muerto.

Supongo que dios, al verme perdida en mi idiotez, decidió actuar por sí mismo, ya sea para resucitar a Mara, eso en caso de que sí haya estado muerta, o para sanarla, en el caso de que haya estado inconsciente. Por eso, estoy completamente agradecida, ahora ya sé que no es necesario que yo me haga cargo tratándose de ellas, él las cuida, eso me lleva a una serie de preguntas. ¿Por qué no cuidó así a mis abuelos? También a ellos los necesitaba mucho y, ¿qué fue lo que me pasó durante todas esas horas? ¿A dónde me fui?

He pasado casi dos horas tratando de que Ángel se presente y me conteste, al menos una de esas cuestiones, pero, como es su costumbre, no aparece, a menos que yo esté en serio peligro y, supongo que este no es el caso. No obstante, tengo miedo, mucho, pero, no sé a qué, y tengo muchas ganas de llorar, como hacía mucho tiempo no las sentía. Me enferma sentir algo terrible acercándose a mí, y no tener la menor idea de qué voy a enfrentar, lo único que mi percepción me grita, es que será lo peor que me haya sucedido hasta ahora, y se me ocurren muchas cosas, todas terribles, y podría ser cualquiera de ellas.

Sin embargo, hago esfuerzos por sentirme agradecida, ya antes les había hablado de que, para mí, el agradecimiento es una carga muy pesada, y tratándose de estar agradecida con dios, el peso aumenta considerablemente. Creo que dios me hizo un enorme favor el día de hoy, al evitar que tuviera que enfrentarme con ese demonio, después de mis vanos intentos por deshacerme de él. Salvó la vida de Mara, de una forma u otra, cuando, debido al don que me dio, supongo que esperaba que yo lo hiciera, no lo logré, todos mis intentos fracasaron. Por lo tanto, sigo intentando llenar de agradecimiento mis pensamientos, pero, no lo consigo. Una sola imagen invade mi mente, vi morir a mis abuelos, y no le costaba nada habérmelos devuelto.

Salgo de mi habitación y puedo escuchar las voces de mamá y de Mara conversando desde la sala, todo está en orden. ¿Por qué me siento tan desdichada entonces? Me detengo frente al espejo, y coloco mi mano sobre él, ¿dónde estás, maldito? Tal vez si pudiera enfrentarme contigo sentiría que… es decir, no me sentiría tan inútil. Como es costumbre, no recibo respuesta alguna. Doy la vuelta y entro de nuevo en mi habitación, me sobresalto cuando Daniel me saluda, desde que mi demonio ya no está, perdí la costumbre a encontrarme con alguien en mi dormitorio.

Esta vez no estoy de humor para fingir, creo que sería mejor para él irse y volver en unos días, cuando yo sea una mejor compañía, pero lo necesito tanto, que no me atrevo a sugerírselo. Mi aspecto debe ser bastante gráfico, porque intenta acercarse muy lentamente, levanto la mano, y le muestro la palma, en señal de que se detenga, aun así, esbozo un intento de sonrisa. Doy la vuelta y cierro la puerta, él toma asiento en el sillón y yo en la cama.

"¿Qué es lo que anda mal, guapa?"

"Daniel, quisiera poder decírtelo, te lo juro, pero, no lo sé."

"¿Qué fue lo que pasó?"

"Nada, todo está bien, es solo que, no sé cómo explicártelo, es algo que siento. Es una tontería, no me hagas caso."

"No, no lo es. ¿Qué es lo que sientes?"

"Te vas a enojar."

"¿Tan malo es?"

"Sí."

"Tenme confianza Jade, dímelo, por favor."

"De acuerdo, resulta que hoy es uno de esos días en que extraño mucho a mis abuelos, pero, esta vez el sentimiento es tal, que quisiera estar con ellos. No le encuentro un propósito a estar aquí." Puedo ver que lucha por no interrumpirme, y continúo con esta verdad a medias, que es todo lo que me atrevo a decirle.

"Me siento completamente inútil, sumergida en esta espesa niebla que me rodea, que me llena de angustia, y de un dolor que no sé de dónde proviene. Me estoy ahogando en ella, Daniel."

Guarda absoluto silencio, sabe que, si me interrumpe, ya no retomaré el tema, pero, puedo ver en sus ojos la tristeza que le causan mis palabras, y lo entiendo, sin embargo, aún no he terminado. Lo veo fijamente y continúo.

"Me estoy desmoronando y, ni conozco la razón, ni consigo salir de este pozo en el que he caído. Es como si un remolino tirara de mí desde abajo, y cada vez me cuesta más salir a la superficie y tomar aire, tan difícil, que prefiero rendirme. Un solo pensamiento inclina la balanza, urgiéndome a esforzarme por permanecer aquí, a luchar por hacer a un lado esta angustia. Verte, Daniel. Solo eso, verte."

La última frase la digo en un susurro, con el último aliento que me quedaba dentro. Cubro mis labios con las puntas de los dedos, para esconder el temblor que se ha apoderado de ellos, y que ya no me permite hablar. Al mismo tiempo, un nudo se forma en mi garganta. He estado controlando el llanto por varias horas, y con Daniel frente a mí, viéndome con esos maravillosos ojos, que muestran una mezcla de angustia y dulzura, ya no puedo más.

Con movimientos por demás lentos, se desliza del sillón hasta caer sobre sus rodillas, y a cortos pasos sobre las mismas, se me acerca muy poco a poco. Muevo la cabeza de un lado a otro en señal de negativa, aún ahora, prefiero que no se me acerque, ya en otras ocasiones he llorado con él, pero, jamás bajo esta carga de inexplicable dolor, no quiero tocarlo, y al mismo tiempo, me muero porque me abrace.

Puedo sentir como su cuerpo, al deslizarse hacia mí, esparce la espesa niebla que me cubre, igual que si se tratara de agua, haciendo un espacio por el que él puede colarse, y acercarse hasta tocarme. Toca mi rodilla con la mano y dejo de resistirme, me atrae como un imán. Temblando con fuerza, me resbalo de la cama y me siento en el piso, junto a él, rodeando su cintura con mis brazos, con la misma fuerza con que un drogadicto debe aferrarse a la jeringa que le proporcionará la paz de nuevo.

Recargo la cabeza contra su pecho y, a la vez que me abraza con un brazo, con el otro acaricia mi cabello. Se acerca y me besa en la cabeza repetidamente, no habla, solo permite que me desahogue, que deje salir gran parte de esta angustia, que tragué mientras me ahogaba en ella, durante las largas horas de la tarde.

Rocío Blisswealth

Una vez que mi llanto se vuelve más pausado, al menos lo suficiente como para que pueda escuchar algo más que mis propios sollozos, sin dejar de acariciarme empieza a hablar.

"Jade, no pienses más en todo este dolor y, por favor, haz a un lado los deseos de estar con tus abuelos. Aférrate a mí, estoy aquí, contigo, no voy a dejarte sola. Te lo suplico, aférrate a mí, ¿crees poder hacerlo?"

"Debes pensar que estoy loca, está bien, yo también lo creo." Digo con la voz aún entrecortada por los sollozos.

"Por el contrario, me sorprende que con esto que llevas encima, te mantengas cuerda."

"¿Qué está pasándome, Daniel?"

"No lo sé, guapa, pero, trata de no pensar más en eso. Vamos a la cama, necesitas descansar."

Tomo unos pañuelos desechables de la caja sobre mi cómoda, limpio los estragos que la mezcla de maquillaje y lágrimas dejó sobre mi rostro, Daniel se acerca y toma uno también, no es sino hasta ese instante, que me doy cuenta de que las lágrimas corrían por su rostro a la par de las mías. Lo abrazo con suavidad y, tomando su cara entre mis manos, tiro de él hasta alcanzar sus ojos, y los beso. Sus labios se curvan en una leve sonrisa y permanece con los ojos cerrados unos instantes más.

Respiro pausadamente algunas veces, puedo notar que la angustia, el dolor, incluso la terrible sensación de amenaza sobre mí, han disminuido, no desaparecido, pero han bajado a un nivel en que puedo soportarlos, tal vez hasta ignorarlos, si me esfuerzo. Es ahora en que, a la vez que experimento este alivio, me avergüenzo por involucrar a Daniel en mis problemas.

"Lo siento, Daniel, no quise…" Toma mi cara entre sus manos para asegurarse que le presto toda mi atención.

"Jade, escúchame bien. Nunca te arrepientas por permitirme estar presente cuando me necesitas. Hoy me has hecho sentir que formo parte de tu vida, y eso es importante para mí."

"Es solo que, prefiero mantenerte al margen de lo malo en ella."

"Te recuerdo que, dentro de la explicación que me diste, acerca de lo que sentías, me hiciste partícipe de que yo, por fin, he logrado llenar un espacio para ti. Ser, de alguna forma, importante en tu vida y, me alegro de haber estado aquí para escucharlo."

"Daniel, tú eres más que eso." Ya no más, no puedo decir nada más por hoy, no bajo estas circunstancias.

"Y tú para mí, Jade, no sabes cuánto." Se recuesta a mi lado y sigue acariciando mi cabello, me besa y se estrecha junto a mí. Los ojos me pesan, quizá por el llanto, y me quedo dormida. Tan pronto como se percata de que duermo, da la vuelta, sale de la cama y desaparece.

España

Daniel se levanta de la cama y corre hacia el teléfono, se comunica inmediatamente con el director de la casa discográfica en España, y le indica que quiere adelantar la gira de promoción por México. El director menciona que ya todo está listo, y que solamente esperan a que sea él quien fije la fecha. Lo más pronto que puede llevarse a cabo es el próximo martes, la espera será de cuatro días. Solicita los boletos de avión especificando que el vuelo de Jade es desde Monterrey, México. La persona encargada de esta gira se comunicará con él en unos minutos para pasarle los detalles de boletaje y reservaciones, no debe haber problema alguno, agradece y cuelga el teléfono.

Toma su directorio para buscar los teléfonos de Raúl, necesita localizarlo inmediatamente para que lo acompañe, acerca la mano para tomar el auricular, y el timbrazo interrumpe su movimiento.

"¡Rayos! ¿Quién puede ser ahora? ¿Dónde dejé el móvil?"

"Daniel, ¿estás despierto?" Pregunta Carmen desde el otro lado de la puerta.

"Sí, pasa Carmen."

"Hola, hijo. Tienes una llamada."

"Gracias, me dijeron de la casa discográfica que me llamarían en unos minutos, pensé que tardarían más." Ya levantó el auricular y, antes de que conteste, Carmen se apresura a decirle en voz muy baja, para que solamente él pueda escucharla.

"No, Daniel, no es de la casa discográfica, se trata de Sara." Una de las personas con quien no desea hablar, sin embargo, ya es demasiado tarde, ella ya escuchó su voz.

"Hola." Contesta, Carmen deja la habitación y cierra la puerta tras ella.

"¿Cómo está el hombre más hermoso que ha pisado el planeta"

"Sara…" Seriedad es todo lo que su voz transmite.

"Hola. ¿Esperas llamada de la casa discográfica? No me digas, te vas a México."

"Así es."

"Supongo que extrañas a Jade, ¿me equivoco?"

"La gira de promoción es parte primordial del éxito del nuevo disco, estaba programada desde hace tiempo."

Rocío Blisswealth

"Ambos sabemos, que la parte primordial para el éxito de lo que hagas, es Jade, no la gira de promoción." Vaya, Sara, de modo que esta conversación se llevará a cabo con las cartas sobre de la mesa.

"Pero la gira ayuda a que todo tenga una apariencia de normalidad."

"Daniel, como podrás imaginarte, me han puesto al tanto de lo que pasa. Creí que podía confiar en tu buen juicio con respecto a Jade. Pasamos incontables horas planeando esto, Daniel, sabías perfectamente cómo sería, y estuviste de acuerdo en actuar conforme al plan."

"Me explicaste tu versión de cómo sucedería, no obstante, una vez en la práctica, las cosas resultaron ser muy distintas. Es verdad, yo acepté actuar conforme al plan, pero, en el momento en que el escenario se me presentó tan diferente a la versión de ustedes, no me quedó otro remedio que actuar en consecuencia."

"Te refieres a Jade."

"Sara, ustedes me la presentaron como una materia prima, alguien con un don excepcional y, que solo hacía falta convencerla, por medio de mi atractivo físico, de que fuera a mí a quien se lo diera."

"Y, eso es lo que ella es, Daniel, justamente eso, materia prima."

"No, Sara, se trata de una chica que, pese a ser inteligente, no tiene idea de lo que es, y a quien yo tengo que arrebatarle su don para repartirlo como botín entre todos nosotros, jauría de hienas."

"Según entiendo, no has tenido que robarle nada, no exageres, Daniel, tal como yo te lo dije, tu atractivo físico la llevó a rendirte su don por voluntad propia."

"Te equivocas, Sara, Jade ha ido tras el ser humano que hay en mí, haciendo pasar, mi atractivo físico, como tú lo llamas, a un segundo plano. Pero, eso es lo de menos, eso no atenúa la falta, ella sigue sin conocimiento alguno de lo que es, y yo… Me duele saber que ella alimenta a toda una tribu, sin siquiera saber lo que está perdiendo."

"No seas tonto, Daniel, ella no pierde nada, es una fuente inagotable, ¿no te das cuenta? Y de que seamos nosotros quienes la despojemos de esa energía, a que sea alguien más, mejor nosotros, ¿no crees?"

"Y, si es tan valioso lo que produce. ¿Quieres explicarme entonces, cuál es la necesidad de atacarla? La están destrozando, Sara."

"No somos nosotros, Daniel, existe mucha gente que codicia lo que ella posee, y están tomando cartas en el asunto. Recuerda que todo esto dio inicio mucho tiempo antes de que tú la conocieras."

"No te creo, Sara, voy a México, trataré de averiguar qué está pasando y en cuanto lo sepa, si resulta que ustedes están detrás de esto…"

El Juego… Jade

"No te atrevas a realizar una de tus estúpidas amenazas, Daniel. Recapacita y pon las cosas en la perspectiva correcta, no te arriesgues a perder todo lo que has logrado conseguir hasta ahora, y el resto de tu exitosa carrera. Aún hay grandes cosas que te esperan."

"La perspectiva a la que te refieres es que vea a Jade como un objeto."

"Sí, eso facilitaría las cosas."

"Lo siento, Sara, lamento decepcionarte, quizá cuando me entrevistaste, te di la impresión de ser mucho más mezquino, y en aquel entonces, con toda seguridad lo era. Pero, una vez que he tenido oportunidad de ver la imagen que ella tiene de mí, no me queda otro remedio que intentar estar a la altura de sus expectativas. Me gusta la imagen de mí que ella se ha formado, y estoy tratando de ser lo que ella quiere que yo sea."

"Tal vez si ella supiera cómo eres realmente."

"Era, Sara, era."

"No sueñes, Daniel. Genio y figura, hasta la sepultura."

"Las cosas han cambiado, Sara, ¿por qué les es tan difícil aceptarlo? Jade no es lo que ustedes dijeron, y yo, ya no soy el mismo. Me vi en sus ojos, y me gustó, ahora, haré lo que sea necesario para ser el hombre que ella ve en mí."

"Materia prima, Daniel, estamos hablando de materia prima, y la materia con la que te formaron es de deshecho, recuérdalo, lo único con lo que cuentas es con tu exterior, y ¡vaya que se esmeraron por hacerlo atractivo! Pero, todo con el fin de agradarle. No se supone que te acerques lo suficiente para que ella pueda ver tu interior, no le gustará, ¡eso te lo garantizo!"

"¡Mientes, Sara! Tratas de alejarme de ella."

"No necesito hacerlo, Daniel, tú te estás encargando de esa tarea, y vas por muy buen camino, pero, de perderlo todo."

"¿Por qué haces esto, Sara?" El dolor de Daniel es evidente en su tono de voz, Sara dulcifica el suyo antes de responderle.

"Daniel, tal vez no te das cuenta, pero, estoy tratando de salvarte. Estaban dispuestos a todo, y los convencí de que eres capaz de entrar en razón. No se suponía que te acercaras tanto a ella, lo que te digo es cierto, Daniel, solo una distancia justa te mantendrá bello ante sus ojos, eso es lo que quieres, ¿no es así?"

"Intentas convencerme, porque hablas movida por los…" Se detiene antes de concluir la frase que no debió decir, no le conviene enfurecer a Sara.

"¿Por los celos? ¿Es eso lo que quieres decir? Pues sí, tienes razón, siempre me he declarado como la más ferviente admiradora de tu increíble atractivo, pero ¿sabes algo? Existe una enorme diferencia entre ella y yo, y es que yo conozco a la perfección lo que hay dentro de ti, y toda la basura de la que has sido capaz, por conseguir algo tan frívolo como la fama y, aun así, no me importa. Me gustas muchísimo, y nunca me he esforzado por ocultártelo, ¿Qué objeto tendría hacerlo? Pero ella, tú mismo has dicho que te cree algo que no eres. Si alguna predilección por ti ha demostrado, no es por el verdadero Daniel, ese solamente yo lo conozco, ella se inclina por el que ha creado en su cabeza. Me pregunto si se atrevería a acercarse a ti si supiera que fuiste tú quien nos la entregó."

"Sara, por favor."

"Solamente enfatizo lo obvio, Daniel, aquello que no debes olvidar. Creo que será mejor si vuelves a tu mezquindad, a esa mezquindad que yo amo, y sacas todo el provecho posible de esta chica que…"

"Sara, tengo muchas cosas que hacer, si no te importa."

"Está bien, Daniel, ve a México, despídete de ella. No para siempre, aléjate un poco, y verás cómo te sientes mejor. No tienes la fuerza para conseguir el cambio que pretendes. Estar cerca de ella te hace pensar que sí, pero, ambos sabemos de dónde has salido, y que eso es prácticamente imposible para alguien como tú."

"Adiós, Sara."

"Hasta luego, Daniel."

Cuelga el teléfono, envuelto en la misma angustia que rodeaba a Jade hace unas horas. Viajará a México, y hará hasta lo imposible por conseguir convertir esa causa perdida en un logro, volverá a perderse en los ojos de Jade, y dejará que su influencia actúe en él, y lo ayude a conseguirlo. Casi puede oír lo que Sara le diría, si escuchara lo que piensa. 'Magistral, Daniel, simplemente magistral. Te quedas con la chica, y con todo lo que ella produce, para ti solo, ¿eh? ¿Y tú te crees que has dejado de ser mezquino? Solo echa un vistazo en el espejo y confiésate, si es que te atreves, cuáles son tus verdaderas motivaciones.'

En un intento por disipar esta niebla que lo rodea, se levanta para salir de la habitación, ha decidido ir a buscar a Raúl personalmente, un poco de aire le hará bien. En su camino hacia fuera de la casa, pasa frente a un enorme espejo. No, no se atreve, pasa de largo sin voltear a verse en él.

Monterrey

Despierto después de varias horas de un sueño muy profundo, Daniel ya no está, era de esperarse, la gira de promoción lo tiene copado. Respiro profundamente un par de veces, la angustiosa sensación de ayer ha desaparecido casi por completo. Sorpresivamente, la voz de mi interior se dirige a mí. 'Jade, guarda para ti las situaciones que involucren a Daniel, hasta que sea inminente hablar de ellas.' ¡Dioses! ¿De qué se trata ahora? 'Está bien,' respondo, finalmente, esa es una de las cosas que se me da con singular facilidad. Suena el teléfono y lo levanto antes de que finalice el primer timbrazo.

"Hola, ¿puedo hablar con Jade, por favor?"

"Soy yo, Carmen. ¿Cómo estás?"

"Hola, Linda, estupendamente, ¿y tú?"

"Muy bien, gracias."

"Te tengo buenas noticias."

"Justo lo que necesito."

"Daniel llega a la ciudad de México el lunes por la mañana, para dar inicio a la gira de promoción. Tu vuelo sale de Monterrey, el mismo día, a las 7:00 a.m. y ellos te esperarán en el aeropuerto."

"No hace falta, Carmen, dile, por favor, a Daniel que no es necesario que me esperen. Si no me equivoco, su vuelo llegará cerca de las cinco de la mañana, y eso significa que tendrán que esperarme un poco más de tres horas. Yo puedo tomar un taxi y encontrarlos en el hotel." Escucho la risa de Carmen desde el otro lado de la línea, espera unos segundos y luego continúa.

"Es sorprendente, Daniel mencionó, casi con las mismas palabras, que eso dirías, por lo tanto, ya tengo la respuesta. Dijo, y cito textualmente. "No seas testaruda, guapa, te veremos en el aeropuerto y esa es mi última palabra."

"Vaya, eso significa que ya no tengo opción a discutir el punto."

"Oh, no, ¡pero por supuesto que puedes! Daniel no está dispuesto a escucharte, pero, yo sí. Anda, Jade, discute conmigo todo lo que quieras, yo te escucharé con atención, después te compadeceré, y te diré que tienes toda la razón, pero que Daniel es muy autoritario y no quiere ceder, y nos encontraremos de nuevo en el punto de partida. Aun así, si te sirve de algo, suéltalo niña, te escucho."

"Gracias, Carmen, pero, así no tiene gracia, me gusta discutir con él, es gracioso cuando se enoja."

"Él dice que tú eres la que se pone muy graciosa peleando."

"¿Cómo? ¡Claro que no! Soy violenta y temeraria cuando me enojo."

"También mencionó que, en esos momentos, era mejor darte la razón, así que, por aquello de que estés enojada, lo sé, Jade, tienes toda la razón." La risa nos ahoga a ambas y pasamos algún tiempo controlándonos para poder concluir la llamada.

"No es justo, Carmen, esto le quita toda la diversión."

"Pues verás, tal vez para ti, porque yo, me estoy divirtiendo de lo lindo."

Rocío Blisswealth

"A mis costillas."

"Es verdad, lo siento, linda."

"Es broma, Carmen. Gracias por llamarme, siempre es agradable oír tu voz."

"Y para mí es un placer llamarte, Jade. Daniel me habla tanto de ti, que casi siento que te conozco."

"¿En serio? ¿Te habla de mí?"

"Con frecuencia, este chico te quiere muchísimo."

"Y, yo a él."

"Lo sé, lo sé muy bien. Jade, debo colgar, me dio gusto escucharte."

"Recibe un abrazo fuerte, Carmen."

"Igual tú." Apenas logro colgar el auricular y alguien toca a mi puerta.

"Adelante." Mara abre, tan sana y tranquila como siempre.

"Jade, ya despertaste, ¿la llamada era para ti?"

"Sí."

"¿Quién era?" Una vez más, la voz de mi interior, esta vez más apremiante que hace unos minutos, se hace escuchar. 'Jade, guarda para ti las situaciones que involucren a Daniel.'

"El chico que me regaló a Tíber, quería saber si sobrevivió." Me las arreglo para responder.

"Oh, qué bueno que le tenías buenas noticias, ¿puedo pasar?"

"Por supuesto."

"Tengo una lista de cosas por hacer."

"Pero ¿ya te sientes bien? Creí que…"

"Esto no puede esperar." Me entrega una hoja con varios nombres.

"Mara, estos son nombres de personas, no de demonios, ¿por qué tenemos que actuar contra de ellos? Yo no creo que…"

"Jade, esa gente está en nuestra contra. Son nuestros enemigos, y hay que acabar con ellos."

"Y, ¿qué es lo que han hecho? Algunos de estos nombres no los reconozco, ¿cómo pudieron hacerme algo entonces?"

"Mamá te lo explicará, la voy a llamar." Mamá no tarda en hacer su aparición, resulta que han descubierto que estas personas causaron graves daños a nuestra familia, infelicidad, soledad, angustia, dolor, muerte, ¡qué sé yo! Y, ¿dónde estaba yo mientras todo esto ocurría? Es cierto que mi vida nunca ha sido normal, sin embargo, no recuerdo haber sufrido lo que ellas dicen. Y, si bien, perdí incluso a mis abuelos, yo no creo que esas personas hayan tenido algún interés en quitármelos, y dudo más aún que esas personas hayan tenido que ver con los demonios que han desfilado por mi vida. No, esto no me suena bien, algunas de esas personas incluso ya son ancianas, y esto no solo las afectaría a ellas, sino también a sus descendientes.

"Mamá."

"Jade, por favor, yo sigo pidiéndole a dios, tal como me lo pediste, que tome en cuenta todo lo que haces, ayúdanos. Tú estás encontrando tu lugar, lo que dios tiene para ti. ¿No te gustaría que nosotros estuviéramos tranquilas y felices, igual que tú? Puedes hacerlo."

Con sus palabras me hace recordar el compromiso que yo misma establecí entre ellas y yo, un compromiso en el que, si soy capaz de proteger a Daniel, ¿por qué no a ellas? Además, aún no me recupero del mal sabor de boca que me dejó la noticia de su sorpresiva muerte y recuperación, sin que yo hubiera hecho nada por ayudarla en algo tan serio. Me prometí que haría lo que pudiera por ayudarlas, sin chistar, y eso es exactamente lo que haré.

"De acuerdo, dame la hoja."

"Jade, sé que dios tomará en cuenta todo lo que haces."

Me dejan sola, me pongo de pie para llevar a cabo esta tarea, y lo hago, sin dificultad, aunque, cuando se trata de demonios, puedo verlos aparecer, enfurecerse y proferir toda clase de ofensas en contra mía, para después desaparecer. Con estas personas, no vi nada, me queda una sensación de obscuridad. No sé si me explico, pero hay situaciones en las que uno se siente más ligero, esta no es una de esas.

Esta, es del tipo de situaciones que me hacen cuestionarme cuánto sé realmente de lo que estoy haciendo, y la verdad es que no sé nada, sigo sin saber nada. La mayoría de las veces, me siento como si fuera un interruptor que puedo encender o apagar a placer y, en realidad, así de sencillo me resulta, sin embargo, al igual que con la energía eléctrica, la enciendo y no tengo la menor idea y, la verdad, no me preocupa saber, de dónde viene dicha energía.

Las cosas se complican, cuando el objeto a ser destruido me presenta dificultades. No tengo idea de qué opciones tengo, o de qué forma puedo utilizar esta energía de manera más efectiva. Muchas veces he deseado, tener al alcance de la mano, un instructivo que me explique cómo usarla, pero, dudo que exista, por lo tanto, sigo aquí, en el mismo punto en que he estado por años, y sin posibilidad a la vista de que esta circunstancia cambie.

Cuatro días, bueno tres días y algunas horas, es todo lo que tengo que esperar para ver a Daniel. Sé, de cierto, que ya no se presentará en mi habitación hasta que se día llegue, así ha sido siempre, una vez que Carmen llama, ya no lo veo, sino hasta que nos encontramos en el lugar indicado. No cabe duda de que estos días me parecerán eternos, increíblemente largos.

Qué terriblemente grande me parece la habitación ahora que él no está, incluso Tíber parece extrañarlo, pasa largos minutos observando las paredes, esperando que Daniel aparezca, hasta que se cansa y finalmente el sueño lo vence. Yo no tengo tanta suerte, desde hace unos meses, su presencia en mi recámara ha sido una verdadera bendición, sin embargo, el hecho de que no esté, me impide conciliar el sueño, escucho con más intensidad todos esos ruidos a los que, estando él presente, no presto atención. Como el ruido de los autos en la avenida, la gente que pasa por la calle, e incluso parte de sus conversaciones cuando sus pasos los acercan a mis ventanas, y, sobre todo, los ruidos dentro de estas cuatro paredes.

Desde hace unos días, este espacio parece ser sitio de reunión de muchos... No sabría decir de muchos qué. Es decir, podrían ser fantasmas, o demonios, pero, como no puedo verlos, sigo con la duda. Es extraño, escucho cuchicheos, pasos, mucho movimiento alrededor de mí, como si me encontrara en una sala rodeada de personas. ¿Miedo? No, no les tengo miedo, más bien me provoca muchísima curiosidad y, ya que ellos pasan largas horas aquí, supongo que sienten la misma curiosidad por mi persona.

Varias veces he intentado preguntarles algo, ya saben, la típica pregunta de las películas de terror, '¿Quién anda ahí?' Pregunta por demás estúpida, obviamente, quienquiera que sea el que anda ahí, siempre con malas intenciones, no va a contestar, pero, tenía que intentarlo. En fin, nadie me responde, no obstante, los cuchicheos y los movimientos cesan, a veces hasta por una hora.

Mi mente divaga por todas las teorías que pueden ocurrírseme, como podrán imaginarse, no soy el tipo de persona que pone en duda las ideas que escucha, por descabelladas que parezcan. Mi vida es así, y si dudara de ese tipo de cosas, no me quedaría otra opción que dudar de todo lo demás, y entonces, mi vida se pondría de cabeza. Así es que, como ya me tomó mucho tiempo aceptarla tal como es, una vida en la que los sueños y las pesadillas son posibles, analizo todas las teorías.

Me gusta, en parte, la de que nuestro mundo consta de varias dimensiones y que todas ocupan el mismo espacio, eso quiere decir que los ruidos que me rodean son de personas que, en otra dimensión, ocupan este mismo espacio. Y digo que solo me gusta en parte, porque si esas personas están conscientes de mi presencia, como creo que lo están, ¿dónde queda mi privacidad? Honestamente, ya no me atrevo ni a cambiarme de ropa aquí dentro, he tomado la ridícula costumbre de cambiarme en el baño, ridícula tratándose de que tengo el dormitorio para mí sola, supuestamente, claro está.

Otra de las teorías que he considerado es la de que, una serie de fantasmas ha decidido que este es un buen lugar para vivir, o pasar el tiempo o, bueno, lo que sea que ellos hagan, pero, esa también me presenta fallas. Nunca he tenido problemas para verlos, y en este caso, no veo absolutamente nada, por lo tanto, he tenido que descartarla.

Y, quizá la que más me disgusta, es la que me lleva a pensar que soy un espécimen de estudio, alguien a quien se le presentan una serie de escenarios para ver qué se me ocurre hacer en cada caso. No se trata de que haga cosas acertadas o erróneas, simplemente se trata de observar mis reacciones con algún fin, que aún no logro deducir, y en este caso, las voces que escucho serían las de aquellos que me observan. Detesto sentirme de esa forma, como el juguete de alguien a quien no puedo enfrentar. Creo que prefiero a los demonios, al menos puedo verlos para matar o morir, como en una corrida de toros.

Sé que hay mucha gente que opina que es una práctica barbárica, sin embargo, habiéndome visto en esa posición en múltiples ocasiones, encerrada en un redondel con un demonio, para ver qué podía hacer con él, mientras me clavaba las banderillas, me resulta fascinante la idea de que tanto el toro, como el torero, bailen con la muerte, y ambos tengan las mismas posibilidades de matar al otro.   Desarrollan su fuerza, resistencia, astucia, y valor. Sobre todo, este último, el valor, que para mí no significa que existe dentro de ellos una ausencia de miedo, sino las agallas para no prestarle atención y seguir adelante.

Ya sé que estas líneas de pensamiento, en realidad no me llevan a ningún lado, pero, algo tengo que hacer durante todo el tiempo en que no concilio el sueño. Otra de las cosas que me llama mucho la atención, es el hecho de que, en el instante mismo en que Daniel llega, se hace el silencio, y ya no escucho nada más, solo a él. Creo que se debe a que, mi atención en él es tal, que ya no queda espacio dentro de mi cabeza para nada más. Siempre, desde el bendito día en que lo conocí, ha sido un remedio para todos mis males. Estando él presente, salvo en muy raras ocasiones, no veo demonios, ni fantasmas, ni escucho voces de gente que no puedo ver, nada. Dentro de esa increíble normalidad de estar en su compañía, todo es fantástico. Eso sí me causa temor, para mí, todo lo bueno ha resultado ser muy breve y esto, no quiero que acabe nunca.

Volteo para ver mi reloj. No puede ser, esta teoría no la había considerado, creo que desde hace unos minutos formo parte de la Dimensión Desconocida. Cada vez que volteo a ver el reloj, marca exactamente la misma hora. Si acaso, y tengo mis dudas al respecto, la manecilla que marca los minutos logra, con mucho esfuerzo, arrastrarse para marcar otro minuto, volviendo después a su posición anterior. No cabe duda, ese reloj puede resultar una muy efectiva arma de tortura, más ahora, en que aguardo con ansias el momento de abordar ese avión, llegar al aeropuerto de la Ciudad de México, y verlo.

¡Dioses! siempre pensé que mi estómago era, como decía mi abuelo, del tamaño de mi mano hecha un puño, pero, eso no puede ser posible, porque el vacío que siento dentro de él es enorme. Por lo tanto, si me baso en esta sensación, mi estómago abarca casi la totalidad de mi cuerpo. Muero por verlo, siempre experimento este vértigo cuando la hora se acerca, verlo de carne y hueso, ¡por fin! Supongo que no tengo perdón, yo gozo de su presencia cada noche, y ya les dije que esa es una bendición, pero también les he explicado la diferencia entre la proyección y el real, y ahora ansío con todas mis fuerzas ver al real. Tengo mucho que decirle.

Finalmente, las 72 horas de estos tres días, dejaron de vagabundear por mi reloj y, agotadas, fueron desapareciendo una a una. Cada una de ellas hizo estragos en mi estómago y en mi paciencia, dejándolos muy mal heridos. Ya perdí la noción de lo que significa tener un estómago tranquilo, y de mi paciencia, mejor ni hablamos.

Por fortuna, una situación insólita se presentó esta mañana, dándome un poco de paz. Una vez que decidí que era lo más que podía esperar, para avisarles a mamá y a Mara, que me voy, con veinticuatro horas de antelación, arrojé la bomba sobre la mesa del desayuno, asegurándome previamente, que no había armas blancas, que pudieran dar cuenta de mí, antes de que logre verlo.

Me vieron y, con sendas sonrisas en los labios, me desearon buen viaje y que nos fuera muy bien. Insólito, ¿no es cierto? Más que nada, si tomo en cuenta las reacciones que Mara ha tenido en el pasado, no me importa, no pienso cuestionar este cambio tan favorable. Lo acepto y punto.

Me voy a la cama continuando con el conteo regresivo. En nueve horas estará despegando mi avión, y una hora más tarde, estaré con él. Lo que daría por lograr dormir un poco, al menos, quiero ser capaz de verlo con los ojos bien abiertos.

"¿Desea algo de tomar?"
"Nada, muchas gracias."
"¿Puedo traerle alguna otra cosa?"
"No, muchas gracias." El sobrecargo no podría traerme lo que necesito, una persona que, desde hace un par de horas, se encuentra en una sala de espera

VIP del aeropuerto al que nos dirigimos. Si eso fuera posible, se lo habría pedido desde que abordé el avión.

Esta vez, he tratado de ser muy consiente, de no perturbar a mis vecinos con los movimientos involuntarios que mis piernas empiezan a efectuar, en un desesperado e inútil intento por llegar más deprisa. Me concentro en respirar pausadamente y mantengo las uñas alejadas de mi boca. Nunca he tenido la costumbre de morderlas, y no quiero empezar ahora.

¡Aterrizamos! Todavía no sé cómo lo conseguimos, sin que me diera un ataque en el aire. Varias veces me sorprendí a mí misma con la mano sobre el broche del cinturón de seguridad, como si se tratara de un duelo entre el resto de los pasajeros y yo, para ver quién es capaz de desabrocharlo con más rapidez. La retiraba de ahí, y me aferraba con fuerza al descansabrazo, para luego regresar al cinturón. Y si, por supuesto que fui la más rápida, además, tuve la precaución de solicitar el primer asiento al frente del avión, si Daniel llega a enterarse, no me salvo de una buena reprimenda.

Él siempre ha dicho, que los asientos más seguros, son los que se localizan sobre las alas del avión. No sé qué tanta razón tenga, si el avión se desploma a tierra, por ejemplo, creo yo que da exactamente igual dónde te encuentres, el resultado será el mismo, en menor o mayor medida. Más bien creo que se hace de ideas que lo tranquilizan y en ese caso, son los más seguros, sin duda alguna.

Cruzo el pequeño pasillo que acomodan entre el avión y la sala de recepción del aeropuerto, el viento de la Ciudad de México me acaricia la cara por un instante, hace frío, y mi blusa es más bien ligera, no me acordé de eso. Mis suéteres más gruesos están dentro de mi maleta, y no pienso perder valiosos treinta o cuarenta segundos en sacar uno y ponérmelo, ¡por supuesto que no! Pido indicaciones a uno de los sobrecargos sobre cómo llegar a las salas VIP.

"Yo voy en esa dirección, puedo acompañarte."

"No hace falta, solo dime cómo llego, por favor."

"Sigue derecho hasta el final del pasillo y dobla a la derecha dos veces. ¿Segura que no prefieres que te acompañe?"

"Gracias, pero, no podrías alcanzarme." Grito una vez que emprendí la carrera y, no miento, sé que no lo lograría, él no tiene la misma prisa que yo.

Hasta el final del pasillo, derecha, derecha. Aproximadamente veinte metros enfrente de mi puedo ver las puertas de las diferentes salas VIP. ¡Dioses! olvide preguntarle a Carmen en cuál lo veía. Una de las puertas se abre, y Raúl asoma la cabeza, me ve, y esboza una amplia sonrisa.

Rocío Blisswealth

Detengo mi carrera y empiezo a caminar, con rapidez, pero sin correr, quisiera reducir mi ritmo cardíaco, aunque no sé si lo acelerado del mismo, se debe a la distancia que corrí, o a mi ansiedad por verlo. De tratarse de esto último, será totalmente inútil que reduzca el paso, solo él podrá calmar mis latidos. Llego hasta la puerta, y Raúl se adelanta para darme un abrazo.

"¡Hola, Jade! ¡Qué gusto me da verte!"

"A mí también, Raúl, te he extrañado mucho." Digo oprimiéndome contra su pecho.

En cuanto me suelta, abro la puerta y atravieso hacia el interior de la sala de espera, para mi sorpresa, está vacía. Doy vuelta sobre mí misma para ver a Raúl de frente.

"¿Dónde está Daniel?" Pregunto.

Mi respiración se ha detenido. No me gustan las sorpresas, tratándose de mí, por lo regular son malas, y en este caso, me aterra no ver a Daniel en donde se supone que debe estar. De nada sirvió que detuviera mi carrera, el corazón quiere salírseme del pecho, y las manos han comenzado a temblarme, tanto que Raúl no las pierde de vista.

Sé que las posibilidades son infinitas, desde el hecho de que se encuentre en el cuarto de baño, hasta el que se haya adelantado al hotel por alguna razón o, ¡no, por favor! Que no haya venido a México. No sé qué cara puse, pero, Raúl no me pierde de vista, y su sonrisa ha desaparecido. ¿Por qué no me responde?

Un extraño peso se coloca sobre mis hombros, desvío mi mirada hacia un lado y veo que me han puesto un gabán sobre ellos, lo reconozco perfectamente, es de Daniel.

"Aquí estoy, guapa. Raúl mencionó que no llevabas sweater, y no quiero que te enfermes." Entrelaza sus brazos a la altura de mi cintura, y yo me apresuro a envolverlos con mis frías manos. "¿Cómo estuvo el vuelo?" Pregunta con su barbilla sobre mi hombro derecho, levanto la mano y acaricio su mejilla.

"Largo, demasiado."

"A mí también me lo pareció, eterno."

Mi corazón, de un solo brinco, establece su ritmo normal y mis pulmones encontraron ya el oxígeno que les hacía falta.

"Déjame ponerte bien esto, mete las manos por las mangas."

Toma el gabán de encima de mis hombros y me ayuda a deslizar los brazos, no creo que sea buena idea, la diferencia de estatura entre él y yo, se marca también en la diferencia de longitud entre sus extremidades y las mías. Por más esfuerzos que hago para sacar mis dedos del extremo de la manga, no lo consigo, al menos, no con mucho éxito.

El Juego… Jade

Solo las puntas de mis dedos llegan al final, saliendo hacia el exterior de las mangas. Obviamente, el gabán, en lugar de lucir elegante sobre mí, tal como él lo luce, parece estar colgado sobre un gancho, y Daniel no puede evitar reírse. Se para frente a mí y, tomándome una mano, dobla la manga hasta dejarla completamente descubierta, después la otra. Lo sostiene a la altura de mis hombros y trata de acomodarlo, sin conseguirlo. Lleva sus manos a las solapas, y lo cruza sobre mi pecho, frunzo el entrecejo, preguntándome si en realidad espera lograr que se me vea más o menos bien, tuerzo la boca hacia un lado, estimando los pésimos resultados de sus esfuerzos. Intenta controlar su risa, pero ya no le es posible, me abraza con fuerza, y sus carcajadas retumban en mi pecho.

"Te ves adorable."

"Daniel, me está preocupando tu definición de adorable." Puedo escuchar cómo las risas de Raúl se unen a las suyas.

"Lo siento, Jade. Déjame conseguirte otra cosa." Lo detengo por las solapas.

"No, Daniel, este me encanta."

"¿Por qué?"

"Huele a ti, te siento más cerca, así me quedo."

"¿Más cerca que esto?" Dice estrechándome con fuerza.

"¡Ay! Tal vez no, aun así, me lo dejo puesto."

Salimos del aeropuerto y llegamos al hotel, en donde ya nos espera el personal de la casa discográfica que se hará cargo de la gira de promoción. Una de las chicas nos sale al encuentro para saludarlo. Raúl y yo nos registramos, alguien del personal del hotel se está haciendo cargo ya de nuestro equipaje y nos entregan las llaves.

"Daniel, ¿quieres subir a la habitación unos minutos?" Pregunta Raúl.

"Sí, vamos."

"Te acompaño, Daniel, así puedo pasarte los detalles para esta tarde." Dice la chica de la casa discográfica. Daniel se da la vuelta para verla de frente, muy molesto.

"Tal vez no le dieron a usted indicaciones respecto a mi forma de trabajar. En primer lugar, usted no tiene nada qué hacer en mi habitación, en segundo, las indicaciones respecto a esta tarde, y cualquier otro día de trabajo, no se me entregan a mí, usted tratará directamente con Jade, no conmigo, y todo se le entrega por escrito, no de forma verbal.

Aparte de eso, los tres recién llegamos, después de muchas horas de vuelo y cambio de horario, de modo que le agradeceré un poco de comprensión, con respecto a los minutos que pensamos tomarnos para refrescarnos, antes de dar inicio a las actividades. No creo que haya problema, sé, desde hace días, que las actividades se planearon a conciencia, considerando el que pudiéramos disponer de estos minutos, ¿me equivoco?"

"No, señor, no se equivoca. Tómense su tiempo, aquí esperamos." La chica responde con la cara completamente roja, grave error, mal comienzo.

"Gracias." Da la vuelta y entremos al elevador. Ni Raúl ni yo abrimos la boca, Daniel es muy estricto respecto a la gente que trata de tomarse atribuciones que no le corresponden.

"¿Me vas a regañar, guapa?"

"No, es preferible que la chica sepa a qué se atiene al principio de la gira, y no al final, cuando ya la incomodidad te sobrepase."

Se abre la puerta del elevador y caminamos por el pasillo hacia las habitaciones. En esta ocasión la mía se encuentra entre las de ellos. Daniel sigue hablando al llegar a su puerta, me detengo para escucharlo, y Raúl pasa de largo.

"Me alegra que no te moleste, después de todo, tú tuviste la culpa de que no la dejara subir." Entra en su suite y lo sigo sorprendida.

"¿Que yo tuve la culpa? Y, se puede saber ¿por qué?" Estira la mano, y dando un ligero golpe a la puerta, la cierra y me empuja suavemente contra ella, hasta que lo tengo a poquísimos centímetros de distancia.

"No quise arriesgarme a que lo que me dijiste una vez sea cierto." Roza mi nariz con la suya.

"¿Lo que te dije? ¿Respecto a qué?" Digo casi sin aire, después de que las mariposas al vuelo han cubierto mis pulmones casi por completo.

"De que, si hubiera público, no me dejarías hacer esto."

Se presiona sobre mí y me besa pausadamente, después de un minuto, levanta la cabeza y me ve a los ojos esperando mi respuesta, ¡dioses! Insiste en que piense después de uno de sus besos.

"Así es, y ella sería público."

"¿Admites tu culpa?"

"La admito."

"Estupendo, ¿podemos proseguir?"

"No, ella nos espera allá abajo."

"En definitiva, esa mujer esta predestinada para que yo la odie." Me tomo otro par de minutos para cambiarme el gabán y ponerme uno de mis sweaters, aún con lo adorable que me veo con él, descubrí que llamo mucho la atención, la gente de la casa discográfica no paraba de verme, y no me agrada atraer la atención sobre de mí.

Bajamos a la recepción del hotel y la chica, que, después averigüé, se llama Susana, se me acercó, esta vez con una actitud muy diferente, para ponerme al tanto de los pormenores de la gira. La primera parada será en la casa discográfica, donde se llevará a cabo una junta en la que quieren informar a Daniel acerca de los logros del último disco, y los pronósticos para el nuevo. Susana está muy preocupada porque no lleva nada por escrito, tal como Daniel se lo pidió, quisiera decirle que no importa, pero, no puedo contradecir sus órdenes, de modo que le indico que me lo entregue en cuanto le sea posible. Por lo pronto, será suficiente con que anotemos todo en mi agenda, finalmente eso es lo que hago siempre, y pasamos el trayecto a nuestro destino haciendo anotaciones en ella, bueno, las he hecho yo, porque Susana está en un estado de nervios que no le permite controlar muy bien la mano.

Al llegar a la casa discográfica, ella tiene mucha prisa por bajar de la camioneta y adelantarse a nosotros para, bueno, supongo que será para advertirle a la gente, respecto al estado de ánimo de Daniel, aunque, los demás, no tienen nada que temer, según creo yo. Antes de que el vehículo haga un alto total, Susana abre la puerta, da un salto hacia abajo, y mientras Daniel, Raúl y yo nos deslizamos en los asientos para hacer lo mismo, ella azota la puerta dejándonos dentro y a escasos centímetros de atrapar mi pie en el proceso. Si no es porque mis reflejos son bastante buenos, esto no me haría la menor gracia.

Continúo riéndome, viéndola correr hacia dentro de las oficinas, así es, ni siquiera se dio cuenta de lo que hizo. Volteo a ver a Daniel, está furioso, y profiriendo toda clase de groserías. Después de unos cuantos segundos, Susana vuelve a salir corriendo, cubriéndose la boca con la mano, sin poder creer lo que acaba de hacer. Daniel me pide que deje de reírme, no lo consigo, solo verla hecha un manojo de nervios, me hace muchísima gracia. Pobre chica, ahora sí logró enfurecer a Daniel.

Raúl abre la puerta antes de que ella lo haga, y descendemos, Susana está frente a Daniel, y puedo ver claramente que el color desaparece de sus mejillas, es increíble cómo, la misma persona, es capaz de provocar sensaciones tan dispares en ella, y en mí. No atina a decir absolutamente nada, solo se hace a un lado, y nos permite pasar hacia el interior. Daniel sigue bufando.

"Tranquilízate, Daniel, no lo hizo a propósito."

"Poco faltó para que te lastimara." Sigue furioso.

"Pero no lo hizo, está nerviosa."

"Pues que se controle."

"¿Qué te parece si nos controlamos todos?"

"Por si no te has dado cuenta, ya me estoy controlando." Entramos en la sala de juntas y nos recibe Rogelio junto a un grupo de personas, cada una de ellas,

Rocío Blisswealth

encargada de un aspecto del lanzamiento del nuevo disco. Ahí dentro, el ambiente es festivo, obviamente las noticias que tienen para nosotros son muy buenas. Rogelio se sienta junto a mí, deja que cada una de estas personas informe a Daniel las excelentes noticias con respecto a su carrera, y aprovechamos para ponernos al corriente de las circunstancias, que para nosotros tienen más importancia, es decir, los chismes. Se acerca a mi oído y pregunta:

"¿Cómo les ha ido con Susana?"

"¿Por qué lo preguntas?"

"Es su primera gira de promoción, solo ha estado trabajando con nosotros tres o cuatro meses y…"

"¿Qué pasa?"

"Que, cuando le dimos la noticia de que se haría cargo de la gira de Daniel, empezó a saltar alrededor de la mesa, hasta que le pedí que se controlara, y se portara de una forma más profesional. Aun así, yo podía ver como sus piernas temblaban, a pesar de que estaba sentada. No estaba seguro de que lograra controlarse para sacar esto adelante, conociendo a Daniel, ya ves que no es muy tolerante, entonces, ¿tú cómo la ves? ¿La dejamos, o la cambiamos?"

Justo ahora recuerdo la cita para organizar la gira de Daniel, aquella en la que los ejecutivos me minimizaron y me humillaron hasta que, telefónicamente, él los puso en su sitio, o más abajo. Tal vez mucho más abajo. De no haber sido por eso, mi inseguridad no me habría permitido avanzar, ni personal, ni profesionalmente, segura de que ellos habían tenido razón en tratarme así. No puedo hacer menos por Susana, solo espero que, en verdad, haga un esfuerzo por controlarse.

"Daniel no ha dicho nada al respecto, démosle tiempo para ver cómo evoluciona."

"Oh, oh. ¿Qué fue lo que hizo?"

"Démosle tiempo, Rogelio, acabamos de llegar."

"Jade, cualquier cosa, me llamarás, ¿no es cierto?"

"Te lo prometo."

Rogelio se endereza en su silla y aparenta prestar atención, sin embargo, sus labios se mueven constantemente, aunque no emite sonido alguno. No sé si está rezando, o qué es lo que dice, pero, se ve preocupado, pobre.

Desvío la vista de Rogelio al sentir como Daniel oprime mi mano bajo la mesa, lo veo sonreír ampliamente, las noticias de su carrera son realmente estupendas, esto significa que la gira de promoción será exhaustiva, más vale que nos preparemos. Lo felicito y me acerco a Susana, quiero revisar las listas, algo me dice que deberé hacer su trabajo, y el mío, si es que quiero conservar su salud mental.

En efecto, la lista abarca prácticamente todas las radiodifusoras y los programas de televisión que cubren espectáculos. Aquí es donde mis preocupaciones empiezan, ella anotó reuniones con Daniel, para comer y cenar, durante casi todos los días de la gira, con gente cuya identidad desconozco, de modo que le pregunto.

"Susana, ¿quiénes son estas personas?" Pone cara de terror y empieza a sudar profusamente.

"¿Cómo que, quiénes son? Son personas de alta jerarquía relacionadas con la casa discográfica."

"De acuerdo, primera lección, la gente de alta jerarquía nos importa un cacahuate, y no puedes reservar comidas con Daniel, a menos que él lo solicite, de otra forma, la respuesta es no." Los labios le tiemblan, solo me mira y no dice nada, así que continúo.

"Susana, debes llamar a estas personas y decirles que cometiste un error, que la agenda de Daniel no le permite comer, o cenar, con ellos y, por ningún motivo lo hagas quedar mal, échame la culpa. Cualquier cosa es preferible a que esto llegue a oídos de Rogelio. Y, no te preocupes, no pasará nada malo, si alguno de ellos se queja a la casa discográfica, diles que fui yo quien negó a Daniel, y te pedí que te disculparas ante ellos, ¿de acuerdo?"

"Pero, sí es mi culpa."

"No es culpa de nadie, no lo sabías, ahora sal de aquí y realiza esas llamadas, sin dejar una pendiente, por favor." Daniel me observa, sigue sonriendo, esperemos que así siga.

Capítulo XVIII
Pues, tú tienes la culpa.

La tarde fue larga, visitamos muchas radiodifusoras y, como de costumbre, no comimos absolutamente nada. No obstante, todo eso es común, y no nos causa la menor sorpresa. La pobre de Susana se pasó la tarde disculpándose por cada pequeña cosa, y cuando se dio cuenta de que no tendríamos tiempo para comer, por poco se muere. Daniel es capaz de soportar, con buen humor, todo lo que la gira implica, pero ella resulta bastante molesta. Ya intenté hablar con ella, pero, solo consigo que los ojos se le llenen de lágrimas, por lo tanto, desistí.

Llegamos al hotel bastante tarde, sobre todo si tomo en cuenta que, para Daniel, por la diferencia de horario, es cerca de la madrugada. Desciende de la camioneta un tanto incómodo, se dio cuenta de que Susana lo veía por el reflejo en el cristal durante gran parte del camino. Sé que le gusta mucho, y debe ser terrible que las cosas le estén resultando tan mal. Si me pongo en sus zapatos, esa es verdaderamente una tragedia, después de lo feliz que se puso cuando recibió la noticia de que él sería su asignación. Me da lástima, la misma lástima que sentiría por mí misma en su lugar.

Por fin se va, espero que mañana sea mejor, por su bien, y por el nuestro. Estamos muertos de cansancio y nos despedimos en el pasillo para ir a las habitaciones. Daniel me lleva hasta la puerta de la mía, me da un beso en la mejilla y guiña un ojo. Raúl se me acerca y me da las buenas noches, abro la puerta y entro.

Qué horrible es tener que hacer las cosas a pesar del cansancio, el simple hecho de desempacar me parece extenuante, saco la bata de dormir y entro en la ducha. Después de una tarde con Susana, definitivamente necesito relajarme. Mientras me ducho, trato de calmarme para poder apreciar el estar aquí, es algo que, pese a cualquier cosa, nunca quiero dejar de disfrutar, utilizo la situación de Susana para hacerlo. A mí podría haberme ido como a ella y, que esa primera vez que lo vi, hubiera resultado ser un desastre, en lugar de la maravilla en la que se convirtió mi vida. Daniel está aquí, a solo una puerta de distancia, puedo verlo y abrazarlo cuanto quiera.

Termino de peinar mi cabello, a la vez que canto una de sus canciones, mi favorita, me tranquiliza, y abro la puerta para dirigirme a la cama, ahora si podré dormir.
"Jade."

El Juego… Jade

Volteo hacia la cama, y observo la visión del increíble cuerpo de Daniel, que ya se encuentra bajo las sábanas de mi cama, que lo cubren hasta la cintura. ¡Cuántas ganas tenía de verlo! Así, con la calma suficiente para poder deslizar mis ojos por su rostro y por sus bien torneados brazos. Ya sé que lo he tenido junto a mí todo el día, pero, cuando hay gente alrededor, evito fijar mi vista en él, mantengo todo en un nivel profesional. Sin embargo, ahora, en la privacidad de mi habitación, puedo llenarme los ojos con su imagen.

"¿Te asusté?"

"¡Daniel! Por supuesto que me asustaste." De alguna forma tengo que justificar los segundos que me tomó reaccionar a que su presencia no era un adorno sobre de la cama.

"Lo siento, guapa, ¿no me esperabas?"

"Lo que pasa es que… las habitaciones, y los equipajes y no, no te esperaba."

"Pues, tú tienes la culpa."

"Yo tengo la culpa. ¿Otra vez?"

"Ah, pero claro."

"Y, ahora, ¿de qué tengo la culpa?" Pregunto sonriendo.

"Pues de que tenga que colarme a hurtadillas en tu habitación. Ya que no quieres que se entere Raúl, pues…" Dice con tono solemne. "Debo hacerlo clandestinamente."

"Pobre de ti, no cabe duda de que eres un mártir, me imagino el trabajo que te costó esconderte para pasar por la puerta que une nuestras habitaciones sin que nadie te viera."

"Más trabajo me costó que nadie se enterara que pasaría aquí la noche."

"¿Y no pensaste que al menos yo tenía que saberlo?"

"¡Pero si te guiñé un ojo, guapa!"

"¡Claro! El guiño, olvidé esa clave. Mil disculpas."

"Te perdono, con una condición." Dice sonriendo.

"Ah, ¿sí?"

"Aja."

"Y, ¿cuál es esa condición?"

"Pues, que vengas aquí, y me des un beso para que me pueda dormir." Señala el espacio junto a él, y le da palmadas con la mano.

"Quieres decir, que debo pagar mis culpas con un sacrificio, mmm… suena lógico."

"Así es, pero deberá ser un sacrificio digno de perdón." Levanto la sábana y me recuesto junto a él, golpeando mi pecho con la mano cerrada en un puño.

"Por mi culpa." Le doy un enorme beso para luego preguntarle. "¿Cómo voy?"

Rocío Blisswealth

"¿Tú qué crees?"

"Pues, según yo, ya debo estar perdonada, porque llegué al cielo." Empieza a reírse.

"¡Qué rico hueles!"

"He oído decir que así huelo yo."

"Guapa."

"¿Sí?"

"Te extrañé."

"Yo más." Dedico unos cuantos minutos a disfrutar de tenerlo tan cerca para luego decirle.

"Daniel."

"¿Sí?"

"¿Puedo pedirte un favor?"

"Lo que quieras."

"¿Podrías ser un poco más paciente con Susana?"

"Guapa, esa chica es exasperante."

"Si no lo fuera, no tendría que pedirte paciencia, ¿o sí?"

"¿No te parecería mejor prescindir de su cooperación? Me doy perfecta cuenta de que eres tú quien la instruye prácticamente en todo."

"Lo sé, pero, quisiera darle otra oportunidad, se pone muy nerviosa porque no logra hacer las cosas de una forma satisfactoria."

"Exactamente, no acierta ni una la pobre, y otra oportunidad significaría..."

"Y, ¿no te has preguntado por qué es que no acierta ni una?"

"Ah, pero ¿existe una razón para tanta ineptitud? Pensé que era de nacimiento."

"No, tú eres la razón. Le gustas mucho, y no logra controlarse. Trato de ponerme en su lugar, y me da lástima."

"Guapa, la lástima es el peor sentimiento que puedes expresar por alguien. Está bien, no te prometo nada porque, me conoces, tal vez no tenga suficiente paciencia, pero, lo intentaré."

"Gracias."

"Y, dime una cosa entonces, a ti también te gusto mucho, es por eso que te pones en su lugar." Ríe.

"Dije que trataba de ponerme en su lugar, por inconcebible que me parezca, hay personas en este planeta a las que puedes resultarles atractivo, y trato de entenderlas. Como decía mi abuela, 'hay gustos que merecen golpes...'" Me interrumpen sus carcajadas.

"De modo que no te gusto. ¿Y cómo es que toleras estar aquí, abrazada de mí, toda la noche?"

"Pues verás, mi intención es ir al cielo algún día, con lo mal que me he portado siempre, más vale que haga... ¿Cómo fue que dijiste? 'Sacrificios dignos de perdón'."

"Pues, si yo soy tu penitencia, no quedará por mí el ayudarte a cumplir con tu objetivo, ¿hasta el cielo, dices? Huy, eso suena bastante lejos, de modo que, ven acá pecadora." Con su dedo índice levanta mi barbilla y me besa, y yo, ¡qué remedio! Todo sea por llegar al cielo, aunque, como dije anteriormente, ya estoy en él, solo que, no pienso recordárselo.

La llamada para despertar suena puntualmente a las 8:00 a.m. y, sin pensarlo dos veces, me levanto de la cama, prefiero no tomarme los benditos cinco minutos, y arriesgarme a que estos se convirtieran en dos horas. Daniel sigue profundamente dormido, camino alrededor de la cama para acercarme a él, y recuerdo la vez en que, regresando de Cuernavaca, se recostó sobre mis piernas para descansar y pude acariciarlo por primera vez. Sus facciones son tan perfectas, y luce tan pacífico, que acerco mi mano, y con las puntas de los dedos, lo acaricio suavemente como aquella vez. Esta es una mejor manera de pasar esos cinco minutos que decidí no tomarme para seguir durmiendo. Beso su mejilla, abre esos benditos ojos que parecen robarme el aliento, y sonríe. Tira de mí hacia él, y me besa en los labios.

"Ven, quédate un rato."

"Claro que no, tenemos el tiempo justo, entro en la ducha y vengo a despertarte de nuevo, aprovecha estos minutos de gracia."

"¡No! Me niego rotundamente, no voy a ir. Me... duele mucho el estómago. ¿Te quedas hasta que me sienta mejor?"

"No es el colegio Daniel, y no voy a llamar para mentirles que te sientes mal, ¿aprovechas estos minutos, o entras en la ducha tu primero?"

"¿Por qué no puedo quedarme?" Dice con voz lastimera, mientras se cubre la cara con la sábana.

"Porque eres un cantante famoso, muy responsable y disciplinado, eres Daniel Montalvo, ¿te acuerdas?"

"Ni idea de qué me estás hablando."

"Así que ahora tienes amnesia, bueno, pues yo voy a bañarme, y veremos si tus recuerdos regresan mientras tanto."

Da la vuelta, se abraza de la almohada, y suspira antes de volverse a dormir, ¡dioses! Quiero regresar ahí, y acomodarme junto a él, pero no, ¡en alguien tiene que caber la cordura!

No creo haber tardado más de diez minutos en estar lista, sin embargo, en cuanto regreso a la habitación, escucho su respiración profunda y pausada. ¡No puedo creerlo! Se ha quedado dormido de nuevo.

Rocío Blisswealth

"Daniel…"

"¿Qué pasa?"

"¡Sal de la cama y entra en la ducha!"

"Tengo mucho sueño."

"Muy bien, tú lo quisiste." Me dirijo hacia la puerta.

"¿A dónde vas?"

"Por hielo." Ahí están sus carcajadas otra vez, con la voz entrecortada por ellas, dice:

"¡No serías capaz, guapa!"

"Ponme a prueba, Daniel Montalvo."

"Oh, no, ya te estás enojando. Ya voy, ya voy."

Después de un rapidísimo desayuno, bajamos al lobby para encontrarnos con Raúl y Susana. El aspecto de ella es terrible, tiene cara de muerto fresco, con toda seguridad, no durmió en toda la noche.

Busco una respuesta a mi entrecejo fruncido, pero, Raúl solo se encoge de hombros en señal de que no sabe nada. ¿Qué le habrá pasado a esta chica? Lo que más temo es que, si su desempeño del día anterior lo consiguió estando en sus cinco sentidos, ya me imagino lo que nos espera ahora que luce como zombi. No obstante, lo deplorable de su estado, se las arregla para iluminar su rostro cuando ve a Daniel. Ya sé lo que siente.

"Buenos días."

"Buenos días." Respondemos ambos.

"Susana, ¿ya desayunaste?" Pregunto, aun cuando mi pregunta debería ser, ¿te encuentras bien?

"La verdad, no tuve tiempo y, he decidido imitarlos, ustedes aguantan bastante sin comer." Daniel se acerca a mí y me dice al oído:

"¿Cómo es que no tuvo tiempo? ¿Qué todas las horas en que estuvo, obviamente despierta, no le fueron suficientes?" Le doy un codazo en las costillas.

"Lo prometiste, Daniel." Reprocho.

"Está bien." Levanta más la voz y dirigiéndose a ella dice: "Susana, algo que debes saber, es que podemos resistir bien, porque nunca dejamos que se nos escape un buen desayuno. Si tu intención es imitarnos, quizá deberías empezar por ahí." Le habla en el tono que mi abuelo utilizaba cuando quería señalar, sobre alguna situación, que él tenía la razón, y no yo.

"Vaya, no lo sabía, mañana…" Abre la puerta de la camioneta para que subamos, supongo que quiere, con este hecho, poner remedio al cerrón de puerta del que fuimos víctimas ayer, sin embargo, hace que Raúl y Daniel se sientan muy incómodos. Raúl la ve fijamente, a los ojos, y más serio de lo que lo he visto hasta hoy, le indica:

"Susana, ni Daniel ni yo tenemos costumbre de que una dama nos abra la puerta, ¿podrías permitir que conservemos nuestras costumbres, por antiguas que te parezcan, y que seamos nosotros los encargados de eso?"

"Sí, pero… claro, yo…"

"Gracias."

En cuanto subimos al vehículo, Susana me entrega un sobre grande, con una cantidad de hojas impresionante. No tengo la más mínima idea de qué se trata, y levanto la mirada para encontrarme con la suya. Debajo de las terribles sombras, que forman sus enormes ojeras, puedo ver que me mira con aire se suficiencia.

"Ah, gracias."

"Pero ¡ábrelo!" Lo dice como si se tratara de un regalo.

Abro el sobre, y al sacar las hojas, puedo ver que se trata de nuestro itinerario para el resto de la gira, detallado hora por hora, incluye todos los datos que pudieron ocurrírsele, y es la razón por la que estuvo despierta toda la noche. Me siento tan culpable, no me expliqué bien, gran parte de esto resulta innecesario, y la pobre no durmió. Definitivamente, no pienso decírselo.

"Susana, esto es increíble. No sé cómo agradecerte."

Daniel, que va en el asiento frente a nosotros, voltea a verme y pone los ojos en blanco, sin que ella me vea, frunzo el ceño en señal de enojo y se da la vuelta para que ya no pueda verle la cara. Raúl disfraza su risa con una muy mal fingida tos, y fija su mirada en la avenida por la que transitamos.

"No hay de qué." Está feliz, bueno, al menos con eso no me siento tan mal.

La cita que encabeza, la bien planeada lista, es en la televisora, Daniel estará presente en un programa matutino muy visto en el país, quizá el más visto, y el conductor es un hombre muy inteligente, eso es un alivio, no siempre es así, y ha tenido que pasar por cada cosa. No obstante, el programa dura cuatro horas, de las cuales, Daniel estará presente al menos tres. Tan pronto llegamos, Susana baja de la camioneta a toda prisa, y nos abre la puerta para que descendamos, al hacerlo se topa con la mirada acusadora de Raúl, e inmediatamente vuelve a cerrarla.

"Lo siento, lo olvidé."

"Y, ¿para qué vuelve a cerrarla si ya la abrió?" Pregunta Daniel con fastidio, pero, al menos, en voz baja.

"Esta niña ha dejado el cerebro olvidado en la almohada." Se queja Raúl.

"Recuerda que no ha dormido." Daniel empieza a reírse.

Rocío Blisswealth

"Caramba, entonces, ¿dónde lo habrá dejado?" Se une a las risas de Daniel.

"La pregunta no es dónde sino, cuándo." Ríen.

No me atrevo a defenderla. ¿Qué puedo decir? Al menos lo están tomando con burla, pero, no están siendo agresivos, por ahora. Finalmente bajamos y entramos en el estudio, el conductor sale a nuestro encuentro, nos saluda efusivamente, e inicia una simpática conversación con Daniel. Es muy ágil mentalmente, por lo que sus bromas resultan muy divertidas, y motivan a Daniel a darle alcance, y el resultado es que todos nos divertimos mucho. Nos ofrecen algo de desayunar, tienen preparado un pequeño buffet con frutas y panecillos, me acerco a servir un plato con una pequeña variedad de cosas en él, Daniel me observa con extrañeza, desayunamos en el hotel, y le parece extraño que me encuentre tan dispuesta a seguir comiendo. Sin embargo, asiente con la cabeza en señal de que entiende, cuando me acerco a Susana y se lo entrego. Ella me ve muy avergonzada.

"Pero Jade, no hace falta."

"Susana, son órdenes de Daniel." Palabras mágicas. "¿Piensas desobedecerlo?"

"No, de ninguna manera." Toma el plato y empieza a comer con avidez.

Minutos antes de que el programa dé inicio, el estudio queda casi totalmente a obscuras, Susana se me acerca y dice que debe realizar una serie de llamadas telefónicas, y que el conductor le ha dicho, que puede hacerlas desde su oficina. Perfecto, estará fuera del alcance de Daniel, al menos por un rato. Raúl se me acerca, y me abraza por los hombros.

"Raúl."

"Dime, preciosa."

"¿Yo era así?"

"Así, ¿como Susana?"

"Sí."

"Hubiera sido lo lógico, pero, tal parece que tú leyeras la mente de Daniel, siempre fuiste capaz de anticipar lo que él quería, y cuando no hacías algo a su modo, pues, era evidente que se trataba de algo que no querías hacer. Eso siempre nos causó gracia, no, nunca fuiste como ella."

"Me da…"

"Lástima, lo sé."

"Sé que eso es desagradable, pero, no puedo evitarlo."

Me abraza fuerte y besa mi cabeza. Sé perfectamente que no está en mis manos ayudarla, se pone muy nerviosa, y eso exaspera a Daniel, ante eso, poco es lo que puedo lograr. Es ella quien tiene que dominarse, y, honestamente no sé si pueda hacerlo.

El programa da inicio y yo tomo asiento, como es mi costumbre, en una esquina y sobre el piso, mi lugar favorito desde donde puedo observar el transcurso del programa, y admirar a Daniel, al mismo tiempo que repaso mis recuerdos favoritos. Durante un corte a comerciales, el conductor le da órdenes a uno de los técnicos de que me consiga una silla, Daniel lo interrumpe y le pregunta si puede llevarme un cojín de los que adornan la sala. "Pero, muchacho, ¿estás seguro? La espera será larga."

"Se trata de una especie de ritual. ¿Puedo?"

"Adelante."

Toma el cojín y me lo trae, se pone en cuclillas frente a mí, y hace equilibrio sosteniéndose de mis rodillas. El roce de sus manos, aún a través de mis jeans, me eriza la piel, y fijo los ojos en los suyos.

"Guapa, no quiero interrumpir tu meditación, pero, creo que así estarás más cómoda."

"Gracias." Le guiño un ojo.

El programa termina después de cuatro horas, no puedo creer lo rápido que transcurrieron, y agradezco profundamente la inteligencia de este hombre, que nos ha hecho el programa, no solo corto, sino divertido. Se encienden las luces y, mientras el conductor se despide de nosotros, busco con la mirada a Susana. Durante el tiempo en que contemplaba a Daniel, no me di cuenta de su ausencia, pero, ahora, ¿dónde se habrá metido?

"Raúl, ¿has visto a Susana?"

"Pensé que la habías enviado por algo."

"No, lo último que mencionó fue que tenía que hacer unas llamadas, después de eso, no volví a verla."

Se acerca Daniel con el conductor, intrigados por mi cara de preocupación.

"¿Qué pasa, Jade?"

"No encuentro a Susana."

"¿Es la chica de la casa discográfica? Fue a mi oficina a llamar por teléfono, acompáñenme." Dice el conductor.

Caminamos junto a él por un largo pasillo, hasta llegar a una espaciosa oficina, donde impera la luz indirecta, y los amplios sillones de piel. Antes de entrar, a través del ventanal, podemos ver a Susana, dormida en el sillón del escritorio, con la cabeza de lado, apoyada sobre el costado del respaldo, con el auricular en la mano, y ¡roncando! Sí, sus ronquidos se escuchan desde donde estamos. El conductor sonríe, sin embargo, la actitud de Daniel no es tan dulce. Me coloco frente a él y, con las manos en sus costados le suplico.

Rocío Blisswealth

"Daniel, por favor, yo la despierto." Se me acerca y dice a mi oído:

"Solo si me das un beso en los labios, aquí y ahora."

Odioso, él sí sabe cómo ejercer presión, aun así, no quiero que la regañe frente a nosotros. Lo veo a los ojos y sonrío con suavidad.

"Está bien."

"¿Hablas en serio?" Pregunta sorprendido.

"Si eso es lo que debo hacer, sí."

"No te preocupes, ya veo que es importante para ti. Vamos." Coloca su dedo índice sobre sus labios, pidiéndonos guardar silencio, y entramos a la oficina. Nos colocamos alrededor del escritorio y me pregunta en voz baja:

"¿Cómo dice la canción con la que festejan aquí los cumpleaños?"

"¿Las mañanitas?" Pregunto intrigada.

"¡Esa justamente! Comienza tú y te seguimos." El conductor se divierte de lo lindo, y yo empiezo a cantar.

"Estas son las mañanitas, que cantaba el rey David.

A las muchachas bonitas, se las cantamos aquí.

Despierta, mi bien despierta, mira que ya amaneció.

Ya los pajarillos cantan, la luna ya se metió."

Todos se fueron uniendo a mi voz, a la cual fui agregándole intensidad al ver que Susana no abría los ojos, finalmente lo hizo, para encontrarse con el auricular en la mano, y frente a un coro conformado por Daniel, Raúl, el conductor, su secretaria, y yo. Su cara, primero fue de desconcierto, no terminaba de darse cuenta en dónde se encontraba, después, su rostro se puso rojo escarlata, y nosotros estallamos en una carcajada a la que ella se unió también, a fin de cuentas.

Se levantó del sillón y tomó sus cosas para salir de ahí, cuando se dio cuenta de que aún tenía el auricular en la mano, lo observaba con detenimiento, como suplicándole que le dijera con quién hablaba cuando se quedó dormida, nada, lo colgó. Caminamos junto a la secretaria del conductor hacia la salida, ya perdí la cuenta de cuántas veces se ha disculpado Susana, las primeras veces le respondí, después, dejé sus palabras caer en el vacío. Llegamos al estacionamiento y puedo ver a Daniel hablar con el chofer de la camioneta, Raúl se apresura a abrir la puerta y ayudarnos a subir. Una vez arriba, Susana clava su mirada en su agenda, y no la mueve de ahí, ni un ápice.

"Don José, ahora nos dirigimos hacia…" Le dice al chofer.

"No se preocupe, señorita, ya sé hacia dónde vamos."

"Gracias."

Después de unos cuantos minutos, nos adentramos en un vecindario cercano a la televisora, hasta que la camioneta hace un alto frente a una casa. Le pregunto a Raúl en dónde estamos, y solo me indica que guarde silencio, ¡dioses! ¿Qué traman ahora? Susana, al darse cuenta de que nos detuvimos, voltea hacia fuera y abre los ojos grandes como platos.

"¿Qué hacemos en... mi casa?" Pregunta con angustia en la voz. Honestamente yo también empiezo a angustiarme. Daniel voltea a verla y dulcemente, casi con cariño, se dirige a ella.

"Susana, estoy sumamente avergonzado contigo, obviamente estás exhausta, y eso es, definitivamente, culpa nuestra. Voy a pedirte un favor, te advierto que, si no quieres cumplirlo, se convertirá en una orden. Entra en tu casa y descansa, come bien, y alcánzanos mañana temprano en el hotel. Sé que para Jade será más complicado al tener que prescindir de tu ayuda y compañía por lo que resta del día, sin embargo, estoy seguro de que se sacrificará, si sabe que contará contigo por la mañana, ¿de acuerdo?" Susana voltea a verme, y yo asiento para que sepa que no hay problema.

"Muchas gracias." Pareciera disculparse con la mirada por estar tan cansada. "No sé cómo resisten este ritmo."

"Dormimos." Le responde Daniel con una sonrisa.

Ella sonríe a su vez, sin creerle que eso sea cierto, puedo ver que le cuesta dejar de ver a Daniel el resto de la jornada, pero, da igual que se quede, literalmente no puede mantenerse despierta. En cuanto nos alejamos de su casa, Raúl extiende los brazos relajándose y suspira.

"Gracias, hermano."

Daniel, que ha tomado el asiento de Susana junto a mí, sonríe ampliamente, y no puedo resistirme, quiero darle las gracias por lo que acaba de hacer, de una forma en que no le quepa duda cuanto se lo agradezco. Sin darle tiempo a nada, tomo su cara entre mis manos, y planto mis labios sobre los suyos, para darle un sonoro beso. Levanta las manos con sorpresa, y sonríe con esa maravillosa sonrisa que adoro.

"Si, Daniel, gracias, muchas gracias." Digo casi sin aliento.

Es ahora él quien se me acerca con rapidez, supongo que, para no perder el momento, y dejar que la vergüenza me embargue, y tomando mi cara con sus manos, responde a mi beso con uno aún mejor.

"Gracias a ti, guapa, muchas gracias."

Lo dicho, en cuanto se separa de mí, la vergüenza me envuelve y, empezando por mi rostro, hace correr la sangre por entre mi piel, hasta que toma la muy conocida ya, tonalidad roja. Giro despacio para ver a Raúl que me observa con sorpresa y sonríe.

Rocío Blisswealth

"Lo siento." Digo muerta de vergüenza.

Daniel no deja de reírse y me toma, entrelazando sus manos en mi nuca y esconde mi cara bajo su cuello.

"Raúl, ¡dime si no es para comérsela!"

"Hermano, aún no sé qué fue lo que hiciste, pero ¡qué beso, niña!... Dijiste, ¿lo siento?"

"Sí, eso dijo, se está disculpando contigo por hacerte partícipe de su muestra de agradecimiento, ¿lo puedes creer?"

"Creo que vi una reacción así en una película muy antigua. ¿De qué te disculpas?"

Todavía con el rostro escondido en el cuello de Daniel, alargo la mano hasta el asiento de atrás, y pongo mis dedos sobre la boca de Raúl para que se detenga. Me cuesta más controlarme si sigue discutiendo el punto.

"Está bien, cierro la boca." Dice aún con mis dedos sobre sus labios.

Levanto la cabeza y empiezo a contar, solo espero alcanzar un número decente antes de llegar a donde vamos, doce, trece, catorce. Daniel acerca su mano y toma la mía entre la suya, sin que el movimiento sea notorio para nadie más, que para nosotros. Lo veo a los ojos y sonríe, supongo que puedo estar tomada de su mano 'en público,' si don José no puede vernos sin perder de vista el camino, y Raúl, dado su relajada posición en el asiento de atrás, no alcanza a ver nuestras manos. Sí, supongo que sí. Doy un leve apretón a sus dedos y, a la vez que suspira, sonríe dulcemente, y desvía deliberadamente su mirada de mí, ayudándome a ocultar mi travesura.

Es increíble todo el tiempo que la vida me ha regalado junto a este hombre que amo tanto. Por lo regular, tengo un carácter observador, y presto atención a lo que ocurre a mi alrededor, por ejemplo, siempre me llamó la atención el tipo de relación que lograron mis abuelos, compartiendo más de cincuenta años de su vida, habiendo pasado mucho más tiempo de su existencia juntos, que separados. Por alguna maravillosa y extraña razón, se encontraron, supieron elegir, o esperar, no lo sé.

Sin embargo, he llegado a considerar esto como un milagro, ya que nunca he visto que se repita. Simplemente, mi madre nunca lo logró, y su vida siempre ha sido infeliz por ese hecho, o así me lo parece. Y, al igual que ella, todas las parejas a mí alrededor, se pasan la vida conformándose con alguien, solo por no esperar a la persona adecuada. Debe resultar terriblemente frustrante, para ambas partes de una pareja, el saber que no eres el sueño de la otra persona, y conformarse con ser, o con tener, lo segundo mejor. ¿Cómo se puede vivir con eso?

Es por eso que he tratado de mantener muy claras mis expectativas respecto a Daniel, no sé cuánto durará su presencia en mi vida, pero, no pienso dejar ir un solo segundo de esta experiencia, que, ya en sí, es un milagro para mí. Esperar que durara largamente, sería demasiado. Estaría pidiendo un milagro más, y no me creo merecedora.

Al aprisionar sus dedos con los míos, trato de absorber su calor, su esencia, y los minutos que sigo acumulando en ese espacio, tan especial de mi mente, en el que guardo todo lo relacionado con él. Sé bien que nunca conseguiré saciarme de su esencia, la gente lo describe como química entre dos personas, y reconozco que, absolutamente todo mi ser, necesita de una forma desgarradora al suyo, solo para ser capaz de pasar al siguiente respiro.

Sin embargo, muy dentro de mí, me preparo para lo que les pasa a todos, jamás me atrevería, a soñar siquiera, con llegar a los talones de lo que mis abuelos fueron capaces de lograr, por eso, mi cerebro se dedica, con sumo cuidado, a atesorar los minutos junto a él. Son mi salvavidas en el momento en que me enfrento a los demonios, lo son cuando me encuentro sola, bajo el terrible peso de la conciencia de que siempre he estado así, menos cuando estoy con él y, lo son cuando me permito escuchar la voz que me grita, desde dentro de mí, que debo tener cuidado. Nunca aclara cuidado con qué, pero, puedo fácilmente imaginarlo, Daniel es un sueño convertido en realidad, es mi sueño, al menos, y permití que mi corazón se desbocara, y se vaciara de amor por él, sin razón y sin medida.

Bueno, eso no es del todo cierto, sí existe una razón, él me dio lo que nadie más, una parte de él que me acompaña, y que desvanece la sensación de soledad, que aprendí a reconocer cuando estuve entre sus brazos, y entendí la diferencia. Me dio una razón para vivir cuando, lo que yo más hubiera deseado, al morir mis abuelos, hubiera sido seguirlos, y, tal vez, habría encontrado la forma y el coraje para hacerlo. Me dio lo único que ahora puedo identificar como amor, fuerte, intenso, presente, siempre presente. Todo eso me ha dado este increíble hombre que viaja a mi lado. Y, aun así, supongo que seré igual que el resto, algún día ya no estaré con él, sería lo más lógico, si tomamos en cuenta mi vida y la suya, nada más, e intento prepararme. Solo espero que lo que me separe de él, acabe conmigo, porque no podría vivir sin él, ya no, lo amo demasiado.

Daniel se desliza en el asiento y se acerca a mí, no obstante, estoy tan sumida en mis pensamientos, que no me doy cuenta. Me acaricia el cabello e, incluso entonces, no abandono mis cavilaciones.

"Jade." Dice en voz baja.

Por fin tomo conciencia y fijo la vista en él, me sorprendo al verlo tan cerca.

"Hola. ¿Dónde estabas?"

"No muy lejos, pero, ya estoy aquí, ¿querías decirme algo?"

"Me gustaría saber qué estás pensando."

"¿De verdad, Daniel?"

"Hay ocasiones, como hace un momento, en que te hundes en algún pensamiento que te absorbe y te aleja de aquí. Siempre he tenido curiosidad por saber de qué se trata."

"Bien, pues, no sé si las otras ocasiones he estado pensando en lo mismo que ahora."

"Tienes razón, entonces, ¿me dirías que estabas pensando justo ahora?"

"Sí, solo que."

"Después."

"Sí."

"¿Y si lo olvidas?"

"No podría."

"Prometes que me lo dirás."

"Sí."

"De acuerdo, esperaré."

"Pacientemente."

"¡Claro que no! Eso nunca."

Es verdad, la paciencia no es una de sus virtudes y eso, creo que lo entiendo. Ya lo habían dotado con tantas, que la virtud de la paciencia simplemente ya no le cupo. Sí, eso debe ser.

Las múltiples visitas de promoción por fin se terminaron, al menos por el día de hoy. No debí permitir que mis pensamientos me llevaran a espacios tan tenebrosos de mi mente, esos obscuros lagos en los que me hundo, y solo me envuelve la sensación de que perderé a Daniel tarde o temprano.

Me pasé la tarde lidiando con ellos, e intentando, sin mucho éxito, salir a flote, hoy es cuando me gustaría poder hacer un pacto con alguien, un alguien que pueda prometerme que, si lo pierdo, llamará de alguna manera a un enorme demonio para que, de un solo golpe, me permita ir fuera de este mundo. Eso, si es que el dolor no lo hace primero. Pero, no conozco a nadie con ese tipo de conexiones en el mundo espiritual.

Entro en la ducha y me apresuro a estar lista, ahora ya sé que Daniel entrará en mi habitación en unos minutos, y no quiero perder tiempo. Cepillo mi cabello mojado y escucho su voz, cruza la puerta que une nuestras suites, cantando mi canción. Dejo el cepillo sobre una repisa y me apresuro a salir.

Sonrío al verlo, ¿qué mejor cura puede haber para todos mis males que verlo aquí, conmigo? Sigue cantando a la vez que dobla la sábana para que nos acostemos. No me puedo mover, únicamente lo veo y siento cómo mi interior sana, se renueva, hasta que me lleno de esperanza, y me dedico a disfrutar de su presencia, él está aquí, ahora, y eso es todo lo que debe importarme.

"¡Cómo tardas en bañarte, guapa!"

"¿Te lo parece?"

"Siempre estoy listo antes que tú."

"Eso se debe a que yo lo hago a conciencia, en cambio tú. Tengo la impresión de que… Déjame revisarte detrás de las orejas, dudo que alcances ese lugar alguna vez."

"¡Claro que sí!" Reclama muerto de risa y se acerca, sosteniendo su oreja para que pueda ver la parte de atrás.

"Mmm, lo que pensé."

"¿Qué hay?" Sigue riendo.

"Un sin fin de cosas."

"¡No! ¿En serio? Y, ¿cómo qué?" Pregunta con voz entrecortada por la risa.

"Acércate, déjame ver bien." En cuanto lo tengo suficientemente cerca, lo beso justo en ese lugar, su risa continua. "Daniel, necesito un abrazo tuyo. ¿Puedo tenerlo?"

Me ve fijamente a los ojos, y su risa desaparece, para dar paso a una sonrisa. "Sabes que todos son tuyos, tómalos cuando quieras, aunque me encanta que me los pidas."

Me envuelve con sus brazos y enredo mis manos en su cintura, por fin mi cerebro se desconecta, para dar paso a la estupenda sensación de su cercanía, escondo mi cara en su cuello, y dejo que todo mi amor fluya hacia él. No tengo nada, absolutamente nada mejor qué hacer.

Los días han transcurrido casi sin que me dé cuenta, con demasiada rapidez, todo se ha vuelto como un borrón en mi mente. Viajamos por varias ciudades promocionando el disco, aunque, sigo pensando que la promoción era completamente innecesaria, ya el disco se encuentra en primeros lugares de ventas en todas las listas conocidas, los premios por las altas ventas ya empezaron a acumularse y el tiempo se me acaba.

Una buena noticia fue el enterarnos que Susana solamente nos acompañaría en la Ciudad de México, no pudo seguirnos al resto de las ciudades, por intervención de Rogelio, supongo, y eso hizo que todo fuera más fácil. Daniel, gracias a este hecho, recuperó su buen humor, y se ha portado más dulce que nunca, si es que eso es posible.

Yo, sin embargo, sigo sintiendo que debo acumular tanto tiempo con él como me sea posible, como si mi reloj de arena dejara caer los últimos granos sin que logre detenerlo y, justamente así lo he hecho. Anoche, sin ir más lejos, no me fue posible cerrar los ojos, y me dediqué a escuchar la profunda respiración de Daniel mientras lo veía dormir. Sigue con la costumbre de sujetar una de mis manos hasta quedarse dormido, y no me libera durante toda la noche, situación por demás placentera para mí, que siempre me encuentro ávida de su contacto. En una ocasión, intenté soltarme, solo por curiosidad. Quería averiguar, uno, si era capaz de lograrlo, ya que me sujeta a veces con mucha fuerza, y dos, quería saber qué hacia él si se daba cuenta. Tomé las puntas de sus dedos con la mano que tenía libre, e intenté levantarlas para tener libertad de movimiento y, en ese momento, Daniel volvió a sujetarme con fuerza y dijo en voz baja:

"No, por favor." Su respiración se agitó, y me arrepentí terriblemente de mi intento. Pasaron varios minutos antes de que su respiración se normalizara, y diera espacio entre mis dedos para que la sangre fluyera, ya empezaba a pensar que, si no lo hacía, tendría que despertarlo para recuperar la circulación en mi mano.

Llené mis ojos de él, de la increíble perfección de sus facciones, que me dan la sensación de que un dios se encuentra durmiendo a mi lado, y agradecí profundamente el ser yo quien estaba ahí, sin repasar, una vez más, el sin fin de preguntas que me hago cada vez que reparo en lo imposible que me parece que alguien tan hermoso exista en realidad. Ya no me di permiso de perder tiempo en eso, no tengo tiempo que perder, nunca lo he tenido.

Hoy por la noche salimos hacia nuestras casas, de hecho, las maletas ya están en la camioneta, mientras él termina su presentación en el programa que en este momento sale al aire. El estudio ya está a obscuras, en preparación para dar inicio, y en unos segundos más se encenderán los señalamientos que, con una tenue luz color rojo, solicitarán nuestro silencio. Daniel se acerca a mí, y me acorrala contra una de las esquinas del estudio, la más carente de luz, apoya sus manos contra la pared, a los lados de mis hombros, para no darme escapatoria, y dice en voz muy baja:

"Guapa, ya no soporto más. ¿Vas a decírmelo o no?"

"¿Lo que estaba pensando?"

"Por favor."

"Te lo diré, pero, dime antes, ¿qué crees que era?"

El Juego... Jade

"Ya que habíamos dejado a Susana en su casa, supongo que algo tenía que ver con ella, que te estabas comparando con ella, ¿pensabas que te gusto igual que a ella?" Sonríe pícaramente.

"No exactamente. Pensaba, más bien, en algo que me hace diferente de ella."

"Para mí, eres totalmente distinta, pero ¿a qué te refieres?" Por una fracción de segundo, mis ojos se detienen en los suyos, por primera vez, aun teniéndolo tan cerca, mi corazón lleva un ritmo normal, y mi respiración es cadenciosa, pausada. Mis mejillas se mantienen frescas, y con una tonalidad perfectamente normal para mí. Puedo ser honesta y dejar todo al descubierto, sin miedo, de forma natural, es lo único que no es forzado, y que no me causa el menor pudor. Aquello que mis ojos le han gritado desde hace unos meses y que, no sé por qué, no me atreví a decirle antes. Ya no hay una voz que me grite que tenga cuidado, solo el silencio, y la paz de sus ojos. Nada me importa más que enterarlo de lo que pensaba ese día, que es lo mismo que pienso y siento las veinticuatro horas de cada día.

"A ella solo le gustas. Yo, en cambio, te amo, Daniel. Eso es lo que pensaba."

Sus ojos, de un azul obscuro iluminados por la bendita luz roja que se ha encendido, se entrecierran fijos en los míos y pareciera que el tiempo se detuvo en su suspiro. No se lo esperaba, se quedó mudo, y yo, tal como lo pensé, ni me arrepiento, ni lamento habérselo dicho. Ha sido un alivio mencionar, por fin, esas palabras.

Él ya lo sabía, pero, no creyó posible escucharlo de mis labios, eso puedo verlo con claridad. Obviamente nunca agregaré el resto de mi pensamiento, la parte obscura, esa que me lleva a pensar que he de perderlo, sobre todo porque sé, que él no me pertenece. Pero, qué más da, no me importa si él le pertenece a todo el mundo, yo le pertenezco a él, sin remedio. Daniel empieza a sonreír, sus ojos brillan intensamente.

"¡Jade!"

"Es momento de entrar a escena, Daniel, abren contigo." Raúl lo toca en el hombro.

"¡Que esperen! Voy en dos minutos." A la cara de sorpresa de Raúl se une la mía.

"Daniel, entra, por favor, el programa es en vivo. No puedes..." Digo sonriendo.

"¡Maldición! Está bien, pero, Jade..." Solo le sonrío mientras sale corriendo, rumbo al escenario que lo espera, bajo los últimos acordes de la música de inicio del programa, y yo me acomodo en mi lugar feliz, a contemplar al hombre que amo, cantar mi canción.

Rocío Blisswealth

"¡ESO ERA JUSTAMENTE LO QUE TENÍAS QUE IMPEDIR! DEBISTE INTERRUMPIRLA, ATEMORIZARLA, AVERGONZARLA, CUALQUIER COSA, ¡PERO NO PERMITIR QUE SE LO DIJERA!"

"¡POR SUPUESTO QUE NO! AHORA ÉL SABE QUE YA LA TIENE EN SUS MANOS Y TAL VEZ SE COMPORTE MÁS COOPERADOR."

"DÉJAME HACERTE UNA PREGUNTA. ¿CUÁNTAS VECES CREES QUE DANIEL HA ESCUCHADO ESAS PALABRAS?"

"NO TENGO IDEA, CIENTOS, TAL VEZ."

"PUES TE EQUIVOCAS RADICALMENTE, LO QUE ÉL HA ESCUCHADO Y SI, TAL VEZ MILES DE VECES, ES 'ME GUSTAS,' 'QUÉ GUAPO ERES,' 'TE DESEO,' PERO, NUNCA, NUNCA, UN 'TE AMO'." —

"PERO, ESO NO ES POS..."

"SI LO ES. ¿NO VISTE SUS OJOS? ESTO HA RESULTADO TERRIBLEMENTE MAL, PORQUE ES AHORA ELLA QUIEN LO TIENE EN SUS MANOS."

Daniel concluye su participación en el programa, e intenta acercárseme, sin embargo, la gente lo rodea en solicitud de autógrafos, fotografías o, simplemente para estrechar su mano. De vez en vez, voltea a verme, y sonríe. El tiempo vuela, Raúl lo rescata del tumulto, y corremos hacia la camioneta, con rumbo al aeropuerto. Entro, y Raúl se sienta junto a mí, dejando libre el asiento del copiloto para que Daniel lo ocupe, él intenta decir algo, pero, el ruido del motor al encender, lo interrumpe, y no le queda otra alternativa que ajustarse el cinturón de seguridad, y permanecer en donde está. Gira en el asiento y me observa conversar con Raúl, está revisando mi cara en busca del ya característico rojo borgoña, pero, no, esta vez no aparece. No me quita los ojos de encima.

"¿Sí? ¿Pasa algo, Daniel?" Raúl lo observa, Daniel frunce el entrecejo, y con una media sonrisa contesta.

"Nada, guapa."

Una de dos, o el chofer es sumamente hábil para conducir en este terrible tráfico, o cambiaron el aeropuerto de lugar, porque hemos llegado muy rápidamente. Nos estacionamos, y Daniel, en un solo movimiento, desabrocha su cinturón y da un salto hacia abajo. El chofer desciende para ayudarnos a bajar las maletas, Daniel abre la puerta y nos pide, en tono por demás autoritario.

El Juego... Jade

"Raúl, baja de ahí, por favor." Y dirigiéndose a mí. "Y tú no te atrevas a moverte de donde estás."

"Pero, Daniel." Empieza Raúl a protestar.

"Escúchame bien Raúl, este no es un programa en vivo, voy a tomar mis dos minutos, y si perdemos el avión, ¡lo perdemos! ¿De acuerdo?"

"No hay problema, hermano." Aunque lo hubiera, no hay más remedio que obedecer.

Daniel sube al vehículo y azota la portezuela, una vez que se cerciora de que casi la soldó, se lanza sobre mí, abrazándome con mucha fuerza, escondiendo su rostro entre mi hombro y mi cabello, puedo sentir como sus manos tiemblan a mi espalda.

"Yo te amo más, mucho más."

"Imposible." Endereza la cabeza y busca mis ojos, le sonrío y me besa pausadamente.

"Regresaré pronto."

"Aquí estaré." Gira y coloca su mano sobre la manija para abrir la puerta y se detiene, me ve con los ojos entrecerrados.

"¿Sería mucho pedir que me lo digas otra vez?" Me le acerco y tomo su cara entre mis manos, para verlo a los ojos.

"Te amo, Daniel." Sin retirar sus ojos de los míos contesta.

"Yo te amo más, Jade."

"Ya te dije que eso es imposible." Roza mi mejilla con sus dedos.

"No hay rubor esta vez."

"No hay razón para que lo haya, tendría que avergonzarme para que sucediera, y no es así."

"Maravilloso." Sonríe, me da un rápido beso, y salimos de la camioneta, caminando juntos, pero, sin tocarnos. Como si nada hubiera pasado.

Capítulo XIX
Lo dicho, ten cuidado con lo que pides, se te puede conceder

Inglaterra

"¡Salgan del agua! ¡Todos, salgan del agua ahora mismo!"

Varios pares de pies abandonan el salón de los azulejos, a toda prisa. Uno de ellos, sin embrago, con movimientos, fracciones de segundos más lento que los demás, no retira el pie izquierdo a tiempo, y sufre una quemadura en el talón, la herida se ve como un verdugón, que ha dejado una extensión de carne viva y expuesta, sin piel que la cubra.

"¡Arghhh!"

Se escucha el grito ahogado de Boj, seguido, uno a uno, del de todos los demás, Muérdago, Vid, Ébano y Olivo, cada uno grita con la misma intensidad al duplicarse en ellos la herida que su hermano recibió. Sus guardaespaldas corren a auxiliarlos, aunque, en realidad, no hay nada qué hacer, es el tipo de heridas que solamente el tiempo cura, un largo tiempo.

Boj: *Pero ¿qué es lo que pretende? ¿Matarnos?*

Muérdago: *Ah, pero ¿es que aún te cabe duda al respecto? Claro que eso es lo que quisiera y, si no hubiéramos salido del agua a tiempo, quizá…*

Boj: *No, no era suficiente para eso, pero, como dicen por ahí, con la intención basta, esto cambia radicalmente las cosas. —*

Ébano: *Ha llegado el sirviente con la información respecto al viaje de Daniel a México, estuvo con Jade y…*

Muérdago: *¡Por supuesto que ha estado con ella! De no ser así ¿Cómo demonios te explicas esto?* Dice mostrando la punzante herida de su pie.

Ébano: *Ella le dijo que lo ama.*

Un silencio sepulcral inunda el lugar, unos a otros de ven con desconcierto.

Boj: *No, eso no es posible, ella no debe amarlo.*

Muérdago: *¿Le encuentras otra explicación a lo que está pasando?*

Boj: *Tiene que haberla. Daniel sabe que, para que esto funcione, para que su fama le otorgue las dimensiones de estrella que él desea y, sobre todo, para* *que sea eterna, la soledad es requisito indispensable. Esta fama se nutre de soledad, una vez que se ha instalado y...*

Ébano: *Y, ¿estamos totalmente seguros de eso?*

Boj: *Siempre ha sido así, o, ¿quieres que te lea la lista de los anteriores para cotejar datos?*

Ébano: *No me refiero a eso, sé que siempre ha sido así, lo que quiero decir es, si estamos seguros de que con Jade funcionará de la misma forma. Ella no debía amarlo, tenía que desearlo, nada más, no obstante...*

Boj: *¿Por qué no le impidieron decírselo? Ella crea las cosas en cuanto las verbaliza.* Se dirige al demonio que recién arribó a traer las noticias, podía haber llegado antes, pero, tuvo miedo, y con él asomando por sus ojos responde.

Demonio: *SEÑOR, CREÍ QUE CON ESO DANIEL LA TENDRÍA EN SUS MANOS, Y TAL VEZ, SE ANIMARÍA A COOPERAR. NUNCA PENSÉ...*

Vid, siendo el más cercano al demonio en esos momentos, coloca su mano sobre él y este empieza a convulsionar hasta que su boca se abre más allá de su capacidad, y su cuerpo se voltea al revés, dejando el horrendo interior expuesto, entre alaridos que se ahogan poco a poco, hasta que desaparece. Todos lo observan sorprendidos.

Ébano: *¿Qué fue lo que le hiciste? Pregunta con absoluta calma.*

Vid: *Le apliqué un toque de la energía de Jade.*

Boj: *No deberías desperdiciarla así, menos ahora en que todo es tan incierto.*

Vid: *Hay gastos que son necesarios, quería saber lo que ella es capaz de hacer.*

Boj: *Y, para eso, ¿no te basta con observar tu propio pie? Eso te lo hizo Daniel al arrojarse a la piscina.*

Vid: *Quiero tener una idea más clara de lo que enfrentamos.*

Boj: *No nos enfrentamos con ella, permíteme recordarte que la utilizamos.*

Vid: *Y tú permíteme que te recuerde que nada es como se supone que debe ser, y si hasta ahora hemos podido utilizarla, ha sido por casualidad, este caso es totalmente diferente al resto. Afrontémoslo, no sabemos nada de ella, es fascinante.*

Olivo: *Debemos estudiarla, para poder encausarla.*

Vid: *Por supuesto. Debe haber una forma.*

Olivo: *Sin duda, todo consiste en saber cómo jugar nuestras piezas.*

Boj: *De acuerdo, tranquilicémonos y pongamos las cosas en orden.*

Ébano: *Antes de eso...* Dice señalando la herida en su pie.

Muérdago: *Necesitamos tiempo para sanar.*
Olivo: *¡Tráiganlo entonces! ¿Qué esperan?*

Uno de los guardaespaldas sale corriendo, para regresar segundos después, acompañado de un hombre de ropas de apariencia hindú, muy alto, casi una cabeza más de alto que cualquiera de ellos, que son, ya de por sí, bastante altos. Su cara refleja disgusto, y quizá sea debido a eso que sus facciones son amargas, como si una sonrisa jamás hubiera pasado por ahí. Sus ojos son negros y profundos, carentes totalmente de brillo, semejan a los de un pez, cuyo cuerpo descansa ya sobre el hielo de un mercado, su piel, de un perfecto tono chocolate, está cubierta por una delgada capa blanquecina, causada por la falta de luz solar.

Sus ropas, extrañamente, se mantienen de una pieza, ya que los conjuntos de delgadas telas, que alguna vez fueron de brillantes colores, ahora son pálidos hilos entrelazados, que permiten ver parcialmente a través de ellos. Observa a su alrededor y echa un vistazo al agua, que no está quieta, como sería lo normal, hoy llega hasta la orilla de los azulejos agitándose y formando pequeños remolinos. Curiosamente esto le provoca una sonrisa, o un remedo de una, sin embargo, por una fracción de segundo, sus ojos dejan escapar una pequeña chispa y después, nada más.

Da un par de pasos muy lentos, le es difícil desplazarse debido al brazalete que rodea uno de sus tobillos, es un círculo de metal, de una sola pieza, como si alguna vez hubiera sido un anillo perteneciente a un gigante, de color dorado, con escrituras grabadas en una lengua muy antigua, y casi en desuso en esta época. Dichas escrituras brillan como flamas cuando él camina, y, puede observarse claramente, que le hacen daño, formando llagas en su piel cuando, al dar un paso, el brazalete se mueve, y roza los espacios que todavía no han formado cicatrices bajo su contacto. Aun así, no emite sonido de queja alguno, se acerca a Boj, que lo ve con desprecio.

Boj: *¡Vamos! ¡Realiza tu trabajo!*

El hindú acerca un dedo al talón de Boj y el aire a su alrededor forma pequeñas ondas, igual que cuando vemos a través del vapor. Segundos después, su pie está totalmente sano, al igual que el de sus hermanos que suspiran con alivio.

Boj: *¡Retírate!*

Con la misma lentitud con que llegó, sale por la puerta, no sin antes voltear a ver el agua otra vez.

Ébano: *Hacía mucho que no veía a este, ¿cómo fue que lo conseguimos?*

Muérdago: Hablando con todo el cinismo de que es capaz. *Si mal no recuerdo, en una ocasión nos pidió, que el continente que se le había asignado permaneciera sin cambio, él consideraba que su gente era feliz, que vivían en paz, y yo, gracias a la bondad de mi corazón, decidí ayudarlo. Hice un pacto con él, y lo invité a vivir con nosotros por un tiempo. Él, que es el Tiempo de ese continente, se quedó aquí y su tierra se detuvo en ese instante, sin Tiempo que la ayudara a avanzar hacia el futuro. No sé por qué siempre tiene esa cara de amargura, hice lo que él me pidió.*

Ébano: *Lo dicho, ten cuidado con lo que pides, se te puede conceder.* Responde riendo.

Muérdago: *Es por eso que lo lleva a fuego sobre su piel, para que no olvide sus errores.*

Olivo: *Caballeros, enfoquémonos en lo importante, por favor. Repasemos la información que tenemos respecto a Jade.*

Boj: *Muy bien, el caso de Jade ha sido distinto desde el principio. La esperábamos en otro momento y tardó en llegar, fueron necesarias muchas generaciones para preparala, y los demonios estaban listos para interferir en su concepción. Lo que nunca se tomó en cuenta es que el hombre, que en las visiones fungía como su padre, aparte de que jamás podría proveerla de la herencia que ella necesitaba, decidiría abandonar a su madre, días antes de procrearla. Su madre la concibió con otro y, cuando nos dimos cuenta, los primeros veintiún días ya habían transcurrido. Los demonios ya no podían actuar.*

Ébano: *Si podían, pero, su abuela se encargó de proteger a la bebé, las veinticuatro horas del día, desde años antes de que naciera. Su madre hubiera sido fácil, pero la abuela tenía referencias nuestras, por lo que pasó con su hermano y...*

Muérdago: *Otro error de tus demonios.*

Ébano: *Nada de eso, simplemente el procedimiento tradicional para probar la resistencia, e inclinaciones, de los infantes. Era necesario saber qué lado era predominante en Clemente, y no resistió a uno de los más insignificantes demonios. Fue así como nos dimos cuenta de que no serviría de mucho, pero, su hermana estuvo presente, y esperó hasta reconocer los síntomas en su propia nieta.*

Olivo: *Jade.*

Ébano: *Así es. Fue ella misma quien trató de marcar en Jade una inclinación, aquella que pensó podía salvarla.*

Olivo: *¿Salvarla de qué? En realidad, no corría ningún peligro. Lo que nosotros tomamos de ella no la daña, vamos, ni siquiera la desgasta ni* *espiritual, ni físicamente. Tal vez no se hubiera dado cuenta, y nosotros la habríamos cuidado más que nadie, habríamos sido su familia.*

Ébano: *Ah, pero la maldita ética, le dictaba a su alma que era Jade quien debía elegir, no, mejor dicho, que Jade debía escoger lo que, según su punto de vista, era lo correcto.*

Olivo: *Y la resguardó, hasta que empezó a estorbarnos abiertamente, y se tomaron cartas en el asunto. Para entonces, Jade ya había pasado todas las pruebas, los demonios, solo le causaban temor.*

Ébano: *Y eso solo porque se les pidió que se mostraran en su forma original, sin dulcificar su aspecto.*

Olivo: *Lo sé, a eso me refiero, nunca lograron provocarle un terror real, solo la asustaron, y terminó por acostumbrarse a ellos. Cuando se determinó que era necesario retirar a sus abuelos, y se quedó sola, mostró incluso cierto afecto por el demonio que se le había asignado, podría decirse que se encariñó con él.*

Muérdago: *Eso nos muestra claramente, que, pese a los esfuerzos de su abuela, la balanza se inclina hacia nosotros.*

Boj: *No es así, ella siguió sus instintos, y a pesar de que le ocasionó un enorme dolor, se deshizo de él.*

Muérdago: *Entonces, ¿dónde estamos con respecto a ella?*

Boj: *Escogimos a Daniel porque, según Sara, él tenía todas las características físicas para ser el anzuelo perfecto para Jade, ya que ella considera que, la fuente de todos sus males, son los demonios, era necesario obtener su energía por otros medios, y él funcionó maravillosamente al principio, pero, la codicia lo ha llevado a considerar que puede tenerlo todo, sin compartirlo con nosotros.*

Olivo: *Pero, eso no lo sabemos a ciencia cierta, ¿o sí?*

Boj: *Desafortunadamente no, Jade lo protege, y eso provoca una interferencia al leer lo que él piensa, aunque, es fácil suponer que sea así.*

Olivo: *También era fácil suponer que él despertaría su lujuria y, voluntaria, o involuntariamente, nos dio la sorpresa de conseguir su amor, nada menos. Situación por demás inaudita, no existen registros de algo similar, ¿o sí?*

Boj: *No, todos han sido fácilmente arrastrados por sus instintos, la lujuria ha sido un aliado muy potente para mantenerlos a raya, y solos, hasta que su tiempo se agota, y son retirados para pasar a formar parte de Los Mitos y Luminarias del ambiente artístico, cuya fama ha perdurado hasta después de su muerte.*

Olivo: *¿Por qué será que todos quieren lo mismo? Fama después de muertos, si ya están muertos, ¿qué puede importarles si su fama perdura, o no?*

El Juego… Jade

Boj: *¡Vanidad, querido amigo! Vanidad, además, olvidas la última cláusula de sus contratos, ellos quieren atestiguar su fama desde el más allá, y terminan, ¿cómo dicen los humanos? Penando por el mundo mientras alguien los recuerde.*

Olivo: *No entienden que ya nadie podrá verlos y eso para ellos es, en sí, un infierno.*

Ébano: *Sabemos que el infierno es diferente para cada uno. Y cada uno diseña el suyo.*

Muérdago: *Caballeros, ya nos desviamos del asunto que nos ocupa, Jade. Ella protege a Daniel, por lo tanto, no intentaremos algo contra él, sería una pérdida de tiempo. No obstante, es imperativo que su amor deje de fluir hacia él, o las consecuencias podrían ser desastrosas.*

Olivo: *Aun no entiendo cómo es que él lo resiste, según la información que tenemos, no resulta sencillo recibirlo, sin sufrir las consecuencias y, hasta ahora, todo lo relacionado con Daniel, funciona a las mil maravillas, su carrera no podría ir mejor y...*

Muérdago: *Obviamente se complementan, y eso es precisamente lo que debemos impedir, necesitamos alejarlo de ella.*

Ébano: *¿Acaso quieres desatar la ira de Jade?*

Muérdago: *No es eso lo que intento, solo trato de obtener ventaja de la situación entre manos. Afortunadamente, Jade desconoce sus capacidades, y es necesario que siga así. En relación con Daniel, no podemos soportar ni su ira, ni su amor, pero, quizá si manejamos todo en un rango de dolor, podríamos lograrlo. No podemos arriesgarnos a perderla.*

Boj: *No, aún no, trabajamos mucho por conseguirla, y no nos convendría perderla, y empezar a planificar de nuevo. Agotemos los esfuerzos para tenerla de regreso.*

Vid: *Si tan solo encontráramos la forma de acercarla a nosotros, yo podría instruirla, moldearla. Si ella se encariñó con su demonio, tal vez conseguiríamos seducirla con algo. Es inteligente y capaz de grandes cosas.*

Boj: *Desde su concepción has demostrado una enorme predilección por ella, sobre de cualquier otra fuente de energía a la que hayamos tenido acceso.*

Vid: *Ella es diferente, impredecible, valerosa, inagotable.*

Boj: *¡Olvídalo! Tú mismo lo has dicho, demasiado impredecible para ser segura. Nitroglicerina pura.*

Vid: *Pero, si la trajéramos aquí.*

Boj: *¡Déjate de estupideces! ¿Traerla aquí? Sería una sentencia de muerte.*

Vid: *Tal vez no.* --Dirigiéndose a los guardaespaldas— *No desperdiciemos esto, señores, traigan al grupo, a todos, esta energía les dará un buen avance.*

Rocío Blisswealth

España

Daniel se desplaza en el agua de la piscina, de un lado a otro, como si hubiera nacido en ella. El agua lo acaricia, y resbala entre sus cabellos, siguiendo el contorno de su cuerpo, como si lo hubiera extrañado durante los días que permaneció lejos de aquí.

Alguien lo observa desde hace unos minutos, y él no se ha dado cuenta, esa persona se acerca lentamente, sin perderlo de vista, hasta alcanzar la orilla de la piscina, en el exacto lugar en que Daniel coloca su mano al concluir una brazada.

El visitante alarga su mano y acaricia sus dedos, Daniel, sobresaltado, se endereza dentro de la piscina, con dificultad consigue equilibrarse y se encuentra con Sara, que lo ve acuclillada junto a la orilla.

"¡Hola hermoso!"

"¿Qué haces aquí?"

"Yo también te he extrañado mucho guapo, gracias."

"Deja de llamarme así."

"¿Cómo quieres que deje de decirte? ¿Hermoso, o guapo?"

"Deja ya las idioteces, Sara, ¿qué es lo que quieres?" Responde entre dientes.

"¡Vaya! Qué humor de perros tienes hoy, ¿quién te puso así? ¿Jade?"

"No, tú tienes ese efecto, me encontraba perfectamente hasta que llegaste."

"Bueno, tal vez pueda hacer algo para contrarrestarlo." Daniel ha salido del agua y seca su piel con una toalla, en un vano intento por cubrirse de la incómoda mirada de Sara. Ella estira su mano y, con las puntas de sus dedos, recorre el brazo de Daniel que se apresura a retirarlo y, tratando de mantener la calma le dice:

"Deja ya eso, Sara, por favor."

"¿Estás seguro?" Pregunta sonriendo.

"¿Qué te trae por aquí?"

"Me intereso por ti, gua... es decir, Daniel. ¿Cómo te fue en tierras aztecas? ¿Hay algo de nuevo?"

"Todo bien, igual que siempre."

"No sé por qué, pero, encuentro eso muy difícil de creer."

"Ve al grano, Sara."

"Está bien, Daniel, no creo que exista una mejor forma de decirte esto, así que. Hemos decidido retirarte el apoyo, a partir de tu próximo disco, si es que hay uno más, tendrás que conseguir otra casa discográfica. Ya no contarás con nosotros."

El Juego... Jade

Sin dirigirle la vista a Sara, Daniel sonríe, contrario a lo que ella cree, la noticia no le causa le menor molestia, no obstante, no quiere dejárselo ver abiertamente, y endurece un poco sus facciones antes de dirigirle la mirada.

"Gracias, ya tomé nota, ¿algo más?"

"¿De verdad crees que ella te ama? Supongo que ya le mostraste el verdadero Daniel. ¿No es cierto?" La burla se detecta en la voz de Sara.

Él sigue en sus intentos por controlarse, las palabras de Sara lo exasperan, lo llevan por caminos que se niega a transitar, encuentra un poco de paciencia y le responde.

"No pienso discutir ese punto contigo, Sara."

"Ah, ¿no? Pues deberías, ¿qué te parecería si yo, accidentalmente claro, la entero de quién eres realmente?"

"Sara, déjala en paz. ¿Por qué te empeñas en hacerme daño?" Responde Daniel, en un intento por conseguir que deje el tema.

"No sabía que, al hacerle daño a ella, te lo hacía a ti, eso sí es nuevo, y eso que dices que todo sigue igual."

"Sara, esto no tiene sentido, ya no formaré parte de sus filas, como amablemente me has informado. ¿Qué puede ya importarte si creo que me ama? O, ¿qué parte de mí es la que ella ama? ¿No debería darte igual? Ya no volverás a verme."

"Te equivocas. Se te ha retirado el apoyo, pero, no pierdo la esperanza de que recobres la cordura, y regreses como el hijo pródigo, a recuperar lo que es tuyo, aquello por que tanto trabajamos. Déjala, Daniel, otro hará el trabajo, y tú te dedicarías a gozar de los beneficios, sin las obligaciones que esta niña te acarrea. Podrías estar conmigo, yo también podría decirte que te amo, si eso es lo que te gusta."

"Sara, ¿cómo podría hacerte entender que yo no...?"

"Y dices que debería darme igual, no, Daniel, no estoy acostumbrada a trabajar en algo, para que alguien más lo disfrute."

"Yo también trabajé en esto, Sara, mi carrera me ha costado."

"No me refiero a tu carrera." Lo interrumpe. "Me refiero a ti."

"Sara, será mejor que dejemos esto, te acompaño a la puerta." Ahora es ella quien intenta contenerse, conoce a Daniel lo suficiente como para saber que no conseguirá nada, debe esperar a que los planes, que ya están en marcha, hagan efecto. Poniendo freno a la furia y los celos que la invaden, le responde en voz baja.

"No hace falta, nos vemos pronto." Hablando para sí mismo, Daniel contesta. "Espero que no."

Sara camina por el jardín con rumbo a su automóvil, en el camino se encuentra con un demonio, muy similar al que vivió por décadas en la habitación de Jade. Se acerca a ella, y presta atención a sus palabras.

"Dale un par de días, después, te daré instrucciones."

Daniel toma asiento en la orilla de la piscina, con los pies dentro del agua, Carmen acerca un banquillo, se acomoda cerca de él, y acaricia su cabello.

"¿Cómo estás hijo?"

"He estado mejor." Contesta en un suspiro, sin voltear a verla.

"Pero, llegaste tan feliz de México." La voz de Carmen suena preocupada.

"Sí, seguía soñando, Carmen, pero, Sara tiene la cualidad de plantarme sobre la realidad, en menos de un minuto."

"Olvidemos a Sara por ahora y cuéntame. ¿Qué te puso tan feliz? ¿Puedo saberlo?"

"Carmen, creo que no hay nada de mí que no sepas, y si, necesito contártelo, nadie más lo sabe."

"Pues termina ya con el suspenso y cuéntame." Sonríe.

"Jade me dijo que me ama."

Carmen alarga la mano y acaricia la cabeza del joven, a quien ama como a un hijo, siendo su tía, siempre estuvo cerca de él, cuidándolo, protegiéndolo, y escuchándolo cuando él no tenía nadie más con quién hablar, o en quién confiar. Sus padres lo hicieron a un lado, cada uno para atender cuestiones que les eran más importantes que él, y fue entonces que Carmen llenó ese espacio, ganándose la confianza con la que ahora nadie más cuenta.

"Eso ya lo sabíamos, Daniel."

"Hay una diferencia entre saberlo, o intuirlo, y escucharlo de sus labios, una enorme diferencia. Más aún, cuando me lo dijo viéndome a los ojos, y sin rubor en sus mejillas, con total honestidad. Quería traerla conmigo, convencerla de que me acompañara, y me permitiera devolverle algo, aunque sea un poco, de lo que ella me da."

"No creo que te hubiera costado mucho trabajo. ¿Por qué no lo hiciste?"

"¿Y tú me lo preguntas? Sabes perfectamente que no podría traerla aquí para que esté a merced de todos ellos, de Sara. Además, no me atrevo a sumergirla entre esta podredumbre que me rodea." La voz de Daniel se ha vuelto profunda, cargada de la tristeza, de reconocer lo que no le ha mostrado a Jade.

"Y, ¿prefieres que permanezca a merced de los demonios, hijo? Dices que ellos la utilizan de cualquier forma."

"Ella puede defenderse de los demonios, Carmen, lo ha hecho siempre, y ya ni siquiera los nota."

"No puede ser que pienses así, Daniel, ¿qué es lo que pasa?"

El Juego… Jade

"¿Qué pensará ella de mí, si se entera de cómo ha sido mi vida, de lo que he sido capaz de hacer? Con toda seguridad me odiará Carmen, y después de lo que me ha dicho, yo no soportaría que…" Dirige su vista al frente.

"Daniel. ¿Por qué no te sinceras con ella? Jade te ama, y creo que sería mejor arriesgarse a escuchar lo que ella pueda pensar de ti, que perderlo todo, podrían defenderse juntos, y lograr algo."

"En este momento no me preocupa lo que puedan hacerme." Dice con fastidio.

"A mí sí."

"Lo sé, es solo que, como dice Sara, ¿qué pensaría Jade si se entera que fui yo quien se las entregó? Debería decirle que soy una especie de cazador, y que ella es mi fuente de alimento, y no solo eso, sino que reparto, entre la hambrienta jauría de hienas, lo que obtengo, a cambio de fama. Una fama a la que, sin ella, no tendría acceso. ¿Cómo la enfrento al hecho de que soy como esta casa, en la que nunca ha habido nada bueno, esta bellísima casa en la que se han llevado a cabo las peores bajezas, y en la que los demonios, que ella tanto aborrece, han tenido sus más memorables fiestas?

Ella sabría, por fin, que por dentro estoy podrido, y que el olor que disfrazo con la loción que a ella tanto le gusta, es el de toda la pestilencia que eso despide. Sabría que, con cada uno de sus abrazos, yo recibo mucho más de lo que ella pretende darme. Que me baña con dones que solo debían ser para ella. Que lo sé, y no hago nada por impedirlo, que podría mantenerme alejado de ella y, sin embargo, por egoísmo, no lo hago. No podría soportar su mirada, Carmen."

"Dime algo, ella ha estado en esta casa, tú me lo dijiste. ¿No se dio cuenta de eso entonces? Tal vez ya sabe algo y tú…"

"No funciona de esa forma, cuando viajas astralmente, tu mente se enfoca en aquello que te interesa, en lo que te permite transportarte, y puedes percibir más cosas solamente cuando pasas mucho tiempo en un mismo sitio, de otra forma, solo ves lo indispensable y, créeme, ella no podía percibir estos olores. Si así hubiera sido, se habría dado cuenta de la abundancia de demonios, y no habría avanzado más, habría salido huyendo."

"Yo no huelo nada. No será que…"

"Carmen, al demonio de Salvador ni siquiera yo fui capaz de verlo, ella percibió su olor inmediatamente, solo segundos antes que su vista lo captara."

"Oh."

"¿Ahora te das cuenta?" Dice Daniel con una sonrisa amarga.

"Daniel, cuando tú me hablaste de todo esto, de lo que podrías lograr a través de ella, pensé en hacer un intento por hacerte desistir, pero después, me convencí de que, si la chica no sufría ningún daño, qué más daba si tu tomabas un poco, y te dejé seguir adelante."

"No habrías podido convencerme."

"Lo que quiero decir es que, en ese entonces, parecías muy seguro de poder manejarla. ¿Qué fue lo que salió mal?"

"Cuando Sara me habló de ella, siempre la llamaba 'la fuente.' Me dio datos, nombres, fechas, como si se tratara de un experimento científico, y terminé por verla como un conejillo de indias. Sin alma, sin conciencia, alguien con quien no se establece un lazo, porque siempre lo ves como un objeto. Alguien a quien podría darle…" Daniel esconde su mirada de Carmen, avergonzado de los ojos de esa mujer, que lo ven esperando que termine lo que está diciendo. "mi cuerpo, a cambio de lo que ella me daría. En ese entonces, me parecía algo sumamente sencillo de lograr."

Carmen guarda silencio y le permite continuar, las recriminaciones no caben en este caso, la oportunidad para detenerlo, hace mucho que desapareció, y solo queda enfrentar el problema que ha surgido.

"No obstante, cuando la conocí, ella ni siquiera alargó su mano para tocarme. Me extendió una libreta para que le diera un autógrafo, eso era todo lo que ella quería. Ahí estaba yo, dispuesto a destrozarla, y lanzársela a los lobos, para recibir mi trofeo y, ella solo quería pasar unos minutos conmigo. La invité a que se quedara, y lo hizo, mientras yo tendía las redes para atraparla, ella, se sentó a mi lado, a esperar que la trampa estuviera lista para, dócilmente, entrar en ella." Recorre los dedos por su cabello tirando de él, desesperado al revivir, al contarle a Carmen, lo peor de sus acciones. Lo único que verdaderamente le avergüenza decirle.

"Le ofrecí anotarle mi dirección para que me escribiera, me contestó que no me molestara, no pensaba hacerlo. Siempre dice que no es partidaria de las causas perdidas, supongo que consideró que, el hecho de escribirme era una. Le pedí entonces su dirección, para ser yo quien le escribiera, me miró indignada, pensando que me burlaba de ella. ¿Por qué alguien como yo querría permanecer en contacto?

Mi sorpresa crecía, al mismo tiempo que mi desesperación por no dejarla ir, parecía que cada paso que yo avanzaba, ella lo retrocedía alejándose de mí. Yo iba demasiado rápido para ella, esa fue otra oportunidad para salvarla, y tampoco la tomé. Al acompañarla al auto…"

"¿La acompañaste?"

"Sí, cometí error tras error. Ya podía sentir su energía alrededor de mí, pero, quería más, y acercándome, le di un beso. El único que ha permitido que le dé en público, y le causó tanta sorpresa, que no se acuerda de la gente que nos rodeaba. Fue entonces que me vi en sus ojos, y pude ver la imagen que ella tenía de mí. Para ella, yo era un hombre normal, quizá más atractivo que el resto, pero, normal. Exactamente lo que no soy, y quise seguir viendo aquello, le sostuve la mano, fue ella quien se liberó y, despidiéndose, subió al auto. Desde entonces esa imagen se volvió adictiva, nadie me había visto así, y quise más."

"¿No te pidió, no sé, quedarse contigo un rato, como lo hacen las demás?"

Daniel sonríe con la misma amargura que lo inunda desde que esta plática dio inicio, la misma amargura que los golpes verbales de Sara dejaron en él.

"Nunca lo ha hecho. Fui yo quien tuve que... casi le supliqué para que me permitiera quedarme con ella por las noches."

"Daniel, yo creí que ustedes no..."

"Y así es, te lo juro. Yo no me atrevería a revolcarla en el fango que yo soy, estando ella tan limpia. Pero ¿te imaginas el grado de confianza que me tiene, para aceptar quedarse conmigo, sin dudar que no la tocaría, sin pedírselo primero?" Carmen ve a Daniel nuevamente con ojos de sorpresa. "Esas fueron sus palabras, dijo que sabía que no lo haría, se acurrucó junto a mí, y durmió. Ese tiempo con ella me permitió verme en sus ojos más tiempo, y fascinarme con la imagen que ella se ha creado de mí, una imagen que, tal como si la bordara, va adquiriendo más, y mejores características, cada día que pasamos juntos. Le agrega y le quita detalles, para ella soy necio, caprichoso, respetuoso, inteligente, talentoso, amoroso, digno de confianza, pero, sobre todo, digno de ser amado, y quiero ser así, Carmen, lo deseo con todas mis fuerzas."

"Y, yo que no creí que esto fuera cierto, pude comprobar que mientras más cerca de ella estás, todo lo que soñabas con respecto a tu carrera, se cumple con creces, creo que tu fama ha llegado a dimensiones que no me atreví a soñar, cuando me hablaste de ella por primera vez." Daniel vuelve a tirar de su cabello y frota sus manos, intentando distraerse de los pensamientos que lo acosan.

"Es verdad, sigo robando su don, mientras duerme entre mis brazos."

"Lo siento, hijo, no quise..."

"Sin embargo, eso es lo que hago. Con solo estar a su lado y, ella no lo sabe, pero yo sí. ¿Ahora entiendes? ¿Cómo le pido que se quede conmigo, que haga caso omiso del olor a demonio, y de la inmundicia que es todo lo que puedo ofrecerle? ¿Cómo le prometo que me esforzaré por valer algo para ella, que seré lo que ella quiere que sea, sí ni siquiera sé si tengo la capacidad para lograr algo así? No puedo, Carmen y tampoco puedo alejarme de ella, ya no."

"Daniel, hay mucho que no entiendo, pero, algo sé, y es que, si existe alguien capaz de perdonar todo eso que te atormenta, y seguirte amando, es ella. Pero, necesita escucharlo de tus labios, no de los de Sara, Daniel. Para ellos es el tesoro que buscaron tanto tiempo, aun no entiendo cómo es que pueden utilizar así a una persona, que ni idea tiene de lo que es, pero, si algo has de lograr, tendrá que ser junto a ella, de eso estoy segura, no permitas que se sienta traicionada."

"No obstante, eso es lo que hago, traicionarla minuto tras minuto."

"Respóndeme una cosa, hijo. Tú, ¿la amas?"

"Más que ella a mí." La mirada de Carmen, por primera vez, muestra una seria preocupación.

"Entonces, no hay otra salida. Habla con ella, retírala de su alcance, compra otra casa, una casa limpia de todo mal recuerdo, y encuentra la forma para librarse de todo esto."

"¿Por qué lo haces parecer tan fácil?"

"No lo es, hijo. Te espera la situación más difícil que hayas enfrentado hasta ahora, pero, es eso, o dejarla ir."

Daniel se desespera, son palabras que no quiere escuchar, palabras que representan la única salida correcta, de este hoyo en el que ha caído, tirando de Jade con él, y que, una vez más, habrá de silenciar para seguir junto a ella.

"¡Eso no Carmen! Eso equivaldría a sacrificarla yo mismo, a entregárselas para que hagan con ella lo que se les antoje. Mientras piensen que aún pueden lograr algo a través de mí, tal vez la dejen en paz. No quiero pensar en la posibilidad de que pongan a alguien más en su vida, y que ella…"

Carmen titubea antes de formular sus preguntas, sin embargo, si bien dejó ir la posibilidad de detener a Daniel cuando esta se presentó, no quiere dejar escapar la posibilidad de ayudarlo en lo que ella pueda. Él se ha involucrado ya en cosas impensables, cosas de las que solo se habla en antiguas historias de terror, y de las que ella se burlaba. Sin embargo, resultaron ser más reales que todo a su alrededor, y es ahora su sobrino, quien no sabe cómo escapar de ellas, y sigue agregando pecado sobre su cabeza, al tomar ventaja de la chica que lo ama. Debe preguntar.

"Se honesto, Daniel, ¿por qué no la dejas ir?" Daniel pierde su vista en los árboles que rodean el jardín, no quiere pensar en lo que Carmen le pregunta, porque no quiere conocer la respuesta. "¿Para que ellos no la tengan? ¿Para que no se la entreguen a alguien más? ¿Para no perder lo que has conseguido con su apoyo? O, ¿porque la quieres? ¿Cuál es la verdadera razón, Daniel?"

"No lo sé, no lo sé." Las lágrimas bañan el rostro de Daniel, y Carmen las limpia con sus dedos, como cuando él era niño, pero, ya no lo es, y no hay nada que pueda hacer por él, sino sentarse a su lado y hacerle compañía, y eso es lo que hace.

Monterrey

Por extraño que me parezca, las cosas en esta casa han cambiado mucho, regresé para encontrarme con que todo seguía normal y tranquilo. Verdaderamente extraño tratándose de nuestra familia. Obviamente, seguimos con la interminable lista de cosas por hacer, misma que cada vez me causa más desasosiego, pero diligentemente sigo deshaciéndome de cuanto peligro Mara teme, en un intento por seguir acumulando puntos.

Desde la primera vez que esa posibilidad se presentó ante mis ojos, mi mente divagaba ante la expectativa de cuál sería el próximo destino de esa cantidad de puntos, y cuando algo bueno me pasaba con Daniel, siempre pensaba que era justo ahí, donde habían ido a parar. Sin embargo, para lo que ahora me propongo, necesito una cantidad incalculable de puntos, no veo otra forma de conseguirlo.

Quiero irme con él, y no volver, debe haber algún trabajo que yo pueda hacer y que me permita estar a su lado más tiempo, todo el tiempo. Y, como sé que jamás me atrevería a pedírselo, ahí es donde quiero que mis puntos se acumulen, quiero que sea él quien lo haga.

Hasta hace poco no me habría permitido pensarlo siquiera. Después de todo lo que ha pasado, quiero darme permiso de soñar, no pierdo nada al hacerlo. Me encierro en la recámara, con la vana esperanza de que Daniel aparezca, sé que lo más probable es que no lo haga, por lo regular descansa unos días antes de aparecer de nuevo aquí, y solo han pasado treinta y seis horas desde que lo dejé para tomar el avión, de modo que… No me importa, sigo esperando.

Me recuesto sobre la cama con Tíber a mi lado, con el firme propósito de esperarlo despierta, no obstante, la cena que mamá preparó fue pesada, y eso no ayuda a mis párpados a mantenerse abiertos, sin darme cuenta, me quedo dormida.

No sé cuánto tiempo pasó, siento el movimiento de alguien sentándose junto a mí, abro los ojos y veo a Daniel con Tíber en brazos, me sonríe.

"No es justo."

"¿Qué no es justo, guapa?"

"Quería esperarte despierta, y no lo logré."

"Me alegro, son casi las cuatro de la mañana, hubiera sido una larga espera, y dime una cosa, ¿cómo sabrías que vendría hoy?"

Rocío Blisswealth

"Tíber me lo dijo." Hablo en voz baja, como intentando que el perrito no se entere.

"¿Quieres decir que es adivino?" Pregunta, también en secreto, y sonríe.

"Por supuesto que no, es psíquico. ¿No te habías dado cuenta?"

"¡Caramba! Pues no, pero déjame preguntarle algunas cosas de ti, que siempre he querido saber."

"¿Como qué? ¡Oye! ¿Y porque no me preguntas mejor a mí? Quiero decir, no querrás fatigar al psíquico. ¿O sí?"

Ambos volteamos a ver a Tíber que, justo en ese instante, deja escapar un enorme bostezo, se acurruca en su brazo y cierra los ojos. Nos reímos bajo, para no despertarlo. Daniel se levanta y lo deposita dentro de su cuna de muñeca, en la cual, aún no sé si afortunada, o desafortunadamente, todavía cabe y le sobra espacio.

"¿Puedo?" Señala el espacio junto a mí en la cama.

"No tienes que preguntar, claro que puedes, siempre."

Se acomoda junto a mí, hundiendo su mano tras mi nuca, guiando mi cabeza hasta que me encuentro recostada sobre su hombro, me abraza muy fuerte, y siento su aliento atravesar mis cabellos hasta llegar a mi mejilla. Como es mi costumbre, dejo correr los minutos, mismos que parecen volar cuando estoy con él, levanto la barbilla para alcanzar su mentón, y al besarlo, puedo sentir la tensión en su rostro. Mi corazón se acelera en menos de un segundo, y me pongo de rodillas sobre la cama, sentándome sobre mis talones para verlo de frente. Sus ojos están fijos en un punto del techo, lo observo con terror.

"Daniel. ¿Qué ocurre?" Su mirada encuentra mis ojos, levanta la mano, acaricia mi rostro como lo hace siempre, y sonríe amargamente, con una sonrisa que yo jamás había visto, y que desearía no volver a ver nunca.

"¿Sigues pensando lo mismo respecto a mí?" Pregunta en un esfuerzo por controlar su voz.

"¿Te refieres al hecho de que te amo?" Pregunto intrigada y en cierto modo molesta.

"Así es. ¿Me amas aún?"

"No, a decir verdad, hoy decidí que no te amo, como los alcohólicos, ¿sabes? Solo por hoy, mañana, no sé."

"Estoy hablando en serio, guapa." No puedo creer que en realidad me lo esté preguntando. ¿Qué se piensa? ¿Qué voy a cambiar de opinión de un día para otro? Ya sé que siempre cuestiona mis respuestas, pero ¿también esta?

El Juego… Jade

"Si, Daniel, todavía te amo, desgraciadamente." Abre los ojos con sorpresa y angustia, se endereza hasta quedar sentado de frente a mí, trata de tomarme la mano, pero la retiro.

"¿Por qué desgraciadamente?" Pregunta con miedo.

"Porque tu pregunta me ofende, Daniel, ¿de verdad me crees tan voluble? O, peor aún, ¿falsa? ¿Qué hice para darte esa idea?" De alguna forma recibe cierto alivio, antes de darse cuenta del dolor en las palabras. Existen razones para que dejara de amarlo, así, de la noche a la mañana, pero olvida que las desconozco.

"¡No! Por favor no pienses eso. No quise decir eso, Jade." Intenta tomarme por los brazos, pero levanto las manos, mostrándole las palmas, en un gesto que conoce bien, debe detenerse. Toma aire y sigue hablando.

"Soy yo quien no se cree merecedor ni siquiera de tu amistad, mucho menos de tu amor, y quiero oírtelo decir, pero, soy muy torpe, lo siento."

"Tienes una manera, tan incoherente, de pedir las cosas. Voy a pedirte un favor, no quiero volver a los caminos que ya hemos recorrido y que nos hacen daño. Daniel, eso de los merecimientos… Ya no quiero hablar de eso." Bajo un poco la guardia y tomo su mano.

"Lo siento, perdóname, por favor."

"Te amo, Daniel." Digo aún seria, y viéndolo a los ojos.

"Desgraciadamente." Dice sonriendo.

"No, irremediablemente." Me da un rápido beso, a la vez que dice, aún con sus labios sobre los míos.

"Yo te amo más."

"Imposible." Contesto riendo.

"Ah, ¿sí?" Levanta una ceja.

"De acuerdo, dejémoslo en improbable."

"Aún no del todo bien." Se sienta junto a mí en la orilla de la cama y fija su mirada en un punto en el piso. Frota las manos contra sus muslos, en un evidente gesto de nerviosismo, pero ¿por qué está nervioso? Lo observo sin hablar, no quiero interrumpir lo que, obviamente, quiere decirme, o tal vez, el problema sea, que no quiere decirlo.

"Jade, quiero hablarte de algo, pero no sé cómo." Levanto la mano y cubro sus labios con las puntas de mis dedos, para que guarde silencio, la piel de todo mi cuerpo se ha erizado súbitamente, y esta vez no fue en respuesta a su tacto, hay algo más. Me ve con sorpresa, cubro mis labios con mi dedo índice, para dejarle más claro que debe estar en silencio. Me obedece, y aguzo el oído, en el pasillo, en el área donde se encuentra el espejo, escucho aleteos. En fracciones de segundo, el sonido se vuelve ensordecedor, lo que tanto esperé está haciendo su arribo, en el peor de los momentos. Tíber se endereza y aúlla, ya no me cabe la menor duda. Me levanto rápidamente, me detiene tomándome por la muñeca.

"¡¿Qué es, Jade?! ¿Qué está pasando? ¿Quién es?"

"No debe encontrarte. ¡Vamos, Daniel! Sal de aquí." El terror llena sus ojos, ya sabe de qué se trata, si no quiero que lo encuentre aquí, es porque se trata del mismo que nos atacó hace tiempo, y no quiere dejarme sola. Vuelve a tomarme de la muñeca. Mis ojos se ven atraídos hacia una de las esquinas de la recámara, a la vez que dejo escapar un suspiro de sorpresa.

"¡Sácalo de aquí, Jade! Solo empeorará las cosas. ¡Que se vaya!" La voz de Ángel es verdaderamente apremiante, sé que debo obedecer, sacarlo del alcance del demonio.

Los ojos de Daniel recorren el espacio frente a nosotros, pero no se mueve. Lo golpeo en el pecho con ambas manos, en un desesperado intento por atraer su atención, y le grito sobre el sonido de los aletazos.

"¡Vete, Daniel! Te lo suplico."

"No, Jade, no voy a dejarte sola."

"Ya, Jade, ¡debe irse ya!" Grita Ángel.

"Por favor, Daniel. No estoy sola." Digo apretando los dientes.

Por fin cede, me da un beso, da la vuelta y sale de la habitación. Me tenso, abro la puerta y entonces lo veo, esos malditos y aterradores ojos amarillos. Ángel a mi espalda, el demonio sonríe. Por primera vez, puedo sentir cómo el valor me abandona por completo, por primera vez, quisiera vivir.

Capítulo XX
La fama es como el dinero, nunca se tiene demasiado

Inglaterra

Sara hace su arribo a la isla, acompañada del grupo de cantantes que dirige. Las expresiones de admiración no se hacen esperar al empezar a recorrer los amplios pasillos de la casa, han estado aquí anteriormente, pero, siempre hay cambios, la casa siempre goza de nuevas adquisiciones para halagar la vista. Los varios pares de zapatos se quedaron en el bote, y los guardaespaldas los dirigen hacia el salón de los azulejos, para que sumerjan los pies dentro del agua, que aún permanece agitada.

Ellos nunca han visto a los señores, esa es la clase de cosas a las que solamente algunos tienen acceso. Sara los acompaña hasta la puerta y observa cómo, uno a uno, camina dentro del agua, sonriendo al entrar en contacto con la energía que ahí abunda. Parecen niños pequeños en un parque de diversiones, o cachorros de hiena a los que la madre acaba de entregar el cadáver, para que saboreen hasta el último hueso, cuya putrefacción proporciona un exquisito sabor, que solo ellos son capaces de disfrutar.

Boj: *¿Tú no entras al agua, Sara? Sería beneficioso para ti sacar provecho de lo que nuestro cazador, tan gentilmente, nos hizo llegar.*
Sara: Tal vez después, cuando la sensación de su esencia ya no sea tan intensa.
Boj: *Como gustes, pero, cuando está tan intensa como ahora, es cuando más se disfruta, para los que les es posible hacerlo.*
Sara: Quizá en este momento no me sería posible disfrutarla, es como si su sabor me llenara la boca, y me provoca un poco de nauseas.
Boj: *Ya sabes que todo tiene un propósito, al sentirla en tu... ¿cómo lo podemos llamar? Tu paladar espiritual, siempre te será fácil rastrearla, pero, en fin. Acompáñame, Sara.*

Boj la conduce hacia una de las habitaciones cercanas al salón, ostentosa, igual que el resto de la mansión, con amplios ventanales que permiten ver el maravilloso jardín que la rodea. Quien viera la casa de lejos, si fuera posible hacer tal cosa de manera casual, jamás creería la clase de terrores que tanta belleza encierra.

Rocío Blisswealth

Boj: *Quiero que los compositores hagan una visita a la musa.*

Sara: ¿Está seguro? Las últimas canciones de Daniel están cargadas de información, y Jade no hace sino escucharlas constantemente, tarde o temprano, se dará cuenta de todo lo que encierran.

Boj: *Es por eso que quiero que la visiten, por si no lo recuerdas, esta musa fue adquirida, precisamente, por causa de Jade, debemos proporcionarle la información que necesita, es parte del acuerdo. Sin embargo, nadie especificó si la información debía ser proporcionada únicamente a través Daniel, o no, así que la dividiremos entre varios cantantes. ¿No has escuchado la frase "divide y vencerás?" Bien, pues eso precisamente es lo que pensamos hacer. ¿Qué te parece la idea?*

Sara: Excelente, como todas las suyas.

Boj: *Aduladora, ambos sabemos que eso no es totalmente cierto. Sara, ¿te preocupa algo?*

Sara: Ayer estuve con Daniel, no es el mismo, y me pregunto, ¿cuándo van a dar inicio los planes para separarlo de Jade? Es nuestra mayor estrella y no quisiera perderlo. Las entradas económicas por medio de él han resultado ser cuantiosas, y yo quisiera que, para cuando el próximo disco deba grabarse, él ya esté de nuevo con nosotros.

Boj sonríe burlonamente, puede leer perfectamente las intenciones de Sara, y no tiene dificultad alguna en reducir sus palabras a las que ella, en realidad, quería decir, 'no quisiera perderlo.'

Boj: *Los planes arrancaron hace unas horas, no tardarán en surtir efecto, y probablemente, si eres paciente, podrás tenerlo cuando Jade lo deje. Recuerda, Sara, ella es lo que importa.*

Sara: Me dijeron, cuando lo presenté, que podría tenerlo.

Boj: *Permíteme recordarte algunos puntos. Se te dijo que podrías tenerlo, una vez que hubiera cumplido con su cometido, y, si logramos hacerlo entrar en razón, le queda tanta vida a ese cometido, que tal vez tengas que esperar para saciar tus instintos. Además, uno de los puntos clave de estos acuerdos, como tú bien sabes, es respetar su libre albedrío, mismo que, por ahora, lo impulsa irremediablemente hacia Jade, y que, por desgracia, debemos respetar. Sería fácil, llegado el momento, bastaría un roce de mi mano para doblegar su voluntad y podrías tenerlo, pero, no es eso lo que tú deseas, ¿me equivoco?*

Sara: No, quiero que él desee estar conmigo, quiero lo que ella ha conseguido.

El Juego… Jade

Boj: Humanos, son tan similares a nosotros, es por eso que puedo entenderte. *'El jardín del vecino siempre es más verde,' y no quieres conformarte con menos de lo que esa niña ha logrado conseguir, sin intentarlo siquiera. Sin embargo, te lo digo por experiencia, no sucederá. Una vez que Daniel ha sentido lo que ella puede darle, no se conformará con menos nunca más y tú, mi querida Sara, eres menos. Si tan solo hubiera alguien que pudiera verme como yo quisiera ser, como yo fui, no podría alejarme de esa persona jamás. Y eso es lo que Daniel ve en sus ojos, ¿no te has dado cuenta de que todas las canciones de la musa hablan de eso? Esa idea recurrente y poderosa, no puedo culpar a Daniel, me identifico con él.*

Sara: De acuerdo, entonces, tal vez me decida a conformarme con menos ¿cuándo podemos hacerlo?

Boj: Paciencia, ella lo dejará, y entonces, cuando el dolor lo embargue, será fácil de manejar. Recuerda los pasos para doblegar a alguien, debe sentirse abandonado y sin esperanza, después, todo sucede casi por sí solo. Ahora, vamos, entra al agua, olvida que se trata de Jade, solo piensa en que fue Daniel quien consiguió este regalo.

España

Daniel abre los ojos bañados en sudor, una vez más lo invade la terrible sensación de que su cuerpo pesa demasiado y que no recuerda cómo es que sus pulmones entran en funcionamiento. Sin embargo, por terribles que sean esas sensaciones, las conoce bien, y sabe que dejará de sentirlas en unos cuantos segundos. No sucederá así con la otra, con la sensación de terror que ahora recorre cada partícula de su cuerpo.

Se levanta de la cama con rapidez, tiene que sujetarse de la cómoda para no caerse, sus piernas aún no lo sostienen completamente. Gira a su alrededor y toma conciencia de dónde se encuentra, a miles de kilómetros de Jade, seguro, en su casa, mientras ella enfrenta al demonio, que ya en una ocasión, casi los mata a ambos, solo que esta vez, toda su fuerza va dirigida contra de ella. ¡No! ¡No! ¡No! Es el grito que deja escapar entre su desesperación, entiende que ellos no iban a quedarse a un lado, pero, siempre pensó que tenía tiempo, que, de alguna forma sería superior a ellos, y que encontraría la forma de que Jade lo perdonara. Pero, el tiempo se acabó, pudo ver las últimas arenas del reloj rodar por el suelo de la habitación de Jade cuando el demonio llegó, y ella pudo escucharlo.

Las preguntas se amontonan en su cabeza. ¿Por qué Jade no le permitió quedarse y enfrentarlo con ella? Y, la más apremiante ahora. ¿Qué está pasando en este momento? Siempre ha sabido que algo la protege, no obstante, no sabe de qué son capaces ahora que él los ha desobedecido abiertamente, ahora que le han retirado su apoyo, y que él ya no significa nada para ellos. Pero, ella aún es importante, sigue siendo lo más importante para ellos y él lo sabe, no se atreverán a prescindir de una fuente inagotable de energía, como no la habían encontrado nunca, aunque, tal vez, quieran darle un escarmiento.

No, el escarmiento, en todo caso, sería para él. Él es quien ha desobedecido, ella, no sabe absolutamente nada, ella no tiene culpa. ¿Por qué llegó el demonio con ella, entonces? ¡Maldición! Si tan solo la hubiera visto en una actitud arrogante, casi grosera, como la vez anterior en que se enfrentaron con el demonio, pero no, esta vez, lo que él alcanzó a ver, fue súplica, y mucho miedo.

Se deja caer en una de las esquinas de la habitación, abrazando sus piernas con fuerza, recargando su cabeza sobre las rodillas, intentando controlar los temblores que agitan su cuerpo, pero, es completamente en vano, no disminuyen ni siquiera un poco. Sabe que, para volver al lado de Jade, necesita caer en un sueño profundo, y se encuentra imposibilitado para conseguirlo. Tampoco puede llamarla, despertaría a todos en esa casa y, peor aún, podría distraer a Jade, o motivar al demonio a perseguir a alguien más, presionándola para que ataque sin pensar, y ella necesita toda su concentración para evitar que la mate. Por eso fue que le pidió que se fuera, seguramente para no tener que pensar en nada más que atacar al demonio con precisión. Él habría sido una distracción, él carece de capacidades para atacar a los demonios, necesitaba hacerlo sola, él sería un estorbo. Una vez más, él es un estorbo en su vida, no debió atravesarse en su camino jamás. Se levanta y corre al cuarto de baño, su estómago, incapaz de soportar tanta angustia, no puede retener los alimentos. Moja su rostro con abundante agua para que las náuseas se detengan, ya no queda nada dentro de él, más que la maldita angustia. Mira en el espejo su imagen con las gotas que lo recorren hasta ir a parar a su camiseta. No puede evitar pensar en que nada es como se suponía que fuera, en que Sara le pintó un panorama en el que nadie salía perjudicado, y en que los beneficios eran para todos, una imagen en la que Jade lo deseaba, él le pagaría, y fin de la historia. Todos serían felices para siempre.

Pero, nada es así, ¿en qué cuento de hadas los demonios tienen una participación tan activa? Una bruja, un ogro quizá, papeles que seguramente le correspondían a él, pero, nada más. Es así, una bruja, una hermanastra, todo encaja, menos los demonios. Pero, él cometió error tras error, si después de esta visita demoníaca, Jade sobrevive, y, él ruega porque así sea, y ya no quiere verlo más, ¿cómo podría atreverse a convencerla de lo contrario? ¿Cómo, si sabe que, de convencerla, solo conseguiría que estos ataques fueran recurrentes, y cada vez más violentos, hasta que ellos lograran recuperarla?

Sin embargo, lo haría, sería capaz de suplicarle de rodillas que lo perdonara, e intentaría encontrar la forma de librarse de todos para quedarse con ella. No puede estar sin ella, no quiere. Pero, ella aún tiene una salida, ya se deshizo de un demonio una vez, un demonio al que amaba porque siempre había estado con ella, un demonio a quien amaba como ahora lo ama a él, y tal vez, ella tomaría una vez más, la decisión adecuada, y se desharía de él por las razones correctas.

No, no, debe haber otra salida, ya en otras ocasiones ha hecho cosas de las que los señores, y los demonios, no se han enterado, ha sido más astuto que ellos. Si tan solo Jade recordara, si fuera capaz de abrir su mente y aprovechar todo lo que puede hacer, acabaría con cuanto demonio se le acercara en un suspiro, y él podría estar junto a ella, tranquilo, porque seguramente terminarían por dejarlos en paz, 'dejarlos en paz.' Juntos y en paz, qué bien suena eso.

Un nuevo terror lo invade, erizando los cabellos de su nuca, una opción que él no había considerado. Para que todos sus sueños tuvieran una oportunidad de cumplirse, tendría que ser él, y nadie más, quien entere a Jade de cómo han sido las cosas desde que lo conoció. Alguna vez intentó contarle algo, y ella no quiso seguir escuchando, pero ahora la obligaría a escuchar, y le daría todos los datos que él conoce, ella sabría qué hacer con esa información. Pero, viéndola a los ojos para que ella pudiera entender que hay amor en ellos, una extraña mezcla de amor, con una absoluta necesidad de tenerla a su lado.

Tal vez así, sin perderla de vista, considerando cada cambio en su expresión corporal, siempre tan explícita, él tendría una verdadera oportunidad de decir la verdad, y aún conservarla a su lado, pero, tal como dijo Carmen, la única posibilidad de que eso ocurra, es que ella escuche todo de sus labios. Y si, en cambio, es el demonio quien, justo ahora, le describe a ella paso a paso, lo que él ha hecho, engrandeciendo sus errores, y convirtiendo su amor por ella en un simple deseo de fama, minimizándolo hasta hacerlo desaparecer, absolutamente todo estaría perdido.

Se deja caer sobre la cama, con la vista fija en el techo, deseando estar tan lejos de ahí, sin embargo, debe esperar. No existe otra opción. Desde la repisa, las fotos de Jade lo observan, fotografías que se tomaron clandestinamente porque, por un lado, ella es enemiga de que se las tomen y, por otro, él no se habría atrevido a pedirle que se las tomara con él, con lo suspicaz que es, no habría aceptado nunca.

Y habría tenido razón, lo que él le dijo en una ocasión, era completamente verdad, las fotografías te roban una chispa del alma, basta con que tus ojos vean fijamente a la cámara, solo eso hace falta, y se convierten en una conexión con la persona. Daniel recurre a ellas cada vez que quiere sentirse cerca de ella, cuando quiere que ella piense en él. No hoy, debe esperar y entonces, tal vez funcione.

Monterrey

La luz empieza a entrar por la orilla de las cortinas y a mí me da exactamente igual, la obscuridad que me rodea es tan espesa, que no saldré de ella nunca más. A pesar de que Ángel se encuentra sentado a los pies de mi cama, lo veo tan lejano. Como si yo estuviera en el fondo de una noria, y él me viera desde afuera. Dejé de escuchar su voz hace un rato, no sé si porque dejó de hablar, o simplemente mi cerebro se cerró también a eso. No quiero escuchar nada, ya bastante me han dicho.
Puedo decirles que, sin lugar a dudas, el demonio me derrotó esta noche, así es, la victoria es suya. Pude escuchar sus carcajadas, al verme retorcerme de dolor, víctima de sus ataques que, sin ser físicos, como los anteriores, fueron increíblemente más dolorosos que cualquier cosa que hubiera experimentado hasta hoy. Pude sentir cómo el miedo a enfrentarlo me abandonaba, cuando el dolor hizo su aparición, y no dejó espacio para otra sensación.

Solo hicieron falta unos minutos, no necesitó más, su peor arma, que ahora lo sé, es su lengua, estaba completamente preparada para ser utilizada con precisión en contra mía, y yo no llevaba chaleco contra eso, ni defensa posible. ¿La energía de mis manos? Si, tal vez hubiera servido de algo, pero ¿para qué? ¿Para hacerlo callar? No, yo merecía cada una de las palabras que pronunció, las acallé cada vez que mi subconsciente intentó decírmelas, y ya era hora de que las escuchara, y causaran los estragos que ahora sufro. Me negué a aceptar que el tiempo transcurría, dándome oportunidades para dar vuelta en el camino y huir, y aquí estoy, herida de muerte. Tal vez eso sea lo único bueno de todo esto, no me repondré nunca.

En cuanto abrí la puerta, se acercó a mí, que inútilmente daba pasos hacia atrás, topándome con Ángel en cada uno de ellos. No se separaba de mí, cubriéndome la espalda en todo momento. Una vez dentro de la habitación, dejó escapar su horrenda y gutural risa.
"ACABA DE IRSE, ¿VERDAD?"

El Juego… Jade

No le respondí, sabía perfectamente que se refería a Daniel y no permitiría que fuera tras él.

"NO HACE FALTA QUE CONTESTES, SÉ QUE ES ASÍ. ¿QUIERES SABER CÓMO ES QUE LO SÉ? PUES..." SU SONRISA SE ACENTUÓ. *"PORQUE ÉL VIENE AQUÍ POR ÓRDENES NUESTRAS."*

Esta vez, mi estómago no se llenó de plomo, fue acero candente lo que lo inundó, quemó, sus palabras quemaron.

"¡Calla!" Gritó Ángel. La mirada del demonio apenas se desvió de mí para responderle.

"¿POR QUÉ?" PREGUNTÓ CON VOZ DE INOCENCIA. *"AH, CLARO, YA SÉ. LA INFORMACIÓN NO ES COMPLETAMENTE EXACTA. ¿CÓMO LO PONGO PARA QUE LO ENTIENDAS, NIÑA? MIS JEFES FUERON QUIENES LO ENVIARON CONTIGO, ES POR ESO QUE SIEMPRE ESTUVO TAN DISPUESTO. CUMPLÍA ÓRDENES."*

"Te he dicho que guardes silencio." Repitió Ángel, el demonio le contestó con absoluta calma.

"Y TE ESCUCHÉ, PERO, AMBOS SABEMOS QUE DEBE SER ELLA QUIEN ME LO PIDA, Y TENGO EL PRESENTIMIENTO DE QUE, EN ESTA OCASIÓN, QUIERE DEJARME HABLAR."

Y así era, me quedé ahí, esperando que acabara conmigo y, por supuesto, lo hizo.

"¿RECUERDAS JADE, LA PRIMERA VEZ QUE NOS VIMOS? TE DIJE QUE CONOCÍA TU SANGRE DESDE HACE CIENTOS DE AÑOS, Y ASÍ ES. TU SANGRE CARGA DONES QUE SON CAPACES DE GRANDES COSAS, UNA DE ELLAS, CONSEGUIR LA FAMA PARA QUIEN LOGRE ACERCARSE A TI. UNA FAMA GRANDIOSA, DURADERA, CODICIABLE. UNA FAMA A LA QUE, NUESTRO QUERIDO DANIEL, HA TENIDO ACCESO. ESA VEZ QUE LOS ATAQUÉ, TODO FUE UN MONTAJE PARA QUE LO VIERAS VULNERABLE, Y YA NO TE SEPARARAS DE ÉL."

"¡Mientes!" Gritó Ángel. El demonio ni siquiera le prestó atención.

"Y LO CONSEGUIMOS, ÉL TENDIÓ LA TRAMPA, AGREGÁNDOLE CADA VEZ MÁS LAZOS, Y TÚ DECIDISTE CREERLE, CONFIAR EN ÉL, Y TE ENREDASTE EN ELLA. ¿SABES? EN CADA ROCE DE TU PIEL, LO LLENABAS DE FAMA, DE GLORIA, Y ÉL, ¿CÓMO CULPARLO? SIEMPRE QUIERE MÁS, YA SABES, LA FAMA ES COMO EL DINERO, NUNCA SE TIENE DEMASIADO. PERO, LA FAMA TIENE TAMBIÉN OTRA CARACTERÍSTICA, Y ES QUE SIEMPRE SACA LO PEOR EN TODOS. Y DANIEL NO ES LA EXCEPCIÓN, SE VOLVIÓ MEZQUINO, Y ESTÁ TOMANDO VENTAJA DE TI, TODA LA QUE PUEDE. SÉ QUE LO AMAS,

MALDITO SUERTUDO, PERO ¿DE VERDAD CREES QUE ÉL ES CAPAZ DE CORRESPONDERTE? DESAFORTUNADAMENTE NO, ESA CLASE DE SENTIMIENTOS, TAN LIMPIOS, NO ESTÁN A SU ALCANCE. AHORA SU CARRERA LO CONSUME, Y HA LLEGADO AL PUNTO DE DESATENDERLA POR ESTAR AQUÍ, SACÁNDOTE JUGO, Y ES POR ESO QUE ME HAN ENVIADO. ¿NO PREFERIRÍAS ACOMPAÑARNOS, JADE? ¿ESTAR MÁS CERCA DE ÉL?"

"¡Déjala! ¡No te atrevas a…!" Gritó Ángel, y, por primera vez obtuvo una enérgica respuesta por parte del demonio.

"¡NO TE ATREVAS TÚ! LIBRE ALBEDRÍO, ¿RECUERDAS?" Lo que sea a lo que se haya referido, era verdad, Ángel guardó silencio.

"JADE, PODRÍAS TENERLO TODO. TENDRÍAS A DANIEL, DE CUALQUIER FORMA, NO EXISTE NADA QUE ÉL DESEE MÁS QUE LO QUE TÚ PUEDES PROPORCIONARLE Y, SÉ QUE CON GUSTO PERMANECERÍA MÁS TIEMPO JUNTO A TI, A CAMBIO DE ESO. ¿QUÉ DICES? ¿ACEPTAS?" Preguntó el demonio, muy cerca de mí.

No abrí la boca, no tenía una respuesta para eso, por el simple hecho de que todo ha dejado de importarme, la razón que tenía para vivir, súbitamente me había abandonado. Tendría a Daniel, ¿para qué? Él no quiere estar junto a mí. ¿Para qué podría quererlo entonces? La venda de mis ojos había sido retirada, y ahora sí podría ver la codicia en los suyos, su fastidio, su molestia, en fin, lo vería todo, menos el cariño que quise creer que existía, y que es lo único que nunca estuvo ahí. No respondí.

"MUY BIEN. ¿QUIERES PENSARLO? ME PARECE PERFECTO, TOMAR DECISIONES PRECIPITADAS NO NOS LLEVA A NADA BUENO, PIÉNSALO Y NOS VEREMOS DESPUÉS. ¿ALGÚN MENSAJE PARA DANIEL? ¿NO? MUY BIEN, COMO TÚ QUIERAS." Entró en el espejo nuevamente.

Un par de segundos después, tocaron a la puerta, como si hubieran estado esperando a que él se despidiera, y entró mamá para encontrarme de pie, dentro de la habitación, pese a lo temprano de la hora, eran escasamente las cinco de la mañana.

"Jade, ¿te encuentras bien?"

Peor que nunca, pero no, tampoco entonces se abrió mi boca para nada. Ángel se movía intranquilo por la recámara, y con su mano derecha frotaba su pecho con desesperación. Tenía su mirada fija en mamá, supongo que sabía lo que venía a decirme.

"Jade, me despertaron para que te dé un mensaje muy importante. Es un mensaje de parte de dios, Jade, debes escucharlo con atención."

El Juego… Jade

Se detuvo esperando que dijera algo, pero, nada, mi boca ni siquiera tenía saliva, ¿cómo podría decir algo? Con mucha seriedad, tal como decía todo lo relacionado con dios, continuó.

"Me dijeron que es importante que te diga, que ya no puedes ver a Daniel. Está involucrado con demonios, y su fama, no sé cómo, pero, la obtiene de ti."

Una cosa era que un demonio me lo dijera, mi cerebro podría haberse protegido al pensar que los demonios siempre mienten, pero ¿cómo dudarlo si es dios quien me lo dice? Ya no había duda posible, la cabeza me daba vueltas, las náuseas subieron hasta mi garganta. Llevé mis manos hasta sujetar mi cabeza, en un muy vano intento por detener esta locura que se abalanzaba sobre mí.

"¿Qué pasa?" Preguntó mamá.

"Me estoy volviendo loca." Fue todo lo que pude decirle.

"Jade, pasará, te juro que esto pasará." Dio la vuelta y salió ella también.

Mis piernas cedieron ante el remolino que se había creado debajo de mí, me desplomé hasta el suelo mientras veía como todas las piezas, grandes y pequeñas, de la vida que me formé en estos meses, desparecían, reduciéndose a puntos, en esa vorágine que se abrió bajo mis pies. ¡Cuánto dolor! ¿Cómo puede un ser humano resistirlo? Tenía la esperanza de que no fuera posible, deseaba que este dolor terminara por reventar mis venas al pasar por ellas, y que acabara así con todo. Un terrible temblor me recorría, y agitaba mis piernas y brazos, poco tardé en identificar qué lo provocaba. Era el miedo al vacío, consecuencia inequívoca de la pérdida. Estaba haciendo su arribo.

Había entendido lo que era la soledad cuando estuve entre los brazos de Daniel y establecí la diferencia. Ahora, esta iba entrando por las plantas de mis pies, y el vacío venía de su mano, listo para tomar posesión de mí, y ahí estaba yo, sin oponer la menor resistencia. Ángel corrió hacia mí, tratando de sostenerme, mi mano se levantó automáticamente y lo detuvo. No quería que me tocara.

"Déjame sola."

"No, Jade."

"Nada, ya no más." Le supliqué con el primer sollozo que dejé salir de mi garganta, pues, en un acto heroico, no permití que el demonio me viera llorar. Sin embargo, continuó hablando, daba igual, la locura no permitió que entendiera lo que me decía.

Y así terminé aquí, sin moverme de este pedazo de suelo, que no deja de moverse debajo de mí, sin terminar de tragarme. ¿Por qué no lo hace de una vez? Ya ni siquiera aspiro a estar con mis abuelos, solo a morir, solo eso. Hoy envidio profundamente a la gente que ha tocado fondo, porque a mí, incluso eso me han negado. En mi caída, aún no lo encuentro. Si es dolor lo que se ha abierto a mis pies, ahora lo sé, no lo encontraré. Mi dolor no tiene fondo, no tiene fin.

España

Recostado sobre de la cama, misma posición que no ha cambiado desde hace tiempo, Daniel abre los ojos con sorpresa, da un salto fuera de la cama y empieza a caminar por toda la habitación que ha comenzado a darle vueltas. "Arghhh." Grita. Recorre las manos por su cabello tirando de él con desesperación.

Carmen toca a su puerta preguntando si puede pasar, al no haber respuesta abre la puerta lentamente, sus ojos se llenan de angustia en cuanto ve a Daniel, con lágrimas que le recorren el rostro, respirando agitadamente, y frotando su pecho, sentado en el suelo en medio de la recámara.

"¡¿Qué pasa hijo?!" Toma asiento en la cama junto a él y toca su hombro. Daniel no logra encontrar aliento para hablar y en un susurro contesta.

"Se lo dijeron, Carmen. La está matando, es insoportable este dolor."

"Tienes que hacer algo, Daniel, ve con ella."

"¡No quiere verme!" Grita. "¿No lo entiendes? Lo consiguieron, cree que no la quiero."

"No importa, Daniel, trata de que te escuche. No puedes quedarte así."

"No lograré dormir, no lo conseguiré."

"¿Eso es todo lo que hace falta? Espera…" Carmen sale de la habitación y regresa después de unos minutos. Le entrega a Daniel un frasco de pastillas que ella toma cuando el insomnio la ataca.

"Toma dos, dormirás, eso te lo aseguro."

Sin pensarlo, Daniel entra al baño y sirve un vaso de agua con el que se ayuda a pasar las pastillas. Sin dejar de frotar su pecho, se sienta junto a Carmen, y las lágrimas siguen rodando por su rostro.

"¿Es su dolor el que estás sintiendo?"

"Siempre siento lo que ella siente, sobre todo cuando es tan intenso como esto."

"¿Cómo es eso posible?"

"Jade y yo compartimos un lazo muy fuerte. Se ha reforzado conforme pasábamos más tiempo juntos."

"¿Ella puede sentir lo que tu sientes? Tal vez eso ayude, Daniel, sabrá que no le mientes."

El Juego… Jade

"Si, Carmen, pero, no servirá de nada. Lo que ella siente es tan intenso, que anula cualquier otra cosa. Si tan solo me escuchara."

"Recuéstate, las pastillas no tardarán en hacer su efecto, y será más rápido si estás acostado. Te dejo, no quiero estorbarte." Le da un beso en la frente y sale de la recámara. Del bolsillo de su sweater saca un rosario y empieza a formular sus oraciones. No serán de gran utilidad en esta ocasión. Daniel ha navegado por aguas muy turbias, y sus oraciones no cruzan ese tipo de océanos.

Monterrey

No sé cuánto tiempo he estado aquí, en este mismo pedazo de suelo, pero, debe ser mucho, mis piernas están tan entumidas que ya no las siento. Si tan solo esa sensación se extendiera hacia mi conciencia, y ya no sintiera nada, pero, no tengo tanta suerte. Ángel sigue aquí, habla intermitentemente, sigo sin escucharlo, su voz solo me parece ruido.

Voltea hacia una de las paredes, y mi vista sigue a la suya, súbitamente mi dolor aumenta, al ver a Daniel de pie, en la esquina de mi habitación. Sin recordar que mis piernas están entumidas, intento levantarme, después de varios tropiezos y resistiendo las fuertes punzadas que el movimiento me provoca, consigo llegar hasta la esquina opuesta a la que él se encuentra. Ahora me doy cuenta de que, lo que mis piernas trataban de hacer, era llevarme lo más lejos de él que fuera posible. Levanto ambas manos, a pesar de que tiemblan de forma incontrolable, mostrándole las palmas para que se detenga, aunque en realidad, no ha avanzado. Mi llanto descontrola mi respiración, al grado de que tengo problemas para llevar aire a mis pulmones, sin embargo, repito sin parar una palabra.

"No, no, no… no."

"Jade, escúchame. Por favor."

Ahora ya no son solo mis manos las que tiemblan, todo mi cuerpo se sacude sin que yo pueda, o, más bien, sin que intente hacer algo por que se detenga.

"¿Sabes, Daniel? Esta habitación siempre fue la cámara de mis torturas, pero jamás me hubiera imaginado, que mi verdugo serías tú. ¿Cuánto tiempo más vas a atormentarme?" Le digo con calma, aunque con la voz entrecortada por los sollozos.

Ángel no se mueve de donde está, se recarga en la pared viendo hacia el suelo y espera.

"Jade…"

Rocío Blisswealth

"¿De qué se trata ahora, Daniel? ¿No puedes ver que me estoy desmoronando? Ah, supongo que tienes que terminar tu trabajo, debes ser el encargado de acabar conmigo, ¿no es cierto? Está bien, continuemos entonces, no voy a huir, ya sé que mis monstruos irán tras de mí hasta darme alcance, así que, aquí estoy."

"Tengo que decirte cómo fueron las cosas." Dice con lágrimas en los ojos.

"No hace falta, Daniel, ya me dieron una extensa explicación hace unas horas, y a pesar de que seguramente, ante tus ojos, soy muy estúpida, me las arreglé para entender todo lo que tu amigo me explicó."

"Necesito que me perdones."

"¿Qué te perdone? ¿Por qué? Me diste los únicos días felices de mi vida. Me hiciste sentir que valía algo. Y me mentiste muy bien, al decirme que me amabas. No sé qué fue lo que tomaste de mí, pero, fue un buen intercambio. Solamente me hubiera gustado que me dieras el tiro de gracia cuando estaba en tus brazos. No era necesario que lo hicieras de frente, eso sí te lo hubiera perdonado."

"Jade. ¡Te mintieron!" Dice con desesperación.

"¿Me mintieron? ¿No tienes tratos con demonios?" Sigo hablando con mucha calma, el llanto no me deja tomar aire para otra cosa. Además, esto no puede tener otro fin que la muerte, después de esto, sé con certeza que no queda una posibilidad de vida para mí, así que la calma me parece una opción viable en este momento.

"Sí." Responde en un suspiro y cerrando los ojos.

"¿No has tomado de mí lo que te hacía falta para ser famoso?"

"Sí."

"¿Los demonios te enviaron conmigo?"

"Jade…"

Sin darme tiempo a nada, corre hacia mí, me abraza y me oprime con fuerza. Ángel me observa, solo puedo ver lástima en sus ojos. ¿Sabía él que esto me esperaba? Si así era, ¿por qué no lo evitó? No sé si se trata de que él sea el testigo de mis tormentos, pero entonces, ¿por qué la lástima?

La cercanía de Daniel se me hace insoportable, para mi sorpresa, abre nuevas heridas en mí. Es como si mi piel física también estuviera herida, y no solamente el interior, no logro pensar en alguna persona cuyo tacto pudiera resistir en este momento, pero, con toda seguridad, el suyo es el más insoportable, me lastima.

Contengo la respiración al sentir su aliento sobre mi sien, y sus labios sobre mi frente, que me besan mientras me repiten que lo escuche. Sus brazos me aprisionan, sin necesidad, no estoy huyendo, solo quisiera que me indicara dónde está la hoja de la guillotina para recostarme ahí y descansar, hasta desprenderme de este cuerpo que ya no logra dar cabida a tanta tristeza.

"Jade, lo que te dijeron es cierto, hice un trato para conseguir fama, pero, aún no te conocía. No es una excusa, sabía que tomaría algo que no me pertenecía, y de quién se tratara no era importante, no debí hacerlo, estuvo mal, las cosas que he sido capaz de hacer son infames. Pero..."

"Eso no me importa, yo te lo habría dado todo, todo, sin requisitos, sin pedirte nada a cambio, solo por el placer de corresponder en algo a todas tus atenciones, pero ¿por qué tenías que mentirme?"

"Nunca mentí cuando te hablé de mis sentimientos hacia ti. Tú despertaste en mí a la persona que nunca fui y ahora..."

"Daniel, tu tacto me quema."

Lentamente retira sus brazos y da un corto paso hacia atrás, separándose de mí. Voltea a verme con los ojos llenos de lágrimas y me duele verlo. Me duele contener estas estúpidas ganas de abrazarlo, y quedarme donde estoy. Me duele terriblemente necesitarlo tanto y me duele que mi cuerpo no muera todavía, que este dolor no sea suficiente para acabar con él, ¿cuánto más debe dolerme?

"Si yo supiera que, permaneciendo entre tus brazos, la muerte llegaría más pronto, podría soportarlo, pero, de algo estoy segura, y es que la muerte ha decidido huir de mí. Si tan solo supiera cuánto la anhelo, tal vez me tendría compasión. Ya que ella no me la tiene, ¿podrías tenérmela tú? Por favor, Daniel. Déjame sola, te lo suplico...vete." Se acerca un poco, pero no me toca, me ve con los ojos entrecerrados.

"Me voy, Jade, pero, no descansaré hasta que me escuches. No puedes dudar que te quiero. Lo sientes, lo sabes, lograré que me escuches."

Otro acto heroico, no me desplomé hasta que él abandonó mi recámara. Supongo que se lo debo a la poquísima dignidad que queda dentro de mí. El dolor que sentí la primera vez que tuve que separarme de él era leve, en comparación a este, son los mismos invisibles desgarres que sentía entonces los que han vuelto a abrirse, pero, ese demonio, con cada palabra, me arrancó la piel, dejándome moralmente en carne viva. Caigo sobre la cama y hundo mi cara en la almohada, para intentar silenciar mis sollozos, que no parecen tener un final próximo. Ángel se sienta junto a mí, y hace un último intento porque lo escuche.

"Jade, no todo es lo que parece. Recuerda lo que te digo, el enemigo de tu enemigo es tu amigo."

"Ángel, mátame. Puedes hacerlo, nada me ata aquí, ya lo perdí todo. He perdido aun lo que no consideraba mío, mátame, porque el anhelo de verlo no me permite tomar mi vida, no permitas que muera lentamente."

"No, Jade, yo tampoco descansaré hasta que me escuches." Ante su negativa, me hundo en esta angustia que ahora me rodea y lloro, sin descanso.

Inglaterra

Vid: ¿Cómo van las cosas? Le pregunta a Olivo mientras él contempla el agua que rodea la mansión.

Olivo: No podrían ir mejor, el demonio supo perfectamente por dónde atacar. Su enfoque fue tan preciso, que ella no escuchará las palabras que podrían salvarla, está destrozada. No creo que se reponga y, de ser así, será fácil de manipular.

Vid: Sin, embargo, su energía sigue fluyendo a través de Daniel, ¿no es cierto?

Olivo: Obviamente, él es lo único en lo que piensa. Más adelante, cuando sea oportuno, podremos incluir a alguien más.

Vid: ¿Crees que lo acepte?

Olivo: Esperemos que sea así, por lo pronto, Daniel está fuera de la jugada.

Vid: No sé por qué no me siento tan seguro de eso, Jade ha resultado ser impredecible en muchos sentidos y sabes que hay alguien junto a ella.

Olivo: Si, alguien que no se atreve a doblar las reglas, las sigue al pie de la letra, y eso coloca todo a nuestro favor. No ha permitido que ella pierda la vida, ha mantenido a la muerte lejos de ella desde que nació, y esta no ha sido la excepción. Ella desea morir, pero, no se lo permite y eso nos es de mucha utilidad. No nos conviene que muera llevándose toda esa energía con ella.

Vid: ¿Qué hay respecto a Daniel?

Olivo: Todo su deseo es estar junto a ella, quiere convencerla de que lo perdone.

Vid: Pero ¿por qué? Ya logró lo que se proponía, su cuerpo contiene energía suficiente para décadas de fama. ¿Por qué no se dedica a disfrutar y la deja sola?

Olivo: En realidad no lo sé, me cuesta entenderlo, tiene todo lo que necesita para ser feliz, pero, humano al fin, se encariñó con ella. Le corresponde.

Vid: Entonces, ¿es cierto? Debemos tener cuidado y alejarlo de ella, podría convencerla, y ella ya sabe mucho más de lo que debería.

Olivo: Al contrario, quiero que pase con ella el mayor tiempo posible, no hay nada que les cause más daño a ambos.

El Juego… Jade

Vid: *Cuidado, se te puede pasar la mano.*

Olivo: *No será así, mientras el otro no permita que la muerte se le acerque, y sé que no lo hará, no hay de qué preocuparse. No obstante, podríamos doblegarla por fin, y tal vez cumplirte un sueño al mismo tiempo.*

Vid: *Traerla aquí...* Dice con esperanza.

Olivo: *Eso solamente podría lograrse si se rinde por completo, cosa que aún no sucede, pero lo conseguiremos, tenlo por seguro.*

Vid: *Adelante, entonces, destrócenla lo antes posible, si eso es lo que hace falta para traerla aquí. Y cuando llegue, quiero ser el primero en verla.*

Olivo: *Así será hermano, así será.*

Monterrey

El ruido de la avenida sigue constante, ya hace horas que mamá entró para traerme algo de comer, no sé qué era, pero, con tal de que me dejara sola, lo comí. Sigue diciéndome que todo pasará, yo sé que así será, una vez que encuentre las agallas para tomarlo por mi cuenta, y dejar este cuerpo, entonces pasará. Mientras tanto, todo sigue igual.

Ángel sigue aquí, es la primera vez en mi vida que se queda más de unos cuantos minutos, solo que no ha logrado hacerme sentir la paz que me infundía cuando era pequeña. Da vueltas por la habitación y se sienta junto a mí de vez en cuando, diciendo palabras que no escucho, mi cerebro simplemente no las procesa.

Cuando obscurece un poco, mi tormento inicia otra vez, Daniel aparece a través de la pared y se arrodilla junto a mí, que sigo sentada sobre la cama. Hago un vano intento por no verlo, es inútil, mi mirada vuela hacia él sin respetar mis deseos o, tal vez, siguiéndolos al pie de la letra, a pesar de mis débiles órdenes. El temblor de mi cuerpo, que me había dejado descansar unas horas, inicia de nuevo, agitando la cama, y las lágrimas se vuelven más gruesas al abandonar mis ojos.

"Jade, solo te suplico que me escuches, unos minutos de tu atención es todo lo que pido."

"Daniel, ¿sabes una cosa? Entrené a mi cerebro para que grabara en su totalidad el tiempo que pasaba contigo." Digo con la voz entrecortada "Jamás imaginé que todos esos recuerdos, serían tu mejor arma en contra mía. Los recorro una y otra vez en mi mente, sin que haga falta que estés aquí para que los reviva, no necesitas venir."

"Dentro de todos esos recuerdos, busca las veces en que te demostré cuánto te quiero, y analiza lo que sientes. Te amo, Jade. Eso no puedes dudarlo." Mi pecho se agita con los sollozos que me asaltan.

"Me equivoqué, encontraste algo más con que hacerme daño, me duele más…Ya no digas nada, por… favor."

Acerca su mano y toma la mía, la retiro inmediatamente, movimiento que acompaño con un gemido. Ya no sé si el dolor se ha vuelto más intenso, o mi resistencia a él ha disminuido. Deja su mano sobre mi muslo y cierra los ojos.

"Siempre supe que era capaz de las peores bajezas. También sentía, muy dentro de mí, que tarde o temprano pagaría por todo lo que había hecho, y créeme Jade, con el dolor que vivo ahora, estoy pagando. Lo que no sé, es con qué voy a pagar el dolor que te causo, pero, no puedo irme, necesito que me perdones, aunque no quieras volver a verme después." Abre los ojos y los fija en los míos, que se han convertido en una masa deforme por el llanto, no digo nada, solo lo observo a través de las lágrimas.

"Ya entendí que no conseguiré que me creas. No te culpo, pero ¿podrías encontrar dentro de ti la capacidad de perdonarme?"

"¿Dejarás de venir a atormentarme? Deja que venga otro, cualquiera, pero, tú no, tú no." El llanto me ahoga.

"Jade."

Doy vuelta sobre la cama y le doy la espalda cubriéndome los oídos, sin darme cuenta me quedo dormida, sintiendo su presencia a mi espalda. Mamá me despierta, Mara quiere saber si estoy en condiciones de hacer un trabajo que acaba de ocurrírsele. Giro a mi alrededor y compruebo que Daniel no está, aunque Ángel sigue ahí, a los pies de mi cama, no sé cómo interpretar su mirada, ¿está enojado? Eso me parece. Mientras pienso qué contestarle a mamá, la ira se va apoderando de mí y, esta vez, no hago nada por controlarla, es un buen cambio después de tanto dolor. Al menos permite que mis pulmones se llenen en su totalidad, y que mi piel muestre algo de calor, al mismo tiempo que mis ojos siguen secos.

Pierdo el control de mis sentimientos, aun cuando sé que será solo por unos minutos, no importa, es como salir a respirar a la superficie, después de sentir que te ahogabas, y me escucho contestarle como nunca antes lo había hecho. Mi voz suena calmada, sin embargo, está cargada de acidez.

"Supongo que esta petición viene de parte de dios. ¿No es así?" Mamá me ve con cara de sorpresa, ¿de quién más podría venir una petición de estas? Por supuesto que viene de él.

"Claro." Responde.

"En ese caso, puedes informarle que no haré nada más, nunca. Ya no tengo interés en acumular puntos, ya no hay nada que me importe por lo cual quiera canjearlos."

"Jade, tú no puedes."

"Ah, ¡pero claro que puedo! La respuesta es no. Y ahora, haz el favor de dejarme en paz, y no volver a molestarme." Me levanto de la cama, por primera vez en las últimas veinticuatro horas, o más, con el simple propósito de enfatizar mi punto, y hacerla salir de aquí. Volteo a ver a Ángel, me ve fijamente a los ojos y aún con la ira navegando por mis venas lo cuestiono.

"Ángel, nunca he sabido ante quién respondes, pero, supongo que es a dios, ¿o no?" No me contesta. "¿Por qué no te vas? Ya me oíste, no pienso hacer nada más, y si lo consigo, tampoco saldré de esta habitación, así que…" Le abro la puerta a él también.

"Lo siento, Jade, no me iré. Precisamente para que no lo consigas."

"¡Maldición! ¿A cuántos verdugos he sido asignada? Déjame morir, Ángel, déjame morir ya." Daniel regresa justo a tiempo para escuchar mi última frase, no me doy cuenta porque está detrás de mí. Me sujeta por la espalda, y en solo un segundo, el dolor y la angustia se apoderan de mí nuevamente, con la diferencia de que la ira no se aleja, sigue aquí, latiendo en mis venas. Puedo ver sus brazos entrelazados a la altura de mi cintura y siento su mejilla apoyada en la mía.

"No, Jade, por favor, no hagas esto. No hables de morir, no voy a permitirlo."

Sabía que la ira me sería de utilidad, siempre ha sido así, y esta ocasión no tenía por qué ser diferente. Intento liberarme de sus brazos, no lo permite, así que giro dentro de ellos para verlo de frente. Tal vez este dolor si sea suficiente para acabar conmigo, no estoy segura, pero, vale la pena intentarlo. Su cercanía siempre ha sido lo más intenso que he sentido, quizá hoy sea igual de fuerte y me desangre, por fin.

"Daniel, ¿has regresado por mi perdón?" Digo tomando su cara entre mis manos. "Lo siento, no lo tengo. ¿No te das cuenta? Ya casi no queda nada dentro de mí. En realidad, nunca lo hubo, salvo lo que recientemente habías hecho crecer, y todo se salió por mis heridas. No las ves, ¿verdad? Sin embargo, están aquí, y lo dejaron salir todo. Lo extraño de esto es que, a pesar de que apenas estoy en una pieza, no termino de irme."

"Jade, por favor." Dice oprimiéndome más contra él.

"Solamente dejaron una cosa dentro de mí, y eso fue, mi amor por ti, aún ahora, te amo tanto." Me acerco a sus labios y lo beso, me responde con desesperación, segundos después me retiro de él y continúo. "¿Lo sientes? Sigue ahí y, ya sé por qué lo dejaron. Sabían, con certeza, que sería lo que más dolor me causara, él se está encargando de destrozarme, y será cuestión de esperar a que acabe conmigo. Ya tienes lo que querías Daniel. ¿Por qué no dejas que yo tenga ahora lo que más deseo?"

"No quiero nada, ya nada tiene significado para mí después de esto. Quiero estar junto a ti, no voy a dejarte morir por causa mía. No me iré, Jade, voy a estar contigo siempre, porque eso es lo que quiero, solo eso."

"Necesito dejar de verte, Daniel, para pensar que ya no existes y entonces sí, que el dolor haga su labor. O que la locura me convenza de que lo imaginé todo, que jamás estuve entre tus brazos, porque a los seres como yo, eso no les sucede, y así, el dolor se encargará de tomarme cuentas por tanta ingenuidad. El cómo, es lo de menos, solo quiero irme. Un día me pediste que me aferrara a ti, ¿lo recuerdas? ¿Y qué hago ahora que no existes? Ya no queda nada de que asirme."

"¿No quieres verme? Muy bien, no me verás, pero estaré aquí, cuidándote, esperando que me perdones. Tal vez ese día puedas entender la fuerza de mis sentimientos por ti, y convencerte de que sí existo."

Me suelta de sus brazos y me tambaleo, mis piernas se niegan a sostenerme por más tiempo, hace un intento por detenerme, pero alejo su mano, empujándola con la mía y da un paso atrás, dos, tres y desaparece entre la pared. Ángel me observa con mucho dolor en la mirada, e inicia una conversación con alguien a quien yo no escucho.

"No te atrevas a hacerlo, ella debe pasar por esto."

"¿No es suficiente por lo que ha pasado hasta ahora? Y, ambos sabemos lo que le falta por sufrir."

"Puede soportarlo, sabrá qué hacer, lo sabes."

"Soy yo quien ya no puede soportarlo, la estamos tratando como un juguete. No somos mejores que ellos, necesita un descanso del dolor, en vano alejo de ella a la muerte, si no hace nada por mantenerse con vida."

"Encáusala, ayúdala, no evites que…"

"¡No me escucha! No le cree a nadie. Lo lamento, no puedo." Ángel se pone de pie y se acerca a mí, doy un paso atrás y me topo con la cama. Sé lo que intenta hacer, ya lo hizo en una ocasión, y perdí horas que no recuperé nunca. No esta vez.

"No, Ángel." Le suplico. "Deja que la muerte llegue, por favor, no me ayudes si no quieres, pero, déjame sola, y ya no la detengas más. Ya no quiero que me duela, déjame ir."

"Ya no dolerá." Acerca su mano y me toca la cara, me hundo en la inconsciencia.

El Juego… Jade

Capítulo XXI
Una especie en peligro de extinción

Inglaterra

¿Alguna vez han escuchado la frase 'cuando las aguas retomen su cauce?' Pues bien, esa frase es la exacta para describir lo que ha sucedido, la intensidad del amor de Jade ha terminado por diluirse, y numerosos cantantes se favorecieron de ella. El agua que rodea la mansión y que llega hasta el salón de los azulejos ha vuelto a ser pacífica, tranquila.

Sin embargo, el ambiente entre sus habitantes dista mucho de semejarse al estado del agua. Su desesperación, por conseguir lo que ella puede proveerles, va en aumento. Para ellos, Jade es solamente una fuente de energía, misma que ellos necesitan para nutrirse, es la energía que antes los alimentaba de manera constante, y que ahora deben robar, si es que quieren tener acceso a ella. Un inconveniente aún mayor, es que su utilización requiere que un humano la filtre. Sus cuerpos, al transformarse, perdieron la capacidad para resistirla, de saborearla, y esta situación resulta por demás desagradable por muchas y variadas razones.

En primer lugar, los humanos son los seres que ellos más desprecian, por considerarlos carentes de sabiduría. Aun los animales la poseen, los humanos, sin embargo, nunca la valoraron lo suficiente para conservarla, prefirieron ignorarla, hasta que la perdieron por completo. En segundo, la naturaleza humana es tan voluble, que nunca les permite garantizar un suministro constante de la misma y, además, el recibirla así, de segunda mano, no los satisface por completo. Es como comerse un bistec en papilla, sin el placer de masticar antes de tragar. El sabor puede ser el mismo, pero el aspecto no permite apreciarlo así.

Otro inconveniente es, que cada vez escasean más los seres humanos con este tipo de dones. Por lo tanto, todo requiere de más planeación, trabajo, tiempo, solo por conseguir algo que antes recibían sin pedirlo. Sin embargo, no hay más remedio, si así debe ser, pues que así sea.

Por lo tanto, es de esperarse que, una muchachita ingenua, no sea un obstáculo para que ellos logren lo que desean con tanta intensidad. Su dolor, su angustia, no significa nada para ellos, esa es otra parte de la naturaleza humana que detestan, el suplicio del sufrimiento. No, eso no los detendrá.

Ellos saben que, la forma en que el mundo fue diseñado, no ha cambiado desde su creación. Este sigue siendo el reino animal, en que el animal más grande se come al más pequeño. Donde unos, la gran mayoría, son las presas, y otros, los menos, son los predadores, los que tienen las capacidades físicas y mentales para alimentarse de ellas. Cada predador se dedica a buscar la presa que habrá de satisfacer su muy particular apetito y, una vez que la encuentra, no descansa hasta comerla y alimentar a sus crías.

En el ecosistema que forma esta canica azul, sostenida en el espacio, Jade resulta ser, una especie en peligro de extinción, perteneciente a una especie que solamente produce siete seres como ella, cada siete años. Seres sin conocimientos de la salvaje naturaleza del medio en el que habitan, y a merced de sus predadores, que no descansarán hasta conseguirlos y mostrarlos como trofeo. Tal vez, la única diferencia entre esto, y el reino animal que conocemos, sea que, para alimentarse de Jade, la necesitan viva y, ella no desea estarlo. Eso podría arruinar sus planes.

Boj: *¡La detuvo! Ese imbécil la detuvo, estaba a segundos de rendirse. Habría llamado al demonio para entregarse solo a cambio de que el dolor se disipara un poco y ahora... ¡Maldito!*

Ébano: *Descuida, no pienso soltarla. Él puede hacer lo que quiera, pero, solamente retrasará lo inevitable. Ella cederá, no tiene otra salida y entonces tendremos todo lo que queremos.*

Boj: *¿Por qué ha sido tan difícil tratándose de ella? Jamás habíamos tenido tantos problemas.*

Ébano: *Los demás no se dieron cuenta de lo que eran, fue fácil tomar sus dones sin que lo notaran, y sin alterar sus vidas, es decir, sin que se percataran de que podían tener otros alcances. Jamás merecieron lo que se les dio.*

Boj: *Nunca lo entendí. ¿Por qué dotarlos de semejantes virtudes, y luego permitir que ellos decidan usarlas o no? ¡Un miserable desperdicio! Solo eso. La mayoría de ellos lo rindió por cosas simples. Una pareja, un hijo, un viaje, algo de dinero y, más recientemente, fama.*

Ébano: *'Un plato de lentejas,' eso ha sido siempre. Sus ojos no les permiten ver más allá.*

Boj: *Entonces, ¿qué fue lo que pasó con ella?*

Ébano: *Bueno, no puedes compararla, lo que ella contiene es mucho más grande.*

Boj: *Aun así, todo estuvo planeado desde hace muchísimo tiempo. Ya sé que la cuidan, a los otros también los cuidaban, sin embargo, nunca lograron hacer nada por ellos, eran carne de cañón, desde su nacimiento, pero ella...*

Ébano: *Si, todo se planeó, pero con base en que ella sería igual a los demás, sin embargo, era imposible prever, por ejemplo, que detectaría a los demonios con una facilidad inaudita, los demás jamás lo hicieron. Además, siempre estuvo aislada, esa es su tendencia, eso complica las cosas para nosotros, y, el haber utilizado su don a tan temprana edad, la volvió consiente de él. No debió ocurrir nunca. Eso sin contar con el hecho de que ella acepta, lo que para otros son cosas sobrenaturales y terroríficas, como parte de su vida, sin cuestionar lo extraño de esas situaciones. Nunca hubo forma de plantarle una duda, sus instintos son más poderosos que su razón, o que su lógica, incluso que sus ojos. Siempre prefiere dejarse llevar por lo que siente, y no por lo que ve, es increíble.*

Boj: *Y luego Daniel, otro ser diferente a los demás. ¿Cómo pudimos equivocarnos con él a tal grado? Su único deseo era algo tan simple como la fama y se la dimos, junto con todo lo que esta provee, y entonces...*

Ébano: *Quiso más. Creo que el problema real fue, que él pudo ver que podía ser algo más. Podía tenerlo todo, la fama y ser diferente, ella lo ve como alguien digno, y él quiso serlo. No sé para qué, tendría que adentrarme en su insulso cerebrito para saber qué hecho de su infancia, como dicen los estúpidos psiquiatras, fue el que lo marcó como para que deseara ser algo tan inútil como un ser digno. Pero, en fin, lo vio en los ojos de Jade, y ahora, esa imagen de sí mismo, ese Daniel que él nunca será, lo atormenta. Se niega a dejarla ir. Ya lo tiene todo, pero, el maldito, se niega a dejar ir lo único que jamás será.*

Boj: *Tal vez el problema real sea que podría llegar a serlo, si se lo propusiera, de la mano de Jade por supuesto, y su alma lo sabe. Es ella quien no le permite dejar ir esa idea. No debió ver eso nunca, todo habría sido tan sencillo. Cuando a los humanos les permites tener un vistazo a lo que pueden conseguir, es más difícil hacerlos desistir.*

Ébano: *Más no imposible, si el tiempo hace de las suyas, y la desesperanza lo acompaña, puede conseguirse. Únicamente hay que plantar en su cerebro la concepción de lo difícil, y la creerán al pie de la letra. Cuando nosotros sabemos que, ocasionar un acontecimiento conlleva una energía, no una dificultad o una facilidad, solo energía que no reconoce esos conceptos, demasiado para ellos.*

Boj: *Muchas veces, casi todas, es solo cuestión de tiempo, es lo que más aterra a los humanos, ver pasar el tiempo que se escapa de su control, ¡como si alguna vez lo controlaran! Y pensar que la oportunidad se les va de las manos. Desconocen que las oportunidades, y el tiempo, son dos caminos paralelos, nunca el mismo.*

Rocío Blisswealth

Ébano: Demasiadas cosas a considerar, y de las cuales podemos lamentarnos, ya no quiero perder tiempo en eso, tengo otros planes.

Boj: Nosotros también nos negamos a dejarla ir, ¿eh? ¿Qué piensas hacer ahora?

Ébano: Dolor, desesperanza, soledad.

Boj: ¿Más?

Ébano: Aún no he comenzado.

España

Carmen se encuentra sentada en la cama, junto a Daniel, cuando este abre los ojos. Su mirada se mantiene fija en el vacío, Carmen lo toma de la mano, intentó despertarlo un par de veces, con mucha suavidad, realmente no sabía si debía hacerlo o no, pero él se quejaba tanto, que no pudo resistirse.

"Daniel." Espera para que él le responda, sin embargo, pareciera que no la escucha.

"Daniel, ¿qué fue lo que pasó?"

Él gira su cabeza un poco para verla, como si hasta ahora escuchara su voz. La angustia puede leerse en sus ojos, y su piel luce pálida en extremo, su respiración es pausada, tal vez demasiado, como si sus pulmones tuvieran dificultad en dejar que el aire entre en ellos. Su mano sigue entre las de Carmen, sin embargo, no responde a la fuerza con que ella lo sujeta, sus dedos permanecen inmóviles, extendidos, sin fuerza.

"¿Me preguntas qué fue lo que pasó? Pues, mis peores pesadillas no se comparan con lo que ocurrió en esa habitación. Me utilizaron para destrozarla. Le dijeron la verdad, le quitaron la venda de los ojos, y le mostraron quién soy. Esa verdad la está matando y solo yo tengo la culpa."

"Pero, existe otra verdad, Daniel, lo que sientes por ella, ¿no se lo dijiste?" Sonríe amargamente antes de responder.

"¿Tienes una idea del efecto que causó en ella todo lo demás? Sí, se lo dije, pero, se perdió en el resto de la inmundicia que ahora conoce. Ni siquiera llegó a serle de alivio, por el contrario, mis palabras le hicieron más daño. No tuvieron que esforzarse en lo absoluto. Todo lo que ahora la atormenta ha sido obra mía."

"No puede ser, Daniel, ella dijo que te amaba. De algo debe servir lo que ella siente por ti."

"Sí, sirve de algo, es eso precisamente lo que está acabando con ella. Eso fue lo último que dijo, antes de pedirme que la dejara sola, que ya no quedaba nada dentro de ella, sino el amor que siente por mí, a pesar de todo sigue sintiéndolo, y eso es lo que seguirá haciéndole heridas hasta matarla. No sé qué es lo que la sostiene, o por cuánto tiempo será eso, pero ya dejó de luchar."

"Hijo…"

"Déjame solo Carmen, por favor."

"¿Qué piensas hacer?"

"Volver junto a ella."

"Pero, acabas de decir que te pidió…"

"No puedo, no me verá, pero, estaré ahí, siempre. Necesito estarlo, es todo lo que tengo ahora."

"Sigue con los planes, compra otra casa, sal de aquí. Tal vez, cuando el dolor disminuya un poco, tendrías a dónde llevarla."

"Carmen, no puedo pensar."

"¿Me dejas intentarlo? Yo puedo empezar con los trámites y tú…"

"Haz lo que quieras, pero, ahora, por favor déjame solo."

Carmen sale hacia el pasillo, con el rosario en la mano, de alguna forma sabe que no le ayuda, pero, al igual que Daniel, es todo lo que tiene ahora. En alguna ocasión, Daniel había mostrado interés por comprar una casa en otro país, una casa que le permitiera, en la medida de lo posible, escapar.

Ella se dedicará a buscar algo que pueda servirle, en estos momentos es algo que le permitiría sentirse útil, ella también necesita un objetivo de que sujetarse, ahora que ve a Daniel caer en un pozo que parece no tener fondo. Tiene miedo, sin embargo, no quiere admitirlo, incluso ante sí misma, le gustaría tener alguien con quien hablar de lo que está pasando, pero ¿con quién podría hablar que le creyera? Y, si ese alguien le creyera, ¿cómo hablaría con esa persona sin exponer a Daniel?

Ella misma, en muchos momentos, se ha repetido que está loca, que nada tiene sentido, y entonces llega Daniel con increíbles novedades respecto a su carrera musical. Claro que todo podría ser obra de la casualidad, si no fuera por el hecho de que la profecía que se le dio, hace casi diez años, se ha cumplido al pie de la letra.

Daniel tuvo la precaución de hacer notas de todos los datos que le dieron, no confiaba mucho en su memoria, sobre todo tomando en cuenta que, para que los primeros datos sucedieran, él debería esperar siete años. Cuando conoció a Jade, y pudo mostrarle cómo los primeros hechos ya se habían cumplido, le permitió leer sus anotaciones.

Fechas, lugares, personas, todo se cumplió, sin fallas. Antes de ese día, todo se había reducido a pláticas de Daniel, conversaciones en las que le explicaba la forma en que podría tener fama, como ningún otro artista español lo había conseguido hasta entonces. Locuras de un joven con hambre de fama. Y después, las puertas se abrieron ante él, las de la fama, el reconocimiento, la fortuna, y los demonios. El ambiente de la casa cambió drásticamente, y los escalofríos que le recorrían el cuerpo se volvieron más frecuentes, es difícil sustraerse a su presencia.

Nunca los ha visto, situación por la que agradece a dios, aun cuando supone que no es él quien evita que eso suceda, eso sí debe ser obra de la casualidad. Siempre tan cercana a la iglesia, sabe que con ellos no se trata, ella debió servir de ancla para evitar que Daniel llegara a los alcances a los que llegó. Pero, a decir verdad, nunca creyó completamente en ellos.

Creció en una casa en la que, la mención de dios era constante, no obstante, el demonio siempre fue como un personaje de cuento, el malo de la película, irreal, y fácil de vencer. Pero, la realidad es muy diferente, y para cuando se dio cuenta, ya era demasiado tarde. Ahora resulta que aquello en lo que jamás creyó, eso es justamente lo que es verdad. Están aquí, en todos lados, y no existe manera posible de huir de ellos, una vez que les abriste la puerta.

Sabe que dios no habrá de escucharla, al menos no desde donde se encuentra, en esta casa que ahora ellos habitan. Sus tormentos van en aumento, conforme las palabras de Daniel se repiten en su pensamiento, 'Eso es lo que seguirá haciéndole heridas, hasta matarla.'

No puede permitir que eso suceda, las cosas han llegado demasiado lejos, pero aún no deben una vida. Sí, ella se incluye en la deuda, no intentó detener a Daniel cuando debió hacerlo, por lo tanto, si Jade muere por causa del dolor que él le ha causado, su muerte pesará sobre ambos, no solo sobre él.

Anhelaba el dinero que Daniel ganaría con su carrera, casi tanto como él, aunque no por las mismas razones. Siempre lo vio sufrir por causa de las carencias, carencias a las que su padre lo condenó, solo por haberle desobedecido, y quería que tuviera la capacidad de hacer, y conseguir, todo lo que el dinero puede comprar. Durante los pasados meses así fue. Ahora lo tienen en abundancia, aunque solo le sirve para planear una huida, sin la seguridad de que funcione. ¿Será posible huir del demonio? Debe haber una forma, y no dejará de buscarla.

Levanta el teléfono para comunicarse con la inmobiliaria. Menciona el nombre de Daniel Montalvo. Listo, en unas horas le tendrán las propuestas. Ahora solo le queda esperar.

Monterrey

El Juego… Jade

El tacto de Ángel tiene la capacidad de provocar diferentes estados de ánimo, tranquilidad, paz, olvido. Su intención en esta ocasión fue la de desconectar a Jade del dolor de la pérdida, de la traición, mismos que él ya no podía soportar. La ha tenido a su cuidado desde antes de nacer, y ha sido difícil su tarea, siempre con demasiadas cosas en contra.

Antes de entregarle su asignación, le proporcionaron toda la información necesaria respecto a la misma, fueron claros al decirle que era uno de Los Siete, lo que nunca mencionaron es la enorme dificultad que la vida de esta niña le presentaría.

Los demonios llegaron antes que él lo hiciera, nunca había enfrentado algo así, peor aún, jamás se había visto obligado a compartir el espacio con tantos de ellos. Sus enfrentamientos siempre fueron feroces, nunca hubo advertencias, o amenazas, los embates siempre llevaron la intención de deshacerse de él, y las cicatrices que cruzan su cuerpo son la prueba de sus contiendas. La vida de Jade siempre pendiendo de un hilo, hasta que él terminó por darse cuenta de que, lo que buscaban, era enterarse de hasta dónde llegaría él para ayudarla. La respuesta fue, hasta donde sea necesario, y mientras esté aquí. Hubo momentos en que casi se deshicieron de él.

Quizá lo peor a lo que ha tenido que enfrentarse, fue a no poder defenderla, sin que ella se enterara de los ataques. Fue una niña tan consciente de la presencia demoníaca, que hacía más difícil mantener su espíritu intacto, los detectaba casi al mismo tiempo que lo hacía él y, eso no es normal, muy perjudicial si se intenta conservar la cordura de una niña tan pequeña.

Hace unas horas, su desesperación lo llevó a tomar una decisión que no significaba el doblar una regla, él la rompió por completo. Su compañero le ha dejado como tarea repasar sus reglamentos, evaluar los riesgos de lo que hizo, y lo hace, pero, hasta ahora solo le han ayudado a enfatizar la sensación de que su decisión fue la correcta. Observa a Jade dormir, más bien, perdida en la inconsciencia, y aún en ese estado sigue llorando, el dolor la inunda a tal grado, que solo consiguió desconectarla levemente.

Sus reglamentos son:

1. No interferir en la vida de la persona. Puede defenderla, no evitar que los acontecimientos sigan su curso.

¿De qué le sirve entonces, ser capaz de enterarse de todo lo que los demás ejecutan en contra de ella? ¿Únicamente para ser testigo de su sufrimiento? Pues bien, ha sido testigo de cómo su familia se encargó de que su casa fuera todo, menos acogedora. Y sabe que eso es lo mínimo a lo que se han atrevido, han llevado a cabo atrocidades en su contra, cosas de las que ella aún no se da cuenta y que significarán un dolor casi tan intenso como el de Daniel.

2. Tanto los demonios, como ellos, tienen derecho a jugar sus cartas de la forma que les parezca conveniente, todo con el fin de encaminarla hacia una decisión correcta.

Esto le recuerda cómo ha visto a los demonios acosarla toda su vida, todos los días, y en ocasiones, casi a todas horas. La dejaron sola, la obligaron a presenciar cómo perdía a sus abuelos, haciéndola sentir que su vida era un camino sembrado de cadáveres, preparando el camino para Daniel. Llegado el momento, él encontró el camino completamente pavimentado, y ella fue presa fácil, sin que Ángel pudiera hacer algo por detenerla.

3. Pueden llevarla a límites extremos por medio de sus acciones, pero, no se les permite tocar su vida.

La han llevado, y en eso él también debe reconocer la participación de su equipo, por llamarlo de algún modo, a límites en los que la mayoría de los humanos se habrían rendido. Ella tiene dos opciones, entregarles a los demonios lo que quieren, o pelear por conservarlo; aprender a hacer uso de su don y seguir adelante con el Juego. Sin embargo, para conseguir esto último, ella debe tener un propósito, un aliciente, al menos contar con un espíritu de supervivencia alerta, para que la mantenga con vida, y en su caso, es todo lo contrario, ella, como en otras ocasiones, aunque nunca como ahora, desea morir, y él no puede hablarle de un futuro más prometedor. En primer lugar, porque al mencionarlo, ellos lo sabrán y podrían interferir y, en segundo, por el simple hecho de que ella no le creería, y él lo sabe bien.

Hasta ahora, Jade no ha considerado la idea de entregarse a los demonios, pero tampoco desea una vida sin Daniel, ya no concibe la vida sin él. Él le dio la única clase de amor que ella conoce y, si ha sido amor, o no, ya no importa, a falta de otro, el sentimiento que él le provoca es lo que ella identifica como tal, eso hace que lo demás desaparezca. Después de algo tan intenso como lo que él le hace sentir, lo que David le daba era como azúcar diluida. Un simple ser humano no logra transmitir una sensación tan intensa, y Jade lo ha tenido demasiado tiempo ya. Obviamente, eso es algo con lo que Daniel tendrá que lidiar también, nadie le hará sentir sensaciones semejantes a las que Jade transmite, aunque eso, no es algo que a Ángel le importe.

Pudo ver cómo todo esto se desarrollaba, crecía. Se horrorizó cuando se dio cuenta del sentimiento que el demonio de su habitación le inspiraba, ella lo quería de verdad. Primero le tuvo miedo, después se acostumbró a él, para posteriormente necesitar de su presencia para sentirse segura. Este fue solo el principio, más tarde, esa clase de seguridad se la dio Daniel, y Ángel únicamente podía observar. Vio cómo todo se encaminaba y tuvo que dejar que sucediera, y, cuando le fue posible, utilizó las circunstancias a favor de Jade, no obstante, las cosas dieron un giro, con las consecuencias que ahora enfrenta. Jade sobre la cama, prácticamente inconsciente solo para poder resistir. No le importa si no debía hacer lo que hizo, aunque razones le sobran, ellos no deben tocar su vida y, con toda seguridad, la pusieron en peligro, él la conoce bien. Por lo tanto, no se siente culpable, ni siquiera un poco. Y…

4.- Respetar, por sobre todas las cosas, su libre albedrío.

La decisión, sea cual sea, correcta para Ángel, o correcta para los demonios, solo depende de ella. Para el momento en que ella llegue a una decisión, toda actividad se detiene, y deberán respetarla. Libre albedrío. "¿Qué es el libre albedrío?" Son las primeras palabras que Jade pronuncia en muchas horas. Ángel se sorprende, ¿acaso estaba hablando en voz alta? No es su costumbre. Aprovecha la oportunidad y le responde.

"El libre albedrío es lo que utilizan los humanos para seguir los deseos de su corazón. "

"Lo tendré en mente." Vuelve a cerrar los ojos.

Ángel seguirá ahí, junto a ella, al igual que Daniel, a quien él puede ver claramente sentado en el sillón frente a la cama. No permitirá que Jade lo vea, quiere complacerla al menos en eso y no hacerle tan insoportable la agonía, no obstante, Ángel sabe que Jade puede sentirlo, y que ese simple hecho sigue doliéndole hasta la médula. Quisiera poder interferir y obligarlo a alejarse, darle el tiempo necesario para que ella sane, pero, ni él se atreverá a hacerlo, ni Daniel cederá ese espacio. ¿A dónde llevará todo esto? La espera, y el no conseguir que Jade se desconecte completamente, lo abruman.

Por ahora, se dedica íntegramente a no permitir que el Ángel de la Muerte se acerque a ella, desde hace unas horas, pide permiso incesantemente para llevársela. Siempre responde cuando alguien lo llama con tal intensidad, sobre todo, tratándose de Jade, bien conocida por todos esos seres, y, más que nada, por ese ángel, quien siempre la ha rondado. Pero, él respeta la decisión de Ángel, más que el deseo de Jade, y se mantiene al margen, aunque, demasiado cerca en esta ocasión. Es la primera vez que Jade se abandona, y Ángel deberá encontrar algo para alentarla, o sus órdenes ya no podrán detenerlo de cumplir con su propósito. Ángel debe darle una buena razón para seguir esperando, y no llevarse a esta persona que lo llama tan intensamente.

España

La casa de Daniel parece estar desierta, todas las citas han sido canceladas, y la actividad se redujo prácticamente a cero. Carmen reportó a Daniel enfermo, una varicela tardía, eso debe ser suficiente para darle tiempo, la gente asumirá que debe guardar cama y, tratándose de una enfermedad altamente contagiosa, nadie se atreverá a acercarse por aquí. Veintiún días, dijeron en la casa discográfica, eso es todo lo que pueden darle, de modo que les aconsejan que hable con su médico con el fin de acelerar su recuperación.

Daniel ya está informado, Carmen le menciona hasta el más mínimo detalle, no porque considere que deba saberlos, sino como pretexto para entrar en su habitación. La mayoría de las veces que lo hace, sin embargo, no le sirve de mucho, él duerme, con demasiada profundidad. Ahora se arrepiente de haberle dejado el frasco de pastillas, lo ha buscado cuando se siente en libertad, sin que él se dé cuenta, pero Daniel, presintiendo que lo haría, tuvo cuidado de esconderlo bien.

Carmen ha considerado una serie de posibilidades respecto a Jade, incluso ha llamado a su casa en diversas ocasiones, a diferentes horas, fingiendo la voz a veces, e inventándose toda clase de pretextos. La respuesta siempre es la misma, alguien, que se identifica como Mara, le dice que Jade no está en casa. Ella, mejor que nadie, sabe que eso es mentira, ya que el joven que yace prácticamente inconsciente en esa amplia cama está con ella, en esa habitación en Monterrey.

Ella no ha logrado entender completamente cómo es que esto ocurre, pero, los 'cómo' dejaron de importarle hace ya muchos días. Ahora lo único que le importa es conservar a Daniel sano, al menos eso. Se acerca a la cocina para supervisar los preparativos de los alimentos que nadie come, al menos no con el entusiasmo que Daniel lo hace cuando se encuentra bien. Algo ligero, pero nutritivo, es todo lo que él aceptará tomar. Consiguió que él comiera, después de un par de días de no hacerlo, cuando le dijo que si enfermaba, ya no podría desplazarse para estar con Jade. No sabía si eso era cierto, o no, pero, según parece, Daniel también desconocía ese dato, porque aceptó comer, siempre y cuando se tratara de algo ligero, y como él no tiene mucha conciencia del tiempo, ella aprovecha para alimentarlo con tanta frecuencia como le es posible.

Fuera de eso, no ha conseguido casi nada, que no duerma tantas horas, por ejemplo, él dice que quiere estar junto a ella, aunque no pueda verlo. Eso le resulta a Carmen completamente incompresible, pero tampoco le dedica tiempo a tratar de entenderlo. Dentro de sí, sabe que sería mejor que Daniel se abstuviera de buscarla, pero, no intenta convencerlo, no le conviene provocar su enojo, ella es todo lo que él tiene ahora.

Inglaterra

Vid se pasea por la mansión, una maravillosa construcción que ha sido su hogar desde hace muchísimo tiempo. Cada detalle de ella está cargado de belleza, fue edificado con cuidado y dedicación, aunque no con la intención de convertirla en su refugio, su escondite, su cárcel.

Cuando se dio cuenta que tal vez nunca le sería posible abandonar este espacio, fue cuando empezó a querer más, ansiar más, que aquello a lo que en realidad podía tener acceso. Para los demás, siempre ha sido más sencillo sujetarse a esta condición, pero a él, siempre acosado por su infinito anhelo de tener todo aquello a lo que los humanos tenían derecho, le parece insufrible.

El haber encontrado la forma de extender su período de vida, le permitió observar cómo los humanos lanzaban por la borda todo lo que los hacía superiores. La sabiduría es un claro ejemplo de esto, eso lo llevó a pensar que otras partes de su vida eran las que verdaderamente valían la pena. Y se abocó a conseguirlas, sin embargo, jamás ha saboreado un durazno, por ejemplo, su cuerpo no está diseñado para eso, pero, al igual que los humanos, tiene la capacidad de admirar el arte en todas sus expresiones, y entre sus ramas, la música es su favorita. Quizá sea por eso que se las arregla siempre, cada siete años, es decir, para enfocar parte de la energía de Los Siete a las artes y a la música en particular, para tener el placer de poseer cada vez más y mejores piezas en su poder.

Los Siete, criaturas verdaderamente extrañas, únicas, creadas con un propósito que él, pese a los años, aún no le encuentra sentido. Hasta ahora se habían dejado llevar por sus limitados pensamientos de humano, pero Jade, es diferente y él no puede hacer otra cosa que respetarla. No la compadece, no tiene la capacidad para ello, en lugar de eso, la admira más que a las piezas de arte que se ha jactado en conseguir.

Sus compañeros se han percatado ya de su predilección por ella, pese a que se ha esforzado por ocultarla. Siempre supo que ella sería distinta, su carga de ADN es más especial que la del resto, y por tal motivo la esperó, y se preocupó por ella desde antes de su concepción. Fue él quien se empeñó en que los demonios se le hicieran presentes con mayor frecuencia que a los demás. No quería atacarla, quería prepararla, hacerla más resistente y lo consiguió. Fue él quien alejó a sus abuelos, a destiempo. Le estorbaban, la desviaban del propósito que él tenía para ella, y supo aprovechar para esto, a

Rocío Blisswealth

los esclavos que, con dedicación, casi con la misma que pone en seleccionar una pieza de arte, ha ido capturando desde tiempos inmemoriales, todo en vista a este día.

Recorre periódicamente las celdas, Musas de pintores, de escultores, de músicos, de escritores, solo por variar; de estrategas políticos y líderes religiosos. Tenía la esperanza de que a Jade no le interesara la danza, las Musas para bailarines son tan escasas, que nunca ha conseguido hacerse de una. Tiempo, Espacio, incluso un Ángel de la Muerte, y demonios que podían ocuparse de lo demás. Siempre le preocupó que alguien con tan poca sensibilidad como Ébano estuviera a cargo de ellos, pero, no había más remedio, aun así, se las ha arreglado para conseguir lo que necesitaba.

Y ahora, ella corre peligro, ¿cómo pudo pasar eso por alto? Ella sigue siendo humana, y Daniel se enfocó precisamente en esa parte de su naturaleza. ¿Qué necesidad había de eso? Una energía tan sublime, y querer desviarla hacia caminos tan burdos. No va a permitirlo, la ha cuidado y entrenado, con tal dedicación, que no permitirá que se consuma en caminos vecindarios, tiene otros planes para ella. La quiere aquí, junto a él, para darle vida a esta mansión, y a estas piezas que ya perdieron significado para él, para ser su creación. Ella lleva su firma, el lunar en su mejilla, mismo que él colocó ahí, teniendo cuidado de no matarla en el proceso, dándose cuenta, ese mismo día, que resistiría eso y más, no lo notó siquiera. Su obra viviente.

Llega hasta un claro en el bosque, muy rara vez se permite llegar hasta estas áreas, hace años no le hubiera importado, pero, últimamente, los humanos llegan a todas partes, y a pesar de que los demonios protegen el lugar, para que no se le localice, no debe ponerse en riesgo de esta forma. No obstante, hoy, más que nunca, es absolutamente necesario. El demonio del espejo lo espera ya, y en cuanto lo ve, hace una caravana casi hasta el suelo.

Demonio: *SEÑOR.*
Vid: *Levántate.*
Demonio: *ESTOY PARA SERVIRLE.*
Vid: *Lo que estoy a punto de pedirte deberás conservarlo con el más absoluto de los secretos.*
Demonio: *PUEDE CONTAR CONMIGO PARA LO QUE USTED QUIERA.*
Vid: *Debo advertirte que ellos tampoco habrán de enterarse de lo que te he pedido.*

El demonio levanta una ceja, sabe perfectamente que ellos nunca actúan sin el conocimiento de los demás, les va demasiado en juego, sin embargo, sin decir una palabra, continúa escuchando.

Vid: La situación con Jade se nos ha ido de las manos, y ellos no se atreven a admitirlo, es por esta razón que me veo obligado a tomar cartas en el asunto, sin consultarles. Si pierdo más tiempo, podríamos perderlo todo, y ese es un riesgo que ya no quiero permitirme.
Demonio: LO ESCUCHO.
Vid: Deberás acompañar a Sara a casa de Daniel y...
Demonio: SEÑOR, USTED SABE QUE JADE PODRÍA ACABAR CONMIGO SI LE DOY UNA BUENA RAZÓN, NO QUISIERA...
Vid: No te preocupes por eso, en cuanto termines con lo que voy a pedirte, ya no te tocará, no se atreverá a hacerlo.

El demonio teme por su existencia, pero, no quiere dejar pasar la oportunidad de quedar fuera del alcance de los ataques de Jade, de una vez y por todas, de modo que se rinde ante las órdenes de Vid.

Demonio: MUY BIEN, ACEPTO.
Vid: Estupendo. Verás...

El demonio sonríe al escuchar las palabras de Vid, y se dispone a ejecutar su plan. Ahora solo debe esperar a Sara.

España

Daniel despierta y Carmen le extiende un vaso con leche.
"Ya no quiero tomar nada, Carmen." Se levanta de la cama para dar unos pasos por la habitación, en los últimos días no ha salido ni al jardín.
"Daniel, habíamos quedado en que..."
"No insistas, por favor."
"De acuerdo, lo dejo aquí para más tarde. Hablaron de la inmobiliaria, creo que encontré una casa que puede gustarte, tiene un terreno que podrías utilizar para construir el estudio de grabación que siempre has querido."
"Carmen."
"Por favor, hijo, permíteme sentir que hago algo, si no puedo ayudarte, ¿qué me queda?"
"¿Dónde está la casa?" Cede ante ella.

"En Brujas, Bélgica. Dicen que es un lugar hermosísimo."

"Y, con ese nombre, muy adecuado para mí."

"Daniel, yo no…"

"Lo lamento, sé que intentas ayudarme, pero, no creo que tenga sentido, de cualquier forma, si crees que puede servir de algo, que te envíen los papeles, y solicita el cheque al banco, cubriendo el total. Cómprala."

"¿No piensas verla, al menos? ¿Qué pasará si no es de tu agrado?"

El voltea sus ojos hacia ella, esos maravillosos ojos de un azul profundo, que se han quedado sin luz. Ha estado durmiendo mucho más tiempo del necesario y, sin embargo, sus ojeras son terriblemente obscuras. Su mirada es profunda y vacía. No le importa la casa, lo hace solamente por complacerla, por quitársela de encima, no quiere dedicarle ni un minuto más, y ella puede leerlo en sus ojos cargados de desesperanza.

"Si pudieras verla, inconsciente sobre esa cama y, aun así, las lágrimas siguen corriendo por su rostro."

"¿Inconsciente? ¿Le han dado alguna cosa?"

"No, tiene a alguien que la cuida, y supongo que él consideró que esa era la única forma de conservarla con vida, lo están intentando al menos. Nunca pensé que…"

"Daniel, ¿cuánto tiempo más piensas estar ahí? Si ella puede sentirte, y me temo que así es, ¿no piensas que sería mejor para ella que ya no vayas? Estás prolongando su agonía."

"Mis últimas palabras para ella fueron para decirle que, aun cuando no me viera, yo estaría ahí siempre, esperando que me perdone, y voy a cumplirlo."

"Eso es un suicidio, para ambos."

"Hace un segundo me dijiste que estoy prolongando su agonía, mientras yo prolongue cualquier cosa, que signifique que hay vida en ella, seguiré ahí. Para que la deje, ella deberá pedírmelo, pero de pie, en sus cinco sentidos, y con determinación por vivir. Mientras la vea como un ser muy cercano a convertirse en un cadáver, no me iré Carmen. Se lo debo, ha hecho por mí, más de lo que puede recordar."

Los ladridos de Tíber se escuchan en el jardín, Carmen se levanta y se asoma por la ventana. Los ladridos se vuelven más intensos al acercarse a la casa.

"Creo que, es Sara."

"Por supuesto, viene a echarme en cara sus logros."

"¿Quieres que me deshaga de ella? Puedo decirle que aún no pasas la etapa de contagio."

El Juego… Jade

"No, no le importará. Sabe que es mentira, no interfieras, Carmen, merezco lo que venga a decirme, hagámoslo de una vez. Recíbela y tráela aquí." Sara por la puerta de la habitación, su voz es jovial.

"No hace falta, hermoso, recordé perfectamente el camino, y estando convaleciente, supuse que te encontraría aquí. Afortunadamente no me equivoqué. Buenas tardes, Carmen." Toda su intención es no responderle, pero, la mirada firme de Daniel, la obliga, no desea ocasionarle problemas.

"Buenas tardes, Sara, ¿deseas algo de tomar?"

"Nada, gracias, solo estaré un minuto."

Carmen deja la habitación deseando que eso sea cierto, aunque recuerda vívidamente, que Sara no necesita de más tiempo, para dejar a Daniel en el suelo, y la distancia, esta vez es muy corta, no le costará mucho trabajo.

Sara se aproxima a Daniel, evaluando el estado en que él se encuentra, es lamentable, por el lado en que se vea. No se ha bañado en varios días, por lo tanto, su barba empieza a cubrir su rostro con algo más que sombras, y su cabello ha perdido el brillo. Su piel no luce su intenso color cera, ahora presenta un tono pálido, cenizo, y sus ojos, punto focal de su increíblemente bien agraciado rostro, carecen de luz, las chispas que siempre brotaban de ellos se han ido.

Alargando su mano le acaricia el hombro, con cierta sensación de lástima. Daniel no se retira, su caricia le resulta muy molesta, sin embargo, no le interesa dedicar ni un poco de su energía en defender una posición que ahora ya no importa. Hace unos días tal vez, no ahora.

"Daniel, ¿cómo te encuentras?"

Él sonríe amargamente, sabe que su imagen nunca ha reflejado con más claridad, los sentimientos que lo embargan, la pregunta de Sara está de más, no obstante, decide no responder lo que realmente quisiera decirle, que eso no es de su incumbencia. Se retira de ella sentándose en el piso, recargado sobre uno de los amplios sillones que ocupan el área cercana al ventanal de su recámara. Esto lo mantiene relativamente lejos de ella, que toma asiento en otro sillón frente a él.

"Mal."

"¿Por qué, Daniel?"

"¿Realmente hace falta que te explique?"

"Honestamente sí, me gustaría entender tu punto de vista."

"De acuerdo, lo intentaré, aunque probablemente no sirva de nada, no creo que me entiendas."

"Haré un esfuerzo."

"Jade, está muy afectada por lo que le hice."

"Se le pasará, Daniel."

"No sé cómo será eso posible, no creí causarle tanto daño."

"Ella se aferró a ti, Daniel, tú sabes más de ella que yo, sin embargo, supongo que su cercanía contigo la hizo confiar en ti."

"Y yo traicioné su confianza. Debí ser más prudente, guardar la distancia entre ella y yo." En sus últimas pláticas con Sara, ese fue su argumento clave, lo peligroso de su cercanía con ella, y los riesgos que esto implicaba. Guarda silencio esperando que se lo eche en cara, sin embargo, extrañamente, no lo hace.

"Daniel, son seres impredecibles, y Jade más que ningún otro, según me han explicado. Ya no sé qué habría funcionado con ella, es decir, si lo que te importaba era conservar la imagen que ella tenía de ti, es solo que tú…"

"Desobedecí, lo sé, supongo que no les dejé otra salida. Como dijiste un día, al estar cerca de ella, yo sentía que era capaz de lograr muchas cosas, cosas que están muy fuera de mi alcance, y acabé con todo."

"No es así, Daniel, tu carrera, que finalmente fue por lo que iniciamos esto, no podría estar mejor. Tu fama se ha extendido ya a toda Latinoamérica y Europa, los programas de televisión no dejan de llamarnos para suplicar por exclusivas contigo, eso, sin contar con que ahora tienes más dinero del que hubieras podido imaginar."

Daniel levanta la vista, que hasta ahora había fijado en un punto del piso, y observa a Sara, sonríe con la misma sonrisa amarga que, según parece, es la única que le queda, las demás abandonaron sus labios, y ya no es capaz de utilizarlas. Ella lo observa y continúa.

"O, ¿no?"

La cara de Sara se ve inundada por la curiosidad, pasó largos meses junto a Daniel, analizando todo lo que él quería hacer, con el dinero y la fama, que conseguir a Jade habrían de proporcionarle, y ahora ya tiene todo lo que soñó. ¿Qué más puede querer? Daniel no responde, y ella continúa hablando.

"Me enteré de que compraste una hermosa casa con intenciones de construir un estudio de grabación. Eso es fantástico, Daniel, todos tus amigos podrían grabar ahí sus discos, nos permitiría más privacidad para… bueno, para lo que fuera necesario."

"¿Te enteraste?"

"Hermoso, no hay nada que tú hagas, de lo que no nos enteremos."

"¿Estás segura?" Sonríe nuevamente.

"Daniel, déjate de juegos, sabes con quién es que tratamos, están al pendiente de absolutamente cada uno de tus pasos."

"Sin embargo, no saben qué es lo que me pasa ahora, ¿no es cierto? O, no estarías aquí."

"No es eso, ellos lo saben, soy yo la que tengo curiosidad respecto a tu estado, y aún no me contestas, ¿qué es lo que te tiene así? Exactamente, quiero decir. Ya tienes lo que querías, Daniel."

"No, Sara, nunca se me preguntó qué era lo que yo quería. Me peguntaste aquella noche, en el puesto de hamburguesas donde yo trabajaba, qué sería yo capaz de hacer por fama, una fama enorme, internacional. Nunca me preguntaste qué era realmente lo que yo deseaba. Tal vez la fama hubiera sido lo último en mi lista. ¿Recuerdas que te mencioné que ni siquiera cantaba? Fuiste tú quien me empujó hacia ese camino."

"Pero, yo creí que... ¿qué puede haber mejor?"

"¿Sabes? Creo que todo tiene que ver con cómo hemos crecido. Tú sabes que mis padres siempre han tenido negocios, dinero, yo solamente tenía que obedecer para tenerlo, pero, mi padre siempre me consideró una basura. ¿Cuáles fueron las palabras que utilizaste tan acertadamente? 'Materia prima de deshecho,' eso es. Y, yo quería que él me admirara, que me considerara valioso.

Cuando colocaste frente a mí la posibilidad de la fama internacional, pensé que eso haría que mi padre me valorara, al ver cómo el resto del planeta lo hacía, él no tendría más remedio que hacerlo también. Y me volví loco con la idea. Una tarde, estando yo con Jade, de gira por México, mi padre se presentó, y me obligó a invitarlo a comer. Durante la comida, a la que Jade me acompañó, no paró de molestarme, de agredirme, y de hacerme ver que, lo que la gente pensara de mí, lo tenía absolutamente sin cuidado, yo seguía siendo una basura para él. Nada había cambiado, y aquello que yo deseaba tanto, no había sucedido. Fue entonces que Jade se le enfrentó, lo agredió solo por defenderme, y se levantó de la mesa dejándolo ahí, demostrándome lo que yo valía para ella. La educación que le dieron sus abuelos es como oro molido para ella, y, acababa de echarla al basurero solo por ponerlo en su lugar, para que yo no me sintiera tan miserable. No tienes idea de lo que yo sentí entonces.

Me di cuenta de que lo más importante para mí, era ser valioso para una persona, valer lo que nunca logré valer para mi familia, llegué a su habitación, a verme en sus ojos, y me propuse ser lo que ella veía en mí, algo valioso. Ella es una de las siete personas más importantes del planeta, y yo era quien le importaba, nadie más, ella me ama.

Todo cambió a partir de entonces, al descubrir cuál era en realidad mi sueño, empecé a luchar por él, y, en el proceso, olvidé mi pasado reciente. Lo que ya había sido capaz de hacer, y lo que ya le debía a Jade, sobre todo, el hecho de que ya no podía pedir más de ella."

"Daniel, yo no sabía que..."

"Yo tampoco lo sabía, lo descubrí ahí, frente a ella. La gente se pregunta por qué no compro autos, ropas, joyas, propiedades. Porque la imagen que ella tiene de mí nunca está rodeada de pertenencias. Para ella vale, valía, lo que ella pensaba que yo era, no las posesiones que tuviera en mi poder. Nunca me pidió nada y no aceptó nada tampoco, solo mi presencia, hasta ahora."

"Daniel, pero, hay algo que tienes que tomar en cuenta, a Jade le gusta la música, fue por eso que yo te impulsé en ese camino. Ella no se habría fijado en ti si fueras, una persona normal, te diseñaron con todo lo que a ella podría gustarle, ¿lo recuerdas? No puedes dejar a un lado tu carrera ahora." Daniel ríe, con un poco más de ganas esta vez, al percibir en las palabras de Sara, el camino que pretende que él siga.

"¿Quieres decir que aún tengo una oportunidad para que ella me perdone? No lo creo, Sara, entre más lo pienso, más difícil encuentro esa posibilidad. Además, no tengo ganas de hacer nada, solo quiero..."

"Estar junto a ella, ya lo sé. Es solo que, necesitan de su energía Daniel, y tú eres el único que la posee. El único que la ha conseguido."

"Sara, estoy completamente consumido por la culpa, ¿no logras verlo? Jamás sentí algo similar, quema, lastima, ahoga. No me pidas que incremente su tamaño, ya de por sí enorme, al explotar su mina de nuevo. Si consiguiera acercármele, y que me escuchara, te lo digo con total honestidad, solo sería para pedirle que me perdone, no para seguir obteniendo sus dones. No me pidas eso, Sara. Ya no puedo hacerlo."

Sara se pone de pie para sentarse junto a él, coloca sus manos sobre sus hombros y lo estrecha con ellas, como si sintiera lástima por él. Daniel no la cree poseedora de tales sentimientos, pero, tal vez ella también sea diferente a lo que él había visto. Quizá entendió lo que él siente y piensa dejarlo en paz, solo, con su culpa.

"Daniel, lo siento, lo lamento tanto."

"Ya no importa, déjame solo, ¿quieres?"

"No me es posible. Perdería lo que tengo, pero, puedo hacer algo en lugar de eso. Puedo hacer que el dolor, que la culpa, desaparezcan. Los recuerdos, todo, no volverían a molestarte."

"No, Sara, créeme, no estoy de humor, tómalo como una súplica, y déjame solo, por favor."

"Hay algo que necesito que recuerdes, nuestras decisiones, nuestro libre albedrío, siempre vale. Sin importar si nosotros valemos, o no, y tú comprometiste el tuyo, de una forma que no tiene vuelta atrás. Te convertiste en su sirviente, Daniel, ese compromiso solamente desaparecería con la muerte y, ese no es el caso. No permitiré que lo sea, me gustas demasiado. Lo siento, de verdad, lo siento." Daniel ya está harto de la presencia de Sara, necesita estar solo, y si tiene que obligarla a retirarse, lo hará, finalmente ya le dijo lo que quería saber, y no está dispuesto a ceder a sus insinuaciones. Ella se ha quedado callada, él gira para verla, y pedirle que se retire. Al hacerlo, sus ojos se abren de par en par, al entender a lo que ella se refiere.

"¡No, Sara!"

"Perdón, Daniel."

Carmen puede ver, a través de la ventana de la cocina, cuando Sara se retira, y corre hacia el dormitorio de Daniel, ya conoce los estragos que sus visitas suelen causar, y sabe que él ya no podía resistir mucho más. Cruza la puerta y no lo ve. ¿A dónde se ha ido? No lo vio salir con ella.

De pronto, escucha el sonido de la ducha, ¿de verdad? ¿Qué puede haberle dicho esta mujer que lo animara a tomar un baño? Sus múltiples intentos no lo consiguieron, toma asiento y espera para verlo salir, esto tiene que verlo con sus propios ojos. Los sonidos, provenientes del cuarto de baño, le indican que Daniel ya salió de la ducha y se está cambiando. Durante los últimos días usó el mismo pantalón deportivo, y será un agradable cambio verlo con ropa fresca, incluso si se trata de otro pantalón del mismo estilo, sabe que él no está de ánimos para más.

Daniel sale del cuarto de baño y Carmen deja caer su mandíbula con completo asombro, él no solamente se ha bañado y se ha cambiado de ropa. Ahora lleva puestos unos jeans y una playera azul claro, nada que ver con el fúnebre negro de su pantalón de los pasados días. También se ha rasurado y, aunque su rostro carece de sonrisa, el cambio es gigantesco. Él voltea a verla y, acercándose, acaricia su mejilla, sobreponiéndose le dice:

"Hijo, ¿qué quería Sara? ¿Qué fue lo que te dijo?"

"Quería darme opciones, no le gustó el estado en que me encontró."

"Y ¿cómo te sientes ahora?"

"Mejor, ya no puedo perder el tiempo enfocándome en lo que no puede ser."

Carmen se levanta y toma su cara con las manos, algo le resulta muy extraño de la actitud de Daniel, observando directamente sus ojos le pregunta.

"Daniel, ¿qué hay de Jade?" Una chispa de dolor se asoma a sus ojos, para desaparecer casi inmediatamente, y después nada, al menos nada que ella pueda identificar.

"No lo sé, quiero verla, pero, no sé, Carmen. No sé qué me está pasando."

"¿Qué te está pasando de qué, hijo?"

Rocío Blisswealth

"¿A qué te refieres?"

"¿Vas a volver a su lado?"

"¿Al lado de quién?"

"De Jade, Daniel, de ella estábamos hablando, ¿no lo recuerdas?"

"No tengo planeado un viaje a México en estos días, aunque con lo bien que va el disco, no sé, podría ser. ¿Te agrada? ¿No es cierto?"

Carmen ya no hace el menor intento por lograr que él se enfoque, no entiende lo que está pasando, no obstante, parece ser mejor que verlo destruido por sus errores, consumido por la culpa. Incluso este estado de ausencia le resulta un tanto relajante. Sí, todo es mejor que observarlo deprimirse en un grado tan profundo, pero ahora, ¿qué será de Jade? No habrá manera de que ella se entere, y tal vez, si algo terriblemente malo ocurre con ella, no se darán cuenta hasta que Daniel vuelva a la normalidad.

Tiene que alejar su mente de todo esto y agradecer la calma que ahora parece envolverlo. Lo terrible es que, ella sabe que nada bueno puede esperarse de Sara y que, sin lugar a dudas, el cambio de Daniel tiene que ver con ella, por lo tanto, con la acción de algún demonio. ¿Cómo, entonces, podrá hacer caso omiso de lo que está pasando? Quizá por una noche, consultar las cosas con la almohada puede servirles a ambos.

"Voy a cenar, ¿quieres que te prepare algo, Daniel?"

"No, Carmen, gracias, voy a salir. Comeré algo por ahí."

"¿De verdad?"

"Si, ¿por qué? Nos vemos más tarde." Sale por la puerta. Ella permanece en la recámara, siguiéndolo con la mirada, al atravesar el jardín hasta llegar a su automóvil, lo enciende y desaparece, dejándola sumida en una angustia que no había experimentado hasta ahora.

Las horas pasan y Carmen se va a la cama, pocos minutos después, escucha el ruido del auto de Daniel. Puede seguir el sonido de sus botas vaqueras, mientras él camina por la casa, hasta recorrer el pasillo que conduce hacia su dormitorio. Un escalofrío le corre por la espina dorsal, al tiempo que los pasos de Daniel se detienen frente a su puerta, y sin abrirla, dice: 'Que descanses, Carmen.'

¿Cómo supo que estaba despierta, si la luz está apagada? ¿Cómo lo supo si ella lo escuchaba desde la penumbra de su cuarto, y no ha emitido el menor sonido? Casi puede verlo sonreír, y escucha como sus pasos se alejan de nuevo, rumbo a su habitación, sin que ella le hubiera contestado. Casi sin pensarlo, toma el rosario que descansa sobre su mesa de noche, y empieza a rezar. Nunca como hoy, ha sentido que nadie la escucha.

Al amanecer, en cuanto vislumbra los primeros rayos del sol, se levanta y toma un baño, arreglándose para salir. La larga noche le sirvió para tomar decisiones, las cosas han llegado a tal grado, que no tiene miedo de exponer lo que Daniel ha estado haciendo, lo que está pasando con él, es más peligroso que cualquier problema que pudiera ocasionarle, incluso si la gente piensa que se ha vuelto loco. Después de todo, con la depresión por la que él estaba pasando, ese podría ser el curso que su cerebro tomara para desconectarse, tal parece que Sara adelantó los acontecimientos, y ahora lo hace acompañar por los demonios, no existe otra explicación posible.

Ella ha escuchado del perdón de dios, eso es lo que hará, pedir perdón como principio, y después, hablar con el padre Julián. Él ha sido su confesor casi toda su vida y, tal vez no la entienda, quizá no quiera siquiera perdonarla, cuando se entere de que cerró los ojos para que Daniel lograra lo que quería, con ayuda de los demonios, pero, tendrá que escucharla al menos. Después, todo dependerá de lo que su corazón le dicte, y deberá aconsejarla, él sabrá qué hacer.

Toma su bolso para salir de la casa, y, al dar la vuelta para acercarse a la puerta de su habitación, su pulso se acelera. Por primera vez, tiene delante de sí a uno de los demonios que ella sabía que habitan la casa, completamente claro para su vista de humano. Nunca los había visto, eso fue algo que hasta el día de hoy agradeció, y con cuya bendición no cuenta más, ahí está él, y ella, ante su presencia, ha olvidado cómo rezar, ha olvidado incluso cómo hablar.

La inunda un terrible olor a vómito, y la aterroriza esa esquelética cara de ojos amarillos que no la pierden de vista. Lo más terrorífico quizá, sea su sonrisa de filosos dientes, que no puede significar nada bueno. Da un paso hacia ella, arrastrando sus no menos horribles pies, y sonríe con más intensidad. Ella saca su rosario del bolso, el demonio acerca su mano lentamente y lo toma, hace correr las cuentas por entre sus sucios dedos y la observa, para luego decir solamente, "*No.*" Y después arrojarlo al suelo.

Da un paso más para colocarse frente a ella, alarga su mano y, con la punta del dedo índice, aunque en realidad solo cuenta con cuatro dedos, toca su pecho por un segundo. ¡Qué terrible dolor! Ya no le es posible respirar y cae al suelo. Intenta gritar y únicamente obtiene el mismo monosílabo "*No.*" Nada más.

Otra presencia hace su aparición frente a sus ojos, parece humano, aunque, ella sabe que no lo es. Alto, pálido, vestido de negro y con desgastadas alas negras como las de un cuervo. Se arrodilla junto a ella.

"No es tu hora, no obstante, tu tiempo se ha acabado. Ha llegado el momento de pagar por todas las oportunidades que tuviste para actuar, y que dejaste ir.

Rocío Blisswealth

Se te juzgará de acuerdo a lo que sabes y, desafortunadamente para ti, tienes demasiada información. Acompáñame, Carmen, Carmen, Carmen."

Y eso es lo último que ella escucha, su cuerpo yace en el suelo donde cayó, sin vida. La mañana siguiente los periódicos publicarán su obituario:

Carmen González murió el día de ayer, en el seno de nuestra Santa Madre Iglesia, víctima de un infarto masivo. Un trío de misas, por el eterno descanso de su alma, se llevarán a efecto durante los próximos días, oficiadas por el Sacerdote Julián Domínguez, amigo de la infancia de la hoy occisa. La lloran sus seres queridos, entre ellos, el famoso cantante Daniel Montalvo, quien siempre fue como un hijo para ella. Descanse en paz.

Monterrey

Los sollozos de Jade retumban en la habitación. Ángel corre hacia ella, toca su cabeza con la mano, y cierra los ojos. Gira para ver a Daniel, quien sigue sentado en el sillón, sin perder de vista a Jade, y que reaccionó a su llanto con angustia, igual que él.

"¡¿Qué es lo que han hecho, Daniel?! ¿Qué fue lo que hicieron?" Daniel no ha abandonado a Jade ni un segundo, entonces, ¿cómo pudo pasar lo que él vio en la mente de Jade, y que acosa sus sueños, al grado de hacerla gemir de angustia? ¿Cómo? Sin que Daniel se ausente de su lado.

Se recuesta junto a Jade y acaricia su cabeza, con la firme intención de darle algo de paz. Pone todo su empeño en ello, lo que consigue es mínimo, sin embargo, seguirá intentando. Una muerte, ya están matando, no se detendrán.

Ángel no se había detenido a pensar hasta ahora, en que Daniel está pasando mucho tiempo junto a Jade. No es normal, esto significa que está durmiendo demasiado, no es sano, ni física ni espiritualmente hablando, los desprendimientos tan prolongados no son aconsejables. ¿Por qué no se había dado cuenta?

Mantener a Jade con vida le está consumiendo toda su atención, pero, no puede descuidar las cosas a su alrededor, sobre todo si se trata de Daniel. Todo lo que lo involucre, tiene que ver directamente con ella, y debe estar enterado de lo que sucede.

Ella continúa casi inconsciente, comiendo a veces, pocas, para después dejarse hundir en ese terrible y profundo sueño una vez más. Los días transcurren, y su paso no deja ni un rastro de alivio en ella. Ángel no logra entender por qué sus esfuerzos no tienen efecto en ella, cada vez que la toca solo percibe dolor, en la misma intensidad que el primer día. No obstante, no se dará por vencido, si debe dejarla inconsciente por completo, lo hará. Ya lo hizo una vez, mientras su gestación llegaba a término.

En aquel entonces, el cuerpo humano de su madre no lograba resistir la cantidad de energía que formaba el cuerpo de esa niña, y tuvo que ser hospitalizada durante casi siete meses. Mientras tanto, Ángel tuvo que aislar a la bebé, solo para que sobreviviera, y prácticamente contener la energía entre sus manos durante todo ese tiempo, si tiene que hacer algo similar, aislarla del mundo que la rodea, alejarla de la presencia de Daniel, ya que él no pretende alejarse, lo hará. Esperará un día más, y después actuará, ya no queda mucho tiempo.

Diecisiete horas han transcurrido, y no hay cambio, siete horas más y la sacará de ahí, al menos su consciencia. El sonido de la televisión llega hasta la habitación de Jade con gran intensidad, eso es extraño, el aparato se encuentra en la sala, y esta, en el primer piso de la casa. ¿Cómo entonces es que el sonido llega con tanta fuerza? Los niños deben haber dejado el aparato encendido, pero ¿por qué con el volumen tan alto? Eso no es normal. Música, risas y una voz. Jade abre los ojos con la mirada perdida, como si alguien la llamara.

"¿Jade?"

No voltea a verlo, toda su atención se ha centrado en los sonidos que escucha. Se endereza sobre de la cama y, apoyada sobre los codos presta atención, él lo hace también.

"No, Jade, quédate donde estás, no te muevas." Definitivamente no lo escucha, probablemente ha decidido no hacerlo, ya está sentada sobre la cama, y se calza las pantuflas. Se levanta, las piernas se resisten a sostenerla, sin embargo, ella insiste hasta convencerlas de lo importante que es que lo hagan.

"Jade, escúchame, no lo hagas por favor."

Inútil por completo, ella ha abierto la puerta y los sonidos, hasta cierto punto ininteligibles hasta ese momento, ahora se dejan oír con perfecta claridad. Los pasos de Jade son lentos, pero ya han avanzado hasta la mitad del pasillo, acercándose a las escaleras. ¿Por qué no hay nadie que apague ese aparato? Alguien que, cuando menos, reduzca el volumen para que él logre detenerla.

"Cuéntanos Daniel, ¿cómo va el nuevo disco?"

"Estupendamente, la gente le ha dado una gran acogida, y ya me han entregado disco de platino por las altas ventas."

Rocío Blisswealth

Llega al primer escalón, y sigue bajando, Ángel se para frente a ella, e intenta, una vez más, detenerla. Ella le dirige la mirada por primera vez, y haciéndolo a un lado con la mano, continúa bajando.

"Sabemos que empezarás una gira de conciertos por Europa."
"Así es, empezaremos por Europa y después pasaremos a Latinoamérica."

El último escalón, Jade da la vuelta y entra en la sala, la televisión está frente a ella, con la imagen de Daniel en la pantalla. Deja escapar el aire de sus pulmones, en un golpe de sorpresa. No obstante, ya no hay llanto, se tambalea, y Ángel la sostiene tomándola del brazo.
"Jade…"
"Ahí está, Ángel, ¿puedes verlo?"
"Si, Jade, lo veo."

"¿Esta entrevista será vista en México?"
"Claro, Daniel, se transmitirá en varios programas de ese país."
"Permíteme entonces mandar un saludo, quiero enviar un beso a Monterrey, estaré pronto por ahí."

"El demonio del espejo, Ángel, está ahí."
"Lo sé, Jade. Está bajo su piel."
"Bajo la piel que yo más amo."

La mirada de ella, por primera vez, desde la última visita de ese demonio, se llena de esperanza, ¿de esperanza? No puede ser, Ángel tiene que estar equivocado.
"Jade, ya no hay marcha atrás, ha llegado demasiado lejos."
"Así es, ya no hay marcha atrás."
"Debes olvidarlo, Jade, ya no hay nada qué hacer."
"Te equivocas, Ángel. Libre albedrío, ¿recuerdas?"
"¿Cómo?"
"Me dijiste que, el libre albedrío, es lo que los humanos utilizamos para seguir los deseos de nuestro corazón."
"Si, Jade, pero…"
"El mío me suplica que escuche a mi corazón, y lo único que dice, lo que ha repetido desde hace días, es que prefiere cualquier cosa, antes que estar sin Daniel y, por una vez, lo voy a complacer."
"Jade, eso significa la muerte."

Ella ya no responde, solo sonríe, y se dirige a su habitación a buscar ropa para entrar en la ducha. Solo tendrá que esperar, pero, ya sabe qué es lo que espera, valdrá la pena. Ángel intenta interponérsele, y una mano lo detiene.

El Juego… Jade

"Ya no Ángel, lo dijo muy claro, está haciendo uso del libre albedrío. No puedes interferir."

"Acabarán con ella."

"Si ese es su deseo, debes cumplirlo."

"No puedo hacerlo."

"Hasta el final, Ángel."

Capítulo XXII
La barbilla partida

Permito que el agua de la ducha aligere un poco la sensación de rigidez de mis músculos. Ahora sé cómo me ha sido posible resistir tantas cosas, la soledad, el terror, la pérdida. Yo tenía razón al preguntarme cuánto dolor puede un ser humano tolerar antes de morir, y la cantidad debe ser mucho menor de la que yo he recibido, pero yo, me guste o no, tengo a Ángel.

Ha llegado el momento de averiguar todas las cosas que hasta ahora ignoro, porque, aun cuando las desconozco, me rigen de cualquier forma. Ángel se dedicó estos días que, ahora que hago memoria, no sé cuántos han sido, a alejar de mí al Ángel de la Muerte. Lo sé de cierto, porque pude verlo. Él era ese alguien, que se acercó a mi cama en repetidas ocasiones, y se dirigía a él sin que yo pudiera escucharlo. La respuesta que recibió siempre fue negativa.

De acuerdo, mi cuerpo no es el que duele, sin embargo, mi interior sigue en caída libre, llegando más abajo cada vez, sin chocar contra nada, en un profundo túnel del que no he de salir. Daniel ya no está, al menos, no completo, y él, sin lugar a dudas, era mi único motivo para vivir. Con él ausente, mi propósito ha cambiado, dando un giro de ciento ochenta grados. Ahora solo deseo cumplir los deseos que mi libre albedrío me grita. Me niego a vivir sin él, por lo tanto, solo me queda una salida, y todos mis esfuerzos estarán dirigidos hacia ese único fin.

Eso es un alivio, mi cabeza, siempre tan llena de ideas, que no parecen aclararse, por fin encontró una sola a la cual aferrarse, mi vida sin Daniel no tiene el menor sentido. Al menos no para mí, supongo que, para los seres involucrados con Ángel, así como para los que estuvieron del lado de Daniel, soy importante. Alguno de los dos bandos deberá ayudarme a conseguir lo que me propongo.

Ángel mencionó una vez, cuando quise ofrecerle algo al demonio que perseguía a Mara, que sí había algo que podía ofrecerle, y que él aceptaría, me dedicaré a saber de qué se trata. La verdad es que no sé por dónde empezar a buscar, sin embargo, antes de eso, hay algo más importante que debo hacer, porque una vez que empiece mi camino, tal vez ya no tenga tiempo.

Salgo de la ducha y, una vez cambiada de ropa, entro en mi habitación. Ángel me observa desde donde ha estado sentado todo este tiempo, me acerco a él para hablarle.

El Juego… Jade

"Ángel, necesito decirte algo."

"Jade, debes escucharme." Responde tomándome de la mano. Puedo ver el dolor, la angustia en sus ojos, y me duele, pero, esta vez, en un acto completamente egoísta, reconozco que me doy más lástima yo.

"Lo haré, te lo juro, pero antes, necesito que lo hagas tú."

"Dime."

"Sé que has mantenido a mis abuelos al tanto de mi vida hasta ahora."

"Hasta hace unos días."

"No, Ángel, necesito que lo sepan todo. Solo así podrán entenderme, quizá no me perdonen, aún con todo lo que siempre me amaron, eso sería demasiado esperar. Pero, ya no puedo más, lo sabes, y necesito que ellos lo sepan también. Mi abuela me conoce bien, estoy segura que cuando le digas lo que ha pasado, sabrá, sin lugar a dudas, lo que me propongo. Solo dile que me habría gustado ser como Clemente, y haber muerto antes de decepcionarla, pero ya no tengo fuerza para seguir por el camino que ella me enseñó. A mi abuelo dile que he descubierto que, si existe dentro de mí, todo de lo que él me habló siempre, solo que, no sé si el camino en el que pienso ponerlo a trabajar sea el que él esperaba. Dile que, lo que más lamento, es no tenerlo aquí para que vea de lo que soy capaz, por conseguir lo que deseo, y que no espero verlos pronto, solo eso, ¿podrías hacerlo?"

"Lo haré."

"De acuerdo, gracias. Ahora sí, ¿qué quieres decirme?"

"Jade…" Su mirada se vuelve muy dulce, como cuando yo era pequeña, y me toma la mano de nuevo. "Sé por lo que estás pasando, créeme, lo sé, pero, también supongo lo que te propones, y no estoy dispuesto a permitirlo. Te he cuidado toda tu vida, y necesitas seguir viva, te lo mereces."

Cómo se ve que los parámetros humanos, y los de alguien como Ángel, son diametralmente opuestos, 'me lo merezco,' dice. Todavía sigo tratando de averiguar qué pude haber hecho para merecer lo que me pasa, y resulta que él lo ve como premio. Tal vez lo sería, si tan solo yo tuviera la intención de continuar con esta vida de desolación, sin Daniel a mi lado, pero no es así. Sin embargo, no pienso perder tiempo tratando de explicarle algo que, con toda seguridad, no entendería.

Sé que le duele verme en este estado, y me gustaría ser capaz de mostrarle algo de agradecimiento, pero, lo único que tengo para él es esta mirada sin expresión. Si no fuera por él, yo habría dejado de sufrir, desde minutos después de haber recibido las heridas que ese demonio me ocasionó, no obstante, pienso hacer uso de su dedicación hacia mi persona, de su lealtad, la cual, me consta, solo terminará con la muerte. Por lo tanto, sigo adelante, escuchándolo.

"Hay tantas cosas para ti, solo tienes que pedirlas." Por primera vez, algo de lo que ha dicho durante estos días, despierta mi interés.

"¿Solo tengo que pedirlas?"

"Así es." Dice con esperanza en la voz.

"¿Esas cosas incluyen a Daniel?"

Ángel voltea inmediatamente hacia el sillón, yo sigo su mirada y, un escalofrío me recorre la espina dorsal. Daniel sigue aquí, lo sentía, pero, no estaba completamente segura porque, tal como se lo pedí, no me permite verlo. No importa, ya no me detendré. Quizá el saber que está aquí, incluso sea de ayuda. Ángel se torna serio, pero no quiere perder esta oportunidad, que por fin tiene, y me contesta.

"No, Jade, solo puedo responderte por las cosas que están dentro de mi área."

Me cuesta echar a andar el cerebro, no obstante, sé que no conseguiré lo que deseo, si no me entero primero de cuántos obstáculos deberé enfrentar, antes de conseguirlo.

"Muy bien, entonces, si te pido la verdad, ¿me la dirás?"

"Te la mostraré."

"La quiero toda. Quiero entender por qué soy lo que soy."

"De acuerdo. ¿Qué más?"

"¿Dónde puedo conseguir información? ¿Solamente a través de ti?" Su mirada se llena de angustia, voltea alrededor de la habitación, sé que lo que quiere es ver a Daniel, pero, no quiere hacerlo evidente para mí.

"La información, la has tenido siempre." Esta vez mi mirada si cambia, la sorpresa abre mis ojos a toda su capacidad, mi respiración de agita sin que logre controlarla.

"¡¿Cómo?! ¿Qué estás diciendo?"

"La cuestión es que, nos vemos obligados a proporcionarte la información que necesites para tomar decisiones, para inclinarte hacia un lado, o el otro, y lo hacemos, pero, aun cuando la ponemos a tu alcance, no estamos obligados a indicarte cómo hacer uso de ella."

Justo lo que me hacía falta. La ira empieza a hacer su arribo. Mi corazón bombea con fuerza, haciendo llegar a todo mi cuerpo la sensación de calor, un intenso calor que hace contraste con lo helado del dolor.

"Ángel, ¿quieres decir que, si yo hubiera sabido, si me hubieran dicho dónde buscar, nada de esto habría pasado?"

"Eso ya no lo sabremos, la información modifica el presente, cambia el futuro, no altera el pasado, de modo que eso ya no lo sabremos."

La habitación hace un intento por dar vueltas, pero, no, ya me cansé de ser el juguete, incluso de mis propias sensaciones. No esta vez, me levanto y empiezo a dar pasos por la recámara, hasta que controlo el mareo que la ira, y la sorpresa, me han causado. Vuelvo a mi lugar junto a Ángel, y en el tono más controlado que puedo encontrar, me dirijo a él de nuevo. En otro momento mi impulso habría sido pedirle que se fuera, y encerrarme hasta controlarme, he decidido brincarme los pasos, ahora, con más determinación que antes, puedo ver que mi decisión es la correcta, y pasaré sobre de lo que sea, para lograr mi propósito, incluso por encima de mí misma.

"¿Dónde está la información, Ángel?" Titubea antes de responder, entiendo que se ve obligado por sus propias reglas, así que continúa.

"Tratándose de ti, en programas de televisión, películas, libros, sueños y, especialmente, ahí." Dice al tiempo que señala mi colección de discos de Daniel.

Mi respiración se detiene en un suspiro, ¿cómo es esto posible? Las he escuchado cientos, no, miles de veces, ¿cuál información? Daniel se levanta del sillón, de una forma en que el desplazamiento de su cuerpo astral me es perfectamente perceptible. Ángel hace lo mismo, y se interpone entre él y yo.

"Jade, las has escuchado, incluso las cantas, pero, nunca les has prestado verdadera atención, no sabías que tenías que hacerlo." Centro mi atención en otra de sus frases y pregunto, puedo sentir a Daniel volver al sillón.

"¿Tratándose de mí? ¿Hay más personas como yo?"

"Jade, toma asiento, es largo de explicar, y quisiera que lo tomaras con calma."

"Ángel, créeme que me está costando contenerme, para no ofenderte con lo que me pasa por la cabeza. ¡Deja ya de interferir con mis planes y contéstame! No tengo tiempo que perder."

"Tienes todo el tiempo del mundo, si lo quieres."

"No volvamos a ese juego, Ángel. Si algo has aprendido en estas horas, es que no concibo la vida sin Daniel, ¿no es cierto? Estoy detenida con alfileres, mismos que tú me pusiste, aún no sé por qué razón, pero sigo con la firme intención de hacer uso de mi libre albedrío, y ya no quiero que me detengas. Si ves que ya no lloro es porque, para mí, ya no existe una razón para hacerlo, no porque estés logrando algo conmigo. Perdí la esperanza, Ángel, así que, cumple con tus obligaciones y entérame, de una vez por todas, de lo que necesito saber, por favor."

Por vez primera, desde que me enteré de lo que el demonio había hecho con Daniel, he encontrado la fuerza para conseguir lo que me propuse. Me hubiera gustado más que Ángel permitiera que el Ángel de la Muerte me llevara, y acabar con esto de una vez por todas. No obstante, ya que eso fue un no rotundo, no me queda otra opción que entrar en el Juego, y luchar por conseguir lo único que ahora deseo, dejar esta vida que, para mí, carece de sentido, y que duele tanto.

Si para eso tengo que luchar, será con todo lo que tengo, solo espero una cosa, que no me vayan a salir con que el propósito de alguien como yo, es pelear contra los demonios, para salvar de ellos a la humanidad, porque no estoy dispuesta a hacerlo. Nadie me consultó si quería participar en este Juego, y no veo a nadie más sufriendo a mi lado, o, al menos, animándome en esta pelea, por lo tanto, que la humanidad se rasque con sus propias uñas, y que no espere nada de mí.

Sí, ya lo entendieron, si esto es un Juego, y yo soy la jugadora, tómenlo como si se tratara de un juego de fútbol, por más fanático que seas, de tal, o cual equipo, únicamente los jugadores ganan, pierden, o reciben un sueldo, ¿no es así? Los espectadores, ni sufren, ni salen beneficiados, pues aquí será igual. No cuenten conmigo, para nada, si de salvarlos se trata, este es mi Juego, y lo jugaré como yo quiera, sin que nadie más me importe. La decisión es completamente mía. Reconozco que solo tengo un punto a mi favor, no tengo miedo, es fácil atacar a un enemigo cuando existe temor dentro de él, yo ya lo perdí todo, y estoy dispuesta a lo que sea, por conseguir lo que quiero, por primera vez en mi vida, eso deberá ser suficiente. Ángel sabe que, le guste o no, está obligado a proporcionarme la información que necesito, y se debate con ello, no obstante, toma asiento de nuevo.

"Antes que nada, déjame advertirte que habrá cosas que no están dentro de mi jurisdicción, cosas que tú deberás descubrir. Si te concentras, no será difícil para ti, pero, no podré decírtelas, ¿de acuerdo?"

No le contesto, solo asiento con la cabeza y me acomodo frente a él. Abro el cajón de mi buró, tomo una pequeña libreta, un bolígrafo, y me dispongo a escucharlo, y hacer anotaciones. No dejaré nada al azar, y mi mente, por ahora, es un terreno muy confuso, así que no confiaré en que recordaré las cosas si no las anoto. Respiro profundamente, sé de cierto, que no me va a gustar, me controlaré, seguiré el consejo de mi abuelo, 'Mantén la cabeza fría. La ira nubla tu cerebro cuando más lo necesitas.'

"Jade, siempre has sentido, dentro de ti, que eres diferente al resto de los seres humanos."

"Sí." No quiero interrumpirlo, ya habrá tiempo para mis preguntas.

"Lo eres, aunque no de todos. Casi, pero no de todos." Espera para ver si digo algo, pero, al no hacerlo, continúa.

"Desde hace miles de años, algunos ángeles se rebelaron contra el Creador, por la extraña predilección que él siempre ha sentido por los humanos. Ellos eran su creación, y le eran totalmente fieles, lo obedecían en todo, y le profesaban un amor total y absolutamente incondicional. No obstante, él creó a los humanos, y los dotó con la capacidad del libre albedrío, podrían escoger entre amarlo, o no. Eso para el Creador era emocionante, conseguir algo que dependiera de la voluntad de alguien más, y deseó el amor de sus nuevos hijos. Los ángeles entonces, uno de ellos en especial…"

"Luzbel."

"Bueno, así lo nombran ustedes, en realidad su nombre era otro, en fin, se encolerizó al sentir que no era suficiente para el Creador, ya no quiso servirle, se le enfrentó, y como consecuencia, fue expulsado del paraíso, junto con unos pocos que pensaban igual que él.

Pasó largo tiempo en busca de venganza, finalmente se le ocurrió que, si el Creador amaba tanto a sus nuevas creaciones, él se encargaría de demostrarle que no valían la pena. Su propuesta fue, 'Déjame hacer lo que yo desee con los humanos, y veremos si, aun así, deciden amarte.'

El Creador sabía que lo haría de todas formas, y decidió proteger de él a la raza humana. Le ofreció crear, cada siete años, siete humanos, diseñados especialmente por ambos bandos, con las capacidades necesarias para resistir, y aprovechar los dones con que habrían de dotarlos. Ambos lados tendrían acceso ilimitado a ellos, salvo excepciones que ambos delinearían y respetarían. De esa forma, el ganador estaría obteniendo algo verdaderamente valioso, la materia prima con la que el Creador dotó al primer hombre sobre la tierra, su energía. Se establecieron varias reglas, siendo la principal, el respeto sin excusa del…"

"Libre albedrío."

"Si, el libre albedrío. Y, al principio funcionó. Cada cual proporcionó su información, y dejamos que la conciencia, y el libre albedrío, decidieran, y así, a veces ganaba un lado, a veces el otro."

"Ángel, esto me suena a que tu Creador inventó una raza de perros de pelea. Nos lanzan al ruedo hasta que uno de nosotros acaba con el otro, no es justo. ¿No puede ver que estoy en carne viva? ¿No podría concederme la eutanasia?"

No voltea a verme, desconozco lo que piensa, pero sé que, si tuviera argumentos para debatir mi comentario, los estaría usando. "Continúa, por favor."

"No es así, Jade…" Me observa y entiende que, en el estado en que me encuentro, le resultaría completamente inútil tratar de convencerme de que las cosas no son como yo pienso. Siendo honesta, creo que, sin importar mi estado, seguiría pensando lo mismo. Decide continuar.

"Hubo quienes encontraron la forma de robar esa energía, de utilizarla con propósitos malsanos, y fue entonces que todo cambió. La lucha se volvió más voraz, pues ya estaban atacando a estos niños desde su nacimiento, todo con el fin de conseguir cosas que serían, a partir de entonces, moneda de trueque para los más bajos instintos.

El demonio había encontrado un arma más efectiva con qué hacerle daño al que una vez fue su ser más amado. Permitía que mancillaran lo más puro de sus creaciones, y alimentaba, con su energía, a su manada."

"Y, ¿entonces?"

"Entonces, todo cambió, empezaron a asignarnos con ustedes, de por vida."

"Pero, el ángel de la guarda…"

"No, Jade, si bien es verdad que hay un ángel encargado de los humanos, eso es solo mientras son infantes, una vez llegada la pubertad, los dejan solos, deben ser libres para escoger. Nosotros, en cambio, estamos con ustedes toda la vida."

"Mientras estemos con vida."

"O nosotros."

Mi sorpresa ante lo que escucho resulta ser mayúscula, mi abuela me contó respecto a los ángeles, como unos seres prácticamente indestructibles. Los ángeles no pueden ser mortales, eso es completamente imposible, mi mandíbula se abre al no ser capaz de contener mi horror. Si bien, no estoy de acuerdo con lo que su Creador ha hecho conmigo, ahora me enfrento con que Ángel también está en la misma situación, y podría morir por la decisión de un ser, de tan poco valor como soy yo, eso no puede ser.

"No, ustedes no…"

"Jade, ambos bandos somos iguales. Tú has dado cuenta de más demonios de los que puedas recordar. ¿Qué te hace pensar que para nosotros sería diferente? Nosotros también morimos, y nos llevamos el dolor de no haber podido salvar aquello que nos confió. Estamos con ustedes hasta la muerte, la suya, o la nuestra. Su dolor es el nuestro, es por eso que sé cuánto te duele, y quiero salvarte. No merecías tanto dolor."

Eso quiere decir que, él es mi compañero en este terror, que he dado en llamar Juego. Al menos tengo alguien que, no solamente pelea junto a mí, sino a quién le duele lo que me suceda, las razones son lo de menos, Ángel daría su vida por mí. Por lo tanto, y a partir de este momento, él será a quién tome en cuenta, hasta donde me sea posible. Entiendo que fue el Creador quien lo envió conmigo, pero Ángel es el único con quien he contado, así que, esto será entre él y yo, e intentaré no fallarle. El terror empieza a envolverme. ¿Cuándo dejará esto de empeorar? Cada palabra, cada noticia, trae un nuevo dolor a mi vida, a lo poco que queda de ella.

"Ángel, una vez dijiste que podías ver mis cicatrices, yo quiero ver las tuyas." Temo lo que me espera, pero decido enfrentarlo de una vez.

"Eso no, Jade. Por favor, no es necesario."

"Lo es, necesito saber cuánto te debo." Insisto.

Se pone de pie, retira su camiseta levantándola por su cabeza, y entonces puedo verlo todo, su torso, sus brazos, su cuello, su rostro. No existe un espacio terso en él, está completamente cubierto de cicatrices. Arañazos dejaron largas cicatrices en sus brazos, el proceso de cicatrización permite ver que unas son más recientes que otras. Su costado derecho, y su cuello, muestran profundas y enormes mordidas. Claramente pueden verse las marcas de los filosos dientes que las causaron, arrancando, en el proceso, girones de piel. Dolor, mucho dolor. Su cara resulta completamente irreconocible para mí, bajo esa masa de carne cicatrizada. Su boca se tuerce un poco hacia el lado izquierdo, víctima de una herida que cruza su cara, desde la sien, hasta la barbilla. Su ojo derecho perdió un trozo del párpado que lo cubría, dejando expuesto el globo ocular de una forma monstruosa, no obstante, su mirada, sigue siendo dulce.

Me levanto de la cama y camino despacio hacia su espalda, las mismas heridas se repiten en ella, aunque, tal vez, en sus esfuerzos por defenderme, esa es la parte que siempre ha quedado más expuesta, porque las cicatrices son más gruesas. Más bien, están empalmadas unas, sobre de otras, haciendo que la piel se engrose en un esfuerzo por cubrir nuevamente la carne expuesta. El lado izquierdo, sin embargo, parece ser el más dañado, creo que un trozo de su carne fue completamente arrancado de él en algún momento, ya que la cicatriz en esa enorme área es más bien delgada y se hunde entre las costillas. Su cráneo casi carece de cabello y, una vez que termino de dar vuelta a su cuerpo, me doy cuenta de que en la mano izquierda le faltan dos dedos. Ya no puedo más.

"Ángel, perdóname." Es todo lo que digo, cubriendo mis labios con la mano, los sollozos me ahogan.

"¿Perdonarte? No fuiste tú quien las causó, estábamos en el mismo bando. Jade, las llevo con orgullo, son, ¿cómo dijiste una vez? Heridas de victoria."

Me desplomo hasta el suelo y envuelvo mis piernas con los brazos, enterrando mi avergonzada cara entre las rodillas. ¿Cómo pudo hacer esto por mí? No quiero pensar que yo fui la causante de todo esto. Yo, un ser tan estúpido y tan insignificante. No lo merezco. Ángel se arrodilla junto a mí, y acaricia mi cabello con la mano.

"Sí lo mereces, lo único que desearía, sería poder lograr que fueras feliz, pero, no me es posible. Has aprendido que la felicidad es algo que no está en mis manos proporcionarte."

Enderezo mi cabeza lo suficiente para agradecerle, y su piel ha vuelto a ser la misma, me alegro, no podría soportar mucho más de esa imagen, aunque, no importa ya, está grabada a fuego en mi mente. Ahora ya sé cuánto le debo, me encargaré de pagárselo pronto.

"Gracias."

"Ha sido un placer." Dice mientras se pone de nuevo la camiseta.

"Ángel, ¿siempre es así? Es decir, para nosotros." Su cara se pone seria y me contesta.

"Ese sexto sentido tuyo es tan intenso. No, no siempre es así, has sido distinta desde tu concepción, demasiada energía, no sabría cómo explicarlo. Más perceptiva que los demás, consciente de muchas cosas que no tendrías porqué saber, más atacada que nadie."

"¿Por qué?"

"No lo sé, no lo sabemos, es decir… El Creador debe saberlo, pero, no nos lo dirá, esa es una de las cosas que te tocará deducir, si es que quieres hacerlo todavía."

Escojo muy bien mis palabras, no es mi deseo ocasionarle más daño del que ya ha recibido por mi causa, solo porque le toqué como asignación. Sin embargo, quiero que comprenda completamente mi posición.

"Ángel, el Creador, como tú lo llamas, me hizo partícipe de un Juego en el que, resulta que yo soy el trofeo, y ni siquiera lo sabía, ni se tomó en cuenta mi opinión al respecto. Sin embargo, dentro de toda esta locura que es mi vida, he aprendido a identificar la lealtad, olvidémonos de lo demás, sé cuánto te debo en ese aspecto, pero, conociéndome como me conoces, espero que entiendas perfectamente cuál es el propósito que me mueve."

"No vivir sin Daniel." Dice con tristeza.

"Así es, ¿comprendes lo que eso significa? Realmente espero que sí, porque significa tu liberación, a la par de la mía. La liberación de todo el dolor que ambos hemos sufrido, olvidarnos, por fin, de esta cárcel y, sobre todo, quedar libres de nuestros verdugos. ¿Eres capaz de entenderlo? De no ser así, solo te pido que me complazcas en dos cosas, una, ayúdame a entender, lo más posible, de este Juego, para que reúna las fuerzas suficientes para acabar con nuestra participación en él, y dos, sostenme hasta el final, Ángel, hasta la última fracción de segundo. ¿Me lo prometes?"

El Juego… Jade

"Jade, tú quieres que yo…"

"¿Me lo prometes?"

"Sí."

"Gracias, ¿podemos continuar? Tengo muchas preguntas."

"Está bien, Jade, solo hay algo que debo decirte. Daniel está ahí, no se va casi nunca." Señala hacia el sillón.

"Lo sé Ángel, si no estuviera ahí, yo no podría respirar. Simplemente no podría seguir haciéndolo. Es estúpido, estoy consciente, pero, no puedo evitarlo, el amor, sigue aquí."

"¿Seguimos, entonces, Jade? Debo advertirte que aún te faltan tragos muy amargos."

"Seguimos."

Por primera vez, en mis veintiún años de vida, comienzo a enterarme de cosas que debí saber desde el principio, eso hubiera sido lo honesto. Sin embargo, yo no diría que me han tenido como parte de un Juego, más bien que me mantuvieron bajo fuego cruzado y, lo que es peor, no solamente a mí, sino a las personas alrededor mío. Eso, obviamente, incluyendo a Ángel, aunque no puedo ubicarlo en la categoría de persona.

En resumen, hasta ahora, ya que le he ido formulando las preguntas a Ángel conforme se me ocurren. El sonido bajo mi cama lo producía el demonio que me fue asignado, quería hacer evidente su presencia, marcar su territorio, por decirlo de algún modo. La voz dentro de mi cabeza es uno de los compañeros de Ángel, y solamente se le permite advertirme en caso de un peligro verdaderamente serio, nada más.

Respecto al hecho de lo que puedo saber, acerca de cosas que ocurren en otros lugares, según me dice, él tampoco sabía que yo tenía esa capacidad, de hecho, se sorprendió cuando se lo dije. Yo creí que él estaba conmigo las veinticuatro horas del día, pero ya me aclaró que no, que ellos, por lo regular, se ausentan a veces, y no son omnipresentes, de modo que hay cosas de las que no se enteran.

Hay algo que me causa mucha curiosidad, la actitud que papá siempre mostró para conmigo. Sé que ya no tiene importancia, sin embargo, me hubiera gustado tener un buen recuerdo de él.

"Ángel, ¿por qué papá no me quería?"

"Hay cosas que no quieres saber, Jade, créeme, no en este momento al menos, no estás bien."

"Ángel, el problema es que persistes en tu intento de hacerme sentir bien, esa es una causa perdida, olvídalo, dime lo que necesito saber."

"Pero, eso no necesitas saberlo, dolerá."

Rocío Blisswealth

"Tú mismo me dijiste que hay cosas que yo tendré que deducir. ¿Cómo esperas que lo haga si no tengo toda la información completa?"

Se detiene y me observa por unos segundos, supongo que pensando en cómo explicarme las cosas, o resistiéndose a explicármelas, no obstante, entrecierra los ojos y continúa.

"Tu materia favorita en la escuela siempre fueron las ciencias naturales, ¿lo recuerdas?"

"Sí, pero ¿qué tiene eso...?"

"En una de tus clases hablaron respecto a las características que se heredan de padres a hijos."

"No sé a dónde quieres llegar."

"Por favor, intenta recordar."

"¿No puedes decírmelo?"

"No."

"De acuerdo, el color de los ojos, el poder doblar o envolver la lengua, no sé qué más." Comienzo a desesperarme.

"Hay una característica, solo una, que es cien por ciento hereditaria del padre a los hijos."

Mis ojos se abren con la sorpresa que me causa, no el recuerdo, sino el haberlo pasado por alto cuando lo estudié.

"La barbilla partida."

No lo creí posible, mi estómago aún es capaz de resentirse con este tipo de cosas. Ya había caído en un poco de estabilidad, dentro de todo mi dolor y angustia, al menos por algunas horas, me había estacionado a cierta altura del pozo, pero, he perdido las fuerzas para sujetarme, y empiezo a caer de nuevo.

Corro hacia el closet, en algún lugar, en una de las cajas que he guardado dentro de él con el paso de los años, hay fotografías de papá, tengo que verlas. Las primeras que me salen al encuentro son las de mis abuelos, las paso de largo, fotos y más fotos que voy dejando caer sobre de la cama, y finalmente doy con ella. La foto de papá, en la cual, con toda claridad, puede verse su barbilla partida, ya no lo recordaba, de hecho, con dificultad podía recordar los rasgos generales de su rostro, pero ahí está. Mara también la tiene, yo no.

El aire abandona mis pulmones cuando me permito entender lo que está plasmado ante mis ojos. Ese rasgo es cien por ciento hereditario, por lo tanto, yo no soy su hija. Las lágrimas, no creí que me quedaran algunas todavía, empiezan a rodar por mi rostro.

"Él lo sabía." Me dirijo a Ángel sin preguntarlo realmente.

"Sí."

"¿Por qué, entonces...?"

El Juego... Jade

"Tu mamá se había divorciado de él, y, al quedar embarazada de otro hombre, del cual no volvió a saber nada, él, que todavía la amaba, al enterarse le propuso registrarte, para que ella volviera a su lado."

"Y yo siempre fui el recuerdo del otro hombre en la vida de mamá."

"Así es."

"¿Por qué mamá no me lo dijo?" Digo con la voz entrecortada por el llanto.

"No lo sé."

"¿Quién fue mi padre?"

"Nadie lo sabe, él fue básico para la carga de ADN que corre por tus venas, sin embargo, no tenemos idea de…"

"Tengo que saberlo." Limpio mis lágrimas con los dedos y me dirijo hacia la puerta, antes de tomar el picaporte con la mano, Ángel se me interpone.

"Jade, te advertí que había más tragos amargos, por favor, deja esto para otro día."

"No puedo."

Controlo el llanto y corro hacia el pasillo, no entiendo por qué Ángel está tan interesado en detenerme, ya sé que este era un trago amargo, pero, ya lo enfrenté. El resto de cosas de las que pueda enterarme, solamente serán información extra, y sé que la necesito. Prácticamente he vivido en la ignorancia toda mi vida, y no puedo permitirme el seguir así, por mucho que me duela.

Papá, bueno, él murió hace ya varios años, y no hay nada que yo pueda hacer, es decir, nunca lo hubo, yo no tuve nada que ver con lo que pasó con su vida. Mis lágrimas se deben a que, si yo hubiera sabido que él no tenía por qué amarme, su desamor no me hubiera dolido tanto. En fin, ahora lo que me interesa es saber quién me procreó, dotándome de esta carga de ADN, como Ángel la llama. Quizá sea a él a quién le debo todas estas desgracias. No lo sé, pero, tengo que averiguar lo más que pueda.

Al correr, casi me topo con el espejo, me da igual, ya no guarda ningún interés para mí, ya sé dónde se encuentra el demonio que salía de ahí. Recorro la casa y no logro encontrar, ni a mamá, ni a Mara, supongo que ella también está enterada del secreto, de modo que cualquiera de las dos, la que encuentre primero, deberá ayudarme a aclarar mis dudas.

Al no encontrarlas, me encamino por el pasillo que comunica la sala con la habitación de Mara, esta se encuentra al fondo de la casa, bastante aislada del resto de las recámaras. Empiezo a caminar más lentamente al escuchar voces que surgen desde el interior, su puerta está cerrada. Mis pies protestan, y, súbitamente, me detengo, la sensación de caminar en agua helada me alcanzó, aún antes que el olor a vómito lo hiciera, me congelo en donde estoy.

Rocío Blisswealth

Los cabellos de mi nuca se han erizado, y el miedo empieza a recorrerme en oleadas por la espina dorsal. Por más atención que pongo, no entiendo claramente lo que dicen, pero, esas profundas y guturales voces, despiertan en mí los mismos terrores que me han acompañado toda mi vida, los demonios están dentro de la recámara.

Encontrando la fuerza que aún queda dentro de mí, me desprendo de donde mis pies están clavados, y recorro los pocos metros que me separan de la puerta, poco antes de que mi mano la alcance, Ángel me abraza, levantándome del suelo, y me repliega contra la pared, presionándome contra esta, colocando una mano sobre mi boca, todo en un solo movimiento. Mi respiración se agita con el sobresalto que me provoca, y lo observo con los ojos muy abiertos, no cede ni un milímetro en su posición, y menos en la presión que ejerce sobre mí. Con un susurro apenas audible, dice:

"Escucha." Me esfuerzo por entender lo que los demonios están diciendo.

"TÚ LA CONOCES MEJOR. ¿QUÉ HARÁ AHORA? ¿QUÉ PODEMOS ESPERAR?"

"RESISTIÓ UN ATAQUE DE SETENTA HORAS." ¡Esa voz! Conozco esa voz, es él, es… es… "Y NUNCA SE RINDIÓ, LO ÚNICO QUE HA CONSEGUIDO DARLE FELICIDAD HA SIDO DANIEL, SIN ÉL, BUSCARÁ LA MUERTE, DE ESO ESTOY SEGURO."

¡Es mi demonio! Pero ¿Cómo? ¿Dónde ha estado este tiempo? Yo lo saqué de mi recámara y desapareció, ¿Entonces?

"SERÍA TERRIBLE QUE CONSIGUIERA MORIR, IMAGÍNATE, TODA ESA ENERGÍA SE PERDERÍA. SI TAN SOLO CONSIGUIÉRAMOS SU RENDICIÓN, SERÍA UN VERDADERO TRIUNFO PARA NOSOTROS. HABRÍAMOS CONSEGUIDO LO QUE NADIE HA SIDO CAPAZ DE LOGRAR."

"POR LO PRONTO, SENTÉMONOS UN RATO EN LAS MECEDORAS A GOZAR DEL ATARDECER." Tiemblo al pensar en toparme con ellos tan pronto abran esa puerta, pero, no tengo tiempo de correr, por más rápido que lo hiciera, no conseguiría atravesar el pasillo antes de que ellos me vieran, eso, suponiendo que Ángel se decidiera a soltarme. Tal parece que no me queda más remedio, los enfrentaré, me guste o no.

"¡No te muevas!"

Me ordena Ángel en secreto y sin descubrirme la boca, supongo que teme, que la cantidad de ofensas que estoy pensando, salgan expulsadas, aún en contra de mi voluntad, y nos delaten. En solo una fracción de segundo la puerta se abre y puedo verlo, ya no me queda la menor duda, se trata de mi demonio, y de aquel que siguió a Mara por varios días, sin que yo fuera capaz de alejarlo de ella, el mismo que mató a la señora Rosy. Pasan frente a nosotros sin vernos, y, escucho a Ángel decir, en voz tan baja que ellos no pudieron escucharlo.

"Permite que su espíritu vea lo invisible para sus ojos."

Mis ojos, que hasta ese momento se enfocaban claramente sobre la figura de mi demonio, se abrieron casi hasta salir de sus órbitas, y mis piernas cedieron ante mi peso, al perder por completo la fuerza que las sostenía. De no ser por los brazos de Ángel, que no me ha soltado, ahora estaría en el suelo, viendo caminar por el pasillo a mi demonio, bajo la piel de mi madre.

"Sácame de aquí." Le suplico a Ángel bajo la presión de su mano, que aún conserva sobre mi boca.

Me oprime contra sí y corre por el pasillo dejándolos atrás, sube conmigo las escaleras hasta mi recámara, sin que mis piernas hagan el menor esfuerzo por cooperar. Este era el trago amargo al que se refería, este debe ser, porque mi boca sabe a hiel. Es un sabor angustiosamente amargo.

Me desplomo sobre el suelo hecha un ovillo, con la frente pegada al suelo, cubriéndome la cabeza con las manos, la verdad, no sé si caí de golpe, o Ángel interrumpió mi caída, me es imposible sentirlo bajo toda esta marejada de terribles sensaciones que me inundan.

Todo da vueltas una vez más, pero esta vez no es la habitación, son imágenes, cientos de imágenes proyectándose detrás de mis ojos, al mismo tiempo. ¿Desde cuándo? Recorro mentalmente las imágenes de los últimos días, ¿desde cuándo? No lo sé. Mi respiración se ha convertido en desesperados jadeos, duele cada esfuerzo para respirar.

Puedo sentir la energía de Daniel junto a mí, y a Ángel intentando levantarme. Más imágenes dentro de mi cabeza, el demonio caminando junto al mío, iba, obviamente, dentro de la piel de Mara. Yo confié en ellas, las defendí de los demonios.

Un momento, un momento, si tan solo esas imágenes dejaran de derramarse dentro de mi mente, y si Ángel dejara de insistir en levantarme. Necesito pensar, enfocar mi pensamiento en algo que no logro descifrar qué es.

¡El sueño! La información me la dan en sueños también. En el sueño, el demonio dijo, 'Estás defendiendo a un demonio de mí.' En mi sueño, yo lo defendía, mientras él corría por la habitación, donde también se encontraban mamá y a Mara, pero ¿en qué momento entró en ella? ¿Cómo lo hizo?

¡¿Por qué soy tan estúpida?! Me levanto dando tumbos y corro hacia el baño para vaciar mi estómago. Me fue imposible seguir conteniendo tanta amargura dentro. Ángel me ayuda a regresar, y me deposita sobre de la cama.

Mi cuerpo se sacude bajo la influencia de los sollozos y los jadeos. Por fin abro los ojos enfocándolos en Ángel, el dolor, y la furia, me han llenado por completo, y solo quiero que me responda una sola cosa y se lo pregunto a gritos.

"¡¿Por qué Ángel?! ¡¿Por qué no las defendiste de ellos?! Las mataron, Ángel. ¡Las mataron!" Con extrema calma me contesta.

"No, no las mataron, siguen ahí."

Mi horror ahora es mayúsculo, yo sé lo que es estar en la misma habitación con uno de ellos. No puedo imaginarme el terror de un alma, confinada dentro del mismo cuerpo, junto a un nauseabundo demonio, mis gritos continúan, al ser incapaz de expresarme de otra forma, quiero respuestas. ¡No! ¡Demando respuestas!

"¡Tenemos que ayudarlas, Ángel! ¡¿Por qué no las ayudaste?!" Los sollozos me ahogan.

"Jade, no preguntes más, por favor."

"Respóndeme, te lo suplico, ayúdalas, por favor." Mis gritos disminuyen al no encontrar aire que los apoye, estiro la mano y oprimo mis dedos contra su antebrazo, dejándole las marcas de mi esfuerzo.

Me observa con una infinita lástima, y sostiene mi cabeza con su mano, como si pensara que, al sacudirla contra la cama, pudiera hacerme más daño, pero no, eso no sería posible. Mi espíritu está en carne viva, y al borde de la muerte, sin alcanzarla nunca. El sacudirme contra la cama no puede ser peor que eso. En voz baja me responde.

"No puedo ayudarlas, Jade, y tú ya no resistes. No quiero decirte nada más."

"¿No puedes ayudarlas?" Mi voz se ha convertido en un susurro.

"No."

"¿Por qué?"

"Ellas lo pidieron."

No, no, no. Mis oídos empiezan a emitir un agudo sonido, y las imágenes cesan lentamente, dando paso a la más profunda obscuridad que he presenciado hasta el día de hoy. Tal parece que cada paso que avanzo, dentro de esta búsqueda, está destinado a demostrarme que la conclusión a la que he llegado es la más sensata.

Dentro de toda esta locura, la poca cordura a la que mi mente se aferra, deberá ser suficiente para ayudarme a dar cumplimiento a mi propósito. Aunque, en este instante, en que me desgarro por dentro, me resulta casi imposible pensar que sea posible, siquiera, acercarme a lograrlo. Estoy descubriendo nuevas clases de dolor. La frase de Ángel, 'Ellas lo pidieron,' solo puede albergar una explicación posible. Aun cuando desconozca las razones, esa frase tiene sabor a traición.

Ni siquiera considero ya el hecho de que no me quisieron nunca, esa es una estupidez que, entre las múltiples que he cometido, ya no pienso permitirme, pero, confié en ellas. Supieron envolverme y caí. Ahora puedo darme cuenta que la sangre no significa nada. Compartir la misma sangre no asegura el amor incondicional, no garantiza el poder confiar en una persona, no te libra de una traición como esta. Este dolor es diferente, desgarra, quema, está cargado de rabia, no de angustia. Me vieron la cara, me utilizaron, todavía no sé con qué propósitos, y yo seguí confiando en ellas, seguí defendiéndolas de los demonios. ¡Cómo deben haberse reído de mí!

La única cosa rescatable, de esta terrible sensación que ahora me consume, es confirmar que otra de las ataduras, otro de mis obstáculos para atreverme a hacer lo que se considera impensable, ha dejado de existir, arde frente a mí, o ¿debería decir, sobre mí? Esa sería una manera clara de explicar la sensación de extremo ardor sobre de mi piel.

Siento un terrible asco de la sangre que comparto con ellas, solo me detengo en mi impulso por cortar mis venas, para que toda se vacíe por el suelo, porque era la sangre de mis abuelos, solo eso la limpia un poco de la inmundicia en que me siento envuelta. Daniel siempre pensó que yo estaba, ¿cuáles fueron sus palabras? '¿Muy limpia?' ¿Qué pensará ahora? Él se sentía rodeado de inmundicia, yo, en cambio, la llevo por dentro. Ángel me sujeta la mano, pero, ya no logro sentir la suya, ni siquiera alcanzo a saber si sigue hablando, o guarda silencio. Voy saliendo de aquí, de este cuerpo que ya no resiste, pero ¿Hacia dónde? No tengo a dónde ir.

Voltea hacia el sillón donde Daniel ha pasado los últimos días, y se da cuenta de que no está ahí. Mi mano cesa en su esfuerzo por ejercer presión sobre de su brazo, y cae a un lado de él, sobre de la cama, la toma desesperadamente en un intento por detenerme, imposible.

Rocío Blisswealth

Capítulo XXIII
El hubiera no existe y eso, nunca fue

Es muy agradable la sensación de abandono, simplemente dejarte ir. Tu cuerpo presenta una ausencia de sensaciones, más aún, de sentimientos, que me da un descanso que hace mucho tiempo anhelaba. No obstante, me provoca algo de miedo el poder evadir mis angustias, creo que podría pasarme igual que cuando me sentí flotar en los brazos de Daniel, y descubrí que siempre había estado sola, cuando, por primera vez, ya no lo estaba. No sé cuánto tiempo he estado hundiéndome, experimentando todo este dolor, angustia, traición y, temo que ahora que descanso un poco de ellos, mi cuerpo y mi espíritu los sientan con más intensidad cuando despierte. Preferiría quedarme aquí, suspendida en este segundo de nada.

Supongo que la muerte debe sentirse así, aunque no, no soy tan ingenua como para pensar que Ángel se decidió a soltarme, ahora, más que nunca, lo veo convencido de mantenerme viva, una tortura verdaderamente. Por lo tanto, esto debe tratarse de un desmayo. Vaya, mi cuerpo por fin se desconectó por sí solo, es decir, sin su ayuda. No obstante, la consciencia debe estar conectándose nuevamente, porque empiezo a descubrir que todas las sensaciones que lo han atacado desde esta mañana, acumulándose una tras otra, continúan con su recorrido, sin detenerse ni un segundo, aparentemente nunca dejaron de hacerlo, era yo quien no las sentía.

Una vez que me concientizo de lo que sigo sintiendo, me doy cuenta que la mano de Ángel sigue aferrada a mi muñeca, ¡maldición! Esto significa que este desmayo no me sirve de nada, ¿para qué quiero estar inconsciente, si en realidad todo sigue aquí?

Los sonidos empiezan a alcanzarme también. En vista de que Ángel sigue hablándome, armándome de valor, me decido finalmente a abrir los ojos. Casi inmediatamente los cierro de nuevo, para luego, intentar abrirlos, solo que esta vez, muy lentamente, la habitación se encuentra muy iluminada. Supongo que, después de todo, si se trató de un desmayo prolongado, no recuerdo que hubiera tanta luz, mi vista va acostumbrándose poco a poco a la luminosidad, y volteo alrededor. No estoy en mi recámara, y, definitivamente, me encuentro en el suelo, en algún lugar Ángel sigue hablando. ¿Quieres, por favor, guardar silencio? No logro entender lo que dices, el zumbido en mis oídos continúa con la misma intensidad, haciéndome imposible entenderte.

Hago un último intento por fijar mi vista y escojo la mano de Ángel como punto focal para hacerlo, la observo hasta que mi vista se enfoca y… ¡No! Por favor. De una sacudida libero mi mano y, con dificultad, me pongo de pie. Los escalofríos causados por el dolor me recorren nuevamente, una vez que reconozco, primero, la mano y después, la voz.

"¡No me toques, Daniel!" Los sollozos me ahogan una vez más.

"Está bien, está bien, no lo haré, pero, Jade, no podemos perder tiempo." Frunzo el entrecejo y trato de controlar mi llanto. No soporto estar tan cerca de él, mientras me debato entre dos sentimientos igual de potentes, el dolor de la pérdida, y la angustiosa ansiedad por arrojarme entre sus brazos y quedarme ahí. Sin embargo, lo preocupado de su mirada me dice que es importante, lo que sea que esté tratando de decirme es importante. Me sobrepongo, apenas lo suficiente para que mis sollozos me dejen escucharlo, y guardo silencio. No tengo fuerza para otra cosa.

"Jade, ¿sabes dónde estamos?" Giro a mi alrededor tratando de reconocer el lugar, pero no, solo son, es decir, solo me rodea un intenso color azul, muy semejante al de sus ojos, aunque no alcanzo a percibir dónde es que este espacio empieza o termina. Mi mirada no se detiene en ningún lugar, como si súbitamente me encontrara flotando en el cielo azul de una tarde de verano. No hay nada aquí que me resulte familiar. Niego con la cabeza, si tan solo mis ojos pararan la producción de lágrimas, sería más fácil. Él continúa.

"Estamos en el Registro del Tiempo."

Sacudo la cabeza, esperando que las ideas encuentren una forma coherente de acomodarse para que yo las entienda, nada, solo lo observo detenidamente.

"Intenta comprender Jade, porque hay algo que debes ver."

"¿Qué cosa?" Por fin consigo contestar.

"Aquí puedes ver el pasado, presente y futuro, y, justo en este espacio, se encuentra la vida de tu madre."

Alarga su mano unos cuantos centímetros, roza con su dedo una de las paredes, y me muestra cómo es que, al tocarla, deja de formar un todo compacto. Al rozar la pared con su dedo, esta vibra, y permite apreciar que está formada por delgadas hojas, como páginas de un libro, que se separan levemente bajo su tacto.

"No sé qué buscar."

"¿Puedo hacerlo por ti?"

No tengo fuerzas para negarme, y tampoco encuentro una razón para hacerlo, finalmente él fue quien me trajo aquí, así que supongo que, sin importar mi decisión, me mostrará lo que él quiera. Observo su maravilloso rostro, el mismo que impacta mi espina dorsal con nuevas oleadas de dolor, y acepto.

"Tienes derecho a saber quién te procreó, te lo deben, entre otras cosas."

Toca la pared con un poco más de fuerza, y esta se abre, dando paso a un terrible estruendo, es como si todos los sonidos del día escaparan a una vez, sin sentido. Con un movimiento de su mano pide que me acerque, y lo hago, empujándome por la espalda, me coloca justo frente a la página, por llamarla de algún modo, que se ha abierto frente a nosotros, y sigue presionándome hasta que yo, sin idea siquiera de lo que debo hacer, cedo a su esfuerzo, y doy un paso al frente, adentrándome en ese minuto. Continúo en silencio, no quiero respirar por miedo a que me vean, Daniel se acerca a mí, y dice en un volumen normal de voz:

"No pueden verte, ni oírte."

Eso me proporciona un poco de calma, al menos puedo recargarme en una pared y observar, sin estar pensando que me descubrirán. Un par de metros delante de mí, puedo ver a mamá joven, es decir, obviamente esto sucedió hace más de veintiún años. Está en una conferencia de... ¿superación personal? Eso me parece.

El conferencista llama mi atención, es un hombre alto, de aspecto sumamente pulcro, y ataviado con un traje que, a todas vistas, es carísimo. La conferencia está llegando a su fin, y mamá aplaude la participación de este hombre, junto con el resto de las personas que abarrotan el auditorio.

Varias de sus amigas la acompañan, aún con la distancia de los años, me resulta fácil reconocerlas a todas, nunca pensé que les gustaran este tipo de cosas. Recogen unos libros, que habían dejado sobre las sillas en el momento de aplaudir, y se enfilan hacia un salón contiguo.

Tomo unos segundos para observar el espacio, este lugar parece estar en Estados Unidos, todos los señalamientos en las paredes, y los carteles anunciando las próximas conferencias, están en inglés, aunque la conferencia se llevó a cabo en español. Mamá y sus amigas forman una fila para conseguir el autógrafo de este señor, la fila es larga, y ellas están al final, les tomará un buen rato llegar con él. Pese a la espera, el ánimo entre ellas no decae, supongo que es la euforia causada por la conferencia. Finalmente, llegan con él, y yo, me encuentro frente a lo que vine a ver. Al acercarse mamá, él la abraza por los hombros y le da un suave beso en los labios, para luego proceder a saludar a sus amigas. Mamá se las presenta una a una, yo fijo toda mi atención en él. No alcanzo a escuchar su nombre, ni siquiera estoy segura de que lo haya dicho, ya que todas parecen saber quién es.

"¿Puedo acercarme?" Le pregunto a Daniel, asiente con la cabeza.

El Juego... Jade

Me encamino hacia ellos y me detengo casi a punto de rozar la espalda de mamá, quiero verlo de cerca. Es muy alto, quizá un poco más que Daniel, y sus ojos son definitivamente como los míos, los ojos de mamá son medianos, los de Mara también, los míos, en cambio, son grandes. Ahora sé por qué.

Tal como si supiera que lo estoy observando, se queda quieto, y ellas discuten con él los pormenores de la conferencia, ¡perfecto! me da más tiempo para estudiarlo. Definitivamente no tiene la barbilla partida, y todas sus facciones tienen algo de las mías, es decir, al revés, las mías tienen algo de las suyas. Es extraño reconocerse parecido a alguien, a mamá, en realidad, no me le parezco mucho, y crecí acostumbrándome a esa circunstancia, sin embargo, es un descanso ver de quién son los genes que pasean por mi cuerpo. Incluso mis movimientos, algunos gestos, son suyos. ¡Qué difícil debe haber sido para mamá ver tanto de él en mí! No tengo idea de por qué no siguieron juntos, pero, debe haber sido difícil, doloroso, pues, claramente puedo ver en sus ojos, que está muy enamorada de él.

"Jade, debemos irnos."

Volteo a ver a Daniel, solo por unos segundos había sido capaz de olvidarme del dolor que tenerlo tan cerca me ocasiona, doy la vuelta y salgo de la página del tiempo en la que pude conocer, bueno, ver al menos, a mi padre biológico. Tan pronto damos un paso fuera de ella, se cierra, volviendo a formar un todo compacto con las demás. Un todo totalmente azul cielo. Daniel se acerca a mí.

"Debes irte ya." Dice acariciando mi rostro con las yemas de sus dedos como lo hacía antes de…

"No me toques, por favor." Digo entre lágrimas.

"Jade…"

"Me duele."

"Lo sé, a mí también me duele."

Con un movimiento de su mano me indica el camino y, segundos después, mi cuerpo se agita sobre mi cama entre sollozos. Ángel acaricia mi cabeza, sin decir nada. Después de todo, creo que ese breve período de inconsciencia, si alivió un poco el dolor, ya que, el que experimento ahora, es definitivamente más profundo, Daniel.

Los pensamientos me giran en la cabeza, ¿qué habrá sido de este hombre? ¿Por qué no se quedó con mamá? ¿Conmigo? ¿Supo siquiera de mi existencia? Quiero pensar que mi vida hubiera sido muy diferente, tal vez podrían haberme criado juntos, y mis abuelos hubieran sido solo eso, mis abuelos, y no la extraña mezcla de abuelos, padres, maestros, e incluso psicólogos, en que se convirtieron. Yo habría crecido con otro apellido, y no habría sufrido el desamor del que creí mi padre, hasta hace unas horas, y quizá hubiera sido feliz. Aunque, ya sé, el hubiera no existe, y eso, nunca fue.

Me pregunto, si pudiera conseguir respuesta a todas las preguntas que tengo, ¿cuál sería la primera? O, ¿cuántas serían? Miles, supongo, la mayoría de las personas crece aclarando sus dudas durante un proceso de años, yo, en cambio, hasta hace unos cuantos meses, empecé a enterarme de quién soy, y aún no me queda ni ligeramente claro.

Tal vez, la primera pregunta que haría sería para saber si algo que yo pudiera hacer podría cambiar la forma en que he vivido. ¿Habría algo, lo que fuera, que lograra cambiar las cosas? Si lo supiera, si de verdad fuera posible, lo haría, lo que fuera, de eso estoy segura.

Ruedo sobre de la cama para acomodarme sobre mi costado, he descubierto que esta posición hace que sea menos dolorosa la entrada y salida de aire de mis pulmones, en las ocasiones en que los sollozos continúan por períodos prolongados. Después de haber tenido tan cerca a Daniel, sé que me espera un largo período de los mismos, antes de que me calme, o mis ojos se cansen de llorar, lo que suceda primero.

Lo que aún no sé cómo lograr, es dejar de pensar, de repasar, una y otra vez, mis horas a su lado. Siempre me parecieron pocas, sin embargo, hoy, que cada una de ellas ejerce un tormento diferente, súbitamente la cantidad parece extenderse de manera infinita. Esto debe ser también, porque en cuanto parece que voy llegando al final, la proyección empieza de nuevo, acompañada de sensaciones, olores, sonidos, todo aquello que contribuye a seguirme desgarrando por dentro.

Por un ridículo instante me comparo con Ángel, con una cicatriz empalmada sobre de la anterior, al ya no haber espacio para acomodar las nuevas. Muy ridículo debe ser el instante, porque sus heridas jamás podrían compararse a las mías, sobre todo si considero que las mías, podrían haberse evitado. Si yo hubiera desistido de mi idea de buscar a Daniel aquella primera vez, si en algún momento hubiera escuchado a la voz que me decía que todo era "Demasiado bueno para ser cierto," si hubiera dejado que mi lógica, y no mi corazón, decidiera por mí. Si hubiera, pero, el hubiera no existe, ya lo sé. Daría lo que fuera por poder besarlo de nuevo, por poder amarlo de nuevo, sin que doliera.

Ángel me toca las puntas de los dedos y levanto mis ojos hacia él, su entrecejo está fruncido, y sus ojos se muestran bastante preocupados.

"¿Cuánto tiempo me fui?" Pregunto entre sollozos.

"Casi dos horas, pero ¿A dónde fuiste?"

"¿No lo sabes?" Pregunto sorprendida.

"No."

"Daniel me llevo al Registro del Tiempo."

"¿Daniel?" Su sorpresa continúa y su mirada cambia, volviéndose más intensa, aunque, sin expresión, y sigue preguntando.

"¿Qué fue lo que te llevó a ver, Jade?"

"A mi padre."

"Él no debió." Dice volteando hacia el sillón. "Si se dan cuenta de que te está pasando información…"

"Ángel, ya no me hables de él."

Sus palabras me permiten recordar algo que he dejado de lado, la información. Me he estado debatiendo entre la angustia y, si decido continuar con mi todavía mal delineado plan, el fin de ella no será sino hasta dentro de un par de meses, como mínimo. De modo que, si de cualquier forma el dolor va a continuar deshaciéndome, bien podría indagar cuanto pueda, respecto a lo que habrá de librarme de toda esta tortura.

Me levanto lentamente de la cama y camino hacia el baño, me lavo la cara con abundante agua y, haciendo un esfuerzo, controlo el llanto, sé perfectamente que con esta operación no conseguiré disminuir el dolor que experimento, pero, si bien, las lágrimas no me proporcionan ningún alivio, ya no pienso permitir que su producción continúe. No voy a llorar eternamente, lo evitaré mientras me sea posible.

De regreso a mi habitación, me doy cuenta de que no había notado el estado de la misma, los carteles de Daniel ya no están sobre las paredes. ¿Dónde estarán? Y ¿desde cuándo? Supongo que Ángel consideró que seguirlos viendo no me hacía bien, en realidad tampoco creo que me hiciera mal, al menos no más del que he padecido hasta ahora. Las paredes lucen enormes, opacas, vacías, solas. No puedo evitar sonreír un poco, pobre Ángel, al retirar los posters convirtió las paredes en espejos que muestran como me siento, no pienso decírselo.

Abro la puerta del closet, y saco de él, mi aparato reproductor de sonido y lo coloco sobre la cama. Desde dentro del cajón de mi buró, mi libreta vuelve a hacer su aparición. Doy vuelta a la hoja para iniciar en una que esté en blanco, igual que mi cerebro, que no tiene ni idea de lo que debe hacer, agrupo la colección de discos de Daniel, y la coloco sobre el buró. Cuido que estén en orden cronológico, solo por colocarlos de alguna forma, en realidad, no sé cómo debo escucharlos, más bien, tengo la esperanza de que la información resalte, subrayada, o algo así, para que logre identificarla. Ángel me observa detenidamente, evaluando mi capacidad de resistir la tarea que me he planteado.

Rocío Blisswealth

"Supongo que sería inútil pedirte que dejaras esto para otra ocasión, ¿verdad?" Pregunta en voz baja.

"Y yo supongo que esto no me representa un peligro de muerte, ¿verdad?"

"Jade…" Escucho un dejo de desesperación en su voz.

"Entonces, supones bien. ¿Alguna idea de por dónde empezar, o cómo hacerlo?" Creo saber lo que me responderá, pero, no pierdo nada con intentarlo.

"Las instrucciones fueron escritas para ti, y solo para ti, de modo que, si tú no logras entenderlas, nadie más lo hará."

"¡Vaya! Gracias, es decir que, si quiero descubrir la combinación para salir de esta caja fuerte, en la que tuvieron a bien encerrarme, nadie puede ayudarme."

"Nadie."

"De acuerdo."

Con más determinación de la que me creí capaz, tomo el primer CD y lo pongo dentro del aparato reproductor, sin pensarlo más, presiono el botón de Play. Esta vez no permitiré que el dolor nuble mi pensamiento, después de todo, seguirá ahí, siempre, si no consigo llegar al fondo de la información que, bien escondida, pero, tengo frente a mí. Por lo tanto, lo haré a un lado y estudiaré a fondo.

Obviamente, incluso yo, no creí que esta tarea fuera fácil, pero, debo admitir que supuse que la dificultad se establecería sobre otras áreas. Durante las últimas horas he escuchado, con toda mi atención, debo aclarar, todas las canciones de Daniel de que dispongo, y la situación, si no fuera trágica, sería verdaderamente ridícula. Me encerré en mi habitación para evitar interrupciones, y permití que la voz de Daniel se extendiera por las paredes, por los muebles, por todo mi consciente, e inconsciente, y me enfrenté a una serie de dificultades que no había previsto.

Para empezar, cada canción trae a mi mente recuerdos que, habiendo sido los más felices de mi vida, bajo las circunstancias que ahora vivo, resultan ser todo lo contrario, de modo que tuve que hacerlos a un lado, cosa que resultó increíblemente difícil de conseguir. Después de lograrlo, aunque fuera a medias, me encontré con otro obstáculo, he escuchado estas canciones tantas veces, que las conozco de memoria. No consigo obtener de ellas dato alguno que pudiera parecerme diferente a lo que siempre han significado para mí, pensamientos de Daniel con música de fondo.

Eso es lo verdaderamente difícil, no tomé en cuenta que, una vez librados los obstáculos, tendría que escucharlas como si nunca antes lo hubiera hecho. Eso no lo he conseguido, ni por error, y, lo que es peor, no veo cómo es que lograré hacerlo.

El Juego… Jade

Una cosa tengo a mi favor, no he llorado, logré controlarme, mínimo logro, ya lo sé, pero, para mí, es algo. Ha sido difícil, esa era otra cosa que debía conseguir al tiempo que me sometía a la tortura de escuchar su voz por un período de tiempo tan prolongado y, hasta ahora todo ha sido en vano, no entiendo nada.

Me levanto del suelo donde estaba sentada, creo que en un triste intento porque toda esta vorágine de sentimientos no me tirase más abajo, y camino impaciente por la habitación.

"¿Nada?" Pregunta Ángel, con demasiada calma para mi gusto.

"¿No es obvio?"

"Es curioso, estoy aquí contigo desde hace días, tratando de librarte de los embates del peor ataque demoníaco que del que he sido testigo, has visto cosas que pocos humanos han visto, conoces datos que nadie más tiene, e incluso, hablas conmigo de forma constante, a sabiendas de quién soy, y que nadie más, sino tú, puede verme, y sigues pensando hacer las cosas de la forma humana."

"¡Lo siento! Es la única forma que conozco."

"Ah, y ¿alguna vez la has dominado?"

"Nunca, pero…"

"Y, ¿no será hora ya de aprender a hacer algo que si puedas dominar?"

"¿Cómo, Ángel? Sé más específico, por favor."

"Sabes que no puedo hacerlo." Dice negando con la cabeza.

"Lo sé, lo sé, llega hasta donde puedas, ¿sí?"

"Todo esto a tu alrededor, no es todo lo que hay, la realidad, la tuya al menos, no es esta, pero, tus ojos no pueden ver más allá que esto." Sus palabras me remiten hasta un momento en el que mis ojos se abrieron para ver uno de los peores horrores a los que he sido expuesta, a mi demonio dentro de mi madre. Lo más probable es que, lo que me espera, sea igual de doloroso, pero solo será por un tiempo, mi plan va avanzando, y solo será un poco más.

Tomo asiento de nuevo, presiono otra vez el botón de Play, y repito las palabras de Ángel.

"Permite que mi espíritu vea lo que es invisible para mis ojos." Cierro los ojos.

Repentinamente ya no me encuentro en el suelo, a decir verdad, ni siquiera estoy en mi recámara, me cuesta enfocar la vista, el lugar al que llegué está muy obscuro. Lo que temo, es haber llegado a casa de Daniel, no soportaría verlo de nuevo, o toparme con el demonio que ahora se pasea bajo su piel. Ya llegará el momento de verlo, pero, aún no estoy lista para él. Giro la cabeza lentamente, y consigo ver una de las paredes que se encuentra más cerca de mí, la textura es rugosa, parece piedra, como si este lugar fuera una cueva. La toco con las yemas de los dedos, y puedo sentir que no solamente es piedra, está húmeda, ¿Dónde estoy?

Poco después, puedo percibir la respiración de alguien que se encuentra aquí también, aunque no alcanzo a ver nada, la iluminación es mínima, controlo el miedo que esto me provoca, finalmente ya estoy aquí, y más vale que logre algo. Dirijo mi vista hacia el frente, y observo que los tenues rayos de luz provienen de una ventanilla en la puerta, un par de metros frente a mí. Una sombra camina por el pasillo, interrumpiendo la luz esporádicamente, y no alcanzo a ver nada más. Sin embargo, en vista de que no tengo nada mejor que hacer, espero.

No tengo que esperar mucho, cuando empiezo a oír voces que avanzan por el pasillo. Son dos personas, ambos varones, a uno de ellos nunca lo había escuchado, pero, el otro, sin lugar a dudas, es Daniel. Tenía que ser. La puerta se abre emitiendo un fuerte estruendo de bisagras oxidadas, es obvio que no se abre muy seguido, y la luz baña lo que ahora puedo ver con claridad, es una pequeña celda. Esta se asemeja bastante a las que he visto en televisión, del estilo de la película El Conde de Montecristo, ahora consigo ver a la persona que respiraba cerca de mí.

Sentada sobre un sillón de madera, carente de cojines, está una chica aproximadamente de mi edad, con el cabello castaño, largo casi hasta la cintura. No sé por qué, quizá debido al ambiente que me rodea, pero, por un segundo, mi imaginación la habría percibido con ropas antiguas, sin embrago, su atuendo es de jeans azules, una blusa negra de manga larga, y zapatos negros.

Alrededor de su tobillo derecho lleva un brazalete de oro, con una inscripción en líneas que, ardiendo en fuego, se cruzan unas con otras, simulando letras, mismas que no entiendo, salvo por una sola palabra al final de la inscripción, 'Jade.' El maldito brazalete ha quemado la piel que hace contacto con él, formando gruesas cicatrices. ¿Qué demonios tengo yo que ver con ella?

Sin inmutarse en lo absoluto por mi presencia, me observa con calma y dice en voz baja, antes que Daniel y su acompañante entren.
"Pon atención y guarda silencio.'

El aspecto de Daniel no es el actual, esta cita tuvo lugar hace años, cuando recién lo conocí, puedo ver los cambios en su aspecto físico, entra y se sienta en el suelo, muy cerca del sillón y de mí, aunque no puede verme. Lo sabía, esto será verdaderamente difícil, ella lo observa sin expresión en sus ojos, nada. Daniel empieza a hablarle.

El Juego… Jade

"No sé cómo es que esto funciona, me dijeron que tú eres la musa que me dictará las canciones del próximo disco." Su voz tiembla, víctima del miedo que la situación le provoca, aunque, según creo, la que debería tener miedo es ella, no él. Ella solo asiente con la cabeza y lo mira detenidamente.

"¿No sabes nada más?"

"En realidad no."

"Te diré lo que debes saber." Por una fracción de segundo voltea a verme, por lo tanto, soy yo quien debe saberlo, ya lo entendí. "Mi obligación no es hacia ti, es para con Jade. Debo proporcionarle la información necesaria para que, si algún día lo decide así, pueda librarse de sus ataduras. Por lo tanto, no puedes interferir en lo más mínimo con los textos que voy a dictarte, ni alterarlos en lo absoluto, porque debo advertirte, de hacerlo, la verdad brotará con más claridad para ella, sin que nadie pueda evitarlo.

Si no quieren que se entere de la información, no será porque yo la oculte, no funciona así. Tampoco puedes sugerirme el enfoque, o el tema de las canciones, todo lo que yo hago es alimentar los textos con los sentimientos de Jade, amor, alegría, desamor, dolor, traición. Lo que sea que ella esté sintiendo, se verá reflejado en ellas. Si está pasando por una etapa feliz, el disco será así, si su estado de ánimo es sombrío, será un reflejo de eso, ¿lo entiendes?"

"Sí." Responde Daniel sin verla a los ojos.

"Todas las canciones que te dicte serán éxitos, porque ella está destinada para eso, pero, quiero que te quede muy claro, tus triunfos nada tienen que ver contigo. ¿Alguna pregunta?"

"¿Todas las canciones tendrán información para Jade?" Ella sigue observándolo sin expresión en su rostro, segundos después, sonríe casi imperceptiblemente y responde.

"Casi todas, ya te he dicho que es ella quien alimenta los textos, sin embargo, esta información, en especial, va cargada de emoción. Como si todas las palabras estuvieran escritas en blanco y negro y, esas líneas específicas, en color, da igual, tu no podrás jamás ver la diferencia, solo Jade puede, por lo tanto, no pierdas tu tiempo, anota." ¡Subrayadas! Si están subrayadas después de todo, ¡gracias!

Durante el tiempo que he estado aquí, pasé por todos los discos desde que conocí a Daniel, hasta el actual, me resultó extraño ver cómo su aspecto, su ropa, e incluso su estado de ánimo cambiaba, al avanzar de año en año, ya que yo lo estaba viendo todo suceder en pocas horas. Fue mucho más fácil captar algo al escuchar los textos en voz de la musa, era como escucharlos por primera vez, y ahora, creo que ya entiendo un poco. Todas las canciones llevan información, pero, hay siete en particular con párrafos que, si los uno, forman un todo. Nunca me imaginé lo que las canciones contenían, pensé que se trataría de una especie de código para deshacer lo que ellos han hecho conmigo, pero, no.

Las canciones cuentan mi historia, desde el día que lo conocí, hasta el final. Si he de liberarme de esas ataduras, ese será otro capítulo, aquí la información solamente me indica cuál es la historia, mi historia. ¿Cómo cambiarla? No, no menciona nada al respecto, ni siquiera dice si eso es posible.

Espero a que Daniel deje la celda y, una vez de nuevo en la obscuridad, le hablo:

"Gracias."

"Resuélvelo, Jade, libérate de sus ataduras."

"Lo haré, de una forma, u otra."

Regreso a mi habitación, mientras me ausenté, y con el fin de no interrumpir mi viaje, supongo, Ángel estuvo cambiando los discos en el orden en que yo los había colocado. Sobre el buró hay un par de sándwiches en un plato y una coca cola.

"¿Y esto?"

"Hace días que no comes, no te preocupes, nadie me vio."

"Gracias."

"¿Conseguiste algo?"

"Si, déjame anotarlas y te lo muestro, ¿te parece?"

"Puedo esperar, come."

"Muy bien." Respondo sin discutir en lo absoluto, hasta ahora me doy cuenta cuanta hambre tengo, y procedo a devorar los sándwiches.

Una vez satisfecha el hambre que no sabía que tenía, tomo la libreta y empiezo a anotar, la primera parte no me cuesta mucho trabajo, ya sé cuáles son las canciones, y para mi fortuna, las conozco al pie de la letra. Ahora recuerdo que mi abuela, cuando quería que aprendiera algo de memoria, como mi número telefónico, por ejemplo, me lo hacía cantar como rima infantil, hasta que lo sabía tan bien, que ya no lograba olvidarlo, aunque quisiera. De hecho, he cambiado varias veces de número, y no consigo olvidar aquel que aprendí cantado. Con esto pasa exactamente igual, no me sería posible olvidarlas, aún si de verdad lo intentara.

Primero, las escribo sin que el orden me importe demasiado, sin embargo, esto será primordial al acomodar los fragmentos como deben ir, si es que quiero que completen el rompecabezas, y tengan algún sentido. Antes de mostrarle mi libreta a Ángel, numero los fragmentos y esos si los acomodo en orden, mientras aún tengo fresca la sensación que me provocan. Ahora entiendo por qué hay canciones que se hacen famosas, aunque en realidad su letra no tenga el menor sentido o, en ocasiones, si las escuchamos con detenimiento, pudieran resultar terribles. Deben estar cargadas de la sensación de alguien como yo, y es lo que las personas experimentan al escucharlas, sin lograr sustraerse a lo que les hacen sentir. Definitivamente, no volveré a oír la música de la misma forma, para mí ya no será motivo de relajación y esparcimiento, ya no. Ángel alarga la mano y le entrego la libreta, la lee con detenimiento.

El resultado, al tomar el fragmento indicado de cada canción, fue el siguiente:

I.   Oscuridad y luz, se fundieron en una sola gema
    Y el tiempo se ha encargado de pulirla
    La volvió codiciable y fue un dilema
    Decidir quién habría de descubrirla.

    Pero yo he sido el elegido
    Y de ella no hay nadie que se apiade
    Con mi amor como guía la he encontrado
    Y ahora es mi jade… mi jade.

II.   Te convertiste en mi laberinto, siempre igual, siempre distinto,
    En el vicio del que ya no puedo escapar.
    De ahora en adelante, compartirte, o terminarte
    Opciones que me harán perder el juicio
    Deseoso de dejarme caer en el precipicio.

III.   La lucha me resulta interminable.
    Aquella por ser tu amor y tu enemigo.
    Aprendiendo, peleando, descubriendo
    la forma de ser uno contigo.

IV.   Y creí en mi propio sueño
    Poder cuidar de tu fragilidad
    Convertirme así en tu dueño… y terminé
    Siendo una pesadilla convertida en realidad.

Rocío Blisswealth

V.   ¿Cómo vencer los terrores que me acosan?
        ¿Cómo convencerme que este horror es la verdad?
        El demonio de tu adiós se aferra a mí, y no está allá afuera.
        Está aquí dentro, junto a mí, deseoso de que muera…

VI.   No encuentro quién acepte el sacrificio.
        Alguien que conozca por completo mi interior,
        Que comparta mi mente y me regrese al inicio,
        Que comprenda que me muero sin tu amor.

La última canción la incluí toda, más bien, la musa puso en ella mucha información.

VII.   Lamento que ha llegado el día
        En que por fin te has dado cuenta
        De que todos, buenos y malos, todos mentían
        Y que tu vida se ha volteado de cabeza

        Lamento que ha llegado el día
        En que las olas han de azotarte sin parar
        En que el salvavidas en que me convertiría
        Desapareció y no lo puedes encontrar

        Daría lo que fuera por estar ahí
        Para ayudarte a conservar el juicio,
        Pero, fue tu decisión y no la mía.
        Fue mi culpa, lo sé, desde el inicio.
        Y era imposible soñar que me perdonarías.

        Ahora te encuentras sola
        Enfrente de la verdad
        Y viéndote en la cresta de la ola
        En que el agitado mar te sacude sin piedad
        No soy más que una sombra
        Perdido en la obscuridad
        Incapaz de darte algo de paz.

        Cada golpe arranca algo de ti
        Cada dolor termina con tu fuerza

El Juego… Jade

Si tan solo recordaras que sigo junto a ti
Si recordaras que conmigo puedes contar

Ahora te sientes sola
Y no encuentras la salida
Ya solo queda esperar
A que termine la pesadilla…
y tal vez, solo tal vez,
Te encontraré en la otra vida.

Lamento que haya llegado el día
Lamento no estar ahí
Lamento no ser lo que prometí
Aunque si lo piensas bien, si estoy, siempre.

La expresión de Ángel no podría ser más descriptiva, terror. Las canciones forman una historia con principio y final. Supongo que, para mi suerte, en algún momento tenía que tocarme la suerte, la historia se encuentra cercana al final. Ahora, si no me equivoco, estoy justo en la cresta de la ola que la canción describe, esperando que termine la pesadilla, sin Daniel, quien se convirtió en una sombra que no logra darme ni un poco de paz, más bien lo opuesto.

Esto solo contribuye a confirmar que mi plan es el correcto, según parece, no hay nada más, y este dolor me matará finalmente. Seguiré adelante, ya que no hay marcha atrás. Me tienen en sus manos, de forma muy similar que a la musa, con un dolor que me quema cada vez que se me ocurre moverme un poco, como cuando respiro, por ejemplo. Estoy determinada a salir de ahí, aunque sea lo último que haga. Cada vez que me enfrenté con un demonio, solo anhelaba que no lograra matarme, no quería morir mientras sus fieros ojos gozaban viéndome sufrir, ahora, quizá sea yo misma la que me entregue, si así consigo que esto acabe de una buena vez. Los ojos de Ángel siguen clavados en mí, esperando, pero no tengo nada que decir, solo sonrío. La energía de Daniel se agita.

Capítulo XXIV
la última cena de un condenado a muerte

Por primera vez, desde hace casi un mes, según las cuentas de Ángel, puedo sentir que mis pulmones se llenan por completo, es probable que eso se deba a que los músculos de mi tórax se han relajado un poco, no completamente, aunque, con esto me conformo. Me resulta increíble pensar que fue precisamente, en este remolino de dolor, donde encontré cierta estabilidad para mi espíritu. Hacer recuento del pasado también me ha ayudado.

Creo que, al crecer, fui deseando muchas cosas, si bien, no todas con la misma intensidad, todas caían dentro del mismo rango. Que mi vida fuera normal, ya no ver a los demonios, que mi padre me quisiera, que mis abuelos no murieran, en fin, y, al no obtenerlas, dejé los deseos de lado. Eso fue al menos hasta que un deseo inmenso e irrefrenable, conocer a Daniel, se cumplió con creces. Entonces entendí que, si era posible lograr las cosas, solo era necesario que las deseara con verdadera fuerza. El marcó la altura de mis estándares y, gracias a eso, puedo reconocer, que deseo con aquella misma intensidad, que el cumplimiento de mi plan sea posible.

Como diría mi abuelo, 'No gasto mi leña en infiernitos.' He decidido reservarla para formar una sola enrome hoguera. Una que sea capaz de consumirme, de impulsarme al grado de enfrentar al demonio, ese que ahora habita dentro de la piel que aún amo más que ninguna otra. Supongo que después de lo que pasó con mamá, y con Mara, no es de extrañarse que sea así. Bueno, supongo que pensarán que lo que Daniel hizo en contra mía es precisamente lo que me tiene en esta situación, no obstante, mi madre y mi hermana se llevan las palmas en cuanto a grados de traición se refiere, ¿no lo creen? Daniel no me conocía cuando todo se planeó. Ellas, en cambio, una vivió conmigo casi toda su vida, la otra, simplemente me dio a luz.

Una de estas noches, tres o cuatro que decidí tomar como descanso antes de continuar con mi búsqueda de información, le pregunté a Ángel cuál había sido la razón de que ellas pidieran compartir su cuerpo con un demonio, es una de las cosas que más me ha costado entender. Como siempre, se resistía a decírmelo, no obstante, lo hizo. Me contó lo que él sabía.

Mamá siempre supo que había algo extraño conmigo, durante sus andanzas en iglesias y cursos de todo tipo, fue reuniendo información, cotejando datos con los logros que yo obtenía al sanar a mi abuela, por ejemplo. El día que ella, descubriéndose gravemente enferma, consiguió que yo le agregara años a su vida, lo supo sin lugar a dudas. Los demonios, que siempre rondaron por la casa, descubrieron entonces su interés por cambiar un poco de mi energía por algo que ella había deseado por años, volver a ver a mi padre.

Eso fue en su caso. En el de Mara, la verdad, ni a Ángel ni a mi puede ocurrírsenos qué es lo que haya deseado con tal intensidad, como para cambiar a su hermana por eso. Bueno, si tomamos en cuenta lo mucho que siempre me quiso, supongo que bien podría haberme cambiado por un par de calcetines, solo por el placer de perderme de vista. El hecho fue que, un demonio les dijo que la única manera de controlarme era dando cabida a uno de ellos en su cuerpo, ya que mi energía era tal, que de otra forma no lo lograrían, y ellas lo pidieron así.

Cuando mamá se enteró que yo pensaba, finalmente, deshacerme del demonio de mi habitación, decidió que ese era un regalo de los dioses. Albergar, nada menos, que al demonio que mejor me conoce en todo el mundo. Por fin me expliqué lo de los bísquets con limonada, ella no lo sabía, mi demonio sí.

A Mara, se lo enviaron en respuesta a su petición, un demonio que yo no pude sacar de la casa. Supongo que le pidieron una muerte como pago, para asegurarse que su decisión era firme, y fue así como la señora Rosy perdió la vida. Y así se hicieron cada una de su demonio, el cual, lamento informarles, no les servirá de nada. Una cosa que los demonios no les dijeron, es que una vez dentro de ellas, ya no podrían seguirme sin ser vistos, por lo tanto, su alcance se ha reducido bastante. Ya deben estar solicitando la llegada de un demonio más grande, para ver si así logran obtener de mí lo que esperan. Lamento decirles que, si su pedido no es entregado con prontitud, ya no lo conseguirán.

Como ya saben, mi búsqueda de información me ha llevado a enterarme de grandes trozos de acontecimientos que forman mi vida, como quien arma un rompecabezas. Solo que mi intención es, tener todas las piezas del rompecabezas juntas y en su lugar, antes de dar el paso final para cumplir lo que me he propuesto.

Mi intención, permítanme informarles, ahora que Ángel no me observa como es su costumbre, es buscar a Daniel. Es decir, al demonio que ahora lo alberga, y rendirme. Él sabrá qué hacer, de eso no tengo duda, por algo está donde está. No quiero otro demonio, lo necesito precisamente a él, que conoce mi sangre hace cientos de años. Espero que el anzuelo, conmigo columpiándome sobre de él, le resulte irresistible. Ángel me sostendrá hasta el final, lo sé también, pero, todo esto llegará a un final. Tiene que ser así, porque es lo que más deseo, no seguir en esta vida sin Daniel, que ya de por sí, me sabe a muerte, a una larga y dolorosa muerte.

¿Que por qué estoy empeñada en completar las piezas del rompecabezas? Ya sé que con eso prolongo la agonía, solo que, se lo debo a mis abuelos. Quiero que Ángel les explique que ya no había nada que valiera la pena, como para evitar dar ese paso, que ya no había nada, punto. Así entenderán la decisión que he tomado, su opinión es la única que todavía me importa. Según creo, ya no me faltan muchas piezas. Tres, si las cuentas no me fallan, primero, quiero saber quién está detrás de todo esto, quién, de forma específica. Ya no quiero descripciones como el bien y el mal, o ridiculeces como esas. Nombres, eso sería lo correcto, quiero nombres, lugares, rostros, ponerle un rostro a mi verdugo.

Segundo, necesito hablar con Daniel, enfrentar el terrible dolor de llamarlo de forma absolutamente voluntaria, y hablar con él, como hace mucho no lo hago. Se lo debo, por toda la felicidad que, pese a todo, consiguió darme. Si ese hecho fue fortuito o voluntario, tampoco me importa ya, lo hizo, y eso es más de lo que jamás recibí de mi madre, por ejemplo. Y, por último, deberé buscar en mi interior, así es, sentarme a hablar conmigo misma, y resolver si las piezas que reúna hasta ese día me hacen cambiar de opinión, o no. Después de eso, todo estará hecho, todo se habrá dicho, y los acontecimientos de mi vida, por primera vez, estarán en mis manos.

Durante estos pasados días, he vuelto a ver a mamá y a Mara, ambas están 'verdaderamente preocupadas' por mí. Me he propuesto que no se enteren de lo que sé, por dos razones, una, cuando tenga que localizar al demonio dentro de Daniel, no me conviene que se dé cuenta de que ya sé con quién estoy realmente hablando, y esto me sirve de entrenamiento para ese momento. Y dos, no quiero desatar una guerra que podría guiarme por caminos que no son el que he elegido. Por lo tanto, me he portado incluso dulce, diría yo. ¡Qué asco! ¿Verdad? Lo sé, pero, en un intento porque el verdadero sentimiento no aflorara, eso fue lo único que conseguí. Ellas, obviamente, han demostrado tenerme una increíble lástima por el dolor que ya no ver a Daniel me ocasiona, y siguen diciendo que todo pasará. ¡Claro que así será! Porque esta vez, yo me encargaré de que así sea.

Una ventaja de esta situación es que se han ocupado de alimentarme bien, he vuelto a probar todos los platillos que mi abuela preparaba, y que eran mis favoritos, según parece, aun cuando yo nunca puse atención, mi demonio si se fijó siempre, en cuáles eran los ingredientes de sus guisos. Y aunque me saben a, la última cena de un condenado a muerte, acepto que prefiero comer con el sabor de la sazón de mi abuela, que los sándwiches que Ángel tan diligentemente me había estado preparando.

Otra cosa de la que me he enterado es que Mara localizó a su exesposo, y decidió enviar a mis sobrinos a pasar con él una temporada. En un principio, la idea me pareció terrible, prefería tenerlos aquí donde podría cuidarlos de ellas, sin embargo, terminé por aceptar que es mucho mejor que estén por un tiempo con su padre. Él los ama, y los mantendrá fuera del alcance del demonio en que Mara se ha convertido. Además, me dan tiempo de definir las cosas, sin tener que preocuparme por nadie más. La enana incluso me pidió autorización para llevarse a Tíber, pobre animalillo, ya no hacía más que aullar cada vez que alguna de ellas se le acercaba. Por lo tanto, no solo la autoricé, casi le suplico que se lo lleve, una cosa menos de qué preocuparme.

"Ángel, dime una cosa. Tú sabes quién está detrás de todo esto, ¿no es así?" Pregunto desde mi posición sobre de la cama.

"Sí."

"¿Son los mismos que nos persiguen a todos?"

"No, se trata de grupos diferentes, la información respecto a cómo obtener sus dones, se fue pasando de boca en boca, y los que los localizan primero..."

"Reclaman la presa."

"Algo así."

"Hay forma de que los vea, sin que ellos se enteren."

Se sienta sobre de la cama junto a mí y me observa, dirigiendo luego su vista al suelo, sacude la cabeza ligeramente en señal de negativa y guarda silencio, segundos después solo dice en voz baja:

"Sí."

"Se trata de otro trago amargo, ¿no es cierto?"

"Todos lo son, pero, este... No sé qué puedas sentir si tienes oportunidad de verlos y, sé bien que, sin importar lo que diga, no podré detenerte."

"¿Cómo lo hago?"

"¿Ahora?"

"¿Para qué esperar, Ángel? Sí, ahora."

Dirige su vista hacia el sillón, hacia Daniel. Él debe saber a dónde me dirijo. Sonrío levemente.

"¿Qué ocurre?"

"Lo que sucede es que deberás seguir tu esencia, tu energía, y la de Daniel, él también ha estado ahí, así será más seguro."

¡Por supuesto! Ellos son los que contrataron a Daniel para que se acercara a mí, él los conoce, ha estado con ellos.

Rocío Blisswealth

"Más fácil todavía, esa la conozco bien." Me recuesto y cierro los ojos, respiro pausadamente hasta que mi esencia y la de Daniel se presentan claras ante mí, como una extraña mezcla de colores que forman una línea anaranjada, que puedo seguir con facilidad. Ignoro el dolor que me provoca envolverme en la esencia de Daniel y me dejo ir, con prisa esta vez, la curiosidad me corroe.

Debí suponerlo, una mansión, no sé exactamente dónde me encuentro, pero, no creo que se trate de México, la vegetación es muy diferente, más como bosque, un extraño y húmedo bosque de enormes robles. Un lago, no, un río angosto rodea los terrenos de la casa formando un anillo alrededor de ella, y los jardines son verdaderamente maravillosos, impresionantes. Al llegar a la casa disminuyo el paso, no quiero pasar por alto cualquier dato que pudiera serme de utilidad.

Todo, absolutamente todo lo que mi vista alcanza, es caro, exageradamente. Obras de arte han sido colocadas por doquier, tal parece que ya no hay mucho espacio donde ponerlas porque, en algunos lugares, se ven demasiado cerca unas de otras. Quizá mi apreciación de deba a que, en los museos, única referencia que tengo de otro lugar donde admirar semejantes bellezas, siempre tienen un área especial para cada pieza. Aquí hay objetos, pinturas, esculturas, y otras cosas, que ni siquiera soy capaz de identificar, mezclados sin distinción de país de origen, o de época. Sí, algunas de estas obras son verdaderamente antiguas, más de lo que yo jamás haya visto.

Hasta ahora no me he encontrado con nadie, por lo tanto, sigo caminando. En mi recorrido. Llego a unas escaleras que bajan hacia lo que parece ser un sótano, las sigo, no me gusta del todo la idea, pero, más vale que no deje nada fuera, nunca sé si pudiera servirme de algo. Al terminar de bajar, me asalta una extraña sensación de que antes ya he estado aquí. Esta área es completamente diferente de lo que hasta ahora he podido recorrer, es obscura, con un olor a humedad tan intenso, que molesta en las fosas nasales, y prácticamente sin iluminación. Empiezo a caminar por un largo pasillo alumbrado solamente por lámparas colocadas en las paredes, a ambos lados del pasillo.

Ahora recuerdo, si, ya estuve aquí, cuando hice el intercambio con Daniel, cuando me trajeron a encontrarlo aquí, dentro de una de estas celdas. Por cierto, no había recordado ese hecho, lo agregaré a mi lista de piezas por encontrar. Reconozco las puertas de pesados tablones y bisagras oxidadas, gran cantidad de puertas, puedo ver frente a mí, aquella que empujé para ver a Daniel. Dos puertas más adelante, la puerta de la musa, he estado aquí, y no solamente una vez, sino dos. Me asomo por la ventanilla de la siguiente puerta y no alcanzo a ver nada, sin embargo, escucho la respiración de alguien, todas las celdas tienen un preso.

Ya que no puedo hacer nada por sacarlos de ahí, doy la vuelta y deshago el camino andado, hasta que vuelvo a encontrarme con la escalera y subo por ella. Una vez arriba, veo un hombre de traje obscuro y decido seguirlo, camina muy deprisa, corro un poco para darle alcance. Se encamina hacia el jardín, para encontrarse con un caballero que, según creo, por la diligencia y respeto con que se dirige a él, es el dueño del lugar. Este debe ser uno de los que están de cacería detrás de mí.

Es sumamente guapo, en extremo. Si no me equivoco, debe tener alrededor de cuarenta años, no creo que tenga más. No sé por qué pensé que serían más viejos. Su piel es muy blanca y su cabello, aun cuando está casi completamente cubierto de canas, es brillante, sedoso y con un estilo que raya en la perfección. Su aspecto en general es pulcro y bien cuidado, claro, con las cantidades de dinero que aquí se mueven, debe ser fácil mantenerse así. Es alto, me atrevería a decir que un poco más que Daniel, y su cuerpo, aun cuando es delgado, se ve muy bien formado, la ropa que lleva puesta, en tonos café y arena, le luce fantástica. Su cara es angulosa, tiene la nariz recta, y un tanto prominente, como la de mi abuelo. Sus cejas son pobladas, y sus ojos grandes, almendrados, color miel y, su mirada es extrañamente dulce.

Eso no me lo esperaba, soy su víctima, su presa, y me es difícil empatar su aspecto con la sensación que creí me provocaría, me resulta tan atractivo que me cuesta trabajo sentir desprecio por él. Tiene aspecto de modelo, o de galán de televisión, aunque, a decir verdad, jamás he visto uno tan atractivo. Creo que desprecio es lo que debería sentir, miedo al menos, pero no siento nada cercano a eso.

Las palabras del que, ahora entiendo, es uno de sus sirvientes, despiertan mi atención sobremanera, lo busca Sara porque quiere hablar con él, ¿será la misma Sara? ¡Jade, por favor, déjate de tonterías! Por supuesto que debe ser la misma Sara, esto tengo que verlo.

Camina con elegancia hacia otra área de la casa, una agradable sala con dos mullidos sillones, en tonalidades pastel, donde predomina el azul, y una diminuta mesa intermedia para tomar el té. La luz del sol entra por el enorme ventanal a su espalda, disminuida un poco por el espeso follaje de las plantas que rodean los cristales. Sin tomar en cuenta las formalidades que la educación marca, al menos la mía, toma asiento antes de que Sara haga su aparición y, en cuanto la ve, solo asiente con la cabeza, ni la saluda, ni se pone de pie para recibirla. De acuerdo, ya me quedó claro, ella es otro sirviente y sí, es la Sara que yo esperaba.

Rocío Blisswealth

"Buenos días, Sara." ¡Dioses! Qué voz tiene, profunda, suave, como si acariciara con ella.

"Buenos días, señor, lo veo muy repuesto, luce usted muy bien."

"Gracias a lo que hiciste con Daniel, el suministro de energía está llegando regularmente y en las cantidades precisas, estos son los resultados." Lo que hiciste con Daniel. ¡¿Qué fue lo que hiciste con Daniel?! ¿Cómo fue que…? Tengo que concentrarme en lo que tengo enfrente, concentrarme.

"¿Se sabe algo de Jade?" Pregunta ella con cierta duda en la voz, como si no estuviera segura de si tiene derecho a preguntar, o no.

Él levanta una ceja, supongo que, hasta cierto punto al menos, lo considera un atrevimiento, no obstante, le contesta.

"Sufre, demasiado para mi gusto, no quiero pensar que eso podría acarrearle una muerte que todos lamentaríamos demasiado. Definitivamente, las cosas no han salido de la forma en que nos hubiera gustado, sin embargo, estamos en proceso de arreglarlo."

"¿Sería mucho atrevimiento de mi parte preguntar cómo?" Él sonríe levemente, una vez más, le responde, creo que lo encontró de buen humor.

"Se niega a vivir sin Daniel, espero que lo busque, tarde o temprano. No, en realidad, preferiría que lo hiciera temprano."

"Pero, ahora es el demonio el que ocupa ese cuerpo." La voz de Sara es de angustia, ¿Por qué? Dudo que le importe lo que pueda pasarme.

"Lo ocupan ambos, Sara, Daniel sigue estando ahí, el demonio ha tenido buen cuidado de no quitarle el espacio vital que su espíritu necesita para seguir atado al cuerpo. No nos conviene que muera por ahora, necesitamos que sea a él a quien Jade perciba el día que decida acercarse."

"Según Daniel, ella es sumamente perceptiva, ¿qué le hace pensar que no se dará cuenta de que no es Daniel únicamente quien vive bajo esa piel?"

"Yo siempre me recuerdo que no debo subestimar a esa niña, sin embargo, Sara, permíteme recordarte que tampoco debemos sobreestimarla, es un ser humano, ¿recuerdas?" Sus palabras suenan duras, no le gustó que Sara le mencionara algo que podría ser un error terrible para ellos, confiarse demasiado, de hecho, lo es. Yo ya sé que el demonio está ahí, y la totalidad de mi plan se basa en ese hecho. Por primera vez en mucho tiempo, puedo sentir una profunda sensación de que lograré lo que me propongo, conseguiré finalmente liberarme de las ataduras que amarran este cuerpo, de manera similar a los que tienen en las celdas, mientras no se den cuenta de lo que sé.

"Es solo que pensé que yo podría quedarme con él." Ahora entiendo, quiere quedarse con Daniel y, mientras él esté conmigo, no le es posible.

El Juego… Jade

Él la observa detenidamente, como estudiándola, le responde con un tono de autoridad muy sutil, aunque sumamente claro.

"Sara, mis palabras fueron, si mal no recuerdo, que podrías quedarte con Daniel, cuando Jade lo dejara. Ella le pidió, en todos los tonos, que se retirara, sin embargo, él no respeta su decisión y sigue ahí." Sonríe con cinismo, y observa cómo la cara de Sara se transforma con sus palabras, pasando de la sorpresa, al enojo y luego, de vuelta a la máscara sin expresión que ha utilizado, con muchas fallas, desde que llegó. Él continúa hablando.

"No hay mucho que podamos hacer al respecto. Debemos respetar el libre albedrío, no obstante, dudo que ella tarde mucho en tomar una decisión, aunque..." Sonríe más ampliamente. *"Si decide quedarse junto a él, demonio y todo, tendrás que buscar a alguien más para aliviar tu soledad. Ella es lo más importante y, si con eso se le hace feliz, así se hará. ¿De acuerdo?"*

"Por supuesto." Se las arregla para decir, con un tono por demás forzado.

"Ahora, dime, ¿a quién trajiste hoy?"

"Víctor Arredondo y otros dos cantantes me acompañan, pensaba llevarlos al salón de los azulejos. ¿Está bien?"

"¡Pero claro! La energía hoy está de calidad óptima, les hará mucho bien."

"¿Y la musa? ¿Podría Víctor pasar a verla? Él debe empezar con las grabaciones del nuevo material, a más tardar, en tres meses."

"No hay problema, lo dispondré todo, acompáñame."

Ambos se encaminan hacia el recibidor de la casa, yo, por supuesto, los sigo de cerca, Víctor Arredondo y otros dos jóvenes, que he visto en televisión como nuevas figuras, se encuentran ahí. Se acercan con gran respeto a saludar al hombre y, puedo darme cuenta de que ya estaban hablando con otro de los dueños. Son increíblemente similares, no como si fueran gemelos, ni nada de eso. Es, no sé, como si hubieran sido elegidos para representar el mismo papel en una película. La estatura, el tono de piel y de cabello, la complexión, incluso el estilo de ropa. Solo el rostro cambia, aunque no demasiado, tal vez sean hermanos, podría distinguirlos perfectamente el uno del otro, pero, si los viera a lo lejos, probablemente no me sería tan sencillo.

Existe una especie de mimetismo entre ellos también, sus gestos, sus movimientos, son muy similares, y esa forma que tienen de verse a los ojos por fracciones de segundo. Sé que se están diciendo algo, como si se adivinaran el pensamiento. Uno más se une a la reunión, es increíble, ¿Dónde los hicieron? Porque no creo que esto sea obra de la cirugía plástica. La cara de este, sin embargo, no es tan angulosa como la de los otros dos, y sus ojos, si marcan una diferencia más fuerte, carecen por completo de dulzura. Su mirada es más cínica, eso lo hace distinguirse con más facilidad.

Rocío Blisswealth

Observo detenidamente a los jóvenes que vinieron de visita, pese a que sonríen, están muertos de miedo, eso es lo que yo debería sentir, lo sé y, sin embargo, me resultan tan agradables a la vista, que me cuesta concentrarme en el hecho de que son los más grandes enemigos con que puedo contar, y que son ellos los causantes de todas mis desgracias.

El grupo se encamina hacia unas puertas maravillosas, de madera con engarces de oro, debe ser oro, ellos no pondrían una imitación. Al abrirse camino puedo observar, que la suntuosidad de este salón deja atrás a la del resto de la casa, y eso, créanme, ya es decir bastante. Es ahora que noto que todos los visitantes están descalzos, ¿por qué será eso? Los anfitriones se disponen a hacer lo mismo. Antes de entrar al salón se detienen y se despojan de sus zapatos, mismos que los sirvientes recogen inmediatamente, y colocan sobre unas rejillas en la pared, dispuestas para ese propósito, debe ser algo que hacen con frecuencia.

Entramos al salón y, uno más de ellos los espera sentado en un sillón que más bien tiene aspecto de trono. Hay cuatro más de estos, por lo tanto, deduzco que me falta uno más de ellos por conocer, es decir, por ver. Los sillones son simplemente fabulosos, amplios, pesados, de tersas maderas y respaldos altos. En el respaldo muestran una planta que ha sido tallada, a la perfección, sobre la madera. Cada uno tiene una planta distinta y, a decir verdad, no sé reconocer ninguna de ellas, eso aunado a que el nombre de la bendita planta está tallado junto a ella, pero, en latín o algo así, ya se imaginan que no me entero de nada.

Cada uno de los anfitriones toma asiento, encaminándose directamente hacia su trono, por lo tanto, supongo que lo de la planta debe tener relación directa con ellos, el resto de las personas permanecen de pie en el centro del salón. Enfoco mi atención en el suelo, es extraordinario, los azulejos forman perfectas figuras. Si no me equivoco, son representaciones de aire, tierra, metal y fuego. Mi vista no alcanza a ver la totalidad de ellos, no obstante, supongo que el agua debe estar representada también.

No, ahora me doy cuenta, ellos han sumergido los pies en ella, los azulejos están cubiertos de agua, tan clara y tranquila, que ni siquiera la había notado. No obstante, no es muy profunda, solo les cubre los pies hasta los tobillos, eso le da sentido al hecho de que todos entren aquí descalzos, aun cuando mi duda persiste, ¿qué es lo que hacen? No lo entiendo. Debe tratarse de una especie de ritual, uno del que jamás había oído hablar.

Lo cierto es, que no entiendo nada de lo que veo, si bien, no me cabe la menor duda de que estas personas forman el grupo que aprovecha mis dones, ¿con qué fin? Los visitantes, para conseguir fama u otras cosas, eso ya lo sé.

El Juego... Jade

Me refiero a que estos personajes, los habitantes habituales de esta mansión, no parecen necesitarme para conseguir fama, ni dinero. Es más, difícilmente creo que ese tipo de cosas les interese.

Obviamente hay una parte de esta imagen que no estoy viendo, la parte más importante, ya que, subyugada por la belleza del lugar y de sus habitantes, no veo más allá de lo que mis ojos perciben. Afortunadamente, ya sé lo que tengo que hacer, eso sí me causa miedo. Cada vez que he usado esa frase, los resultados son terribles, creo que en ocasiones es mejor dejarse la venda sobre de los ojos, solo que, esa opción, ya no está disponible para mí. Estoy aquí para enterarme de todo, así que, sin pensarlo más, cierro los ojos y digo: "Permite que mi espíritu vea lo que es invisible para mis ojos." Abro los ojos lentamente, frente a mí, los jóvenes cantantes, Víctor incluido, no muestran cambio alguno. Observo sus figuras desde la cabeza hasta los pies, aquí empiezan los cambios, el agua se ha vuelto turbia, y está cambiando de color, se pone roja, cada vez más. Aunado a eso, pequeños remolinos se van formando, incluso burbujea lentamente, como si comenzara a hervir. El aspecto empieza a volverse nauseabundo, y nadie de los presentes parece notarlo.

Con gran dificultad, pues esta imagen ha capturado completamente mi atención, levanto la vista hacia los anfitriones. Mi estómago deja escapar el aire de golpe, al no poderme sustraer a la sorpresa que su cambio me provoca. A su espalda, cada uno de ellos, ha extendido un par de alas, enormes, brillantes, bellísimas. Un par de ellos tienen alas negras, los otros, blancas. El aspecto general de su rostro no se transforma, a excepción de sus ojos, que ahora son blancos, completamente carentes de iris, ciegos por completo, aterradores.

Sus brazos siguen descansando sobre el sillón, sus piernas, sin embargo, se sacuden suavemente, y sigo su contorno hacia sus pies, lo prefiero a seguir observando sus ojos. No, no es cierto, esta imagen es todavía peor. Sus pantalones están levantados un poco, mostrando parte de sus pantorrillas, por lo tanto, dejan expuesta su piel, y me permiten ver cómo sus venas se han ensanchado en un grado extremo, y se comprimen y se dilatan como sanguijuelas, cerca de sus tobillos. Veo pequeños orificios en la piel, por donde absorben el agua, haciéndola llegar hacia el resto de su cuerpo. Creo que estoy presenciando el proceso de alimentación de un Ángel Caído, desagradable, terrorífico.

Ya no quiero verlo, deseo irme de aquí y, sin embargo, no consigo moverme en lo absoluto, es como si tuviera grilletes sujetándome por los tobillos. El miedo empieza a invadirme al no conseguir desprenderme de aquí.

Rocío Blisswealth

480

Volteo hacia mis pies en busca de los grilletes, o cualquier cosa que esté sujetándome, y veo mi cuerpo, mis manos primero, después mis brazos. Estoy cubierta de grandes heridas abiertas, da la impresión de que, invisibles tenazas sujetaran la piel, para impedir que se cierren, y la sangre escurre por mi cuerpo hasta llegar al agua y crear remolinos.

Ahogo un grito que se aloja en mi garganta impidiéndome respirar. Lucho desesperadamente por cerrar las heridas, cubriéndolas con las manos, pero, en cuanto cierro una, se abre otra aún mayor. El terror oprime mis pulmones, y la garganta se cierra cada vez más. ¡Dejen eso! ¡Dejen de hacer eso! Es lo único que mi cerebro pide a gritos sin poder externar una sola palabra. Las puertas se abren de nuevo, dándole paso al quinto anfitrión, al que me faltaba conocer. Da unos pasos y extiende sus alas, como si lo que tiene enfrente le causara gran alegría, es igual a los otros, aunque, no, no del todo, es más jovial.

"¿Por qué empezaron sin mí?" Dice entre macabras risas, y mi corazón se brinca un latido. ¡Que alguien lo detenga, por favor! ¡Que pare de una vez! Ya no puedo más.

Se me hace imposible respirar, no quiero ver más de este horror, las náuseas empiezan a retorcer mi estómago y el aire entra en mis pulmones causando un agudo silbido. Se están alimentando de mí. Caigo sentada sobre el agua, no, sobre la que solía ser agua cristalina y ahora es una mezcolanza de mi sangre, quiero llorar, y gritar al mismo tiempo. Quiero morirme después de lo que he visto, cierro los ojos, y sus imágenes me persiguen detrás de mis párpados. No importa, ya no los abriré, no agregaré más horror a esta pesadilla.

Una vez más, experimento la pesadez de mi cuerpo, el zumbido en los oídos. Entreabro los ojos y veo, entre las lágrimas, las paredes de mi recámara. El impulso de correr no ha cesado, y torpemente me lanzo sobre el costado de la cama cayendo de lleno sobre mis rodillas, causándome un terrible dolor. En manos y rodillas me arrastro, buscando la salida que deseaba con desesperación. Los sollozos se agolpan en mi garganta, y se entrelazan con mis gritos para escapar ellos también.

Siento unos brazos rodear mi cintura, sujetándome con fuerza, mi impulso de escapar continúa, y mis gritos aumentan su intensidad, convirtiéndose en una especie de gruñidos desesperados. No consigo avanzar, la fuerza con que me sujetan es increíble, por fin cedo ante ella, y me dejo caer de costado sobre el suelo. Ángel me da la vuelta para que el aire me alcance con más facilidad, y me sostiene entre sus brazos. Mi vista, nebulosa hasta ese momento, se fija por fin en su dulce rostro, mi cuerpo deja ir toda la fuerza con la que luchaba por salir, y se desmadeja en sus brazos, sigo viéndolo, solo viéndolo. Nunca, hasta el día de hoy, había visto lágrimas en sus ojos. Me acaricia la mejilla sin que yo logre reaccionar, lo intento, pero, la fuerza la dejé en algún lado.

"Respira, Jade, sigue respirando, por favor, solo hazlo." Una terrorífica imagen llena mi cerebro y entonces se lo digo.

"Se… alimentan… de mí." El recuerdo dispara el alarido que mi garganta no dejó escapar anteriormente, y llevo mi cabeza hacia atrás para dejarlo salir. Mi espalda se curva también hacia atrás, como si el peso de mi cabeza fuera insostenible, tal parece que el grito buscara una salida por mi pecho, en lugar de por mi boca y, una vez que lo dejo salir, lloro descontroladamente.

Daniel, visible otra vez, se arrodilla junto a nosotros y sujeta mi mano, su tacto dispara un terrible dolor a lo largo de mi espina dorsal, pero mi mano, se aferra a él y no lo deja ir. Ángel lo ve, sé que piensa pedirle que me suelte, que desaparezca y me deje en paz, pero, al ver mis nudillos blancos por la fuerza con que me aferro a su mano, no dice nada, solo sigue acariciándome y pidiéndome que respire, que no deje de hacerlo.

El dolor que Daniel me provoca es enorme, pero, prefiero ese dolor que creí me mataría hace solo unos días, ya que ahora me hace olvidar, al menos en parte, lo que acabo de presenciar… Se alimentan de mí.

Capítulo XXV
No sirve llorar por la leche derramada

Después de un par de horas, me fue posible soltar la mano de Daniel, y él, regresó a su sillón y a su antiguo estado de invisibilidad para mis ojos. Por lo visto, me he pasado la vida considerando solo un pequeño porcentaje de lo que había a mi alrededor, como si todo ese tiempo hubiera estado observando por la cerradura de una puerta que, hasta hace unos días, siempre permaneció cerrada para mí o, tal vez no, simplemente nunca antes hice el intento por abrirla.

Debido a los acontecimientos de mi vida, cada vez confirmo más mi teoría de que a la gente, que puede ver cosas como las que yo he visto, la recluyen en algún sitio, eso debe ser un alivio. Imagino lo que será tener a alguien al lado, médico, enfermera, o lo que sea, diciéndome hasta el cansancio, que todo lo que he visto es obra de mi prolífica imaginación y que ninguno de esos monstruos existe realmente. Créanme, yo lucharía con todas mis fuerzas por dejarme convencer, y sumirme en la bendita inconsciencia en la que viven la mayoría de los seres humanos. Sería algo sencillamente delicioso.

¿Cuánta gente habrá allá afuera que pasa por lo mismo que yo? Es decir, ya me dijeron que la producción es de siete personas, cada siete años, pero ¿Cuántos de ellos han sobrevivido? ¿Cuántos de ellos tienen a su lado un ángel, que los mantenga con vida, contra todo pronóstico? ¿Cuántos han gozado de la dicha de no percatarse jamás de que los demonios existen, y han logrado, aún sin saberlo, tener una vida normal? ¡Qué envidia! Creo que me hubiera gustado tener una vida así.

Sin embargo, yo sigo aquí, acostada en mi cama, de donde no he podido levantarme, es decir, no tengo para qué hacerlo. Trato de analizar qué es lo que siento, definir de alguna forma, el cúmulo de sensaciones que me recorren el cuerpo de arriba a abajo. Todo lo que he podido deducir hasta ahora, es que todas son profundamente desagradables. Además de eso, estoy demasiado consciente de mi cuerpo, como si pudiera sentir exactamente dónde se encuentra cada partícula de él, no sé si esta consciencia la despierta el dolor, la angustia, o si lo que me imagino es verdad.

Que mi sangre se convirtió en ácido, que va quemando las células conforme las recorre, tal vez eso explicaría este dolor y sería algo fantástico si fuera verdad. Ya quiero ver a esos malditos alimentándose de ácido, en lugar de sangre, me gustaría saber si les resulta tan agradable como hace un rato.

Ángel guarda silencio, por primera vez desde que todo inició. Después de cada trago amargo, lo último que hace es callarse. En lugar de eso, pasa horas y horas tratando de convencerme de que esta vida vale la pena vivirse. No ha logrado nada en sus intentos, mi búsqueda va enfocada completamente en la dirección opuesta, estoy reuniendo las piezas necesarias para confirmar que no es así, y voy logrando mi propósito, con creces.

La verdad, no me hacía falta tanto, nunca imaginé que el total de las pruebas que encontrara sería demasiado para mí. No obstante, sigo aquí, obviamente gracias a Ángel que, por alguna razón que desconozco, se niega a dejarme ir. ¿De cuántos horrores más quiere que me entere? Tal vez piense que, si ya pasé por esto, y logra mantenerme con vida, llegaré a la conclusión de que puedo seguir viva indefinidamente. No es así, aunque ya no se lo digo, no tendría sentido hacerlo, él no piensa cambiar de opinión, tampoco yo.

Dentro de mi cabeza sigo reviviendo, cada vez con más claridad, las escenas que presencié, enfocándome a veces, en los rostros de terroríficos ojos vacíos, otras en la belleza de sus figuras con las hermosas alas, otras, las más, en el asqueroso proceso de alimentación de estos que solían ser ángeles. Ya ni siquiera hago el intento por detener la inundación de imágenes en mi cerebro, ya sé que no funcionaría, si no lo logré cuando las escenas eran más suaves, sé que no lo conseguiré ahora que, simplemente, son lo más horrible que he visto. No lucho, sigo repasándolas una y otra vez, con la diferencia de que los gritos solo se escuchan dentro de mi cabeza, ya no los dejo salir a mi plano físico. No me ayudan en nada, y si podría asustar, bueno, a los vecinos, tal vez.

Debo admitir que, pese a todo lo que les narro, dentro de mí sigo escuchando, muy a lo lejos, pero aún con claridad, la voz que me pide que continúe, la que repite que esta vida no vale la pena, y que requeriría de más valor para vivirla, que para salir de ella.

Mis ojos vagan por las paredes, y, ahora me doy cuenta de que Ángel no solamente está muy callado, me sostiene la mano, pero, no voltea a verme, hace ya buen rato que no me dirige la mirada, esa es otra cosa que es extraña en él, que siempre busca mis ojos.

"Ángel."

"¿Sí?" Responde con la mirada clavada en el piso.

"¿Por qué no me ves?"

"No quiero asustarte." Esto si es raro, ya consiguió captar mi atención, si eso era lo que trataba de hacer, ya mordí el anzuelo, y quiero saber qué es lo que está pensando. Me enderezo en la cama hasta quedar recargada sobre el respaldo, y él sigue igual, viendo al piso.

Rocío Blisswealth

"¿Asustarme? ¿Por qué?"

"Jade, los personajes que viste alimentándose, ellos fueron, son todavía de algún modo, mis hermanos." No lo había pensado, eso debe ser difícil también para él, se está enfrentando con seres a los que conoce bien, quizá demasiado.

"No había caído en la cuenta, pero, sigo sin entender. Ángel, por favor, mírame." Voltea a verme girando parcialmente su rostro, verdaderamente tiene temor de asustarme.

"Pensé que la semejanza entre nosotros te evocaría, con más nitidez, el recuerdo, y que no me querrías a tu lado. Justo ahora, no quiero irme."

"Es cierto." Lo estudio con la mirada. "Pareces hijo suyo, te les pareces mucho, aunque más joven. Tú te ves como de... ¿veinticinco? Mientras que ellos parecen de cuarenta años, más o menos." Un escalofrío me recorre la espina dorsal cuando los recuerdo.

"Yo sigo tal como fui creado, ellos, en cambio, envejecen. No como ustedes, pero, lo hacen."

"Ángel, yo no podría compararte con ellos, eres diferente para mí, fuera de lo que acabas de hacerme notar, no existe parecido entre ustedes y, no quiero que te vayas. Hasta el final ¿te acuerdas?"

"¿Cómo olvidarlo? Me lo hiciste prometer. Supongo que ahora, con el odio que empieza a crecer en ti, te será más fácil alcanzar tu meta."

¿Odio? ¡Por supuesto! Dentro de la marejada de sentimientos que me inundan, hay odio, ellos sí lograron provocármelo, al no poder identificar los sentimientos que me embargan, no me había enterado de que uno de ellos, uno que puede serme de mucha utilidad, es el odio. Mil veces mejor que la ira. Ahora puedo sentirlo, agudo, hirviente, fuerte, maravilloso.

"No lo había notado."

"¿El odio? ¿Cómo es posible? Yo lo identifiqué simplemente al tomarte de la mano. Es muy fuerte."

"Pues, yo no he logrado identificar aún qué es todo lo que siento, pero, gracias. Me sirve."

"Jade, ¿podrías tomar unas vacaciones en tu búsqueda?"

"¿Para qué Ángel?"

"Casi te pierdo. Quisiera que retomaras algo de fuerza para... En realidad, no sé qué te propones ahora."

"¿El tipo de fuerza que se adquiere con una bebida energética, o con un viaje a Cancún? ¿A cuál te refieres?" Le sonrío un poco, me hace gracia descubrir que todavía puedo hacerlo.

"Vaya, ya tienes energía para burlarte de mí. No es broma, Jade, por poco... Me refiero a fuerza emocional y, sigo sin saberlo."

El Juego... Jade

"¿Sin saber qué?" Pregunto, aunque sé perfectamente a qué se refiere.

"Qué te propones hacer ahora. ¿Me lo dirás?"

"Hablar con Daniel." Digo casi en un susurro, me cuesta incluso pensarlo. Voltea hacia el sillón, esta vez sin la menor preocupación por ocultar de mí su movimiento.

"¿Para qué?" Pregunta muy serio.

"Necesito saber."

"Esto es suicida, lo sabes, ¿no es así?" No le respondo, solo lo veo directamente a los ojos. "No sé para qué te pregunto."

"Ángel necesito saber, nadie se preocupó jamás por darme ningún tipo de información, ahora he tenido que averiguarla toda al mismo tiempo, ya no tengo oportunidad para pequeñas dosis, o vacaciones."

"Lo sé, debieron darte la información a los catorce años, de otra forma, pero en aquel entonces, ellas te sacaron de aquí, y te llevaron a Ensenada. No te encontraron donde debías estar, ellas te vigilaban constantemente, y, ya sabemos cómo sucedió lo demás."

"No sirve llorar por la leche derramada."

"Esa frase la usaba tu abuela, tienes mucho de ella."

"Espero tener mucho más que frases aprendidas, mucho más, me hará falta."

"Hay mucho de ellos en ti, lo sé con certeza, si crees necesitarlo, créeme, está ahí."

"Gracias."

"¿Cuándo hablarás con Daniel?"

"Mañana."

"Pensé que me dirías que para qué esperar." Sonríe suavemente.

"Se me acabaron las lágrimas de hoy, y creo que voy a necesitar algunas, cuando menos, además de una noche de sueño profundo, ¿podrías ayudarme con eso?"

"Puedo."

"Sin pesadillas, ni imágenes de ningún tipo."

"Yo, no entro en tu cabeza, salvo en muy raras excepciones, pero, puedo intentarlo."

"Suficiente."

Me recuesto sobre mi costado, Ángel se dirige a mi espalda, y se recuesta junto a mí como cuando era niña. En cuanto me abraza, puedo sentir cómo la tranquilidad me envuelve. Esta vez ya no llega a ser paz, me conformo con eso.

"Otro favor." Digo en voz baja, no quiero tentar a mi suerte al pedir demasiado y, al decirlo en secreto siento que... No sé, que no suena tan exigente.

"¿Cuál?"

"¿Podría, al menos por hoy, verte?"

"Jade, no creo que..."

"Por favor, solo hoy." Mi petición se convierte en súplica, hoy, más que nunca, necesito convencerme de que un ángel me acompaña.

"¿Segura?"

"No, pero, sí."

"Mhm, está bien, eso espero."

Escucho un sonido, similar a un golpe seco y volteo, poco a poco, hacia él, primero con el rabillo del ojo, después, con los ojos completamente abiertos a toda su capacidad, solo que, ya no busco sus ojos, mi mirada se dirige hacia arriba. Ha extendido sus alas, una de ellas por encima de nosotros, como a medio metro sobre nuestros cuerpos. Enorme, blanca como la nieve que recién ha caído, formada por miles, o millones de plumas, bellísima.

"Wow." Digo en un suspiro.

"No es un grito de terror, estamos bien, supongo." Dice sonriendo.

"¿Puedo?" Digo acercando las puntas de mis dedos hacia ella. La acerca más a mí, cubriéndome como una cobija, ¡sedosa! No hay una palabra que la describa mejor. Olvido, aunque sea por unos minutos, las imágenes de esta tarde, ya puedo dormir.

La luz atraviesa ya las cortinas cuando abro los ojos, gracias, gracias. Probablemente fueron más de ocho horas, y sí, el sueño fue muy profundo, como inducido por algún somnífero, porque más bien me desconecté, y mi cuerpo está más repuesto. Moralmente, bueno, eso sería mucho pedir, aunque, pensándolo bien, creo que voy logrando mantenerme a flote. Cada golpe me hunde más, pero, ya que no intento salir a la superficie, simplemente me acostumbro a mi nuevo estado, e intento continuar a partir de ahí.

Me levanto para abrir las cortinas, y veo a la gente caminar por la banqueta frente a mi casa. Tal parece que el mundo funcionara para mí de forma inversa, lo que yo veo a través de mis ventanas, es la ficción, esa normalidad que es imposible que exista, y mi vida real es, lo que para el resto de la gente sería una película de terror, aquella desde la cual yo observo la vida de la gente normal, y digo: ¡Eso no existe! ¡Los seres humanos con vidas simples son una fantasía!

Por momentos, pienso que, tal vez, me hubiera gustado ser así, aunque, no lo habría notado. No obstante, preparándome para lo que me dispongo a enfrentar el día de hoy, si pudiera dar marcha atrás, ¿me aventuraría a vivir una vida donde Daniel jamás hubiera tenido parte? No lo sé, aún después de todo este dolor, no lo sé.

Ángel se encuentra sentado sobre la cama y no me pierde de vista, si pudiera interferir, ¿qué sería capaz de hacer? Me gustaría tanto saberlo, a veces me exaspera el hecho de que siga las reglas tan al pie de la letra. Aunque, tal vez no sea así del todo, pues no está dispuesto a respetar mi decisión y dejarme ir, en eso no ha respetado mi libre albedrío.

Tengo preguntas para él, antes de pedirle que me deje a solas con Daniel, lo veo a los ojos, y aprecio como sus hombros se ponen más rígidos. A decir verdad, en ese tipo de cosas, es muy humano, nunca antes lo había tenido tan cerca para poder observarlo, no obstante, en estos días, algo he aprendido.

"Ángel."

"¿Sí?"

"Antes de hablar con Daniel, hay algo que necesito saber."

"¿De qué se trata, Jade?"

"¿Por qué me pidió el Creador que dejara de verlo?"

"Jade, las cosas…" Antes de escucharlo, lo interrumpo,

"No me refiero a lo que yo ya sé, quiero saber si hay alguna causa fuera de eso."

Me ve a los ojos, y su mirada es dulce, sin embargo, la desvía hacia la ventana al responderme.

"Creo que a veces te has dejado llevar por lo que ves, o lo que escuchas, sin considerar lo que sientes, o lo que ya sabes. Piensa, ¿en realidad necesitas preguntarme eso?"

Tomo asiento, preparándome para lo que viene, como dije antes, ya aprendí a reconocer cuando Ángel se tensa y, en este momento lo está, y mucho. Intento pensar, no llego a ninguna conclusión, a decir verdad, no quiero hacer el esfuerzo por averiguarlo, prefiero que me lo diga de una buena vez.

"¿Por qué dices eso?" Sin alejar su vista de la ventana continúa.

"Sabes lo que es el libre albedrío. Hiciste uso de él para que respetara tu decisión acerca de este asunto y, ¿aun así me lo preguntas?"

"Si, aun así, te lo pregunto. Todas mis neuronas han estado ocupadas en otra cosa. Por favor, Ángel."

"Si el Creador te hubiera dado esa orden, es más, si te hubiera sugerido siquiera el dejar de verlo, habría violado tu libre albedrío, habría pasado por alto una de las leyes que pesan con más rigor sobre de nosotros, el no intervenir en tu vida." No me hace falta preguntarlo y, sin embargo, quiero escucharlo de sus labios sin lugar a dudas.

"¿Entonces?" Por fin me dirige la mirada, y molesto, contesta.

"Que no. Él jamás dijo nada al respecto, fue un engaño."

Un bloque de hielo se ha alojado en mi estómago, más bien, me congelé por completo, pues mi cerebro no logra comprender las clarísimas palabras de Ángel. No quiero entenderlas. Tuve otra opción, y no lo supe, tal vez no la habría tomado, pero ahora, ya no lo sabré.

Jugaron sucio, ese fue el tiro de gracia, en el momento en que empezaba a hundirme. No me muevo, no grito, ni siquiera me quejo, solo permito que la ira crezca dentro de mí, me agrada la sensación, es vigorizante. Sin retirar la vista de los ojos de Ángel, me pasan por la cabeza mil cosas que podría haber hecho, pero, solo me pasan, he decidido no prestarles atención. No permitiré que la sed de venganza, que se despierta dentro de mí, me desvíe de mi propósito, de la totalidad de este. Ahora menos que nunca, no quiero un triunfo a medias. Quieren su energía, ¿no? Si mi único logro, si mi triunfo total, será conseguir ponerla completamente fuera de su alcance, eso será precisamente lo que haga. Una vez más, el hubiera no existe.

Ángel me observa detenidamente, supongo que esperaba una reacción más violenta, yo también la hubiera esperado, bajo estas circunstancias, pero, no la habrá. No obstante, esta información cambia las cosas. Me da un nuevo enfoque respecto a los alcances del libre albedrío, ahora sé que no interferirán, lo tienen prohibido, y también puedo ver que Ángel, contrario a lo que yo pensaba, ha estado estirando las reglas como bandas elásticas, para permitirse todo lo que ha hecho conmigo en el último mes. ¿Saber esto antes, me habría hecho cambiar de opinión en cuanto a Daniel? Ya no lo sé, después de haber recibido golpe tras golpe, durante los últimos días, no puedo estar muy segura de nada.

Capítulo XXVI
Demasiada verdad

"¿Estás bien?" Pregunta Ángel, finalmente.

"No, pero estoy. Eso es ganancia, ¿verdad?"

"Jade…"

"Seguimos adelante."

"Lo supuse." Dice con cierto tono de fastidio en la voz.

"Ahora, quiero ver a Daniel, ¿podrías…?"

"No, no voy a dejarte sola, bajo ninguna circunstancia. No ahora, lo siento."

Antes de que él termine la frase, Daniel ya se encuentra frente a mí.

"Si lo que deseas es hablar conmigo en privado, no te preocupes." Dice sin separar sus labios. "No podrá escucharnos."

¡Vaya! Una sorpresa tras otra. Las rodillas me tiemblan, Daniel sigue significando para mí, la pérdida más dolorosa por la que he pasado hasta hoy, y ese dolor, en particular, es agudo, candente, más que ningún otro. Doy un paso hacia atrás en busca de la cama, y una vez que mi pantorrilla se topa con ella, sin retirar mi vista de él, inclinándome, coloco la mano derecha sobre el colchón, y me desplomo. Ángel nos ve sorprendido, sabe que algo está ocurriendo, intenta acercarse a mí, y con la mano le indico que no lo haga.

"¿Qué es lo que pasa, Jade?" Pregunta con angustia en la voz.

"No tengo forma de obligarte a dejarme a solas con él, no sé siquiera si exista una forma de conseguirlo, pero no te preocupes, no voy a intentarlo. ¿Quieres quedarte? ¡Bien! Hazlo, pero no interrumpas."

"Jade, no tienes por qué enfrentarlo sola, permíteme…"

"Lo siento, Ángel, en esto no puedes intervenir, y quiero que lo tengas muy claro."

Camina hacia la ventana y dirige su vista hacia afuera, supongo que esa es toda la privacidad que piensa otorgarme, si no hay más remedio, la acepto, sobre todo si no podrá escuchar nada de lo que hablemos.

Con las manos tiro de mi cuerpo hacia atrás, hasta encontrar el respaldo de la cama, me recargo sobre él, y cruzo mis piernas. Daniel titubea por un segundo y después sube a la cama sentándose igual que yo, con sus rodillas casi rozando las mías. ¡No tan cerca, por favor! Solo lo pienso, no lo verbalizo. Sin embargo, escucho su respuesta de forma inmediata, resonando dentro de mí.

"Lo lamento, Jade, déjame quedarme así, ¿quieres? Prometo no tocarte." Tan solo cierro los ojos a manera de aceptación, una respuesta que preferiría fuera negativa, pero lo quiero cerca, lo más posible, antes de que su piel toque la mía, quemándola en el proceso. Se ve cansado, las ojeras enmarcan sus ojos, de una forma tan profunda, como nunca antes las había visto. Sin embargo, sus ojos siguen siendo esos maravillosos océanos azules, que he extrañado con desesperación. No puedo definir su expresión, no es de dolor, tampoco de enojo, es de derrota, creo.

"Daniel." Digo, es decir, pienso finalmente.

"¿Podrás perdonarme, Jade?"

"¿Me permites que lleve la conversación hacia donde a mí me interesa primero? Después, prometo… Si, prometo escucharte, y contestar lo que quieras saber. ¿Sí? ¿Lo harías?"

Asiente con la cabeza y Ángel se percata del movimiento, nos observa detenidamente, y de pronto, se da cuenta de lo que está pasando. No dice nada, solo deja salir el aire con fuerza por sus fosas nasales, y regresa su vista hacia el exterior de la habitación. Ya se dio cuenta de que, le guste o no, la conversación será privada, ya que él no entra en mi cabeza. Tomo aire y empiezo mis preguntas.

"¿Cómo es que puedo escucharte así?"

"¿Recuerdas el intercambio que hicimos? Lo que llevamos dentro nos permite tener una conexión diferente." Frunzo el entrecejo al no entender por completo su respuesta, él lo hace también al extrañarse por mi reacción.

"Mencionas un intercambio, no lo fue, tú me diste algo, pero yo nunca…"

"Tienes razón… Jade, hay tantas cosas que necesito explicarte. Yo debí hablarte de todas, y cada una de ellas, y por cobarde, no lo hice. Mi cobardía me llevó a perderte, y presiento que, quizá irremediablemente. No obstante, ahora, necesito que me escuches, debo decírtelo todo, y entregarte la información completa." Sus ojos, aún llenos de dolor, muestran también una determinación que me convence de escucharlo.

"¿Para que tenga el rompecabezas completo?"

"No solamente eso, necesitas saber también quién soy yo, y más importante aún, lo que soy. Toda esa información te será imprescindible, Jade. Te suplico que me escuches."

"¿Era esto lo que ibas a decirme la noche que llegó el demonio aquí?" Súbitamente recuerdo que él se sentó junto a mí, estaba nervioso, y esa conversación se vio interrumpida por el demonio que vino a exponerlo ante mis ojos.

"Sí."

"Entonces habla, quiero saberlo todo." Quisiera prepararme para la marejada de dolor que ya veo a lo lejos, pero no hay forma, en esas aguas nunca he sabido nadar, así que, me ahogaré, no sin antes tragar todo lo que va a decirme.

"Gracias, si en cualquier momento quieres preguntarme algo, hazlo, puede ser importante, solamente tengo otra súplica que hacerte."

"¿Cuál es?"

"Dolerá, Jade, mucho, pero, por favor, no pidas que me detenga."

"De acuerdo." Tomo aire y me dispongo a resistir, cueste lo que cueste.

"Jade, yo era tu predador, me entrenaron para arrebatarte tu energía, y alimentarlos con ella. Pon atención, por favor, a lo que voy a decirte, porque, todo es importante. El demonio te dijo que conocía tu sangre desde hacía cientos de años, y no mintió, tanto a ustedes, como a nosotros, se nos prepara por generaciones, para poder formar parte de esto."

"A mí nadie me dio a elegir."

"Lo sé."

"¿A ti sí?"

"Sí."

"¡Qué injustos!" El dolor ha empezado.

"Quiero explicarte algo, en mi caso, mis padres tuvieron parte en mi formación, siempre estuvieron conscientes de lo que yo era, y me repetían día con día sus lecciones. Mi grado de maldad era enorme, fui procreado y gestado en maldad, para que te quede claro, mamé maldad desde minutos después de nacer, y ese fue, hasta que te conocí, mi sustento.

Mi nacimiento se esperaba, y puedo asegurarte que se desató una terrible pelea entre demonios y ángeles, que trataron, por todos los medios, de impedir mi alumbramiento. Supongo que en un intento por evitar que te conociera años más adelante, no obstante, mis protecciones eran de gran poder, y logré llegar a este mundo. Supongo que eso te deja claro lo importante de mi cometido en este Juego."

"Sí se trata de un Juego, ¿verdad?" No puedo evitar que una lágrima ruede por mi mejilla, ¿cómo pueden jugar así con una persona? Él sigue hablando con rapidez, no estoy segura si porque teme que yo lo detenga, o porque teme no tener la fuerza para seguir adelante si se detiene.

"Sí, un macabro Juego. Mis padres lo sabían, y no les extrañó que la muerte me rondara en diferentes ocasiones, y por diferentes circunstancias. Pelearon para que sobreviviera y ahora, como es de esperarse, esperan mucho de mí. No he cumplido.

No obstante, podríamos decir que llegué al mundo con un inconveniente, he llegado a la conclusión de que todos nosotros nacemos con un Talón de Aquiles, un algo que no encaja, ni con nuestro ADN, ni con nuestra educación, por llamarlo de alguna forma, esa espina que habrá de lastimar tu piel, si no aprendes a resistirla, y que será la ventaja de la que tu contrincante pueda echar mano, al menos eso supongo, ya ni siquiera pregunté, debido a que sabía que no obtendría respuestas.

Pues bien, en mi caso, esa vergonzosa espina es la búsqueda de lo que es justo. Como podrás imaginarte, ese impulso fue azotado, con fuerza, cada vez que se presentó, para que desistiera de mis intentos por exigir justicia, cuando algo me parecía que no debería de ser.

Lograron que escondiera ese impulso, casi haciéndolo desaparecer, hasta que te conocí, y me di cuenta de que no sabías nada, que no tenías la más mínima información de quién eres, de lo que eres. No pude soportarlo, eso me hizo acercarme a ti, en un intento por protegerte, informarte lo que debías saber. Todo era tan distinto a como me lo habían explicado, yo esperaba encontrar en ti a un poderoso contrincante, no a una indefensa adolescente.

Me gustaba pensar que mi Juego contra ti sería un redondel, donde ambos estaríamos en igualdad de circunstancias, y en el cual ganaría el más astuto. No obstante, pude darme cuenta de que a mi toro le habían limado los pitones para asegurarme un triunfo, y no lo consideré justo, no lo quise, ni lo acepté así, eso fue motivo de enormes problemas, y no me importó.

Ya no era una espina lo que sentía en mi piel, se trataba un maldito puercoespín el que tenía alojado en la nuca, y que me irritaba sobremanera. Así inicio un Juego diferente para mí, no, eso no es correcto, empezó un Juego diferente para los demás, y yo empecé el mío.

En él, esperaba encontrar en ti a un contrincante en el peso justo, y como no fue así, empecé a causar problemas. Solo para comenzar, y una vez enterado de que ni siquiera sabías que estabas jugando, quería que supieras quién eres, y una vez en ese punto, apreciaríamos tus capacidades, y solo entonces, se llevaría a cabo el enfrentamiento, no antes. Soy malvado, más nunca injusto. Me empeñé en que fueras capaz de enfrentarme y defender tu don, no quería tomarlo como quien le roba un dulce a un bebé, quería mi toro, completo, sin rasurar.

"¿Cómo fue que te diste cuenta de que yo no sabía nada de este Juego, o de quién era yo?"

"¿Recuerdas la vez que fuiste a verme en el show que dimos en la Ciudad de México, y que Paty te llevó a pedirme un autógrafo?"

"Sí."

"En esa ocasión, intenté explicarte, tan detalladamente como me fue posible, cómo fue que me contactaron, y lo que me dijeron respecto a ti. No obtenía nada en respuesta, solo me observabas fijamente, sin decir absolutamente nada, lo que es peor, todo parecía intrigarte, tu entrecejo fruncido no cedía.

Me detuve por un momento, y te pregunté cómo te encontrabas. En voz apenas audible me dijiste que bien, no te creí, estabas intranquila. Mi demonio ya estaba muy molesto, quería que me detuviera, y amenazaba con cubrir tus oídos para que no pudieras escucharme. Me acerqué más a ti, amenazándolo con la mirada, y se detuvo.

Yo no tenía idea si tu confusión se debía a que desconocías los datos de los que acababa de hablarte, o, por el contrario, a que te sentías descubierta. Me causaba mucha curiosidad la extraña expresión en el rostro de Ángel, no mostraba preocupación alguna, no me amenazó, estaba tranquilo. No entendía nada. Ese era el momento para poner las cartas sobre la mesa, y tú seguías escondiendo tu Juego, o eso creía yo.

Te observé, fijando la vista en tus ojos, y levantaste la mirada para encontrarse con la mía. Tus ojos se habían cristalizado, y eso me intranquilizó muchísimo. Entonces dijiste: 'Daniel, estás equivocado. Yo no soy...' Voltee a ver a tu ángel, podría jurar que exhaló un suspiro de alivio. Y respondí: 'Jade, no estoy equivocado.'

Justo ahí, sentí desmoronarse toda la cimentación de lo que planeaba construir, hasta que no quedó sino arena bajo nuestros pies. No eras un toro, eras un pequeño becerro que no tenía idea de que yo pensaba descuartizarlo, y repartir sus restos entre la manada de hienas a la que pertenecía, lo que era peor, aparentemente, confiabas en mí. Me habían mentido más de lo que yo creía. No era justo.

Lo entendí, todo lo que presentabas ante mí, esa inocencia marmolea que te envuelve, obtiene su grosor de una fuente en tu interior, es total y absolutamente real. Jamás había conocido a nadie como tú. Me acerqué y te besé, por primera vez, sin intención de avanzar más allá, sino impulsado por la ternura que me provocaste.

Este Juego no me gustó nada, no si tenía que asesinar a mi contrincante para ganar la partida, nadie me habló de eso. Dijeron que estaríamos en igualdad de circunstancias, y tú te presentaste ante mí, completamente indefensa. Puedo decir, también, que el total de mi maldad nunca ha sido puesto en uso, no he matado, no he violado, no he robado, todo en espera de utilizar todo mi potencial al enfrentarme a ti, ¿cómo hacerlo, si no me atrevía?

"Espera un momento. Es verdad, me hablaste de eso, me lo dijiste. Me aterré porque temía no ser la persona que esperabas, y tendría que irme. Después de ese día lo olvidé, ¿cómo pude olvidar todo eso?" La cabeza me da vueltas. Ahora recuerdo otra pregunta que quiero hacerle. "Tú... ¿tenías un demonio?"

"Así es, de la misma forma que tú tienes a Ángel."

"Y, Ángel no impidió que me hablaras de eso, porque le convenía que yo tuviera la información."

"Eso creo, alguien debía haberte dado esa información, pero no fue así. Terminé por entender que, en este Juego, el único punto en el que estamos en igualdad de circunstancias es en el hecho de que carecemos de la información completa. En mi caso, solamente se me dijo lo que querían que supiera, en el de tuyo, creo que no te dijeron ni eso, simplemente no te dijeron nada. Me prepararon durante siete años para enfrentarte, y tú ni siquiera sabías que yo existía, y, sobre todo, que debías temerme. Seguro estoy de que, si lo hubieras sabido, el miedo no te habría permitido buscarme. Esa tarde, te habrías quedado en casa, a salvo. Todo esto me dejó en la boca un amargo sabor a injusticia, no solamente en contra tuya, sino de ambos.

Ese día tomé la decisión, estaría jugando un tercer Juego, ni el tuyo, ni el de los que me reclutaron, sino el nuestro, y en el proceso, debería cubrir las apariencias. Me decidí a que formaras parte de mi equipo, me inventé que Raúl estaba enfermo para pedirte que me ayudaras, y aceptaste. Durante esos días pude aprender mucho más con respecto a ti, y a tu ángel. –

"¿Cómo qué?"

"Tus capacidades, en muchos sentidos y ocasiones, rebasan tus conocimientos. La primera vez que fungiste como parte de mi equipo, cuando nos separamos en el aeropuerto..."

"Lo sé, deseaba con desesperación irme contigo, o que te quedaras. No soportaba la idea de dejar de verte." Sonríe, es decir, hace un leve movimiento con las comisuras de los labios, aunque la sonrisa no llega.

"Obviamente, sin darte cuenta, dividiste tu alma, dejando dentro de mí, una parte de ella. Para otros, eso requería un esfuerzo enorme, y la participación de fuerzas muy poderosas, para ti, bastó con desearlo."

"¿Qué cosa? Eso quiere decir que lo que me diste a guardar ese día, ¿fue parte de tu alma?"

"Si, la misma cantidad que me diste de la tuya, para formar un todo con las dos. Con ese acto me hiciste mucho más resistente, quizá sea así que he soportado todo esto y, fue así también como pude enterarme de cosas de ti que, aunque las conocía, no sabía qué alcances podían tener."

"¿Como cuáles?"

"Tu capacidad para saber lo que pasa a grandes distancias, como si estuvieras ahí, el poder utilizar tu energía para sanar, o para hacer daño, incluso matar, según te plazca." Mi entrecejo fruncido regresa, eso es definitivamente algo que desconocía.

"Ya sé que nunca la has utilizado de esa manera, pero la energía es solo eso, no toma forma hasta que le das una intención. La has utilizado para sanar, porque eso fue lo que aprendiste a hacer, sería igual de efectiva si la usaras con otro propósito, tal vez más. El odio es, en ocasiones, más fuerte que el amor. Otra cosa es tu capacidad para ver a los demonios, siempre, sin fallas."

"Eso quiere decir que, al compartir tu alma, yo también debo saber cosas de ti que nadie más sabe."

"Ya vas entendiendo, aquella noche en el hotel, en que te dije que quería reforzar el lazo contigo, mi intención era despertar tu consciencia, enseñarte a obtener de tu don, todo lo que puedes, y mostrarte todo lo que ahora puedes ver, y saber."

"Entonces, cuando te dije que me habías pasado lo que me hacía falta, no estaba muy equivocada."

"En lo absoluto, no obstante, como pasa contigo a veces, sabes la verdad, simplemente no la tomas en cuenta. Todo es importante."

"Todavía no entiendo cómo fue que te pasé parte de mi alma, ¿Cuándo?"

"Te explico, cuando nos despedimos, en ese último abrazo, sucedió algo que, hasta ahora, sigue sorprendiéndome. Mientras te envolvía entre mis brazos, sentí como si una navaja, hecha de hielo, se deslizara desde mi pecho hasta el inicio de mi estómago, para luego sorprenderme al detectar una especie de tersa y cálida esfera, que dio un salto dentro de mí, y se alojó frente a mi corazón. La sensación era impresionante, poderosa, vital, como si jamás hubiera estado vivo y respirara por primera vez en toda mi vida, igual que si naciera ese día, ahí, entre tus brazos. No entendía lo que estaba pasando.

Te tomé por la barbilla, y me viste directamente a los ojos, pude ver con claridad que tú tampoco sabías lo que había sucedido, me preguntaba si habías sentido lo mismo que yo."

"No, no sentí nada."

"Te perdí de vista, y me dejé caer en el sillón de la sala de espera de aquel aeropuerto, solo para enderezarme de inmediato, víctima de una enorme sorpresa."

"¿Una sorpresa? ¿Cuál?" No puedo creer que mientras todo esto sucedía, yo ni siquiera me enteraba, y aparentemente, seguiré enterándome de más cosas.

"Ángel apareció junto a mí." Mis ojos se dirigen inmediatamente hacia mi ángel, que sigue viendo hacia afuera por la ventana. No interrumpo, le permito continuar.

"Necesito hablar contigo." Dijo viéndome directamente a los ojos.

"Raúl regresará en un minuto. Solo fue a acompañar a Jade a tomar su vuelo."

"No te preocupes por el tiempo, tenemos suficiente." Volteé a ver a mi demonio, permanecía inmóvil, con la vista fija en la puerta por donde salieron Raúl y tú. Entendí que disponíamos de todo el tiempo necesario, y yo pensaba aprovecharlo. Intentaré relatarte la conversación con tanta exactitud como me sea posible.

"¿Qué haces aquí?" Pregunté.

"Sabes que exterminaron a los de su generación, yo estoy haciendo cuanto puedo por mantenerla a salvo."

"¿Entregándosela a su predador en charola de plata?" Pregunté con cinismo.

"Poniéndola al alcance de la única persona que, en busca de la justicia, puede abrirle los ojos, decirle quién es, para que aprenda a defenderse. Resulta que sí, eres su predador, pero, aun así, eres lo único con lo que puedo contar."

"¿Por qué no le das la información tú mismo?" Pregunté intrigado.

"Lo tenemos prohibido."

"¿Cómo dices? A mí sí me han dado la información que necesitaba." Su respuesta me abrió los ojos.

"Daniel, se te dijo lo que se esperaba de ti, pero estoy seguro de que no tenías idea de lo que enfrentarías. ¿Ya te informaron cómo es que ella los está alimentando?" Ya tenía el total de mi atención, esa era una de mis más grandes interrogantes.

"No. ¿Puedes decírmelo?"

"Una de las formas es la que se ha utilizado contigo, cuando Jade enfoca su atención en alguien de forma intensa y particular, su energía fluye hacia esa persona sin que nada pueda evitarlo. Si, aparte de eso, ella toca a la persona, o la abraza, la baña con esa misma energía abundantemente."

"¿Solo con tocarme?" Yo desconocía ese dato.

"Así es." Contestó.

"Le pregunté cuál era la otra forma." Me observó por largos segundos, y finalmente se animó a decírmelo.

"Los demonios la aterrorizan para que su terror desate una descarga de energía, que ellos hacen llegar a tus jefes. Es lo mismo, pero mucho más aterrador."

"Y, ¿ella no sabe qué es lo que hacen? ¿Lo que hacemos?"

"Daniel, lo desconoce todo." Respondió molesto.

"¿Entonces, por qué me buscó?" Tenía que saberlo, porque hasta entonces, nada tenía sentido para mí.

"Tu música siempre ha sido un escape para ella y quería, justamente lo que te dijo, pedirte un autógrafo."

El Juego... Jade

"No lo puedo creer." Respondí, me parecía absolutamente ilógico.

"Yo tampoco lo creía, pero no debía evitarlo, es una de las reglas del Juego. Sabía que ella iría como oveja entre los lobos."

"¿Por qué me dijeron que debía hacer con ella un intercambio?"

"Ese era el plan inicial, hubiera sido lo más fácil para ellos, sin embargo, Jade fue educada por sus abuelos, y ellos inculcaron en ella, valores muy sólidos, que la hacen ser como es."

"Eso la protegió de mí." Finalmente comenzaba a entender.

Lo interrumpo para preguntarle.

"¿En qué consistía el intercambio, Daniel?" Eso tampoco lo sé. Lleva su mirada a sus manos, después toma aire, y me enfrenta viéndome a los ojos.

"Debía llevarte a la cama, tener una relación íntima contigo, eso sería lo que yo ofrecería a cambio."

"¡Vaya!" Suena lógico, aunque hubiera preferido no preguntar.

"Ángel siguió hablando y dijo:"

"En parte, el problema es que, al desconocer todo acerca de su energía, y el hecho de que hay seres que la codician, hace cosas que, si tuviera la información completa, no haría."

"¿A qué te refieres?" Pregunté.

"Me refiero precisamente a lo que me tiene aquí, hablando contigo. A lo que sentiste cuando ella te abrazó." Llevé una mano a mi pecho, a la misma zona que él estaba observando.

"¿Qué fue lo que sentí? ¿Lo sintió ella también?" Eso me intrigaba mucho.

"No, ella no lo sintió. No tiene idea de lo que acaba de hacer, yo tampoco creí que ella fuera capaz de algo así, me sorprende día con día. Todavía no sé cómo lo logró."

"¡Déjate de rodeos, y dime de una vez! ¿Qué fue lo que sentí?" Ya no aceptaba que se anduviera por las ramas.

"Daniel, eres la única persona, fuera de sus abuelos, que la ha tratado con consideración, con una actitud que ella ha entendido como cariño. Ya sabes, como dice el dicho, 'Cuando te estás ahogando, cualquiera que llegue, y te arroje un salvavidas, se convierte en tu héroe.' Ella, sin planearlo, depositó en ti la mitad de su alma, en un intento desesperado por irse contigo, y no regresar a soportar lo que le espera en Monterrey."

"¡¿Cómo es que pudo pasarme un trozo de su alma?! ¿No entiende que soy casi un demonio?" No podía creer nada de lo que me decía, es decir, sí, pero, no lograba entenderlo. Él siguió hablando.

"No, no lo entiende, y no lo creería tampoco. Ha convivido con ellos toda su vida, y para ella, un demonio no podría comportarse como lo haces tú. Ella te ve como un hombre digno, cree incluso, que eres respetuoso. A decir verdad, me extraña que su alma haya permitido ser dividida."

"Sé que no mientes, pero me cuesta creer lo que dices. Lo que voy a decir es ridículo, viniendo de alguien como yo, pero, esto no es normal, ¿verdad?"

"Con ella nada ha sido normal, he aprendido a ir aceptando lo que sucede, las cosas son así, y es todo lo que puedo decirte. No obstante, debo recuperar el trozo de su alma que hay en ti, eso no debió suceder. Así que, si me permites." Dirigió su mano hacia mi pecho.

"No." Cubrí mi pecho con la mano, y él se sobresaltó.

"Daniel, no tienes idea a lo que te expones teniéndolo ahí."

"Ella quiso dármelo."

"No puedo dejarte con él, si no me lo entregas, deberé tomarlo por la fuerza." Me observó con el entrecejo fruncido.

"Ella me piensa lo suficientemente digno para compartir esto conmigo, no lo puedo regresar." Seguía resistiéndome.

"Jade va a necesitar esa otra parte." Se me ocurrió algo, y me atreví a sugerirlo.

"Espera, espera, ¿y si le doy la mitad de la mía? ¿Le funcionaría? Una parte de mí podría estar con ella, no dejarla sola. Por favor." Me vio muy sorprendido. Me levanté y empecé a caminar, no conseguía controlarme.

"Daniel, ¿te has vuelto loco? ¿Te das cuenta de lo que estás diciendo? ¿Qué te lleva a tomar esa decisión?... ¿Qué es lo que sientes por ella?"

"No podría decirlo con certeza, jamás había sentido algo así. Ángel, ¿podemos hacer un equipo ella y yo?" No puedo describir la mirada de tu ángel, definitivamente eso no le había sucedido jamás.

"Te pido que tengas cuidado con lo que dices, tienes costumbre de hablar muy a la ligera, y yo no me presto a eso." Me advirtió, pero yo seguía en mi empeño y traté de explicarle.

"Estos días que he pasado con ella, mi mente ha recorrido la idea de poder librarla de las cosas por las que pasa, de poder ayudarla de alguna forma. Me he detenido porque sé que, si les dejo ver lo que pienso, bueno, no sé qué serían capaces de hacer."

"La matarían." Me contestó sin filtros.

"¡No! Eso no podemos permitirlo." Grité, cada vez me alteraba más.

"Eso intento."

"Yo quiero ayudarla."

"Daniel, no tienes idea de lo que estás hablando, esto aún no comienza, los ataques serán brutales. Y tú no estás preparado para pelear."

"De acuerdo, probablemente no, sin embargo, me dijeron que asesinaron a su pareja, yo puedo ser eso para ella. La persona que la ayude a sanar después de las batallas. ¿Serviría eso de algo?" No me quitaba sus sorprendidos ojos de encima, honestamente, yo estaba más sorprendido que él, por mi propia reacción.

"¡Alto! Necesito preguntarte. ¿Asesinaron a mi pareja? ¿De qué estás hablando, Daniel?"

"Cada uno de ustedes tiene a una persona diseñada a la medida, alguien que podrá ayudarlos a sobrevivir, al ser un refugio emocional para ustedes. Ellos asesinaron al que te correspondía." Qué extraña sensación de vacío es la que siento, un dolor por alguien a quien ni siquiera llegué a conocer y que, sin embargo, habría amado. Guardo silencio y sigo escuchando.

"Ángel siguió con sus advertencias y dijo: Daniel, para lograr tomar ese sitio junto a ella, tendrías que jugar un Juego muy peligroso. Fingir con los que te reclutaron, aparentando que sigues en su Juego. Y, a la vez, ser el apoyo para Jade. Resultaría terriblemente complicado. Además, yo no puedo garantizarte que ella te corresponda. No podría garantizarte nada que no sea, que la lucha será encarnizada, y que podrían morir ambos. Son muy pocos los que han logrado sobrevivir a la batalla final. De modo que, si hacemos esto, casi estarías aceptando una muerte segura."

"No me has contestado, a Jade, ¿le serviría de algo?" Él seguía sin aclararme lo que, para mí, era importante.

"Quizá, si tú eres su ancla, la única con suficiente peso para que resista lo que está por venir. Debo advertirte que, ellos podrían decidir utilizarte en su contra."

"Y lo hicieron, Daniel, te están utilizando en mi contra." Digo en un suspiro, esto me duele muchísimo. Asiente y sigue hablando.

"Lo supe desde ese momento, y ahí estaba, haciendo un acuerdo con tu ángel."

"Si se enteran de lo que está pasando, nada podrá salvarlos." Me advirtió.

"No se enterarán, te lo prometo. ¿Qué tengo que hacer?"

"No puedo aceptar, así como así. Como diría Jade, en uno de los dos debe caber la cordura. Y como veo que ese no serás tú, debo serlo yo. Esperaré tres días para que lo pienses con detenimiento, si, al cumplir ese tiempo, sigues pensando lo mismo, te ayudaré a compartirle la mitad de tu alma, espero no estarme equivocando al dejarme llevar por la desesperación que me invade."

"Ángel..."

"¿Sí?"

"Como podrás imaginarte, todo lo que hablamos, lo he pensado por varios meses ya. Pero, lo que Jade hizo conmigo el día de hoy, incrementó mi deseo de ayudarla. No se trata de que yo quiera ser su apoyo, se trata de que estoy decidido a serlo. ¿Lo entiendes ahora?"

"Sí, pero, aun así, te daré tres días para pensarlo."

"Te veré en tres días."

"Me senté, recargándome con más tranquilidad, solo debería esperar tres días. Tenía la seguridad de que venía una guerra terrible, pero estaría de tu lado, en tu equipo, haciendo lo correcto, quizá, por primera vez en mi vida.

Finalmente, Ángel se presentó, y me indicó que me llevaría a una de las celdas de la mansión de la isla, yo ya había estado ahí varias veces, y tu esencia también predominaba ahí, por lo tanto, no podrían detectarnos si lo hacíamos sin demora. Y fue así como sucedió lo que recuerdas. Sí lo recuerdas, ¿verdad?"

"Sí, eso lo recuerdo bien, aunque no tenía idea de lo que se trataba."

"Lo hiciste sin titubeos, tu respuesta fue afirmativa. Jamás nadie había hecho algo así por mí, mis sentimientos por ti crecieron de forma exponencial, y me sentí absolutamente correspondido."

"Lo eras. Dime una cosa, tu padre sabía quién era yo cuando te visitó."

"Lo supo desde siempre, mejor que cualquiera de nosotros. De hecho, cuando saliste de la habitación, tuve un pleito muy fuerte con él, nos fuimos a los golpes."

"¿A los golpes? ¿Por qué?"

"Porque, consciente de cuál era el supuesto requisito para que me entregaras tu energía, preguntó si ya te había llevado a la cama, y no respondí. Entonces solicitó que le diera un rato contigo, y que él se encargaría de consumarlo… es un cerdo." Otra lágrima abandona mis ojos, pero esta vez de rabia. Qué estúpida debo haberle parecido, maldito infeliz.

"¿Hay algo más que deba saber?"

"No estoy seguro de que debas saberlo, no obstante, no quiero callarlo."

"Adelante."

"¿Recuerdas la ocasión, durante una gira, en que tu madre dejó un mensaje para que la llamaras?"

"Sí."

"Tu hermana dejó un mensaje similar para mí." Cubro mi boca con la mano por la sorpresa, eso no me lo esperaba.

"Y, ¿qué te dijo?"

"Quería hacer un trato conmigo, venderte conmigo a cambio de algo."

"¿A cambio de qué?"

"No lo supe, le contesté que tú estabas conmigo porque querías estarlo, y que no pensaba hacer ningún trato con ella. Después de amenazarme con no permitirme volver a verte, colgó el teléfono."

"Ella lo sabía."

"Ambas lo sabían."

"Siempre pensé que ella sería capaz de cambiarme por un par de calcetines, solo por perderme de vista, pero hablaba en sentido figurado." Un par de lágrimas más siguen a las anteriores. "Es por eso que tenían interés en saber si me habías llevado a la cama."

"¿Te lo preguntaron?"

"Sí, seguramente querían saber si el trato ya se había consumado." Sacudo la cabeza de lado a lado, es demasiada información para tan poco tiempo.

"Jade, ¿te encuentras bien? Ha sido demasiada información."

"Demasiada verdad."

"Tienes razón, demasiada verdad."

"De acuerdo, estoy tratando de procesar todo cuanto me has dicho, y aún no me defino al respecto, ese será el siguiente paso que daré, sin embargo, necesito saber, ¿cuál es tu posición en cuanto a todo este asunto?"

Responde con rapidez, durante estos días tuvo tiempo de pensar las respuestas para todo lo que yo habría de preguntarle, alarga su mano para tocar mi pierna y mi cuerpo da un leve brinco al percatarse de su intención, la retira.

"Todo cambió para mí, cuando pude convivir contigo, cuando llegué a conocerte. Cuando me vi en tus ojos. Y, me aterré por lo que había sido capaz de hacer." Deja caer su vista por un segundo y la levanta de nuevo, viéndome a los ojos, de frente. "No puedo decirte que en ese momento pensé en renunciar a todo, y decirte la verdad, te mentiría, pero mis prioridades dieron un vuelco, colocándote en el lugar más importante. Me niego a estar sin ti, sigo esperándote, tarde o temprano entenderás cuánto te amo, y espero que eso signifique algo para ti. Que pese lo suficiente."

No puedo detener las lágrimas que, sin aviso, se desbordan de mis ojos. Rápidamente las seco con el dorso de la mano e intento conservar la compostura. Nada me gustaría más que arrojarme en sus brazos, pero esa ya no es una opción para mí, no ahora.

"Debo suponer que sabes lo que me propongo hacer."

"¿A cuál de las dos opciones te refieres?" Responde con una leve sonrisa que me permite ver que sí, lo sabe todo.

"Es verdad, aún no decido qué camino con exactitud tomar, sin embargo, hay uno que, de tomarlo, te llevará a correr un gran riesgo debido a lo que nos une.

Ahora lo sé, es probable que la muerte nos alcance a ambos." Sigue sonriendo y su mirada se vuelve dulce.

"He estado contigo a cada paso del plan, y siempre supe que quiero formar parte de él. La muerte, dices y, esto que vivimos, ¿no lo es ya? No tengo forma de echar el tiempo atrás y, aún si pudiera hacerlo, nunca me he caracterizado por tomar las mejores decisiones, siempre te envidié en eso. De modo que, ahora que puedo, me dejaré llevar por las tuyas."

Sé que, con mi decisión, cualquiera que sea, lo estoy condenando. Si se lo merece o no, no lo pongo a discusión, es solo que hace un tiempo, si alguien me hubiera preguntado si yo sería capaz de ponerlo en peligro de muerte, a él, que ha sido, y sigue siendo, lo que yo más amo, indudablemente habría contestado que no. Y ahora, heme aquí.

"Daniel, ya no tengo fuerza para buscar otra salida. No sé si podría vivir sin ti, pero, me niego a hacerlo y, ambos sabemos que, tampoco podría vivir contigo. Lo lamento."

"Entiendo, mi compromiso con ellos les permitió llegar demasiado lejos. Él ocupa mi cuerpo, aun cuando sea solo parcialmente, tú jamás podrías vivir con algo así, ni yo tampoco. Además, no hay forma de que deshaga lo hecho. Lo que planeas hacer suena infinitamente mejor."

"¿Cuento contigo entonces?"

"Como diría tu amigo aquí presente." Dice señalando a Ángel con el dedo índice. "Hasta el final, guapa."

"Gracias."

"¿Puedes responderme ahora?" Se pone serio.

"Sí."

"¿Podrás perdonarme?"

"Aún no lo sé."

"¿Me amas todavía?" Solo tengo una respuesta para esa pregunta.

"Siempre."

"Yo te amo más." Dice sonriendo con un poco más de elevación de las comisuras de sus labios.

"Imposible." Yo no logro sonreír, solo dejar escapar más lágrimas que ya no lucho por detener.

Se acerca rápidamente, supongo que para no darme tiempo a pensarlo y, me da un doloroso beso en los labios, mismo al que yo correspondo entre sollozos, dudo que pueda hacerme más daño.

"Daniel, con lo que Ángel hizo, te puso en peligro de muerte. Lo lamento tanto."

"Me advirtió que las cosas podrían no funcionar, fue claro conmigo y acepté, es la única decisión correcta que me enorgullezco de haber tomado yo solo." Sonríe suavemente.

Sin más, volvió a su ya acostumbrada, últimamente al menos, invisibilidad, y yo sigo pasmada. Ángel se acerca, y me acaricia el cabello. ¿Hasta dónde ha sido capaz de llegar por mí? ¿Cuánto le debo realmente? Ahora puedo ver cómo adquirió todas sus cicatrices, es valiente, temerario, ¿quién lo diría? No parece haber tanto tras esa imagen de dulce y atractivo joven. Temerario en verdad, ¡dioses! ¿Qué hago ahora?

Capítulo XXVII
Nunca, jamás, ninguno

Hace casi veinticuatro horas desde que tuve a bien hablar con Daniel, enfrenté con todo mi valor la conversación con él, a sabiendas de que verlo de nuevo, tenerlo cerca de mí, de forma visible, no me sería nada fácil. Sin embargo, creo que ni siquiera he tenido tiempo para detenerme a pensar en eso, por increíble que me parezca, es ahora Ángel quien consume casi la totalidad de mi capacidad neuronal. No me he atrevido a hablar con él, debo confesar que temo las respuestas que pueda dar a mis cuestionamientos. Así es, cada vez que pregunto algo, por simple que me parezca, más tormentos brotan sin que logre preverlos.

Trato de aferrarme a la idea de Daniel, de que Ángel todo lo ha hecho por mi bien. No quiero, en estos momentos, empezar a dudar de su lealtad hacia mí, más que nada, porque lo necesito. Él es lo único que me queda realmente y, si ya no pudiera contar con él, no sé qué haría.

Esforzándome, he conseguido identificar, y separar, los sentimientos que habían estado entrelazados dentro de mí. Odio, ira, miedo, angustia, dolor y ahora, culpa. Me ahoga la culpa de pensar que Ángel ha hecho por mí, mucho más de lo que yo creo, y que, todo mi esfuerzo está dirigido hacia una meta con la cual le fallo por completo. Él ha hecho cuanto está en su mano y más, para conservarme con vida, y yo quiero arriesgarme, sin considerar, tomar en cuenta, o siquiera agradecer, todos sus esfuerzos. ¿Por qué tenía que preguntar? ¿Por qué no permanecí en la bendita ignorancia? Le debería lo mismo, pero, no lo sabría, la culpa no existiría, y mis razonamientos serían más claros.

En cambio, ahora, he pasado horas y horas luchando por tomar una decisión, una decisión que ya estaba tomada, y que ahora, gracias a esta información, se coloca nuevamente sobre la mesa como asunto no resuelto. La única conclusión a la que he llegado hasta ahora, y que parece ser el paso que, pese a lo que decida, no ha cambiado, es mi conversación conmigo misma. Debo dedicarle tiempo de profundo análisis a mi decisión.

Creí que lo más duro, a tomar en cuenta, era el poner en riesgo la vida de Daniel. Ahora también debo considerar a Ángel y lo que él dijo en una ocasión, 'Nosotros también morimos, nos reunimos con nuestro Creador, pero, nos llevamos el dolor de no haber podido salvar aquello que nos confió.' ¿Qué tan grande podrá ser ese dolor? Además, igual que en la guerra, ¿podrán degradarlo o algo así? No me atrevo a preguntarle.

Tomo asiento sobre mi cama, recargándome en el respaldo, tratando de estar lo más cómoda posible. Sé que lo más seguro es que otro dolor me espere en cuanto cierre los ojos, de modo que, estar cómoda es a lo menos que puedo aspirar ahora.

"¿Qué haces?" Pregunta un tanto preocupado.

"Me acomodo." Respondo tranquila.

"Eso ya lo vi, pero ¿para qué te acomodas?"

"Voy a dar el siguiente paso."

"El siguiente paso…" Menciona un tanto intranquilo. "Dijiste que era hablar contigo misma."

"Así es."

"No lo entiendo, piensas ¿meditar?"

"Ángel, tú mejor que nadie sabe que nunca he hecho eso." Sonrío.

"Ya lo sé, Jade, pero no entiendo qué te propones. ¡Oh, no! Dime por favor que no es lo que estoy pensando." No sé si tenga un corazón, como el mío, quiero decir, pero, de ser así, podría jurar que se le quiere salir del pecho.

"Igual que me dijiste una vez, yo no puedo entrar en tu cabeza, por lo tanto, no lo sé con certeza, pero creo que vas dando en el clavo."

"No lo puedo creer."

"Pues, ¿qué pensabas que iba a hacer?"

"Definitivamente la idea de la meditación me gusta más."

"No, Ángel, te dije que hablaría conmigo misma."

"Jamás dijiste que, así."

"Jamás dije lo contrario."

Toma asiento a los pies de la cama y me observa, afortunadamente ya estoy acostumbrada a que lo haga, si así no fuera, jamás podría lograr concentrarme lo suficiente. No tengo la menor idea de cómo hacer esto, sin embargo, mantengo en mente lo que Daniel mencionó, respecto a que logré cosas que no sabía cómo hacer, solo con desearlas, aquí voy.

Poco a poco, dejo atrás el sonido de los autos que transitan por mi calle, el olor al aromatizante de lavanda que coloqué sobre la cómoda hace un par de meses y que, pensé que ya no olía a nada. Ahora que dejé de percibir el aroma, sé que sí. Trato de ajustar mis oídos al lugar en que me encuentro, aún antes de abrir los ojos, puedo darme cuenta de que este lugar es más silencioso que mi recámara, y huele a lavanda. Vaya, eso no ha cambiado.

Rocio Blisswealth

Abro los ojos lentamente, y observo a mi alrededor, me encuentro sentada en un cómodo sillón color café, y frente a mí hay una mesa con una lámpara y un aparato electrónico, ¿computadora? Supongo que eso es, aunque es muy extraña, demasiado pequeña tal vez. Frente a mí, puedo ver las amplias puertas del closet, me corroen los deseos de abrirlas y ver qué encuentro, pero, no me atrevo, aun cuando, después de todo, estas deben ser las puertas de mi closet, ¿no?

De repente me asalta una duda, ¿qué tal si me equivoqué de lugar? Nunca había hecho esto, y nadie me garantiza que me haya dirigido a donde quería. A decir verdad, yo quería ir al Registro del Tiempo, al mismo que me llevó Daniel, para ver mi vida futura y a mí, por supuesto. Sin embargo, ahora reparo en esto, la habitación en la que estoy no tiene nada de parecido con la inmensidad azul en la que estuve. Aparte de eso, no existe evidencia alguna de mi presencia aquí, una fotografía, algo con mi nombre. Pensándolo bien, nunca he sido afecta a tomarme fotos, tal vez eso no ha cambiado, pero, si para estas alturas tengo una familia, tal vez estaría incluida en las fotografías, ¿o no?

Escucho unos pasos acercarse hacia la puerta, y el terror me invade, si la persona que se acerca no soy yo, ¡menudo susto nos espera! La puerta se abre lentamente, y entro yo. ¿O debería decir, ella? Bueno, no gritó por la sorpresa, por lo tanto, yo tampoco. Me observa y sonríe levemente.

"No estaba segura del día, lo espero desde que me regalaron esa lámpara. Y, respondiendo a tu pregunta, veintiocho años."

"¿Cuál pregunta?" Digo con un hilo de voz.

"La que pensaste hacerme al verme entrar. Ya estuve aquí, ¿recuerdas? Solo que era yo la que estaba sentada en el sillón." Estoy haciendo un esfuerzo por controlar mi confusión. Sin embargo, no sé de cuánto tiempo dispongo, por lo tanto, más me vale que mi esfuerzo sea fructífero. Lleva, el cabello teñido de un tono mucho más obscuro que el mío. Viste jeans azules, una blusa blanca de algodón con botones al frente, y mocasines color café, por lo visto, mis gustos no han variado gran cosa. Su cabello es más corto que el mío, el suyo llega solo a la altura de los hombros, aunque conserva la misma línea, más o menos. Poco maquillaje, en fin. No veo en ella cambios significativos, más que los normales causados por los veintiocho años que ella menciona, con excepción de los ojos, la mirada en sí, es de tristeza. Me corre un escalofrío por la espalda. ¿Cuánto tiempo llevo en silencio?

"¿Ya te controlaste? No es que tengamos el tiempo contado, pero ¿para qué esperar?"

"Pensé que iría al Registro del Tiempo. ¿Cómo fue que…?"

El Juego… Jade

"No pensaste en el Registro, pensaste en hablar contigo cuando hubiera pasado tiempo suficiente para que pudiera darte respuestas concretas y, aquí estás. Siempre fuimos más allá de lo que consideramos posible."

Sigo haciendo el esfuerzo, de verdad que lo intento. Recuerdo una pregunta, tal vez eso ayude.

"Tengo dos opciones. ¿Cuál de las dos tomé... tomaste?" Sin dudarlo un segundo, me responde.

"Durante varios días, le di vueltas a lo que sabía de Ángel, permitiendo que la culpa me aconsejara, me sentía en deuda con él. Además, la idea de poner a Daniel en peligro de muerte me aterraba, como a ti ahora y, no me atreví a hacerlo. Me decidí a complacer a Ángel, y conservar mi vida."

"¿Y?" Pregunto con un dejo de ansiedad en mi voz, ella habla de mi futuro en tiempo pasado, eso es angustiante.

"Hay algo que debes saber, la culpa no sirve de nada, ni satisface a nadie, deséchala cuanto antes."

"Entonces. ¿Te arrepientes de la decisión que tomaste?"

"Rotundamente."

"¿Por qué?" Me observa un segundo en silencio y después, suspira.

"No estoy segura de que quieras saberlo."

"¿Por qué lo dices?"

"Porque me conozco. También por eso, sé que insistirás hasta que te lo diga, aun cuando te ponga en un predicamento, incluso mayor, que aquel en el que te encuentras ahora, así que..."

"Quiero saberlo todo."

"De acuerdo. Conviví por un tiempo con mamá y con Mara, tal vez porque no sabía realmente qué hacer, me vi tentada muchas veces a atacarlas, o a los demonios que llevan dentro, pero, preferí que los sufrieran. Después de todo, ellas mismas los solicitaron, y lo consideré mi pequeña venganza. Con el tiempo, conseguí un empleo, y me avoqué a él, tratando de no pensar en lo que había vivido, pero, la vida sin Daniel, tú lo sabes, ya no era vida. Me fui de la casa y nada más."

"¿Nada más? Pero ¿y Ángel?"

"Él sigue a mi cuidado, ya no tan presente como en estos días para ti. Sin embargo, cada vez que estoy en peligro de muerte..."

Mis ojos están sumamente abiertos, puedo sentirlos, pero no tengo ningún control sobre ellos.

"Peligro de muerte." No lo externo como pregunta, creo que siempre lo supe, muy dentro de mí.

"El continuar con mi vida implicaba no ceder mi don, eso nunca los ha tenido muy contentos. Logré ponerlo fuera de su alcance, al menos la mayor parte del tiempo. Sin embargo, cada vez que tienen hambre, debo pelear. Mi don ha evolucionado, ellos también."

"Daniel…" No atino a colocar el tono de interrogación en mis preguntas, no creo que a ella le importe, me contesta igual.

"Él siguió adelante con su carrera, es decir, el demonio siguió adelante con ella. No obstante, su alma pasa mucho tiempo aquí." Desvía su vista hacia una esquina en donde se encuentra una silla vacía.

"¿Todavía?"

"Hasta el final, ¿recuerdas? Ha mantenido su promesa. Casi siempre está aquí, y, aunque no siempre puedo verlo, lo sé."

"Pero, su vida…"

"Sé a lo que te refieres. Permaneció solo, igual que yo, al menos hasta el día de hoy. Supongo que tenía razón."

"¿En qué?"

"En que él me ama más que yo a él. Yo sigo esperando el día en que ya no aparezca, siempre vuelve."

"Y, para ti, ¿no ha habido nadie más?"

"Algunas veces."

"¿Y qué pasó?"

"Eso no necesitas preguntármelo, lo sabes bien, ninguno es Daniel." Necesito cambiar el tema porque ya no soporto lo que siento al escucharla.

"Tengo el presentimiento de que Ángel es mucho más de lo que he alcanzado a ver hasta ahora."

Frunce el entrecejo enfocándose en algo que parece no recordar con exactitud.

"Hubo una época, hace cerca de quince años, en que los ataques demoníacos eran brutales, terribles en verdad, y empecé a darle rienda suelta a la dulce idea de que había enloquecido, y me aislé. Luché por evadir todo lo que me recordara la presencia demoníaca en mi vida, o la de Daniel en mi habitación, y por un largo tiempo, casi consigo convencerme de ello. Incluso cuando los demonios me atacaban, no me resistía, y los dejaba hacer conmigo lo que quisieran.

Una tarde, un compañero del trabajo con quien platicaba a veces, me invitó a visitar a una amiga suya. Ella era psíquica, no le vi el mayor problema, y fui con él. Una vez en su casa, conversamos un largo rato hasta que, alargando su brazo, me tocó la mano. Por cierto, sigo sin soportar el contacto de otra persona. En fin, en cuanto su mano rozó la mía, dio un salto hacia atrás, que casi la deposita en el suelo. Una vez que recobró el equilibrio, sus ojos se fijaron en la pared tras de mí, a la vez que lloraba descontroladamente y repetía, '¡¿Quién te protege?! ¡¿Quién te protege?!' Casi a gritos. No supe qué hacer y solo contesté, 'mi ángel de la guarda, supongo.' Intentando sonreír para que ella no notara mi sobresalto. 'Él no es un ángel, es un arcángel. ¡Eso es lo que es! ¿No lo sabías?' Hasta ahí llegó mi locura, ya tenía un testigo que podía ver a mi guardaespaldas. Muy a mi pesar, volví a mi realidad ese día."

"Un arcángel…" Digo en un suspiro.

"Él es capaz de mucho más de lo que crees, no lo subestimes. Por cada herida que ha recibido, te aseguro que ha asestado muchas, muchísimas más. Si lo piensas bien, tendría sentido, supongo que los arcángeles tienen capacidades extras, para cuidar de las personas como nosotros. Por cierto, nunca se lo he preguntado directamente, no creo que me lo diría."

La observo en silencio, más bien, estoy muy aturdida. Esta es la vida por la que estoy a punto de decidirme, al menos, la que me encontraba más cercana a tomar, y ahora, ¡no quiero esto! No sé qué es lo que quiero, pero, si estoy segura de que esto no, definitivamente no.

"¿Puedes darme algún consejo? Cualquier cosa que sepas y que yo desconozca, que pueda ayudarme, a ambas."

Me observa largamente, sus labios conservan una suave sonrisa, muy leve en verdad. Estoy llegando a la conclusión de que aprendió a mantenerla ahí, porque su expresión real sería demasiado dura para la vida cotidiana. Tal vez con ella se evita preguntas de la gente a su alrededor, que no me imagino quiénes puedan ser.

"Puedo decirte, por ejemplo, que, con el paso del tiempo, averigüé que la abuela, quien rezó por mí toda su vida, fue quien consiguió que Ángel estuviera a mi cuidado, él me lo dijo. Ella sabía perfectamente, lo había visto en su niñez, lo que uno de sus descendientes podría sufrir, y pidió por un ángel lo suficientemente poderoso para conservarme con vida, a pesar de cualquier ataque. Arcángel o no, Ángel es capaz de grandes cosas. No olvides ese detalle, tenlo en cuenta siempre.

Hubo una frase que él me dijo durante mis peores momentos en aquella habitación, y la olvidé. La recordé hasta hace poco, 'el enemigo de tu enemigo es tu amigo.' No estoy segura de a qué se refería, sin embargo, es algo para considerarse con seriedad, él nunca dice nada en vano. Trata de deducirlo, tú si estás a tiempo.

Ángel es muy astuto, he llegado a conocerlo bien, como buen guerrero, es un excelente estratega, y le gusta utilizar el elemento sorpresa. Lo hizo con

Daniel, esa es otra cosa que ya me contó. Cuando lo conociste, escudriñó en el futuro, para ver qué podía encontrar que le sirviera. Se dio cuenta cómo serían las cosas, y contactó a Daniel, en aquel entonces aún no lo tenían tan vigilado, y aceptó, cuando él le propuso el intercambio de un trozo de su alma.

Sabía que con eso, tú no morirías sin arrastrarlo contigo, y sabía también, que no te atreverías a hacerlo, aun cuando le advirtió de la posibilidad contraria, que existía la posibilidad de que te atrevieras a causarle la muerte. Daniel aceptó, ya sabes, el libre albedrío." Decimos ambas. "Así es, y entonces, lo utilizó como ancla, una infalible y pesadísima ancla, la única posible. Él lo enseñó a transportarse astralmente y..." Sus palabras me disparan un recuerdo, ella debe saberlo, necesito que me lo diga.

"¿Qué es lo que el demonio buscaba dentro de él aquella noche, en su pecho?" Sonríe con un poco más de ganas, supongo que voy por buen camino.

"El demonio buscaba la parte de alma que le faltaba a Daniel, sabía que había cometido un error al dejarlo solo tanto tiempo, siendo que él era el encargado de cuidarlo, y que algo terrible había sucedido con su descuido. Quería encontrar el trozo que faltaba, pero, en su desesperación, y el terror al castigo al que se haría acreedor, nunca se detuvo a preguntarse de quién era el trozo de alma que había reemplazado al anterior, no lo detectó porque Daniel ya estaba lleno de tu energía. No lo sabe todavía, y tampoco ha dicho nada al respecto. ¿Entiendes lo que te digo?"

"Ellos tampoco lo saben." No me responde, sonríe muy ampliamente, aunque es solo por unos cuantos segundos.

"Ahora ese demonio habita en su cuerpo, tú tienes una infalible conexión con Daniel, por lo tanto..."

"Con él también."

"Debe ser fácil manipularlo si te conectas con su esencia, sabrás qué hacer, y qué no. No es muy brillante, no importa el miedo que te provoca, ignóralo."

Me detengo unos segundos, pensando, tratando de definir cuál es ahora el paso a seguir. Me observa y continúa.

"¿Recuerdas lo de la acumulación de puntos?"

"Sí." Aunque ahora no estoy segura de que eso me haya servido de algo, finalmente era mamá quien lo manejaba.

"Funciona, ese es otro dato que Ángel me dio. No por mamá, él le pidió al Creador que respaldara tu creencia de que era Él quien te cambiaba los puntos y, debe haberle resultado gracioso, o algo así, porque aceptó. Si yo quisiera lograr lo que me propongo, por ejemplo, intentaría conseguir algo que me dé los puntos necesarios para garantizarme el éxito. Algo que pese lo suficiente."

La desilusión me invade, ya empezaba a formarme una línea de acción, pero, si tengo que contar con que Él actúe a mi favor, si ni siquiera he logrado convencer a Ángel. Además, ¿qué podría conseguir que valiera tantos puntos? "Dudo que Él actúe a mi favor, si se trata de algo que no va exactamente con sus planes para mí."

"Hay algo que debes saber, para Él, un trato es un trato, no va a desdecirse, aunque le pese. Ahora lo sé."

Nos vemos a los ojos por largo tiempo, no sé cuánto, tengo una pregunta más, y no me atrevo a formularla, pero, es la única que me aclarará las cosas lo suficiente, como para tomar una decisión irrevocable.

"¿Estás lista para irte?"

"No, tengo una pregunta más." Su rostro refleja una absoluta sorpresa, por alguna razón, no se lo esperaba.

"¿En serio? Yo no hice ninguna otra pregunta. Por lo tanto, esta debe ser la que cambia tu futuro para alejarlo del mío. Adelante, ¿cuál es?"

"¿Cuándo fue la última vez que fuiste realmente feliz?"

Tiene su mirada fija en mí, y de sus ojos escapa una lágrima, una sola, creo que, para estas alturas, ya no le quedan muchas. Ya debe haberlas llorado todas. La limpia lentamente con las yemas de sus dedos, y se aclara la garganta antes de responderme.

"Sin lugar a dudas, la ocasión en que le confesé a Daniel que lo amaba, y me perdí entre sus brazos, escuchándolo decirme que él me amaba más."

"¿No hubo ningún otro momento?"

"Nunca, jamás, ninguno."

Me levanto del sillón, y antes de cerrar los ojos para salir de ahí, pregunto:

"¿Algo más que quieras decirme?"

"Lo que estás a punto de hacer, tal vez sea mucho más duro que lo que yo he enfrentado hasta ahora, pero, créeme, no quieres llegar aquí." Coloca la palma de su mano derecha sobre su pecho, entiendo perfectamente lo que quiere decir. "Ármate de valor y hazlo. No tengo idea cómo pueda resultar, sin embargo, de algo estoy convencida, ya tomé la otra decisión, y no fue lo correcto, no lo fue. Buena suerte, por el bien de ambas."

"Gracias."

Casi de inmediato, abro los ojos en mi cama, frente a Ángel, una sola lágrima rueda por mi mejilla. Ya lo entendí, no hacen falta más, son una pérdida de tiempo, aún puedo evitar ese futuro, y lo voy a hacer, en contra de lo que sea. Ya sé lo que sí quiero, ¡escapar!

Ángel me observa y no dice nada, cosa que agradezco profundamente, me inclino hacia el buró y tomo el teléfono, ese que, como decía la enana, parece objeto decorativo en mi habitación porque, a fuerza de no usarse, incluso lo cubre una ligera capa de polvo. No me tomo la molestia de sacudirlo, me da igual. Uno a uno, voy marcando los números, empieza a sonar, el plomo en el estómago se hace presente, lo ignoro. Cinco timbrazos, seis, siete…

"¿Hola?" ¡Su voz! No lo es, y al mismo tiempo, casi podría engañarme a mí misma diciéndome que es él.

"Hola, Daniel."

Daniel se hace visible frente a mí, supongo que quiere que, su imagen en mi habitación me sirva de recordatorio de con quién estoy tratando, no hace falta, lo sé bien, mi plan ya arrancó.

"¿Jade? ¡Qué milagro, preciosa! ¿Dónde te habías metido?"

"Es largo de contar. Daniel, no estoy bien, te extraño muchísimo." Digo esto viendo a Daniel, al verdadero, directamente a los ojos, así es más fácil.

"No tiene por qué ser así preciosa, me tienes aquí, y lo sabes. Yo también te he extrañado mucho, y estaba terriblemente preocupado porque, después de la dolorosa muerte de Carmen, no podía encontrarte. Te llamamos varias veces, pero, tu familia te negó. Siempre dijeron que no estabas, y yo no sabía qué hacer."

"Mi familia ha sido gran parte del problema, pero, no puedo contarte ahora, me escuchan."

"No te preocupes, Jade, dime qué es lo que quieres que haga, y lo haré, no lo dudes."

Necesita que yo lo pida, que lo verbalice, libre albedrío. No hay problema, sin embargo, debo actuar lo más cercano a como lo haría en cualquier otra circunstancia, no quiero que sospeche.

"No me atrevo, Daniel. Sabes que nunca he querido molestarte." El verdadero Daniel me guiña un ojo, gracias, me hacía falta.

"Pídeme lo que quieras, mi amor, que yo habré de hacerlo. Tus deseos, son órdenes para mí, dímelo."

"Ven por mí, por favor."

Ángel deja caer la cabeza, fijando la vista en el suelo, puedo ver claramente que ya lo da todo por perdido, lo lamento, ya no habrá más explicaciones. No quiero que obstaculice mis acciones. Veo a Daniel, y, en silencio, dentro de mí, le suplico con desesperación que me apoye, pese a que sé lo que esto significa para él, y que me guarde el secreto con Ángel. Asiente con la cabeza y suspira, 'hasta el final,' lo escucho decir.

"¡Por supuesto que sí! Prepara tus maletas, ¿tienes forma de llegar al aeropuerto de la Ciudad de México? Te recogeré ahí mañana, antes del anochecer, y te traeré a casa. ¿Te parece bien?"

El Juego… Jade

"Sí, Daniel, ahí estaré sin falta, y… gracias."

"Jade, te amo."

Sus palabras, en voz de Daniel, me provocan un escalofrío de horror, él no es capaz de amar a nadie, a mí menos que a nadie, sin embargo, con los ojos fijos, casi sin parpadear, en el amor de mi vida, le contesto.

"Yo te amo más, te estaré esperando, Daniel."

"Ya no será mucho tiempo preciosa, te veo ahí."

Colgó. Mi yo futuro tenía razón, debía contactarme con su esencia, fue así como supe que todo lo que tenía que hacer, era decirle lo que quería escuchar, eso fue fácil. Me levanto y empiezo a empacar, sin tomar en cuenta qué es lo que coloco en la maleta, ya no es importante.

Una vez en el avión, me abrocho el cinturón de seguridad, por primera vez, Ángel va conmigo, aun cuando no de forma visible para nadie, excepto para mí. Le he pedido que ya no me diga nada, lo aceptó, y únicamente me toma de la mano de forma casi constante, debe ser por eso que no tengo miedo, me encuentro extrañamente tranquila. No me cabe la menor duda de que la decisión que tomé, la que tomé en esta ocasión, quiero decir, es mejor que la anterior. Cualquier cosa resultará mejor que el camino anterior, ese sí me da miedo.

El sobrecargo indica por el altavoz que vamos aterrizando en la Ciudad de México, me dirijo a Ángel por primera vez en muchas horas.

"Me estarán esperando, todos ellos. Necesito que te mantengas con un bajo perfil, es indispensable que no se den cuenta de tu presencia."

"No te preocupes." Responde serio.

"Gracias."

Descendemos del avión, hay una escolta, es decir, una persona que nunca antes había visto, con un letrero con mi nombre escrito a todo lo ancho, Jade Arias, les faltó agregar, condenada a muerte. Un séquito de seis demonios, que me ven como algo precioso, me esperan pacientemente. Supongo que, entregarme, habrá de asegurarles un gran premio, o tal vez hasta una condecoración. Puedo sentir cómo Ángel se tensa, pero, sigue adelante. Son enormes, con facilidad son una cabeza más altos que yo y, es todo lo que alcanzo a ver antes de tenerlos demasiado cerca. No quiero que piensen que sé que están ahí, quiero decir, cualquier duda que pueda causarles vale la pena, marchan rodeándonos, al nuevo secretario de Daniel, a Ángel, y a mí. Nos dirigimos a una sala de espera VIP que está, por supuesto, completamente vacía, y tomamos asiento.

Me dirijo hacia el hombre y le pregunto en un tono por demás casual.

514

"¿No vino Raúl?"

"No estaba disponible, lo siento."

"No importa, era solo curiosidad." No estaba disponible, claro, si no lo llamaron para averiguarlo, lo más probable es que haya estado ocupado llevando su ropa a la lavandería, o algo similar, me hubiera gustado verlo, aunque, es mejor que no haya venido.

Un par de horas después, la puerta de la sala empieza a abrirse, no se había movido durante todo este tiempo, por lo tanto, ya sé quién es. Aquí voy. Daniel atraviesa la puerta y, sin pensarlo dos veces, me levanto y, corriendo, me arrojo en sus brazos, esta vez no es ansiedad lo que me mueve, es solo que, si no lo hago así, no lo conseguiré nunca. Me toma con fuerza, envolviéndome en sus brazos, y me da un abrazo tan fuerte que me deja sin aire, levantando mis pies del suelo. El alma de Daniel sigue ahí, es un débil susurro, pero, está ahí dentro, con él, siguiendo adelante con mi plan, gracias.

"Te he extrañado tanto." Digo casi sin voz.

Depositándome en el suelo me ve directamente a los ojos, tal como lo pensé, el alma de Daniel no es tan fuerte como para asomarse por ellos, están, de cierta forma, vacíos. Creo que lo noto solamente porque los conozco sumamente bien. Se acerca a mí, y me besa lentamente en los labios. Todo mi esfuerzo, mientras le correspondo, está basado en contener las náuseas, sería terrible si vomitara en este momento. Me acaricia el cabello.

"Ya no tenemos que extrañarnos, ya estamos juntos. ¿Nos vamos?"

"Por supuesto." Respondo, e ilumino mi cara con la más falsa de mis sonrisas, no creo que note la diferencia. "Tengo mucho que contarte, Daniel y, además hay algo en lo que necesito que me ayudes."

Sus ojos se iluminan, y una sonrisa aparece en su rostro, yo sí puedo darme cuenta de que, si bien la sonrisa no es falsa, no es de Daniel, nada que ver con las de él.

"Me lo contarás en el avión rumbo a España, y ten por seguro que te ayudaré en lo que quieras, Jade."

"Gracias."

Me abraza por la cintura oprimiéndome contra él, y yo camino tratando de darle alcance, los demonios de nuestra escolta presentan una sonrisa de suficiencia que refleja la suya. El avión nos espera, nuestros asientos son de primera clase, eso no me extraña en lo absoluto, lo que si me sorprende, es que los haya pagado todos. No quería a nadie a nuestro alrededor, supongo que es mejor, todo va funcionando a las mil maravillas, podré hablar con él sin preocuparme de que alguien más nos escuche. Y me refiero a nadie, porque, incluso a su secretario lo mandó a clase turista, únicamente los demonios nos acompañan y ellos, bueno, supongo que se enterarán tarde o temprano.

Ordena algo de comer, y da vuelta en su asiento para quedar más de frente a mí.

"¿De qué querías hablarme, linda? ¿En qué quieres que te ayude?" Pregunta sonriendo. Sin pérdida de tiempo, perfecto, entre más pronto, ¡mejor!

"Daniel, no sé cómo empezar, sin embargo, sabes que nunca he tenido secretos para ti." Asiente con la cabeza y continúo. "¿Recuerdas al demonio que nos atacó en aquella ocasión, a ambos, al mismo tiempo?"

Se pone serio, demasiado, pero continúa con su papel, representándolo lo mejor posible.

"Cómo olvidarlo. ¿Qué pasa con él?"

"Mi vida se ha vuelto muy difícil. Hay personas, y demonios, empeñados en alejarnos, yo no puedo vivir sin ti. Sé que tu intención es ayudarme, y que hoy viniste por mí, no obstante, sé que esto no durará mucho, te alejarán de mí, Daniel, y yo…"

"Y, ¿qué quieres hacer?"

"La última vez que lo vi, antes de esta separación tan larga, me propuso que, si me unía a ellos, sus jefes, supongo, y les ayudaba con lo que yo puedo hacer, me permitirían estar más tiempo a tu lado y, quiero verlo, decirle que acepto. Cualquier cosa con tal de no vivir con este dolor." Alargo la mano y lo acaricio, sosteniendo las puntas de mis dedos en su mejilla unos segundos, continúo. "Solo que, ya no lo encuentro, no ha vuelto, y yo ya no puedo más, tengo que encontrarlo. ¿Sabes de alguien que pudiera ayudarme a dar con él?"

¡Maldito! Le brillan los ojos de una forma increíble, freno mi enojo, finalmente eso era lo que yo quería. Controla una sonrisa, lo intenta al menos, y me responde con un dejo de alegría en su voz.

"Jade, cuando los demonios interfieren de una forma tan directa en la vida de una persona, por lo regular, no hay forma de vencerlos. Si has encontrado la forma de librarte de ellos, y conseguir que estemos juntos, haré lo que pueda por apoyarte, lo sabes. Yo tampoco soportaría estar sin ti, y si esto nos mantiene juntos, estoy seguro de que esa es la mejor decisión. Creo saber quién puede ayudarnos, pero, deberemos viajar a Inglaterra, ¿aceptas?"

"¿De verdad, Daniel? ¿Podremos estar juntos?" Digo sonriendo, qué asco me doy.

"Por supuesto, linda, siempre juntos. ¿Aceptas ir a Inglaterra?" Insiste, le es indispensable contar con mi voluntad para cada paso que piensa dar conmigo.

"Sin lugar a dudas, acepto, necesito verlo, que tome lo que quiere y me deje contigo, es todo lo que quiero." Tomo su mano entre la mía.

Rocío Blisswealth

"Yo también, Jade, no hay nada que desee más que eso."

Nos traen la comida, me será difícil comer conteniendo las náuseas, pero, tal vez, me ayude la satisfacción de haberlo convencido con tanta facilidad. Hasta ahora voy muy bien, este demonio, por sí solo, no me sirve para nada. Necesito ver a los otros, a los de la mansión, y cada vez estoy más cerca. Empiezo a comer para ocupar mi estómago en algo más que sentir miedo, no puedo darme ese lujo ahora.

Daniel dirige su vista, cuando cree que no lo veo, hacia uno de sus guardias, e intercambian largas miradas, supongo que comunicándose como Daniel y yo, el demonio desaparece del avión. Escucho voz de Daniel dentro de mí.

"Lo envió a la mansión, quiere saber si lo autorizan a llevarte, o te verán en otro lado, se siente triunfante."

"Gracias, avísame lo que decidan, por favor."

"En cuanto sepa algo."

No pasaron ni cinco minutos antes de que el demonio regresara, trato de no darme por enterada, pero sigo esperando la voz de Daniel dentro de mí.

"Aceptaron, te recibirán en la mansión, están increíblemente felices." Suspiro y me acomodo en mi asiento, ya solo me queda esperar. Supongo que, al llegar a España, trasbordaremos a otro avión con rumbo a Inglaterra, será mejor que descanse todo lo que pueda, no creo que sea mucho, ya que el terror me acecha. Afortunadamente, es hasta ahora que puedo sentirlo, ahora, que ya no hay marcha atrás, ya tengo otra cosa en que entretenerme, no temblar. Ángel se acerca a mí y me susurra, de modo que solo yo pueda escucharlo.

"Tratarán de convencerte de no morir, tienen demasiado que perder, quiero que estés preparada para cualquier cosa." Solo asiento con la cabeza, muy levemente, estoy consciente, no será fácil.

Capítulo XXVIII
¿Qué pasaría si en realidad no quisiera rendirse, sino, morir?

Inglaterra

Todos se han reunido en una de las enormes salas de la casa, el ambiente es festivo, aquello que esperaban con ansias, eso con lo que soñaban, y que jamás creyeron posible, ha sucedido. Unas cuantas horas más, y ella, Jade Arias, habrá de entrar por esas puertas.

Olivo pasa su mano por los jarrones de plantas que adornan la habitación, haciéndolas florecer. Boj lo observa con el entrecejo fruncido.

Boj: *¿Qué demonios haces?*
Olivo: *Le gustan las plantas, quiero que se sienta bienvenida.*
Boj: *¡No seas tonto! Ni siquiera creo que las note, o que llegue con ánimos para fiesta, y estás gastando energía valiosa en eso.*
Olivo: *¡Qué importa! A partir de mañana tendremos toda la energía a nuestra disposición. ¿No es cierto?*
Boj: *¿Qué es lo que dicen tus demonios?* Pregunta dirigiéndose a Ébano.
Ébano: *Pues, según parece, ella finalmente cedió al dolor que le aplicamos, yo sabía que así sería y, según sus palabras, lo que desea es pedir que tomemos de ella lo que queramos, a cambio de permanecer con Daniel. Todos tienen un precio.*
Vid: *¿Cómo fue que solicitó venir aquí?*
Ébano: *No, no fue así en lo absoluto, le dijo a Daniel que ya no encontraba al demonio que le había hecho la propuesta. ¡Si supiera que se encuentra dentro de la piel que acaricia con tanto amor! Y le preguntó si él sabía de alguien que la ayudara a encontrarlo. Recuerda que el demonio le dijo que Daniel estaba enterado de todo, por lo tanto, no es de extrañarse que ella supiera que él podría ayudarla.*
Vid: *¿Cuál es el plan a seguir? Debemos ser cautelosos.*
Boj: *Obviamente, por principio de cuentas, debemos retirar el agua del salón, y no permitir que ella se moje los pies, las consecuencias serían absolutamente terribles, eso tomará tiempo. Es por eso que no quiero que se desperdicie la energía.* Dirige su acusadora mirada hacia Olivo, que, como respuesta, solo asiente con fastidio.
Ébano: *Ya mandé traer a un grupo de los demonios más fuertes, por si acaso.*

Rocío Blisswealth

Vid: Viene a rendirse, en son de paz, no creo que eso sea necesario, cualquier eventualidad, nosotros somos más que suficientes para controlarla. Habla molesto.

Muérdago: Siempre con esa predilección hacia ella, no se trata de hacerle daño, ninguno de nosotros quiere eso, solo se trata de estar preparados. Supongo que ella desea que tomemos su energía, y la dejemos ir con Daniel. Sabemos que eso es absolutamente imposible.

Boj: Eso me recuerda que debemos preparar una celda para alojarla.

Vid: ¡No en una de esas celdas! ¡No sobreviviría mucho tiempo!

Ébano: Todos ocupan celdas, ¿por qué ella no habría de hacerlo?

Muérdago: Por el simple hecho de que es humana, tienen necesidades diferentes, son frágiles, y comen. ¿Lo recuerdas?

Boj: De acuerdo, prepárenle una habitación, pero, con toda la seguridad necesaria, no me gustaría que encontrara una salida.

Olivo: Y, debo suponer que, en esa celda, es decir, en esa habitación, Daniel habrá de quedarse con ella.

Boj: Claro, debemos entregarle lo que ella quiere a cambio, no puede ser de otra forma.

Ébano: No creo que el demonio esté muy contento con ese hecho. Dice con tono de preocupación en la voz.

Muérdago: Vaya, por un segundo tu voz sonó, como si de verdad te importara lo que un estúpido demonio pueda pensar. Las carcajadas estallan en la sala.

Ébano: Sarcasmo, hermano, puro y vil sarcasmo. Será divertido ver su cara de sorpresa, ahora que se encuentra tan feliz en la piel del famoso y guapo Daniel Montalvo, con toda seguridad ya está pensando en la recompensa que le daremos por traernos a nuestra joya a casa.

Boj: ¿Recompensa? Nuestra niña viene a rendirse. ¿Recompensa? ¡Bah!

Olivo: Hay algo que me preocupa.

Vid: ¿Qué cosa? Pregunta sin prestar atención.

Olivo: Jade siempre ha probado ser impredecible, en muchos sentidos.

Boj: ¿Qué es lo que estás pensando? Boj se acerca a él.

Olivo: Jade nunca ha soportado la convivencia con los demonios.

Ébano: No es así, al menos, no últimamente, recuerda que, al demonio, que le estaba asignado, terminó por tomarle un gran cariño.

Boj: Continúa... Se pone serio y levanta la palma de la mano, para que los demás guarden silencio.

Olivo: ¿Qué pasaría si en realidad no quisiera rendirse, sino morir?

Vid: ¡Eso jamás! ¡Imposible!

La mirada de todos se ha fijado sobre Olivo, la tensión es tal, que el aire que respiran se siente espeso. Su tan anhelado sueño, podría convertirse en pesadilla.

Boj: ¡Dejen que termine!

Olivo: Se me ocurre, pensando un poco como creo que ella lo hace, que no podría convivir con un demonio, aun cuando estuviera bajo la piel del hombre que ama. Sabemos, de cierto, que es extremadamente perceptiva. Y, ¿qué tal si ya se dio cuenta de que el demonio ocupa el cuerpo de Daniel?

Muérdago: ¡Pero, no ha dicho nada! ¡No ha mostrado indicio alguno de tal cosa!

Olivo: Es una hipótesis, de modo que, supongamos que se dio cuenta. Ella, no concibe la vida sin él, y él ya no está. Su Ángel no la deja morir. ¿Cómo lograría abandonar esta vida, si no es con la ayuda de alguien más poderoso que él? Sabe que tiene algo que nosotros queremos, algo que puede ofrecernos a cambio de que la ayudemos a morir.

Boj: ¡Maldición! Se levanta del sillón y empieza a caminar por la sala.

Vid: Es solo una hipótesis. Dice con terror en la voz, no quiere creer que nada de eso pudiera resultar cierto, siquiera posible. Desea tanto poder ver en persona a esa chica, a la que admira con el mismo fervor con que observa las obras de arte.

Boj: No puedes negar que tiene mucho más sentido que una rendición, tratándose de Jade, es más lógico un suicidio. Está buscando un pelotón de fusilamiento con la fuerza para asesinarla.

Muérdago: ¿Qué haremos, entonces?

Vid: Si ella muere, su energía se iría con ella, no existe aquí un ser capaz de contenerla, acabaría con cualquiera de nosotros. Tendríamos que ofrecerle otra opción.

Guardan silencio por unos instantes, pensando en las opciones que Jade pudiera aceptar, en la sala no se escucha ni un leve sonido. Ébano es quien rompe el silencio para exponer su idea.

Ébano: Podríamos ofrecerle un Daniel limpio. Puedo ordenarle al demonio que salga de él. Tal vez aceptaría ese intercambio. Le estaríamos ofreciendo una vida con Daniel. Finalmente, eso es lo que ella quiere, ¿no?

Boj: Esa sería una opción.

Olivo: Y si... Se trata de otra hipótesis, advierto. Si intentáramos convencerla de quedarse, por las buenas. Después de todo, no tiene otro lugar a dónde ir.

Muérdago: Olvidas el pequeñísimo detalle de que somos ángeles caídos y que, por lo tanto, ella nos aborrece. Si se atreve a venir aquí, es porque no le queda otra salida, de eso no me cabe ya la menor duda.

Olivo: Lo sé, sin embargo, no tiene a nadie, ni sus abuelos, ni su madre, vamos, no le queda Daniel, tampoco. Podríamos ofrecerle una familia. Nadie podría amarla más que nosotros.

Boj: Suponiendo que fuéramos capaces de semejante atrocidad.

Olivo: La mezcla de envidia y admiración que sentimos por ella, podría hacerse pasar por amor. No creo que nos pusiera muchas objeciones. Tal vez, algún día, conseguiríamos, incluso, que nos diera de comer en la boca.

Muérdago: ¿Alimentarnos con ella presente? De verdad que estás soñando, eso no deberá verlo nunca.

Olivo: Es solamente una hipótesis.

Muérdago: No, es un sueño imposible, al menos la última parte.

Boj: Muy bien, esto cambia las cosas. La dejaremos llegar y veremos qué se propone, si resulta ser que quiere, en realidad, rendirse, le ofreceremos lo que nos pida a cambio. Le propondremos que se quede por las buenas, como sugieres. Dice dirigiéndose a Olivo. No me gustaría desatar su ira, eso es algo que no hay que olvidar, no sabemos de qué sea capaz si la hacemos enojar. Por lo tanto, intentaremos llevarlo todo por la vía pacífica. Si, por el contrario, su intención es morir, le ofreceremos nuestra familia, estaremos preparados para contener su furia en caso de que no acepte, y la recluiremos, ¿de acuerdo? Observa alrededor, todos asienten. Las caras sonrientes han quedado atrás.

Muérdago: Bien, hagamos los preparativos para ambas situaciones, no dejaremos que nos tome por sorpresa.

Salen de la habitación, cada uno de ellos se hará cargo de parte de la recepción para Jade. Vid se dirige hacia la segunda planta, en la mansión hay muchas habitaciones siempre vacías, él ha elegido la más grande, y contigua a la suya, esa será la de Jade, está convencido de ello. No queda lugar para el pesimismo ahora que todo camina sobre ruedas.

Nunca antes se pensó en la posibilidad de que alguno de Los Siete se acercara tanto a ellos, el trabajo siempre lo hicieron los demonios, o los humanos encargados de sus vidas, sin embargo, Jade es diferente. Cualquier otro en su lugar, se congelaría de pánico con solo pensar en estar aquí, sobre todo, conociendo a los demonios como ella los conoce. No ella, es capaz de lo que sea por conseguir lo que se ha propuesto.

Aunque, ellos no se consideran a sí mismos como demonios, esos son los que nacieron fuera del paraíso, ellos nacieron dentro de él, por lo tanto, nunca han dejado de considerarse ángeles, y de referirse a los demonios con desprecio, como seres inferiores. Los demonios nunca han visto al Creador, sin embargo, ellos fueron sus hijos. Es como tu registro de ADN, no cambia aun cuando cambiaras de nacionalidad, Jade deberá entender la diferencia. De todos los seres humanos, ella es la única capaz de entender, no los verá como demonios.

Apoyado por un grupo de ellos, empieza con la decoración. La pared en color claro, y la amplia cama con respaldo de latón. Gruesas almohadas y velas con olor a lavanda. La sobrecama es blanca, gruesa, acolchada, da la impresión de ser una nube. Los muebles de pesadas maderas y ningún espejo, a Jade no le agradan los espejos. El gran ventanal ocupa la pared al lado derecho de la cama y permite ver las maravillosas plantas que, soñando con este día, él ha hecho crecer en las jardineras de la terraza. Las cortinas deberán ser de encaje, para que no oculten semejante maravilla. Él logrará convencerla, será su más maravillosa obra de arte, lo mejor de su colección. Una obra de arte viviente, maravillosa fuente de energía.

Unas cuantas horas, eso es todo lo que hay que esperar, y la tendrá frente a él, desde hace cientos de años, nada lo había entusiasmado de esta forma.

El resto de ellos no comparte su entusiasmo, sobre todo Boj, encargado de asegurarse que no haya una sola gota de agua dentro de la casa, hay que restringir su energía lo más posible. No es que ella necesite, de forma indispensable, del agua para hacerles daño, sin embargo, con ella de por medio, podría matarlos. No puede dejar de pensar en el sinfín de posibilidades que traer a Jade a la mansión implica. Algo lo molesta, no quiere acabar con ella, sin embargo, si no hay otra salida, tendrá que hacerlo. Recluirla, sin su autorización, sería una infracción mayúscula al libre albedrío, no pueden permitirse una de ese tamaño, sabe, de cierto, que su propio padre se encargaría de hacerlos pagar por ello.

Si ella acepta quedarse, lo cual sería lo más conveniente, podrían conservar su energía indefinidamente, si no, deberá estar preparado para matarla, y, honestamente, con la protección que ella lleva sobre de sí, no sabe cómo lograrlo. Tal vez si todos actuaran juntos. Sí, eso debe funcionar, espera no tener que poner esa idea en práctica pues, de fallar, las cosas podrían dar un giro desastroso.

¿Cómo fue que llegaron tan lejos? Jamás han tenido a uno de Los Siete al alcance de la mano, no obstante, no encuentra la fuerza para negarse a permitir que Jade venga aquí, a su refugio. Eso será tener la energía de su Creador, una vez más, lo suficientemente cerca para olerla, para verla, para sentirla de forma directa. Ninguno de ellos logró oponerse, aún a sabiendas de que se trata de un error, hace tantos años que no la sienten, que dejaron de contarlos. Vale la pena el riesgo, solo espera no arrepentirse.

España

Finalmente abordamos el avión que habrá de llevarnos a Inglaterra, aunque, no es un avión en realidad, es una avioneta privada, 'Para ir más cómodos' fueron las palabras de Daniel. Mientras esperamos a que los chequeos de último minuto concluyan, él se separa de mí para ir al baño, por fin, después de todas esas horas, puedo respirar sin llenar mis pulmones con su penetrante aroma a vómito. Merezco un premio solo por eso, y otro por poner cara de amor cada vez que me ve.

Aprovecho para hablar con Daniel unos minutos, con el verdadero, quiero decir, de esa forma nadie se percata de mi conversación, ya que, como se imaginarán, mi escolta no me pierde de vista, literalmente hablando.

"Daniel."

"Dime."

"Ya estamos cerca, ¿no es cierto?"

"En total, hasta la mansión, tres horas aproximadamente."

"Hay algo que quiero preguntarte, ¿tienes manera de comunicarte con Ángel sin que se enteren?"

"En realidad no, ¿por qué? ¿Qué tienes en mente?"

"Es solo que, una vez que lleguemos, no estoy segura de cómo se sucedan las cosas. Necesito pedirle que no se aleje, que se mantenga cerca de mí, es decir, físicamente hablando, y tú también. Sé que es demasiado pedir, conociendo mis intenciones, pero, no lo lograré de otra forma."

"No tienes de qué preocuparte, la decisión, tanto de Ángel, como la mía, han sido tomadas desde hace mucho tiempo. Aquí estamos, y ahí estaremos."

"Gracias, una cosa más."

"Lo que quieras, guapa."

"Te haré cumplir lo que acabas de decir. Necesito que te mantengas fuera de mi cabeza a partir de este momento. Si te siento, si te escucho, no podré llegar hasta el final."

"Jade, no me pidas eso, por favor. No lo hagas, al menos así, déjame estar contigo. No sabes a lo que te enfrentas."

"Creo tener una idea bastante clara. Daniel, dijiste, 'lo que quieras.'"

"De acuerdo, te amo, Jade."

El Juego… Jade

"Yo te amo más, aunque, con lo que estoy a punto de hacer, no parezca demostrarlo."

Mi mente quedó en silencio, un silencio que ahora necesito para, como me aconsejó mi yo futuro, armarme de valor para lo que tengo que hacer. Daniel regresa junto a mí, y con una enorme sonrisa, me informa que despegaremos en cinco minutos. Nos esperan con los brazos abiertos en Inglaterra, y con toda la buena disposición para ayudarme en lo que necesito. Intento sonreír, esas, se supone, son buenas noticias.

"Daniel…"

"Dime, linda." Me observa detenidamente, no le conviene que me eche para atrás a estas alturas del partido.

"Quiero pedirte algo. Mantente cerca de mí todo el tiempo, por favor, tengo miedo, y si no te tengo ahí para sostener mi mano, temo que me será imposible lograrlo, ¿lo harás?"

"Por supuesto, mi amor, eso ni lo dudes, ya te dije que tus deseos son órdenes para mí. Aunque, déjame advertirte que no tienes nada que temer, ellos solo quieren ayudarte. Tienen en gran estima a la gente como tú, con dones tan extraordinarios, es decir, puedo asegurarte que no tienes nada de qué preocuparte. Ellos si te valoran, eres como una joya para ellos."

"Gracias."

No tengo más nada que decir, la segunda parte de mi plan ya está en marcha, y ya no hay nada que la detenga. El avión despega, y yo tengo tres horas, para encontrar dentro de mí, lo necesario para que todo concluya según mi deseo. Reclino la cabeza, muy a mi pesar, sobre el hombro de Daniel, quien me besa la cabeza en respuesta, y finjo dormir, así no me molestará.

"Jade, despierta mi amor, ya aterrizamos."

"Gracias."

Desabrocho mi cinturón, y me levanto del asiento. Tomo a Daniel de la mano, con fuerza, él corresponde. Ya no habré de soltarlo, lo necesito cerca. Nuestra escolta se cierra, acercándose a nosotros. Ya estoy lista.

Capítulo XXIX
La vida da muchas vueltas

La enorme camioneta en la que viajamos avanza con mucha rapidez, tienen prisa porque llegue a mi destino, yo también la tengo, no sé por cuánto tiempo más pueda controlar lo que siento. Observo con detenimiento mi mano entrelazada con la de Daniel, su piel conserva la tonalidad de la cera, a la que estoy tan acostumbrada, sin embargo, mi mano, en contraste, ya no presenta esa tonalidad rosada, más bien se ve un tanto verdosa. Eso me recuerda, que mi abuelo decía, que cuando una persona estaba bajo grandes cargas de stress, su vesícula biliar desalojaba tales cantidades de hiel, que la piel tomaba un tono verde. Eso es lo que debe estar pasando porque, pese a las cosas que me han sucedido, nunca la había visto así.

No tengo la menor idea de dónde estamos, el camino por el que viajamos, ni siquiera está pavimentado, por lo que supongo que no se utiliza con mucha frecuencia. A los lados de él, no se alcanza a ver más que árboles, cuyas ramas acarician la camioneta al abrirle paso. Estos sonidos me suenan a uñas que rasparan la superficie que alcanzan a tocar. Como si enormes monstruos trataran de sujetarla, y esta insiste en escaparse de ellos para llevarme a mi tétrico destino. Bajo la espesa sombra de su follaje, el camino se obscurece, como adelantándome la noche, que quizá no llegue a ver.

Trato de mantener la mirada dentro de los límites del vehículo, las pocas ocasiones en que, olvidándome de esto, la dirigí hacia los lados del camino, pude darme cuenta de que, una enorme cantidad de ojos amarillos nos observan entre los árboles. Ahora resulta que soy un espectáculo, algo, sin lugar a dudas, digno de verse. Yo prefiero no prestarles atención, y mantener mi concentración en controlarme, jamás sentí tanto miedo, pánico.

No puedo evitar pensar en Ángel, mi cerebro no alcanza a imaginar lo que debe sentir. Para empezar, está completa, y absolutamente, rodeado de demonios, ellos nos esperan para cosechar todo lo que sembraron, al atacarme tan ferozmente, durante toda mi vida, y ahora deberá presenciar mi rendición, mientras, seguramente, sigue pensando en alguna forma para sacarme de aquí, eso está en su naturaleza de guerrero.

Hace unas horas, pensaba en lo que le costará soportar el asco que le provocan, aunque eso debe ser lo que menos le molesta, debe estar furioso conmigo, con justa razón, después de todo lo que ha hecho por mí, lo estoy defraudando. Lo lamento tanto Ángel, espero que puedas perdonarme.

El Juego… Jade

Mis abuelos... Durante las horas de vuelo, tuve tiempo para pensar en ellos, recordando todo lo que me enseñaron, todo lo que pusieron tanto empeño en que se me grabara, intentando no olvidar absolutamente nada. Ellos, mejor que nadie, habrán de entenderme. Ahora veo mi tiempo junto a ellos tan lejano, como si hubiera ocurrido en otra vida, hace muchas vidas.

Puedo sentir como la camioneta empieza a reducir la velocidad, hasta llegar a un alto total. Mi espíritu de supervivencia me hace gracia, no deja de gritarme que corra. Y yo, insisto en responderle que no hay hacia dónde correr, no existe un lugar, en la faz de la tierra, en donde pudiera esconderme de ellos. Es mejor así, al menos algo puedo controlar todavía, yo fui quien los buscó, no ellos quienes me traen por la fuerza, soy yo quien se entrega. El canario que, sin oponer la menor resistencia, vuela lentamente hacia las fauces del gato, mismo que ya saliva en anticipación del bocado que le espera.

Las puertas de la camioneta se abren, Daniel me ayuda a bajar y, tres o cuatro pasos más adelante, apoyada en su brazo, doy un salto hacia un bote, cruzaremos el agua en él. Un minuto, noventa segundos cuando mucho, me separan de los terrenos de la mansión. Él se despoja de sus zapatos, lo observo intrigada, sonríe y me acaricia la mejilla para, tal como lo prometió, volver a tomar mi mano, supongo que yo no tengo que preocuparme por hacer lo mismo.

El bote se detiene, me sorprende que sea así, aún falta aproximadamente un metro para tocar la orilla, Daniel da un salto, y se sumerge hasta las rodillas en el agua, extiende sus brazos, y se acerca para tomarme en ellos. Me llevará cargada hasta ahí, no lo cuestiono, me acerco, y permito que lo haga. Segundos después, y completamente seca, me deposita en tierra firme, unos cuantos metros alejada del agua. La tercera etapa, la etapa final, da inicio justo ahora.

Mis pasos son lentos, al recorrer las losas que forman el camino entre el jardín, el aroma de las flores es tan intenso, que casi oculta el olor de la gran cantidad de demonios, de todos tamaños, que se esconden en él. No desvío mi vista del piso, ni suelto la mano de Daniel, me observan a través del ventanal, puedo sentirlos, solamente unos cuantos pasos más.

Cruzamos el umbral, debí suponerlo, los demonios menores no son bienvenidos aquí, todos se quedaron afuera. Sostengo con más fuerza la mano de Daniel, él corresponde. Seguimos caminando por un largo pasillo, y una enorme puerta de tablones de caoba, abierta de par en par, se presenta ante nosotros. Levanto un poco la vista para observar a Daniel, su sonrisa no podría ser más amplia, exuda satisfacción por todos sus poros. Incluso luce más alto, supongo que el demonio intenta forzar la piel para que muestre su estatura real.

Súbitamente escucho un estruendo dentro de la habitación, un ruido tan fuerte que me hace dar un salto, y que provoca que mi corazón se agite, más de lo que ya estaba. Frente a mí, se encuentran ellos, todos, con las alas extendidas, amenazantes. Pero, no es a mí a quien ven, sus heladas miradas están fijas en Ángel, debí suponerlo, ellos si logran verlo. Uno de ellos, en voz muy baja, pero penetrante, se dirige a Daniel.

"¿Cómo te atreviste a traerlo aquí?"

Él los ve con cara de terror, no sabe a lo que se refieren. Dirijo mi vista hacia Ángel que, en ese momento, muestra su presencia, con las alas igualmente extendidas, ante Daniel y el resto de los guardaespaldas que nos acompañan en el salón, y que, hasta ahora, no podían verlo. A partir de aquí me toca hablar, en voz baja, sin importar si mi angustia se deja oír, o no, me dirijo a ellos.

"Si me permiten caballeros, lamento sobremanera que mi visita pueda resultarles tan molesta, agregando a ella, el hecho de que mi acompañante no pueda separarse de mí ni un instante, órdenes superiores. De hecho, nunca puede distanciarse más de un metro de mí." Ángel me dirige una rápida mirada, y da un paso, acercándose a mí, guardando la distancia antes mencionada. "Sin embargo, en cuanto mis asuntos aquí lleguen a una conclusión, se irá, sin lugar a dudas, mientras tanto, tendrán que hacer caso omiso de él."

Se observan unos a otros, Ángel debe conocerlos bien, aunque no creo que los haya visto últimamente. Me resulta difícil hacerme a la idea de que ellos, en alguna ocasión, tuvieron un aspecto similar al de él. Justo ahora, parece solo un joven, ellos, en cambio, no solamente se ven como adultos, pese al aspecto tan atractivo que tienen todos ellos, sus rostros son, un tanto amargos. Eso no lo noté la primera vez que los vi, probablemente porque no tenía a Ángel cerca para establecer la comparación.

¿Qué sentirán de verlo tan lleno de la misma energía que tan desesperadamente buscan en mí? Supongo que nostalgia, ¿habrá en ellos algo de arrepentimiento por lo que hicieron? Si no por eso, ¿lo habrá acaso por lo que perdieron? Sus rostros son inexpresivos, no podría saberlo. Fácilmente transcurre un largo minuto antes de que sus alas cedan, y se replieguen hasta volverse invisibles, todas, menos las de Ángel, sin embargo, con su vista fija en mí, optan por ignorarlo.

Uno de ellos da un corto paso al frente. Sus ojos se dirigen inmediatamente a mi mano entrelazada con la de Daniel, y sonríe casi imperceptiblemente. Debe causarle gracia que yo me sienta apoyada por uno de sus demonios. No es así, maldito, créeme, yo, mejor que nadie sé la mano de quién sostengo, y también sé por qué. Con voz muy suave dice:

"Hola, Jade, bienvenida. Quiero aclararte que tu visita no nos resulta molesta en lo absoluto, es solo que su presencia nos desconcertó." Dice señalando a Ángel, sin retirar su vista de mí. *"Te esperábamos con ansias, es un placer tenerte aquí, ¿quieres tomar asiento?"*

Cuanta amabilidad, no esperaba menos de ellos, no quieren perderme, su principal fuente de alimento, de modo que no le queda más remedio que hablarme con educación. Volteo a mi alrededor, frunzo el entrecejo, y contesto.

"¿Nos quedaremos aquí?"

Se miran unos a otros, no entienden lo que quiero decir, el que se ha dirigido a mí, continúa haciéndolo, con intriga y cautela en la mirada. Mide perfectamente cada palabra que abandona sus labios, quiere mantener todo bajo su estricto control. Veamos cuánto puedes controlarte.

"¿A qué te refieres, Jade? ¿A dónde pensaste que te llevaríamos?" Sonrío levemente, más bien, lo intento, y respondo.

"Pues, creí que… al salón de los azulejos."

Un suspiro queda sostenido en la habitación, a la vez que todas las miradas viajan de Daniel a mí, y de mí a Daniel, no sé si se trata solo de mi apreciación personal o, pasa demasiado tiempo antes de que me respondan. Supongo que se están llevando a cabo conversaciones mentales de las cuales yo no me entero, eso justificaría el espacio de tiempo que parece escurrirse sobre de nosotros, se están poniendo de acuerdo, cotejando ideas. Controlando su voz, para conservarla en calma, se dirige a Daniel.

"¿Tú le hablaste de ese salón?" Antes de que él pueda responder, lo interrumpo.

"Él no me ha dicho nada, ni yo le pregunté, yo misma lo vi. Estuve aquí hace unos días."

No logran disimular las miradas de sorpresa, voltean hacia los guardaespaldas en busca de una corroboración a lo que yo he dicho, solo encuentran movimientos de cabeza que señalan que la respuesta es negativa. Ángel, sin embargo, sabe mejor que nadie, que eso es cierto. Cada vez les cuesta más trabajo controlarse, obviamente no tienen costumbre de enfrentar situaciones que se les van de las manos, no obstante, lo consigue una vez más, y sigue hablando.

"Jade, será mejor que nos digas la verdad, ¿cómo es que sabes de ese salón? Es completamente imposible el que hubieras estado aquí sin que nosotros lo supiéramos."

Trato de mantener mi voz tranquila, aun cuando quisiera poder reírme, creo que ya no me quedan muchas oportunidades para hacerlo, y me molesta dejar pasar esta, que se me antoja excelente. Sin voltear a verlo, respondo.

"Probablemente sería imposible si se tratara de una visita en persona. No fue así, se trató de una proyección astral, ¿quizá eso sería posible? En mi caso, aparentemente, lo fue."

Leves movimientos entre ellos, esta vez, los guardaespaldas no tienen respuesta. Así es, no pensaron en eso, quizá se deba a que jamás creyeron posible, en primer lugar, que alguien supiera cómo llegar aquí, y, en segundo, que pudiera controlar su miedo lo suficiente como para intentarlo. Se les escapó, sigue hablándome.

"Supongamos que lo intentaras, si sabes bien de lo que estás hablando, sabes también que no es posible proyectarse hacia un lugar que se desconoce."

"A menos que alguien te indique el camino." Dirige inmediatamente su mirada hacia Daniel, quien enfáticamente sacude su cabeza de un lado a otro, continúo.

"No, él no ha tenido nada que ver. Fue otra persona."

"¡¿Quién?!" Esta vez ya no oculta su ansiedad, y yo me apresuro a detener el suspenso.

"Sara. Vine con ella, hace unos días."

Su vista sigue fija en mí, no obstante, puedo sentir que no me está viendo, sus pensamientos lo han llevado muy lejos, hasta hace unos días en que Sara, efectivamente, estuvo aquí. Lo sé de cierto porque, aunque no vine con ella, la vi y la escuché hablar con él. Mi abuelo decía que para que una mentira fuera creíble, debía tener al menos diez por ciento de verdad, bueno, ese es mi diez por ciento. Espero que tengas razón, abuelo.

"Con Sara..." Lo dice en un suspiro. Aún no se repone de la sorpresa.

"Si, ella estuvo sentada con usted en los sillones de la entrada." Me inclino un poco para alcanzar a verlos." En aquellos, con estampados en azul, y después pasaron al salón de los azulejos con Víctor Arredondo, y dos jóvenes más, cuyos nombres, la verdad, no me importan."

"Y, ¿puedo saber por qué te trajo aquí?"

Su voz se ha vuelto más profunda, es evidente que, acostumbrado a manejar a los seres humanos como si fuéramos títeres, esta sorpresa le desagrada profundamente. Debo suponer que contiene su reacción para no asustarme, prefiere que termine de contarle. Me observa levantando una ceja, lo veo de reojo, como los he visto a todos hasta ahora, y prosigo.

"Quería convencerme de que Daniel lleva un demonio dentro, para que yo lo dejara. Ella lo quiere, usted lo sabe, lo hablaron ese día, y me trajo, en un intento por lograr que me alejara de él." Me cuesta tomar aire, el miedo comprime mis pulmones de una forma ridícula, sin embargo, mi voz sigue firme.

"Y ¿qué pasó después? ¿Te retiraste?"

Volteo a verlo a los ojos por una fracción de segundo, y regreso la vista al piso, intuyo que, lo último que esperó, fue que yo presenciara los acontecimientos de aquel salón. Pues más vale que esté listo para sufrir una gran desilusión.

"Después entraron al salón de los azulejos, ese, al final de aquél pasillo, donde el agua llega hasta los tobillos y..." Me detengo un segundo para controlar mis nauseas, cruzo mi brazo sobre mi pecho, para evitar, en lo posible, que mi cuerpo se sacuda con el recuerdo de lo que pasó tras esa puerta. Da un corto paso en mi dirección y pregunta.

"¿Y?"

No levanto la vista, esta vez, porque simplemente no me es posible, el recuerdo es demasiado claro, y me duele tenerlo tan cerca, y no poder arrancarle los ojos con las uñas, casi sin aliento digo:

"Se alimentaron."

Retrocede un paso, luego otro, e intercambia miradas de sorpresa con los demás. Miradas que, dejan ver la furia que los inunda, sus manos se han cerrado en puños, el resto de su cuerpo, sin embargo, se mantiene tenso, evitando dar muestras de lo que deben estar sintiendo justo ahora. Poco a poco, sin que mis ojos se fijen en ellos por más de un par de segundos, los recorro uno a uno, siempre esquivando a Ángel, quien, para este momento, ya debe estarse preguntando qué es lo que me propongo.

"No debí enterarme de ese asunto, según veo, aunque Sara tenía especial interés en que no me lo perdiera, quería que mi horror fuera tal, que no volviera a ver a Daniel, por poco lo consigue." Permito que mis ojos se llenen de lágrimas, sin que lleguen a desbordarse.

Otro de ellos da un paso adelante, sin verme completamente de frente, pregunta:

"Jade, ¿qué fue lo que casi consiguió Sara? ¿Que te horrorizaras, o que dejaras a Daniel?" No levanto la vista, me es más fácil dirigirme a él si se la escondo.

"Ambas cosas, pero, solo, casi."

El ambiente en la sala es indescriptible, total y absoluta confusión, cada vez se miran con más insistencia, comunicándose entre ellos.

"No entiendo."

"Ella quería que dejara a Daniel, pero yo aún lo necesitaba, y, ¿horrorizarme? Solo al principio, pero, la vida da muchas vueltas, y la percepción de las cosas cambia."

"Perdón, pero, sigo sin entender."

"No la acoses, tenemos tiempo, deja que se siente." Boj, el primero que habló conmigo, vuelve a tomar la palabra.

Me dirijo lentamente hacia uno de los sillones, sujetando la mano de Daniel, quien permanece a mi lado, no obstante, decido quedarme de pie. Estoy segura de que, si tomo asiento, no controlaré el temblor de las piernas que, al menos así, puedo disimular un poco.

Daniel hace un intento por sentarse, al ver que yo no lo hago, se queda como está. Ángel se desplaza, lentamente también, y se coloca al otro lado de mí, evito dirigirle la mirada, no puedo distraerme ni un segundo, los hilos que entrelacé en mi cabeza son tan delicados, como intrincados. No puedo permitir que alguno se rompa, me costó trabajo tejerlos, y mi concentración los mantiene en su lugar, mientras los repaso.

Esta vez los comentarios ya no son a través de la mirada, se acercan unos a otros, e intercambian frases de sorpresa, así como de molestia, aunque increíblemente bien controlados. No sé si logré lo que me proponía, con base en no conocerlos, desconozco si mis palabras causaron el impacto deseado, o solamente están molestos. Necesito más, mucho más que eso. Hablan en un tono tan bajo, que no consigo enterarme de nada. En ese momento, uno de ellos, el más cercano a mí, se dirige a los guardaespaldas, y les da una orden.

"Busquen a Sara, y elimínenla, ahora mismo."

Sí me creen, ¡estupendo! El primer punto en mi lista, el primer hilo que tejí, se ha colocado firmemente en su lugar. Nosotros nos hundimos, Sara, pero tú vas por delante, no pienso dejarte aquí, a gozar de algo por lo que yo he pagado, eso jamás. Hasta aquí voy bien.

Las voces van disminuyendo, hasta que el silencio reina nuevamente, deciden dejar el asunto de lado, ya habrá tiempo para abordarlo, o no, según se sucedan los acontecimientos. Volviendo a su posición, y con voz seria, aunque, yo podría asegurar que, un tanto más relajado, se dirige a mí otra vez.

"Jade, quisiera discutir contigo situaciones más apremiantes, como la razón de tu presencia aquí."

"Lo sé." Sigo sin soltar la mano de Daniel, que no para de sonreír.

El Juego… Jade

"*Daniel nos habló de tu problema, y eso indica una rendición de tu don. Sin embargo, yo temo que, presa del dolor que los demonios te han ocasionado, sea algo más serio lo que te propones.*"

Mis ojos se inundan de lágrimas, me las arreglo para contenerlas, solo necesito que enfaticen mis palabras. ¿Dolor que los demonios me han causado? ¡Maldito infeliz! Y tú, ¿qué eres entonces? Me aclaro la garganta para poder continuar.

"¿Algo más serio? Como, ¿morir?"

Sus hombros adoptan una rigidez que hasta ahora no había visto, supongo que, con mis palabras, estoy confirmando sus ideas, pero, no, me dirijo hacia otro sitio.

Ángel inclina su cabeza con la mirada fija en el piso, en espera de las palabras que ha temido escuchar de mis labios, desde hace meses. Finalmente, el momento llegó y sé, que aún ahora en que lo superan en número, un incontable número, si prestamos atención a demonios y guardaespaldas, espera salvarme.

"Pues, lo pensé muchas veces. Sin embargo, he decidido que no quiero morir a los veintiún años, tal vez más adelante, mucho más adelante." Mi voz suena dura, más no llorosa, pese a la humedad en mis ojos.

Por primera vez, desde que llegué aquí, veo esbozos de sonrisas a mi alrededor, y los ojos desmesuradamente abiertos de Ángel, evito su mirada.

No hay respuesta de su parte, no hay conversaciones, ni sonoras, ni silenciosas entre ellos, todas las miradas están fijas en mí, puedo sentirlas. Sujeto con fuerza la mano de Daniel, necesito un punto de equilibrio, mis piernas, me han abandonado. Intento mover los dedos de los pies, la sensación vuelve lentamente, menos mal que no considero, para nada, la idea de salir corriendo, me sería total y absolutamente imposible.

Ahora ya sé por qué, casi siempre es el mismo personaje quién se dirige a mí, y no otro, parece ser el que tiene más dominio sobre sí mismo. Da un paso acercándose, y pregunta con más potencia en su voz, que lo que había escuchado hasta ahora.

"*Entonces, ¿qué es lo que te propones?*"

Recuerdo en este momento las palabras de mi abuelo, tal como si fuera él mismo quien las repitiera en mi cabeza. 'No sé quién te convenció de que eras un perro chihuahueño, cuando, en realidad, es un tigre lo que hay dentro de ti, si tan solo lo dejaras salir.' Más vale que en esto también tengas razón, abuelo, porque, es al tigre al que necesito en este instante. A pesar del pánico que le tengo, levanto la mirada, fija en sus ojos, y sostengo mi barbilla en alto, con voz firme y pausada le respondo.

Rocio Blisswealth

"En realidad, se trata de un par de cosas."

Suelto la mano de Daniel, por primera vez desde hace mucho tiempo, y muevo los dedos, abriéndolos y cerrándolos repetidamente, para recobrar la movilidad, doy un par de pasos alejándome de él, y acercándome a mi interlocutor. Él, claramente sorprendido, da un paso atrás, y se detiene, temor es lo último que desea mostrarme ahora. Sin retirar su vista de mí, dice:

"Y, supongo que Daniel ha dejado de ser una de ese par de cosas."

"Así es, él, digamos que era mi pasaporte para llegar a ustedes. Estando aquí, ya no lo necesito."

El demonio dentro de Daniel se aterra, esto no le gusta en lo absoluto, yo era parte indispensable en el hecho de que él pudiera permanecer donde está, ahora, cualquier cosa podría pasarle. Giro hacia él, y lo veo con desprecio, ¡por fin! Quise hacerlo tantas veces durante las últimas horas, y me contuve, ya no me es necesario hacerlo.

"¿Y bien?"

"Solamente se trata de dos cosas, pero, verdaderamente importantes para mí." El silencio en la sala es absoluto, nadie se atrevería a interrumpirme. "La primera es, Poder. Mientras viajaba con Daniel, me refiero, por supuesto, al verdadero, no a esta piltrafa que ahora lo ocupa, aprendí a disfrutarlo, al ver como las puertas, aún las más importantes, se abren ante él. Es sencillamente seductor, subyugante, delicioso. Eso es lo que quiero, Poder."

Me observan, de todas las suposiciones que se hicieron respecto a mí, espero que esta no se acerque siquiera a alguna de ellas, una vez más, se repiten los amplios espacios de tiempo en los que el silencio reina, espero, no pacientemente, pero espero. Finalmente, otro de ellos toma la palabra, o más bien, se la arrebata al anterior.

"¡Eso es fácil, niña!" Exclama otro. *"De lo más sencillo que hay para nosotros."*

Los demás lo ven molestos, no sé si porque no debe ofrecerme nada aún, o simplemente por el hecho de que todavía no termino de hablar. Yo volteo a verlo y le guiño un ojo, él, en un acto reflejo, me responde igual, y sonríe. Bien, Jade, muy bien.

"Esa es la primera. ¿La segunda?"

Escudriña mis ojos con su mirada, no la desvío de él ni una fracción de segundo, tiene que creerme, es imperativo que lo haga.

"Con el paso del tiempo, me he ido quedando sola. Primero, mis abuelos, después mi madre y mi hermana, aunque nunca fuimos muy cercanas, eran algo, y, por último, Daniel."

El Juego… Jade

Mis ojos vuelven a humedecerse, esta vez involuntariamente, no hago intento por controlarme, después de todo, es la única verdad que he dicho hasta ahora, y ellos, mejor que nadie, saben cuánto me duele.

"Lo que más deseo ahora es una familia. Una familia cuyos integrantes no mueran, no se vayan, que no me dejen sola. Una familia con la que pueda contar, y cuyos integrantes cuenten conmigo. Una familia, eso es lo que más deseo. Eso sí es difícil de conseguir, ¿no es cierto? Es demasiado pedir, lo sé."

Las expresiones de agrado no se hacen esperar, mi interlocutor levanta la mano, y todos guardan silencio, me tenso, pero, controlo la reacción, y sigo viéndolo a los ojos.

"Jade..." Su voz es más suave, solo un poco, pero puedo detectarlo, dije lo que quería escuchar. *"Si es amor lo que buscas, no es una de nuestras capacidades, porque supongo que te refieres a nosotros cuando mencionas una familia."*

Doy un paso rápido hacia él, no logra contenerse y da uno, a su vez, alejándose de mí, es claro que su propia reacción lo irrita. Me quedo quieta, y con voz suave digo:

"Lo lamento, no quise... Es obvio que no me quiere cerca, es solo que me gustaría que se acercara un poco más, para que pueda sentir lo que hay dentro de mí, por favor. No voy a hacerle daño. Usted sabe bien que, alguien como yo, no podría hacerle daño. Aunque, si es repulsión lo que le inspiro, olvide que me atreví a pedirlo."

No libero su mirada, necesito saber qué tan convincente soné, sé perfectamente que me tienen miedo, que, si pudiera acercarme más de lo debido, lograría, al menos, dañarlo, pero, no es necesario que él sepa que lo sé.

"No, Jade, no es repulsión, es solo que, las sensaciones que nos causan los sentimientos humanos pueden llegar a sernos muy desagradables, exageradamente intensas, y, el tacto las transmite de una forma tan avasalladora, que prefiero evitarlo. Pero, repulsión jamás, nunca podría sentir algo así por ti. Sin embargo, considero que algo de cercanía ayudaría a establecer lo que quieres mostrarme, permíteme ser yo quien me mueva, ¿puedo?"

Coloco mis brazos a los costados, y me quedo quieta, incluso controlo mis rodillas para que no tiemblen, a sabiendas de que lo tendré más cerca de lo que creo poder soportar, deberé hacerlo. Haciendo acopio de entereza, se acerca a mí, únicamente hay veinte, o veinticinco centímetros entre nosotros, cierra los ojos y aspira el aire a mi alrededor. ¿A qué huelo, maldito? Quisiera gritarle, pero me contengo, guardo silencio en el proceso. Segundos después, sus ojos se abren por completo, y con una leve sonrisa exclama:

Rocío Blisswealth

"Odio, es todo lo que puede sentirse, odio." Si pudieran aplaudirían.

"Eso es todo lo que ha quedado dentro de mí, no vengo a buscar cariño, quiero una familia. La única que puede aceptarme como soy ahora."

"Bien, Jade…" Esta vez habla viéndome a los ojos, sin importarle los escasos veinte centímetros que ahora nos separan. -- *Tal como lo has expresado anteriormente, la vida da muchas vueltas, y según parece, la tuya ha girado de forma por demás inesperada, al menos para nosotros. El odio, en la intensidad con la que tú lo acoges, es un punto sin retorno, señal inequívoca de un cambio interno profundo, real. Debo admitir que tenía miles de dudas con respecto a tus razones para estar aquí, con nosotros, no obstante, después de sentirte, ya no me queda ninguna.*"

No bajo la vista, apoyada, como él dice, en el odio que me recorre por dentro, sin dejar escapar una sola de mis partículas, este odio que él inspira, y alimenta con cada aliento que despide cerca de mí. No digo nada, espero y él continúa.

"Pues, hablando por todos, puedo decirte que acabas de encontrar a tu familia, habrá detalles que tendremos que arreglar, siendo tú humana, sin embargo, no creo que haya mayor problema."

Es como si toda la habitación sonriera, todos lo hacen, menos Ángel, continúa en la búsqueda de mis ojos, de algo que le diga qué está pasando, y yo, sigo huyendo de los suyos. Apegándome a mi plan, me dirijo a ellos. Con los ojos llenos de lágrimas, lo señalo mientras les pregunto:

"Quisiera tomar unos minutos para despedirme de él, ¿puedo? No hay más remedio, lo siento, creo que tiendo a las relaciones raras, me he encariñado con él."

Boj levanta una mano indicándome que puedo proceder y acercándome, me abrazo a Ángel. Unos cuantos segundos, es todo lo que necesito, en voz lo más baja que me es posible, digo:

"Creo que encontré algo que vale muchísimos puntos. Quiero saber si está dispuesto a canjeármelos." Puedo sentir cómo su respiración se detiene momentáneamente, levanto mi vista y, viéndolo directamente, a sus enormemente sorprendidos ojos, pregunto: "¿Acepta?" Sin decir una sola palabra, asiente con la cabeza, le doy un beso en la mejilla, y me alejo de él.

Mis ojos siguen produciendo incontables lágrimas, mi nueva familia me observa, y Boj, con cara de preocupación, me cuestiona.

"¿Sucede algo malo, Jade?"

"Nada, se irá en unos cuantos minutos. Es solo que, no pensé llegar a este punto de la conversación sin que…"

Me detengo, y las miradas vuelven a fijarse en mi persona, Boj frunce el entrecejo, no puede dudar de lo que ha sentido dentro de mí, no obstante, no entiende a qué me refiero, y pregunta.

"A este punto de la conversación sin que… ¿qué?"

Por primera vez repaso con mis ojos a cada uno de ellos, dándome el lujo de descansar mi vista unos segundos en uno, antes de avanzar al siguiente, antes de seguir hablando.

"Lo que quiero decir es que, tal vez no haya tantos detalles que arreglar. Creo que, podré ajustarme fácilmente a este estilo de vida."

Mi mirada sigue su paseo por ellos, a la vez que su ansiedad aumenta, sé, porque puedo sentirlo, que Boj quiere gritarme, que acabe de una buena vez con lo que quiero decir, pero se contiene, no desea asustarme. Finalmente me detengo frente a aquél que fue el último en llegar a alimentarse durante mi visita, sus ojos se sostienen en los míos, me escucha atentamente, al concluir mi idea.

"¿No lo crees así, Papá?" Termino en un sollozo.

Sus pulmones se llenan a toda su capacidad, dejando escapar un sonoro suspiro, es como si esa palabra la hubiera estado esperando durante siglos. Donde antes reinaba la tranquilidad, ahora solo hay confusión, preguntas vienen, y van, unas en voz baja, otras casi a gritos. No puede ser cierto, no sin que ellos se dieran cuenta.

Ya no se preocupan en guardar la compostura, sus movimientos, tanto como sus voces, han perdido el control. Cuatro pares de ojos se fijan en él, a la espera de que me desmienta, de que aclare la locura que acaban de escuchar, él se adelanta para hablarme, y todos guardan silencio.

"Jade…"

"Tú, si lo sabías, ¿no es así?" Las lágrimas siguen rodando por mis mejillas, Ángel me observa con los ojos llenos de dolor, puedo ver que él no lo sabía. Vid, mi padre, se acerca otro poco.

"Por supuesto que sí. Siempre lo he sabido."

Boj y los demás acortan la distancia con nosotros, mi padre tiene mucho que decir, y deberá hacerlo ahora.

"Tienes mucho que explicar. ¡Empieza!"

No retira su vista de mí, me ve con una expresión en sus ojos, que no logro explicar, como si me admirara. Sonríe muy suavemente, y, sin voltear a verlos, empieza a hablar, la explicación, finalmente, será para mí, antes que para ellos.

"Jade, durante largos años, siglos para ser preciso, anhelé darle a mi vida un sentido del que carecía. Al llegar aquí, pude darme cuenta de que nunca

saldríamos de un punto intermedio, entre la dimensión en la que nos encontrábamos al ser creados, y el mundo del que ahora formamos parte. Al ser desterrados, perdimos lo más valioso de nuestro mundo, y nunca tendremos al alcance lo mejor del que ahora ocupamos. No tenemos nada de valor, de ninguno de los dos, solo nos queda ver las cosas de lejos, admirarlas."

Levanta su mano y, sin dar tiempo a nada, recorre mi cabello con las puntas de sus dedos en toda su extensión. No sé cómo es que puedo contenerme, sin embargo, lo logro, no así los demás. Boj lo toma de la mano, retirándola de mi cabeza, y le grita.

"¡No hagas estupideces! ¿Te has vuelto loco?"

Él continúa sonriéndome, aun cuando me es imposible corresponderle. Responde con voz suave, y hablando pausadamente, se encuentra realmente tranquilo.

"No hay nada que temer, por su parte, tú mismo has realizado la evaluación, y sabes lo que hay dentro de ella, por la mía, ya la toqué una vez, segundos después de nacer, y ni siquiera se estremeció. Mi tacto, no le afecta en lo absoluto, es increíblemente especial."

"Pero…" No le presta atención, su único objetivo soy yo.

"Joyas como tú, mi niña, pueden detectarse desde muchos años antes de su nacimiento, mientras hacía las investigaciones de tu carga sanguínea, para saber si era conveniente acercarnos, descubrí las circunstancias tan especiales que te rodeaban, y cuáles serían los genes que formarían este cuerpo tuyo. Y soñé con ser parte de ese ADN, con ser, por primera vez, creador, y no solamente admirador de una obra de arte tan extraordinaria, como única. Soñé con ser tu padre."

Las lágrimas siguen rodando por mi cara, eso es lo que soy para él, una pieza de museo, algo que consiguió realizar en su primer intento, pero, sin dejar de ser un objeto. Lo suponía, pero, confirmarlo, es otra cosa. Sigue adelante, hablándoles a sus hermanos por un momento, antes de volver a enfocarse en mí.

"Sabía que, si se los participaba, jamás lo aceptarían. Sé que esto va totalmente en contra de las leyes que nos rigen. Nosotros, no debemos procrear, nos ha sido negado, pero, la tentación era tan grande. Empecé a estudiar a tu madre, para saber si le sería posible resistir mi cercanía, ella, lleva carga genética cercana a la tuya, muy burda, a decir verdad, totalmente carente de atractivo, sin los dones, pero, con la resistencia suficiente para ello. Anteriormente había intentado acercamientos con humanas, una vez que pude vencer las náuseas iniciales, traté de acercarme, la mayoría de ellas no

El Juego… Jade

pasó del primer abrazo. Son despreciables esos cuerpos tan exageradamente frágiles y, en algunos casos, incluso malolientes. Su forma de alimentación los vuelve verdaderamente nauseabundos. No obstante, soy capaz de grandes logros si se trata de conseguir algo que deseo, y, en tu caso, te había deseado por tanto tiempo, que no iba a permitir que los genes de un despreciable padre humano arruinaran lo que yo podría conseguir, si tan solo tu madre resultaba ser lo suficientemente fuerte para procrearte conmigo, y no con uno de ellos. Una vez seguro de que ella podría hacerlo, solo fue cuestión de tiempo. Yo sabía que ellos..." Dice señalando a Ángel. "*No entrarían en contacto hasta que tu gestación estuviera dando inicio, no se presentarían antes de eso, y tenía el campo libre, así que lo aproveché, con pleno conocimiento de la naturaleza humana, y del camino que recorren sus deseos, enamoré a tu madre, fue sumamente fácil y, una vez que te sentí latir dentro de ella, desaparecí de su vida.*"

Me hizo recordar una frase que mi madre utilizaba cuando se refería a una persona que carecía de atractivo, espiritual, o físico, ella llamaba a esa persona 'desangelada,' es decir, 'sin ángel.' Nunca reparé en esa palabra, tampoco supe de dónde había salido la expresión, sin embargo, ahora toma un nuevo significado para mí. Eso era lo que ella era para mi padre, alguien completamente desangelado, es decir, sin parte de ángel dentro de ella. Yo sería lo contrario, según él, lo supongo por la forma en que me ve. Las piernas me tiemblan de una forma tan terrible, que dudo que se mantengan firmes por más tiempo, Ángel da un paso para sostenerme, pero mi padre levanta la mano señalándole que no se acerque, y es él mismo quien me toma por el codo, y me ayuda a llegar al sillón más cercano.

"*¿Estás bien?*" Me pregunta casi con dulzura en la voz.

"Si. Hablando de resistencia, parece que la mía me ha abandonado." Respondo casi en un susurro.

"*No te preocupes, es la sorpresa, pronto pasará, quédate sentada.*" Sonríe y continúa con el relato. "*Cuando tu cuerpo alcanzó las cinco semanas de gestación, los demonios me reportaron que la energía dentro de ti era inaudita, fue entonces que empecé a vigilarte de cerca, algunos días después, al llegar a las siete semanas, tu madre ya no podía contenerte, me vi tentado a hacerme presente de nuevo, para buscar una opción; pensé incluso en la posibilidad de que un demonio te albergara.*"

Controlo la ira que sus palabras me provocan, Ángel, sin embargo, hace más visible su disgusto, aunque, a nadie parece importarle lo que él piense.

"*No obstante, no fue necesario, mientras hacía una ronda para revisar la salud de tu madre, lo vi. Sus ojos giran hacia Ángel. Estaba sosteniendo tu cuerpo no nato entre sus manos, conteniendo la energía que solamente alguien como él, podría soportar, sin quemarse. No me gustó la idea en lo absoluto, el verte en las manos de alguien como él, siendo mía, me era insufrible. No obstante, decidí aceptarlo como un sacrificio, después de todo, hacía mucho tiempo que no hacía uno, y hacerlo por tenerte, bien valía la pena. A partir de ese momento, los meses transcurrieron sin peligro para ti, y finalmente, pude tocarte, acariciarte, y colocar ese lunar que llevas en la mejilla."*

"¿Mi lunar? Y, ¿para qué?" Sonríe más ampliamente, una sonrisa que parece burla.

"Fue una pequeña concesión, una más, quiero decir, fue como estampar mi firma en mi obra maestra."

Llevo las puntas de mis dedos hasta mi lunar, y lo toco, él estuvo ahí desde ese día, desde el primero, estableciendo su propiedad sobre de mí. Boj me habla, no está seguro de cómo tomar todo esto, aunque, ¿qué más puede hacer que aceptarme, ahora sí, como parte legítima de la familia? No obstante, dentro de toda esta locura, está tratando de imponer un orden. Intenta comprender cómo es que no sabe nada de lo único verdaderamente importante en su existencia, esto los afecta a todos.

"Jade, ¿cómo fue que te enteraste?"

Mi padre sigue observándome, dudo que pueda dejar de hacerlo ahora que ya nada se lo impide, ahora que no permitirá que nada se lo impida. Me dirijo a él, tal como él lo hizo conmigo.

"Una vez que supe que, el otro, no era mi padre… Cuestiones de genética, empecé a ver tu rostro en mis sueños en lugar del suyo. No encontraba explicación para eso, sin embargo, cuando Sara me trajo aquí, y te vi, y vi el parecido que hay entre nosotros, supe que te necesitaba. Nunca tuve un padre, y quería estar a tu lado. Deseaba con todas mis fuerzas que tú también me quisieras junto a ti." Sonríe ampliamente, no cabe duda que mis palabras son como música para sus oídos.

"Hija…" Suspira al llamarme así. *"Créeme que no existe nada, nada, que desee más que eso."* Esta vez Ángel ya no logra controlarse, y escupe las palabras, dejándolas salir en un gruñido.

"Nada que desees más, y, ¿qué me dices de alimentarte de ella?"

Al escucharlo, su sonrisa se congela, y algo obscuro le recorre el rostro, haciendo más tétrica su imagen. Gira un poco para verlo de frente, y responde.

"¿Escrúpulos hermano? ¿Es eso lo que buscas dentro de mí? Creí que sabías que los había dejado olvidados en mi antigua habitación. Aquella, en la casa

de nuestro Padre. Los olvidé, entre otras cosas. Regresa su vista hacia mí para preguntarme. Eso, ¿te perturba, cariño?"

Me pongo de pie, no sé cómo, pero lo consigo, y doy un paso hacia él, sonrío entre las lágrimas que no han parado de brotar, y contesto.

"En lo absoluto, papá, ya les dije hace unos minutos que, las percepciones cambian. Felizmente seguiré haciéndolo, yo proveeré el alimento a esta familia, y ustedes, el apoyo. Porque, ya puedo considerarlos mi familia. ¿No es así?" Doy vuelta viéndolos a todos. Sus rostros reflejan una satisfacción total.

La alegría, si es que son capaces de tal sentimiento, se deja sentir en el salón, las cosas les han resultado a pedir de boca, bueno, en el sentido literal, y en el figurado. Entre risas, uno de ellos, que no había hablado hasta ahora, se dirige a mí.

"Bueno, siempre que un nuevo integrante se une a la familia hay que hacer ajustes, creo que tendremos que considerar un cambio de residencia, hacia un desierto, tal vez. ¡Eres peligrosa con el agua cerca, preciosa! Tanto como lo sería tener a un dragón de mascota." No le respondo, solo le sonrío. Mi padre observa a Ángel y pregunta.

"Jade, ¿tienes idea de por qué no se va?"

"Supongo que, no ha perdido la esperanza de salvarme. Tal vez, necesite una prueba de que ya no tiene nada que hacer aquí. Quizá si me permitieras darte un abrazo, papá, quizá entonces se decida a irse." No lo duda ni por un segundo, se me acerca absolutamente complacido, le fascina escucharme llamarlo así.

Mientras me aproximo, dirijo una rápida mirada hacia Ángel, repliega sus alas, y tensa los hombros, desconoce lo que me propongo, o si todavía, después de todo lo que se ha dicho, me propongo algo, pero, está listo, para ayudarme, o morir en el intento, cuento con ello. Otra de mis miradas va hacia Daniel, se siente perdido, al menos, el demonio dentro de él lo está, sin embargo, hasta recibir las nuevas órdenes, no se mueve de aquí. Perfecto, lo necesito cerca, todavía.

Acorto los pasos hacia mi padre, y con los dedos retiro mis lágrimas de mis mejillas, él me sujeta por la cintura. Acerco mis manos hasta su rostro y en voz baja, cariñosamente, digo:

"¿Sabes algo, papá?... Las lágrimas, también son agua."

En un inmediato movimiento, tomo su cara entre mis muy mojadas manos. Todo se sucede en segundos, sus ojos reflejan un intenso terror, el pánico de tenerme tan cerca, con agua de por medio. La energía dentro de mí es incalculable, hace que todo mi cuerpo se sacuda, pero, me niego a soltarlo, si algo he de hacer bien en esta vida, será sujetarlo hasta el fin.

Sus manos han formado un puño apretando mi ropa entre sus dedos, no consigue alejarme, como supongo que intenta hacerlo, debido a que mi energía funciona como un imán para él, y mis lágrimas, como conductor, que le da más fuerza. Lo gracioso es que, si no hubieran mencionado tan insistentemente el problema con el agua, yo no lo hubiera sabido. De forma casi inmediata, su piel empieza a formar rojas ampollas bajo mi tacto, y sus gritos abandonan su garganta como sonidos profundos, desgarradores, demoníacos. Espero un golpe por parte de alguno de los otros, nada. Sostengo su mirada con la misma fuerza que mis manos sujetan su rostro, quiero que mis ojos sea lo último que vea.

Los mismos gritos empiezan a surgir desde las otras cuatro gargantas, están unidos. No los veo, pero, puedo imaginar por lo que están pasando, la imagen frente a mí es ampliamente descriptiva, cinco pájaros con la misma piedra, eso es suerte. Espero me sea suficiente.

Alcanzo a ver, parcialmente, las alas de Ángel que se mueven a uno y otro lado de mí. Está en guardia, en espera de que los demonios se abalancen para impedir lo que ocurre, no les dará oportunidad de hacerlo, aunque, no lo veo luchar contra nadie, deben estar petrificados en sus lugares.

Los gritos solo suplican ¡No! de forma constante. Esos gritos no hacen más que llenarme de fuerza al recordarme los míos, esos que repetí, entre el llanto, y aun cuando las lágrimas se me habían acabado, y yo seguía en una eterna súplica porque no se me arrebataran aquellos a quienes yo más amaba, a mis abuelos, a Daniel. Y, sin embargo, no se detuvieron, los arrancaron de mi lado, al menos a mis abuelos, y ahora tengo una oportunidad, muy débil, pero, oportunidad al fin, de recuperar a Daniel, y no pienso dejarla ir. Y aún, si no lo consigo, tendré la satisfacción de haber dado muerte a mis verdugos, incluso aunque su sangre corra por mis venas, ya en una ocasión se los dije, para mí, eso no garantiza que debe haber amor de por medio, él no se ganó ni mi amor, ni mi respeto. Solo este odio absoluto e inmenso, que me impulsa y me da fuerza, para no soltar su cara de entre mis manos, hasta que logre ver la vida alejarse de él, de ellos, eso no quiero perdérmelo, lo veré desde aquí, desde primera fila. Ya no me detendré, esta vez, en el ruedo, el toro fue más astuto que los toreros. Su piel empieza a inflamarse bajo mis manos, tanto que siento que, si no le doy un poco de espacio, voy a hacerla reventar. No me importa, no voy a ceder ni un ápice. Odio, papá, ese odio que tanto gusto les dio encontrar dentro de mí, ese es el motor de lo que ahora sufres, ¡disfrútalo!

El Juego... Jade

Jamás había sentido tanta energía dentro de mí, no creo poder resistirla, mi garganta deja escapar un grito entrecortado.

"¡Ángeeel!"

Parece ser el único capaz de moverse en ese salón, tal vez los guardaespaldas podrían hacerlo, si lograran reponerse ante las imágenes que los han dejado congelados en sus sitios. Ángel estira su brazo y, de un golpe, hunde su mano a través de mi espalda, y, alargando el otro, hace lo mismo con el pecho de Daniel, quién, por la sorpresa, no alcanza a oponer resistencia. El demonio dentro de él empieza a retorcerse, movimiento completamente en vano, si yo no liberaré a mi padre, Ángel no habrá de soltarlo jamás, aun cuando ya empieza a sufrir los embates de las sacudidas, la energía corre con demasiada fuerza, incluso para él, y el demonio dentro de Daniel lucha por su vida. Solo espero que Daniel pueda resistir.

Mi cuerpo descansa un poco, yo sabía que, para ser capaz de soportar la energía que esto consumiría, tendría que estar completa, y la otra parte de mi alma se encuentra dentro de Daniel. Es por eso que lo necesitaba cerca. Como bono extra, el demonio está muriendo también. Ángel mantiene mi alma unida, la contiene entre sus manos como cuando me gestaba dentro de mi madre, con mucha más dificultad, pero se mantiene ahí. Mi padre suplica.

"Jade, no..."

Su voz se está apagando, casi es inaudible, si no estuviera viéndolo fijamente en este instante, para que mis ojos puedan leer sus labios, no sabría qué es lo que dice. Reúno la fuerza para sonreírle, le respondo entre dientes.

"¿Escrúpulos, papá? ¿Es eso lo que buscas dentro de mí? Lo lamento, después de todo, soy una digna hija de mi padre, carezco de ellos."

Su piel se desgaja en grandes trozos alrededor de mis manos, trozos que se desprenden de su cara, como si fuera una envoltura que cediera al paso del tiempo, deshojándose, dejando expuesto algo similar a una osamenta. Ya no puede faltar mucho tiempo. ¡Por favor! Que esto termine pronto, ya no puedo más. Escucho la voz de Ángel a mi espalda, debe gritarme pues, entre los alaridos, no podría escucharlo de otra forma.

"¡Jade, Daniel corre peligro!"

"¡Lo sé, no te detengas Ángel, él resistirá!"

Mi mandíbula se tensa todavía más de lo que ya estaba, mis dientes rechinan por la angustia, pero no puedo dejarme llevar por ella. Me juré que no lo haría. Daniel sabía lo que me proponía, era el único que conocía cada paso del plan, y decidió arriesgarse por mí, por él, por nuestra muerte, o por nuestra vida si logramos salir de esto. Yo le prometí luchar por ambos hasta el final, sin dudas, sin miedos. No me detendré.

Rocío Blisswealth

Las ropas de mi padre empiezan a arder, no obstante, ese fuego no me quema, no logro sentirlo, mis manos se mantienen firmes en su sitio, a los lados de su rostro, parecen ser la única parte que se mantiene firme de este cuerpo mío, que se sacude con violencia, obligando a mis dientes a presionarse con fuerza para evitarlo. Otra cosa que ya no siguió firme es su rostro, que pierde cada vez más partes, con el rabillo del ojo puedo ver que el fuego se multiplica detrás de mí, corren la misma suerte. Mi cuerpo duele muchísimo, por miedo a ceder, sujeto con más fuerza lo que queda de la cara de mi padre, tal parece que solo conserva lo suficiente para contener sus ojos aún fijos en mí. Ya no emite sonido alguno, todo lo que escucho es el fuego, al consumir sus cuerpos, y aspiro el olor que se ha vuelto insoportable. ¿Cómo dirías tú, papá? ¿Nauseabundo? Así es como hueles justo ahora. Los latidos de mi corazón en mis oídos ahogan el resto de los sonidos, lo demás, si es que hay algo más, no logro escucharlo.

Su cabeza cede ante la fuerza de mis manos, se desmorona, sus ojos ruedan a mis pies, mi cuerpo sigue sacudiéndose. Ángel retira su mano, también de Daniel, el demonio lo ha abandonado, por fin desapareció, entre aullidos de dolor. Ángel me sostiene por la cintura, al reducirse la energía, mis piernas cedieron.

"Jade, Daniel…"

Me arrojo de rodillas junto a él, todavía respira. Colocando mi mano sobre su pecho me inclino hasta su oído, y le digo en el tono de voz más alto que puedo articular.

"¡Daniel!... ¡Daniel!... ¡Daniel"

Eso fue lo que el Ángel de la Muerte hizo con Carmen, cuando quiso acceder a su alma, para retirarla del cuerpo. Daniel ha compartido su cuerpo con el demonio por demasiado tiempo ya, no estoy segura de que sepa dónde debe quedarse, así que lo llamo, tres veces, para acceder a su alma, y que se quede. Por favor, ¡que se quede dentro de él! No tengo la menor idea de si eso funcionará, solo espero que sí, no se me ocurre otra cosa. Espero largos, interminables segundos. Estoy consciente, al menos intento estarlo, de que estamos rodeados por guardaespaldas, y cientos, o miles, de demonios. Salir de aquí será prácticamente imposible. No obstante, si logro que abra los ojos, si puedo conservarlo con vida, tendré la fuerza necesaria para intentarlo. De no ser así, será mejor que me maten, no habré de defenderme.

Mi mano sigue firme sobre su pecho, depositando en él, leves oleadas de energía. Pedí un canje, entregué muchos puntos, al menos eso es lo que yo creo. Cinco ángeles caídos, entre ellos mi padre, deben valer mucho, y Él los aceptó. Esto es lo que quiero, mi único deseo, mi vida con Daniel, o nada.

El Juego… Jade

Escapar de ese destino que vi, del destino que mi yo futuro ya vivió, y del que yo intento escapar, de una vida sin Daniel, una vida con sabor a muerte. Ángel dijo que aceptabas, ¡por favor! Permíteme ver que todo por lo que pasé ha valido la pena, respalda la palabra que Ángel me dio, al asentir en señal de que Tú aceptabas. ¡Dame lo que te pedí a cambio de todo esto!

Mi mano se mueve ligeramente, sus pulmones se llenan de aire y él, lentamente abre los ojos, ese maravilloso par de océanos azules. Me inclino sobre él, y tomo su cara entre mis manos, fijo mi vista dentro de sus ojos, y observo cuidadosamente. Ahí está mi reflejo, y ahí está él, solo él, gracias. Una pálida sonrisa se asoma a sus labios, y con voz muy baja pregunta: "Guapa, ¿ese fue el nivel diez?"

Una risa se me escapa de los labios, una risa provocada más por el alivio que me da escucharlo, que por la gracia que me produce su pregunta.

"Así es, más o menos."

"Pues entonces, retiro lo dicho, no quiero sentirlo."

Río de nuevo, mientras Ángel y yo lo ayudamos a levantarse. En cuanto logra ponerse de pie, me toma por la cintura con una mano, sujeta mi nuca con la otra, para darme un suave beso en los labios, un beso que, afortunadamente, no duele, no duele en lo absoluto. Me vuelve a la vida, maravilloso, porque, aún falta lo peor, y debo admitir que mi plan no llegaba tan lejos. Cada vez que lo repasé en mi mente, yo moría víctima de todas las terribles muertes que pudieron ocurrírseme, nunca logré llegar hasta aquí, ni siquiera en mi imaginación, por lo tanto, espero que Ángel tenga algún plan porque, de no ser así, ahora sí estamos perdidos.

Volteo a verlo, ha desplegado las alas nuevamente, cubriéndonos todo lo que le es posible. Giro mi mirada alrededor, nadie se mueve. Guardaespaldas, sirvientes, y demonios, siguen en sus sitios, quietos, observándonos. Las ventanas están ahora cubiertas por ellos, centenares de ojos amarillos, fijos en nosotros. Busco los ojos de Ángel, sin embargo, él se mantiene con la mirada puesta en ellos, en algunos al menos, en los más grandes, sin voltear a verme, me toma de la mano, colocándome entre Daniel y él, despejando su brazo derecho, se dispone a pelear. Trato de concentrar energía en mis manos, solo que, ya no hay mucha, no tengo fuerza para otra lucha. Daniel me toma de la mano, los segundos se vuelven minutos, y nadie se mueve, ni ellos, ni nosotros.

"¿Por qué no atacan?" Me pregunta en voz baja.

Si tan solo lo supiera, aunque, conociéndolos como los conozco, deben esperar un movimiento de nuestra parte, una respiración más fuerte de lo normal, una sacudida involuntaria de la mano, para arrojarse, a un tiempo, sobre de nosotros. Lo que sea, no es nada bueno. Tal vez, incluso, esperen el arribo de algún demonio superior que venga a hacerse cargo de esta asesina, que dio cuenta de sus patrones, no lo sé, pero, algo así debe ser. Levanto la mirada, lentamente, para responderle que no tengo la menor idea, sin embargo, me veo interrumpida por una voz que me congela por dentro.

Un demonio enorme, fácilmente treinta centímetros más alto que Daniel, ha dado un paso al frente. Su aspecto es, digamos que, menos agresivo que el de los demás, su apariencia es humana, sus ojos, no los he visto bien, pero no son amarillos, eso pude notar. Su cara y su cuerpo tienen mucho de similar con el de un humano, exageradamente alto, por supuesto, aunque, el estar ataviado de ropa de lino, ayuda a conservar el efecto, y su piel es de un terso, casi sedoso, color chocolate. El cabello le cae sobre los hombros hasta cubrir la totalidad de su espalda, como una cascada color bronce. Es solo su voz, esa voz inconfundiblemente demoníaca, lo que no permite que aprecie su intento de atractivo físico.

Colocándose, aproximadamente a un metro de distancia de nosotros, y, sin levantar la vista del suelo, se dirige a mí. Debe saber lo que su voz provoca, habla con voz muy baja, y aún esa, me resulta estridente.

"SEÑORITA JADE, ¿PIENSA QUEDARSE?" Un escalofrío me recorre de pies a cabeza. ¿De qué se trata todo esto? Con dificultad, pues me cuesta quitarle la vista de encima, volteo a ver a Ángel, la sorpresa en sus ojos me lo dice todo, él tampoco sabe nada. No sé exactamente si ha pasado mucho, o poco tiempo, pero, no logro reponerme lo suficiente para responderle, forzándome a hacerlo, digo:

"Veme a los ojos, y dime, ¿a qué te refieres con que si pienso quedarme?" Trato de que el terror no se me note en la voz, no creo haber tenido mucho éxito.

"NO SE NOS PERMITE VERLA A LOS OJOS." Continúa con la mirada dirigida hacia el suelo.

"¿Quién no te lo permite?"

"NOSOTROS, DAMOS SERVICIO A LA SANGRE, SIENDO USTED LA ÚNICA HEREDERA DE LOS AMOS AHORA, ES NUESTRO PLACER PONERNOS A SU SERVICIO Y, RESPONDIENDO A SU PREGUNTA, LOS AMOS JAMÁS NOS HAN PERMITIDO, ES DECIR, NUNCA NOS PERMITIERON VERLOS A LOS OJOS, POR LO TANTO..."

Me parece completamente inverosímil lo que escucho. No puede ser posible, aunque, eso explicaría el por qué no se han lanzado contra nosotros para hacernos pedazos. Tengo que salir de dudas, encontrando un tono un poco más autoritario, que el del pánico, le hablo de nuevo.

"Pues yo, en cambio, te ordeno que me veas a los ojos cuando te dirijas a mí." Inmediatamente lo hace, controlo un salto hacia atrás, esa fue mi primera reacción. Ya conseguí tener sus inexpresivos ojos café, fijos en mí, y, ¿ahora qué? Lo único que se me ocurre es retomar su pregunta.

"Ahora sí. ¿A qué te refieres cuando preguntas si pienso quedarme?"

"JAMÁS CONSIDERARÍA EL CUESTIONAR ALGUNA DECISIÓN SUYA, ES SOLO QUE, SI PIENSA QUEDARSE, SU PADRE ALISTÓ SU HABITACIÓN ANTES DE PARTIR, DE MODO QUE ESA ESTÁ LISTA PARA USTED, SI ES QUE PIENSA QUEDARSE. PERO, SI..." Echa una rápida mirada a Daniel y a Ángel, y continúa. *"SUS INVITADOS PIENSAN ACOMPAÑARLA, SERÁ NECESARIO DISPONER OTRAS DOS HABITACIONES. PODRÍA ORDENARNOS, POR FAVOR, ¿QUÉ DEBEMOS HACER?"*

Definitivamente el exceso de energía me ha vuelto loca, a los tres, porque tanto Ángel como Daniel, presentan la misma cara de asombro que yo. Bien decía mi abuela, que todos los excesos son malos, pero, esto es absurdo. Volteo a ver a Ángel, levanta las cejas, sin dejar salir una sola palabra, supongo que sigo al frente de esto. En busca de algo de apoyo, un consejo, tal vez, veo a Daniel, levanta los hombros y las cejas al mismo tiempo, para luego dejarlos caer. De acuerdo, gracias por nada.

Mi mente no alcanza a comprender lo que este demonio dice, he sido víctima del terror que toda mi vida me han causado y, ahora resulta, que están ¿bajo mis órdenes? No lo entiendo, sin embargo, mi corazón me grita, a voz en cuello, que salga de aquí y, si esta es la única forma de salir, haré lo que sea por conseguirlo. Doy, por primera vez, un vistazo a mi alrededor, regados por el suelo, se encuentran los restos irreconocibles, pero aún humeantes, de los habitantes de esta casa. El olor que despiden sigue siendo asqueroso, no obstante, toda mi atención se ha centrado en el ser frente a nosotros y, casi no lo registro, ¿qué hago ahora?

"¿Qué quieres decir con que soy la única heredera?" Pregunto, y observo sus ojos, ahora es él quien no comprende mi pregunta, no obstante, hace lo posible por despejar mi duda.

"BIEN, USTED ES EL ÚNICO SER EN EL MUNDO, POR CUYAS VENAS CORRE LA SANGRE DE LOS AMOS. NO EXISTE NADIE MÁS, Y SU PADRE ME CONFIÓ ALGUNA VEZ, QUE USTED EXISTÍA, SIN DARME DATOS, POR SUPUESTO. MENCIONÓ QUE, SI ALGÚN DÍA ÉL PODÍA TENERLA ENFRENTE, LE HARÍA SABER QUE TODO LO QUE ÉL POSEE... POSEÍA, ES SUYO. ABSOLUTAMENTE TODO, AUNQUE LO MÁS IMPORTANTE, SUPONGO YO, ES EL HEREDAR NUESTRO

SERVICIO. DE ENTRE TODAS LAS COSAS QUE ÉL HABÍA ADQUIRIDO, ESA PARECÍA SER LA QUE MÁS VALOR TENÍA PARA ÉL. HEMOS SABIDO SERVIRLE BIEN, SIEMPRE HICIMOS LO QUE NOS PIDIÓ. ALGUNOS DE NOSOTROS, INCLUSO, ALGUNOS QUE GOZABAN DEL AGRADO DEL AMO, FUERON ESCOGIDOS CUIDADOSAMENTE PARA PARTICIPAR EN SU ENTRENAMIENTO."

"¿En cuál entrenamiento?" No entiendo lo que quiere decir, más bien, no quiero entenderlo.

"EN EL DE USTED, SEÑORITA." Esboza una leve sonrisa y continúa. *"TUVIERON BUEN CUIDADO DE NO MATARLA, DEFINITIVAMENTE, HICIERON UN EXCELENTE TRABAJO."* Mi rabia es mayúscula, estos fueron los malditos que se divirtieron conmigo durante toda mi infancia, durante toda mi vida, llenando mis días de terror, y que convirtieron mis horas de sueño, en eternas pesadillas. ¿Por qué no te acercas un poco maldito? O, mejor aún, pídeles que formen una línea para que yo los tenga al alcance. Solo necesito un par de segundos, solo eso, para acabar con ellos. Mis mandíbulas se cierran de forma audible. Ángel alarga la mano, y me detiene del brazo. No había notado que ya me encaminaba hacia él.

"Ahora no, Jade, no creo que tengamos tanta suerte. Debemos salir de aquí."

El aire sale a través de mis fosas nasales con fuerza, no puedo controlarme, sin embargo, dirijo mi vista hacia Daniel, que me ve con sus dulces ojos, y me basta para recordar que si, en ese momento lo más importante es salir de aquí como sea. El demonio, que escuchó a Ángel, se acerca un poco.

"SI LO QUE DESEA ES IR A ALGÚN SITIO, PUEDO ORDENAR QUE LE PREPAREN LA AVIONETA. ¿QUIERE QUE LO HAGA?"

"¿Avioneta? ¿Cuál avioneta?" Pregunto con tensión en la voz.

"LA DE... LA SUYA, SEÑORITA. ¿LLAMO AL CAPITÁN? ESTARÁ LISTA EN UNOS CUANTOS MINUTOS." Me sonríe, casi me arrepiento de haberle pedido que me viera a los ojos, los suyos están extrañamente vacíos, no expresan nada, y me resultan increíblemente desagradables.

"Sí." Vale la pena intentarlo.

"ES UN PLACER." Parece verdaderamente feliz de complacerme. Espero que no se trate de un engaño porque, al no quedarme otra salida, no tengo más remedio que aceptar.

En ese momento reparo en que la casa está infestada de demonios, y ya no los tolero cerca, ni un segundo más. Me dirijo nuevamente a él, y ordeno, con toda la ira que mi voz carga ahora.

"Estoy harta de ellos, ordénales que se retiren, no soporto verlos." No tomó ni dos segundos antes de que hubieran desaparecido de mi vista, qué agradable sensación, puedo respirar con más facilidad, aunque el pánico me recorre apenas por debajo de la piel. Quisiera poder sentarme a llorar en algún sitio, pero, eso no será posible por ahora. Dos de los guardaespaldas están recogiendo los restos de... de ellos, y los colocan en un enorme recipiente de plata, asegurándose de que no quede ni rastro sobre el suelo. Uno de ellos da la vuelta y se dirige a mí.

"SEÑORITA, ¿TIENE ALGUNA INDICACIÓN RESPECTO AL DESTINO DE ESTOS RESTOS?"

La verdad no ¿qué se hace con los restos de un ángel caído? Supongo que todo, menos darle cristiana sepultura. No tengo la menor idea, mis ojos buscan los de Ángel.

"Que los arrojen dentro del agua que rodea la mansión, eso deberá bastar."

"Ya lo escuchaste, sácalos de aquí."

Una vez más, la respuesta a mi orden fue inmediata, ambos salieron por la puerta, con el recipiente en la mano, y no volví a verlos. Ahora recuerdo algo que quiero hacer, algo que terminará por demostrarme con cuanta fidelidad están dispuestos a servirme realmente.

"Hay algo que quiero que hagas." Su mirada se ilumina, y me presta total atención. "Abre las celdas, déjalos salir a todos."

Contrario a lo que creí, ni siquiera con la expresión se atrevió a objetar mi orden, abandonó la enorme sala con rapidez, para dirigirse hacia las celdas. Segundos después, una serie de personajes, ya que no podría llamarlos personas, van llegando a la sala, son cerca de veinte. Solo reconozco a dos, al Ángel de la Muerte, que se llevó a Carmen, y a la musa. Ella se acerca a mí y me toma de la mano.

"Gracias."

"No hay de qué."

No puedo evitar voltear a ver sus tobillos al recordar el anillo que rodeaba uno de ellos, aquel que le quemaba la piel, ha desaparecido, sin embargo, las cicatrices permanecen. El resto de ellos tiene cicatrices semejantes, supongo que paso mucho tiempo observando los estragos del anillo, porque ella interrumpe mis pensamientos.

"Ya no están, desaparecieron cuando ellos dejaron de existir."

"Pero, las cicatrices..."

"Esas no desaparecerán nunca, son la prueba de un hecho consumado, de un imperdonable y grave error. Más vale que lo recordemos, de otra forma, podríamos repetirlo."

"Deben irse, nosotros haremos lo mismo en cuanto llegue la avioneta."

"Si tú lo autorizas, lo haremos."

"Si yo lo… ¿por qué?" Digo sacudiendo la cabeza de lado a lado.

"Es por… Aún te debemos obediencia, la…"

"La sangre."

"Así es."

Esto me provoca nauseas, las lágrimas brotan de mis ojos al ver sus caras con una mezcla de dolor y miedo. Tienen terror a que no les permita irse, tendrían que obedecerme. ¡Qué horror!

"Retírense, por favor."

Todos ellos se van poco a poco, me pregunto si habrá para ellos una forma de continuar, de seguir adelante con lo que se supone que debían hacer desde un principio. No lo sé, pero eso ya no está en mis manos, no quiero que lo esté.

La musa permanece junto a mí, al ver mi ceño fruncido se apresura a responder la pregunta que no he formulado.

"Me pregunto si… ¿Me permitirías permanecer a tu lado? Fui creada para ti, el camino debió ser otro, pero, a fin de cuentas, soy de tu propiedad, no sabría qué hacer, o a dónde ir, si no es contigo."

Ya respondió a mi pregunta, cada uno de ellos tenía un propósito, una razón de ser, un lugar en dónde estar, y es ahí a donde irán, menos ella, su lugar está junto a mí, como el de Ángel. Sin embargo, quiero pensar que no soy yo quien la sujeta, que ella cumple los deseos de su corazón, si es que tiene uno, y que su libre albedrío la mantiene donde ella quiera estar.

"Quiero que hagas lo que desees, si eso es seguir junto a mí, yo no tengo inconveniente, pero, hay algo que quiero que tengas muy claro, puedes irte a donde quieras, con quien quieras, en cualquier momento." Por primera vez veo una sonrisa iluminar su rostro, vuelve a tomar mi mano.

"Me quedo."

El sirviente se acerca nuevamente y me indica que la avioneta está lista, Ángel me sonríe levemente, y me señala el camino hacia el exterior, aunque sus alas no han cedido.

"LA CAMIONETA LOS ESPERA AL CRUZAR EL AGUA, EL CHOFER LOS CONDUCIRÁ HASTA LA PISTA. ¿ALGUNA OTRA INDICACIÓN, SEÑORITA?"

Ya no volteo a verlo, quisiera poder olvidar sus ojos, aunque sé que eso no me será posible.

"Ninguna, eso es todo."

Daniel me abraza, y caminamos hacia el jardín, pese al terror del que aún no consigo librarme, una risa se escapa de mis labios.

"¿De qué te ríes, guapa?"

"Pues de que, acabo de acordarme de que no tengo a dónde ir."

"No te preocupes por eso, si mal no recuerdo, tengo una casa en Brujas, Bélgica, que tenía la intención de estrenar contigo. Según parece, si podré hacerlo después de todo, ¿te gustaría?" Sonríe, ¡qué dulce sonrisa!

"Me encantaría."

Epílogo

Una vez que la avioneta se aleja del suelo, puedo sentir cómo mi terror se queda allá abajo, al menos, parte de él. Yo voy junto a Daniel, que no suelta mi mano, y Ángel está sentado frente a mí, en un asiento que, por tratarse de una avioneta privada, está dirigido hacia nosotros. La musa se acomodó lo más lejos que pudo, conozco la sensación, no quiere estorbar. Ángel no me pierde de vista, jamás había visto tanta dulzura en sus ojos, es como si me sanara con la mirada. Finalmente interrumpe el silencio y pregunta:

"Jade, ¿desde cuándo lo sabías?"

"Lo de… ¿mi padre?" Solo asiente con la cabeza.

"Cuando Daniel me llevó a ver a mi madre, para que conociera al ser que me había procreado, lo vi por primera vez. En ese entonces, su rostro no significó nada para mí. Sin embargo, cuando fui a la mansión, para conocer a mis verdugos, él fue el último en entrar al salón para alimentarse de mí. Fue entonces que lo supe."

Las náuseas vuelven a atacarme, cruzo mis brazos sobre mi estómago para controlarlas, y las lágrimas ruedan por mis mejillas. Ahora se dirige a Daniel.

"Y tú, ¿lo sabías? ¿O fue casualidad?"

"Cuando el demonio tomó posesión de mí, me enteré de muchas cosas que, al principio, no tenían sentido para mí, solo eran una vorágine de imágenes en mi cabeza. Con el paso de los días, me di cuenta de que tenía acceso a todo lo que el demonio sabía, y me dediqué a estudiar su mente, buscando cualquier cosa que pudiera servirle a Jade. Fue entonces que lo supe, también sabía lo increíblemente doloroso que le resultaría enterarse, pero, era necesario. Ella jamás me perdonaría ocultarle algo así. Ya le había ocultado demasiadas cosas."

"Aun no entiendo, ¿cómo fue que se te ocurrió lo del canje?" Me pregunta Ángel.

"Cuando supe lo de mi padre, estaba convencida de que tu Creador jamás me escucharía, pero cuando hablé con mi yo futuro, ella me recordó la frase que me habías dicho, 'el enemigo de tu enemigo es tu amigo.' Yo pensaba que, llevando en mis venas sangre de ángel caído, no tenía la menor esperanza de que funcionara, pero al recordar tu frase, supuse que, si yo me convertía en enemigo de sus enemigos, automáticamente sería su amiga, y tal vez, me escucharía." Ángel ríe, pero ¿de qué se ríe?

"Jade, con esa frase no me refería a ti, yo desconocía lo de tu sangre, ¿recuerdas?"

El Juego… Jade

Es verdad, lo había olvidado, eso me lo dijo antes, entonces, ¿a qué se refería? Sin dejarme preguntar responde a mi cara de duda.

"Yo hablaba de Daniel, él, si bien cometió muchos errores graves, al conocerte fue cambiando hasta convertirse en enemigo de tu enemigo. Lo que yo quise decir, era que él era digno de confianza, pensé que tarde o temprano lo entenderías, creo que me equivoqué."

"Vaya."

"Entonces, ¿cómo fue que…?"

"¿Daniel?"

"Sí."

"Cuando hablé conmigo misma en el futuro, el único sentimiento que percibía con verdadera intensidad era su dolor por haberlo perdido. Aprendió a sobrevivir, a respirar de un día al otro, a luchar sin propósito, a no llorar. Sin embargo, su momento más feliz, había sido junto a él, uno que yo recién había vivido, ningún otro. Si después de todos esos años, él seguía siendo mi momento más feliz, ya no tenía dudas, ninguna otra vida valía la pena vivirse, ninguna, si no lo incluía."

Daniel vuelve a tomar mi mano y la besa mientras lágrimas corren por sus mejillas.

"Una vez que mi plan estuvo terminado, más o menos, se lo planteé, advirtiéndole que lo más seguro era que ninguno de los dos sobreviviera. Yo sabía que su demonio se defendería con uñas y dientes, y tal vez lo mataría antes de que tú, o yo, lográramos hacer algo por salvarlo. En caso de que eso ocurriera, yo sabía que me dejaría matar por ellos, todo, antes de vivir una vida sin él a mi lado, eso ya lo había decidido, solo que esa parte, nunca se la compartí. De cualquier forma, pese a todo eso, y a saber que sería una lucha encarnizada, y una muerte verdaderamente aterradora, aceptó. Para mí, eso fue más que suficiente."

"Y, ¿cómo supiste qué era necesario para acabar con ellos?"

"También fui yo misma, en el futuro. Mencionó que yo tenía una conexión infalible con Daniel, y que el demonio se encontraba dentro de su cuerpo, que si yo conseguía conectarme con su esencia…"

"Te enterarías de todo lo que él sabía."

"Así es, él conocía muchos datos, otros no, tuve que improvisar, suponer, y cruzar los dedos en espera de que lo que me proponía funcionara."

"Pero ¿cómo fue que él solo sintió odio dentro de ti?"

"En una ocasión en que estaba furiosa, Daniel me enseñó a encapsular mi ira y sacarla de mí, como si se tratara de una pelota que arrojara a algún sitio lejano.

Hice lo mismo, solo que, lo conservé dentro para que él lo sintiera. Créeme, no fue difícil."

"Y me mantuviste al margen de todo."

"Lo lamento, pero, no estabas dispuesto a dejarme morir."

"Jade, todo tiene remedio, menos eso."

"An... gel..." Mi voz sale entrecortada por los sollozos. Me ve preocupado, y se endereza en el asiento para tomar mi mano.

"¿Qué ocurre, Jade?"

"¿Tienes que... irte?"

"¡¿Irme?! ¿A dónde? ¿Por qué me iría?" Difícilmente controlo la voz para responderle.

"Porque soy hija de un demonio." Oprime mi mano y responde.

"Durante toda tu vida, aún mientras sostenía entre mis manos tu cuerpo no nato, lo único que yo podía sentir, era la sangre de tus abuelos. Incluso para Él, es la única que parece importarle, o no me habría puesto a tu cuidado. En esto que tú llamas Juego, terminaste por otorgarle una enorme victoria, sean cuales fueran las razones, tomaste partido, peleaste en contra de tu propia sangre, y se los entregaste. Usaste tu libre albedrío y negaste la sangre que llevas dentro de ti."

"Pero, no fue por Él, fue por mí."

"Lo sabe, sin embargo, hiciste lo correcto ante sus ojos y eso... No, no me voy a ningún lado, tendrás que cargar conmigo."

"Hablando de mis abuelos, ¿lo saben?" Mi voz sigue sin control. Ángel me sonríe, si, lo saben, no sé cómo, o a qué hora, pero, se los contó.

"Gracias."

"No hay de qué." Girando un poco a mi izquierda veo a Daniel y le pregunto.

"¿Y tú?" Frunce el entrecejo para preguntarme.

"Y yo, ¿qué?"

"¿Te irás?" Sacude la cabeza de un lado a otro, y toma mi cara entre sus manos.

"¿Porque eres hija de un demonio? Jamás, nunca me importó de quién eras hija. Solo me importaste tú, y lo que sentías por mí, si sigues amándome, aún después de todo, eso es lo único que me importa y, yo tampoco me voy, también tendrás que cargar conmigo. Hasta el final, guapa."

"Jade, una cosa más."

"¿Cuál, Ángel?"

"Lo de Sara."

"Mi abuelo siempre dijo que, si dejas un problema sin enfrentar, es decir, si dejas que un enemigo se vaya vivo, con toda seguridad volverá por ti. Quise asegurarme de que, en caso de que lográramos salir vivos de ahí, ya no pudiera seguirnos molestando. Sin embargo, sabía que yo no podría hacerlo, por propia mano, es decir, no me atrevería. Tenían que ser ellos, por lo tanto, eso era lo primero que debía suceder."

"Ya veo." Sonríe y se levanta para irse a sentar con la musa. Daniel toma mi barbilla con su mano, y me acerca a él para besarme, un largo beso que correspondo sin miedo, dejándole sentir todo el amor que siento y sentiré por él, hasta el final.

Se recarga sobre el respaldo, y me indica que me recueste sobre su pecho, lo hago inmediatamente, ansiosa por perderme ahí. Me envuelve con sus brazos y los sujeto con fuerza, hunde su rostro entre mi cabello y suspira, yo me dedico a disfrutar su tan anhelada cercanía. Sé que podría considerar mil cosas por las cuales no debería estar aquí, con él. Sin embargo, ¿realmente creen que después de estimar lo que mi madre, mi hermana, y mi padre, me hicieron, lo que él se atrevió a hacer, sin conocerme, tendría algún peso en su contra? Al menos frente a mis ojos, no, ninguno. Por otro lado, sé perfectamente que me deshice de Sara, indirectamente, pero, lo hice y, si decidimos no tomar en cuenta que mi padre era un demonio, lo cual, para mí ya es bastante pesado, aún tendríamos que considerar que acabo de matarlo a sangre fría. No solo eso, lo entregué a cambio de algo que quería con todas mis fuerzas.

He decidido no pensar, por fin disfruto de la tranquilidad, de la paz que solamente sus brazos pueden darme, y soy feliz, no me importa nada más. No sé qué clase de vida me espera ahora, sabiendo lo que sé, siendo quien soy, y con la consciencia de que ahí, en la mansión, me esperan mis demonios, mi herencia.

"Daniel, ¿puedo pedirte un favor?"

"El que quieras."

"Nunca me llames 'mi amor.'" Me daría escalofríos escucharlo de su voz, después de haber oído al demonio llamarme así.

"Ya lo había pensado, lo prometo, guapa, nunca."

Por ahora, me pierdo entre los brazos del hombre que amo, de mi botín, lo que logré rescatar de mi batalla, y veo de reojo a mi familia. Daniel, Ángel, y la musa. Siempre supe que era rara, nunca creí que tanto.

Fin del libro uno...

Rocío Blisswealth

www.ingramcontent.com/pod-product-compliance
Lightning Source LLC
Chambersburg PA
CBHW022234020726
47496CB00004B/890